WILKIE COLLINS

LE SECRET

ROMAN ANGLAIS

TRADUIT AVEC L'AUTORISATION DE L'AUTEUR

PAR OLD NICK

BIBLIOTHÈQUE DES MEILLEURS ROMANS ÉTRANGERS

À

1 FR 25 CENT

LE VOLUME

PARIS

LIBRAIRIE HACHETTE ET Cie

BOULEVARD SAINT-GERMAIN, 79

LE SECRET

OUVRAGES DU MÊME AUTEUR

QUI SE VENDENT A LA MÊME LIBRAIRIE

Le Secret, traduit de l'anglais par Old Nick. 1 vol.

La Pierre de Lune, traduit de l'anglais par Mme de Clermont-Tonnerre. 2 vol.

COULOMMIERS. — Typog. A, MOUSSIN.

WILKIE COLLINS

LE SECRET

ROMAN ANGLAIS

TRADUIT AVEC L'AUTORISATION DE L'AUTEUR

PAR OLD NICK

PARIS

LIBRAIRIE HACHETTE ET Cⁱᵉ

BOULEVARD SAINT-GERMAIN, 79

1872

AFFECTUEUSEMENT DÉDIÉ

PAR L'AUTEUR

ET PAR LE TRADUCTEUR

A

EDWARD-FREDERICK SMYTH PIGOTT

LE SECRET.

LIVRE PREMIER.

❧

CHAPITRE PREMIER.

Le 23 août 1829.

« Ira-t-elle bien jusqu'à demain ?

— Regardez l'horloge, Joseph.

— Minuit dix minutes. Une nuit de plus qu'elle aura duré. Quoi qu'il arrive, Robert, elle aura vu les dix premières minutes de cette journée. »

Ce dialogue s'était engagé dans la cuisine d'une grande maison de campagne, située sur la côte occidentale du pays de Cornouailles. Les interlocuteurs étaient deux des domestiques mâles du capitaine Treverton, officier de marine, et l'aîné des représentants masculins d'une ancienne famille du pays. Les deux serviteurs se parlaient à l'oreille, *sotto voce*, serrés l'un contre l'autre, et jetant un regard inquiet vers la porte, à chaque intervalle de silence.

« Ce n'est pas une chose de peu de conséquence, dit le plus âgé, que de nous trouver ainsi, tous deux, seuls, à cette heure de silence et de ténèbres, comptant les derniers moments de vie qui restent à notre maîtresse.

— Robert, dit l'autre, baissant encore la voix, de manière à être à peine entendu, vous servez ici depuis votre enfance. Avez-vous jamais entendu dire que madame fut une comédienne à l'époque où l'épousa monsieur ?

— Comment avez-vous su cela ? demanda vivement le vieux domestique.

— Chut !... » s'écria l'autre, se levant soudain de sa chaise
Une sonnette vibrait dans le corridor extérieur.

« Est-ce pour un de nous ? demanda Joseph.

— Ne savez-vous pas encore distinguer le timbre de ces
sonnettes ? s'écria Robert, non sans quelque dédain. Celle-ci
appelle Sarah Leeson. Allez plutôt voir dans le corridor. »

Le plus jeune des deux valets prit un flambeau, et suivit le
conseil qui lui était donné. En ouvrant la porte de la cuisine,
il vit, sur la muraille en face de lui, une longue rangée de
sonnettes. Au-dessus de chacune était peint, en lettres noires,
le titre du domestique qu'elle était destinée à faire marcher.
A une extrémité figuraient la femme de charge et le somme-
lier ; à l'autre bout, la fille de cuisine et le petit *saute-ruisseau*
de cet aristocratique établissement.

Joseph, par un simple coup d'œil jeté sur ces sonnettes,
distingua celle qui, muette déjà, s'agitait encore sur sa tige
frémissante. Au-dessus étaient ces mots : *Femme de chambre.*
Instruit par là de ce qu'il avait à faire, il longea vivement le
corridor et alla frapper à une grande porte en chêne, travaillée
à l'ancienne mode, qui en fermait une des extrémités. Ne recevant aucune réponse, il ouvrit et regarda. La chambre était
obscure et déserte.

« Sarah n'est pas dans la chambre de la femme de charge,
dit Joseph à son camarade qu'il était allé rejoindre.

— Elle est donc rentrée chez elle, répliqua l'autre. Montez
lui dire que sa maîtresse la demande. »

La sonnette retentit de nouveau, comme Joseph se mettait
en route.

« Vite, vite ! s'écria Robert. Dites-lui qu'on la demande à
l'instant même. On la demande, continua-t-il plus bas et se
parlant à lui-même, et peut-être pour la dernière fois. »

Joseph gravit trois étages, traversa jusqu'à la moitié de sa
longueur une longue galerie en arceaux, et heurta de nouveau
à une autre vaste porte de chêne. Cette fois on répondit au si-
gnal. Une voix claire, douce, modérée, à l'intérieur de la
chambre, s'enquit de la personne qui frappait. En peu de mots,
et fort à la hâte, Joseph transmit son message. Il n'avait pas
fini de parler que la porte s'ouvrait sans bruit, bien que vivement poussée. Sarah Leeson, un flambeau à la main, se montra debout sur le seuil.

Ni grande, ni belle, ni dans la fleur de l'âge, avec des manières timides qui trahissaient l'irrésolution de sa volonté

une mise dont la simplicité était poussée jusqu'aux extrêmes limites de ce que les convenances autorisent, la femme de chambre, nonobstant tous ces désavantages extérieurs, était une de ces personnes qu'on ne peut guère envisager sans quelque curiosité, sinon sans quelque intérêt. Bien peu d'hommes, même à première vue, eussent résisté au désir de savoir qui elle était ; bien peu se fussent tenus pour satisfaits de cette simple réponse : « C'est la femme de chambre de mistress Treverton ; » bien peu se seraient interdit un examen plus approfondi, une étude plus attentive de cette physionomie et de ces façons d'être toutes particulières, et aucun, pas même l'observateur le plus patient, le plus exercé, n'en eût tiré d'autre indication que celle de quelque grande épreuve subie par cette mystérieuse personne à quelque moment donné de sa vie. Dans son attitude bien des choses, bien des choses encore sur sa figure disaient clairement et tristement : « Je suis un débris de quelque chose que jadis vous eussiez regardé avec plaisir ; pauvre épave qui ne sera jamais réparée, que les flots de la vie emporteront à la dérive, sans que personne y prenne garde, l'ait en pitié, ou veuille la diriger, jusqu'à l'heure où elle touchera le bord fatal, et où l'abîme éternel l'aura pour jamais engloutie. »

Voilà l'histoire qui se lisait sur la figure de Sarah Leeson, mais sans qu'on en pût savoir davantage.

Parmi ceux qui eussent commenté ces données générales, il ne s'en fût probablement pas trouvé deux s'accordant sur la nature des souffrances infligées à cette créature de Dieu. Et, tout d'abord, était-ce peine de corps ou d'esprit ? problème d'une solution difficile, en face des traces ineffaçables que la souffrance passée avait laissées sur ce pâle visage. Les joues, rondes et fraîches autrefois, n'avaient plus ni leur contour primitif, ni la couleur qui les avait animées ; les lèvres, d'une coupe délicate et d'une singulière souplesse dans leurs mouvements, étaient flétries et d'une pâleur maladive. Les yeux, grands et noirs, ombragés par des cils d'une épaisseur inusitée, avaient contracté une sorte d'habitude effarée qui leur donnait une continuelle expression d'inquiétude, et attestait l'excessive susceptibilité de ses sentiments, la timidité inhérente à sa nature. Jusque-là, les vestiges que le chagrin ou la maladie avait laissés sur elle étaient ceux qu'on retrouve communément chez la plupart des victimes du mal physique ou des tortures morales. La seule altération extraordinaire qui se pût remarquer en elle était le changement précoce sur

venu dans la couleur de sa chevelure. Abondante et souple,
elle ondoyait gracieusement comme celle d'une jeune fille ;
mais elle grisonnait comme celle d'une femme déjà vieille. En
elle se trouvait le contraste le plus frappant avec les dehors
de jeunesse que gardait encore la figure de Sarah ; car, en dépit
de sa pâleur et de sa physionomie inquiète, on ne pouvait pas
s'y méprendre un seul instant : ce n'était point là une femme
âgée. Si blêmes qu'elles fussent, ses joues n'avaient pas une
ride ; dans ses yeux, quand on faisait abstraction de cette timidité sans cesse troublée qu'on y remarquait en général,
brillait cet éclat humide que la maturité des années ne leur
laissa jamais. La peau qui recouvrait ses tempes était lisse
comme celle d'un enfant. Ces signes et d'autres, non moins
certains, montraient qu'elle était encore loin du déclin de
l'âge, à ne compter que les années écoulées depuis sa naissance. Malgré sa langueur, et pliant, comme elle semblait, sous
le poids des mauvais jours, cette femme, à partir des yeux, ne
paraissait pas plus de trente ans. En la regardant plus haut,
l'effet de ses cheveux gris, si épais, si brillants, avait quelque
chose de surprenant, d'imprévu, qui produisait comme un
saisissement pénible. Si pénible était-il, ce contraste hors nature, qu'on eût préféré des cheveux teints, comme plus vrai-
semblables, après tout. La nature se démentait ici tellement,
que l'art eût semblé plus vrai. Quel malheur subit avait ainsi
jeté sur ces cheveux luxuriants de jeunesse les tristes nuances
qui caractérisent l'épuisement sénile ? Était-ce une maladie
grave ? était-ce une de ces grandes douleurs qui tarissent la
vie dans ses sources ? Question souvent débattue parmi ses
camarades de domesticité, tous frappés par la singularité de
son apparence extérieure, et à qui, d'ailleurs, la rendait
quelque peu suspecte l'habitude invétérée qu'elle avait de se
parler à elle-même. De quelque manière qu'ils s'y fussent
pris, leur curiosité avait toujours été déjouée. On n'avait
rien pu découvrir, si ce n'est que Sarah Leeson était « un
peu sur l'œil, » c'est ainsi qu'ils disaient, quand on lui parlait ou de ses cheveux gris, ou de ses monologues ; et depuis longtemps la maîtresse de Sarah était formellement in-
tervenue, tant auprès de son mari que de ses subordonnés,
pour leur interdire toutes questions inquisitoriales qui eussent
pu désobliger et troubler sa femme de chambre.

Dans cette remarquable matinée du 23 août 1829, la personne que nous venons de dépeindre se tint un moment, im-

mobile et muette, devant le domestique qui venait l'avertir que sa maîtresse, au lit de mort, réclamait sa présence. Du bougeoir qu'elle tenait, une vive clarté rejaillissait sur ses grands yeux noirs effarés et sur ses cheveux gris, touffus, brillants, hors nature. Elle se taisait, ses mains frémissan d'ailleurs à ce point que l'éteignoir, mal fixé sur le plateau du bougeoir, y exécutait de petits battements métalliques; pui elle remercia le domestique de l'être venu prévenir. A ce moment, sa voix parut emprunter un surcroît de douceur à l'émotion, à la crainte dont elle paraissait agitée, et son trouble manifeste n'ôtait rien à la réserve gracieuse, à la bienséante retenue de ses féminines allures. Joseph qui, comme les autres gens de la maison, l'avait prise en méfiance et en déplaisance, par cela seul qu'il ne la trouvait pas conforme à ce qu'il croyait le type de la femme de chambre, fut, en cette circonstance, si bien subjugué par cet accueil poli, ce remercîment de bon goût, qu'il lui offrit de porter le bougeoir jusqu'à la porte de leur maîtresse. Elle le remercia de nouveau par un simple mouvement de tête, et, passant rapidement devant lui, eut bientôt traversé la galerie.

La chambre où se mourait mistress Treverton était à l'étage au-dessous. Sarah s'y reprit à deux fois avant de se décider à frapper. Le capitaine Treverton vint lui ouvrir.

Au moment où elle l'aperçut, son premier mouvement fut de se rejeter en arrière. Elle eût craint d'être frappée par lui, que ce geste n'eût pas été empreint d'une plus vive alarme. Il n'y avait cependant rien, dans la physionomie du capitaine, qui pût faire craindre, soit un mauvais traitement, soit même une parole brusque ou dure. Cette physionomie ouverte et sereine n'exprimait que la bonté. Les pleurs qu'il venait de verser au chevet de sa femme ruisselaient d'ailleurs sur son visage.

« Entrez, dit-il en détournant la tête pour n'être pas vu si peu maître de lui-même. Elle ne veut plus des soins de sa garde-malade. Elle vous réclame, et vous seule. Faites-moi prévenir si le docteur.... » Ici la voix lui manqua tout à fait, et il s'éloigna d'un pas rapide sans même achever la phrase commencée.

Sarah Leeson, au lieu d'entrer dans la chambre de sa maîtresse, suivit du regard son maître qui s'en allait, et, tandis qu'elle le regardait ainsi, avec une attention profonde, aussi longtemps qu'il fut en vue, ses joues pâles blêmirent encore; une anxiété approchant de la terreur se peignit dans ses yeux encore agrandis. Lorsque, tournant l'angle de la galerie, il eut disparu, elle écouta un moment les bruits qui se faisaient à l'intérieur de la chambre où elle allait pénétrer : « Le lui aurait-elle dit? » se demandait-elle tout bas, avec l'accent de la plus vive crainte. Puis, avec un visible effort pour se remettre, elle ouvrit cette porte, et, après une nouvelle hésitation qui la retint une seconde ou deux arrêtée sur le seuil, elle entra.

La chambre à coucher de mistress Treverton était une large et haute pièce, donnant sur la façade occidentale de la maison, et, par conséquent, ayant vue sur la mer. La veilleuse, allumée près du lit, montrait plutôt qu'elle ne dissipait l'obscurité régnant aux angles de l'appartement. Le lit était de forme ancienne, tendu d'étoffes lourdes, enveloppé de rideaux épais. Des meubles qui garnissaient la chambre, ceux-là seuls s'entrevoyaient dans la pénombre, que leurs formes massives mettaient suffisamment en relief. Les cabinets[1], la garde-robe, la psyché, le fauteuil à dossier haut, avec la masse indécise du grand lit, apparaissaient ainsi vaguement, devinés plutôt que vus. Le reste des objets épars çà et là se perdait dans un ténébreux ensemble. Par la fenêtre, ouverte pour donner accès à l'air frais du matin après une étouffante nuit d'août, arrivait dans la chambre, sourd, monotone, lointain, le bruit du flot déferlant sur les grèves de la côte. A cette première heure du jour naissant, tous les bruits du dehors étaient amortis. A l'intérieur de la chambre, le seul son qui fût nettement perçu était la respiration alentie et pénible de la mourante : faible bruit, émané d'une enveloppe fragile et menacée, qui luttait encore, s'imposant par sa ténuité même à l'oreille émue, avec le retentissement éloigné de la clameur éternelle que jette la mer à tous les échos de l'horizon.

« Madame, dit Sarah Leeson, debout auprès des rideaux fermés, mais sans les tirer.... monsieur vient de quitter la chambre, où il m'a prié de le remplacer.

— De la lumière!... Donnez-moi plus de lumière!... »

Le mal avait affaibli cette voix : mais l'accent de ces paroles annonçait une résolution singulière en ce moment, et rendue plus remarquable encore par le contraste qu'elle offrait avec le ton indécis de Sarah. L'énergie native de la maîtresse et la faiblesse native de sa suivante s'étaient déjà manifestées

1. Il s'agit ici de ces petites commodes à nombreux tiroirs, et posées sur une table, où nos grand'mères logeaient leurs bijoux.

dans ces simples paroles échangées à travers les rideaux d'un lit de mort.

Sarah, dont les mains tremblaient toujours, alluma deux flambeaux, les plaça en hésitant sur une table auprès du lit, attendit un moment encore, regardant tout autour d'elle avec une timidité soupçonneuse, et enfin tira les rideaux.

Le mal dont se mourait mistress Treverton était un des plus terribles dont l'humanité ait reçu le legs, un de ceux qui semblent plus spécialement l'apanage des femmes; un de ceux qui, la plupart du temps, minent la vie dans ses organes les mieux cachés, sans qu'aucune trace de ses formidables progrès apparaisse sur le visage des victimes qu'il va faire. En voyant mistress Treverton, telle qu'elle apparut au moment où sa femme de chambre ouvrait les rideaux, une personne peu au courant de son état ne se fût jamais imaginé que tous les secours de l'art, si puissants qu'on les lui offrît, étaient désormais superflus. Les indices du mal à peine marqués sur son visage, les inévitables atténuations qu'offraient maintenant les contours arrondis naguère, échappaient presque au regard, ébloui par l'étonnante conservation d'un teint qui était resté frais et pur, et transparent, et radieux comme aux plus beaux temps de sa jeunesse encore vierge. Maintenant ce visage reposait sur l'oreiller encadré de riches dentelles, couronné d'une belle chevelure brune aux vifs reflets, et on eût dit celui d'une belle femme relevant à peine de quelque passagère maladie, ou même se reposant après quelques fatigues inaccoutumées. Sarah Leeson elle-même, qui l'avait soignée dès le début, pouvait croire à peine, la contemplant à cette heure, que les portes de la vie se fussent refermées derrière elle et que, debout au seuil du tombeau, la mort impérieuse lui fît déjà signe.

Sur le couvre-pied du lit, quelques brochures aux pages cornées étaient éparses. Dès que les rideaux furent ouverts, mistress Treverton fit signe à sa suivante de les enlever. C'étaient des pièces de théâtre, dont certains passages soulignés à l'encre, annotés à la marge, avec indication d'entrées et sorties, de mouvements scéniques, etc., etc., indiquaient l'étude assidue. Les domestiques, en parlant de la profession qu'exerçait leur maîtresse avant son mariage, n'étaient point dupes de faux renseignements. Leur maître, déjà parvenu à la maturité de l'âge, avait effectivement pris pour femme une jeune actrice encore inconnue, qui depuis deux ans seulement jouait sur un obscur théâtre de province. Ces *libretti* fatigués avaient jadis composé la petite bibliothèque dramatique réunie à grand'-peine par la pauvre enfant. Elle leur avait gardé cet affec-tueux souvenir auquel ont droit les amis de jeunesse, les compagnons de misère, et, durant la maladie qui allait finir ses jours, ils étaient restés auprès d'elle, avec leur prestige con-solateur.

Après les avoir remis en place, Sarah revint vers sa maî-tresse. Sa physionomie exprimait la crainte et l'embarras plutôt qu'une véritable douleur, et déjà ses lèvres venaient de s'entr'ouvrir, lorsque mistress Treverton, devançant les paroles qu'elle allait prononcer, indiqua, par un geste de sa main, qu'elle avait un autre ordre à lui donner.

« Poussez le verrou!... dit-elle de la même voix affaiblie, mais avec cet accent net et bref qui avait déjà caractérisé l'expression de ses premières volontés, quand elle demandait que l'appartement fût mieux éclairé.... Poussez le verrou!... et que personne n'entre plus, jusqu'à nouvel ordre.

— Personne? répéta Sarah d'une voix hésitante. Pas même le docteur? pas même monsieur?

—Ni le docteur, ni monsieur.... personne! dit mistress Tre-verton, montrant de nouveau la porte. » Il n'y avait pas à se méprendre sur le sens de ce geste impérieux.

Sarah obéit, et, le verrou mis, revint près du lit, où ses yeux inquiets, agrandis encore par l'incertitude et la peur, s'arrêtèrent un moment sur ceux de sa maîtresse; après quoi, se penchant tout à coup sur elle :

« Monsieur a-t-il tout appris?... demanda-t-elle à voix basse.

— Non!... lui fut-il répondu.... Je l'ai fait appeler pour lui tout dire. J'ai lutté de mon mieux pour articuler ces fatales paroles, et seulement à la pensée du mal que j'allais lui faire, Sarah, je me suis sentie ébranlée jusqu'au fond de l'âme : je l'aime d'un amour si vrai, il est si bien ce que j'ai de plus cher! Et, malgré tout, cependant, j'aurais trouvé la force nécessaire, s'il n'eût lui-même parlé de l'enfant.... Sarah! il y revenait toujours.... il en reparlait sans cesse.... J'ai dû me taire. »

Sarah, oublieuse de sa position à un point que la plus in-dulgente des maîtresses eût pu trouver bizarre, s'était laissée aller dans un fauteuil dès les premiers mots de cette réponse. Pressant ses mains tremblantes sur ses yeux en pleurs, elle arti-culait à peine, en gémissant, quelques plaintes désordonnées :

« Qu'arrivera-t-il? Que deviendrons-nous maintenant?... »

Les yeux de mistress Treverton, au moment où elle parlait de son mari et de l'affection qu'il lui inspirait, s'étaient attendris et humectés peu à peu. Elle demeura quelques instants silencieuse. L'émotion qui la travaillait intérieurement ne s'exprimait plus que par sa respiration saccadée, pénible, haletante, et par la pénible contraction de ses noirs sourcils. Peu après, cependant, elle tourna la tête avec effort du côté du fauteuil où pleurait Sarah, et reprenant la parole, cette fois bien bas :

« Voyez.... cette médecine !... il me la faut, » dit-elle.

Sarah se redressa aussitôt, cédant à l'instinct de l'obéissance immédiate, et séchant les pleurs qui coulaient le long de ses joues :

« Le docteur, dit-elle.... laissez-moi prévenir le docteur.

— Non !... c'est la médecine que je veux.... La médecine, cherchez !

— Lequel des deux flacons ?... L'opiat ou...

— Non.... pas l'opiat !... l'autre. »

Sarah prit sur la table une fiole, et regardant avec attention les instructions écrites sur l'étiquette, dit que l'heure n'était pas encore venue où ce breuvage pouvait être administré de nouveau.

« Donnez-moi ce flacon !

— Pour Dieu, n'exigez pas cela de moi !... Attendez, je vous en supplie.... Le docteur a dit que ceci, à trop forte dose, équivaut à de l'alcool. »

Les yeux gris et perçants de mistress Treverton commençaient à jeter des flammes : une teinte pourpre envahit ses joues, et sa main, soulevée à grand'peine, soulignait, pour ainsi dire, l'ordre qu'elle allait réitérer.

« Débouchez ce flacon, disait-elle, et donnez-le-moi ! J'ai besoin de forces avant tout.... Que je passe dans une heure ou dans huit jours, peu importe.... Donnez-moi ce flacon !

— Pas le flacon, reprit Sarah qui néanmoins cédait, sans presque en avoir conscience, à ces injonctions énergiques.... Il y reste encore deux doses.... Attendez, je vais apporter un verre. »

Et comme elle se détournait vers la table, mistress Treverton porta la fiole à ses lèvres, l'épuisa en quelques gorgées, puis la rejeta sur le lit, par un mouvement presque convulsif.

« Elle s'est empoisonnée ! s'écria Sarah, qui s'élançait déjà vers la porte.

— Arrêtez l' dit la voix qui partait du lit, raffermie et plus impérieuse que jamais. Arrêtez ! revenez ! Relevez-moi sur ces oreillers. »

Sarah tenait déjà le bouton de la porte :

—Ici !... reprit mistress Treverton.... tant qu'il me restera un souffle de vie, j'entends qu'on m'obéisse exactement. Revenez !... » Et, tandis qu'elle parlait, ses joues reprenaient leurs vives couleurs, ses yeux, plus ouverts, leur éclat passionné.

Sarah revint sur ses pas, et de ses mains tremblantes ajouta un coussin de plus à ceux qui étayaient les épaules et la tête de la mourante. Pendant qu'elle se livrait à ce soin, les couvertures se déplacèrent un instant ; mistress Treverton, avec une sorte de frisson, se hâta de les ramener sur elle et de les rassembler autour de son cou.

— « Avez-vous tiré le verrou ? demanda-t-elle ensuite.

— Non.

— Je vous défends de retourner de ce côté.... Apportez ici l'écritoire, la plume et l'encre qui sont dans le cabinet, près de la croisée. »

Sarah se dirigea vers le meuble indiqué, l'ouvrit machinalement, et seulement alors, se ravisant tout à coup, comme si quelque soupçon lui eût traversé l'esprit, demanda dans quel but sa maîtresse voulait avoir de quoi écrire.

« Apportez, et vous verrez, » répondit brièvement celle-ci.

L'écritoire, sur laquelle une feuille de papier à lettres était disposée par avance, fut placée sur les genoux de mistress Treverton. La plume, trempée d'encre, fut mise entre ses doigts. La pauvre femme demeura un instant immobile, les yeux clos, et poussa un profond soupir. Elle se mit ensuite à écrire, et au moment où sa plume effleura le papier : « Regardez ! » dit-elle à sa femme de chambre.

Sarah, suivant de l'œil, par-dessus l'épaule de sa maîtresse les mots que celle-ci traçait péniblement l'un après l'autre, lut d'abord :

A MON MARI.

« Oh non !... non.... pour l'amour de Dieu, que ceci ne soit pas écrit ! » s'écria-t-elle saisissant la main de sa maîtresse ; mais un simple regard suffit pour la lui faire lâcher.

La plume reprit son œuvre, et, de plus en plus lentement, avec un effort de plus en plus visible, assembla ce qu'il fallait de mots pour remplir une ligne. A l'extrémité de cette ligne, elle s'arrêta ; les lettres de la dernière syllabe s'étaient confusément amalgamées.

« Non !... non !... répétait Sarah, qui venait de s'agenouiller au bord du lit.... ne lui écrivez pas ce que vous n'osez lui dire.... Laissez-moi cette torture à laquelle je suis faite dès longtemps ! Que le secret meure avec vous, avec moi, et pour tous, et à jamais.... à jamais.... à jamais !

— Ce secret doit être révélé, reprit mistress Treverton.... mon mari ne peut l'ignorer plus longtemps.... il aurait déjà dû le connaître. J'ai voulu le lui dire : le cœur m'a manqué. Je ne puis me fier à vous pour le lui dire quand je ne serai plus là. Donc il faut écrire. Prenez vous-même la plume. La vue me fait défaut, mes doigts me refusent le service.... Prenez la plume, écrivez, mot pour mot, ce que je vais dicter. »

Sarah, au lieu d'obéir, enfouit sa tête sous le couvre-pied, et se mit à pleurer amèrement.

« Depuis mon mariage, reprit mistress Treverton, vous ne m'avez jamais quittée, vous avez été pour moi une amie bien plutôt qu'une domestique ; me refuserez-vous ce dernier service ?... Vous hésitez ?... Insensée, levez les yeux, écoutez-moi !... si vous refusez, c'est à vos périls et risques.... Prenez cette plume ; écrivez, et sans retard, ou le repos de la tombe me sera refusé.... Écrivez ; ou, vrai comme il y a un ciel sur nos têtes, je reviendrai, de cet autre monde, vous trouver en celui-ci. »

Sarah, poussant un faible cri, se dressa soudain.

« Vous me donnez le frisson, » murmura-t-elle, arrêtant sur la figure de sa maîtresse des yeux égarés où se peignait une horreur superstitieuse.

Au même instant, les effets du stimulant pris à trop haute dose commençaient à porter le trouble dans le cerveau de mistress Treverton. Sa tête roulait sur l'oreiller, tantôt d'un côté, tantôt de l'autre.... Elle répétait au hasard quelques tirades éparses, retrouvées, la veille et le jour même, dans ces pièces de théâtre dont elle avait fait ses dernières lectures.... Et tout à coup, tendant la plume à sa suivante avec un de ces mouvements dramatiques qui lui avaient été enseignés jadis, puis jetant dans le vide, à un auditoire absent, un de ces regards perdus qui enlèvent les bravos :

« Écrivez ! dit-elle de sa voix la plus profonde et la plus tragique.... Écrivez ! » répéta-t-elle avec un geste de reine, encore emprunté au répertoire de sa jeunesse.

Pressant machinalement entre ses doigts la plume qui venait d'y être placée, Sarah, dont le regard exprimait toujours la même frayeur, semblait attendre un ordre venu du ciel ou de l'enfer. Quelques minutes s'écoulèrent encore avant que mistress Treverton pût reprendre la parole. Elle conservait assez de raison pour avoir conscience des effets que le médicament enivrant produisait sur ses facultés, et pour vouloir lutter contre eux avant qu'ils eussent jeté ses idées dans une confusion absolue. D'abord elle demanda son flacon de sels ; puis elle inonda ses tempes d'eau de Cologne. Ce dernier moyen lui réussit en partie : elle se sentit plus maîtresse d'elle-même. Dans ses yeux troublés l'intelligence reparut, et lorsqu'elle répéta, s'adressant de nouveau à sa femme de chambre : « Écrivez! » elle put donner à cet ordre un caractère plus imposant, en se mettant à dicter, aussitôt après, sur un ton parfaitement calme et délibéré. Les pleurs de Sarah ruisselaient : ses lèvres laissaient échapper, de temps à autre, quelques lambeaux de phrases par lesquelles de vagues supplications, les élans du remords, les angoisses de la peur, cherchaient à s'exprimer tour à tour, le tout d'une incohérence étrange. Elle n'en continua pas moins à écrire, traçant l'une après l'autre des lignes que l'indécision de sa main rendait fort irrégulières, jusqu'au moment où les deux premières pages de la feuille placée devant elle se trouvèrent remplies à peu près.

Mistress Treverton, alors, cessa de dicter, relut ce qui était écrit, et, prenant la plume, apposa au bas sa signature. Après cet effort, tout pouvoir de résister à l'espèce d'intoxication que le médicament continuait à développer sembla lui manquer de nouveau. Une rougeur de mauvais augure reparut sur ses joues, et, quand elle rendit la plume à sa suivante, un langage saccadé se pressait sur ses lèvres fiévreuses.

« Signez! disait-elle, promenant ses faibles mains sur ses couvertures.... Signez comme témoin, Sarah Leeson !... Non...: signez comme complice !... c'est bien là le mot.... Prenez-en ce qui vous revient.... Je ne veux pas me charger de tout.... Signez, je le veux !... Signez comme je vous le dis !... »

Sarah obéit encore, et mistress Treverton, lui enlevant le papier, le lui montra solennellement, avec un triste retour de cette pantomime théâtrale qu'elle avait employée déjà dans un intervalle d'égarement.

« Vous remettrez ceci à votre maître, disait-elle.... et cela, dès que je ne serai plus.... S'il vous interroge, répondez-lui

mme vous répondrez au souverain juge le jour où nous
mparaîtrons tous devant lui. »

Serrant ses mains l'une dans l'autre, Sarah, pour la première fois, leva sur sa maîtresse un regard assuré. Pour la
première fois elle prit la parole sans hésitation.

« Si je me croyais en état de mourir, dit-elle.... oh ! combien volontiers je changerais de place avec vous !

— Promettez-moi de donner ce papier à votre maître, répéta mistress Treverton.... Promettez-le-moi !... ou plutôt,
non.... je ne croirais pas à votre promesse. Apportez la
Bible.... celle dont le prêtre, ici même, se servait ce matin....
Apportez-la, si vous voulez que je demeure en paix dans ma
tombe.... Apportez-la, ou j'en sortirai pour venir vous retrouver.... »

En répétant cette menace, la mourante riait convulsive-
ment. La femme de chambre, à moitié folle de peur, obéit
encore.

« Oui !... oui !... la Bible dont le prêtre s'est servi, continua
mistress Treverton d'un ton distrait; après que le livre eut été
posé devant elle.... Le prêtre.... un brave homme.... pauvre
tête.... Je lui ai fait une peur !... Il m'a demandé, Sarah :
« Êtes-vous en paix avec tous vos semblables?... » Et j'ai répondu : « Avec tous, excepté un.... » Vous savez lequel ?

— Le frère du capitaine.... oh! madame, n'emportez pas
cette haine avec vous!... Mourez en paix avec tous, même
avec lui !

— Ainsi disait le prêtre, reprit mistress Treverton, dont les
yeux commençaient à errer sans but dans l'espace, comme
ceux de l'enfant au berceau, tandis qu'elle parlait de plus
en plus bas, articulant de moins en moins chaque syllabe.
Il faut pardonner, disait le prêtre.... Et je répondais : « Non.
Je pardonne à tous, pas à mon beau-frère.... » Le prêtre
s'est écarté du lit tout effarouché.... Il a parlé de prier pour
moi, de revenir près de moi.... Pensez-vous, Sarah, qu'il revienne?

— Sans doute, sans doute, répliqua la suivante.... C'est un
digne homme.... Il ne manquera pas de revenir.... Et alors,
oh! alors, dites-lui que vous pardonnez au frère du capitaine.... Ces mots insultants qu'il vous adressait le jour de
votre mariage, il les expiera, n'en doutez point, tôt ou tard....
Pardonnez-lui donc.... Avant de mourir, pardonnez-lui! »

Tout en parlant ainsi, elle voulait, sans que sa maîtresse

s'en aperçût, écarter de ses yeux le livre saint. Mais le mouvement qu'elle faisait attira l'attention de mistress Treverton
et la ramena au sentiment de la situation présente.

« Arrêtez! » cria-t-elle, tandis qu'un dernier éclair, symptôme de sa volonté persistant jusqu'au moment suprême, passait dans son regard obscurci par l'agonie. Et elle prit la main
de Sarah, la fixa, la retint sur la Bible. Son autre main errait à tâtons sur son lit, où elle finit par trouver le feuillet
manuscrit qu'elle voulait faire parvenir à son mari. Ses doigts
se crispèrent sur le vélin, et un soupir de soulagement sortit
de ses lèvres. « Ah! dit-elle, je sais maintenant pourquoi j'ai
demandé la Bible.... Je meurs en pleine possession de moi-
même, Sarah!... et, même à présent, vous ne sauriez me
tromper.... » Ici elle s'arrêta une fois encore, un sourire effleura sa bouche, et, se parlant à elle-même bien bas : « Attends, attends, attends! » disait-elle à mots pressés. Puis tout
haut, reprenant sa voix et ses gestes de théâtre : « Non, reprit-elle, votre promesse ne me suffit pas.... Un serment est
nécessaire.... A genoux!... Voici les dernières paroles que je
prononcerai ici-bas.... Nous verrons si vous osez y désobéir. »

Sarah tomba près du lit, sur les genoux. La brise du dehors,
fraîchissant à l'approche du jour qui allait naître, sépara
justement alors les rideaux de la croisée entr'ouverte, et apporta ses courants parfumés dans l'atmosphère lourde de la
chambre de la malade. Les chocs pesants de la marée murmu-
rante arrivèrent aussi plus distincts et semblèrent se rapprocher. Puis les rideaux gonflés retombèrent sur eux-mêmes;
la flamme des bougies, vacillante un moment, redevint fixe,
et le silence imposant qui planait sur cette scène étrange fut
moins troublé que jamais.

« Jurez! » reprit mistress Treverton. La voix lui manqua
dès qu'elle eut prononcé cette impérieuse parole. Elle lutta
quelque temps, retrouva la faculté de se faire entendre encore
et continua : « Jurez qu'après ma mort vous ne détournerez
point ce papier. »

Même à ce moment de sérieuse et solennelle adjuration, de
lutte désespérée entre la mort et la vie, cet instinct dramatique, qui semblait indéracinable dans l'ex-tragédienne, se manifesta une fois encore avec une sorte d'effrayante inconve-
nance mauvais pli indélébile d'une intelligence routinière.
Sarah sentit cette main froide qui posait sur la sienne se lever
n instant; elle la vit, décrivant une courbe gracieuse, se

diriger vers elle; puis cette main retomba, et, dans une étreinte frémissante qui exprimait une sorte d'irritation, enveloppa de nouveau celle de Sarah. La pauvre femme ne sut pas résister à cet appel suprême.

« Je le jure.

— Jurez qu'après ma mort vous n'emporterez pas ce papier avec vous si vous quittez cette maison. »

Sarah hésita devant cette seconde promesse. Une nouvelle étreinte, plus faible que la première, vint l'avertir qu'on n'avait pas le temps d'attendre, et de nouveau tomba de ses lèvres le serment solennel :

« Je le jure.

— Jurez.... » reprit pour la troisième fois mistress Treverton; mais la voix lui manqua comme auparavant, et cette fois elle essaya vainement d'en retrouver l'usage.

Sarah leva les yeux et vit, altéré par des contractions nerveuses, ce visage si beau : la main blanche et délicate, étendue vers la table où les médicaments étaient posés, y promenait des doigts crispés et roidis.

« Vous avez tout bu, cria-t-elle se levant en pieds, car elle avait compris le sens de ce geste désespéré.... Madame, chère maîtresse, vous avez tout bu.... Il ne reste plus que l'opiat.... Laissez-moi sortir.... laissez-moi vous aller chercher.... »

Un coup d'œil de mistress Treverton l'arrêta court avant qu'elle n'eût pu achever sa phrase. Un mouvement rapide était imprimé aux lèvres de la mourante. Sarah posa son oreille tout contre. D'abord elle entendit seulement une respiration haletante et pénible.... puis elle y distingua, par intervalles, quelques paroles confusément mêlées.

« Ce n'est pas tout.... il faut jurer.... Plus près, plus près.... rapprochez-vous !... une troisième promesse.... Votre maître.... jurez de lui donner.... »

Les derniers mots se perdirent dans un faible murmure.... Les lèvres qui les avaient articulés à si grand'peine s'écartèrent tout à coup, et ne se refermèrent plus. Sarah s'élança d'un bond vers la porte, et l'ouvrant, demanda des secours à grands cris.... puis elle revint en courant près du lit, saisit la feuille de papier sur laquelle était écrit de sa main ce que lui avait dicté sa maîtresse, et la cacha dans son sein. Le dernier regard que lui adressèrent à ce moment les yeux de mistress Treverton était chargé d'indignation et de reproches; et ils gardèrent, pendant un moment plein d'angoisse, cette expression irritée. Ce moment passa. Aussitôt après, éteignant tout ce qui restait des lueurs vitales, l'ombre que la mort projette devant elle vint planer sur le visage apaisé à jamais.

Le docteur, accompagné de la garde-malade et de l'un des domestiques, entra dans la chambre, et, s'approchant du lit à la hâte, vit tout aussitôt que l'heure était à jamais passée où ses services eussent pu produire quelque bien. S'adressant d'abord au valet qui l'avait suivi :

« Allez, lui dit-il, prier votre maître de m'attendre chez lui ; j'irai sous peu lui parler. »

Sarah était demeurée debout, immobile, muette, ne prenant garde à rien ni à personne, au pied du lit mortuaire.

La garde, en s'avançant pour rapprocher les rideaux, ne put l'envisager sans un frémissement nerveux, et s'adressant au docteur :

« Je crois, monsieur, dit-elle, que cette personne ferait bien de quitter la chambre. » L'accent donné à cette remarque indiquait un certain mépris. « Il me semble, continua la garde, qu'elle est troublée, effrayée au delà de toute raison par ce qui vient d'arriver.

— Vous avez raison, répliqua le médecin. Il vaut mieux qu'elle sorte d'ici. Permettez-moi de vous engager à nous quitter un moment, » ajouta-t-il, posant sa main sur le bras de Sarah.

Elle recula aussitôt, comme par méfiance, et, levant une main à la hauteur de sa poitrine, à l'endroit même où la funèbre missive était cachée, elle l'y tint étroitement collée, tandis que, de l'autre main, elle cherchait un flambeau.

« Vous feriez bien, dit le docteur lui en offrant un, de vous reposer un peu dans votre chambre.... Attendez, cependant, continua-t-il après avoir réfléchi un instant ; je vais porter la triste nouvelle à votre maître, et peut-être voudra-t-il être informé des dernières paroles que mistress Treverton a pu prononcer devant vous. Il vaudrait donc mieux m'accompagner, et attendre à la porte du capitaine que j'aie pu m'entretenir avec lui.

— Oh ! non.... non.... pas à présent !... au nom du ciel, non !... »

Et, tandis qu'elle prononçait ces paroles à voix basse avec un empressement suppliant, Sarah, qui s'était dirigée vers la porte, disparut tout à coup sans qu'il fût possible de lui adresser un seul mot.

« Singulière femme, dit le docteur s'adressant à la garde
Suivez-la !... Sachez où elle va, pour le cas où nous aurions
besoin d'elle, et où il faudrait l'envoyer chercher. J'attendrai
ici que vous soyez revenue. »

Lorsque la garde revint, son rapport ne fut pas long. Elle
avait suivi Sarah Leeson du côté de sa chambre, l'y avait vue
entrer, et, prêtant l'oreille, avait entendu pousser le verrou
intérieur.

« Singulière femme ! répéta le docteur.... de l'espèce taci-
turne et discrète.

— Mauvaise espèce, remarqua la garde. Elle ne fait que se
parler à elle-même, et, à mon avis, c'est là un triste symptôme.
Je n'aime pas non plus sa mine. Voyez-vous, monsieur, je me
suis méfiée d'elle dès le premier jour de son entrée ici. »

CHAPITRE II.

L'enfant.

Aussitôt que Sarah Leeson se fut enfermée dans sa chambre,
elle enleva de sa cachette le papier révélateur, non sans frémir,
et comme si elle eût porté la main sur quelque arme dangereuse; elle le plaça tout ouvert sur sa petite table de toilette,
et se mit à dévorer du regard les lignes qu'elle y avait elle-
même tracées. Les caractères flottaient d'abord devant ses yeux.
Elle y porta les mains durant quelques minutes, comme pour
en dissiper l'éblouissement, et ensuite regarda de nouveau
l'écrit en question.

Maintenant chaque lettre, chaque mot lui apparaissait avec
une netteté presque surnaturelle; on les eût dit doués d'une
sorte de vie, et ils semblaient grandir, à mesure qu'elle les
contemplait ainsi. D'abord la suscription : *A mon mari*, puis, au-
dessous, la ligne raturée, illisible, tracée par sa maîtresse ago-
nisante; puis celles qu'elle-même avait écrites, et enfin les deux
signatures : celle de mistress Treverton, suivie de la sienne.
Tout cela ne formait qu'un bien petit nombre de phrases, jetées
sur un méchant morceau de papier que la flamme d'une bougie
pouvait détruire en quelques secondes. Et pourtant, elle de-

meurait assise devant cet objet, si insignifiant en apparence,
lisant, lisant, relisant toujours ; n'y touchant jamais qu'au
moment où il fallait tourner ou retourner la première page
écrite des deux côtés ; ne bougeant pas, ne parlant pas, ne levant pas une seule fois les yeux. Ainsi qu'un condamné à mort
lirait la sentence qui l'envoie sur l'échafaud, ainsi Sarah
Leeson lisait maintenant les quelques lignes qu'une demi-
heure auparavant sa maîtresse lui avait dictées.

L'espèce de paralysie où la vue de cet écrit jetait sa pensé
tenait, autant qu'à son existence même, aux circonstances dans
lesquelles il venait d'être rédigé. Le serment exigé par mistress Treverton, sans autre mobile sérieux que le caprice final
de ses facultés dérangées et le souvenir excitant de son passé
dramatique, avait été prêté par Sarah Leeson comme l'engagement le plus sacré qu'elle pût contracter envers elle-même.
Cette menace d'une réapparition posthume que sa maîtresse
avait risquée comme une espèce d'épreuve railleuse, dont
elle voulait juger l'effet sur la crédulité superstitieuse de la
femme de chambre, pesait maintenant, comme une sanction
terrible et presque certaine, sur l'avenir menacé de cette
pauvre fille épouvantée. Lorsque, repoussant le papier fatal,
elle se fut relevée, elle demeura immobile, un moment, avant
d'oser détourner la tête et regarder derrière elle ; et, lorsqu'elle
risqua ce regard, ce fut avec un effort, avec un frisson, et
comme si elle osait à peine interroger l'obscurité dans laquelle
s'effaçaient les recoins de la chambre solitaire.

L'habitude qu'elle avait depuis longtemps contractée de se
parler à elle-même parut alors retrouver son influence, tandis
que, d'un pas rapide, elle parcourait sa chambre dans tous les
sens. A chaque instant, ces phrases brisées sortaient de sa
bouche : « Comment lui donner cette lettre ? Un si bon maître....
qui nous traite tous si bien !... Pourquoi, mourant, me laisser
tout ce fardeau ?... C'est trop pour moi toute seule. » Et, tout
en répétant au hasard ces mots entrecoupés, elle s'employait,
sans en avoir conscience, à mettre à leur place une quantité
de menus meubles déjà parfaitement rangés. Tous ses regards,
tous ses gestes trahissaient la vaine lutte d'un esprit débile
aux prises avec le sentiment d'une responsabilité lourde. Elle
prenait l'une après l'autre, pour les placer et les replacer de
vingt manières différentes, les modestes porcelaines qui garnissaient sa cheminée. Elle accrochait sa pelote à son miroir,
puis l'ôtait de là pour la poser sur la table vis-à-vis ; boule-

versait les petits plateaux de sa toilette, et tantôt à droite, tantôt à gauche du pot à l'eau, les disposait dans un ordre diffé-
rent. Dans toutes ces actions sans importance, la grâce de
mouvements, la délicatesse d'allures naturelles à la femme se
retrouvaient encore, comme si tout ce qu'elle faisait n'eût pas
été complétement inutile et sans objet. Elle ne heurtait rien,
ne posait rien de travers ; sa marche précipitée ne laissait derrière elle aucun bruit de pas ; les bords de sa robe étaient
maintenus en place avec tout autant de chaste réserve que
s'il eût été grand jour et que cette scène eût eu tous les voisins pour spectateurs.

De temps en temps, le sens des paroles qu'elle se murmurait
à elle-même variait tout à coup. Elles exprimaient alors un peu
plus de hardiesse et de confiant espoir. A un moment donné
ces encouragements spontanés la conduisirent, comme de force
devant la table de toilette sur laquelle la lettre était restée ouverte. Elle lut tout haut l'adresse : *A mon mari*, saisit le papier
par un brusque mouvement, et, d'un ton raffermi : « Pourquoi
donc la lui donnerais-je ? Pourquoi le secret ne mourrait-il pas
entre elle et moi, comme nous en étions convenues ? Pourquoi
le lui révéler, à lui ? Non : il ne le saura pas. » A ces derniers
mots, elle approcha la lettre à un pouce de la bougie enflammée.
Au même instant, le rideau blanc de la fenêtre en face d'elle,
soulevé par la brise qui se frayait un passage à travers les
montures disjointes des antiques battants, s'agita légèrement.
Sarah l'aperçut alors qu'il semblait s'avancer vers elle et reculer ensuite. Aussitôt, elle ramena vivement la lettre, des
deux mains, contre sa poitrine, et, reculant jusqu'à ce qu'elle
se trouvât adossée au mur opposé, jeta devant elle ce même
regard terrifié qu'elle avait au moment où mistress Treverton
la menaçait d'une réapparition vengeresse.

« Quelque chose a bougé ici, disait-elle, osant à peine entr'ouvrir les lèvres.... « Quelque chose a bougé ici, qui n'est
pas moi. »

Une seconde fois, le rideau se gonfla et se rabattit sur lui-
même. Sarah, se glissant le long du mur, les yeux toujours
fixés sur cette espèce de fantôme, se dirigeait de côté vers la
porte.

« Est-ce déjà vous ?... murmurait-elle, tandis que sa main
tâtonnait autour de la serrure, cherchant la clef.... Vous, avant
que la fosse soit creusée ? avant que le cercueil soit fait
avant que le corps soit refroidi ?... »

Elle ouvrit la porte en disant ces mots, et se glissa dans le corridor. Là, faisant halte un moment, elle jeta un regard dans la chambre.

« Reposez en paix! disait-elle. Soyez tranquille, il aura la settre. »

La lampe allumée sur l'escalier lui permit de sortir du corridor. Puis, descendant à la hâte, comme pour s'enlever le temps de la réflexion, elle arriva, en une minute ou deux, jusqu'au cabinet du capitaine Treverton, une des pièces du rez-de-chaussée. La porte en était grande ouverte, et il n'y avait personne.

Après avoir quelque peu réfléchi, elle alluma un des flambeaux placés sur la grande table du vestibule, à la lampe même du cabinet de travail, et monta l'escalier qui conduisait à la chambre à coucher de son maître. Ayant plusieurs fois heurté à la porte sans obtenir de réponse, elle hasarda d'entrer. Le lit n'avait pas été défait, les flambeaux n'avaient pas été allumés, et, selon toute apparence, personne, de toute la nuit, n'était entré là.

Un seul endroit restait, où on pût espérer de rencontrer le capitaine : la chambre où le corps de sa femme gisait encore. Aurait-elle le courage de lui remettre, en ce lieu même, la lettre fatale? Elle hésita quelque peu, mais bientôt après : « Il le faut! il le faut! » se dit-elle bien bas, et elle se remit en chemin, ce qui l'obligeait à redescendre une partie des escaliers qu'elle venait de gravir. Cette fois, elle descendait avec plus de lenteur, se tenant aux rampes, et s'arrêtant presque à chaque marche pour reprendre haleine.

La porte de ce qui avait été la chambre à coucher de mistress Treverton lui fut ouverte, après qu'elle se fut hasardée à y frapper, par la garde-malade qui lui demanda, d'un ton rude et soupçonneux, ce qui l'amenait.

« Je voudrais parler à monsieur.

— Cherchez-le ailleurs qu'ici. Il y était il y a une demi-heure. Maintenant il s'en est allé.

— Savez-vous où ?

— Non.... Je ne fourre pas le nez dans les affaires des autres, moi.... Je ne m'occupe que de ce qui me regarde. »

Et, sur cette discourtoise réponse, la garde referma la porte Sarah, se détournant d'elle, porta ses regards vers l'extrémite extérieure du corridor. La porte de la *nursery* donnait là. Elle était entr'ouverte, et la clarté vacillante d'une bougie se projetait au dehors.

Sarah pénétra dans cette pièce et constata que la bougie brûlait, non dans la *nursery* elle-même, mais dans un cabinet intérieur ordinairement occupé, elle le savait, par la bonne d'enfant et par l'unique rejeton de la maison de Treverton, une petite fille, nommée Rosamond, et qui avait alors près de cinq ans.

« Serait-il là ?... Là, et non ailleurs, dans cette vaste maison ? »

A peine cette pensée lui était-elle venue à l'esprit que Sarah cacha brusquement dans le corsage de sa robe, exactement comme elle l'avait fait auprès du lit de sa maîtresse, la lettre que jusqu'alors elle avait tenue à la main.

Puis, sur la pointe des pieds, elle se glissa vers le cabinet. Pour complaire, sans doute, à quelque caprice de l'enfant, la porte avait été ouverte en ogive, et décorée, au sommet, par une espèce de treillis à jour, peint en vives couleurs, de manière à lui donner l'aspect d'une porte de serre chaude. Deux jolis rideaux de toile perse, pendus à l'intérieur du treillis, formaient la seule barrière entre la chambre occupée pendant le jour et celle où dormait l'enfant. L'un d'eux était relevé. Sarah s'avança vers la baie ainsi formée, après avoir pris la précaution de laisser son flambeau dans le corridor.

Le premier objet qui frappa sa vue dans cette petite chambre à coucher, fut le visage de la bonne, assise et profondément endormie sur un fauteuil près de la croisée. Se risquant, après cette première découverte, à regarder plus hardiment autour de la pièce, elle vit son maître assis à côté du berceau de l'enfant. Il tournait le dos à la porte. La petite Rosamond, réveillée, et debout sur son lit, avait les bras passés autour du cou de son père. Une de ses mains tenait suspendue, pardessus l'épaule du capitaine, la poupée qu'elle avait couchée à côté d'elle ; l'autre main se jouait doucement dans sa chevelure. L'enfant venait de pleurer amèrement, et, tout à fait épuisée maintenant, gémissait de temps à autre, la tête appuyée sur le sein de son père.

Les yeux de Sarah se remplirent de larmes, tandis qu'elle considérait les petites mains attachées au cou de son maître. Elle demeura auprès du rideau soulevé, ne prenant plus garde au risque qu'elle pouvait courir, d'un moment à l'autre, d'être découverte et questionnée ; elle y demeura jusqu'au moment où elle entendit le capitaine Treverton dire à l'enfant, de sa voix la plus douce :

« Chut, Rosette, chère enfant ! Chut, petit bijou. Ne pleurez
plus sur votre pauvre maman.... Pensez à votre pauvre papa...
il a tant besoin que vous le consoliez ! »

Si simples que fussent ces paroles, si tendre et si calme que
fut leur accent, elles parurent enlever sur-le-champ à Sarah
Leeson tout empire sur elle-même. Sans se demander si elle
serait ou non entendue, elle se détourna et se mit à fuir par
les corridors, comme si elle eût eu des assassins à ses trousses.
Passant auprès du flambeau qu'elle avait posé là, elle ne lui
donna pas même un regard, se jeta sur les escaliers et les
descendit tous du même élan, jusqu'au sous-sol des cuisines.
Là, un des serviteurs qui veillaient encore accourut à sa rencontre et lui demanda compte de sa brusque arrivée.

« Je suis malade.... je me trouve mal.... j'ai besoin d'air,
lui répondit-elle d'une voix étouffée et peu distincte.... Ouvrez la porte du jardin !... laissez-moi sortir ! »

L'homme obéit, mais comme à regret, semblant hésiter à
croire qu'il fût prudent de la laisser aller seule.

« Elle devient de plus en plus bizarre, dit-il en revenant
auprès de son camarade, après qu'elle fut sortie au grand air,
en passant devant lui fort à la hâte.... Maintenant que madame
est morte, il lui faudra, je suppose, chercher une autre condition. Pour ma part, je la verrai s'en aller sans trop de regrets.... Et vous, compère ? »

CHAPITRE III.

Le secret celé.

L'air doux et frais qui, dès qu'elle fut dans le jardin, vint
caresser le front et les joues de Sarah, parut calmer bientôt
son agitation. Elle s'engagea dans une allée latérale qui conduisait sur une terrasse, et d'où l'on avait vue sur la chapelle
d'un village voisin. Le crépuscule du matin commençait à
éclairer le paysage. Les clartés voilées que la brume jaunit
un peu avant le lever du soleil, montaient, paisibles et char-
mantes, dans le ciel oriental, derrière un long profil noirâtre
de terres marécageuses. La vieille église, enveloppée de son

cimetière que bordait une haie de myrtes et de fuchsias, luxuriants comme ils sont dans le pays de Cornouailles, s'éclairait presque aussi vite que le ciel lui-même, ce ciel matinal, dont elle reflétait les splendeurs. Sarah, s'accoudant au dos d'un siége rustique, restait en contemplation devant cette église. De l'édifice lui-même, ses regards se portaient sur l'étroit cimetière, s'y arrêtaient longuement, et suivaient les progrès de la lumière graduellement réchauffée qui baignait ce dernier asile où les morts reposent en paix.

« Oh! disait-elle, mon cœur.... mon pauvre cœur !... De quoi donc est-il fait pour exister encore? »

Elle demeura quelque temps absorbée dans sa contemplation douloureuse, et méditant les paroles qu'elle avait entendu adresser à l'enfant par le capitaine Treverton. Elles semblaient se rattacher, comme tout s'y rattachait, au reste, dans son esprit fortement préoccupé, à la lettre écrite sur le lit de mort de mistress Treverton. Elle la retira de son sein une fois encore, et, par un geste irrité, là froissa dans ses mains.

« Je la tiens encore.... mes yeux seuls l'ont vue, disait-elle, regardant ce papier maintenant informe.... Est-ce ma faute, après tout?... Si elle vivait, elle.... Si elle avait vu ce que j'ai vu.... entendu ce que j'ai entendu.... me demanderait-elle encore de remettre la lettre à son malheureux mari?... »

La pensée qu'elle venait d'exprimer ainsi parut rendre quelque calme à son âme. Elle s'éloigna pensive du banc qui lui avait servi d'appui, traversa la terrasse, descendit quelques marches de bois, et, par un sentier bordé d'arbustes qui tournait autour du manoir, de la façade orientale revint à celle du nord.

Depuis plus d'un demi-siècle, cette portion des bâtiments, tout à fait abandonnée, n'avait pas été remise en état. Le père du capitaine avait même dépouillé de leurs plus beaux tableaux et de leurs meilleurs meubles toutes les pièces du nord, pour faciliter et enrichir la décoration de l'aile occidentale, la seule qu'on habitât, dont les vastes appartements suffisaient, et de reste, soit à loger la famille, soit à lui permettre d'exercer largement les devoirs de l'hospitalité. La maison, fortifiée autrefois, avait dans l'origine la forme d'un quadrangle. De ces anciennes fortifications, une seule survivait encore ; une tour basse et massive qui partageait avec le village voisin l'honneur d'avoir donné son nom à la résidence seigneuriale, nommée Porthgenna-Tower. Elle était située à l'extrémité sud de la façade occidentale.

L'aile du midi consistait elle-même en écuries et en communs devant lesquels se dressait une muraille en ruine, laquelle, remontant du côté de l'est, allait rejoindre à angle droit le pavillon du nord, et complétait ainsi le carré parfait dessiné par l'ensemble des bâtiments.

L'extérieur de ce dernier pavillon, vu des jardins déserts et buissonneux sur lesquels il donnait, prouvait assez clairement qu'il n'avait pas reçu d'habitants depuis bon nombre d'années. Les vitres, en quelques endroits, étaient descellées ou brisées ; en d'autres, enveloppées d'une espèce de boue invétérée, que les pluies et la poussière y avaient successivement épaissie. Ici les volets étaient clos ; ailleurs, ouverts à demi sur leurs gonds rouillés. Le lierre non émondé, les végétations moussues s'échappant des fissures de la pierre, les toiles d'araignée disposées en longs festons, l'amoncellement des rebuts de toute sorte, fers, briques, plâtres, verre brisé, guenilles, débris de toile immonde, au-dessous des fenêtres, compliquaient encore ce poëme d'abandon et de ruine. Toujours abrité du soleil, ce côté du manoir conservait un aspect sombre et froid, qui sentait l'hiver, même en cette belle matinée d'août, tout ensoleillée, par laquelle Sarah Leeson errait dans cette portion des jardins toujours déserte. Perdue dans le labyrinthe de ses propres pensées, elle longeait les plates-bandes depuis longtemps défoncées, et les allées envahies par les herbes parasites. Ses regards glissaient machinalement d'un objet à l'autre. Ses pieds la portaient machinalement sur ce qui restait des traces d'anciens sentiers, sans qu'elle sût où elle allait ainsi.

La brusque révolution qui s'était faite en elle au moment où, dans la *nursery*, elle avait entendu les paroles du capitaine, poussait son esprit aux résolutions extrêmes, et lui en donnait le courage désespéré. Son pas se ralentissait à mesure qu'elle s'absorbait de plus en plus dans son rêve, et elle finit par s'arrêter à son insu sur un terrain dépouillé, qui jadis avait été une éclaircie soigneusement ménagée entre deux bosquets. De là, l'œil embrassait la longue rangée des appartements ouverts au nord.

« En quoi, pourtant, suis-je obligée à mettre ce papier entre les mains de monsieur ? se disait-elle, lissant et relisant entre ses doigts distraits la lettre froissée. Madame est morte

sans m'avoir fait jurer ceci. Pourvu que je tienne strictement les promesses jurées, comment pourrait-elle venir me
tourmenter ? Qu'ai-je besoin de faire plus ? Et ne puis-je risquer ce qui peut m'arriver de pis, pourvu que j'aie rempli les
obligations que m'impose la parole donnée, la main sur la
Bible ? »

Ainsi se raisonnait-elle, sans oser davantage : car en plein
air, au grand jour, ses craintes superstitieuses la dominaient
encore, comme la nuit, dans sa chambre, elles l'avaient dominée. Elle s'arrêta donc en ses déductions, et continuant à dé-
friper, à lisser la lettre, elle se remettait en mémoire les termes de l'engagement solennel que mistress Treverton avait
exigé d'elle.

En quoi consistait cet engagement ? Elle avait promis de ne
pas détruire la lettre, promis de ne pas l'emporter avec elle,
si elle venait à quitter la maison. En outre, elle ne pouvait se
dissimuler le vœu formé par mistress Treverton que ce document fût remis à son époux : mais ce vœu obligeait-il la personne qui en était dépositaire ? Oui, certes, à certain degré !
L'obligeait-il comme eût fait un serment prêté par celle-ci ?
Non, à coup sûr.

Arrivée à cette conclusion, Sarah leva les yeux. Ils s'arrêtèrent tout naturellement sur cette façade abandonnée que
nous avons décrite ; peu à peu, ils furent comme attirés
par l'une des fenêtres, celle du milieu, à l'étage inférieur,
plus grande que les autres, et d'un aspect plus sévère. Tout
à coup ils s'animèrent, un éclair y passa qui exprimait
une idée. Elle frémit ; une rougeur légère lui monta aux
joues, et elle s'avança d'un pas vif vers les murs du vieux
bâtiment.

Les vitres de la grande fenêtre, jaunies par la poussière
et l'humidité, étaient irrégulièrement encadrées par les toiles
d'araignée. Au-dessous, et sur un petit tertre qui avait jadis
supporté quelques massifs de fleurs ou d'arbrisseaux, un mon-
ceau de platras et de débris divers s'était graduellement ac
cumulé. Une bordure irrégulière de mauvaises herbes et de
plantes parasites dessinait encore la forme oblongue de l'ancienne plate-bande. D'une allure encore irrésolue, Sarah Leeson en fit le tour, à chaque pas regardant la fenêtre sous laquelle, parvenue enfin, elle s'arrêta. Puis, jetant un rapide coup
d'œil sur la lettre qu'elle tenait à la main :

« Je risque l'aventure, » se dit-elle enfin d'un ton bref.

Ces mots étaient à peine tombés de ses lèvres, que, rega-
·gnant la partie habitée du vieux .manoir, elle suivit le corridor souterrain qui menait à l'appartement de la femme de
charge, y entra résolûment, et décrocha un paquet de clefs
pendu à un clou. Ce paquet portait une étiquette d'ivoire
sur laquelle étaient écrits ces mots : *Clefs des appartements du
nord.*

Elle posa ces clefs sur un bureau proche d'elle, prit une
plume, et, sur la feuille restée blanche de la lettre écrite par
ordre de sa maîtresse, elle ajouta ces lignes :

« Si jamais ce papier venait à être découvert (ce qui ne sera
pas, je le désire de toute mon âme), je veux qu'on sache que
je me suis décidée à le cacher parce que je n'ose pas montrer
à mon maître l'écrit qu'il renferme, bien que cet écrit lui soit
adressé. En agissant ainsi, bien que j'aille à l'encontre du
désir suprême de ma maîtresse, je ne romps pas l'engagement
solennel que, sur son lit de mort, elle m'a fait contracter envers elle. Cet engagement m'oblige à ne pas détruire ce papier, et à ne le pas emporter si je quitte la maison. Je ne
ferai certainement ni l'un ni l'autre, mon dessein étant tout
simplement de le cacher dans celui de tous les endroits où
j'ai le moins à craindre que jamais il soit retrouvé. Tout
inconvénient, tout malheur pouvant résulter de cette fraude,
qui est mienne, ne doit retomber que sur moi. D'autres,
ma conscience me l'affirme, n'en seront que plus heureux,
ignorant à jamais le secret que ce papier était destiné à dévoiler. »

Elle signa ces lignes de son nom, les passa rapidement
dans le buvard qui garnissait le bureau, plia le papier, le
prit, et, s'emparant du paquet de clefs, non sans jeter autour
d'elle un regard inquiet comme si elle redoutait l'œil de quelque espion, elle sortit. Depuis le moment où elle avait franchi
le seuil de cette chambre, tous ses actes avaient été soudains
et précipités. Elle craignait évidemment de se donner à elle-
même le loisir de la réflexion.

En quittant l'appartement de la femme de charge, elle prit à
gauche, monta un escalier dérobé, et ouvrit, tout en haut, une
porte qui lui barrait le passage. Au moment où le battant
tourna sur ses gonds, un nuage de poussière flotta autour
d'elle. Une fraîcheur sépulcrale la fit frissonner, tandis qu'elle
traversait une grande salle dallée où pendaient les toiles, çà et
là séparées de leurs cadres vermoulus. de quelques sombres

portraits de famille. Quelques marches de plus la conduisirent à une rangée de portes ouvrant toutes dans les chambres situées au premier étage du pavillon nord.

Agenouillée devant la quatrième de ces portes, à partir du palier où elle était ainsi parvenue, et après avoir jeté un regard méfiant à travers le trou de la serrure, elle se mit à essayer successivement toutes les clefs qu'elle avait apportées, jusqu'au moment où elle trouva celle qui devait ouvrir. Mais ce fut là une opération difficile, tant était grande son agitation ; ses mains tremblaient au point qu'elle pouvait à peine tenir une clef séparée des autres. Elle réussit pourtant, à la longue. La poussière lui vint aux yeux, plus épaisse que jamais, au moment où ils purent plonger dans l'intérieur de la chambre abandonnée. Une atmosphère sèche, étouffante, saturée de miasmes vieillis, la suffoquait presque au moment où elle se baissait pour reprendre sa lettre, déposée un moment sur le parquet, à côté d'elle. Un instant elle recula, et reprit le chemin de l'escalier. Mais la résolution lui revint après quelques pas.

« Il n'y a plus à s'en dédire, » pensa-t-elle avec une sorte de désespoir ; et elle entra dans la chambre dont elle venait de s'ouvrir l'accès....

Elle n'y demeura pas, en tout, plus de deux ou trois minutes. Quand elle en sortit, sa figure était blême de peur, et la main qui avait tenu la lettre un instant auparavant, ne tenait plus maintenant qu'une petite clef rouillée.

La porte une fois refermée, Sarah examina le gros paquet de clefs qu'elle avait enlevé de chez la femme de charge, avec plus d'attention qu'elle n'avait fait jusque-là. Outre l'étiquette d'ivoire attachée à l'anneau qui les tenait réunies, d'autres petites étiquettes, celles-ci en parchemin, étaient fixées à quelques-unes d'entre elles, indiquant la chambre dont elles pouvaient procurer l'entrée. Celle dont elle venait de se servir avait précisément son étiquette particulière. Sarah déroula le parchemin racorni, le rapprocha du jour, et y lut, en caractères effacés par le temps :

La Chambre aux Myrtes.

Donc, à présent, elle avait un nom à elle, cette chambre où le secret devait rester enfoui : un nom harmonieux, un nom de bon augure, qui devait flatter l'oreille des habitants de cette chambre et hanter agréablement leur mémoire ; un nom qui, par cela même, devenait suspect à Sarah Leeson, après ce qu'elle venait d'accomplir.

Aussi prit-elle, dans la poche de son tablier, la petite *ménagère* (boîte à ouvrage) qui ne la quittait jamais, et, à l'aide des ciseaux qu'elle y trouva, elle détacha l'étiquette de la clef. Suffirait-il de la détruire? question que mille conjectures sans portée ne l'aidèrent pas à résoudre; elle finit cependant par séparer aussi toutes les autres étiquettes de même espèce, sans autre motif qu'un vague soupçon, et le besoin instinctif de multiplier les précautions.

Ramassant avec soin les petits lambeaux de parchemin épars autour d'elle, elle les plaça, tout comme la petite clef rouillée qu'elle avait emportée de la Chambre aux Myrtes, dans la poche vide de son tablier. Puis, portant toujours à la main le second paquet de clefs, et refermant avec soin derrière elle les portes qu'elle avait ouvertes pour pénétrer dans le pavillon nord de Porthgenna-Tower, elle regagna l'appartement de la femme de charge, y entra sans y trouver personne, et replaça au clou fixé dans le mur les clefs qu'elle y avait prises.

La matinée avançait; Sarah pouvait craindre maintenant de se rencontrer avec quelques-unes des filles de service. Aussi s'empressa-t-elle de retourner dans sa chambre. Le flambeau qu'elle y avait laissé brûlait encore, mais ne jetait plus qu'un faible éclat, amorti par les feux de l'aurore. Après l'avoir éteint, lorsqu'elle voulut écarter ses rideaux, un ressentiment de la prestigieuse terreur qu'elle avait éprouvée lui revint, même en face du jour qui, de tous côtés, l'inondait. Elle ouvrit sa croisée et s'y pencha pour aspirer à longs traits la fraîcheur matinale.

A bonne ou mauvaise fin, c'en était fait maintenant. Le coffret fatal gisait enfoui dans sa cachette inconnue. C'était là, de premier abord, une pensée qui lui donnait quelque repos. Elle pouvait maintenant, tout à loisir, rassembler ses idées, s'occuper d'elle-même, envisager les incertitudes de son avenir.

Rien n'aurait pu l'engager à rester dans sa condition actuelle, maintenant que la mort avait rompu les liens qui la retenaient auprès de son impérieuse maîtresse. Elle savait que mistress Treverton, dans les derniers jours de sa maladie, avait très-sérieusement recommandé sa femme de chambre aux bontés, à la protection du capitaine : elle n'avait pas à douter que les prières de sa femme, datées de ces heures su-

prêmes, ne fussent envisagées, soit à cet égard, soit à tout
autre, par cet excellent mari, comme autant d'ordres qu'il
tiendrait à honneur de ne pas éluder. Mais pouvait-elle accepter les bontés, la protection du maître qu'elle avait d'abord,
complice docile, aidé à tromper, et que plus tard, de son chef,
elle trompait encore? La seule idée d'une bassesse pareille la
révoltait au point qu'elle trouvait une sorte de soulagement
à la triste nécessité où elle se voyait de quitter immédiatement cette maison, qui eût dû être son asile naturel.

Et comment la quitter? Fallait-il, officiellement, donner
congé, s'exposant ainsi à des questions qui devaient nécessairement l'effrayer, la confondre? Après ce qu'elle venait de
faire, oserait-elle bien affronter la présence de son maître,
alors qu'il ne pouvait manquer de l'interroger sur sa maîtresse, alors qu'il voudrait lui arracher, mot par mot, tous
les détails de cette terrible scène, dont elle avait été l'unique
témoin? Quand l'idée nettement définie de ce redoutable
examen se fut offerte à son imagination, elle se leva comme
poussée par un ressort, décrocha son manteau pendu au mur,
et se prit à écouter à sa porte, en proie à toute sorte de
soupçons et de craintes. Ne venait-elle pas d'entendre des pas
dans le corridor? Son maître l'envoyait-il chercher de si bonne
heure ?

Mais non : tout, au dehors, se taisait. Pendant qu'elle attachait
son chapeau, quelques larmes coulèrent le long de ses joues.
Cet acte, si simple en lui-même, la plaçait en face de la dernière et de la plus dure conséquence que dût avoir inévitablement pour elle la résolution qu'elle avait prise en cachant le
secret qu'il lui était enjoint de divulguer. A ceci, nul remède.
Il fallait, ou risquer de tout découvrir, ou subir la double
épreuve et de quitter Porthgenna-Tower, et d'en sortir secrètement.

Secrètement, comme un larron furtif? Secrètement, sans
un mot à son maître? sans une pauvre ligne de remercîments
pour ses bontés, d'excuse pour une conduite si étrange ? Elle
avait ouvert son pupitre, d'où elle avait retiré sa bourse, une
ou deux lettres, un petit volume des *Hymnes* de Wesley, avant
que ces considérations se fussent offertes à son esprit. Elles
l'arrêtèrent au moment de refermer le pupitre : « Écrirai-je?
se demanda-t-elle, et laisserai-je ma lettre ici afin qu'on l'y
trouve après mon départ? » Quelques réflexions la décidèrent
à prendre ce parti. En aussi peu de temps que sa plume, tou-

jours courant, put en mettre à tracer les lettres dont elles
étaient formées, elle écrivit quelques lignes destinées au capitaine Treverton. Elle y avouait l'existence d'un secret dont
la révélation avait été mise à la charge de sa conscience, et
que, néanmoins, elle avait gardé; ajoutant que, en toute
bonne foi, elle ne croyait lui occasionner, ni à lui ni à personne de sa famille, aucune sorte de mal, en lui taisant ce
qu'il lui avait été ordonné de divulguer. Elle terminait en lui
demandant pardon de quitter sa maison ainsi, à la dérobée, sans
dire où elle allait, et en implorant de lui, comme grâce suprême,
de ne rien faire pour retrouver ses traces. Ce billet cacheté,
l'adresse mise, elle le plaça bien en vue sur sa table. De nouveau elle prêta l'oreille à la porte, et, bien assurée que personne encore ne bougeait, elle se mit à descendre, pour la
dernière fois, les escaliers de Porthgenna-Tower.

Parvenue à l'entrée du corridor qui menait à la *nursery*,
elle fit halte. Les pleurs qu'elle retenait depuis qu'elle avait
quitté sa chambre recommencèrent à couler de plus belle.
Quelque pressée qu'elle dût être maintenant de partir sans
perdre une minute, par une inconséquence vraiment singulière, elle fit quelques pas vers la porte de la *nursery*. Mais à
ce moment même, un léger bruit venu du bas de la maison
frappa son oreille, et l'empêcha de faire un pas de plus. Pendant ce moment d'hésitation, le chagrin dont elle était dévo-
rée, chagrin plus âpre que rien, dans sa conduite, n'eût pu
jusque-là le faire soupçonner, lui arracha tout à coup, montant à ses lèvres, un profond sanglot. Ce bruit involontaire
sembla lui rendre, en l'effrayant, le sentiment du danger
que lui ferait courir chaque minute de retard. Elle courut
vers l'escalier, descendit sans encombre jusqu'au sous-sol, et
sortit du manoir par cette même porte, donnant sur les jardins, que le domestique, au point du jour, avait ouverte pour
elle.

Une fois hors de l'enclos de Porthgenna-Tower, au lieu de
prendre, à travers la lande, le sentier le plus proche menant à
la grande route, elle se détourna vers l'église; mais, avant
d'y arriver, elle s'arrêta près du puits banal creusé dans le
voisinage des huttes habitées par les pêcheurs de Porthgenna.
Non sans promener d'abord un regard soupçonneux autour
d'elle, elle jeta dans ce puits la petite clef rouillée qu'elle avait
emportée de la Chambre aux Myrtes; puis elle pressa le pas
et pénétra dans l'enceinte du cimetière. Elle se dirigea en

ligne droite vers une des tombes, quelque peu séparée des autres. Sur la pierre étaient inscrits ces mots :

A LA MÉMOIRE

DE

HUGH POLWHEAL,

AGÉ DE 26 ANS,

MORT

DE LA CHUTE D'UN ROCHER

DANS

LES MINES DE PORTHGENNA,

LE 17 DÉCEMBRE 1823.

Après avoir arraché quelques brins de l'herbe qui poussait sur cette fosse obscure, Sarah ouvrit le petit volume des Hymnes de Wesley, qu'elle avait emporté avec elle en quittant Porthgenna-Tower, et, parmi les feuillets, avec grand soin, plaça ces menues herbes encore imprégnées de rosée. Tandis qu'elle se livrait à ce pieux travail, le vent rabattit la première page du volume, celle du titre, et au recto de cette page un œil indiscret eût pu lire, tracés en gros caractères fort peu corrects, ces simples mots : « Sarah Leeson. Ce livre lui a été donné par Hugh Polwheal. »

Sa petite besogne terminée, Sarah retourna dans la direction du sentier qui conduisait à la grand'route. Une fois en pleine lande, elle tira de la poche de son tablier les petites étiquettes en parchemin qu'elle avait détachées des clefs, et les dispersa çà et là sous les bouquets de bruyère.

« Partez à jamais !... partez comme moi, dit-elle ensuite. Dieu m'excuse et me vienne en aide !... Tout, maintenant, est bien fini. »

A ces mots elle tourna le dos à l'antique manoir et à la mer qui, par delà ses murailles, s'étendait jusqu'aux limites de l'horizon. Elle se dirigeait vers le grand chemin par l'étroit sentier percé à travers la lande marécageuse.

Quatre heures plus tard, le capitaine Treverton chargea un de ses domestiques d'aller chercher Sarah Leeson pour qu'elle vînt lui rendre un compte exact des derniers moments de sa maîtresse. Le messager revint, tout ébahi et consterné, tenant à la main la lettre que la fugitive avait laissée pour son maître.

A peine celui-ci l'avait-il lue, qu'il ordonna des recherches immédiates. Elles étaient facilitées par les singularités d'aspect que nous avons signalées chez Sarah Leeson : ses cheveux prématurément gris, sa physionomie effarée, ses constants soliloques ; aussi parvint-on à la suivre de loin jusqu'à Truro. Mais, dans cette populeuse cité, sa trace fut perdue bien définitivement. Des récompenses furent affichées, les magistrats du district ne refusèrent pas leur concours. De tout ce que l'argent et l'influence personnelle peuvent obtenir, rien ne fut négligé : mais la police y perdit ses peines. Aucun indice ne fit soupçonner ce qui avait pu advenir de la fugitive ; aucun n'aida le moins du monde à deviner de quelle nature pouvait être le secret auquel, dans sa lettre, elle faisait allusion.

Son maître ne la revit jamais ; jamais il n'entendit parler d'elle, à partir du 23 août 1829.

LIVRE II.

CHAPITRE PREMIER.

Quinze ans après.

Long-Beckley est un gros village du centre de l'Angleterre. L'église de cette communauté agricole, bien que la construction n'en soit remarquable ni par sa masse, ni par son élégance architecturale, ni par son antiquité, possède néanmoins un mérite que les despotiques marchands de Londres n'ont pas su donner à leur noble cathédrale dédiée à saint Paul. Elle est largement dégagée de toutes parts, et, de tous les points de l'horizon, s'offre de loin aux regards.

Le grand espace vide au sein duquel on l'a érigée a trois accès différents. Une route partie du village mène en ligne droite à la principale porte ; un large sentier sablé, commençant aux portes du presbytère, traverse le cimetière et aboutit, comme de raison, à celles de la sacristie. Il y a aussi, à travers champs, un petit sentier par lequel le propriétaire du château et tous ceux qui ont le bonheur de vivre dans son auguste voisinage peuvent arriver à l'entrée latérale de l'édifice sacré, lorsque leur humilité naturelle (encouragée par un beau temps bien sec) les porte à faire célébrer le dimanche dans leurs écuries en allant à l'église, comme les plus pauvres paroissiens, sur les jambes que Dieu leur a données.

Par une belle matinée d'été, en l'an de grâce mil huit cent quarante-quatre, vers les sept heures et demie, un étranger qui, sans être aperçu, se serait glissé dans quelque coin du cimetière, et qui, doué de bons yeux, eût observé ce qui s'y passait, aurait été témoin de certaines manœuvres qui lui eussent donné à penser. Il aurait pu croire les principaux habitants de Long-Beckley engagés dans une conspiration dont leur église serait devenue le quartier général.

Au moment où sonne la demie, tourné du côté du presbytère, il aurait vu le vicaire de Long-Beckley, le révérend docteur Chennery, quitter sa demeure par une porte de derrière, et d'une façon passablement suspecte, regardant derrière lui 'un air embarrassé, gagner le sentier sablé qui menait à la cristie, s'arrêter mystérieusement avant d'en avoir franchi seuil, et promener ses regards avec inquiétude sur la route enant du village à la chapelle.

Supposons que notre observateur, intrigué par ces allures, se fût dissimulé de plus belle, et qu'il eût jeté les yeux dans la même direction que le digne vicaire, il eût vu le clerc de la paroisse, austère personnage, jaune de teint, solennel de manières (un Loyola protestant, si on eût pris au mot sa physionomie rigide, mais, en réalité, un simple fabricant de souliers), il l'eût vu, disons nous, s'avancer avec des airs de discrétion impossibles à décrire, et la main garnie d'un énorme trousseau de clefs. Il aurait vu le clerc saluer le vicaire avec un étrange sourire de connivence, et comme Guy Fawkes aurait pu saluer Catesby, lorsque ces deux importants négociants en poudre à canon se réunissaient pour loger leurs marchandises dans les vastes entrepôts qu'ils avaient établis sous le palais du Parlement. Il aurait vu le vicaire, évidemment préoccupé, répondre au clerc par un simple mouvement de tête, et, dissimulant quelque mot de passe mystérieux sous le masque d'une interpellation tout à fait insignifiante, lui dire amicalement : « Une belle journée, Thomas... Avez-vous déjeuné? » Il aurait entendu Thomas répondre avec un luxe de détails tout à fait suspect : « J'ai pris mon thé, monsieur, et du pain dedans. » Et alors, il aurait vu ces deux conspirateurs de village, après un coup d'œil jeté en commun sur l'horloge de la chapelle, se diriger ensemble vers la porte latérale, d'où ils avaient vue sur le sentier à travers champs.

Se glissant derrière eux (notre observateur n'y aurait pas manqué), il aurait découvert trois autres conjurés arrivant par là au rendez-vous. Le chef de cette bande aux projets pervers était un gentleman âgé, dont les traits fatigués, les manières franches et sans gêne, devaient admirablement détourner les soupçons. Sur ses pas marchaient un jeune homme et une jeune femme, tous deux évidemment de bonne maison, se donnant le bras et se parlant à l'oreille. Ils avaient le simple costume du matin. Tous deux étaient un peu pâles, et une certaine agitation se peignait sur les traits de la jeune lady. Sauf cela, rien à noter en eux, jusqu'au moment où ils arrivèrent au guichet du cimetière. Ici, la conduite du jeune gentleman devint à peu près inexplicable. Au lieu d'ouvrir la porte à sa compagne, il recula d'un ou deux pas, la laissa prendre ce soin elle-même, attendit qu'elle fût à l'intérieur du cimetière, et, alors seulement, lui tendant la main, se laissa introduire par elle, comme si tout à coup, d'homme fait, il eût été changé en petit garçon.

Ce n'est pas tout. Une fois arrivé auprès du vicaire, et lorsque le clerc eut ouvert les portes de l'église, le jeune gentleman, pour entrer, donna la main au docteur Chennery, et fut guidé par lui, comme il l'avait été par sa compagne au passage du guichet. Que conclure de tant de soins, si ce n'est que le personnage auquel ils étaient nécessaires devait être privé de la vue ? Notre observateur, mis en éveil par cette découverte, aurait été encore plus ébahi, en regardant à l'intérieur de la chapelle, d'y voir le jeune aveugle et sa compagne, debout à côté l'un de l'autre devant l'autel, et le gentleman âgé, en arrière d'eux, jouant le rôle d'un père qui marie son enfant. Il n'eût pas manqué de soupçonner que la conspiration matinale avait un mariage secret pour objet, et ses soupçons se fussent trouvés confirmés par la réapparition du docteur Chennery, qui, après cinq minutes passées dans la sacristie, en sortit dans tout l'appareil sacerdotal, et, de sa voix la plus harmonieuse, lut aux assistants les prières nuptiales.

La cérémonie achevée, après la signature, le baiser d'usage et les félicitations requises en pareil cas, notre observateur serait tombé en de nouvelles perplexités : car il aurait vu, contrairement à tous us et coutumes, les divers acteurs de cette petite scène de mœurs se retirer séparément, chacun retournant par le même chemin à l'endroit d'où il était venu.

Sans les suivre pas à pas, le clerc vers le village, les deux jeunes gens et le vieillard sur le sentier des champs, et notre chimérique observateur, dupe d'une curiosité non satisfaite, dans les vagues régions d'où nous l'avons évoqué, contentons-nous d'accompagner le docteur Chennery jusque dans la salle à manger du presbytère. Là, dans l'intimité du cercle de famille, nous saurons sans doute ce qu'il peut avoir à dire de ses travaux du matin.

Les personnes rassemblées pour le déjeuner étaient, en premier lieu, M. Phippen, simple convive; puis miss Sturch, institutrice, miss Louïsa Chennery (dix ans), miss Amelia Chennery (neuf ans), Master Robert Chennery (huit ans). La figure d'une mère manquait à ce tableau d'intérieur. Le docteur Chennery était resté veuf immédiatement après la naissance de son dernier enfant.

Le convive dont il a été question était un ancien condisciple du ministre, et on le supposait établi maintenant à Long-Beckley par raison de santé. La plupart des hommes qui se font une réputation quelconque ont quelque relief caractéristique qui, dans le cercle où ils se meuvent, les individualise et les distingue. M. Phippen avait sa petite renommée, tout comme un autre, et ce qui lui donnait des titres particuliers à l'estime de ses connaissances, c'était sa réputation comme martyr de la dyspepsie [1]. Partout où allait M. Phippen, les misères de son estomac l'escortaient fidèlement. Son régime était public, et publics étaient ses remèdes. Tout entier à lui-même et à son mal, on ne l'avait pas rencontré depuis cinq minutes, que, sans le connaître sous d'autres rapports, on savait si sa langue était mauvaise ou bonne, et si son dîner passait bien ou mal. Il parlait de sa digestion comme on parle du temps, et sur ce sujet, comme sur tout autre, il s'exprimait avec une douceur plaintive qui, par moments, prenait tous les caractères de la sentimentalité la plus lugubre. Sa politesse était à la fois caressante et despotique, et le mot *très-cher* jouait un grand rôle dans les fatigants appels que sans cesse il faisait à l'obligeance de son prochain. Sa personne n'avait rien de fort attrayant. Ses grands yeux gris clair nageaient dans un liquide abondant, et se portaient continuellement de côté ou d'autre, mouillés d'admiration pour quelque chose ou pour quelqu'un. Son nez long et profondément mélancolique semblait attiré vers la terre par une sorte d'accablement sans remède. Ses lèvres, abaissées des coins, présageaient une explosion de larmes ; et, quant au reste de son signalement, sa taille était petite, sa tête grosse, chauve, ballottant sur ses épaules; sa toilette un peu bizarre, à force de recherche. Son âge, quarante-cinq ans; sa profession, célibataire. Tel on peut se figurer d'ici M. Phippen, le martyr de la dyspepsie et l'hôte du ministre de Long-Beckley.

---

1. Ce mot savant sert à masquer, tout en l'exprimant, l'état pénible d'un estomac qui fonctionne mal.

LE SECRET.

Le portrait de miss Sturch, l'institutrice, est facile à faire très-ressemblant et en peu de mots, comme celui de toute jeune dame qui, depuis le jour de sa naissance, n'a eu maille à partir ni avec une idée ni avec un sentiment quelconque. Petite et grasse, blanche de peau, souriante et proprette, cette paisible demoiselle était absorbée dans l'accomplissement régulier de certains devoirs à certaines heures, et possédait un inépuisable approvisionnement de lieux communs distillés, à première réquisition, de ses lèvres roses, toujours de même nature et en même quantité, en toute occurrence, quels que fussent l'heure, le jour et la saison de l'année. Miss Sturch ne riait jamais, et jamais miss Sturch ne pleurait. A mi-chemin du rire et de la tristesse, voyageait sans risques son perpétuel sourire. Par une matinée de janvier, descendant de sa chambre, elle souriait en disant : « Il fait bien froid. » Si on était au mois de juillet, descendant de même : « Il fait bien chaud, » disait-elle. Quand l'évêque, une fois par an, venait rendre sa visite pastorale au ministre, elle souriait. Quand venait chercher sa commande, tous les matins, le garçon boucher, elle souriait encore. Elle souriait lorsque miss Louisa, pleurant sur son cœur, demandait un peu d'indulgence pour sa leçon de géographie, mal récitée; elle souriait quand Master Robert, sautant sur ses genoux, lui disait en maître : « Brossez mes cheveux! » De quelque événement que le presbytère devînt le théâtre, rien n'aurait jeté miss Sturch hors de la petite voie bien unie où elle se maintenait sans presser ni ralentir jamais le pas. Vivant au sein d'une famille royaliste, pendant les guerres civiles d'Angleterre, elle aurait, le jour où Charles Ier monta sur l'échafaud, mandé le cuisinier et dressé le menu, comme d'ordinaire. Si Shakspeare, ressuscité tout exprès, fût arrivé un samedi soir à la porte du presbytère, afin de renseigner authentiquement miss Sturch sur les idées qu'il avait en écrivant cette tragique énigme qui a nom *Hamlet*, elle aurait souri et répété : « C'est bien intéressant, » jusqu'à ce que la pendule eût sonné sept heures. Alors elle eût demandé pardon au poëte, et l'aurait planté là, sans écouter la fin de la phrase, pour aller surveiller la bonne et ses comptes de blanchissage. « Une bien estimable personne, cette miss Sturch! » comme le disaient volontiers les dames de Long-Beckley; « sachant si bien prendre les enfants et si entendue aux soins du ménage; une imagination si bien réglée et de si bons doigts sur le piano : justement assez gentille, assez bien mise, assez parlante, et pas trop. » Peut-être pas tout à fait assez âgée, et trop encline à embonpoint assez appétissant qui pouvait exposer sa petite taille à d'inconvenantes convoitises ; mais, en somme, « une jeune personne bien estimable, là, vraiment, tout à fait comme il faut. »

Inutile, ce nous semble, d'insister longuement sur les particularités qui caractérisaient les élèves de miss Sturch. Le côté faible de miss Louisa était une tendance invétérée à s'enrhumer. Le grand défaut de miss Amélia était son penchant pour les repas supplémentaires qu'elle trouvait toujours moyen de se procurer sans permission, à des heures indues. Master Robert péchait par une singulière vivacité d'allures, nuisible à la durée de ses vêtements, et aussi par la résistance obstinée que sa mémoire opposait à la table de Pythagore. Tous trois brillaient par des vertus analogues. Ils grandissaient vite, ils étaient de *vrais* enfants, et ils adoraient à grand bruit leur institutrice.

Pour compléter cette galerie de portraits de famille, il faut bien tenter au moins une esquisse du ministre lui-même. Le docteur Chennery, physiquement envisagé, faisait honneur au corps dont il était membre. Il mesurait, dans ses souliers de chasse, à fortes semelles, six pieds deux pouces [1], pesait deux quintaux, et crossait la balle mieux qu'aucun des joueurs du *cricket club* de Long-Beckley. Personne ne professait de plus orthodoxes doctrines en fait de vin et de mouton ; jamais, en chaire, il ne se permettait le moindre doute fâcheux sur l'avenir réservé à tel ou tel de ses paroissiens ; jamais, hors de sa chaire, il ne se querellait avec aucun d'eux. Ses poches ne restaient jamais boutonnées, quand il était appelé à y puiser par les misères de ses frères en Dieu (ces frères fissent-ils partie de quelque secte dissidente). Sa marche dans la vie était celle d'un solide piéton qui, pour plus de sécurité, tient le milieu haut et sec d'une chaussée dûment garnie de barrières. A sa droite, à sa gauche, les petits chemins périlleux de la controverse lui offraient impunément leurs sinuosités attrayantes ; il n'y jetait pas même les yeux, et passait son chemin bravement. Les jeunes conscrits de l'armée cléricale avaient beau, dans leur rage d'innover, lui mettre sous le nez les trente-neuf articles du programme officiel, enrichis de leurs commentaires, le vétéran n'y voyait jamais que sa signature carrément apposée au bas. Il savait aussi peu de théologie qu'il est possible d'en savoir, et, dans le cours de sa carrière, n'avait jamais

---

[1]. Le pied anglais n'est que de 304 millimètres. (*Note du traducteur.*)

donné le moindre embarras au Conseil privé jugeant en matière de dogme. Jamais non plus il n'avait songé à écrire ni
même à lire le moindre pamphlet; jamais cherché le chemin de
cette tribune qui, dans Exeter-Hall, est le point de mire des
apôtres modernes. Bref, il était de tous les membres du clergé
le moins clérical, et, toutefois, il avait une de ces figures auxquelles le surplis sied à merveille. Deux quintaux de belle et
bonne chair bien musclée, solidement établis et sans une seule
tare, un seul défaut essentiel, offrent une image de stabilité
qui convient, en général, aux colonnes de tout ordre, et qui,
dans l'état actuel de l'Église, convient plus particulièrement
aux siennes.

Le ministre venait à peine d'entrer dans la salle à manger,
que déjà il était assailli, de tous côtés, par un chorus de voix
enfantines. Il était un rigoureux observateur de la discipline
en ce qui concernait l'heure des repas, toujours ponctuellement
servis et ponctuellement dévorés. Or, ce jour-là, par grande
exception, sa famille l'attendait depuis un bon quart d'heure.

« Bien fâché, miss Sturch, de vous avoir fait attendre, dit
le ministre; mais, cette fois, j'ai vraiment une bonne excuse.

— Oh! monsieur, qu'il n'en soit pas question, repartit miss
Sturch, frottant l'une contre l'autre ses mains grassouillettes....
Comme il fait beau, ce matin!... Nous aurons encore une
journée de chaleur.... Robert, mon bon ami, votre coude est
sur la table.... Quelle belle matinée!... Une matinée vraiment
magnifique.

— Et l'estomac, toujours endommagé?... dites, Phippen!
demanda le ministre, déjà occupé à découper le jambon.

M. Phippen secoua douloureusement sa grosse tête, posa son
doigt jaune, orné d'une énorme turquoise montée en bague,
sur le point de jonction de son gilet d'été, à carreaux verts,
jeta au docteur Chennery un regard piteux accompagné d'un
léger soupir, ôta son doigt, prit dans une poche de son paletot
ouverte sur sa poitrine une petite boîte d'acajou, en tira une
charmante petite paire de balances comme celles dont se servent les pharmaciens, son assortiment de menus poids, un
morceau de gingembre, et, finalement, une râpe à muscade en
argent d'un poli parfait.

« La chère miss Sturch pardonnera certainement à un malade, dit ensuite M. Phippen, commençant à râper languis-
samment son gingembre dans la tasse de thé la plus voisine.

— Devinez, maintenant, ce qui m'a fait rentrer un quart

d'heure trop tard, dit le ministre, jetant un regard mystérieux autour de la table.

— Papa est resté au lit, crièrent les trois enfants, battant des mains.

— Qu'en dites-vous, *vous*, miss Sturch? » demanda le docteur Chennery.

Miss Sturch sourit comme d'habitude, frotta ses mains comme d'habitude, comme d'habitude s'éclaircit la voix par une toux préliminaire, fixa sur la bouilloire à thé son tranquille regard, et, le plus gracieusement du monde, demanda qu'on la dispensât de toute conjecture.

« A votre tour, Phippen, reprit le ministre. Voyons si vous devinerez ce qui m'a mis en retard.

— Mon bon ami, répliqua M. Phippen, offrant au docteur une poignée de main toute fraternelle.... Je n'ai rien à deviner.... Je sais tout. J'ai vu comment vous avez dîné hier, et ce que vous avez bu après votre dîner. Personne, pas même vous, ne peut suffire à une digestion pareille.... et vous me demandez de deviner ce qui vous a retenu.... Allez, allez, je ne le sais que trop.... Vous avez pris médecine.

— Non, grâces à Dieu.... et voici dix bonnes années que cela ne m'est arrivé, dit le docteur Chennery, adressant au ciel un regard de gratitude. Non.... vous n'y êtes ni les uns ni les autres.... Le fait est que je suis allé à l'église : et que pensez-vous que j'y allais faire?... Prêtez l'oreille, miss Sturch!... Petites filles, écoutez bien ! Notre pauvre jeune aveugle, Frankland, est enfin heureux.... Je l'ai marié, ce matin même, à notre chère Rosamond Treverton.

— Sans nous avoir prévenues? s'écrièrent ensemble les deux petites filles, mécontentes et surprises, de leur voix la plus aigrelette.... Et cela, quand vous saviez tout le plaisir que nous aurions pris à le voir !

— C'est là, justement, mes chéries, ce qui m'a décidé à me taire, répondit le ministre. Le jeune Frankland n'est pas encore assez habitué à son infirmité, pauvre garçon, pour supporter sans ennui qu'on le vienne voir comme une curiosité, dans son rôle de fiancé sans yeux. Cette idée lui faisait si grand'peur pour le jour de ses noces, et Rosamond, en bonne et brave enfant qu'elle est, tenait tellement à ce qu'on respectât jusqu'à la moindre de ses fantaisies, que nous avons tout exprès organisé la cérémonie pour une heure où nous n'avions pas à craindre qu'il y eût des flâneurs dans les environs de la chapelle. J'avais promis de ne dire le jour à personne. Mon clerc, Thomas, s'y était également engagé. Donc, hormis nous deux, et les deux fiancés, et le père de la demoiselle, le capitaine Treverton, personne au monde ne savait....

— Treverton ! s'écria M. Phippen, tendant à miss Sturch, pour qu'elle la remplît, sa tasse garnie de gingembre râpé.... Treverton !... (Assez de thé, chère miss !...) C'est singulier ! je connais ce nom.... De l'eau jusqu'aux bords, s'il vous plaît.... Dites-moi donc, cher docteur.... Merci, merci bien.... pas de sucre.... il aigrit sur l'estomac.... Cette miss Treverton mariée par vous ce matin.... Non, je vous remercie, pas de crème non plus.... serait-elle de la famille de ce nom, qui réside dans le Cornouailles ?

— Certainement, répondit le ministre. Son père, le capitaine Treverton, est le chef de la famille. Ce n'est pas qu'à présent la famille soit bien nombreuse. Il ne reste plus que le capitaine, Rosamond, et son vieil original d'oncle, Andrew Treverton. Voilà tous les rejetons de cette vieille race.... belle race, ma foi, et fort riche.... Gens dévoués à l'Église et à l'État.... gens comme il faut, c'est tout dire, et....

— Permettez-vous, monsieur, qu'Amélia mange une seconde tartine de marmelade ? » demanda miss Sturch au docteur Chennery, sans se douter le moins du monde qu'elle interrompait un discours digne de quelque intérêt.

N'ayant pas en sa petite cervelle assez de place pour y loger, en attendant le moment favorable pour les en extraire, les idées à exprimer, miss Sturch faisait toute espèce de questions et de remarques au moment même où elles s'offraient à son esprit, sans se préoccuper du commencement, du milieu, ou de la fin des conversations à travers lesquelles elle les lançait au hasard. Elle n'écoutait jamais que les paroles directement à son adresse, bien que sa physionomie exprimât en général l'attention la plus soutenue et la plus bienveillante.

« Oh ! donnez-lui-en tant qu'elle voudra, repartit négligemment le ministre. Si cette enfant veut trop manger, peu importe qu'elle se fasse mal avec de la marmelade ou toute autre chose.

— Ah ! mon bon et brave camarade, s'écria M. Phippen.... voyez à quel misérable état je suis réduit, et ne mettez pas cette déplorable insouciance à laisser Amélia fatiguer son jeune estomac. Quel avenir ne se prépare pas la jeunesse qui mange plus qu'il ne faut ! Ce que le vulgaire désigne par le

mot grossier de *coffre* (l'intérêt que je porte à sa charmante
élève rendra excusables pour miss Sturch ces particularités
physiologiques), est en réalité un appareil. Oui, miss Sturch,
au point de vue de la digestion, les plus jeunes, les plus belles
ne sont que cela : un appareil. Huilez vos rouages si vous le
voulez, mais gare à vous s'ils s'obstruent. Des poudings farineux et des côtelettes de mouton ; des côtelettes de mouton
et des poudings farineux, voilà, si j'avais autorité sur eux,
la consigne des parents d'un bout de l'Angleterre à l'autre.
Voyez-moi, chère petite, et comprenez-moi. Ces petites balances qui vous font sourire, rien de plus sérieux, mon enfant, et rien de plus triste. Voyez : dans un des plateaux je
place du pain sec.... bien sec, Amélia, du pain de la veille, et
dans l'autre, quelques poids d'une once chacun. «Monsieur Phippen, me dit l'Expérience, pesez vos aliments, mangez chaque
jour, à un cheveu près, la même quantité, et gare à vous si
vous venez à excéder cette ration quotidienne, encore qu'elle
se compose uniquement de pain sec. » Vous croyez que je plai-
sante, Amélia, mais c'est là le langage des médecins; des
médecins qui ont, dans toutes ses parties, scruté mon appareil depuis trente ans, essayant un organe après l'autre avec
leurs petites pilules, et sans jamais découvrir où gît l'obstruc-
tion qui en entrave le fonctionnement. Si vous y pensez, Amélia, si vous pensez à l'appareil obstrué de M. Phippen, vous
en viendrez bientôt à refuser ce qu'on vous offrira de plus
appétissant.... J'empiète sur votre domaine, miss Sturch, et
je vous prie de ne vous en point formaliser; mais l'intérêt
que je porte à cette aimable enfant, et la triste expérience que
j'ai faite de ces tortures à têtes d'hydre.... Chennery, cher
ami, de quoi parlions-nous donc ?... Ah! de la fiancée, de
l'intéressante fiancée. C'est donc une Treverton du Cornouailles? J'ai un peu connu Andrew, il y a de cela bien des
années.... Un misanthrope, un original.... Célibataire comme
moi, miss Sturch !... Dyspeptique comme moi, petite Amélia.... Je suppose que le capitaine ne lui ressemble guère....
Donc, voilà cette jeune personne devenue femme? Une charmante jeune fille, je n'en doute pas.... Charmante jeune fille,
n'est-il pas vrai ?

— Je n'en sais pas au monde de meilleure, de plus loyale,
de plus jolie, répondit le ministre.

— Personne vive, énergique, dit miss Sturch.

— Comme elle va me manquer! ajouta miss Louisa. Per-

ne n'a jamais su m'amuser comme Rosamond, pendant ce
rnier rhume qui m'a tenue au lit si longtemps.

— Et les jolis soupers qu'elle nous donnait! fit observer
miss Amélia.

— Je n'ai vu qu'elle qui sût jouer avec les petits garçons....
Elle rattrapait la balle au vol avec une seule main, et glissait
si bien à califourchon sur les rampes d'escalier, monsieur
Phippen! »

Ainsi parla Master Robert.

« Bonté divine! repartit Phippen, voilà une étrange femme
pour un mari qui n'y voit pas.... car vous venez de dire qu'il
est aveugle; n'est-ce pas, docteur, vous l'avez dit?... Et son
nom.... comment déjà s'appelle-t-il?... Vous ne m'en voudrez
pas, miss Sturch, de ma mauvaise mémoire? Quand les mauvaises digestions ont ravagé un pauvre corps, il faut bien que
le moral finisse par s'en ressentir.... M. Frank.... Frank quelque chose, n'est-il pas vrai?... Et aveugle de naissance?...
Triste, triste état.

— Non, non.... Frankland, Léonard Frankland, se hâta
d'interrompre le ministre.... Et ce n'est pas de naissance qu'il
est aveugle, pas le moins du monde. Il n'y a pas beaucoup
plus d'un an qu'il y voyait comme vous et moi.

— Alors, c'est un accident, dit M. Phippen.... Vous me
permettez de prendre le grand fauteuil?... C'est un grand secours pour moi qu'une position à peu près horizontale, pendant l'heure qui suit le repas.... De sorte, donc, qu'il a perdu
la vue par suite d'un accident?... Ah! quel bon siége, élasti-
que, moelleux, confortable!

— Tout au plus peut-on appeler cela un accident, continua
le docteur Chennery. Léonard Frankland fut toujours un enfant difficile à élever.... d'une constitution débile, dans les
premiers temps de sa vie.... Cependant, avec les années, il avait
paru prendre le dessus, et grandissait, toujours calme, sérieux, rangé.... exactement le contraire de mon fils que voici....
du reste fort aimable et, comme on dit, facile à mener. Il
avait des dispositions pour la mécanique (je vous dis tout cela
pour en venir à l'histoire de sa cécité), et, après avoir quelque temps flotté d'un genre d'occupation à un autre, il s'é-
tait mis, en dernier lieu, à l'horlogerie.... Singulier passe-
temps pour un jeune homme; mais tout ce qui demandait à
être délicatement ouvré, avec une patiente persévérance, était
justement le fait de Léonard, son plaisir et son travail favori.

J'ai souvent dit à ses parents : « Otez-lui ce tabouret, cassez-moi toutes ses loupes, envoyez-le-moi, et je lui apprendrai le saut-de-mouton, le maniement de la crosse, mille choses, encore, bonnes à son âge.... » Conseils perdus. Ses parents, qui sans doute le connaissaient mieux que moi, disaient qu'il fallait lui passer ses fantaisies. Les choses allèrent ainsi, sans encombre, pendant quelque temps, jusqu'à ce qu'il fît une longue maladie, selon moi pour n'avoir pas pris assez d'exercice. A peine remis, le voilà aussi assidu que jamais à son atelier d'horlogerie.... Tout cela devait mal finir, et le dénoûment approchait. Le rhabillage d'une montre à moi fut à peu près son dernier travail.... la voici.... elle marche comme une machine à vapeur.... Elle n'était pas depuis longtemps rentrée dans mon gousset, lorsque j'appris qu'il ressentait de vives douleurs dans la région postérieure de la tête, et qu'il voyait passer devant ses yeux toutes sortes de taches mouvantes. Je conseillai le vin de Porto libéralement administré, puis des promenades quotidiennes d'environ trois heures, sur le dos d'un poney bien dressé. Au lieu de s'en tenir à mon ordonnance, les parents envoyèrent quérir à Londres un tas de médecins qui le couvrirent d'emplâtres vésicants, et derrière les oreilles, et entre les épaules, et vous l'imbibèrent de mercure, et vous l'emprisonnèrent dans une chambre où le jour n'entrait pas. Aucun résultat. La vue allait empirant, vacillante comme la lumière d'une bougie qui va s'éteindre. Sa mère mourut, heureusement pour elle, pauvre femme! avant que le désastre fût complet. Son père avait à moitié perdu la tête. Il le menait tantôt aux oculistes de Paris, tantôt aux oculistes de Londres. Tout ce qu'il en obtint fut de savoir que le mal de son fils portait un nom latin des plus longs, et qu'on tenterait vainement une opération. Quelques-uns assuraient que c'était le résultat des longues faiblesses dont ses deux maladies avaient été suivies. D'autres parlaient d'un épanchement apoplectique dans le cerveau. Tous branlaient de la tête quand on leur parlait de ses travaux en horlogerie. Bref, ils le renvoyèrent chez lui bien décidément aveugle, et aveugle il demeurera, le pauvre diable, jusqu'à la fin de ses jours.

— Vous m'émotionnez, cher Chennery.... Je vous assure que vous m'émotionnez au plus haut point, dit M. Phippen.... plus particulièrement en me parlant de cette théorie sur les longs affaiblissements que les maladies graves peuvent laisser après elles. Mais, mon Dieu, je les ai éprouvés, moi, ces affaiblissements interminables. Encore aujourd'hui, je m'en ressens bien. Il voyait des taches mouvantes papilloter devant ses yeux. Mais j'en vois à chaque instant de ces taches, de ces taches noires, vilaines taches qui dansent, noires, bilieuses, sautillantes.... Ma parole d'honneur, Chennery, on eût dit que vous parliez de moi : aussi mes sympathies ont-elles été des plus vives.... Cette histoire d'aveugle m'a été au cœur. Je frémis encore rien que d'y penser.

— En le regardant, c'est à peine si vous vous douteriez que Léonard n'y voit plus, dit miss Louisa, qui se mêla tout à coup à la conversation, dans le charitable but de calmer un peu l'agitation de Phippen.... A part l'immobilité de ses yeux, plus calmes que ceux des autres personnes, il n'y a guère de différence entre ce qu'ils étaient et ce qu'ils sont. Quel était donc, miss Sturch, ce personnage célèbre qui était aveugle à la façon de Léonard Frankland, sans qu'on pût s'en douter?

— Milton, ma chère enfant. Je vous ai prié de vous rappeler, à ce sujet, qu'il est, en Angleterre, le plus célèbre des poëtes épiques, répliqua miss Sturch, du ton le plus doux. Il décrit poétiquement son état, causé, dit-il, par une goutte sereine. Vous retrouverez cela dans vos lectures, chère Louisa. Quand nous aurons, ce matin, fait un peu de français, nous ferons un peu de Milton.... Taisez-vous, ma chérie, laissez parler votre père.

— Pauvre jeune Frankland! dit le ministre qui s'animait.... Cette bonne et tendre et généreuse enfant, que je lui ai donnée ce matin pour femme, semble lui avoir été envoyée comme une consolation d'en haut.... S'il est donné à un être humain de le rendre heureux ici-bas, Rosamond Treverton y réussira, j'en suis certain.

— Elle s'est sacrifiée, dit M. Phippen.... mais je l'en aime davantage, m'étant sacrifié, moi aussi, en restant garçon. L'humanité m'en faisait un devoir. Comment, en bonne conscience, aurais-je pu infliger des digestions aussi pénibles que sont les miennes, à une créature du sexe le plus beau et le plus faible? Non. Je suis, pourrait-on dire, un sacrifice en chair et en os. J'éprouve donc un sentiment fraternel pour ceux qui ont, ici-bas, le même emploi.... Pleurait-elle beaucoup, Chennery, quand vous l'avez mariée?

— Pleurer? répéta le ministre avec quelque dédain. Rosamond Treverton, sachez-le bien, n'est pas une femmelette sentimentale, une poupée pleurnicheuse. C'est une belle fille, au teint fleuri, cœur chaud, humeur égale, qui sait ce qu'elle

fait et ce qu'elle promet quand elle dit à son fiancé : « Je serai
votre femme. » D'ailleurs elle a été mise à l'épreuve. Si elle ne
lui eût été attachée de cœur et d'âme, il ne dépendait que d'elle
d'épouser, depuis bien des mois, qui elle eût préféré. Ils
étaient engagés l'un à l'autre bien longtemps avant que cette
cruelle infirmité échût au jeune Frankland, leurs deux familles habitant ce pays-ci depuis des années, dans le voisinage
l'une de l'autre. Eh bien, lorsqu'il eut perdu la vue, comme un
brave et consciencieux garçon qu'il est, Léonard rendit sa
parole à Rosamond.... La lettre qu'il reçut d'elle à cette occasion, Phippen, vous auriez eû plaisir à la lire.... Je ne rou-
gis pas d'avouer que je pleurai comme un enfant lorsqu'on
me la montra. Je les aurais mariés *hic et nunc*, après une lettre
pareille. Mais le vieux Frankland, tout cousu de scrupules,
insista pour qu'il y eût six mois de réflexion et d'épreuve,
Rosamond devant se décider en toute connaissance de cause....
Or il mourut avant ce terme expiré, ce qui occasionna de
nouveaux délais.... Mais six ans au lieu de six mois n'auraient
pas ébranlé la constance de Rosamond. Elle était là, ce matin,
aussi affectueuse, aussi tendre pour ce pauvre garçon infirme
et aveugle qu'elle pouvait l'être le jour où elle l'accepta comme
fiancé : « Si j'y puis quelque chose, Lenny, la tristesse n'ap-
prochera plus de vous un seul instant, aussi longtemps que
nous vivrons à côté l'un de l'autre. » Voilà ce qu'elle lui disait
au moment où nous sortions de la chapelle. « Je vous entends,
Rosamond, » lui dis-je à mon tour. — « Eh bien, docteur, je
vous prends à la fois pour témoin et pour juge, me répondit-
elle plus prompte que l'éclair : nous reviendrons à Long-Beckley, et vous demanderez à Lenny si je n'ai pas tenu parole. »
Là-dessus, elle m'a donné un baiser.... un baiser que vous
auriez pu entendre d'ici, la chère petite. Nous boirons à sa
santé après le dîner, miss Sturch.... Nous boirons à la santé de
tous deux, Phippen.... et une bouteille de mon meilleur vin.

— Un verre d'eau panée, pour ce qui me regarde, si vous
voulez bien le permettre, repartit tristement M. Phippen....
Mais ne disiez-vous pas que les parents de ces deux êtres si
particulièrement dignes d'intérêt ont vécu longtemps ici, à
Long-Beckley, dans d'étroits rapports de voisinage?... Or, ma
mémoire, je le sais de reste, a beaucoup souffert, mais je
croyais que le capitaine Treverton était l'aîné des deux frères,
et qu'il habitait toujours, une fois à terre, le domaine de famille, situé dans le Cornouailles.

— Oui, répondit le ministre, du vivant de sa femme. Mais, depuis qu'elle est morte, ce qui advint, je crois, en l'année mil huit cent vingt-neuf; il y a donc, puisque nous sommes en mil huit cent quarante-quatre.... Voyons un peu.... »

Et le ministre s'arrêta pour compter, regardant du côté de miss Sturch.

« Il y a quinze ans, monsieur, dit aussitôt celle-ci, accompagnant de son plus doux sourire la petite soustraction dont elle s'empressait de faire hommage à son patron.

— Cela va de soi, continua le docteur Chennery. Eh bien ! mistress Treverton est morte il y a quinze ans, et, depuis lors, le capitaine Treverton n'est jamais retourné à Porthgenna-Tower. Bien mieux, Phippen, il saisit la première occasion de s'en défaire; il vendit bel et bien le domaine, château, mines, pêcheries, tout, pour quarante mille livres sterling.

— Est-ce bien possible ? dit M. Phippen, se récriant.... Est-ce que l'air en serait malsain ? L'alimentation, peut-être, est encore difficile dans ces contrées à peine effleurées par la civilisation ?... Mais qui donc acheta ce domaine ?

— Le père de Léonard Frankland, répondit le ministre. Cette vente de Porthgenna-Tower, et les circonstances assez particulières dont elle fut accompagnée, forme, à elle seule, toute une histoire. Si nous faisions un tour de jardin, Phippen, je vous la conterais en fumant mon premier cigare. Miss Sturch, si on me demandait, je suis à deux pas, dans quelqu'une de ces allées.... Petites, apprenez-moi bien vos leçons !... Bob, n'oubliez pas que j'ai une canne sous le vestibule et des verges dans mon cabinet de toilette.... Allons, Phippen, quittez ce fauteuil de malade.... Un tour de jardin, ça ne se refuse pas.

— J'accepterai, cher ami, si vous voulez bien me procurer un parasol et me permettre d'emporter ce tabouret volant, répondit M. Phippen. Je suis trop faible pour supporter les rayons du soleil d'août, et je ne saurais marcher sans m'asseoir de temps à autre.... Dès que je me sens fatigué, miss Sturch, j'ouvre ce tabouret pliant, et m'assois n'importe où, sans m'inquiéter le moins du monde de l'air douillet que cela me donne !... Chennery, dès que vous serez prêt, je le suis, moi, prêt à tout, mon bon ami.... à la promenade et à l'histoire de cette vente.... Vous dites, n'est-ce pas, qu'elle est fort curieuse ?

— J'ai dit qu'il s'y rattachait quelques circonstances dignes d'intérêt, répondit le ministre; et, quand vous l'aurez entendue,

sans doute vous ne me démentirez pas. Partons : vous trouverez dans le vestibule, à côté de votre pliant, tout ce qu'il y
a chez moi de parasols à choisir. »

A ces mots, le docteur Chennery ouvrit sa boîte à cigares,
et précéda son hôte hors de la salle à manger.

CHAPITRE II.

La vente de Porthgenna-Tower.

« Charmant !... pastoral !... admirable calmant pour les nerfs,
dit M. Phippen, examinant les gazons boisés qui s'étendaient
derrière le presbytère, mais sans négliger de s'abriter sous
l'ombrelle la plus légère qu'il eût su trouver. Trois années
se sont écoulées, Chennery; trois années de souffrances sur
lesquelles il est inutile de revenir, depuis que, pour la dernière fois, j'ai admiré ces beaux tapis de verdure.... Voici la
fenêtre de votre ancien cabinet où j'eus cette attaque de car-
dialgie, cette asodès, pendant la saison des fraises.... Vous vous
la rappelez, sans doute.... Ah ! et voici la salle d'études.... Je
n'oublierai jamais la chère miss Sturch sortant par cette porte,
ange descendu du ciel, avec une tasse d'eau de soude au
gingembre.... si soigneuse, s'inquiétant si bien de cette mix-
tion salutaire.... si naturellement affligée qu'il n'y eût pas de
sels dans la maison.... Si vous saviez, Chennery, comme
un souvenir pareil fait du bien.... C'est mon cigare, à moi....
Voudriez-vous passer de l'autre côté, cher ami? j'aime l'odeur
du tabac, mais la fumée est un peu trop forte pour ma tête....
Merci bien !... Et maintenant, l'histoire.... la curieuse histoire.... Quel nom donniez-vous tout à l'heure à ce vieux domaine ?... Il me semble que cela commençait par un P.

— Porthgenna-Tower, dit le ministre.

— C'est bien cela, dit M. Phippen, rejetant son parasol d'une
épaule sur l'autre.... Et quel fut donc le motif pour lequel le
capitaine Treverton put se résoudre à vendre Porthgenna-
Tower?

— Je suppose qu'il ne pouvait plus s'y supporter après la
mort de sa femme, répondit le docteur Chennery. Le domaine

n'avait jamais été substitué, comme vous le savez peut-être....
Le capitaine ne devait donc rencontrer aucune difficulté pour
s'en défaire, sauf pourtant celle de trouver un acquéreur.

— Et pourquoi pas son frère? demanda M. Phippen. Pourquoi pas notre original ami, Andrew Treverton?

— Ne l'appelez pas mon ami, dit le ministre.... Un misérable
avare, sans dignité, cynique, égoïste.... Oh! Phippen, vous
avez beau secouer la tête et faire la grimace.... Je connais
aussi bien que vous les premières années d'Andrew Treverton.... Je sais qu'il fut traité avec la plus basse ingratitude
par un ami de collége qui se fit prêter tout ce qu'il avait, et
finit par le dépouiller de la manière la plus honteuse.... Je sais
parfaitement tout cela. Mais un exemple d'ingratitude ne jus-
tifie pas l'homme qui s'en prévaut pour s'isoler de la société,
se soustraire à tous ses devoirs, et tenir en mépris ses semblables, comme indignes de la boue qu'ils foulent aux pieds....
J'ai, de mes oreilles, entendu ce vieux drôle déclarer tout
haut que le plus grand bienfait à souhaiter pour notre génération serait un second Hérode, lequel empêcherait qu'une autre
ne lui succédât. Un homme capable de tenir des propos pareils
devrait-il obtenir le nom d'ami, de quiconque a le moindre
respect pour soi-même ou pour son espèce?...

— Mon ami, dit M. Phippen, prenant le bras du ministre
et baissant mystérieusement la voix.... Mon cher, mon vénérable ami.... j'admire votre indignation contre l'homme qui a
émis cette maxime, empreinte d'une excessive misanthropie.
Mais, je vous confie ceci sous le sceau du secret, il est des
heures, surtout le matin, où ma digestion se fait si mal, que
je me suis trouvé du même avis que ce grand destructeur,
Andrew Treverton. Je me réveillais, la langue rude et sèche
comme un morceau de coke.... Je me traînais jusqu'à ma glace
pour m'y regarder, et il m'est arrivé de dire, en ces heures
découragées : « Eh bien, périsse la race humaine, plutôt que
l'endurer plus longtemps un pareil supplice ! »

— Bon! très-bon! s'écria le ministre, accueillant d'un gros
rire fort peu révérencieux la confession de M. Phippen.... La
première fois que votre langue sera dans ce fâcheux état,
avalez un verre de petite bière bien fraîche, et vous souhai-
terez après cela tout au moins la conservation de cette portion de la race humaine qui s'est vouée au métier de brasseur.
Mais revenons à Porthgenna-Tower, ou je ne viendrai jamais
à bout de mon histoire. Lorsque le capitaine Treverton se fut

une fois mis en tête de vendre son domaine, je ne doute pas que, dans des circonstances ordinaires, il n'eût pensé à l'offrir à son frère, ne fût-ce que pour conserver la terre dans la famille. Andrew était en position de l'acheter : car s'il n'a hérité, à la mort de son père, que la belle et rare collection de livres réunie par le vieux gentleman, il a eu en revanche, comme puîné, la fortune maternelle. Mais, vu l'état de leurs relations à cette époque (et j'ai regret de dire que cet état s'est perpétué jusqu'à présent), le capitaine ne pouvait faire de pareilles propositions à son frère. Ils ne se parlaient et ne s'écrivaient déjà plus.... C'est terrible à dire, mais je n'ai jamais vu un différend pareil prendre un caractère aussi obstiné que la querelle de ces deux frères.

— Pardon, cher ami, interrompit M. Phippen, ouvrant son tabouret, qui jusqu'alors était resté accroché, par son gland de soie, à la poignée recourbée du parasol.... Avant d'aller plus loin, laissez-moi m'asseoir.... Cette histoire m'a déjà un peu ému, et je ne voudrais pas me fatiguer.... Continuez, je vous prie.... Je n'imagine pas que les pieds de mon tabouret puissent faire des trous dans le gazon.... Je suis si léger.... un vrai squelette.... Mais continuez!

— Vous devez avoir entendu raconter, poursuivit le ministre, que, déjà dans la maturité de l'âge, le capitaine Treverton avait épousé une comédienne.... une femme d'un caractère passablement emporté, à ce que je crois, mais d'une réputation sans tache, et aussi éprise de son mari qu'une femme puisse l'être; par conséquent, à mon avis, le mariage n'était pas si mauvais. Les amis du capitaine n'en poussèrent pas moins les hauts cris, selon l'usage, fort peu d'accord avec le bon sens; et son frère, l'unique proche parent qu'il eût, tenta de rompre l'union projetée, par des moyens que réprouve la plus simple délicatesse. N'y pouvant réussir, et ayant pris la pauvre femme dans une mortelle aversion, il quitta la maison de son frère. Entre autres mauvais propos destinés à diffamer la fiancée, il avait porté contre elle une accusation dégradante.... une accusation que j'aurais honte de répéter. Ces fatales paroles, rapportées malheureusement à mistress Treverton, étaient de celles qu'une femme, et surtout une femme de pareille humeur, ne pardonne jamais. De là une entrevue entre les deux frères, laquelle devait nécessairement, vous le comprenez bien, aboutir à de fâcheux résultats. Ils se séparèrent, en effet, de la manière la plus déplorable. Dans la chaleur du débat, le capitaine déclara qu'Andrew n'avait jamais éprouvé, depuis qu'il était au monde, un seul noble sentiment, et qu'il mourrait sans avoir ressenti pour âme qui vive le plus simple mouvement de sympathie.... Andrew répliqua que, s'il n'avait pas de cœur, au moins avait-il de la mémoire, et que jamais, vivant, il n'oublierait ces paroles d'adieu. Ce fut ainsi qu'ils se quittèrent. Par deux fois, dans la suite, le capitaine ouvrit les voies à une réconciliation dont il comprenait la convenance : d'abord, quand sa fille Rosamond fut née ; puis, quand vint à mourir mistress Treverton. Chaque fois le frère aîné écrivit que, si son cadet voulait rétracter les atroces calomnies dont il s'était rendu coupable envers sa belle-sœur, il lui offrirait toute sorte de réparations pour les duretés de langage que, dans un moment de colère, il lui avait adressées lors de leur dernière rencontre. Andrew ne répondit à aucune des deux lettres, et la brouille des deux frères a continué jusqu'à ce jour. Vous comprenez maintenant pourquoi le capitaine ne pouvait pas sonder en particulier les intentions de son frère, avant la mise en vente publique du domaine de Porthgenna-Tower? »

Bien que, pour répondre à l'appel qui lui était ainsi fait, M. Phippen déclarât qu'il comprenait à merveille, et bien qu'il priât très-poliment le ministre de continuer son récit, son attention, à ce moment même, semblait tout entière absorbée par l'inspection à laquelle il soumettait les pieds de son tabouret volant, et par l'étude du dommage qu'ils pouvaient porter aux gazons du presbytère. Du reste, l'intérêt accordé par le docteur Chennery aux faits dont il s'était constitué le narrateur, paraissait assez puissant pour compenser, çà et là, quelques lacunes dans l'attention de son hôte. Après quelques vigoureuses aspirations qui ranimèrent son cigare plusieurs fois en danger de s'éteindre, il continua en ces termes :

« Donc le manoir, le domaine, les usines et les pêcheries de Porthgenna, furent affichés et mis en vente peu de mois après le décès de mistress Treverton; mais il ne fut proposé aucun prix acceptable. L'état ruineux des bâtiments, la mauvaise culture des terres, les difficultés légales que la propriété des usines pouvait soulever, et les embarras trimestriels que donnait le recouvrement des fermages, tout contribuait à faire de Porthgenna un de ces immeubles que les *encanteurs* appellent un mauvais lot, de difficile défaite. Le capitaine Treverton, bien qu'il ne trouvât pas d'acquéreurs, ne put, quoi qu'on lui dît, se décider à changer d'avis et à résider dans un séjour qui lui était devenu odieux. Il aimait autant sa femme qu'il était aimé d'elle, et il avait en horreur tout ce qui lui rappelait leur séparation. Avec sa petite fille, et une parente de mistress Treverton qu'il avait prise comme institutrice, il vint s'établir dans notre voisinage, où il prit à bail un joli cottage, là-bas, dans les terrains dépendants de l'église, auprès de cette grande maison dont vous aurez remarqué les jardins entourés de hautes murailles, près de la route de Londres. Cette maison, à l'époque dont nous parlons, était habitée par les père et mère de Léonard Frankland. Il en résulta une grande intimité entre les deux nouveaux voisins; et ce fut ainsi que se trouvèrent élevés ensemble les jeunes gens que j'ai mariés ce matin; c'est ainsi qu'ils s'éprirent l'un de l'autre, dès la toute première jeunesse, et presque avant d'avoir mis bas leurs tabliers d'enfants.

— Chennery, mon bien bon, ne vous fais-je pas l'effet d'être assis tout d'un côté? s'écria M. Phippen, interrompant tout à coup, d'un air effrayé, le récit du ministre. Je suis honteux de vous interrompre.... mais le gazon de ce pays-ci me semble d'un mou!... Un des pieds de mon tabouret raccourcit de minute en minute.... je creuse, mon ami.... j'enfonce à vue d'œil.... Bonté divine! je me sens m'en aller.... Sur ma vie, Chennery, je vais disparaître!

— Laissez donc! cria le ministre, soulevant, d'une main vigoureuse, d'abord M. Phippen, et ensuite le tabouret pliant de M. Phippen, lequel tabouret avait effectivement pris racine dans le sol, tout d'un côté.... Par ici!... Tenez-vous sur le chemin sablé.... je vous réponds que vous n'y ferez pas de trous.... Eh bien, qu'avez-vous encore?

— Des palpitations, dit M. Phippen, laissant choir son parasol et posant sa main sur son cœur.... des palpitations et un mouvement de bile.... Je les revois, ces taches noires, ces infernales taches noires, sautillant devant mes yeux.... Chennery, vous devriez consulter quelques agriculteurs de vos amis sur la qualité de votre gazon.... Croyez-m'en sur parole, votre prairie est plus molle qu'elle ne devrait l'être.... Une prairie, cela?... répéta M. Phippen, se parlant à lui-même, au moment où il se détournait pour ramasser son parasol.... c'est une tourbière.

— Voyons donc, asseyez-vous là! dit le ministre, et ne faites pas aux palpitations, ne faites pas aux taches noirâtres l'honneur de vous occuper d'elles.... Voulez-vous prendre quelque

remède?.... préférez-vous une médecine ou un peu de bière?
Voulez-vous autre chose?

— Oh! non,.... non.... je suis si contrarié quand je dérange,
répondit M. Phippen.... j'aime bien mieux souffrir.... oui,
certes, infiniment mieux.... Il me semble, Chennery, que, si
vous vouliez bien continuer votre histoire, cela me calmerait
un peu.... Je ne sais pas trop comment vous y aviez été conduit, mais il me semble que vous disiez quelque chose de bien
intéressant sur les tabliers de ces jeunes amoureux.

— Joli!... dit le docteur Chennery.... Je vous parlais tout
bonnement de l'attachement précoce de ces deux enfants, depuis
lors devenus mari et femme; et j'allais ajouter que le capitaine Treverton, peu après s'être établi dans notre voisinage,
reprit l'exercice actif de sa profession. Il fallait cela pour com-
bler l'énorme lacune qu'avait laissée dans son existence la
perte d'une femme adorée. En bonnes relations avec l'Ami-
rauté, il n'a qu'à demander un commandement pour l'obtenir;
et jusqu'à présent, sauf quelques intervalles bien courts,
passés à terre, il n'a pas cessé de naviguer, bien qu'il soit un
peu vieux pour le métier qu'il fait, au dire de sa fille et de
ses amis.... N'ayez donc pas l'air intrigué, Phippen.... je ne
suis pas si loin du but que vous pouvez le penser.... Ces détails sont de ceux qu'il était indispensable de vous donner au
préalable.... Et maintenant que je m'en suis débarrassé, je
puis aborder de front ma principale histoire : celle de la
vente.... Eh bien, qu'est-ce qui vous prend ?... Avez-vous encore besoin de vous lever? »

Oui, c'était justement là ce que voulait M. Phippen, car il
venait de s'aviser que la meilleure manière de calmer ses palpitations, de dissiper ses taches noirâtres, pourrait bien être
un peu d'exercice pris avec ménagement.... A Dieu ne plaise
qu'il occasionnât le moindre dérangement! mais si son digne
ami Chennery, avant de continuer ce récit du plus palpitant
intérêt, voulait bien lui donner le bras, se charger du tabouret
pliant, et s'avancer lentement du côté de la fenêtre de la salle
d'études, on serait ainsi à même de héler miss Sturch, dans le
cas où il serait absolument nécessaire d'avoir recours à elle
pour la composition d'une boisson calmante, suprême ressource en pareille circonstance.

Le ministre, dont l'inépuisable bonté était à l'épreuve de
tous les ennuis que lui pouvaient infliger les infirmités dys-
peptiques de M. Phippen, ne manqua pas de faire droit à ses

diverses requêtes, et continua son histoire, prenant, à son insu, le ton et les façons d'un père en bonne humeur, qui cherche de son mieux à calmer les inquiétudes d'un enfant gâté.

« Je vous disais donc, reprit-il, que M. Frankland l'aîné et le capitaine Treverton vivaient ici en proches et bons voisins. Dès le début de leurs relations, le premier apprit du second la mise en vente de Porthgenna-Tower. Aussitôt le vieux Frankland, sans montrer le moins du monde qu'il eût intention de l'acheter, s'enquit assez curieusement de tout ce qui concernait ce domaine. Bientôt après, le capitaine eut un commandement et s'embarqua. Pendant son absence, le vieux Frankland, parti en secret pour le Cornouailles, alla examiner la localité, et vérifier par lui-même, en s'adressant aux personnes chargées du domaine, ce qu'il y avait à dire pour et contre. Au retour, il n'en ouvrit la bouche à personne, et laissa revenir le capitaine Treverton. Alors, un beau matin, le vieux gentleman aborda la question, carrément et paisiblement selon sa coutume :

« Treverton, dit-il au capitaine, si vous voulez vendre Porthgenna-Tower au prix que vous avez donné pour en avoir la surenchère, écrivez à votre avoué qu'il porte au mien les titres de propriété. Il en pourra toucher le prix sans délai. »

Le capitaine fut naturellement un peu ébahi d'une proposition pareille, ainsi faite à brûle-pourpoint; mais elle n'avait pas de quoi surprendre les gens qui, comme moi, connaissaient le vieux Frankland. Sa fortune s'était faite dans le commerce, et il avait la faiblesse de n'avouer qu'avec peine ce fait en lui-même si honorable. A la vérité, ses ancêtres avaient été jadis des propriétaires terriens d'une assez grande importance, avant les guerres civiles ; et la grande ambition du vieux *gentleman* était de fondre à jamais l'ex-négociant dans le grand seigneur quasi féodal; son vœu le plus cher, de léguer à son fils un vaste domaine, le titre de *squire*, et l'influence de comté qui s'y rattache ordinairement. La moitié de sa fortune était, *in petto*, réservée à cet emploi; mais, dans un grand comté agricole, comme est le nôtre, la moitié de sa fortune n'eût pas suffi pour acquérir un domaine comme il le rêvait. Les baux sont élevés chez nous, et la terre coûte tout ce qu'elle peut valoir. Un bien aussi étendu que celui de Porthgenna, s'il était situé en ces parages, vaudrait au moins

deux fois le prix que pouvait raisonnablement demander le
capitaine. Le vieux Frankland savait parfaitement tout cela,
et y attachait toute l'importance imaginable. Il y avait, d'ailleurs, dans l'aspect seigneurial de Porthgenna-Tower, avec
ses droits exclusifs de mine et de pêche, partie intégrale de la
propriété, quelque chose qui s'accordait merveilleusement
avec les projets de restauration aristocratique qu'il avait conçus
pour sa famille. Là il pourrait, et son fils après lui, changer
le domaine en seigneurie, et, sous leur bon plaisir, sous leur
autorité presque souveraine, s'exercerait l'industrie de plusieurs
centaines de familles, éparses le long de la côte, ou entassées
dans les petits villages de l'intérieur. C'était là une perspective bien tentante; et on pouvait arriver à ces brillants résultats sans débourser plus de quarante mille livres sterling, dix
mille de moins que, dans le secret de sa pensée, Frankland n'a-
vait pensé devoir en consacrer à la métamorphose d'un ancien
négociant en riche propriétaire terrien. Ainsi que je vous le
disais, ceux qui savaient tous ces détails ne furent nullement
étonnés de l'empressement que mit le vieux Frankland à se
rendre acquéreur de Porthgenna-Tower, car le capitaine Treverton, de son côté, ne se fit pas tirer l'oreille pour profiter
d'une offre qui lui convenait si bien. Le domaine changea de
mains; et tout aussitôt le vieux Frankland de courir là-bas,
avec une nombreuse escorte de gros bonnets venus de Londres, afin de mettre en valeur, d'après les derniers errements
de la science, et les mines et les pêcheries; sans compter
un beau monsieur, qualifié d'architecte, mais qui avait tout
l'air d'un prêtre catholique déguisé, et sous la direction duquel on devait décorer le vieux manoir, de fond en comble,
sur des plans d'un gothique tout fraîchement renouvelé du
moyen âge. Que dites-vous de ces beaux plans, de ces projets
magnifiques? Et comment croyez-vous qu'ils aboutirent?

— Ah! mon cher ami, dites-le-moi : » telle fut la réponse
qui tomba des lèvres de M. Phippen.... « J'ignore si mistress
Sturch a, dans sa petite pharmacie de famille, une bouteille
de julep au camphre : » telle était, au même moment, la pensée
qui lui traversait l'esprit.

— Il faut donc vous le dire? s'écria le ministre.... Eh bien!
naturellement, et comme cela devait être, cet échafaudage
tomba tout à plat. Ses *vassaux* du duché de Cornouailles
le reçurent comme un intrus. L'antiquité de sa race le leur
recommandait médiocrement. Si antique qu'elle fût, ce n'était

pas une race *cornouaillaise*, et dès lors, à leurs yeux, elle n'avait aucune importance. Ils seraient allés au bout du monde pour les Treverton, mais pas un d'eux ne se fût, pour les Frankland, détourné d'une semelle. La mine, elle, se montra imbue du même esprit d'insurrection qui animait les tenanciers. Les gros bonnets de Londres creusaient dans toutes les directions, à grand renfort de poudre et de principes scientifiques, et ramenaient à la surface du sol douze sous vaillant de minerai pour cinq livres sterling de frais. Les pêcheries ne donnèrent pas de beaucoup meilleurs résultats. Une nouvelle méthode pour saler les sardines, miracle d'économie, théoriquement parlant, se trouva, dans la pratique, un miracle d'extravagance. Frankland, en tout ceci, n'eut qu'une vraie bonne fortune : ce fut de se brouiller assez à temps avec son architecte moyen âge, qui ressemblait si fort à un prêtre catholique déguisé. Cet heureux incident économisa au nouveau propriétaire de Porthgenna tout l'argent qu'il eût, sans cela, dépensé à réparer et redécorer toute une longue enfilade d'appartements que, dans le pavillon du nord, on avait laissés tomber en ruine depuis plus de cinquante ans, et qui, maintenant encore, sont dans le même état d'abandon. Pour abréger, après avoir dépensé à Porthgenna plus de milliers de guinées que je n'aimerais à en devoir, le vieux Frankland, dégoûté en fin de compte, laissa le manoir aux soins d'un intendant, chargé tout spécialement de n'y pas dépenser un *farthing*, et s'en revint de nos côtés. Gardant bonne rancune à son mauvais marché, la première fois qu'il put attraper le capitaine Treverton débarquant sur la côte au retour de sa seconde traversée, il n'eut rien de plus pressé que de maudire, un peu trop vivement pour la circonstance, et Porthgenna et ses habitants. Ceci refroidit les deux voisins l'un pour l'autre, et une rupture complète s'en fût peut-être suivie sans les enfants, qui n'entendaient pas se voir moins fréquemment que par le passé, et qui, en vertu de cette volonté bien arrêtée, mirent fin à la brouille de leurs parents, tout simplement parce qu'ils la rendaient ridicule. C'est ici que, à mon avis, commence le curieux de l'histoire. Des intérêts de famille vraiment importants demandaient, pour être convenablement réglés, que nos deux jeunes gens s'éprissent l'un de l'autre, et, chose merveilleuse! ainsi que je vous le disais ce matin, au déjeuner, ce fut exactement ce qu'ils firent. Amour et mariage vraiment singuliers, en ce qu'ils se trouvèrent conformes, de point en point, à l'intérêt des deux familles. Quoi qu'en dise Shakspeare, le véritable chemin des amours n'est pas toujours semé de traverses; et jamais on ne vit mariage mieux adapté aux circonstances que celui de ce matin. Le domaine étant substitué en faveur de Léonard, la fille du capitaine Treverton retourne maintenant, comme châtelaine, dans le manoir et sur le domaine vendus par son père. Rosamond étant fille unique, le prix d'achat de Porthgenna, que le vieux Frankland regrettait comme de l'argent jeté par la fenêtre, se trouvera être maintenant, à la mort du capitaine, la dot de mistress Frankland la jeune.... Je ne sais pas ce que vous pensez, Phippen, du commencement et du milieu de mon histoire : mais la fin, à tout le moins, doit vous satisfaire. Entendîtes-vous jamais parler d'un jeune ménage débutant sous de meilleurs auspices que nos mariés de ce matin ? »

Avant que M. Phippen eût pu répondre, miss Sturch passa la tête à la fenêtre de la chambre d'études, et, voyant approcher les deux gentlemen, fit rayonner sur eux son invariable sourire. Puis s'adressant au ministre, et de sa voix la plus douce :

« Je suis bien désolée de vous déranger, monsieur; mais ce matin je ne puis venir à bout de Robert et de sa table de Pythagore.

— Où en est-il resté ? demanda le docteur.

— A sept fois huit, monsieur, répliqua miss Sturch.

— Bob ! cria le ministre par la fenêtre.... Sept fois huit ?...

— Quarante-trois, répliqua la voix pleurarde de l'invisible Bob.

— Vous avez encore une chance avant que j'aie recours à ma canne, dit le docteur.... Ainsi donc, attention !... Sept fois....

— Cher et bon ami, interrompit M. Phippen, si vous battez cet infortuné petit garçon, il pleurera très-certainement. Mes nerfs, ce matin, ont déjà subi une rude épreuve à l'occasion du tabouret pliant. Si j'entends pleurer, je serai tout à fait sens dessus dessous. Donnez-moi le temps de m'écarter, et souffrez aussi que j'épargne à miss Sturch le triste spectacle d'une correction (si pénible pour une sensibilité comme la sienne), en lui demandant un petit julep au camphre, ce qui lui sera, comme à moi, un bon prétexte pour nous tenir loin d'ici.... En toute autre circonstance, je me serais passé de ce remède.... mais à présent, je le réclame sans le moindre scrupule, autant pour le compte de miss Sturch que dans l'intérêt de mes pauvres nerfs.... Avez vous, miss Sturch, du julep au camphre? Pour l'amour de Dieu, ayez-en, et fournissez-moi l'occasion de vous conduire hors de portée des hurlements qui vont retentir ici. »

Tandis que miss Sturch, dont la sensibilité fort exercée eût tenu bon devant la correction paternelle la plus prolongée et le plus perçant reçu qu'en eussent pu donner les hurlements d'un fils, grimpait à l'étage supérieur, calme toujours et souriante, pour y aller querir le julep au camphre, master Bob, qui se trouvait ainsi tout seul avec ses sœurs dans la salle d'études, se rapprocha vivement de la cadette, et, tirant de sa poche deux ou trois de ces bonbons acides qu'on appelle *drops* (ils n'en avaient pas meilleure mine pour avoir déjà quelque peu servi), le jeune drôle, qui connaissait le faible de miss Amélia, les lui offrit en échange d'une communication confidentielle au sujet des terribles sept fois huit.

« Vous les aimez, disait Bob.

— Je crois bien, répondait Amélia.

— Eh bien, sept fois huit ? demanda Bob.

— Cinquante-six, repartit Amélia.

— Pour sûr ? dit Bob.

— Sans le moindre doute, » dit Amélia.

Ici les *drops* passèrent d'une main dans l'autre, et la catastrophe du petit drame domestique se trouva heureusement modifiée. Justement comme miss Sturch, à la porte du jardin, apparaissait armée de son julep au camphre, et semblable à une Hébé médicale, devant Phippen ébloui, l'élève dont elle s'était plainte se montrait, lui aussi, à la fenêtre de la salle d'études, offrant à son papa la figure d'un fils revenu de ses erreurs arithmétiques. La canne, pour ce jour-là, demeura inactive ; et M. Phippen put boire son verre de julep au camphre, sans que le double souci des hurlements de Bob, et de leur effet sur la trop sensible miss Sturch, dérangeât l'équilibre de ses nerfs.

« Dénoûment heureux à tous egards, fit-il remarquer en se passant la langue sur les lèvres, après qu'il eut épuisé jusqu'à la dernière goutte du bienfaisant liquide ; mes nerfs sont épargnés, les sentiments de miss Sturch sont épargnés, et les épaules de l'enfant, elles aussi, sont épargnées. Vous ne pouvez pas vous imaginer, Chennery, combien je me sens soulagé par ces heureux résultats. Où en étions-nous de votre délicieuse histoire, lorsqu'est arrivée cette petite interruption domestique?

— J'en étais à la fin, très-certainement, dit le ministre. A l'heure où nous parlons, le marié et la mariée sont déjà sur la route de Saint-Swithin-sur-Mer, où ils vont passer leur lune de miel. Le capitaine Treverton ne doit les aller rejoindre que demain. Il a reçu pour lundi prochain son ordre de départ, et il doit se trouver à Portsmouth demain matin, pour y prendre le commandement de son vaisseau. Bien qu'il ne se soucie pas d'en convenir expressément, je n'ignore pas que Rosamond lui a persuadé de ne plus naviguer, une fois cette croisière finie. Pour l'attirer à Porthgenna, et l'y retenir auprès d'elle et de son mari, elle a un plan qui, je le crois et l'espère, sera couronné de succès. Les chambres du vieux manoir donnant à l'ouest, et dans l'une desquelles mistress Treverton a rendu le dernier soupir, ne doivent pas servir à notre jeune ménage. Un habile constructeur, homme de bon sens, cette fois, homme pratique, est appelé à venir examiner le pavillon du Nord, qu'on voudrait remettre à neuf et dont on voudrait décorer à nouveau les appartements. Cette portion de l'édifice ne peut, en aucune manière, se rattacher aux pénibles souvenirs qui hantent l'esprit du capitaine Treverton ; car ni lui ni personne n'y est entré, pendant tout le temps de sa résidence à Porthgenna. En tenant compte du changement d'aspect que cette remise à neuf du pavillon Nord ne saurait manquer de produire, et aussi de l'effet du temps qui atténue toujours l'amertume des souvenirs douloureux, je crois pouvoir affirmer qu'il y a bonne chance pour que le capitaine Treverton retourne finir ses jours au milieu de ses anciens tenanciers. Ce sera un grand bonheur pour Léonard Frankland, car cela lui conciliera certainement ses nouveaux vassaux. Pourvu qu'il s'abstienne de trop laisser percer cet orgueil de race qu'il tient de son père, il sera bien vu de ses tenanciers, comme gendre de leur ancien maître. Il s'exagère un peu les droits de la naissance et les priviléges du rang social; mais, en toute réalité, il n'a pas d'autre défaut notable, et je puis dire qu'il mérite, à tous égards, le bon lot qui lui est échu: savoir la meilleure femme du monde.... Quelle heureuse existence, Phippen, semble s'ouvrir devant ces heureux jeunes gens!... Il est bien téméraire de prédire ceci à de pauvres mortels de notre espèce.... mais, en réalité, plus j'y songe, et moins je vois de nuages sur ce radieux avenir.

— Excellent homme! s'écria M. Phippen serrant affectueusement la main du ministre.... Quel plaisir j'éprouve à vous entendre parler ainsi!... Quel bien me font vos rêves de bonheur, vos illusions riantes sur le compte de cette triste vie!...

— Penseriez-vous que j'ai tort.... surtout en ce qui concerne le jeune Frankland et sa femme? demanda le ministre.

— Si vous me demandez mon sentiment à cet égard, repartit M. Phippen avec un sourire triste et la calme gravité d'un philosophe, je ne vous dirai qu'une chose, c'est que la manière de voir de chaque homme dépend, tranchons le mot, de ses sécrétions.... Vos sécrétions bilieuses se font bien, cher ami, et vous voyez tout en beau.... Les miennes se font mal, et l'avenir ne s'offre à moi que sous les plus sombres couleurs. Vous envisagez l'avenir probable de ce récent hyménée, et vous n'y voyez pas un nuage.... Je suis loin de contester cette appréciation, n'ayant le bonheur de connaître aucun des deux époux.... Mais je regarde le ciel étendu sur nos têtes, je me souviens qu'à notre entrée dans le jardin il n'y avait pas un seul nuage.... je vois maintenant, justement au-dessus de ces deux arbres qui ont grandi l'un à côté de l'autre, une grosse nuée venue à l'improviste de je ne sais où.... et j'en tire une conclusion à mon usage.... Voilà, continua M. Phippen montant les degrés du perron qui le ramenait au logis.... voilà ma philosophie.... C'est de la philosophie atrabilaire, je le veux bien.... mais c'est de la philosophie.

— Toute la philosophie du monde, répliqua le ministre, suivant son hôte sur le perron, n'ébranlera pas la conviction où je suis que Léonard Frankland et sa femme ont devant eux un heureux avenir. »

M. Phippen se mit à rire, et, attendant sur les degrés que le docteur l'eût rejoint, prit son bras le plus amicalement du monde.

« Vous m'avez conté, Chennery, une historiette charmante, et vous l'avez terminée par l'expression d'un sentiment non moins charmant qu'elle; mais, mon bon ami, encore que votre imagination saine et vivace (heureusement influencée par une digestion digne d'envie) ait en dédain ma philosophie d'homme bilieux, n'oubliez pas complétement le nuage surplombant les deux arbres.... Eh! tenez.... regardez-le maintenant; il est déjà plus épais et plus gros. »

CHAPITRE III.

Le marié et la mariée.

Miss Mowlem vivait modestement à Saint-Swithin-sur-Mer, sous le même toit que sa mère devenue veuve. Au printemps de l'année 1844, mistress Mowlem eut, pour réconforter son cœur au déclin de la vie, le bénéfice d'un petit legs. Ruminant en sa pensée les divers usages auxquels pourrait être employée cette somme, la prudente dame se décida finalement à l'échanger contre un mobilier dont elle garnirait le premier et le second étage de sa maison ; après quoi elle appendrait à la fenêtre de son petit salon du rez-de-chaussée un écriteau annonçant qu'elle avait des appartements à louer. L'été venu, les appartements furent en état, et l'écriteau accroché. Il l'était à peine depuis huit jours, qu'un personnage vêtu de noir venait inspecter les localités, se déclarait satisfait de leur bon aspect, et les retenait pour un mois entier, au nom d'une dame et d'un gentleman récemment mariés, qui viendraient en prendre possession sous quelques jours. Ce personnage en noir, d'aspect imposant, n'était autre que le valet de chambre du capitaine Treverton ; les nouveaux mariés, qui vinrent en effet, au jour dit, prendre possession des appartements retenus, étaient M. et mistress Frankland.

L'intérêt que la vieille mistress Mowlem porta naturellement aux deux jeunes gens, ses premiers locataires, eut un remarquable caractère de vivacité ; mais on l'eût trouvé tiède en le comparant à la curiosité bien plus sentimentale avec laquelle sa fille se mit à observer les mœurs et coutumes des jeunes époux. Dès l'instant où M. et mistress Frankland eurent franchi le seuil de la maison, ils devinrent pour miss Mowlem le sujet de cette étude ardemment assidue qu'un érudit consacre à toute branche nouvelle des connaissances humaines. Chaque fois que dans la journée elle avait un instant de loisir, cette industrieuse et curieuse jeune personne l'employait à grimper l'escalier sur la pointe des pieds, afin de rassembler quelques observations, et à le descendre tout aussi discrètement, pour les aller communiquer à sa mère. Lorsque l'heureux couple eat passé huit jours dans la maison, miss Mowlem avait fait un si judicieux emploi de ses yeux, de ses oreilles, et des occasions favorables, qu'elle aurait pu écrire de cette semaine fortunée un journal comparable, pour la minutie des détails, à l'œuvre méritoire de Samuel Pepys [1].

Mais on a beau apprendre, chaque jour amène un besoin, sans cesse accru, de savoir davantage. La lune de miel, observée dans toutes ses phases durant sept journées, laissait encore miss Mowlem en passe de faire bien des découvertes astronomiques. Aussi, le matin du huitième jour, après avoir descendu le plateau du déjeuner, la virginale observatrice, fidèle à ses habitudes quotidiennes, remonta tout aussitôt, à la dérobée, pour aller boire à la source de science, qui était tout simplement le trou de la serrure placée à la porte du salon. Après cinq minutes d'absence, elle redescendit à la cuisine, toute en émoi, respirant à peine, pour communiquer à sa vénérable mère ce qu'elle venait d'apprendre de tout nouveau sur le compte de M. et de mistress Frankland.

« Que croyez-vous qu'elle fait à présent? s'écria miss Mowlem, les yeux grands ouverts et levant les mains au ciel.

— Rien qui serve, répondit mistress Mowlem avec une promptitude sarcastique.

— Elle est assise sur ses genoux !... Dites donc, mère, vous êtes-vous jamais assise sur les genoux de papa, quand vous fûtes devenue sa femme?

— Certainement non, ma chère enfant. Quand votre pauvre père m'épousa, nous n'étions, ni l'un ni l'autre, de ces évaporés jeunes gens.... et nous savions mieux nous conduire.

— Elle a posé sa tête sur son épaule, continua miss Mowlem avec une agitation toujours croissante, et lui a passé les bras autour du cou, oui, ses deux bras, et si étroitement....

— Ceci, je ne puis le croire, s'écria mistress Mowlem, cédant à un mouvement d'indignation ; une lady comme elle, qui est riche, qui a de l'éducation, et tout, ne se conduit certainement pas comme une femme de chambre avec son amoureux... Ne me dites pas de ces choses!... je ne puis y croire. »

Et cependant rien de plus vrai. Il y avait dans le salon de mistress Mowlem abondance de fauteuils ; il y avait sur la table de ce salon trois beaux volumes reliés : les *Antiquités de*

---

1. Le Dangeau bourgeois de la cour de Charles II, pendant les premières années de la restauration des Stuarts.

Saint-Swithin, les *Sermons* de Smalridge, et la *Messiade* de Klopstock, traduite en prose anglaise. Mistress Frankland aurait donc pu, assise sur du beau maroquin rouge, bourré du crin le plus authentique, réjouir son esprit de curiosités archéologiques, de théologie orthodoxe indigène, et de poésie dévote importée de l'étranger. Et cependant (les femmes sont si frivoles)! elle avait le mauvais goût de préférer un *far niente* absolu, et de percher sur les genoux de son mari, dans la position la moins commode qu'on puisse imaginer.

Elle demeura ainsi, dans cette vulgaire attitude que miss Mowlem avait décrite à sa mère avec une exactitude si pittoresque; ensuite elle se recula un peu, releva la tête et fixa un long regard sur la calme et pensive figure du jeune aveugle.

« Lenny, vous ne parlez guère ce matin, lui dit-elle. A quoi pensez-vous? Si vous voulez me dire toutes vos pensées, je ne vous cacherai aucune des miennes.

— Est-ce que, bien réellement, vous tenez à savoir tout ce que je pense? demanda Léonard.

— Oui, tout; je suis jalouse de toute idée que vous gardez à part vous. A quoi pensez-vous, dites?... A moi?

— Pas précisément.

— Tant pis.... et vous en devriez rougir.... Huit jours vous ont-ils fatigué de moi?... Je n'ai pensé qu'à vous, et à personne autre, moi, depuis que nous sommes installés ici.... Ah! vous riez!.... Je vous aime tant, Lenny! comment m'occuperais-je de quelqu'un qui n'est pas vous?.... Oh! non, non.... je ne vous embrasserai pas.... je veux d'abord savoir à quoi vous pensiez.

— Eh bien, Rosamond, c'est à un rêve que j'ai fait la nuit dernière. Depuis que je n'y vois plus.... Ah! vraiment?... je croyais que vous n'alliez plus m'embrasser, jusqu'à ce que je vous eusse dit à quoi je pensais.

— Je ne puis m'empêcher de vous embrasser, Lenny, quand vous parlez de vos pauvres yeux perdus.... Oh! dites-moi, pauvre amour, vous aidé-je à vous consoler un peu?.... Êtes-vous plus heureux maintenant?.... et, si petit qu'il puisse être, compté-je pour quelque chose dans ce bonheur? »

Elle détourna la tête à ces mots; mais Léonard fut plus prompt qu'elle: ses doigts allèrent chercher la joue de Rosamond.

« Vous pleurez? lui dit-il.

— Moi, pleurer? répondit-elle, affectant aussitôt un retour

de gaieté. Eh bien! non, continua-t-elle après un instant de silence. Même à propos de la moindre bagatelle, je ne tenterai jamais de vous tromper, cher amour.... Mes yeux maintenant sont à nous deux, n'est-ce pas? Vous comptez sur moi pour tout ce que vos mains ne vous peuvent apprendre, et je ne dois pas, n'est-il pas vrai, moi, manquer à cette mission de confiance?.... Je pleurais, c'est vrai, Lenny, mais si peu, si peu.... je ne sais comment cela est arrivé, mais jamais de la vie je ne me suis senti pour vous autant de tendresse et de compassion que tout à l'heure.... N'y prenez pas garde.... voilà qui est fini.... Continuez, continuez ce que vous alliez dire.

— J'allais vous dire, Rosamond, que, depuis que je n'y vois plus, j'ai remarqué en moi un assez singulier symptôme. Je rêve beaucoup, et jamais je ne rêve de moi comme d'un aveugle. Fréquemment, en mes songes, il m'arrive de visiter certains lieux que j'ai vus autrefois, de rencontrer des gens que j'ai connus avant d'avoir perdu la vue, et, bien que je me sente au milieu d'eux tel que je suis maintenant, en plein réveil, je ne suis pourtant pas aveugle. Je passe, dormant, par toute sorte de sentiers connus, sans étendre la main pour éclairer ma route. Je parle, dormant, à de vieux amis, et je vois l'expression de leurs physionomies, qui seraient impénétrables pour moi si j'étais éveillé. Voici plus d'un an que je suis privé d'y voir, et la nuit dernière, en m'éveillant, ce fut pour moi comme une découverte imprévue et nouvelle que de me sentir aveugle.

— Et quel rêve faisiez-vous, Lenny?

— Je rêvais que je me retrouvais en cet endroit où, pour la première fois, tout enfants, nous nous sommes rencontrés. J'ai revu l'étroit vallon, tel qu'il était naguère, avec les arbres aux grosses racines tordues à moitié hors du sol, et les branches de mûriers qui s'entrelaçaient autour d'elles, le tout dans ce demi-jour grisâtre qui, du ciel pluvieux, descendait parmi les épais feuillages. Sur le sentier, au milieu du vallon, j'ai revu la boue piétinée par les bestiaux, et gardant çà et là l'empreinte de leurs sabots, tandis qu'ailleurs on reconnaissait, à des traces parfaitement circulaires, que les femmes du village avaient passé là, perchées sur leurs hauts patins ferrés. J'ai revu l'eau fangeuse descendant, après la pluie, des deux côtés du chemin en pente; et je vous ai revue, Rosamond, petite fille peu obéissante, toute mouillée, mouchetée de terre humide, justement comme je vous vis en réalité, salissant votre belle pelisse bleue et vos petites mains grassouillettes, tandis que vous façonniez une écluse pour retenir l'eau courante, et vous moquant de votre bonne qui voulait vous ôter de là pour vous ramener au logis.... Enfin, j'ai revu tout cela, comme cela fut réellement à cette époque déjà si lointaine; mais, circonstance assez étrange, je ne me suis pas revu petit garçon, tel que j'étais alors.... Vous étiez la même petite fille, le vallon avait son ancienne physionomie inculte; et moi, au milieu de ce passé, j'étais ce que je suis maintenant.... je marchais dans ce rêve d'enfant, non sans quelque gêne, avec mes allures et mes pensées d'homme fait.... bref, tel que je suis maintenant, à tous égards, sauf que j'y voyais.

— Quelle mémoire est la vôtre, ami, pour vous rappeler si bien ces mille détails insignifiants, après tant d'années écoulées depuis le jour où il pleuvait dans le petit vallon! Comme vous vous souveniez bien de l'enfant que j'étais!... Vous souvenez-vous aussi bien de ce que j'étais il y a un an.... lorsque vous me vîtes.... oh! Lenny, que cette pensée est triste!... lorsque vous me vîtes pour la dernière fois?

— Si je m'en souviens, Rosamond?... le dernier regard que j'ai jeté sur vous a peint en moi votre image en couleurs ineffaçables.... J'ai quelques-uns de ces portraits dans la mémoire, mais aucun du même éclat et du même relief.

— Et ce portrait est le meilleur que jamais on ait pu faire de moi.... Il me représente toute jeune, mon ami, alors que ma figure disait sans cesse que je vous aimais, bien que mes lèvres ne se permissent jamais cet aveu. N'y a-t-il pas dans cette pensée quelque chose qui console? Quand les années auront passé sur nos deux têtes, Lenny, et quand le temps aura posé sur moi ses tristes vestiges, vous ne vous direz point : « Ma Rosamond commence à se flétrir.... elle ressemble de moins en moins à ma jolie fiancée d'autrefois.... » Jamais je ne vieillirai pour vous, mon amour.... Quand j'aurai des rides au front et des cheveux gris dans mes bandeaux, le beau portrait de ma jeunesse restera le même en vos souvenirs.

— Toujours le même, toujours jeune, et si vieux que je sois devenu.

— Mais est-il au moins bien terminé?... N'a-t-il pas, çà et là, quelque ligne indécise, quelque contour inachevé?... Depuis que vous ne m'avez vue, je n'ai pas changé... Je suis exactement ce que j'étais il y a un an.... Et si je vous demandais de me décrire telle que je suis, le pourriez-vous sans vous tromper ?

— Essayez !

— Le puis-je réellement ?... Eh bien ! préparez-vous à un catéchisme complet !... Je ne vous fatigue pas, assise ainsi sur vos genoux ?.., Voyons ; première question : quand nous sommes debout à côté l'un de l'autre, comment suis-je grande ?

— Vous m'arrivez juste à l'oreille.

— Bien répondu pour commencer. Continuons. Dans votre portrait, comment sont mes cheveux ?

— Brun foncé.... et très-abondants.... Au goût de certaines gens, ils descendent un peu trop bas sur le front.

— Que me parlez-vous de certaines gens...? A votre goût, est-ce qu'ils descendent trop bas ?

— Certainement non.... j'aime, moi, qu'ils avancent.... j'aime toutes ces petites ondes qu'ils décrivent autour de votre front.... je les aime comme vous les avez, relevés en arrière par bandeaux unis qui laissent voir vos oreilles et vos joues.... par-dessus tout, j'aime ce gros nœud qui vient fermer, derrière votre tête, leurs épaisses torsades.

— Lenny, vous avez décidément très-bonne mémoire.... Descendons maintenant un peu plus bas.

— Un peu plus bas nous arrivons à vos sourcils.... Dans mon portrait, ils sont dessinés à merveille.

— Oui.... mais ils ont un défaut.... Et lequel ? Dites, allons !

— Ils ne sont pas tout à fait aussi prononcés qu'ils pourraient l'être....

— Encore une réponse fort juste. Et mes yeux ?

— Bruns, grands, éveillés, chercheurs.... des yeux tantôt très-doux et tantôt très-brillants.... des yeux qui peuvent être calmes et tendres, comme ils le sont en ce moment, mais qui, sur la moindre provocation, s'ouvrant plus que de raison, jetteront peut-être trop de flammes, exprimeront trop de détermination.

— Faites donc en sorte qu'ils n'aient pas lieu, tout présentement, de s'animer ainsi.... Au-dessous des yeux, que trouvons-nous ?

— Un nez un peu trop petit pour aller avec ces grands yeux.... un nez dont la tendance naturelle serait d'être un peu....

— Ne prononcez pas cet horrible **mot** anglais.... épargnez

ma susceptibilité au moyen d'une traduction.... Dites : re-
troussé, comme les Français, et glissons vite sur ce nez malen-
contreux.

— Ce sera pour faire halte en arrivant à la bouche, alors,
et reconnaître qu'elle approche, autant que possible, de la perfection absolue. Les lèvres ont une coupe charmante, un coloris de toute fraîcheur, une expression irrésistible.... Dans
mon portrait, je les vois sourire, et je suis sûr qu'elles me
sourient en ce moment.

— Comment ne souriraient-elles pas, si bien louées?... Ma
petite vanité me dit à l'oreille que je ferai aussi bien d'arrêter
là mon catéchisme.... Si je parle de mon teint, ce sera pour
m'entendre dire qu'il est un peu bien brunet, et que le rouge
lui manque, sauf quand je reviens de me promener, ou si
quelque chose me rend honteuse, ou m'irrite; si je risque
une question sur ma taille, on va me répondre, j'en ai bien
peur, que j'ai de périlleuses dispositions à l'embonpoint.
Si je demande comment je me mets : « Pas assez discrètement,
me va-t-on riposter.... Vous aimez, comme un enfant, les
couleurs voyantes.... » Non, tout bien réfléchi, je ne risquerai
pas d'autre question. Mais, vanité à part, Lenny, je suis fière,
je suis glorieuse, je suis heureuse surtout de voir quelle
image nette et claire votre mémoire conserve de moi....
Je ferai désormais de mon mieux pour lui ressembler, à ce
cher portrait.... Amour bien-aimé, je veux faire honneur à vos
souvenirs.... et je veux que, pour votre femme, on vous porte
envie.... Après un catéchisme si bien récité, vous méritez cent
mille baisers, et les voici ! »

Tandis que mistress Frankland décernait cette récompense
au mérite de son époux, le bruit d'une petite toux, poliment
contenue, se fit entendre, aussi timidement que possible, dans
un coin du salon.... Se retournant avec la vivacité qui carac-
térisait tous ses gestes, mistress Frankland, non sans horreur,
non sans indignation, aperçut miss Mowlem qui venait de
franchir le seuil de la porte, et se tenait là debout, une lettre
à la main, en proie à une agitation de sentiments qui faisait
rougir jusqu'au blanc des yeux son visage naturellement assez
mélancolique.

« Petite malheureuse!... comment osez-vous entrer ici sans
frapper? » s'écria Rosamond, brusquement descendue à terre
et frappant du pied. En un instant, de la tendresse la plus
expansive elle avait passé à la plus impétueuse colère.

Miss Mowlem tremblait de la tête aux pieds sous ce regard brillant qui semblait la traverser de part en part.... Elle devint très-pâle, tendit la lettre qui faisait son excuse, et, du ton le plus doux, commençait à dire qu'elle était bien fâchée....

« Fâchée! » s'écria Rosamond, plus outrée encore de cette excuse hypocrite qu'elle ne l'avait été de l'indiscrétion de son hôtesse; et ce redoublement de colère, elle le manifesta en frappant du pied comme la première fois. « Qui se soucie que vous soyez ou non fâchée?... je n'ai que faire de vos doléances.... Épargnez-les-moi.... Je n'ai jamais été si légèrement traitée de ma vie.... jamais, entendez-vous, vile petite espionne!...

— Rosamond!... Rosamond!... je vous en prie, ne vous oubliez pas, interrompit la voix calme de M. Frankland.

— Lenny, mon cher aimé, je n'y puis rien.... Cette créature tournerait la tête d'un saint.... Depuis que nous sommes ici, elle ne fait que nous guetter.... Oui, vous nous guettez, mal-apprise, grossière personne que vous êtes.... Je le soupçonnais déjà.... maintenant j'en suis sûre.... Faut-il donc fermer sa porte à clef pour se garer de vous? Nous n'en sommes pas là.... Montez votre note!... Nous vous donnons congé!... M. Frankland vous donne congé.... N'est-ce pas, Lenny?... Je ferai tous vos paquets.... Elle n'en touchera pas un, mon cher cœur.... Descendez, mademoiselle; faites votre note; signifiez le congé à votre mère! M. Frankland n'entend pas que des femmes curieuses entrent chez lui à l'improviste, et viennent écouter derrière les portes.... Il ne le veut pas, ni moi non plus.... Posez cette lettre sur la table.... à moins qu'il ne vous plaise aussi de l'ouvrir et de la lire.... Posez-la, vous dis-je, impertinente petite fille.... Apportez la note, et annoncez à votre mère que nous quittons immédiatement la maison. »

A cette menace effrayante, miss Mowlem, de nature douce et timide en même temps que curieuse, se tordit les mains de désespoir, et fondit en larmes sans autre résistance.

« O ciel clément qui nous voyez!... s'écria-t-elle, dans une sorte de délire, adressant au plafond cette allocution déchirante.... Que dira ma mère, et que vais-je devenir? O mam¹! j'ai cru que j'avais frappé.... je l'ai cru, sans mentir.... Oh! mam, je vous demande pardon bien humblement, et je vous promets de ne plus être indiscrète.... O mam! ma mère est

---

1. Contraction du mot *madam*. Prononcez *méme*.

veuve.... et c'est la première fois que nous louons en garni....
et le mobilier nous a pris tout notre pauvre argent.... et....
O mam, mam !.... comment nous y retrouver, si vous quittez ? »

Ici les paroles manquèrent à miss Mowlem, et des sanglots
convulsifs en prirent la place....

« Rosamond !... » dit M. Frankland, et cette fois sa voix
exprimait un vrai chagrin, en même temps qu'elle avait un
accent de reproche.

L'oreille de Rosamond saisit aussitôt cette nuance. Dès
qu'elle eut jeté les yeux de son côté, elle changea de couleur,
baissa un peu la tête, et toute son attitude fut modifiée à
l'instant même. Elle se glissa doucement auprès de son mari,
avec un regard attendri et attristé, puis posant près de son
oreille des lèvres qui semblaient la caresser. :

« Lenny, lui dit-elle tout bas.... est-ce que je vous ai fâché ?

— Rosamond, vous ne pouvez me fâcher, répondit-il avec
calme... J'aurais seulement désiré que vous vous fussiez contenue un peu plus tôt.

— J'en ai tant, tant de regret ! » Et les fraîches lèvres, murmurant ces mots de repentir, se rapprochaient encore davantage des oreilles où ils tombaient ; et une petite main rusée, se
glissant derrière le cou du jeune homme, allait se jouer dans
ses cheveux.... « J'ai tant de regret et je suis si honteuse !...
Mais aussi, convenez-en, n'y avait-il pas de quoi s'emporter
tout d'abord ?... Pourtant, Lenny, vous me pardonnerez,
n'est-il pas vrai ?... surtout quand je vous aurai promis de ne
plus jamais m'emporter ainsi ?... Ne faites pas attention à
cette petite pleurnicheuse qui geint là bas derrière la porte....
ajouta Rosamond, se laissant distraire de ses remords par la
vue de miss Mowlem qui continuait à pleurer, appuyée contre le mur, et cachant son visage dans un mouchoir d'une
blancheur douteuse.... Je me charge d'elle, je sécherai ses
larmes, je l'emmènerai d'ici.... Je la consolerai de toutes les
manières, pourvu seulement que vous me pardonniez.

— Un ou deux mots de politesse, il n'en faut pas davantage.... un ou deux mots, et ce sera bien assez, dit
M. Frankland très-froidement et d'un air contraint.

— Allons, voyons, ne pleurez plus, pour l'amour de Dieu !
dit Rosamond allant tout droit à miss Mowlem ; et sans beaucoup de cérémonie, elle écartait de son visage le mouchoir d'un
blanc douteux... Allons, vous allez vous en aller, n'est-ce pas ?

Je suis fâchée de m'être mise en colère.... bien que vous ayez
eu tort d'entrer sans frapper.... Je n'ai pas voulu vous faire
de la peine.... et je ne vous dirai plus un mot blessant, pourvu
qu'à l'avenir vous frappiez aux portes avant d'entrer.... pourvu
aussi que vous finissiez de pleurer, maintenant.... Allons,
finissez, et bien vite, ennuyeuse créature !... Nous ne quittons
pas la maison.... Nous ne demandons plus ni votre mère, ni
la note, ni rien.... Si vous vous consolez tout de suite, je vous
fais un cadeau.... Tenez, mon ruban de cou.... je vous ai vue
l'essayer hier au soir, quand j'étais étendue sur le sofa de la
chambre à coucher, où vous me supposiez endormie.... Soyez
tranquille, je ne vous en veux pas.... Prenez ce ruban....
prenez-le comme gage de paix, si vous n'en voulez pas comme
cadeau.... Prenez donc.... c'est-à-dire, non.... ayez la bonté de
le prendre.... Là, vous voyez, je vous l'attache moi-même....
Et, maintenant, une poignée de mains.... nous revoilà bonnes
amies.... Montez vous arranger devant la glace. »

Tout en disant ceci, mistress Frankland ouvrait la porte, et,
sous prétexte de geste amical, poussait dehors, par les épaules, miss Mowlem ébahie et confuse. Puis, la porte refermée,
elle reprit aussitôt son poste sur les genoux de son mari :

« Eh bien, vous voyez ?... tout est arrangé. Je l'ai renvoyée
tout heureuse, avec mon beau ruban vert qui la fait paraître
jaune comme une guinée, et laide comme.... »

Ici Rosamond s'arrêta court, portant un regard inquiet sur
la figure de son mari : « Lenny, lui dit-elle avec un petit
accent chagriné, posant sa joue contre celle du jeune homme,
est-ce que vous m'en voulez encore ?

— Je ne puis pas vous en vouloir, cher amour.... Vous savez
bien que cela m'est impossible.

— Je tâcherai, désormais, de ne plus me laisser aller à mes
vivacités.

— Je suis sûr que vous le ferez, Rosamond ; mais ne vous
en tourmentez pas davantage. Ce n'est pas à vos vivacités
que je pensais tout à l'heure.

— Et à quoi donc, cher Lenny ?

— Aux excuses que vous adressiez à miss Mowlem.

— Ne lui en ai-je pas fait assez ?... Je vais la rappeler, si
vous voulez. Je lui adresserai un second discours, plein de remords ; je ferai pour elle tout ce que vous me demanderez,
sauf l'embrasser. Oh ! pour cela, je ne le pourrai jamais.... Je
ne puis maintenant embrasser personne que vous.

— Bon Dieu, chère amour, que vous êtes encore enfant, à
certains égards!... Ce que vous avez dit à miss Mowlem était
bien assez.... et plus qu'assez.... si vous voulez bien me passer
cette remarque; j'ajouterai même que, dans votre élan de
cœur et de générosité, vous êtes allée un peu loin vis-à-vis
de cette jeune personne. Ce n'est pas tant le cadeau que vous
lui avez fait de votre ruban, bien qu'il ait été un peu trop familièrement offert; mais il me semble, si j'ai bien entendu,
que vous avez poussé la bonté jusqu'à échanger avec elle une
poignée de mains.

— Était-ce donc mal? J'ai cru que c'était la meilleure façon
de tout arranger.

— Entre égaux, ma chère, vous avez raison; mais, si vous
voulez bien prendre en quelque considération la différence de
rang qui existe entre miss Mowlem et vous....

— J'y réfléchirai tant qu'il vous plaira, cher Lenny; mais je
tiens ceci de mon père, qui jamais, le cher vieux bonhomme,
ne s'est beaucoup préoccupé des différences de rang : je ne
puis m'empêcher d'aimer ceux qui sont bons pour moi, sans
m'inquiéter s'ils sont mes supérieurs ou mes inférieurs; et,
une fois calmée, je m'en voulais déjà tout autant d'avoir
effrayé et peiné cette infortunée miss Mowlem, que si elle eût
été d'un rang égal au mien. Je tâcherai de penser comme vous,
Lenny; mais je crains bien d'être devenue, je ne sais trop
comment, ce que les journaux appellent « une radicale. »

— Chère Rosamond, même en plaisantant, ne parlez jamais
ainsi de vous-même. Vous devriez, moins que personne au
monde, perdre le sentiment de ces distinctions hiérarchiques
sur lesquelles repose le bien-être social.

— Vraiment!... en est-il ainsi?... Pourtant, cher, il ne
me semble pas que nous ayons été créés dans des conditions si
différentes. Nous avons tous le même nombre de bras et de
jambes; nous sommes tous sujets au besoin de manger et de
boire; nous avons chaud en été, froid en hiver. Nous rions
quand nous sommes contents, et nous pleurons si quelque
chose nous afflige. Et, pour sûr, nous ressentons à peu près
de même le chagrin et la joie, que nous soyons grands ou
petits. Supposez-moi duchesse, Lenny, et je ne pourrai vous
aimer mieux; et je ne vous aimerais pas moins, fussé-je une
simple servante.

— Vous n'êtes point une servante, mon cher amour, et pour
ce qui est d'une duchesse, veuillez vous rappeler que vous

n'êtes pas si fort au-dessous d'elle que vous semblez le croire.... Bien des dames titrées ne peuvent revendiquer une aussi belle généalogie que la vôtre. La famille de votre père, ma Rosamond, compte parmi les plus anciennes du pays.... C'est tout au plus si la famille du *mien* remonte aussi haut; et nous étions gentilshommes terriens, lorsque bien des noms de la pairie n'avaient pas encore la moindre notoriété.... Aussi, est-il presque ridicule de vous entendre vous appliquer à vous-même l'épithète de radicale.

— Je ne m'intitulerai plus ainsi, mon Lenny.... seulement ne me faites plus cette mine sérieuse.... Je me déclare même tory, si j'ai pour cela un bon baiser et le droit de rester encore un peu sur vos genoux. »

Le sérieux de M. Frankland ne fut pas à l'épreuve de ce changement subit dans les opinions politiques de sa femme, et des conditions qu'elle y mettait. Son front s'éclaircit, et il se mit à rire presque aussi gaiement que Rosamond elle-même.

« A propos, dit-il, lorsqu'un moment de silence lui eut permis de retrouver le fil de ses pensées; ne vous ai-je pas entendu prescrire à miss Mowlem de poser une lettre sur la table?... Est-elle pour vous ou pour moi, cette lettre?

— Ah ! je l'avais bien oubliée, dit Rosamond, courant vers la table. Elle est à votre adresse, Lenny.... et, quel bonheur!... elle porte le timbre de Porthgenna.

— Elle doit être, alors, de l'entrepreneur que j'ai envoyé au vieux manoir pour voir aux réparations. Prêtez-moi vos yeux, chère amour, et sachons ce que dit ce brave homme. »

Rosamond ouvrit la lettre, approcha un tabouret des pieds de son mari, et, s'accoudant sur ses genoux, elle lut ce qui suit :

A LÉONARD FRANKLAND, ESQUIRE.

Conformément aux instructions dont vous m'avez honoré, je suis venu à Porthgenna-Tower pour constater les réparations dont l'édifice en général, et le pavillon nord en particulier, peuvent avoir besoin.

L'extérieur ne réclame qu'un léger nettoyage, et, çà et là, quelques ravalements. Les murs et les fondations semblent faits pour l'éternité. Je n'avais jamais vu un travail d'une solidité pareille.

Je ne puis parler de l'intérieur en termes aussi favorables. Les appartements de l'ouest, habités pendant le séjour du capitaine Treverton, et tenus bien clos, depuis lors, par les personnes chargées de garder la maison, sont en assez bon état. Deux cent livres sterling, tout compté, suffiraient pour couvrir tous les frais que j'aurais à y faire pour les re mettre à neuf. Dans cette somme n'est pas comprise la restauration de l'escalier ouest, qui a cédé en quelques-unes de ses parties, et dont les rampes, du premier au second étage, n'offrent décidément aucune sécurité. Il faudrait, pour ce travail, de vingt-cinq à trente livres.

Dans les appartements ouverts au nord, la ruine est aussi complète qu'elle puisse l'être, et de fond en comble. De tout ce que j'ai pu tirer au clair, il résulte que, du temps du capitaine Treverton, personne n'approchait de ces appartements, et on n'y est pas entré depuis lors. Les gardiens actuels de la maison semblent empêchés par une terreur superstitieuse d'ouvrir les portes du pavillon nord, à cause du long temps qui s'est écoulé depuis qu'un être vivant ne les a franchies. Personne ne paraissait se soucier de m'accompagner dans mes recherches, et personne n'a pu me renseigner sur les clefs destinées à ouvrir chaque porte de ce pavillon. Je n'ai pu découvrir aucun plan indiquant le nom particulier ni le numéro de chaque chambre ; et, à ma grande surprise, les clefs ne portaient point d'étiquettes. On me les a remises, pendues pêle-mêle à un grand anneau, lequel a une étiquette d'ivoire sur laquelle est écrit : *Clefs des chambres du nord*. Je prends la liberté d'entrer dans tous ces détails afin de vous expliquer pourquoi mon séjour à Porthgenna s'est prolongé au delà de ce que vous pouviez juger nécessaire. J'ai perdu presque tout un jour à classer, en les essayant au hasard, les clefs que j'avais détachées de leur anneau. Et j'ai dû consacrer encore quelques heures d'une autre journée à marquer chaque porte d'un numéro extérieur, numéro qui se retrouvera sur l'étiquette de la clef correspondante, replacée, après cette addition nécessaire, dans l'anneau qui les réunit afin d'éviter à l'avenir toute erreur et toute perte de temps.

Comme j'espère pouvoir vous adresser, d'ici à peu de jours, un état estimatif détaillé des réparations nécessaires dans le pavillon nord, à reprendre de la base au faîte, je me bornerai pour aujourd'hui à vous dire que ces travaux demanderont du temps, et devront être exécutés sur la plus grande échelle. La charpente de l'escalier et le parquet du premier étage sont absolument vermoulus. L'humidité dans certaines pièces, les rats dans d'autres, ont peu à peu détruit les lambris. Quatre des manteaux de cheminée se sont détachés du mur, et tous les plafonnages sont ou tachés, ou fendus, ou écorchés par grandes places. Les parquets sont, généralement, en moins mauvais état que je ne l'avais présumé : mais les volets et les croisées sont trop déjetés pour qu'on puisse les employer à nouveau. Il faut donc reconnaître que les frais à exposer pour remettre en état toutes choses, c'est-à-dire pour rendre les appartements habitables et bien clos, et les livrer ainsi au tapissier, seront, de nécessité, fort considérables. Si, comme cela peut se prévoir, vous éprouvez quelque surprise et quelque mécontentement en voyant le montant élevé de mon devis, je prendrai la liberté de vous suggérer le choix d'un de vos amis, possédant toute votre confiance, et qui, ce devis en main, parcourrait avec moi les appartements nord. Je me charge de lui prouver que chaque dépense, indiquée séparément, est absolument inévitable, et que le montant de cette dépense a été fixé de la manière la plus modérée. Je crois pouvoir, sur ces deux points, donner pleine et entière satisfaction à n'importe quelle personne compétente et raisonnable sur laquelle s'arrêtera votre choix.

En attendant l'envoi du devis en question, qui vous arrivera sous peu de jours, je suis, Monsieur,   Votre humble-serviteur,

THOMAS HORLOCK.

« C'est la lettre d'un honnête homme, remarqua M. Frankland.

— J'aurais voulu qu'il y joignît le devis, dit Rosamond. Ne pouvait-il pas, l'impatientant personnage, nous dire tout d'un coup, et en bloc, ce que devront coûter les réparations?

— J'imagine, chère amie, que le chiffre, ainsi donné en bloc, a quelque chose d'effrayant, devant quoi il aura reculé.

— Ennuyeux argent!... on le trouve toujours sur son chemin, mettant à vau-l'eau les plus jolis projets!... Si nous n'en avons pas assez, allons en emprunter à ceux qui en ont.... Comptez-vous envoyer quelqu'un à Porthgenna pour visiter la maison, en compagnie de M. Horlock? En ce cas, je sais bien qui je voudrais vous voir choisir pour cette ambassade.

— Qui donc?

— Moi, s'il vous plaît.... et sous votre escorte, cela va sans le dire. Oh! ne riez pas, Lenny!... je lui serrerais le bouton, à cet Horlock.... je lui contesterais tous ses chiffres, et le réduirais sans merci. J'ai vu autrefois un expert en bâtiments apprécier une maison, et je sais parfaitement comment il faut s'y prendre.... On frappe du pied les parquets, on cogne les murailles, on gratte les briques, on regarde par toutes les cheminées et par toutes les fenêtres.... De temps en temps vous prenez une note dans un petit agenda.... de temps en temps, une mesure avec un mètre.... de temps en temps vous vous jetez sur une chaise dans l'attitude de la plus profonde réflexion; puis vous terminez en disant que la maison est en fort bon état, et qu'elle ne risque rien si le locataire veut bien ne pas lésiner, et faire à temps les réparations nécessaires.

— A merveille, Rosamond! Voilà encore un talent que je ne vous soupçonnais pas, et je ne crois pas pouvoir vous refuser l'occasion d'en faire preuve.... Aussi, pourvu que vous me permettiez de vous adjoindre un homme du métier pour vous aider à contrôler les comptes de ce M. Horlock, je ne vois pas pourquoi nous ne ferions pas une petite visite à Porthgenna, maintenant surtout que nous savons les appartements du couchant en état d'être habités.

— Oh ! que vous êtes bon, et quel plaisir ce sera ! Comme j'aimerai à revoir cet ancien séjour avant qu'on ne me l'ait changé. Je n'avais pas plus de cinq ans, Lenny, lorsque j'ai quitté Porthgenna, et je désire tant voir ce qui en est resté dans ma mémoire, après une absence aussi prolongée que l'a été la mienne ! Savez-vous bien que je n'avais jamais vu aucun de ces appartements donnant au nord ?... moi qui suis folle des vieilles chambres désertes ! Nous irons dans toutes, mon Lenny ; je vous donnerai la main, et vous verrez par mes yeux, et serez associé à toutes mes découvertes.... Je suis sûre que nous verrons des fantômes, que nous trouverons des trésors, que nous entendrons des bruits mystérieux.... Et que de poussière montera autour de nous !... Pouf !... j'en ai déjà la gorge malade, rien que d'y penser.

— Puisque nous parlons de Porthgenna, Rosamond, tâchons de garder notre sérieux, du moins pour quelques instants. Il m'est démontré que ces réparations du pavillon nord coûteront une grosse somme d'argent. Maintenant, chère amour, je ne regarderai jamais comme argent mal dépensé, si forte que soit la somme, celui qui pourra vous procurer un vrai plaisir.... Je ne fais plus qu'un avec vous de cœur et d'âme.... »

Ici le jeune mari s'arrêta. Les bras caressants de sa jolie moitié s'enlacèrent de plus belle autour de son cou. Un doux mouvement les rapprocha joue contre joue :

« Continuez, Lenny, » lui dit-elle ; et ces deux simples mots furent prononcés si tendrement que les paroles manquèrent un moment à Léonard, absorbé dans la douce sensation qu'ils avaient fait éprouver à son oreille.

« Rosamond, murmura-t-il, je ne sais pas de musique au monde qui puisse m'émouvoir comme votre voix vient de le faire. Elle me pénètre comme, jadis, quand j'y voyais, me pénétrait l'aspect d'un beau ciel étoilé.... »

Tandis qu'il parlait, les beaux bras blancs passés à son cou le pressaient dans une étreinte plus passionnée, et de brûlantes lèvres vinrent se poser à la place que la joue occupait naguère.

« Continuez, Lenny, répétèrent-elles ensuite, avec l'accent du bonheur maintenant mêlé à celui de la tendresse. Vous

disiez que vous ne faisiez qu'un avec moi.... Quel sens particulier donnez-vous à ces paroles?...

— C'est que je suis entré, du même cœur que vous, dans votre
projet de convaincre votre père qu'après ce dernier voyage il
n'en doit plus entreprendre d'autre, et dans votre espoir de l'a-
mener à finir paisiblement ses jours à Porthgenna, parmi nous.
Si l'argent dépensé à réparer le pavillon nord, qui nous donnerait à tous le logement nécessaire, doit assez modifier l'aspect du vieux manoir pour lui ôter, à ses yeux, ce qu'il
comporte de pénibles ressouvenances ; si, moyennant ces
changements, il peut trouver quelque agrément à cette résidence, au lieu d'y être assiégé par de tristes pensées, je regarderai la dépense comme faite très à propos, chère Rosamond.
Mais, avant de mettre ce plan à exécution, vous croyez-vous
sûre de réussir? Avez-vous déjà pressenti votre père au sujet
de Porthgenna?

— Je lui ai dit, mon Lenny, que jamais je ne serais parfaitement heureuse s'il ne renonçait à la mer et ne venait se
fixer auprès de nous, et il a répondu qu'il le voulait bien. Je
n'ai point parlé, ni lui non plus, de résider à Porthgenna ;
mais il sait fort bien que là doit être notre établissement, et
il n'a mis aucune condition à la promesse de venir habiter où
nous habiterons.

— La perte de votre mère est-elle le seul souvenir triste que
cet endroit doive réveiller en lui?

— Pas précisément. Il y en a un autre dont il n'a jamais été
question, mais dont je puis bien vous parler, car je n'ai plus
de secrets pour vous. Ma mère avait une femme de chambre
favorite qui la servait depuis son mariage, et qui, par hasard,
se trouva le seul témoin de sa mort. Je me rappelle avoir entendu parler de cette femme, de son extérieur bizarre, de ses
façons extraordinaires, et de l'espèce d'antipathie qu'elle inspirait à chacun, sa maîtresse exceptée. Eh bien! le jour même
où mourut ma mère, dans la matinée, elle quitta la maison de
la manière la plus imprévue et la plus inexplicable, laissant
derrière elle un billet mystérieux à l'adresse de mon père. Il y
était question d'un secret que ma mère lui aurait confié, à charge
de le communiquer à son maître, dès que sa maîtresse ne serait
plus. Elle ajoutait que ce secret lui coûtait trop à révéler et
que, pour se soustraire à tout interrogatoire, elle quittait à
jamais la maison. Lorsque la lettre fut ouverte, cette femme
était déjà partie depuis quelques heures, et, à compter de ce

jour, on ne l'a jamais revue, jamais on n'a rien su d'elle. Cette circonstance m'a toujours paru avoir produit sur l'esprit de mon père une impression presque aussi profonde que la mort de sa femme. Nos voisins, nos domestiques, croyaient tous (pour autant que j'en sache) à la folie de cette créature; mais mon père ne partageait pas leur opinion, et je sais qu'il n'a ni détruit ni oublié la lettre en question.

— Singulier, bien singulier incident, Rosamond!... Je ne suis pas surpris qu'il en ait été vivement impressionné.

— Soyez sûr, Lenny, que les domestiques et les voisins étaient parfaitement dans le vrai : cette femme était folle.... Folle ou non, du reste, ce n'en est pas moins là un événement notable dans nos annales de famille. Tous les vieux manoirs ont leur légende; voilà celle du nôtre. Mais depuis lors il s'est écoulé des années et des années; et, le temps aidant, puis les changements que nous allons faire, je n'ai point peur que mon bon et cher père se vienne mettre à la traverse de nos plans de vie. Donnez-lui à Porthgenna un jardin du nord, tout neuf, où il puisse, comme je le lui dis « faire son quart. » Donnez-lui, pour les habiter, ces chambres du nord où jamais peut-être il n'a mis le pied, et je réponds des résultats. Mais tout ceci, c'est l'avenir. Revenons au présent. A quand notre visite? et quand irons-nous à Porthgenna reviser les devis de M. Horlock ?

— Nous avons encore trois semaines à passer ici, Rosamond.

— Oui ; et ensuite il nous faut retourner à Long-Beckley. J'ai promis au plus gros et au meilleur des hommes, notre cher ministre, qu'il aurait notre première visite. Il ne nous lâchera pas avant trois semaines ou un mois, voilà sur quoi nous pouvons compter.

— Cela étant, il faut remettre à deux mois notre voyage de Porthgenna. Votre écritoire est-elle ici, Rosamond ?

— Oui ; tout près de vous, sur la table.

— Ecrivez donc à M. Horlock, chère amour, et donnez-lui rendez-vous à deux mois d'ici, dans le vieux manoir.... Dites-lui en même temps que, ne pouvant pas nous risquer sur des escaliers en décret, et les rampes m'étant spécialement indispensables, j'autorise la remise à neuf de l'escalier du couchant.... Pendant que vous y êtes, autant vaudrait aussi, ce me semble, écrire une autre lettre à la femme de charge de Porthgenna, pour lui faire connaître l'époque où elle devra se mettre en mesure de nous recevoir. »

Rosamond s'assit gaiement à la table, et trempa sa plume dans l'encrier avec un petit geste triomphal.

« Dans deux mois, s'écria-t-elle avec joie, je reverrai la vieille maison!... D'ici à deux mois, Lenny, nos pieds profanes soulèveront la poussière accumulée dans les appartements du nord !

LIVRE III.

❦

CHAPITRE PREMIER.

Timon de Londres.

Timon d'Athènes, quittant un monde ingrat, s'était retiré dans une grotte au bord de la mer; Timon de Londres, fuyant ses semblables, dans une maison isolée du côté de Bayswater. Timon d'Athènes épanchait sa misanthropie en vers magnifiques; Timon de Londres manifestait ses sentiments en vile prose. En s'adressant à Timon d'Athènes, on lui disait humblement : « Monseigneur. » En parlant à Timon de Londres, on n'employait que la formule beaucoup plus simple de : « Monsieur Treverton. » A tant de contrastes on ne pouvait guère opposer qu'un seul point de ressemblance, et c'était celui-ci : la misanthropie des deux Timon était également sincère ; tous deux haïssaient leurs semblables d'une haine incorrigible.

Le caractère d'Andrew Treverton avait, dès l'enfance, offert ces reliefs et ces lacunes contradictoires, ce mélange incompréhensible de bien et de mal, que, dans son langage indifférent et sans précision, le monde qualifie dédaigneusement « d'excentricité. » On a défini l'homme « un animal imitatif, » et l'exactitude de cette définition se trouve surtout justifiée par la condamnation que ne manque jamais d'encourir tout membre de l'espèce assez hardi pour être lui-même et ne ressembler à personne autre. L'homme est partie intégrante d'un vaste troupeau: malheur à lui si sa laine n'est pas de la couleur ordinaire! Il lui faut boire quand le reste boit; partir quand le reste part. Ses semblables venant à s'effrayer devant un chien et à décamper du pied droit, il faut qu'il s'effraye aussi et décampe de même, du pied droit, non de l'autre. Si par hasard il n'a pas peur, ou si, prenant la fuite, il se permet une autre allure, il demeure démontré, dans l'opinion, qu'en lui quelque chose cloche et demande à être réformé. Qu'un homme, en plein midi, s'avise de parcourir Oxford-Street dans toute sa longueur, le plus tranquillement et le plus décemment du monde, sans le moindre égarement dans les yeux, la moindre irrégularité dans l'attitude et les gestes, mais sans son chapeau; et allez-vous-en demander ce qu'ils pensent de cet homme aux milliers de passants que vous rencontrez, le chef couvert de feutre. Combien d'entre eux, séparément interrogés, hésiteront à déclarer sur l'heure que ce promeneur est fou? et cela sans autre preuve que le témoignage de sa tête nue. Il y a plus : que cet homme aborde poliment, un à un, chaque passant; que, dans les termes les plus simples et les plus nets, il leur explique ce qui, dans sa conduite, les étonne ainsi : que son chapeau le gênait, qu'il se sent la tête plus libre quand il est décoiffé; combien de ses semblables, si prompts à le déclarer fou de prime abord, consentiront à changer d'avis après l'avoir entendu déduire ses motifs? Pour l'immense majorité, l'explication sérieusement donnée ne sera qu'un supplément de preuve, une excellente confirmation du verdict porté contre l'intelligence de l'homme sans chapeau.

Parti du mauvais pied, dès le début, avec le reste de ses contemporains, Andrew Treverton ne fut pas longtemps à subir la peine de cette irrégularité d'allure, qui faisait tort à la marche de la colonne. Il passa pour une espèce de phénomène dans la *nursery*; à l'école, il fut un souffre-douleurs; au collège, une victime. L'ignorante bonne l'avait déclaré « un drôle d'enfant; » le pédant subalterne, usant d'une locution plus relevée, le traita de « garçon excentrique; » le professeur érudit, variant à son tour le même texte, comparait la tête d'Andrew à un toit, et déclarait qu'il y avait là mainte ardoise tenant à peine. Quand une ardoise ne tient pas, si personne ne la fixe au poste qu'elle doit occuper, infailliblement elle finit par tomber. Dans le toit d'une maison, ceci nous paraît être la conséquence directe et nécessaire d'une négligence facile à comprendre; si c'est le toit d'une cervelle humaine, nous voilà fort étonnés et fort choqués, ne sachant à qui la faute.

Délaissés à certains égards, mal dirigés à certains autres, les bons instincts encore bruts qui auraient pu se développer chez Andrew luttèrent vainement pour arriver à une organisation définitive. Ce que son excentricité avait de meilleur prit la forme de l'amitié. Sans trop savoir pourquoi, il s'attacha passionnément à un de ses camarades d'école; un garçon qui, dans la cour, ne lui accordait pas beaucoup d'égards, et, dans la classe, ne se fatiguait point à l'aider. Sans que personne pût donner de ce phénomène une explication quelconque, il devint notoire que l'argent de poche d'Andrew était toujours au service de ce camarade; qu'Andrew le suivait partout à la piste; et que, maintes et maintes fois, Andrew prenait à son compte les punitions corporelles ou autres qu'avait méritées son ami. Lorsque cet ami, quelques années plus tard, fut envoyé dans un collége, Andrew sollicita d'y être envoyé en même temps, et là, plus que jamais, s'attacha au camarade si étrangement choisi, qu'il avait adopté dès l'école. Un pareil dévouement aurait touché un cœur doué de la moindre générosité; il ne fit aucune impression sur l'âme naturellement basse de l'ami d'Andrew. Après trois années d'intimité au collége, intimité tout égoïsme d'une part, de l'autre tout sacrifice, le dénoûment arriva, et les yeux d'Andrew furent cruellement dessillés. Lorsque sa bourse fut restée vide aux mains de ce faux ami, lorsqu'il eut de tous côtés engagé sa signature pour lui venir en aide, celui que son affection avait adopté comme frère, le héros de sa candide admiration, l'abandonna tout à coup aux embarras, au ridicule, à l'isolement, sans un seul mot qui attestât le moindre remords, sans même une simple parole d'adieu.

Andrew rentra chez son père, aigri dès le début de la vie; et là il fut abreuvé de reproches à l'occasion de ces mêmes dettes contractées pour celui qui l'avait trompé sans pudeur, outragé sans scrupule. Il partit ensuite, disgracié, avec une maigre annuité, pour aller voyager loin du toit paternel. Les voyages se prolongèrent, et finirent, comme ils font souvent, par une expatriation en règle. La vie qu'il mena, les gens qu'il fréquenta pendant sa longue résidence hors du pays, lui firent un mal irréparable. Quand il revint en Angleterre, ce fut pour y donner le spectacle le plus affligeant, celui d'un homme qui ne croit plus à rien. A ce moment de sa vie, une seule bonne chance d'avenir lui restait, dans l'influence qu'auraient pu acquérir sur lui l'exemple et les conseils de son frère aîné. Ils avaient, en effet, renoué leurs liens d'enfance, lorsque la dispute amenée par le mariage du capitaine Treverton vint tout à coup les rompre à jamais. Dès cet instant, Andrew fut un homme perdu pour la société. Dès ce moment, il ne répondit plus aux dernières instances des amis qui voulaient bien prendre encore intérêt à sa destinée, que par ce raisonnement amer et désespéré : « Mon plus cher ami m'a odieusement trompé. Mon unique frère s'est brouillé avec moi pour l'amour d'une courtisane. Du demeurant de l'humanité, que voulez-vous que j'attende? Deux fois, pour avoir cru aux autres, j'ai encouru l'expiation la plus rude. Je ne recommencerai pas l'expérience. L'homme sage est celui qui ne dérange pas son cœur des fonctions essentielles de cet organe, destiné uniquement à pomper et distribuer le sang dans tous les organes où il porte la vie. La somme de mon expérience, de celle que j'ai acquise au dehors, de celle qui me vient de ma famille, m'a suffisamment éclairé sur ces illusions de l'existence que les autres hommes prennent pour des réalités, mais qui se sont révélées à moi dans tout leur néant, depuis déjà bien des années. Ici-bas, je n'ai plus qu'à manger, boire, dormir.... et mourir. Tout le reste est vanité; j'en ai fini avec tout le reste. »

Les gens, en bien petit nombre, qui, après cette repoussante profession de foi, s'enquirent encore de lui, vinrent à savoir, trois ou quatre ans après le mariage de son frère, qu'il s'était établi à Bayswater. Des renseignements pris sur place, il résulta qu'il avait acheté, sans y regarder autrement, le premier cottage qu'il put trouver bien séparé des autres et bien enclos de murailles. On sut ensuite, et toujours par de vagues rumeurs, qu'il y menait la vie d'un avare, en compagnie d'un vieux domestique nommé Shrowl, encore plus misanthrope que son maître. Aucun être vivant, non pas même une ouvrière à la journée accidentellement retenue, ne pénétrait jamais dans la maison. Andrew ne se rasait plus, et son domestique avait ordre de laisser, lui aussi, pousser sa barbe. En 1844 (ceci ne doit pas être perdu de vue), aux yeux de la partie la plus éclairée du peuple anglais, un homme était réputé malsain d'esprit, par ce seul fait qu'il laissait son menton se couvrir des poils que la nature y fait pousser. Maintenant, grâce au progrès, la longue barbe de M. Treverton ne nuirait plus qu'à sa « respectabilité; » mais il y a treize ans, nous l'avons dit, elle passait pour un symptôme d'aberration d'esprit. A cette époque, cependant, ainsi que son agent de change aurait pu l'attester, c'était un des hommes de Londres qui s'entendaient le mieux en affaires. Il défendait, au besoin, le mauvais côté de chaque question avec une acuité de so-

phisme et de sarcasme que lui eût enviée le docteur Johnson
en personne; il tenait les comptes de sa maison, à un farthing près, dans le meilleur ordre imaginable. Pas le moindre
dérangement n'était perceptible dans ses façons d'être
minutieusement observées du matin au soir; ses yeux attestaient toute la vivacité d'une intelligence en pleine possession d'elle-même; mais à quoi tant d'avantages pouvaient-ils
servir, mis en balance, dans l'estime de ses voisins, avec
sa manière de vivre qui ne ressemblait en rien à la leur, et
avec ce certificat de folie tracé au bas de son visage en caractères velus? La tolérance en matière barbue a fait quelques pas depuis l'époque où nous ramenons nos lecteurs;
mais en cette présente année, 1857, malgré les progrès accom-
plis, y a-t-il dans toute la métropole anglaise un seul commis
de banque assuré de conserver sa place, s'il se permettait de
renoncer à l'usage quotidien du rasoir?

Le bruit public, déjà calomnieux en ce qui concernait la
prétendue insanité de M. Treverton, lui faisait une injustice
égale en le représentant comme un avare. Il économisait certainement plus des deux tiers du revenu que lui eût permis de
dépenser sa fortune très-rondelette, non par goût de thésau-
riseur, mais parce qu'il ne jouissait ni du confort ni du luxe
que l'argent peut procurer. En bonne justice, il eût fallu tenir
compte de ce fait, qu'il méprisait sa propre richesse tout
autant que celle de ses voisins. Du reste le bruit public, si
erroné dans les déductions au moyen desquelles il essayait de
peindre M. Treverton, n'en était pas moins, par exception,
très-exact quant aux circonstances de sa vie. Il était vrai qu'il
avait acheté, pour son isolement même, le cottage le mieux
séparé des autres; vrai que personne, sous aucun prétexte,
n'était admis à en franchir le seuil, et vrai, finalement, qu'il
avait trouvé, dans la personne de M. Shrowl, son valet, un
antagoniste plus zélé, un contempteur plus âpre de la race
humaine, que lui-même il ne l'était.

La vie que menaient ensemble ces deux philosophes se
rapprochait des conditions de l'existence primitive (ou sauvage) autant que peut le permettre l'état actuel de notre
société. Une fois reconnue la nécessité de manger et de boire,
M. Treverton avait restreint son ambition à se passer le plus
possible, tout en se procurant l'indispensable alimentation,
de cette race d'hommes qui ont pour industrie de fournir aux
besoins corporels d'autrui, et qui, sous ce prétexte, les volent

abominablement. Grâce à un jardin qu'il avait derrière son
habitation, Timon de Londres, cultivant lui-même ses légumes, put se passer de fruitier. S'il eût eu assez de terrain
pour y faire pousser du grain, il est probable qu'il eût été
son propre laboureur et son fermier; du moins parvint-il à
éliminer le meunier et le boulanger, en achetant son blé sac
par sac, dont il faisait lui-même de la farine, laquelle se mé-
tamorphosait en pain entre les mains de Shrowl. D'après le
même principe, la viande était achetée à la criée, et du nour-
risseur lui-même; le maître et le valet la mangeaient fraîche
aussi longtemps que sa conservation le permettait; puis ils
salaient le reste, et en vivaient jusqu'à ce qu'elle fût achevée,
se passant ainsi de l'inutile intermédiaire qu'on appelle boucher. Pour ce qui est de la boisson, ni brasseurs ni cabare-
tiers ne pouvaient se prévaloir d'un seul farthing soustrait à
l'escarcelle de M. Treverton. Shrowl et lui se contentaient de
bière, et cette bière, ils la brassaient eux-mêmes. Ainsi
pourvus de pain, de légumes, de viande et de liqueurs fer-
mentées, nos deux ermites des temps modernes parvenaient
à se donner cette double satisfaction de se maintenir en vie
au dedans, tandis que les fournisseurs se morfondaient au
dehors.

S'ils se nourrissaient comme aux époques primitives, ils
avaient adopté, à tous autres égards, des habitudes non moins
fidèlement empruntées à l'état de nature. Ils avaient des mar-
mites, des casseroles, des pots, deux tables de bois blanc,
deux chaises, deux vieux sofas, deux pipes courtes et deux
manteaux longs. En revanche, pas de repos à heure fixe,
point de tapis ni d'oreillers, point d'armoires, point de bibliothèques, point de bric-à-brac d'aucune sorte, point de
blanchisseuse, point d'ouvriers quelconques. Quand l'un des
deux éprouvait le besoin de manger ou de boire, il coupait
lui-même son croûton de pain, faisait cuire son morceau de
viande, tirait son petit pot de bière, sans importuner l'autre
de tous ces détails. Si l'un ou l'autre éprouvait le désir de
passer une chemise propre (désir qui ne se manifestait pas
très-fréquemment), il allait en laver une pour son propre
compte. L'un ou l'autre s'apercevait-il que tel ou tel coin du
logis était aussi un peu trop immonde, celui-là prenait un
seau d'eau, un balai, puis nettoyait le recoin en question,
comme il eût fait pour un chenil. Et enfin, quand l'un ou
l'autre voulait se livrer au sommeil, il s'enveloppait dans son

manteau, s'étendait sur un des canapés, et prenait la dose de repos dont il avait besoin, le matin d'aussi bonne heure, et le soir aussi tard que cela lui pouvait convenir.

N'avaient-ils ni à boulanger, ni à brasser, ni à jardiner, ni à nettoyer quelque part, ces deux hommes s'asseyaient en face l'un de l'autre, et fumaient des heures entières, le plus souvent sans échanger un seul mot. Que s'ils rompaient le silence, c'était inévitablement pour se quereller. Leur dialogue le plus ordinaire était une sorte de lutte comme celle de deux boxeurs qui, après certains témoignages sournois d'une feinte bienveillance, finissent par détériorer, de tout cœur, la forme que Dieu a donnée à leur visage. Ils commençaient par quelques ironiques compliments, et finissaient par s'adresser les invectives les plus violentes. N'ayant pas à lutter, comme son maître, contre les habitudes invétérées d'un certain savoir-vivre, résultat infaillible d'une certaine éducation, Shrowl, dans ces duels de langue, avait un avantage marqué. Et, au fait, quoique nominalement le domestique, il avait en réalité le gouvernement de ce singulier ménage, ayant acquis sur son maître une influence sans bornes, par cela seul que dans toute direction il s'étudiait à le devancer. La voix de Shrowl était la plus aigre des deux ; les dires de Shrowl étaient les plus âpres ; la barbe de Shrowl était la plus longue. Si personne avait accusé M. Treverton d'une secrète déférence pour les opinions de son valet, ou d'un secret sentiment de crainte qui le faisait hésiter à le mécontenter, nul doute qu'il n'eût repoussé cette imputation avec toute sorte de colère et d'amertume. Mais il n'en restait pas moins vrai que Shrowl avait la haute main dans la maison, et que, sur tout sujet essentiel, sa décision devenait, tôt ou tard, celle de son maître. De toutes les punitions de ce monde, la plus certaine est celle de l'homme qui se targue et se vante n'importe de quoi. M. Treverton faisait sonner bien haut son indépendance absolue : quand vint le châtiment de cette fanfaronnade, ce châtiment s'incarna dans la personne de Shrowl, et s'appela de ce doux nom.

Un beau matin, environ trois semaines après que mistress Frankland eut écrit à la femme de charge de Porthgenna-Tower pour lui annoncer la visite projetée par elle et son mari, M. Treverton descendit, avec sa physionomie la plus aigre et ses façons les plus bourrues, des régions supérieures de son *cottage* à l'une des chambres du rez-de-chaussée, celle que

des hommes encore adonnés aux misères de la vie civilisée
eussent probablement appelée un salon. C'était, comme son
frère aîné, un homme de haute taille et fort bien fait; mais
sa figure osseuse, sombre et ravagée, n'avait pas la moindre
ressemblance avec les traits réguliers, ouverts et hâlés de
notre brave capitaine. Personne, les voyant à côté l'un de
l'autre, n'aurait deviné qu'ils étaient frères, tant leur physionomie différait, aussi bien que leurs traits. Les souffrances
de cœur qu'il avait endurées dans son jeune âge, la vie er-
rante, dissipée, abandonnée, qu'il avait menée pendant sa
maturité, les désappointements, les colères, l'épuisement de
ses dernières années, avaient si bien fatigué, si complétement
usé Andrew Treverton, qu'on aurait pu lui donner au moins
vingt ans de plus qu'à son frère. Avec ses cheveux incultes,
sa figure peu lavée, sa barbe grise aux flocons emmêlés, et la
vieille robe de chambre en flanelle, sale et rapiécée, qui pendait autour de lui comme un sac informe, ce descendant
d'une riche et ancienne famille avait tout l'air d'être né dans
une maison de travail, et d'exercer, pour tout métier, celui des
marchands de vieux habits.

L'heure du déjeuner avait sonné pour M. Treverton ; c'est-
à-dire que l'heure était venue où il se sentait assez affamé
pour songer à manger quelque chose. Sur la cheminée, à
cette même place qu'eût occupée une glace dans toute maison
à peu près meublée, un épais morceau de lard pendait dans
le cottage de Timon de Londres. Sur la table de bois blanc
placée près du feu, un énorme pain, grossier et brun. Dans
un coin de la pièce, un baril de bière ; au-dessus, deux pots d'é-
tain bosselés, pendus à des clous fichés dans le mur. Au-dessous de la grille à feu gisait un vieux gril enfumé, abandonné
là, selon toute apparence, après avoir servi, par quelqu'un
qui n'avait pas pris la peine de le remettre en place. M. Treverton sortit de la poche de sa robe de chambre un couteau à
ressort mal essuyé, coupa une tranche de lard, établit, tant
bien que mal, le gril sur le feu, et se mit à faire cuire son
déjeuner. Il venait justement de retourner le lard, à point
d'un côté, quand la porte s'ouvrit, et Shrowl entra, la pipe à
la bouche, attiré justement par la même préoccupation culi-
naire à laquelle son maître avait obéi.

Shrowl était un petit homme, d'un embonpoint flasque, et
complétement chauve, sauf une rangée de cheveux gris de
fer, qui se hérissaient autour de son occiput comme les pointes

d'un collier mal attaché. Par compensation à la rareté de sa chevelure, sa barbe, que, sur l'ordre de son maître, il laissait pousser, empiétait singulièrement sur sa poitrine, en deux pointes inégales. Il portait un très-vieil habit de luxe, à longues basques, merveilleuse occasion rencontrée dans Petti-coat-Lane[1], une chemise d'un jaune pâle, à laquelle pendaient les débris d'un jabot, des pantalons de velours trop longs, retroussés à la hauteur de l'orteil, et enfin des bottes à la Blucher, qui jamais n'avaient été cirées depuis le jour où elles avaient quitté l'échoppe du cordonnier en vieux. Son teint était d'une vivacité malsaine; ses grosses lèvres, rebroussant par les coins, exprimaient une ironie malveillante, et ses yeux, par leur forme et leur expression, se rapprochaient de ceux d'un basset, autant que puissent se le permettre des yeux enchâssés dans une face humaine. Un peintre quelconque, chargé de rendre la force unie à l'insolence, à la laideur, à la grossièreté, à la ruse, dans la physionomie d'un seul et même individu, n'aurait pu, fouillant le monde entier, découvrir un modèle plus accompli que M. Shrowl.

A première vue, ni le maître ni le valet ne songèrent à se parler, non plus qu'à se prêter l'un à l'autre la moindre attention. Shrowl, les mains dans ses poches, demeurait dans une nonchalante contemplation, attendant que le gril fût inoccupé. M. Treverton paracheva sa cuisine, posa son morceau de lard sur la table, et, se taillant une tranche de pain, se mit à déjeuner. Après la première bouchée seulement, il condescendit à lever les yeux sur Shrowl, qui, dans ce moment-là même, ouvrant son couteau, se hissait jusqu'au lard, le long duquel erraient ses regards endormis et avides.

« Que signifie ceci? demanda M. Treverton avec un accent indigné, et montrant du doigt la poitrine de son serviteur. Comment, vilaine brute, vous avez mis une chemise blanche?

— Vraiment charmé, monsieur, que vous y ayez pris garde, répondit Shrowl avec une railleuse affectation d'excessive humilité.... L'occasion l'exigeait, certainement. Je ne pouvais pas moins faire pour le jour de naissance de mon maître, que de changer de chemise. Bonne et heureuse, monsieur, et accompagnée de beaucoup d'autres. Peut-être vous imaginiez-vous que cette journée passerait inaperçue. Dieu vous soit en aide, mon généreux maître! ce n'est pas moi qui laisserais pareil anniver-

---

1. Quartier général de la friperie, à Londres.

saire en oubli.... Quel âge avez-vous maintenant, monsieur?...
Ce n'est pas précisément hier, monsieur, que vous étiez un
gros marmot souriant, une collerette sous le menton, des
billes dans vos poches, gilet et culotte du même morceau, et
recevant de papa et de maman, d'oncle et de tante, force baisers
et force caresses, le jour de votre naissance... N'ayez point peur,
cependant, que j'use cette chemise à force de la blanchir, non.
Je la mettrai dans un tiroir, avec force lavande, jusqu'à votre
prochain anniversaire, ou du moins jusqu'à votre enterrement,
si ce dernier précède l'autre, ce qui n'a rien d'absolument
impossible ; à votre âge, songez-y donc !

— Ne vous mettez pas en peine d'une chemise propre pour
le jour de mon enterrement, repartit M. Treverton... Je ne
vous ai pas couché sur mon testament, honnête Shrowl....
Quand je m'en irai vers ma fosse, vous serez en route vers la
maison de travail.

— Est-ce que, bien réellement, vous avez fini par accou-
cher de votre testament? demanda Shrowl, s'arrêtant comme
dominé par un grand intérêt, au moment de détacher son
morceau de lard.... Je vous demande bien humblement pardon,
mais je m'étais toujours imaginé que vous aviez peur de
le faire. »

C'était évidemment à dessein que le serviteur avait abordé
cette question palpitante. M. Treverton, atteint au vif, écrasa
sur la table son morceau de pain, et jeta sur Shrowl un regard irrité.

« Peur de tester, moi, imbécile? Si je ne fais pas mon testament, et mon intention est de ne pas le faire, c'est par
principe, et non par aucune crainte. »

Shrowl se mit à scier sa tranche de lard et à siffler en
même temps un petit air.

— Oui, par principe, répéta M. Treverton. Les riches qui
laissent de l'argent après eux sont autant de cultivateurs qui
fument le riche terrain de la méchanceté humaine. Lorsqu'un
homme conserve en lui quelque étincelle de générosité, voulez-vous la lui ravir? faites-en votre légataire. S'il vous faut
réunir un groupe d'hommes appelés à perpétuer, sur une
large échelle, la corruption et l'oppression traditionnelles,
créez par testament une dotation qu'ils seront chargés d'administrer. Désirez-vous procurer à une femme la plus sûre
chance qu'il y ait au monde de tomber sur un méchant mari?
léguez-lui une fortune. S'agit-il de vouer les jeunes gens à la

perdition, ou de faire des vieillards autant de buts aimantés, où viennent adhérer d'eux-mêmes les plus vils éléments de l'humaine nature?... S'agit-il d'armer les uns contre les autres parents et enfants, maris et femmes, frères et sœurs? laissez-leur votre argent. Tester, moi? J'ai pour mon espèce une antipathie prononcée, Shrowl, mais je n'en suis pas encore arrivé à haïr assez mes semblables pour jeter parmi eux un pareil brandon. »

Terminant par ces mots sa violente diatribe, M. Treverton décrocha du mur un des pots d'étain bosselés, et s'administra par voie de rafraîchissement une pleine pinte de bière.

Shrowl établit son gril en bonne place sur les charbons incandescents, et, sans répondre autrement, exprima par une grimace ironique les doutes de son esprit rebelle.

« A qui diable voulez-vous que je laisse mon argent? s'écria M. Treverton, qui comprenait à demi-mot. A mon frère, qui maintenant me croit complétement abruti, et me tiendrait alors pour tout à fait insensé? à mon frère, qui d'ailleurs encouragerait les plus frauduleuses manœuvres, en distribuant toute ma fortune à des princesses de théâtre, à des comédiens errants? Ou bien sera-ce à l'enfant de l'actrice? à cette enfant que je n'ai jamais vue, qu'on a instruite à me haïr, et qui, dès le lendemain, hypocrite par décence, ferait semblant de pleurer ma mort? Ou encore à vous, n'est-ce pas, espèce de babouin fait homme, à vous qui monteriez tout aussitôt un bureau d'usure, et vous engraisseriez aux dépens de la veuve, de l'orphelin, des malheureux, tant que vous en trouveriez à dévorer?.. Portez-vous bien, monsieur Shrowl!... Je puis m'égayer tout comme vous.... Et c'est surtout en songeant que je ne vous léguerai pas une pièce de six pence. »

Ce fut au tour de Shrowl de se sentir atteint. La servilité railleuse qu'il avait affectée en entrant fit place aux manières bourrues qui lui étaient habituelles, et, avec cette espèce de grognement dont la nature l'avait pourvu en guise de voix :

« Finirez-vous par me laisser tranquille?... dit-il, s'asseyant devant son repas d'un air mécontent. J'ai assez plaisanté ce matin, et je suppose vous en êtes là, vous aussi.... Que ser de bavarder ainsi à propos de votre argent?... Il vous faudr bien le laisser à quelqu'un.

— Certainement, dit M. Treverton; je le laisserai, je vous l'ai dit assez souvent déjà, au premier venu que je saurai n'y attacher aucun prix, et qui par conséquent n'en deviendra pas, pour se trouver riche tout à coup, plus mauvais qu'il n'était déjà.

— Autant dire personne, grommela Shrowl.

— C'est aussi ce que je pense, répondit son maître.

— Mais vous ne pouvez pas n'avoir pas d'héritier, insista Shrowl. Il faudra que votre propriété passe à quelqu'un.... Bon gré mal gré, il le faudra.

— Croyez-vous? dit M. Treverton.... Je pense au contraire que j'en peux disposer à mon plaisir. Je peux la convertir tout entière en *bank-notes*, et faire d'iceux, avant de mourir, un beau feu de joie dans notre appareil à brasser. Je sortirais alors de ce bas monde, bien convaincu que je n'y laisse pas derrière moi de quoi le rendre plus méchant qu'il n'est.... pensée consolante, je vous assure. »

Avant que Shrowl eût pu riposter d'un seul mot, on entendit vibrer la sonnette placée à la porte du cottage.

« Allez! dit impérieusement M. Treverton.... Allez voir qui ce peut être! Si c'est une visite femelle, il suffira de votre face d'épouvantail pour la mettre en fuite.... Si c'est une visit mâle....

— Si c'est un homme, interrompit Shrowl, je lui donnerai mon poing sur le nez pour lui apprendre à me déranger quand je déjeune. »

Pendant l'absence de son domestique, M. Treverton garnit et alluma sa pipe. Le tabac n'avait pas tout à fait pris lorsque Shrowl rentra; le visiteur, dit-il, était un homme....

« Lui avez-vous donné du poing par le nez? demanda aussitôt M. Treverton.

— Non, répondit Shrowl; j'ai ramassé la lettre qu'il me glissait par-dessous la porte, et il est parti sans demander son reste.... Voici le poulet. »

La lettre était écrite sur papier ministre, et l'adresse tracée en grosse ronde, comme le sont les documents légaux. Au moment où M. Treverton rompit l'enveloppe, il en tomba deux bouts de papier imprimé, détachés de quelque journal. L'un tomba sur la table devant laquelle il était assis; l'autre descendit en voletant sur le parquet. Shrowl ramassa celui-ci, et en examina le contenu sans se donner la peine d'en demander la permission.

Après avoir longuement aspiré une bouffée de tabac et l'avoir expirée tout aussi longuement, M. Treverton commença la lecture de l'épître. Dès que ses yeux eurent parcouru les premières lignes, ses lèvres commencèrent autour du tuyau de sa pipe un travail assez inusité. Il n'y avait pas de feuille à tourner, la lettre, assez laconique, finissant au bas de la première page. Il lut jusqu'à la signature, examina de nouveau la suscription, et parcourut pour la seconde fois, d'un bout à l'autre, ce document qui semblait l'intéresser. Ses lèvres continuaient à travailler autour de l'embouchure de sa pipe ; mais, au total, il ne fumait plus. Quand sa seconde lecture fut achevée, il posa tout doucement la lettre sur sa table, regarda son domestique avec une distraction inaccoutumée, et sa main tremblait quelque peu lorsqu'il retira sa pipe de sa bouche.

« Shrowl ! dit-il fort tranquillement.... Mon frère s'est noyé.

— Je le sais, répondit Shrowl sans lever les yeux du fragment imprimé.... Je lisais justement ce qu'on en dit dans le journal.

— Le jour où nous nous querellâmes au sujet de sa comédienne, continua M. Treverton, se parlant à lui-même pour le moins autant qu'à son serviteur, ses dernières paroles furent que je mourrais sans avoir au cœur la moindre sympathie pour n'importe quel être vivant.

— Et il aura dit juste, murmura Shrowl, qui regardait au dos de son lambeau de journal, pour voir s'il y avait par hasard quelque renseignement supplémentaire.

— Je ne sais trop ce que, au moment de sa mort, il aura pu penser de moi, dit M. Treverton, reprenant en main la lettre qu'il venait de déposer sur la table.

— Il n'aura pas perdu son temps à penser à vous ni à personne, remarqua Shrowl.... S'il pensait à quelque chose, c'était à se tirer d'affaire.... Et quand il n'a plus pensé à ceci, du diable soit s'il a eu la moindre pensée.... Il était mort et bien mort. »

Ayant ainsi fait connaître sa manière de voir, M. Shrowl se dirigea vers le baril de bière et en tira sa boisson du matin

« Au diable la comédienne !... » murmura M. Treverton.

Comme il articulait cette malédiction, sa figure devint plus sombre, et ses lèvres se serrèrent l'une contre l'autre. Il déplissa lentement la lettre étalée sur la table. Il semblait qu'il ne fût pas bien au fait de ce qu'elle lui avait appris ; qu'il y cherchât un sens nouveau, jusqu'alors impénétré ; qu'il y supposât autre chose que ce qu'elle renfermait au premier coup d'œil. Reprenant pour la troisième fois cette lecture, il la fit à voix haute et très-lentement, comme pour graver séparément dans sa mémoire chacun des mots qu'il prononçait ainsi.

« Monsieur, à titre d'ancien consultant et fidèle ami de votre famille, mistress Frankland, née Treverton, désire que je vous transmette la triste nouvelle du décès de votre frère. Ce déplorable événement a eu lieu à bord du navire qu'il commandait, pendant un ouragan qui avait poussé ce navire sur un banc de rochers, en avant d'Antigua. Vous trouverez ci-inclus un récit détaillé du naufrage, extrait du *Times*. Il vous dira que votre frère a noblement péri dans l'accomplissement de ses devoirs envers son état-major et son équipage. Je vous envoie aussi extrait d'un journal du Cornouailles, renfermant sur le défunt une notice nécrologique.

Avant de clore cette communication, je dois ajouter que, malgré les recherches les plus assidues, on n'a pas trouvé de testament parmi les papiers de feu le capitaine Treverton. Il avait disposé, comme vous le savez, de Porthgenna : il ne lui restait donc plus, au moment de son décès, que sa fortune mobilière, provenant de la vente de ce domaine. Celle-ci, par suite de sa mort *ab intestat*, échoit légalement à sa fille, la plus proche héritière du sang.

Je suis, Monsieur, votre très-obéissant serviteur,

ALEXANDER NIXON.

Le bout de papier tombé sur la table renfermait l'extrait du *Times*. Celui du journal de Cornouailles, que Shrowl avait ramassé sur le parquet, fut poussé par lui, dans un accès de déférence passagère, sous les yeux de son maître, aussitôt après qu'il en eut pris lecture. M. Treverton ne s'inquiéta ni de l'un ni de l'autre. Il demeurait assis, les yeux toujours arrêtés sur la lettre, même après l'avoir lue à trois reprises.

« Pourquoi ne donnez-vous pas un coup d'œil à la page imprimée aussi bien qu'à la feuille écrite ? demanda Shrowl.... Pourquoi ne voulez-vous pas savoir quel grand homme c'était que votre frère, et quelle noble vie il a menée, et quelle fille admirablement belle il a laissée après lui, et quel admirable mariage elle a fait, justement avec le propriétaire de votre domaine de famille ?... Ce n'est pas *elle*, toujours, qui a besoin de votre argent.... La tempête qui a jeté sur les rochers où il s'est perdu corps et biens, le vaisseau commandé par son père, a soufflé dans son giron quarante bonnes mille livres sterling.... Pourquoi ne lisez-vous pas tout ceci ?... Elle et son mari possèdent, en Cornouailles, une bien plus belle maison que celle où vous logez ici.... Cela ne vous fait-il pas plaisir ?... Ils étaient sur le point de faire réparer l'établissement, et de fond en comble, pour déterminer votre frère à venir y vivre avec eux, en pleine liesse, dès qu'il aurait quitté le service. Qui donc se mettrait ainsi en frais pour vous attirer?... Faut-il croire que votre nièce vous ferait place dans le vieux manoir, maintenant, si vous alliez, en grande toilette, l'en solliciter? »

Après cette dernière question, Shrowl s'arrêta dans son petit travail agressif, non pas faute d'avoir à dire, mais parce que rien ne le conviait à continuer. Pour la première fois depuis qu'ils faisaient ménage ensemble, il avait essayé, sans y réussir, de fâcher son maître. M. Treverton l'écoutait, ou faisait semblant, sans qu'un muscle remuât sur son visage, qui gardait une invariable expression. La seule parole qu'il prononçât lorsque Shrowl eut fini, fut celle-ci : « Sortez ! »

Shrowl n'était pas homme à s'émouvoir facilement; mais il changea de couleur quand il entendit cet ordre inouï et qui n'admettait pas d'hésitation. Après avoir mené son maître par le bout du nez, depuis qu'il était entré dans la maison, pouvait-il en croire ses oreilles quand il s'entendait mettre à la porte avec aussi peu de cérémonie?

« Sortez ! répéta M. Treverton. Et, une fois pour toutes, bouche close sur le compte de mon frère et de ma nièce. Je n'ai jamais jeté les yeux sur la fille de la comédienne, et il en sera de même à l'avenir. Taisez-vous !... Laissez-moi en repos !... Sortez !

— Je te revaudrai ceci ! » pensait Shrowl, quittant la chambre sans se trop hâter.

Lorsqu'il eut fermé la porte, il prêta l'oreille, et entendit M. Treverton, qui venait de repousser sa chaise, se promener de long en large en se parlant à lui-même. Des propos confus qui lui échappaient ainsi, Shrowl tira cette conclusion qu'il se préoccupait encore de la comédienne qui les avait brouillés lui et son frère. Il semblait trouver une sorte de cruel soulagement à traduire le mécontentement qu'il éprouvait de sa propre conduite, après la mort de son frère, en amères invectives contre la mémoire de la femme qu'il avait naguère si bien haïe, et contre la fille qui perpétuait ce souvenir odieux. Après quelque temps, les accents grondeurs de sa voix s'éteignirent tout à coup. Shrowl, l'épiant par le trou de la serrure, le vit qui lisait les fragments de journaux où se trouvaient et les détails du naufrage, et la notice biographique consacrée à son frère. Ce dernier document faisait allusion à quelques-unes de ces particularités dont le ministre de Long-Beckley avait entretenu

son hôte, et que le lecteur connaît déjà. L'auteur de la notice
la terminait en exprimant l'espérance que la perte cruelle subie
par M. et mistress Frankland ne les empêcherait point de donner
suite à leur projet de réparer Porthgenna-Tower, puisque déjà
ils avaient envoyé un entrepreneur étudier en détail les travaux
à y faire. Dans la rédaction de ce paragraphe il parut se trouver quelques passages qui reportèrent M. Treverton au temps
de sa jeunesse, où le vieux manoir possédé par sa famille étai'
aussi sa demeure. Il murmura quelques mots qui avaient trait
à des jours « écoulés pour jamais. » Il se leva brusquement
de sa chaise où il s'était rassis, jeta dans le feu les deux bouts
de papier, les regarda brûler attentivement, et soupira lorsque leurs débris noirâtres, légers comme des fils de la Vierge,
furent entraînés par le courant d'air et disparurent dans le
tuyau de la cheminée.

Le bruit de ce soupir, frappant l'oreille de Shrowl, le fit
tressaillir comme la détonation subite d'un pistolet eût fait tressaillir un autre homme. Ses petits yeux de basset s'ouvrirent
démesurément, et, quand il s'éloigna de la porte, il branlait la
tête, comme un augure d'autrefois devant les signes précur-
seurs de l'avenir.

CHAPITRE II.

Viendront-ils?

La femme de charge, à Porthgenna-Tower, venait justement
d'achever les préparatifs indispensables pour la réception de
ses maîtres, attendus à l'époque fixée par mistress Frankland
dans sa lettre datée de Saint-Swithin-sur-Mer, lorsqu'elle eut
la surprise de recevoir un billet de noir cacheté, encadré de
noir, où on lui apprenait en peu de mots la mort du capitaine
Treverton, en l'informant que la visite des propriétaires de
Porthgenna-Tower était indéfiniment ajournée.

Le maître maçon qui surveillait la reconstruction de l'escalier de l'Ouest avait reçu aussi, par le même courrier, une
lettre où il était requis d'envoyer ses comptes aussitôt que ce
travail serait terminé. Elle lui annonçait que M. Frankland

ne pouvait actuellement se préoccuper en aucune façon des réparations projetées afin de rendre habitables les appartements du nord, et cela par suite d'une affliction de famille qui pourrait absolument modifier ses intentions quant aux changements à faire dans cette partie du manoir. Cet entrepreneur, en conséquence, dès que l'escalier ouest fut terminé et les rampes consolidées, battit en retraite, emmenant ses ouvriers. Porthgenna-Tower se retrouva livré à la femme de charge et à la domestique placée sous ses ordres, sans que ni maîtres ni conviés, visiteurs, amis ou étrangers, vinssent éveiller l'écho de ses corridors solitaires, ou porter quelque vie à ses appartements déserts.

A partir de ce moment, huit mois s'écoulèrent, et la femme de charge n'entendit plus parler de ses maîtres, si ce n'est qu'elle retrouvait parfois leurs noms dans quelque paragraphe de la feuille locale, avec quelque allusion fort vague à leurs projets présumés de revenir, sous peu de temps, habiter le vieux manoir et prendre en main les intérêts de leurs tenanciers. Parfois aussi, quand ses affaires l'amenaient au bureau de poste voisin, l'intendant recueillait quelques rumeurs concernant ses patrons, parmi les anciens amis et les anciens serviteurs de la famille Treverton. En groupant les renseignements ainsi obtenus, la femme de charge fut amenée à penser que M. et mistress Frankland étaient retournés à Long-Beckley après avoir reçu la nouvelle de la mort du capitaine Treverton, et qu'ils y avaient vécu d'abord dans la plus profonde retraite. En quittant Long-Beckley (si du moins le récit des journaux méritait créance), ils étaient allés dans les environs de Londres, où ils s'étaient établis chez des amis à eux, pour le moment en voyage, et dont la résidence était ainsi disponible. Ils avaient dû y faire quelque séjour, car la nouvelle année était venue sans apporter la nouvelle d'aucun changement. Janvier et février passèrent de même. Dès les premiers jours de mars, l'intendant eut affaire dans la ville voisine. Il en rapporta, de retour à Porthgenna-Tower, relativement à M. et mistress Frankland, un nouvel ouï-dire qui fit singulièrement travailler l'imagination de la femme de charge. En deux endroits différents, et tous deux parfaitement sûrs, l'intendant avait entendu plaisanter sur certain accroissement de responsabilité domestique échéant à ses maîtres, lequel allait se traduire par l'achat d'un berceau et la prise à loyer d'une nourrice, le tout pour la fin du printemps ou le début de l'été. En bon an-

glais ceci voulait dire que, parmi les nouveau-nés du prochain
trimestre, il s'en trouverait sans doute un qui porterait le
nom de Frankland, et deviendrait (si toutefois il avait le bonheur d'accroître la population virile du Royaume-Uni) l'héritier naturel du domaine de Porthgenna, auquel-cas sa venue
au monde ne manquerait pas de produire une certaine sensation dans tout le Cornouailles occidental.

Au mois suivant, au mois d'avril, alors que la femme de
charge et l'intendant n'avaient pas encore achevé de discuter
à fond les conséquences probables de l'éventualité annoncée,
le facteur fit à Porthgenna une de ses apparitions toujours
bienvenues, et apporta une nouvelle missive de mistress Frankland. Le visage de la femme de charge rayonna d'une joie et
d'une surprise inusitées dès qu'elle eut parcouru les premières
lignes. La lettre annonçait que la visite, si longtemps différée,
aurait définitivement lieu dans le courant de mai. Du 1ᵉʳ au
10, on pouvait tous les jours compter sur l'arrivée du jeune
ménage dans le vieux manoir.

Les motifs qui avaient déterminé les propriétaires de Porthgenna-Tower à fixer enfin une époque précise pour la visite
qu'ils y comptaient faire, tenaient à certaines particularités
dont mistress Frankland n'avait pas jugé à propos de faire
mention. Voici en somme de quoi il retournait : le mari et la
femme ne s'étaient pas trouvés d'accord sur le lieu de résidence qu'il leur faudrait chercher après le retour des voyageurs dont ils occupaient la maison. M. Frankland avait fort
sagement proposé de retourner à Long-Beckley, non-seulement à cause du voisinage de tous leurs plus anciens amis,
mais aussi parce que (considération à laquelle les circonstances donnaient un grand poids) cet endroit avait, sur beaucoup
d'autres, l'avantage de posséder un excellent médecin, établi
à poste fixe. Par malheur, cet argument, au lieu d'influer sur
la détermination de mistress Frankland, était au fond le meilleur qu'on eût pu faire valoir pour la prémunir contre l'idée de
retourner à Long-Beckley. Le médecin en question lui avait
toujours inspiré (elle s'en accusait) une antipathie déraison-
nable. Qu'il fût très-habile, fort poli, parfaitement respectable,
elle ne pouvait le nier ; mais elle ne l'avait jamais goûté, il
ne lui plairait jamais, et elle était fort résolue *in petto* à combattre toute idée d'habiter Long-Beckley, puisque ce plan de
vie l'obligerait à subir les soins de ce personnage. Deux autres
lieux de séjour furent ensuite proposés tour à tour ; mais mi-

tress Frankland, contre tous les deux, avait la même objection : elle n'avait ni dans l'un ni dans l'autre un médecin de sa connaissance, et il lui déplaisait souverainement d'être soignée par un étranger. En fin de compte, et c'était là sans nul doute ce qu'elle avait toujours espéré, le choix du nouvel établissement à former lui fut absolument laissé ; ce qu'ayant obtenu, elle décida immédiatement, à la grande surprise de son mari comme de tous leurs amis, qu'on partirait pour Porthgenna. Elle avait formé cet étrange projet ; elle l'exécutait maintenant, d'abord parce qu'elle était plus curieuse que jamais de revoir le théâtre de ses premiers jeux, ensuite parce que le médecin qui avait soigné mistress Treverton dans sa dernière maladie, et qui plus tard, dans toutes les petites infirmités de son jeune âge, l'avait eue elle-même sous sa direction, résidait encore à Porthgenna, et avait toute la clientèle des environs. Le capitaine Treverton et ce médecin se connaissaient d'ancienne date et, durant longues années, s'étaient retrouvés, chaque samedi soir, autour du même échiquier. Quand les événements dérangeaient cette intimité si régulière, ils l'entretenaient de loin, par des présents échangés entre eux, chaque année, à la Noël ; et, lorsque la nouvelle de la mort du capitaine était parvenue en Cornouailles, le docteur avait écrit à Rosamond une lettre de sympathique condoléance, où il lui parlait de son vieil ami en termes qu'elle n'avait pu oublier. Il devait être maintenant un de ces bons et paternels vieillards en qui les jeunes femmes aiment particulièrement à se confier. Bref, mistress Frankland avait justement en sa faveur le même énergique préjugé qui l'éloignait du médecin de Long-Beckley ; et, comme il arrive toujours aux jeunes mariées pourvues d'un époux qui les aime, elle avait fini, emportant la question, par faire à sa guise.

Le 1er mai, les appartements du pavillon occidental étaient prêts à recevoir le maître et la maîtresse du logis. Les lits avaient été aérés, les tapis battus, les sofas et les fauteuils dépouillés de leurs housses. La femme de charge avait revêtu sa robe de satin et s'était décorée de sa broche de grenats : elle marchait, suivie d'un peu loin par la fille de service, habillée de mérinos brun et pavoisée de rubans roses ; et l'intendant, qui ne voulait pas se laisser déborder par les recherches du beau sexe, avait arboré un gilet noir glacé, qui rivalisait presque de sombre éclat avec le satin de la femme de charge. La journée s'écoula, la soirée aussi : l'heure vint où l'on se couche.... et on n'avait pas entendu parler des personnages attendus.

Aussi était-il un peu prématuré de les attendre dès le premier du mois. Ainsi le fit observer l'intendant; et la femme de charge ajouta qu'il serait insensé à eux de se croire désappointés, alors même que M. et mistress Frankland ne seraien pas arrivés le 5 mai. Le 5 mai arriva, et il n'arriva que lui. Le 6, le 7, le 8, le 9 se succédèrent à la file; et aux alentours du manoir solitaire, on n'entendit pas le bruit de roues que guettait mainte oreille inquiète.

Le dixième et dernier jour, la femme de charge, l'intendant et la fille de service se levèrent tous les trois de meilleure heure que d'habitude; tous les trois ouvrirent plus de fenêtres et plus de portes, et sans cesse montèrent et descendirent plus d'escaliers qu'il n'était besoin ; tous les trois regardaient du côté de la lande marécageuse et du grand chemin, et ce côté du paysage leur parut plus plat, plus ennuyeux, plus monotone que jamais ils ne l'avaient vu. Le jour s'effaça, le soleil disparut à l'horizon; l'obscurité vint, qui obligea les trois serviteurs à tenir leurs oreilles, à défaut de leurs yeux, tendues vers la grande route. Dix heures sonnèrent, et néanmoins, quand ils se penchaient à la fenêtre laissée ouverte, ils n'entendaien rien que le battement sourd et lointain des flots sur la grève.

La femme de charge se mit à calculer alors le temps que devait prendre, en chemin de fer, le trajet de Londres à Exeter· puis, en poste, la traversée du pays de Cornouailles jusqu' Porthgenna. Quel jour mistress Frankland était-elle parti d'Exeter? première question. Depuis lors quelles difficultés, quels retards avait occasionnés la nécessité de se procurer des chevaux? voilà ce qu'il fallait se demander en second lieu. La femme de charge et l'intendant mirent ces deux points en discussion, n'étant d'accord ni sur l'un ni sur l'autre. Mais ils s'entendirent à merveille pour rester sur pied jusqu'à minuit, monsieur et madame pouvant arriver fort tard. La fille de service, quand elle entendit tomber des lèvres de ses supérieurs la sentence qui, pour deux heures encore, la bannissait de son lit, bâilla et soupira tristement, ce qui lui valut de l'intendant une bonne mercuriale, et, de la femme de charge l'offre d'un livre d'hymnes, dont la lecture la tiendrait infailliblement éveillée.

Minuit sonna, et on n'entendait encore que le choc monotone de la marée sur les brisants, çà et là varié par quelqu'un

de ces bruits soudains, inexpliqués, de ces craquements so-
nores, qui, la nuit, troublent le silence des vieux édifices. L'intendant s'était engourdi ; la fille de service, sous l'influence
des cantiques saints, dormait à poings fermés. La femme de
charge était seule bien éveillée, et tenait ses grands yeux ouverts du côté de la fenêtre, et branlait la tête de temps à au
tre, comme une personne qui prévoit de grands événements
Au dernier coup de l'horloge, elle quitta sa chaise, écouta
fort attentivement, et n'entendant rien encore, elle secoua par
le bras la fille de service, tout en frappant du pied de façon à
réveiller l'intendant.

« Nous pouvons nous aller coucher, disait-elle. Ils ne viennent point.

— Prétendez-vous dire qu'ils ne viendront absolument pas ?
demanda l'intendant.

— Non. Je dis tout bonnement qu'ils n'arrivent pas aujour-
d'hui. Mais après tout, je ne serais pas autrement surprise, pour
ce qui me concerne, si nous n'avions jamais l'honneur de les
voir, nonobstant toutes les peines que nous avons prises pour
préparer leur logement. Voilà la seconde fois qu'ils nous
désappointent ainsi. La première fois, c'est la mort du capitaine
qui a fait obstacle. Qui les arrête à présent ? Peut-être encore
une mort. Je n'en serais pas étonnée.

— Moi non plus, maintenant que j'y pense, dit l'intendant
qui fronça le sourcil pour mettre sa physionomie d'accord avec
ce funèbre pronostic.

— Encore une mort ! répéta la fille de service avec une terreur superstitieuse.... Si c'est une autre mort, à leur place,
moi, je me tiendrais pour bien avertie de ne jamais entrer dans
cette maison. »

CHAPITRE III.

Mistress Jazeph.

Au lieu d'attribuer à une mort le retard imprévu qu'avaient
éprouvé en se rendant à Porthgenna M. et mistress Frankland,
si la femme de charge y avait vu l'indice d'une naissance, elle

eût établi, devinant juste par hasard, sa réputation de perspicacité féminine. Ses maîtres, partis de Londres le 9 mai, avaient à peu près achevé cette partie du trajet qu'ils pouvaient franchir à l'aide du *railway*, lorsque l'état de mistress Frankland les mit dans la nécessité de faire halte à la station d'une petite ville du Somersetshire. Le nouvel arrivant qui devait « accroître la responsabilité domestique » de nos jeunes époux s'était inopinément décidé, robuste petit garçon, à débuter dans le monde un mois avant l'époque où il était attendu, préférant y faire son entrée, très-modestement, par une médiocre auberge du comté de Somerset, au lieu d'attendre le pompeux accueil qui lui était réservé dans le magnifique château dont, un jour, il devait hériter.

Rarement la petite ville de West-Winston avait à enregistrer dans ses annales un événement aussi saisissant que la halte inattendue de M. et de mistress Frankland à la gare du chemin de fer ; et, depuis la dernière élection, l'hôte et l'hôtesse de la *Tête de Tigre* ne s'étaient pas vus à même de faire, dans leur auberge, un brouhaha pareil à celui qu'on vit y régner lorsque le valet et la femme de chambre des jeunes voyageurs arrivèrent en cabriolet, de la station, demandant le logement le plus vaste et le plus tranquille, pour une occurrence aussi imprévue que digne d'intérêt. Jamais non plus, depuis son triomphal examen, le jeune M. Orridge, médecin d'origine récente et nouvellement établi à West-Winston, n'avait senti l'envahir de la tête aux pieds une agitation pareille à celle dont il fut saisi en apprenant que ses soins étaient requis pour « la femme d'un gentleman aveugle et puissamment riche, » laquelle, par grand bonheur, venait d'être subitement prise de douleurs en voyageant sur le chemin de fer. Jamais non plus, depuis le dernier tir à l'arc et la dernière foire aux nouveautés, les dames de la ville n'avaient été pourvues d'un sujet de causeries aussi palpitant, aussi absorbant que celui dont les gratifiait la mésaventure de mistress Frankland. Il se débitait, sur la beauté de la jeune femme et l'opulence de son mari, des contes à dormir debout, qui, nés à la *Tête de Tigre*, se répandaient de là par mille canaux dans tous les quartiers de la petite cité. Dix ou douze commentaires, aussi fabuleux l'un que l'autre, expliquaient la cécité de M. Frankland, le déplorable état de sa femme en arrivant à l'hôtel, et la lourde responsabilité sous laquelle M. Orridge s'était senti comme écrasé dès qu'il avait entrevu « cette belle malade à la mode, » que le hasard jetait ainsi en ses mains inexpérimentées. À huit heures seulement, dans la soirée, l'esprit public fut tiré de peine, quand on apprit l'heureuse délivrance, et l'arrivée d'un garçon, lequel poussait les cris les plus rassurants. Non-seulement M. Orridge avait su maîtriser l'émotion nerveuse dont il avait été d'abord saisi ; mais il venait de se couvrir de gloire par son adresse, sa douceur, ses attentions délicates et intelligentes pour l'enviable victime de cet accident fortuné.

Le jour d'après, et le suivant, et toute une semaine durant, les comptes rendus furent favorables. Mais le dixième jour fut marqué par une catastrophe. La garde-malade placée auprès de mistress Frankland venait de tomber malade soudainement, et pour huit jours au moins, peut-être pour plus longtemps, serait incapable de reprendre son service. Dans une grande ville, rien de plus simple que de parer à un tel incident ; mais dans une localité aussi peu importante que West-Winston, ce n'était pas une mince affaire que de dénicher, en quelques heures, une garde expérimentée. M. Orridge, consulté sur les embarras de la nouvelle situation, ne put dissimuler que, pour trouver un femme offrant toutes les garanties d'expérience et de moralité requises dans une personne appelée à soigner mistress Frankland, quelque délai lui serait nécessaire. M. Frankland parla de demander une garde-malade à un de ses amis, médecin de Londres, par la voie du télégraphe. Mais, pour plus d'une raison, le docteur n'adopta cette idée qu'à titre de suprême ressource. Il faudrait un temps moral pour trouver la personne convenable, puis du temps encore pour l'expédier à West-Winston ; de plus, il préférerait infiniment n'employer qu'une femme dont il connaîtrait par lui-même et la réputation et la capacité. Il proposa donc, à son tour, de laisser mistress Frankland, pour quelques heures, aux soins de sa femme de chambre, que surveillerait l'hôtesse de la *Tête de Tigre*, pendant qu'il ferait une battue dans le voisinage. Si elle ne produisait aucun résultat, il se déclarait d'avance rallié à l'idée de M. Frankland, et se concerterait avec lui, dans sa visite du soir, pour la dépêche télégraphique à lancer sur Londres.

Les investigations auxquelles M. Orridge se livra sur-le-champ lui coûtèrent beaucoup de peines, et, néanmoins, n'eurent aucun succès. Les volontaires ne manquaient certes pas pour les fonctions bien rétribuées de garde-malade et de bonne d'enfant ; mais toutes avaient le verbe haut, les mains maladroites, les pieds lourds, bonnes campagnardes au demeurant, pleines de zèle et de bon vouloir, mais trop mal usagées pour qu'on pût songer à les placer au chevet d'une belle et délicate dame comme mistress Frankland. La matinée s'écoula et l'après-midi s'avançait, sans que M. Orridge eût découvert une remplaçante convenable pour la garde-malade tout à coup mise hors de service.

A deux heures, il se mettait en route pour une maison de campagne où l'appelait une enfant malade. Le trajet devait être d'une demi-heure. « Peut-être, pensait M. Orridge en grimpant dans son tilbury, peut-être, à l'aller ou au retour, me viendra-t-il quelque bonne idée, avant ma visite du soir. »

Fouillant sa cervelle, dans les meilleures intentions du monde, pendant qu'il se rendait à sa destination, M. Orridge y arriva sans autre invention que l'idée de soumettre son embarras à mistress Norbury, la dame dont il allait soigner l'enfant. Après avoir acheté la clientèle de West-Winston, il l'était venue voir une des premières, et avait trouvé en elle une de ces dames que leur bienveillante maturité, leur franchise, leurs bons avis font généralement surnommer « de bonnes petites mères. » Son mari était un *squire* campagnard, célèbre pour sa politique arriérée, ses bons mots d'almanach, et son vin d'un âge recommandable. A l'appui du bon accueil que sa femme faisait au nouveau médecin, il l'avait régalé de facéties vieillottes sur le peu qu'il espérait lui donner à faire, et sa ferme résolution de n'admettre chez lui, en fait de fioles, que celles où se conservent les bons vins de Portugal et de France. M. Orridge avait ri aux plaisanteries du mari, accepté le bon vouloir presque maternel de la femme, et il pensa qu'après tout, avant de jeter le manche après la cognée, il pouvait bien demander conseil à mistress Norbury, qui résidait depuis longtemps dans le voisinage de West-Winston.

En conséquence, après avoir examiné l'enfant, et déclaré que l'état de la petite malade ne devait causer à personne la moindre inquiétude, M. Orridge, par voie préliminaire, et pour frayer la voie au demeurant de sa communication, s'enquit de mistress Norbury si elle avait ouï parler de l'intéressant événement survenu à la *Tête de Tigre*.

« Vous voulez savoir, lui répliqua mistress Norbury, qui était une femme toute ronde, abordant résolûment l'anglais le plus catégorique, si j'ai entendu parler de cette dame que les douleurs ont prise en chemin de fer, et qui est accouchée à l'auberge? Voilà tout ce que nous en savons, vivant, grâce au ciel, hors de portée des cancans de West-Winston. Comment va la dame? qui est-elle? Son enfant est-il bien portant? Pauvre femme! a-t-elle au moins tout ce que réclame son état? Pourrais-je lui envoyer quelque chose, ou lui être bonne à quoi que ce soit?

— Vous feriez beaucoup pour elle, et me rendriez, du même coup, un grand service, dit M. Orridge, si vous m'indiquiez, dans le voisinage, quelque femme respectable qui pût entrer chez elle, comme garde, avec toutes les qualités requises pour ce délicat emploi.

— Vous ne venez pas me dire, j'espère, qu'elle est restée sans garde jusqu'à présent? s'écria mistress Norbury.

— Elle a eu, repartit M. Orridge, la meilleure qu'on ait pu se procurer dans tout West-Winston. Mais, par le plus grand des malheurs, cette femme, tombée malade ce matin même, a été obligée de rentrer chez elle. Je ne sais plus, maintenant, comment la remplacer. Mistress Frankland est habituée aux soins les plus minutieux et les mieux entendus; et je cherche vainement où je pourrai trouver une personne dont elle ait lieu de se contenter.

— Ne dites-vous pas que son nom est Frankland? demanda mistress Norbury.

— Oui, madame; si j'ai bien compris, elle est fille de ce capitaine Treverton qui s'est perdu avec son navire, il y a un an, dans les Indes occidentales. Peut-être n'avez-vous pas oublié ce que les journaux, dans le temps, racontèrent de ce naufrage?

— Certainement non, et je me rappelle aussi très-bien le capitaine Treverton. Je l'avais connu, tout jeune homme, à Portsmouth. Sa fille et moi ne pouvons rester étrangères l'une à l'autre, surtout dans des circonstances comme celles où se trouve cette pauvre jeune femme. J'irai la trouver, monsieur Orridge, dès que vous m'autoriserez à me présenter à elle. Mais, d'ici là, comment résoudre cette question de garde-malade? Qui soigne maintenant mistress Frankland?

— Sa femme de chambre; mais elle est très-jeune, et s'entend assez peu à cette délicate besogne. La maîtresse de l'hôtel lui vient en aide autant qu'elle le peut, mais elle est perpétuellement réclamée par les soins de son établissement. Je pense que nous serons obligés de faire jouer le télégraphe, et d'appeler ici quelqu'un de Londres, qu'on nous expédiera par le chemin de fer....

— Ce qui prendra naturellement un certain temps, sans compter que sa nouvelle garde pourra se trouver ou une femme adonnée à la boisson, ou une voleuse, ou peut-être à la fois tout cela, quand vous l'aurez appelée ici, dit mistress Norbury avec ce laisser-aller de langage qui lui était habituel.... Miséricorde!... ne pourrions-nous imaginer quelque chose d'un peu mieux que cela? Je ne demande, très-sincèrement, qu'à faire tout ce qui dépendra de moi pour venir en aide à mistress Frankland.... Eh! tenez, M. Orridge, je crois que nous ferions bien de consulter là-dessus mistress Jazeph, ma femme de charge.... C'est une étrange femme, avec un étrange nom, me direz-vous. Mais voici plus de cinq ans qu'elle vit ici avec moi, et elle pourrait fort bien connaître, dans le voisinage, quelque femme comme celle qu'il vous faudrait. Or, je n'en connais pas, moi. » Ceci dit, mistress Norbury sonna sans plus attendre, et le domestique venu, elle l'envoya dire à mistress Jazeph qu'on la priait de monter.

Au bout d'une ou deux minutes, on frappa doucement à la porte, et la femme de charge entra.

M. Orridge la regarda, dès qu'elle eut paru, avec un intérêt et une curiosité dont il eût à peine pu rendre compte. A vue de pays, comme on dit, il la classa parmi les femmes qui approchent de la cinquantaine. Son regard de médecin eut bientôt découvert que, dans cet appareil compliqué qu'on appelle « le système nerveux, » mistress Jazeph avait, à un moment donné, subi quelque dérangement incurable. Il prit note de cette tension musculaire qui imprimait à sa figure une sorte de labeur douloureux, et de cette rougeur fiévreuse qui se répandit sur ses joues, dès que, mettant le pied dans le salon, elle y eut aperçu un étranger. Il observa dans son regard une sorte d'effarement, et remarqua que cet effarement subsistait encore lorsque, par degrés, le reste de la physionomie avait repris un peu de calme : « Cette femme a certainement passé par quelque grand effroi, quelque grand chagrin, ou quelque mal organique, pensait-il en lui-même.... Je voudrais bien savoir lequel, ajoutait-il, toujours *in petto*.

— Voici M. Orridge, le médecin nouvellement établi à West-Winston, dit mistress Norbury, s'adressant à la femme de charge. Il soigne une dame qui a été obligée de s'arrêter à notre station, pendant un voyage qu'elle faisait pour se rendre

dans les comtés de l'Ouest, et qui est maintenant installée à la
Tête de Tigre. Vous avez dû, n'est-ce pas, mistress Jazeph, entendre parler de cette histoire? »

Mistress Jazeph, debout sur le seuil de la porte, jeta un
regard respectueux du côté du docteur, et répondit affirmativement à la question de sa maîtresse. Bien qu'elle eût articulé
tout simplement les deux mots d'usage : « Oui, madame, » et
cela le plus posément du monde, M. Orridge fut frappé de la
douceur de cette voix comme attendrie et plaintive. S'il ne
l'avait eue sous les yeux, il aurait cru entendre une toute
jeune femme. Après qu'elle eût parlé, il demeura occupé à étudier son visage, bien que les convenances lui eussent fait un
devoir de détourner son regard du côté de mistress Norbury.
Lui qui d'ordinaire ne prenait pas garde à ces minuties, il se
surprit faisant, en quelque sorte, l'inventaire de sa toilette,
de sorte que, longtemps après, il aurait pu décrire le bonnet
de mousseline, immaculé dans sa blancheur, qui recouvrait
correctement sa chevelure grise, lissée avec soin, et cette
robe brune, d'une nuance calme, qui l'habillait si bien, et pendait autour d'elle en plis si nets et si réguliers. L'espèce de
petite honte qu'elle éprouvait à se trouver ainsi dévisagée par
le docteur ne l'induisit en aucune gaucherie d'attitude ou de
gestes. Si, parlant uniquement au sens physique, il y a quelque
chose qui se puisse appeler « la grâce de la retenue, » cette
sorte de grâce se trouvait empreinte dans les moindres mouvements de mistress Jazeph. C'était elle qui accompagnait ses
pieds glissant sur le tapis, lorsque, aux nouvelles interpella-
tions de sa maîtresse, mistress Jazeph se rapprocha de mistress Norbury ; c'était elle qui dicta le mouvement de sa main
lorsqu'elle l'appuya bien légèrement sur une table à sa portée,
alors qu'elle faisait halte pour mieux entendre la question qu'on
lui adressait.

« Sachez, continua mistress Norbury, que cette pauvre
dame se rétablissait à vue d'œil, lorsque, ce matin même, la
garde qui la soignait s'est trouvée gravement indisposée.
Voici donc cette jeune mère dans un endroit qu'elle ne connaît
point, en face de son premier enfant, et sans l'aide qui lui
serait si nécessaire, sans une femme d'âge et d'expérience
pour la soigner comme elle devrait être soignée. Il nous faudrait quelqu'un en état de veiller sur cette délicate créature, si peu faite aux aspérités de l'existence. M. Orridge, pris
à court, ne peut, en quelques heures, trouver ce quelqu'un-là.

Je ne sais non plus qui lui indiquer. Pouvez-vous, mistress Jazeph, nous venir en aide? Là-bas dans le village, ou parmi les tenanciers de M. Norbury, connaissez-vous quelque femme qui s'entende à soigner les malades, et qui ait de plus, pour se recommander à nous, quelque tact, quelque douceur de formes? »

Mistress Jazeph réfléchit quelque peu, et dit ensuite très-respectueusement, mais en très-peu de mots, et sans paraître prendre un grand intérêt à la chose, qu'elle ne voyait personne dont elle pût garantir les services.

« Pensez-y encore, avant de vous prononcer ainsi, dit mistress Norbury. Je porte à cette dame un intérêt tout particulier, car M. Orridge me disait, juste au moment où vous êtes entrée, qu'elle est la fille de ce capitaine Treverton dont le naufrage.... »

A l'instant où ces derniers mots furent prononcés, mistress Jazeph, se tournant par un mouvement subit, regarda le docteur bien en face. Oubliant sans doute en même temps que sa main posait sur la table voisine, elle s'avança par un mouvement si peu calculé, qu'elle heurta et renversa un petit bronze représentant un chien, et placé là comme serre-papiers. La statuette s'en alla par terre, et mistress Jazeph se baissa pour la ramasser, avec un cri d'alarme infiniment plus aigu que ne l'aurait dû faire pousser un accident d'aussi peu d'importance.

« Peste soit de la femme!... quelle peur l'a prise?... s'écria mistress Norbury. Le chien n'a pas de mal.... remettez-le en place!... Voici bien la première fois, mistress Jazeph, que je vous vois faire une maladresse.... Et ceci est un compliment, j'imagine.... Donc, ainsi que je vous le disais, cette dame est la fille du capitaine Treverton, dont nous avons tous lu, dans les journaux, le terrible naufrage. J'ai connu son père étant encore toute jeune, et je n'en suis que plus tenue à être pour elle aussi secourable que possible.... Encore une fois, songez-y, n'y a-t-il personne dans ces environs à qui l'on puisse confier une malade de cet ordre? »

Le docteur, qui continuait à examiner mistress Jazeph avec cette sorte d'intérêt scientifique dont il s'était senti pris en la voyant, constata chez elle, au moment où elle se retournait pour le regarder, une telle pâleur, une si profonde émotion que, se fût-elle évanouie sur place, il n'en aurait pas été surpris. Maintenant, dès que mistress Norbury eut cessé de parler, il vit mistress Jazeph changer encore de couleur. Une rougeur de poitrinaire vint marbrer ses joues de deux taches brillantes. Son regard timide, où se peignait une certaine anxiété, parcourut tout l'appartement, et les doigts de ses mains qu'elle serrait l'une contre l'autre s'entrelacèrent par une sorte de mouvement mécanique : « Voilà, se disait le docteur, un beau traitement à essayer.... » Et il suivait, d'un œil assidu, tous les soubresauts nerveux de ces mains pâles et crispées.

« Pensez-y encore ! répéta mistress Norbury.... Je veux à tout prix, si cela m'est possible, tirer de là cette pauvre jeune femme.

— Je suis désolée, dit mistress Jazeph d'une voix haletante et faible, je suis vraiment désolée de ne voir personne à vous désigner, mais.... »

Ici elle s'arrêta. L'enfant le plus timide, mis pour la première fois en rapport avec des personnes étrangères, n'aurait pas pu avoir l'air plus déconcerté. Ses yeux semblaient rivés au parquet. Sa rougeur augmentait. Ses doigts se contractaient les uns sur les autres par des mouvements de plus en plus précipités.

« Mais, quoi? demanda mistress Norbury.

— J'allais dire, madame, répondit mistress Jazeph, parlant avec un effort et une gêne extrêmes, et sans lever les yeux sur sa maîtresse, j'allais vous dire que, pour ne pas laisser cette dame tout à fait dépourvue.... et à cause du grand intérêt que vous témoignez pour elle.... je consentirais.... si pourtant vous pouviez vous passer de moi.... oui, je consentirais....

— Quoi donc? vous seriez sa garde-malade ?... vous ?... s'écria mistress Norbury. Eh bien ! sur ma foi, malgré vos tours et détours, vous prenez là une détermination qui fait le plus grand honneur à votre bonté de cœur, à votre désir d'obliger et d'être utile.... Pour ce qui est de me passer de vous, je ne suis pas égoïste à ce point de penser deux fois, en pareilles circonstances, à l'ennui de me priver de ma femme de charge.... La question, maintenant, est de savoir si votre compétence égale votre bon vouloir.... Avez-vous jamais soigné des malades ?

— Oui, madame, répondit mistress Jazeph, toujours sans lever les yeux. Peu après mon mariage.... » A ces mots, sa rougeur disparut, et son visage revint à sa pâleur habituelle.... « J'eus occasion de faire quelque temps ce métier, que je continuai, par intervalles, jusqu'au jour où je perdis mon mari.

Je prends donc sur moi de me proposer, monsieur, continua-t-elle, s'adressant au docteur, et sur un ton dès lors plus calme et plus sérieux, pourvu que madame y consente, comme pouvant servir de garde jusqu'à ce que vous en ayez trouvé une plus capable que je ne le suis.

— Qu'en dites-vous, monsieur Orridge? » demanda mistress Norbury.

Le docteur, à son tour, avait tressailli quand il avait entendu la première offre de mistress Jazeph. Sa réponse à mistress Norbury fut précédée de quelque hésitation, mais il dit enfin :

« Je ne puis, à un doute près, que remercier mistress Jazeph de son offre obligeante, et l'accepter avec reconnaissance. »

Les yeux timides de mistress Jazeph restaient fixés sur lui, tandis qu'il parlait, et ils exprimaient une perplexité pénible. Mistress Norbury, avec sa franchise accoutumée, lui demanda immédiatement de quel doute il s'agissait.

« Je n'ai pas l'intime conviction, répondit M. Orridge, que mistress Jazeph (elle pardonnera cette objection à un médecin), soit assez forte et assez maîtresse de ses nerfs pour remplir les fonctions dont elle a la bonté de vouloir bien se charger. »

Malgré la parfaite courtoisie avec laquelle cette explication avait été donnée, mistress Jazeph en parut toute décontenancée et toute peinée. Une tristesse calme et résignée, très-touchante à voir, se peignit sur son visage, au moment où, sans ajouter un mot, elle se détourna, se dirigeant vers la porte.

« Attendez un peu!... lui cria la bonne mistress Norbury.... ou, si vous vous en allez un instant, soyez de retour dans cinq minutes!... Je suis convaincue que nous aurons quelque autre chose à vous dire. »

La reconnaissance de mistress Jazeph s'exprima par un regard, et ce regard fut si brillant que mistress Norbury se demanda si, dans le moment même, des larmes n'allaient pas en jaillir. Mais, avant qu'elle eût pu vérifier le fait, mistress Jazeph avait fait sa révérence au docteur, et s'était silencieusement éclipsée.

« Maintenant que nous voilà seuls, monsieur Orridge, dit mistress Norbury, je dois vous dire, en toute déférence pour votre jugement, que vous vous exagérez un peu la débilité nerveuse de mistress Jazeph. Elle n'a point une brillante apparence; mais, après cinq ans d'épreuve je puis vous le dire, elle est

plus forte qu'elle n'en a l'air, et je pense très-sérieusement
que vous rendrez un vrai service à mistress Frankland en essayant, ne fût-ce que pour un ou deux jours, cette garde qui
nous tombe des nues. C'est la créature la plus douce et la plus
affectueuse que j'aie jamais rencontrée, et elle pousse jusqu'à
l'excès la conscience de tout ce qu'elle s'impose comme devoir.
Ne vous faites pas scrupule de me l'enlever. J'ai donné un
grand dîner la semaine dernière, et en voilà pour longtemps.
Jamais je ne me suis trouvée mieux à même de me passer de
ma femme de charge.

— Je me regarde comme parfaitement autorisé à vous offrir,
en même temps que les miens, les remercîments de mistress
Frankland, dit M. Orridge. Après tout ce que je viens d'entendre, je serais et bien disgracieux et bien ingrat si je ne me
conformais à vos bons avis. M'excuserez-vous, cependant, de
hasarder une question encore ? Avez-vous jamais ouï dire que
mistress Jazeph fût sujette à quelques crises ?...

— Jamais.

— Pas même, çà et là, quelques vapeurs nerveuses ?

— Jamais, depuis qu'elle est chez moi.

— Vous m'étonnez. Il y a, dans son air et ses manières, quelque chose....

— Oui, c'est vrai. C'est une remarque que l'on fait volontiers quand on la voit pour la première fois. Mais ceci tient
tout simplement à ce que, douée d'un tempérament assez délicat, elle n'a pas, je le soupçonne, mené une jeunesse très-
heureuse. La dame qui me l'a donnée, en me la recomman-
dant très-expressément, m'a dit que, restée sans protection
dans des circonstances assez difficiles, elle avait été conduite à
faire un mauvais mariage. Elle-même ne parle jamais de ses
misères conjugales ; mais je crois que son mari la maltraitait :
au surplus, il me semble que tout ceci ne nous regarde pas.
J'ai simplement à vous répéter qu'elle m'a été, depuis cinq
ans, une aide excellente, et que, nonobstant son chétif aspect,
je la regarde comme la meilleure garde que puisse, pour le
moment, se procurer mistress Frankland. Inutile, ce me semble, de rien ajouter. Prenez maintenant mistress Jazeph, ou
appelez une étrangère par le télégraphe. C'est à vous de décider, naturellement. »

M. Orridge crut deviner une légère nuance d'irritation
dans ces derniers mots de mistress Norbury. C'était un homme
avisé ; il supprima donc tous les doutes qu'il avait pu conce-

voir sur l'insuffisance physique de mistress Jazeph pour les fonctions qu'elle s'offrait à remplir; ceci valait mieux que de risquer une brouille avec la plus riche cliente du pays, alors qu'il débutait à peine à West-Winston.

« Après tant de bonnes assurances, dit-il, je ne saurais vraiment hésiter. Croyez que j'accepte, avec reconnaissance, et la proposition de votre femme de charge, et la liberté que vous me donnez d'en profiter. »

Mistress Norbury tira le cordon de la sonnette. A l'instant même, la femme de charge reparut.

Le docteur eut lieu de soupçonner qu'elle était restée à écouter derrière la porte, et, s'il en était ainsi, n'était-il pas étrange qu'elle fût si empressée de connaître la décision prise à son égard?

« M. Orridge accepte vos offres et vous en remercie, dit mistress Norbury, faisant signe à mistress Jazeph d'avancer auprès d'elle. Je l'ai convaincu que vous n'étiez ni aussi faible ni aussi malade qu'il vous supposait. »

Un éclair de joyeuse surprise passa sur le visage de la femme de charge; et ce visage, en un instant, sembla rajeunir de plusieurs années, tandis que, souriante, elle exprimait sa reconnaissance de la confiance mise en elle. Pour la première fois aussi, depuis que le docteur la voyait, elle osa prendre la parole sans y être directement provoquée.

« Quand désire-t-on que je prenne mon service, monsieur? lui demanda-t-elle.

— Aussitôt que possible, » répondit M. Orridge.

Sur cette réponse, quelle vivacité, quel éclat soudain vinrent animer son regard calme et voilé ! Et comme le mouvement par lequel, se tournant vers sa maîtresse, elle semblait en appeler à elle, fut plus prompt, plus décidé que ne le comportaient ses allures ordinaires!

« Partez dès que M. Orridge le souhaitera, dit mistress Norbury. Je sais que vos comptes sont toujours en ordre, vos clefs toujours à leur place. Jamais vous ne dérangez rien et ne laissez rien dérangé. Allez donc, sans délai, où on a besoin de vous.

— Je suppose, dit M. Orridge, que vous aurez quelques préparatifs à faire?

— Aucuns, monsieur, qui demandent plus d'une demi-heure, répliqua mistress Jazeph.

— Qu'on vous ait dans la soirée et cela suffira, dit le docteur, prenant son chapeau et s'inclinant devant mistress Norbury. Venez me demander à la *Tête de Tigre*. J'y serai entre sept et huit. Encore une fois, mistress Norbury, mille et mille remercîments.

— Mes compliments et mes bons souhaits à votre malade, cher docteur.

— A la *Tête de Tigre*, entre sept et huit heures, ce soir, répéta M. Orridge à la femme de charge qui, l'ayant reconduit, lui ouvrait la porte.

— Entre sept et huit, monsieur, » répéta la douce voix, plus jeune que jamais, maintenant qu'une note joyeuse se mêlait à ses accents.

CHAPITRE IV

La nouvelle garde.

Comme l'horloge sonnait sept heures, M. Orridge mit son chapeau pour se rendre à la *Tête de Tigre*. Il venait d'ouvrir sa porte, lorsque, sur son perron, il rencontra un commissionnaire chargé de l'appeler, pour un cas pressant, dans le plus pauvre quartier de la ville. Après s'en être enquis, il demeura effectivement convaincu que sa visite ne pouvait se différer, et qu'il fallait absolument remettre quelque peu celle qu'il devait faire à mistress Frankland. En arrivant au chevet du malade qui l'appelait, il constata la nécessité immédiate d'une opération irrémissible. L'accomplissement de ce devoir lui prit encore du temps. Bref, il était sept heures trois quarts lorsqu'il put, pour la seconde fois, partir de chez lui pour se rendre à la *Tête de Tigre*.

En entrant à l'auberge, le docteur fut informé que la nouvelle garde était arrivée dès sept heures et l'attendait depuis lors, toute seule, dans une chambre à l'écart. N'ayant aucun ordre de M. Orridge, l'hôtesse avait jugé plus sûr de ne la point présenter, avant l'arrivée du docteur, à mistress Frankland.

« A-t-elle voulu monter auprès de la malade? demanda M. Orridge.

— Oui, monsieur, répliqua l'hôtesse, et elle m'a semblé un peu chagrinée quand je l'ai priée de vouloir bien attendre que vous fussiez là. Voulez-vous l'aller trouver, monsieur? Montez par ici. Elle est dans mon salon. »

M. Orridge suivit l'hôtesse dans une petite pièce au fond de la cour, et trouva mistress Jazeph assise dans le coin le plus éloigné de la fenêtre. Il fut un peu surpris de la voir abaisser son voile au moment où elle entendit la porte s'ouvrir.

« Je suis fâché qu'on vous ait fait attendre, dit-il, mais j'ai été mandé près d'un malade. De plus, je vous avais dit, veuillez vous en souvenir, entre sept et huit heures.... Or il n'est pas tout à fait huit heures.

— Je désirais vivement arriver à temps, monsieur, » dit mistress Jazeph.

Dans ces paroles qu'elle prononçait sur le ton le plus calme, il y avait cependant quelque chose de contraint qui frappa l'oreille de M. Orridge, et le jeta dans quelque perplexité. Elle semblait craindre que, non-seulement sa voix, mais son visage aussi, ne lui en dissent plus long que les mots dont elle se servait. Quel sentiment avait-elle donc à déguiser? Était-ce, par hasard, quelque déplaisance causée par l'espèce de quarantaine qu'on lui avait fait faire dans l'appartement de l'hôtesse?

« Si vous voulez bien m'accompagner, dit M. Orridge, je vais sur-le-champ vous conduire auprès de mistress Frankland. »

Mistress Jazeph se leva lentement, et, une fois debout, posa un instant la main sur une table auprès d'elle. Ce geste, si peu qu'il durât, servit à confirmer le docteur dans l'idée qu'il avait qu'elle n'était pas de force à faire le métier pour lequel elle s'était offerte.

« Vous avez l'air fatiguée, lui dit-il, tout en la devançant hors la chambre.... Bien certainement, vous n'êtes pas venue à pied?

— Non, monsieur; madame a eu la bonté de me faire conduire dans la *pony-chaise* [1]. »

Sa voix était toujours contrainte, pendant qu'elle répondait ainsi, et elle n'avait pas encore fait mine de relever son voile. Aussi, en montant l'escalier de l'hôtel, M. Orridge prit-il, à part lui, la résolution de surveiller de près les premiers

1. Petit char à bancs attelé de chevaux nains qu'on appelle *ponies*.

soins qu'elle donnerait à mistress Frankland, et de requérir, en somme, une garde de Londres, à moins que mistress Jazeph ne témoignât, dans ses nouvelles attributions, d'un grand zèle et d'une véritable capacité.

La chambre occupée par mistress Frankland était tout au fond de la maison, et on l'avait ainsi choisie, afin que la malade fût aussi éloignée que possible du bruit et de l'agitation qui régnaient constamment à la porte de l'auberge. La seule fenêtre qui l'éclairât donnait sur quelques cottages épars, au delà desquels s'étendaient les riches pâturages qu'on voit dans l'ouest du Somersetshire, bornés par une longue ligne monotone de coteaux chargés de bois épais. Le lit était à l'ancienne mode, à baldaquin, et avec les éternels rideaux de damas que chacun sait. Ce lit, adossé au mur, se projetait au milieu de la chambre, de manière à ce que la personne couchée avait à sa droite la porte, à sa gauche la fenêtre, et la cheminée vis-à-vis le pied du lit. Du côté donnant vers la fenêtre, les rideaux étaient ouverts, tandis qu'au pied, et du côté de la porte, ils étaient hermétiquement clos. On comprend, dès lors, qu'une personne franchissant le seuil de la porte ne voyait rien à l'intérieur du lit.

« Comment vous sentez-vous aujourd'hui, mistress Frankland ? demanda M. Orridge, portant la main aux rideaux qu'il allait écarter. Redouteriez-vous qu'on donnât à l'air un peu plus d'accès autour de vous ?

— Au contraire, docteur, je n'en serais que plus à mon aise, répondit-on.... Mais j'ai bien peur, si par hasard vous avez bien voulu me croire un peu de bon sens, de me faire tort dans votre estime, en vous laissant voir de quoi je m'occupe depuis une heure. »

M. Orridge sourit en tirant les rideaux, et se mit à rire tout à fait en voyant l'enfant et sa mère. Mistress Frankland, éprise des couleurs voyantes, s'était amusée, pendant que son fils dormait, à le décorer de rubans bleus. Elle avait ainsi fait au *baby* un collier, des nœuds d'épaule, des bracelets tout pareils ; et, pour ajouter à l'originalité de cette mascarade, le petit bonnet coquet de sa mère avait été posé de côté sur la tête chauve de l'enfant, avec une crânerie tout à fait comique. Rosamond elle-même, comme si elle eût voulu rivaliser d'éclat avec son nouveau-né, avait un léger pardessus rose, orné sur la poitrine et sur les manches d'une garniture de satin blanc disposée en festons. Des fleurs de cytise, cueillies le matin même, jonchaient la courte-pointe blanche, çà et là mariées à quelques fleurs de *lis des vallons* formant deux gros bouquets que tenaient réunis des rubans cerise. Sur ce faisceau de couleurs variées, sur les joues rondes et les rondes épaules du petit maillot, sur le jeune et radieux visage de son heureuse mère, les tendres lueurs d'une soirée de mai se posaient calmes et tièdes. Absorbé dans la contemplation de ce délicieux tableau qui s'était révélé à lui dès qu'il avait écarté les rideaux, le jeune docteur s'y livra quelques instants, et ne songeait plus le moins du monde à ce qui l'avait appelé dans cette chambre bénie. Il ne se souvint de la nouvelle garde que lorsque mistress Frankland, bavardant à tort et à travers, la lui eut par grand hasard rappelée.

« Vraiment, docteur, disait-elle avec un regard qui semblait lui demander pardon.... Vraiment je n'y sais que faire.... Je ne peux m'empêcher, femme faite que je suis, de jouer au *baby*, comme je jouais à la poupée, quand j'étais petite fille.... Personne n'est-il entré en même temps que vous?... Lenny, êtes-vous là? Avez-vous fini de dîner, mon chéri?... Et au dessert, quand on vous a laissé seul, avez-vous bu à la santé de l'accouchée?....

— M. Frankland est encore à table, dit le docteur.... Mais il est certain que j'ai amené quelqu'un avec moi.... Ah! mon Dieu!... Qu'est-elle devenue?... mistress Jazeph! »

La femme de charge s'était glissée à petit bruit entre le pied du lit et la cheminée, où elle demeurait cachée par les rideaux, encore tirés de ce côté. Quand M. Orridge l'appela, au lieu de l'aller rejoindre là où il était, du côté opposé à la fenêtre, elle apparut de l'autre côté du lit, c'est-à-dire tournant le dos à cette même fenêtre; son ombre se trouvait ainsi projetée sur le brillant tableau que nous décrivions naguère; elle tombait obliquement sur la blanche courte-pointe; ses bords noirâtres venaient effleurer la figure de la mère et de l'enfant.

« Bonté divine! Qu'est-ce-ci? s'écria Rosamond.... une femme ou un spectre? »

Le voile de mistress Jazeph était enfin levé. Bien que son visage fût nécessairement rejeté dans l'ombre par la position à contre-jour qu'elle occupait ainsi, le docteur vit un changement s'y produire quand mistress Frankland prononça ces paroles. Ses lèvres s'entr'ouvrirent et frémirent légèrement. Les rides creusées autour de la bouche, sans doute par les chagrin-

et les années, se dessinèrent plus profondes; les sourcils se contractèrent par un mouvement soudain. Quant aux yeux, M. Orridge ne les pouvait discerner. Ils s'étaient abaissés vers le lit dès la première parole de Rosamond. Jugeant en médecin ces divers symptômes, le docteur présuma que la pauvre femme souffrait de quelque mal intérieur, et ne voulait pas le laisser apercevoir. « Très-probablement, se disait-il, quelque affection du cœur. Elle l'a cachée à sa maîtresse ; mais moi, je ne m'y laisse pas prendre.

— Qui êtes-vous ? répétait cependant Rosamond.... Pourquoi, au nom du ciel, vous tenir là tout debout, entre nous et la lumière ? »

Mistress Jazeph ne répondit rien et ne leva pas les yeux. Elle recula seulement avec timidité, s'écartant de la fenêtre autant que possible.

« N'avez-vous point reçu un message de moi cette après-midi ? demanda le docteur, s'adresssant à mistress Frankland.

— Eh ! sans nul doute, je l'ai reçu, répliqua-t-elle. Un très-aimable message, m'annonçant d'excellentes nouvelles ; une nouvelle garde que nous avons découverte.

— La voici ! dit M. Orridge, désignant du doigt, par-dessus le lit, la pauvre mistress Jazeph.

— Pas possible ! s'écria Rosamond.... Il faut bien pourtant que cela soit.... Sans cela, pourquoi l'auriez-vous amenée avec vous ?... J'aurais dû le deviner tout de suite.... venez ici, je vous prie.... Docteur, dites-moi donc son nom !... Joseph, n'est-ce pas ?... Non.... Jazeph ? Approchez donc, mistress Jazeph, et recevez mes excuses pour la brusquerie avec laquelle je vous ai accueillie. Je vous suis plus obligée que je ne saurais dire pour la bonté que vous avez eue de venir ici, et pour l'extrême obligeance que votre maîtresse a mise à se priver de vous. J'espère ne pas vous donner trop de mal, et, quant au *baby*, vous le trouverez de fort bonne composition.... C'est un véritable petit ange, et il dort comme un loir. Mais, mon Dieu, à présent que je vous regarde d'un peu près, je crains bien que vous-même ne soyez dans un état de santé bien précaire.... Docteur, si mistress Jazeph ne devait pas m'en vouloir, je dirais volontiers qu'elle a, pour le moins autant que moi, besoin d'une garde. »

Mistress Jazeph, s'inclinant vers le lit, se mit à rassembler à la hâte les fleurs de cytise dont il était parsemé.

« Votre pensée était la mienne, mistress Frankland, dit

M. Orridge ; mais on m'a formellement assuré qu'il ne fallait pas s'en rapporter à la mine de mistress Jazeph, et qu'elle a toute la force requise pour une garde-malade, aussi bien qu'elle en a la bonne volonté.

— Est-ce que vous allez faire un bouquet de tous ces cytises ? demanda mistress Frankland, regardant à quoi s'occupait sa nouvelle garde. Voilà une bonne pensée.... le bouquet sera magnifique. Je crains bien que vous ne trouviez la chambre un peu mal en ordre. Je vais sonner ma femme de chambre qui rangera tout.

— Permettez que je prenne ce soin, madame. Je serai charmée de commencer ainsi à vous être de quelque service, » dit mistress Jazeph.

En faisant cette offre, elle avait levé les yeux. Son regard et celui de Rosamond vinrent à se rencontrer. Celle-ci aussitôt, se rejetant en arrière sur son oreiller, changea quelque peu de couleur.

« Quelle étrange manière de me regarder ! » dit-elle.

Mistress Jazeph tressaillit à ces mots, comme si on l'eût frappée à l'improviste, et, se détournant soudain, s'alla placer près de la fenêtre.

« J'espère bien que vous n'êtes pas fâchée contre moi, dit Rosamond, à qui ce mouvement de retraite ne pouvait échapper. J'ai la très-mauvaise habitude de dire à tort et à travers tout ce qui me passe par la tête.... Et il m'a semblé tout à l'heure que vous me regardiez comme si quelque chose en moi vous effrayait ou vous était pénible.... Veuillez donc, puisque ceci ne vous ennuie pas outre mesure, mettre un peu d'ordre dans cette chambre. Et ne prenez pas trop garde à ce que je dis. Vous serez bientôt au courant de mon caractère; et nous serons alors, vous le verrez, tout à fait d'accord, et bonnes amies; puis.... »

Au moment où mistress Frankland prononçait ces mots : d'accord et bonnes amies, » la garde nouvelle quitta la croi-e, et revint dans cette partie de la chambre où elle se trou-ait à l'abri des regards, entre la cheminée et les rideaux fer-més au pied du lit. Rosamond regarda du côté du docteur, à qui elle allait exprimer son étonnement; mais au même instant il se tournait, lui aussi, cherchant une position qui lui permît de voir ce que faisait mistress Jazeph de l'autre côté des rideaux.

Lorsque d'abord il l'aperçut, elle avait le visage caché

dans ses deux mains. Avant qu'il eût pu nettement se rendre
compte si elle les avait ou non portées à ses yeux, elles changèrent de position, et furent employées à dénouer le chapeau
de la nouvelle venue. Quand elle l'eut posé, avec son châle
et ses gants, sur une chaise placée au coin de la chambre,
elle alla vers la table de toilette, et se mit à ranger les mille
petits objets qui s'y trouvaient dispersés. Elle les disposait en
bon ordre, avec une dextérité, un goût remarquables, et aussi
avec un discernement subtil entre les choses qui devaient
servir et celles de pure décoration, qui la fit très-favorable-
ment juger de M. Orridge. Il nota, en particulier, le soin
avec lequel elle se mettait au courant des flacons de pharmacie
qu'elle trouvait pêle-mêle sur son chemin, lisant l'étiquette
de chacun d'eux, et plaçant d'un côté de la table ceux qui seraient probablement requis dans le courant de la nuit; de
l'autre, au contraire, ceux dont on n'aurait affaire que le lendemain. Quand elle quitta la table de toilette, pour s'occuper du
mobilier et des vêtements divers qu'au sortir des caisses on
avait entassés les uns sur les autres, pas le moindre mouvement de ses mains amaigries qui parût ou hasardeux ou perdu.
Sans bruit, sans étalage, l'œil à tout, elle passait d'un bout de
la chambre à l'autre, et sous ses pas semblaient naître l'ordre
le plus parfait, la propreté la plus minutieuse. Aussi, lorsque
M. Orridge reprit sa place au chevet de mistress Frankland,
son esprit était tranquille au moins sur un point : il était clair
qu'on pouvait compter sur la nouvelle garde pour ne pas commettre la moindre bévue.

« Une femme bien originale ! murmurait Rosamond.

— Originale, c'est vrai, murmura du même ton M. Orridge;
et de plus, bien mal portante, encore qu'elle n'en veuille pas
convenir. Du reste, merveilleusement adroite et soigneuse. Il
n'y a donc pas d'inconvénient à l'essayer une nuit.... c'est-
à-dire pourvu que vous n'y ayez aucune répugnance.

— Au contraire, dit Rosamond. Elle m'inspire une sorte
d'intérêt. Il y a dans ses traits et dans ses façons quelque
chose, je ne puis dire quoi, qui me donne le désir d'en savoir
plus long sur son compte. Il faut que je la fasse jaser, et que
je tâche de m'expliquer ce qu'elle a de si particulier. Ne craignez pas, du reste, que je m'excite à bavarder trop, et ne
restez pas, en mon honneur, dans cette ennuyeuse chambre
d'hôpital. J'aimerais bien mieux vous savoir en bas, tenant
compagnie à mon mari, qui doit s'ennuyer à boire tout seul.

Allez causer avec lui.... Allez le distraire un peu.... Pauvre
garçon !... il doit s'amuser si peu, maintenant qu'il ne m'a
plus.... et il vous a pris en goût, monsieur Orridge.... Vraiment,
vous lui plaisez beaucoup.... Un instant ! avant de partir, un
coup d'œil au *baby*. Ne va-t-il pas se donner une indigestion
de sommeil ?... Encore un mot, monsieur Orridge.... Quand
le dernier verre sera vidé, vous me promettez de prêter vos
yeux à mon mari, et de le ramener ici pour qu'il me souhaite
le bonsoir, n'est-ce pas ? »

Après avoir pris très-volontiers l'engagement qu'on lui demandait en si bons termes, M. Orridge quitta sa malade. Au
moment où il ouvrait la porte, il s'arrêta pour dire à mistress
Jazeph qu'elle pouvait, en cas de besoin, le venir appeler en
bas, et qu'il lui donnerait, d'ici à son départ de l'auberge,
toutes les instructions dont elle croirait avoir besoin pour la
nuit. La nouvelle garde, quand il était passé près d'elle, se
trouvait agenouillée devant une des caisses ouvertes de mistress Frankland, arrangeant quelques vêtements qui n'avaient
pas été placés avec assez de soin. Sur le point de lui adresser
la parole, il remarqua qu'elle tenait en main une chemisette
dont le jabot était garni d'un ruban. Elle lui sembla sur le
point de retirer ce ruban ; mais, comme effrayée du bruit de
ses pas, et lorsqu'elle comprit qu'il se rapprochait d'elle, elle
laissa brusquement retomber la chemisette au fond de la
caisse, où elle se hâta de la recouvrir avec quelques mouchoirs
jetés au hasard. Bien que cette petite manœuvre de mistress
Jazeph eût quelque peu étonné le docteur, il se garda bien
de lui laisser voir qu'il l'avait remarquée. Mistress Norbury,
après cinq ans d'épreuve, s'était portée garant de la probité
de sa femme de charge, et d'ailleurs le bout de ruban n'avait
absolument aucune valeur. Il était donc impossible, à tous
égards, de soupçonner en elle une intention coupable ; et cependant (M. Orridge ne put s'empêcher de se le dire en quittant la chambre), sa conduite, au moment où il l'avait surprise près de la malle, était exactement celle d'une personne
se disposant à commettre un vol.

« Je vous en prie, ne vous préoccupez pas des bagages, dit
Rosamond, remarquant, après le départ du docteur, les soins
que se donnait mistress Jazeph. Ceci regarde ma femme de
chambre, qui d'ailleurs n'a rien à faire, et que vous allez
rendre encore plus paresseuse qu'elle ne l'est, si vous suppléez
ainsi sa besogne. Je vois que la chambre est maintenant dans

le plus bel ordre. Venez ici, asseyez-vous et prenez quelque repos !... Vous devez être une femme bien peu personnelle et d'un bien bon cœur, de vous donner tant de mal pour quelqu'un que vous ne connaissez point. Le billet du docteur, cette après-midi, m'apprend que votre maîtresse a été en bons rapports, jadis, avec mon pauvre père.... Elle l'aura, je suppose, connu avant ma naissance.... Quoi qu'il en soit, je lui suis doublement reconnaissante, et d'être si bonne pour moi, et de l'être à cause de mon père. Mais vous, vous, tous ces sentiments vous sont étrangers. Si vous êtes venue, c'est pure bonté, simple désir d'être utile aux autres. Voyons.... ne vous retirez pas ainsi vers la fenêtre.... Venez vous asseoir auprès de moi. »

Mistress Jazeph s'était relevée et s'approchait du lit, lorsque tout à coup, au moment où mistress Frankland commençait à parler de son père, elle avait reculé de quelques pas dans la direction de la cheminée.

« Venez vous asseoir !... répéta Rosamond, qui s'impatientait de ne recevoir aucune réponse. Que pouvez-vous avoir à faire là-bas ? »

La silhouette de la nouvelle garde vint encore une fois s'interposer entre le lit et la fenêtre par laquelle entraient les pâles lueurs du soir, avant qu'il ne fût répondu à ces pressantes invitations.

« La soirée avance, dit mistress Jazeph, et la fenêtre n'est pas tout à fait fermée. Je pensais à l'assujettir et à laisser tomber la persienne, si toutefois, madame, cela ne vous contrarie pas trop.

— Oh! pas encore, pas encore!... fermez la croisée, si vous voulez, pour que l'enfant ne s'enrhume pas, mais ne baissez pas la persienne, aussi longtemps qu'on y pourra voir un peu, laissez-moi la joie de regarder la campagne. C'est justement à cette heure, et par le crépuscule, que cette longue bande de pâturages plainiers commence à me rappeler les landes du Cornouailles, telles que me les représentent mes souvenirs d'enfant.... Connaissez-vous le Cornouailles, mistress Jazeph?

— J'en ai ouï parler. »

Après ces quatre mots, la garde s'arrêta court; elle s'occupait à fermer la fenêtre, et semblait trouver quelque obstacle à faire mouvoir l'espagnolette.

« Que vous en a-t-on dit? demanda Rosamond.

— Que le Cornouailles est un pays assez sauvage, assez ma

peuplé, dit mistress Jazeph, travaillant de plus belle à son espagnolette, et, dès lors, tournant obstinément le dos à mistress Frankland.

— Comment! vous n'êtes pas encore venue à bout de fermer cette fenêtre? dit Rosamond. Ma femme de chambre s'en tire à bien moins de peine; attendez qu'elle arrive : je vais la sonner sans retard. Il faut, d'ailleurs, qu'elle brosse mes cheveux, e qu'elle rafraîchisse mon front avec un peu d'eau de Cologn coupée d'eau.

— Voilà qui est fait, madame, dit mistress Jazeph, qui tout à coup venait de résoudre son problème.... Si vous voulez bien le permettre, je serai heureuse de vous aider à passer une nuit confortable.... et vous n'aurez pas besoin de sonner votre femme de chambre. »

Mistress Frankland accepta l'offre, non sans se dire que la nouvelle garde était une personne des plus singulières. Pendant que mistress Jazeph parfumait l'eau destinée à la toilette de nuit, le crépuscule envahissait peu à peu le paysage extérieur, et il commençait à faire assez noir dans la chambre.

« Ne vaudrait-il pas mieux allumer une bougie? insinua Rosamond.

— Je ne crois pas, madame, repartit aussitôt mistress Jazeph.... J'y vois encore à merveille. »

Parlant ainsi, elle se mit à brosser les cheveux de mistress Frankland; et en même temps, elle risqua une question qui se rapportait aux paroles qu'elles venaient d'échanger au sujet du Cornouailles. Charmée de voir que sa nouvelle garde se familiarisait, enfin, au point de prendre elle-même l'initiative, Rosamond ne demandait pas mieux que de revenir sur les souvenirs qu'elle gardait de son pays natal : mais, sans qu'elle pût se rendre raison de ce phénomène, le contact des mains de mistress Jazeph, de ces mains légères et caressantes, avait pour effet de la troubler, au point que pendant quelques minutes il lui fut impossible de rassembler ses idées et de répondre autrement que dans les termes les plus laconiques Ces mains erraient avec une sorte de furtive douceur parmi les boucles de sa chevelure, et en même temps le visage pâle et flétri de la nouvelle garde se rapprochait parfois du sien, un peu plus qu'il ne semblait indispensable. Aussi une vague sensation de malaise, dont elle n'aurait pu préciser ni la nature ni le siége particulier, se répandait autour d'elle, comme mêlée à l'air qu'elle respirait. Elle voulait changer de position dans son lit, et se sentait comme paralysée. Sa tête, qu'elle eût voulu incliner de manière à aider l'emploi de la brosse, se refusait à ce mouvement si simple. Elle n'osait plus regarder autour d'elle; elle ne savait comment rompre le silence embarrassant qu'elle même avait produit par ses réponses écourtées et décourageantes. A la fin, cette oppression dont elle avait conscience, et qu'elle ne s'expliquait pas, l'irrita tellement qu'elle en vint à ôter brusquement la brosse des mains de mistress Jazeph. A peine ce mouvement irréfléchi venait-il de s'accomplir qu'elle en eut honte, et une honte d'autant plus vive que l'attitude de la garde exprimait plus de surprise et d'effroi. Avec un profond sentiment de ce que sa conduite avait d'absurde, elle ne put cependant prendre sur elle de réprimer cet emportement involontaire, et, tout en riant, jeta la brosse au pied du lit.

« Ne soyez pas si étonnée, mistress Jazeph, dit-elle ensuite, continuant à rire aux éclats, mais sans savoir pourquoi et sans être, au fond, le moins du monde égayée. Je dois vous paraître bien étrange et bien malapprise.... Vous brossez mes cheveux avec un talent remarquable; mais, je ne puis dire comment, il me semblait, tout le temps, que cette brosse chassait à l'intérieur de mon cerveau les visions les plus folles.... Je ne puis m'empêcher d'en rire encore.... Vraiment, il faut, bon gré mal gré, que j'en rie.... Savez-vous bien qu'une ou deux fois je me suis imaginé, votre visage se rapprochant du mien, que.... que vous aviez envie de m'embrasser?... Avez-vous jamais entendu parler d'aussi ridicules imaginations?.... Il faut bien me l'avouer, je suis, à certains égards, plus enfant que ce cher bijou couché là sur mon lit. »

Mistress Jazeph ne répondit point. Elle s'éloigna du lit, Rosamond parlant encore, et revint après un temps dont la longueur pouvait difficilement s'expliquer, apportant l'eau de Cologne coupée. En présentant à mistress Frankland la cuvette où celle-ci baignait son front, elle eut soin de se tenir à longueur de bras, et ne se rapprocha pas davantage quand elle lui tendit sa serviette. Rosamond se dit alors que sans doute elle avait sérieusement offensé mistress Jazeph; aussi voulut-elle l'apaiser, indirectement, en la questionnant et lui demandant ses bons avis sur les soins à donner au *baby*. La douce voix de la garde tremblait quelque peu lorsqu'elle répondit simplement et tranquillement aux questions qui lui étaient faites; mais il n'y avait dans son ccent aucune trace de ressentiment ou de bouderie. En continuant à lui parler toujours de l'enfant, mistress Frankland parvint, peu à peu, à la ramener près du lit, à la faire se pencher sur le nouveau-né qu'el les admirèrent ensemble, à s'enhardir enfin jusqu'à baiser ses petites joues potelées. Un seul baiser fut tout ce que se permit mistress Jazeph; après quoi elle s'écarta, et poussa, comme à regret, un gros soupir.

Ce soupir alla droit au cœur de Rosamond, soudain attristée. Jusqu'alors la frêle vie de l'enfant n'avait été mêlée qu'à des sourires et à de douces paroles. Elle se troublait à la pensée qu'on pût soupirer après l'avoir caressé.

« Vous devez beaucoup aimer les enfants, dit-elle, hésitant un peu avant d'aborder une question si délicate....: Mais, pardonnez-moi ma franchise, il semblerait que cette affection a quelque chose d'amer pour vous.... Je vous en prie, ne répondez pas à cette question si elle a pour vous quelque chose de trop pénible.... si vous avez quelque perte à déplorer.... Mais j'ai besoin de vous demander si vous avez jamais été mère. »

Mistress Jazeph était debout près d'une chaise au moment où cette question lui fut posée. Elle saisit le dossier, et s'y cramponna si bien, ou s'y appuya si fort, que le bois en craqua. Sa tête s'abaissa sur sa poitrine. Elle n'articula pas, elle n'essaya même pas d'articuler une seule parole.

Pensant que sans doute elle avait perdu un enfant, et craignant de la chagriner sans nécessité si elle se hasardait à la questionner encore, Rosamond ne dit plus rien, et se baissa vers son fils pour l'embrasser à son tour. Sur la joue de l'enfant, ses lèvres se posèrent un peu au-dessus de l'endroit où s'étaient posées celles de mistress Jazeph, un moment auparavant; elles rencontrèrent un reste d'humidité sur sa peau lisse et tiède. L'idée lui vint alors que l'eau dont elle avait baigné son visage avait pu mouiller l'enfant; mais ses doigts, passant légèrement sur la tête, le cou, la poitrine du petit chérubin, n'y trouvèrent pas trace d'humidité. Une seule goutte était tombée, et elle était tombée sur la joue que la garde avait baisée.

Le paysage s'effaça, noyé dans le crépuscule : l'intérieur de la chambre s'obscurcit de plus en plus, et, bien qu'assise auprès de la table sur laquelle étaient placés les bougies et le briquet, mistress Jazeph n'essaya pas d'allumer. Rosamond, que ne laissait pas tout à fait tranquille cette idée de rester sur son lit, tout éveillée, dans l'obscurité, sans autre société qu'une personne qui lui était presque absolument inconnue, voulut au moins y voir clair.

—Mistress Jazeph, dit-elle, regardant du côté de la fenêtre où les dernières clartés du jour se voilaient de plus en plus, je vous serai bien obligée d'allumer les bougies et de laisser tomber la persienne; je n'y vois plus assez pour trouver au paysage le charme de ressemblance que vous savez....

—Vous aimez donc bien le Cornouailles, madame? demanda mistress Jazeph se levant, mais comme à regret, pour se procurer de la lumière.

—Vraiment, oui, répondit Rosamond. J'y suis née, et nous étions en route pour nous y rendre, mon mari et moi, quand mes souffrances nous ont obligés de nous arrêter ici... Vous êtes bien longtemps après ces flambeaux... N'avez-vous pas trouvé la boite d'allumettes? »

Avec une maladresse assez surprenante chez une personne qui avait montré tant de dextérité à mettre la chambre en ordre, mistress Jazeph cassa la première allumette en essayant de la faire prendre, et laissa tomber la seconde après qu'elle eut pris. Une troisième tentative réussit mieux: mais un seul flambeau fut allumé. Encore l'enleva-t-elle de la table sur laquelle mistress Frankland avait vue, pour l'aller poser sur la toilette masquée à la malade par les rideaux fermés au pied du lit.

« Pourquoi donc ôtez-vous ce flambeau de là? demanda Rosamond.

—J'ai pensé qu'il valait mieux pour vos yeux que la lumière ne fût pas si près, » répondit mistress Jazeph. Puis elle ajouta, se pressant un peu, comme pour éviter quelque objection prévue : « C'est donc en Cornouailles que vous alliez, madame, quand votre voyage s'est trouvé interrompu?... Un voyage d'excursions, n'est-ce pas?... » Et tout en parlant ainsi, elle enleva le second flambeau comme le premier, disparaissant tout à coup pour l'aller poser sur la toilette.

Rosamond pensa que la garde, nonobstant ses douces façons et sa calme physionomie, était une femme des plus obstinées qu'on pût rencontrer; mais elle était trop bonne pour se prévaloir du droit qu'elle avait de faire placer à son gré les flambeaux de sa chambre; et quand elle répondit à la question de mistress Jazeph, ce fut sur un ton aussi gai, aussi familier que jamais.

« Vraiment, non.... Ce n'était pas d'excursions qu'il s'agissait, dit-elle. Nous nous rendions tout droit dans le vieux manoir où je suis née. Il appartient maintenant à mon mari, mistress Jazeph. Je n'en ai pas approché depuis l'âge de cinq ans. Un vieil endroit, tout en ruines et croulant.... Vous qui parlez de la sauvagerie et de l'aspect désolé du Cornouailles.... la seule idée d'habiter Porthgenna-Tower vous ferait horreur. »

Pendant tout ce discours de Rosamond, le frou-frou léger de la robe en soie que portait mistress Jazeph n'avait pas cessé de se faire entendre autour de la toilette. Au moment où le nom de Porthgenna-Tower fut prononcé, ce bruit s'arrêta soudain, et, pendant un instant, un silence de mort régna dans la chambre.

« Vous qui, toute votre vie, avez probablement habité des maisons bien entretenues, vous ne vous figurez pas un endroit comme celui où nous nous rendrons dès que je serai remise assez pour voyager, poursuivit Rosamond. Que pensez-vous, mistress Jazeph, d'un grand bâtiment dont toute une portion est restée inhabitée pendant plus de soixante ou soixante et dix ans ? Ceci seul vous donne une idée des proportions de Porthgenna-Tower... Il y a une aile ouest que nous habiterons en y arrivant, et un pavillon nord où existent de vieux appartements délabrés que nous espérons pouvoir remettre en bon état.... Pensez donc un peu à la quantité de vieilleries, plus étranges les unes que les autres, que nous allons découvrir dans ces anciennes chambres désertes.... Je veux emprunter son tablier au chef de cuisine, et au jardinier ses gants, pour fourrager là dedans de la cave au grenier. Comme la femme de charge sera étonnée quand j'irai à Porthgenna lui demander les clefs des appartements du nord ! »

Un cri contenu, le bruit d'un choc contre la toilette, suivirent ces derniers mots de mistress Frankland. Elle en tressaillit au fond de son lit, et demanda vivement ce qu'il y avait.

« Rien au monde, répondit mistress Jazeph, retenant sa voix à ce point qu'elle semblait parler à l'oreille de quelqu'un. Rien, madame.... Rien, je vous assure.... Je me suis heurtée par accident contre cette table.... Veuillez n'en concevoir aucune crainte. Cela ne vaut pas qu'on y prenne garde.

— Vous parlez, cependant, comme si vous souffriez beaucoup, dit Rosamond.

— Non, non.... ce n'est rien.... Aucun mal, aucun.... vraiment aucun. »

Pendant que mistress Jazeph se défendait ainsi de s'être

fait mal, la porte de la chambre s'ouvrit, et le docteur entra, frayant la route à M. Frankland.

« Nous arrivons de bonne heure, mistress Frankland, mais nous allons vous donner tout le temps de vous préparer à bien dormir, » dit M. Orridge. Il s'arrêta là-dessus, et remarqua que le teint de Rosamond était un peu animé. « Je crains, ajouta-t-il, que vous n'ayez un peu trop parlé, que vous ne vous soyez agitée un peu trop.... Si vous me permettez de hasarder ce conseil, monsieur Frankland, je crois que plus tôt nous aurons souhaité le bonsoir à madame, et mieux nous aurons mérité d'elle. Où est la garde? »

Mistress Jazeph était assise, le dos tourné à la lumière, au moment où elle s'entendit interpeller. L'instant d'avant, elle avait jeté sur M. Frankland un regard empreint d'une curiosité franchement avide qui, si quelqu'un y eût pris garde, l'aurait singulièrement étonné, par le contraste de ce hardi coup d'œil avec les manières ordinairement réservées et la parfaite distinction de cette problématique personne.

« Je crains que la garde ne se soit fait mal, et plus qu'elle n'en veut convenir, » dit Rosamond au docteur, lui montrant d'une main l'endroit où mistress Jazeph était assise, tandis que de l'autre, lentement soulevée, elle entourait le cou de son mari, incliné vers l'oreiller.

M. Orridge, s'informant de ce qui était arrivé, ne put obtenir de la garde nouvelle l'aveu que son accident eût la moindre importance. Il conjectura, cependant, qu'elle souffrait, ou du moins qu'il était arrivé quelque chose de nature à la troubler beaucoup; il eut, effectivement, toutes les peines du monde à obtenir d'elle un peu d'attention, tandis qu'il lui donnait les renseignements dont elle pouvait avoir besoin pour les soins que réclamerait sans doute, pendant la nuit, la malade confiée à ses soins. Tout le temps qu'il parla, les yeux de mistress Jazeph, attirés loin de son interlocuteur, erraient du côté où M. et mistress Frankland causaient ensemble. En général, elle était bien la personne du monde qu'on pouvait le moins soupçonner d'une impertinente curiosité; pourtant, aussi longtemps que M. Frankland demeura debout au chevet de sa femme, l'attitude de mistress Jazeph indiqua nettement une sorte d'espionnage sans scrupules. Le docteur fut obligé de recourir à ses façons de dire les plus péremptoires pour obtenir d'être à peu près écouté.

« Et maintenant que j'ai donné mes instructions à mistress

Jazeph, dit-il en terminant, je vais, mistress Frankland, en vous souhaitant le bonsoir, servir d'exemple à ceux qui doivent vous laisser prendre un repos absolument nécessaire. »

L'insinuation était transparente; M. Frankland ne s'y méprit pas et il essaya, lui aussi, de prendre congé. Mais sa femme, qui ne voulait pas lâcher ses mains, déclara qu'il ne fallait pas s'attendre à ce qu'elle se le laissât enlever avant une bonne demi-heure. M. Orridge, secouant la tête, commença un plaidoyer en règle, où les dangers de toute agitation prolongée étaient comparés aux bénéfices du calme et du sommeil. Ses remontrances, pourtant, auraient produit peu d'effet, alors même que Rosamond lui eût permis de les continuer, sans l'heureuse intervention du *baby*, qui prit ce moment pour s'éveiller, et qui, attirant à lui toute l'attention maternelle, devint pour le médecin un très-puissant auxiliaire. M. Orridge n'eut plus qu'à saisir l'occasion qui s'offrait, et à conduire sans bruit M. Frankland hors de la chambre, pendant que Rosamond prenait son enfant dans ses bras. Avant de refermer la porte, il s'arrêta pour glisser tout bas un dernier mot à mistress Jazeph.

« Si mistress Frankland veut parler, lui dit-il, vous ne devez pas l'y encourager. Aussitôt qu'elle aura calmé le *baby*, elle devrait essayer de dormir. Il y a, dans ce coin, un fauteuil-canapé que vous pourrez ouvrir pour vous coucher aussi. Maintenez les flambeaux où ils sont, dissimulés par les rideaux. Moins la malade verra de la lumière, plus vite le calme et le sommeil lui viendront. »

Mistress Jazeph ne répondit pas; elle regarda simplement le docteur et lui fit sa révérence. L'expression effarée de son regard, qui l'avait frappé dès le premier abord, était plus marquée que jamais au moment où il la laissait ainsi, pour la nuit entière, auprès de la mère et de l'enfant: « Ce n'est pas là notre affaire, pensait M. Orridge, tout en reconduisant M. Frankland au bas de l'escalier.... Il faudra, tout considéré, demander une garde à Londres. »

Un peu irritée du sans-gêne avec lequel on lui avait enlevé son mari, Rosamond rejeta sèchement les services que mistress Jazeph s'empressa de lui offrir aussitôt que le docteur fut parti. La garde subit en silence ces petites rebuffades; et cependant, autant que sa manière d'être pouvait le faire présumer, elle avait grande envie de prendre la parole. Par deux fois elle s'avança vers le lit, ouvrit la bouche, s'arrêta et battit en retraite, avant de s'établir définitivement près de la toilette, au poste que tout d'abord elle avait paru adopter. Elle demeura là, silencieuse et hors de vue, jusqu'à ce que l'enfant, calmé par degrés, se fût endormi entre les bras de sa mère, sur le sein de laquelle resta une de ses petites mains rosées. Rosamond ne put résister au désir de porter cette main à ses lèvres, encore qu'elle risquât ainsi de réveiller le dormeur. Le bruit de ce baiser eut pour écho celui d'un sanglot, bas et contenu, qui partait de derrière les rideaux fermés au pied du lit.

« Qu'y a-t-il? s'écria-t-elle.

— Rien, madame, dit mistress Jazeph de ce même accent contraint et mystérieux, qu'elle avait eu en répondant à la première question de mistress Frankland. Je crois que j'allais succomber au sommeil, dans ce bon fauteuil où me voici installée; et, ce que j'aurais dû peut-être vous dire plus tôt, il m'arrive parfois, assiégée de pénibles souvenirs, et sujette à une affection du cœur, il m'arrive, dis-je, de soupirer en dormant. Il ne faut pas y prendre garde, et j'espère, madame, que vous voudrez bien excuser cette faiblesse involontaire. »

La générosité naturelle de Rosamond fut à l'instant même éveillée: « L'excuser? s'écria-t-elle.... J'espère mieux, mistress Jazeph. J'espère pouvoir contribuer à la guérir. Quand M. Orridge viendra, demain matin, vous le consulterez, et j'aurai soin de vous procurer tous les remèdes qu'il pourra prescrire.... Oh! ne me remerciez pas avant d'être guérie.... et, puisque le fauteuil est si commode, restez où vous êtes. Voilà le petit rendormi, et je voudrais prendre une bonne demi-heure de repos, avant de m'installer définitivement pour la nuit.... Pour le moment donc, restez où vous êtes.... Je vous appellerai dès que j'aurai besoin de vous. »

Loin de rendre le calme à mistress Jazeph, ces bonnes paroles eurent pour résultat imprévu d'accroître encore ses agitations. Elle se mit à parcourir la chambre de tous côtés, essayant d'attribuer ce changement d'allures au désir de s'assurer que tout était bien réellement en ordre. Quelques minutes après, ne tenant aucun compte des prescriptions du docteur, elle provoqua mistress Frankland à parler, en lui adressant, sur Porthgenna-Tower, toute sorte de questions, et en débattant avec elle la probabilité qu'un pareil lieu pût devenir la résidence élue de deux jeunes mariés

« Après **tout**, madame, disait-elle d'une **voix** dont l'émotion

singulière contrastait avec l'indifférence de son attitude, peut-
être, quand vous verrez Porthgenna-Tower, ne l'aimerez-vous
pas autant que maintenant vous vous figurez devoir l'aimer.
Qui sait si vous ne vous ennuierez pas, et si vous n'en partirez pas au bout de quelques jours ?... Ceci me semble tout à
fait probable, surtout si vous hantez les appartements déserts
dont vous parliez.... J'aurais pensé, moi (et vous ne m'en
voudrez peut-être pas de le dire), qu'une belle dame comme
vous se tiendrait le plus loin possible de tout ce qui est
ordure, poussière, odeurs fâcheuses.

—Ma curiosité une fois éveillée, dit Rosamond, je puis braver de bien autres inconvénients.... et j'ai plus à cœur de voir
les appartements de Porthgenna que de voir les sept merveilles
du monde.... En supposant même que nous ne nous établis-
sions pas tout à fait dans le vieux manoir, je suis sûre que
nous y séjournerons longtemps. »

A cette réponse, mistress Jazeph se détourna brusquement
et ne continua pas son interrogatoire. Retournant près de la
porte, dans un coin où était le fauteuil-canapé que le docteur
lui avait recommandé, elle passa quelques minutes à le mettre
en état pour la nuit; mais ensuite elle s'en éloigna tout aussi
soudainement qu'elle y était venue, et, de plus belle, se remit
à parcourir la chambre. Cette extrême agitation, ce perpétuel
remuement, qui avaient déjà étonné Rosamond, commençaient
à la mettre mal à l'aise, surtout lorsqu'elle eut entendu, à deux
ou trois reprises, mistress Jazeph se parler à elle-même. A en
juger par les mots et les lambeaux de phrase qui, çà et là, se
pouvaient distinguer, les idées de la garde roulaient toujours,
avec une persistance incroyable, sur ce sujet : Porthgenna-
Tower. Les minutes se succédaient pourtant, et toujours elle
marchait par la chambre, toujours marmottant çà et là quelques paroles obscures, et le malaise de Rosamond devenait
par degrés une espèce d'effroi. Cherchant à faire comprendre
à mistress Jazeph combien sa conduite était étrange, et cela
de la manière la moins blessante, elle pensa qu'il fallait relever quelques-unes de ses paroles, sans paraître croire qu'elles
appartinssent à un monologue.

« Que disiez-vous donc? » demanda Rosamond, choisissant,
pour lui adresser cette question, le moment où la voix de sa
garde, plus élevée que d'ordinaire, permettait de la surprendre
pensant tout haut.

Mistress Jazeph se tut aussitôt, relevant la tête d'un air

distrait, comme une personne tout à coup tirée d'un
profond.

« Je croyais, continua Rosamond, que vous me parliez encore de notre antique manoir.... Il me semblait vous entendre
dire ou que je n'y devrais pas aller, ou que vous-même ne
voudriez pas y mettre le pied, ou je ne sais quoi dans ce
genre. »

Mistress Jazeph rougit comme une jeune fille.

« Je crois, madame, que vous vous serez trompée, » dit-elle ;
et de nouveau elle se pencha sur son fauteuil-canapé.

Mais Rosamond, qui maintenant la guettait avec une certaine anxiété, s'assura que, tout en manœuvrant ce meuble
compliqué, la garde ne le préparait nullement à l'usage qu'elle
semblait en devoir faire. Que signifiait ceci ? Que voulait dire
toute sa conduite depuis une demi-heure ? Comme mistress
Frankland s'adressait ces questions, un soupçon terrible, venant à se faire jour, fit passer un froid de glace jusqu'à la
racine de ses cheveux. Jamais cette idée ne s'était encore offerte à elle ; mais, sous le coup d'une sensation subite, elle
demeura persuadée que la garde n'avait plus le libre exercice
de ses facultés mentales.

Par cette simple supposition : « Elle est folle ! » s'expliquait à
l'instant même tout ce que sa conduite avait eu d'incohérent et
d'équivoque : ses étranges disparitions derrière les rideaux du
lit ; ces allures à la fois furtives et plus que familières qu'elle
avait eues en brossant les cheveux de mistress Frankland ; son
silence par moments obstiné, suivi de bavards épanchements ;
son agitation remuante ; ses *aparté* ; ses feintes occupations
auxquelles elle ne songeait pas ; bref, toutes ces étranges
façons (autrement incompréhensibles) s'éclaircissaient du moment où on admettait qu'elle n'avait plus sa tête à elle.

Si épouvantée qu'elle pût être, Rosamond conserva toute sa
présence d'esprit. Un de ses bras alla, comme par instinct,
entourer l'enfant endormi ; et déjà elle avait à moitié soulevé
l'autre pour saisir le cordon de la sonnette qui pendait à la
tête du lit, lorsqu'elle vit mistress Jazeph se tourner vers
elle et la regarder en face.

Une femme qui n'eût eu que la fermeté de nerfs ordinaire à
son sexe, n'eût sans doute écouté, en ce moment, que son
effroi, et se fût désespérément cramponnée à la sonnette. Rosamond eut, au contraire, assez de sang-froid pour prévoir les
conséquences probables de ce mouvement irréfléchi. Elle se

rendit parfaitement compte que mistress Jazeph aurait le temps de fermer la porte avant l'arrivée de tout secours, si, en sonnant avant de lui avoir dit pourquoi sa malade lui laissait entrevoir les méfiances qui maintenant l'assiégeaient. Elle ferma donc lentement ses paupières, tandis que la garde avait les yeux fixés sur elle, d'abord pour lui faire croire qu'elle se préparait à s'endormir, puis afin de se donner le temps d'imaginer un prétexte qui lui permît de faire venir sa femme de chambre. Cependant le tumulte de sa pensée ne lui rendait pas l'invention facile. Les minutes se succédaient, lentes et pénibles, et aucun motif raisonnable de tirer le cordon de sonnette ne lui venait à l'esprit.

Elle se demanda s'il ne vaudrait pas mieux expédier mistress Jazeph en ambassade auprès de son mari, fermer la porte sur elle, et sonner ensuite ; elle calculait les chances de ce parti, et la hardiesse qu'il faudrait pour l'adopter en toute sûreté, quand elle entendit le frôlement de la robe de soie que portait la garde se rapprocher peu à peu du bord du lit.

Sa première impulsion fut de se jeter sur la sonnette ; mais la crainte, maintenant, paralysait sa main. Elle ne put la soulever de l'oreiller.

Le frôlement de la robe de soie cessa de bruire. Rosamond, entr'ouvrant les yeux, vit la garde arrêtée à mi-chemin, entre l'endroit d'où elle venait et le lit duquel la rapprochait chacun de ses pas. Rien d'égaré ou d'irrité dans sa physionomie L'agitation peinte sur son visage était celle de la perplexité, de la peur ; elle nouait et dénouait ses mains par un mouvement rapide et saccadé, véritable image de l'incertitude et du désespoir ; ainsi demeura-t-elle, debout à la même place, pendant à peu près une minute ; puis elle fit quelques pas encore, et, tout bas, avec l'accent de la curiosité la plus vive :

« Endormie ?... Pas tout à fait, pas si tôt ? »

Rosamond essaya d'ouvrir la bouche pour répondre, mais le vif battement de son cœur sembla monter à ses lèvres et retenir les paroles qu'elles allaient prononcer.

La garde, toujours avec la même physionomie inquiète et le même air malheureux, n'était plus qu'à quelques pouces du lit ; elle s'agenouilla près du chevet, et jeta sur Rosamond un regard passionné ; puis, avec un léger frisson, elle regarda autour d'elle, comme pour s'assurer qu'il n'y avait personne dans la chambre ; alors elle se pencha en avant, prête à parler-

hésita, se pencha plus près encore, et, dans l'oreille de Rosamond, murmura ces mots :

« Quand vous irez à Porthgenna, n'entrez pas dans la chambre aux Myrtes !... »

La chaude haleine de la femme qui parlait ainsi passait sur la joue de Rosamond, et semblait apportée là, intermittente et brûlante, par les battements d'une fièvre intérieure. Ces chocs nerveux, cette sensation indicible, brisèrent tout à coup les liens de la terreur qui jusqu'alors retenait la jeune malade dans un immobile silence. Avec un cri perçant elle se redressa sur son lit, saisit le cordon de la sonnette et le tira violemment.

« Oh ! de grâce, silence !... » cria mistress Jazeph, tombant à genoux et frappant ses mains l'une contre l'autre par un geste d'enfant effrayé.

Rosamond sonna et resonna. On entendit retentir sur l'escalier des pas pressés, des voix inquiètes. Il n'était pas encore dix heures : personne n'était couché ; ces violentes sonneries avaient mis toute la maison sur pied.

La garde se releva, reculant loin du lit et s'appuyant à la muraille, dès que le bruit des pas et des voix se fut rapproché de la porte. Elle ne prononça pas un mot de plus. Ses mains, qui frappaient naguère l'une contre l'autre avec tant de promptitude, inertes maintenant, pendaient à ses côtés. Les teintes blêmes d'une sorte d'agonie intérieure, épandues sur sa face, ajoutaient quelque chose d'auguste à sa rigide immobilité.

La première personne qui pénétra dans la chambre fut la femme de chambre de mistress Frankland. Après elle venait l'hôtesse.

« Appelez M. Frankland ! dit Rosamond à cette dernière d'une voix affaiblie. Je veux lui parler sans le moindre délai... Vous, continua-t-elle, faisant signe à la femme de chambre, restez ici, auprès de moi, jusqu'à ce que votre maître soit arrivé !... Je viens d'avoir une peur affreuse.... Pas de questions ! mais ne me quittez point ! »

La soubrette regarda sa maîtresse avec un étonnement profond ; puis elle lança de côté, sur la nouvelle garde, un coup d'œil méprisant et menaçant à la fois. Celle-ci, quand l'hôtesse fut sortie pour aller chercher M. Frankland, s'était un peu écartée du lit, de façon à tenir sous son regard le lit tout entier. De là, ses yeux, fixés sur Rosamond, exprimaient la plus dévorante anxiété, une angoisse d'attente qui lui coupait la respiration. Le reste de ses traits ne disait rien. Elle-même restait muette, absorbée dans sa contemplation, ne prenant garde à quoi que ce soit. Elle ne tressaillit, elle ne bougea pas, au moment où rentra l'hôtesse, amenant M. Frankland près de Rosamond.

« Lenny ! dit cette dernière saisissant son mari par le bras, Lenny !... je vous le demande en grâce.... ne laissez pas cette femme ici cette nuit ! »

Averti par le tremblement des mains de sa femme, M. Frankland promena légèrement ses doigts sur ses tempes et sur son cœur.

« Grand Dieu ! Rosamond !... qu'est-il arrivé ?... Je vous laisse calme et dans un bien-être complet..., puis maintenant...

— J'ai été effrayée.... horriblement effrayée, cher ami, par la nouvelle garde.... Ne la rudoyez pas, au moins !... La pauvre créature n'est pas dans son bon sens..., j'en suis parfaitement sûre.... Qu'on l'emmène sans faire de scandale !... Qu'on la renvoie d'où elle est venue !... Si elle reste ici, je mourrai de peur.... Elle s'est si étrangement conduite.... Elle a prononcé de telles paroles.... Lenny, Lenny !... ne lâchez pas mes mains !... Elle s'est glissée vers moi, et de quel air !... juste à l'endroit où vous êtes.... elle s'est agenouillée là.... et, tout bas, tout bas.... Ah ! quelles paroles !...

— Silence ! silence ! ma chérie, dit M. Frankland, que la sérieuse agitation de Rosamond commençait à inquiéter. Ne répétez pas ces paroles maintenant !... Attendez que vous soyez redevenue un peu calme !... Je vous en prie et vous en supplie, attendez jusque-là. Tout ce que vous voudrez, je le ferai, pourvu seulement que vous demeuriez couchée bien tranquillement, et qu'avant de prononcer un mot de plus, vous essayiez de prendre sur vous. Il me suffit parfaitement de savoir que, n'importe comment, cette femme vous a effrayée, et que vous souhaitez la voir partir d'ici, sans plus de rigueur. Nous remettrons à demain matin toute autre explication. Je regrette vivement de n'avoir pas tenu mieux à mon idée première, qui était d'écrire à Londres pour avoir une garde convenable. Où est la maîtresse de céans ? »

L'hôtesse vint se placer à côté de M. Frankland.

« Est-il bien tard ? lui demanda-t-il.

— Non, monsieur.... A peine dix heures.

— Veuillez commander un cabriolet qu'on amènera le plus tôt possible à votre porte. Où est la garde ?

« — Debout derrière vous, tout contre le mur, » répondit la femme de charge.

Comme Léonard se tournait de ce côté : « Soyez doux pour elle, Lenny ! » lui dit Rosamond.

La femme de chambre, qui regardait mistress Jazeph avec une méprisante curiosité, vit sa physionomie, au moment où ces mots furent prononcés, changer du tout au tout. D'abondantes larmes montèrent aux yeux de la malheureuse créature et débordèrent bientôt sur ses joues. La rigidité mortuaire étendue, comme un masque de pierre, sur son pâle visage, fut brisée, pour ainsi dire, en un clin d'œil. Elle recula de nouveau, car elle avait fait un pas vers Léonard, et alla s'adosser à la muraille, comme elle y était auparavant. « Soyez doux pour elle ! » répétait-elle, et la femme de chambre l'entendait sans y rien comprendre.... « Soyez doux pour elle !... Oh ! mon Dieu !... cela du moins, elle l'a dit avec bonté.... Avec quelle bonté elle l'a dit !...

— Je n'ai nulle envie de m'expliquer avec vous ni de vous mortifier en rien, dit M. Frankland, qui ne distingua pas ces mots prononcés à demi-voix.... Je ne sais rien de ce qui est arrivé ; partant, je ne vous accuse de rien. Je trouve mistress Frankland très-agitée, et dans un trouble extrême. Ce trouble, je l'entends vous l'attribuer, non dans un mouvement de colère, mais avec un sentiment de vraie pitié. Au lieu de vous faire entendre les reproches que vous méritez peut-être, j'aime mieux laisser à votre bon sens de juger si vos soins ici peuvent se continuer encore.... Je place à votre disposition les moyens de retourner immédiatement chez votre maîtresse.... et je vous conseille de lui offrir toutes nos excuses sans rien ajouter, si ce n'est que des circonstances particulières nous obligent à ne pas user de vos services.

— Vous venez de me témoigner des égards que j'apprécie, monsieur, dit à son tour mistress Jazeph du ton le plus posé, et avec des manières tout à la fois très-douces et très-fières... Je me montrerai digne des ménagements dont vous usez, ne disant rien de ce qui pourrait me servir d'excuse. »

Elle fit alors quelques pas vers le milieu de la chambre, s'arrêta sur un point d'où elle voyait en entier Rosamond. De fois elle essaya de parler, deux fois la voix lui faillit ; à troisième effort, elle parvint à se rendre maîtresse d'elle-mêm

« Avant de partir, madame, dit-elle, je désire vous voir bien convaincue que mon renvoi ne me laisse aucun ressen-

timent.... Je ne suis nullement irritée. Veuillez vous souvenir
qu'en vous quittant je n'avais pas de rancune, et que je n'ai
pas articulé une seule plainte. »

Sur sa figure se peignait un tel découragement, il y avait
dans sa voix, pendant qu'elle prononçait ce peu de mots, tant
de résignation calme et triste, que le cœur de Rosamond en fut
comme fasciné.

« Pourquoi m'avez-vous fait peur ? demanda-t-elle, déjà flé-
chie à demi.

— Vous effrayer, moi ?... Et comment cela se pourrait-il ?...
Hélas ! qui donc au monde ne vous effrayerait, si, *moi*, je vous
effraye ? »

Parlant ainsi avec une tristesse qui n'avait rien d'affecté,
la garde alla prendre son chapeau et son châle sur la chaise
où elle les avait déposés. Tandis qu'elle les mettait, on pouvait suivre le tremblement de ses mains amaigries ; et cependant, si insignifiant que fût ce soin, on voyait dominer encore, dans ce mouvement mécanique, le sentiment inexorable
des convenances traditionnelles.

En allant vers la porte, elle s'arrêta une fois encore à côté
du lit, jeta sur Rosamond et sur l'enfant un regard voilé de
larmes, lutta de nouveau contre sa timidité naturelle, et prononça les paroles d'adieu.

« Dieu, dit-elle, vous comble de bénédictions ! puisse-t-il
vous faire constamment heureux, vous et votre fils !... Vous
me renvoyez, et je n'en conçois aucun ressentiment.... Si jamais, cette nuit passée, il vous arrive de penser à moi, veuillez
vous rappeler que je suis partie sans m'irriter.... ni me
plaindre. »

Un moment encore elle demeura, pleurant toujours, et toujours, à travers ses larmes, regardant la mère et l'enfant, puis
elle se détourna et marcha vers la porte. Dans ses dernières
paroles, et dans l'accent qu'elle y mit, il y eut quelque chose
qui commanda aux personnes réunies dans cette chambre d'auberge un recueillement silencieux. Elles étaient quatre, et pas
un mot ne fut prononcé au moment où la garde, refermant la
porte sans bruit, toute seule s'éloigna d'elles.

CHAPITRE V.

Un conseil des trois.

Le lendemain du renvoi de mistress Jazeph, cette importante nouvelle arriva de la *Tête de Tigre* au domicile du docteur Orridge, justement lorsqu'il venait de se mettre à table
pour déjeuner. Comme elle n'était accompagnée d'aucune explication suffisante sur la cause de ce renvoi, M. Orridge refusa
de croire qu'on eût pris un si grand parti sans l'appeler à conseil. Et cependant, la nouvelle qu'il supposait fausse lui trotta
tellement dans l'esprit, qu'il écourta singulièrement son repas
du matin, et fit sa première visite à mistress Frankland deux
heures plus tôt que d'habitude.

Sur le chemin de l'hôtel il fut rencontré et arrêté par le
seul domestique mâle de cet établissement. « Je vous appor-
tais, monsieur, un message de M. Frankland, lui dit cet
homme. Il désire vous voir aussitôt que possible.

— Est-il vrai que la garde de mistress Frankland ait été
renvoyée, dès hier au soir, par ordre de M. Frankland ?
demanda M. Orridge.

— Parfaitement vrai, » répondit le garçon d'hôtel.

Le docteur devint fort rouge, et parut sérieusement déconcerté. Ce que nous avons à sauvegarder presque avant tout,
surtout si nous appartenons au corps médical, c'est notre dignité. M. Orridge se disait qu'avant de renvoyer aussi lestement une garde recommandée par lui, c'était bien le moins
qu'on prît son avis. M. Frankland entendait-il se prévaloir de
sa position de fortune pour se dispenser des plus simples
égards ? En ce moment, il était impossible de répondre à
cette question. Mais, rien qu'en se la posant, M. Orridge sentait vaciller sur leur base ses opinions conservatrices. Il est
bien des choses que la richesse peut impunément se permettre ;
mais elle n'a pas encore conquis le privilége de heurter de
front, dans la pratique de la vie, cette bonne opinion que
chacun a de soi-même. Jamais le docteur n'avait eu moins de
respect qu'en ce moment pour les droits du rang et de la
richesse ; jamais il ne s'était senti si près de juger, en toute

impartialité, les doctrines républicaines, qu'au moment où, sur les pas du garçon d'hôtel, il gagnait, silencieux et sombre, l'appartement de M. Frankland.

« Qui est là? demanda Léonard quand il entendit la porte s'ouvrir.

— M. Orridge, monsieur, dit le garçon.

— Bien le bonjour! » ajouta M. Orridge, avec une certaine brusquerie familière, où perçait le désir de revendiquer les droits de la plus parfaite égalité.

M. Frankland était assis dans un fauteuil, et les jambes croisées l'une sur l'autre. M. Orridge eut soin de choisir un fauteuil tout pareil, et de s'y installer avec un sans-gêne parfaitement analogue à celui de M. Frankland. Les mains de ce dernier étaient fourrées dans les poches de sa robe de chambre; M. Orridge, qui n'avait de poches que dans les pans de son habit, et n'y pouvait atteindre commodément, mit les pouces dans les entournures de son gilet, et protesta ainsi, de son mieux, contre l'insolente aisance des gens à coffre-fort. Il oubliait parfaitement (si petite est la portée d'un esprit préoccupé par les souffrances de la vanité blessée!), il oubliait que M. Frankland, privé de la vue, ne pouvait se douter ni de toutes ces manœuvres, ni de l'indépendance morale qu'elles attestaient. La dignité de M. Orridge était sauvée aux yeux de M. Orridge, et cela lui suffisait.

« Je suis charmé, docteur, que vous soyez venu de si bonne heure, dit M. Frankland... Il est arrivé ici, hier soir, quelque chose de fort peu agréable.... J'ai été obligé de renvoyer la nouvelle garde, et de la renvoyer à la minute.

— Ah! vraiment? dit M. Orridge, défiant le calme de M. Frankland par un semblant défensif de complète indifférence.... Il a fallu la renvoyer?.... Ah ah!...

— Si j'avais eu le temps de vous envoyer chercher et de prendre votre avis, j'eusse été ravi de le faire, continua Léonard... Mais il n'y avait pas à hésiter... Nous avons tous été alarmés, à l'improviste, par plusieurs violents coups de sonnette, venus de la chambre de ma femme. Conduit auprès d'elle, je l'ai trouvée dans la plus grande agitation et le plus grand effroi... Elle me déclara que la nouvelle garde lui avait fait une horrible peur, ajoutant que, selon elle, cette femme avait perdu l'esprit, et me suppliant de l'en débarrasser le plus vite et avec le plus de douceur possible. En pareilles circonstances, que faire? Vous pouvez me reprocher de n'avoir pas

conservé tous les égards que je vous dois en prenant la
chose sous ma seule responsabilité; mais mistress Frankland
était dans un trouble si grand que je n'aurais pas osé garantir les conséquences, ou d'un refus quelconque, ou même d'un
simple délai.... Or, une fois l'affaire réglée, elle n'a jamais voulu
souffrir que l'on se permît de vous déranger en vous mandant
ici.... Ne dois-je pas espérer, docteur, que vous accepterez ces
explications aussi franchement qu'elles vous sont offertes?... »

M. Orridge commençait à se sentir quelque peu confus. Le
solide soubassement de sa virile indépendance s'ameublissait
par degrés et allait manquer sous lui. Il arrivait à penser
(penser est beaucoup dire, mais c'était à peu près cela), que
les classes les plus riches sont celles où on trouve les meilleures façons d'agir et de dire. Ses pouces, glissant machinalement des entournures de son gilet, se retrouvèrent dans leur
position habituelle, et, avant de s'en être bien rendu compte,
il cherchait, en bégayant, sa voie dans les méandres les plus
embrouillés des civilités les plus respectueuses.

« Vous désirez naturellement, reprit M. Frankland, savoir ce
que la nouvelle garde a pu dire ou faire de si effrayant aux
yeux de ma femme; mais je ne puis entrer à ce sujet dans
aucun détail. Mistress Frankland était hier au soir dans un tel
état d'excitation nerveuse que j'ai redouté de lui demander la
moindre explication. J'ai remis toute enquête à ce matin, et ceci
précisément afin que vous fussiez arrivé pour m'accompagner
là-haut. Vous aviez pris tant de souci pour nous procurer cette
déplorable créature, que vous avez bien le droit, maintenant
qu'elle a été renvoyée, de connaître tout ce qu'on peut allé-
guer contre elle. A tout prendre, mistress Frankland n'est pas
ce matin aussi mal que je pouvais le craindre. Elle sait que
vous devez monter avec moi, et si vous voulez me donner le
bras.... »

M. Orridge décroisa ses jambes, se leva fort à la hâte, et alla
même, d'instinct, jusqu'à la révérence la plus accusée. N'allez
pas imaginer qu'en agissant ainsi le docteur compromît son
indépendance, et qu'il eût trop aisément donné sa complète approbation aux procédés de la richesse. Non: tout en saluant
d'un salut machinal M. Frankland, oublieux des circonstances qui rendaient non avenu cet hommage routinier,
il pensait tout simplement, abstraction pure de tout cal-
cul, à l'influence du sang, à l'espèce de politesse innée qu'explique une noble origine, à la valeur toute particulière qu'elle

sait donner à telle où telle parole, simple lieu commun sur des lèvres plébéiennes. M. Orridge, il faut lui rendre cette justice, possédait presque toutes les vertus de son espèce, et plus spécialement cette vertu si commune qui préserve les gens de laisser prendre à des considérations personnelles une influence quelconque sur leurs opinions. Certes, nous avons tous nos infirmités; il est, en revanche, très-consolant de se dire que bien peu de nos amis, sans nous compter, sont sujets à pareille faiblesse.

A peine entré dans la chambre de mistress Frankland, et sur un simple coup d'œil, le docteur constata les changements regrettables que les événements de la veille au soir avaient produits. Le sourire dont elle accueillit son mari était le plus vague et le plus triste qu'Orridge eût jamais vu sur ses lèvres. Ses yeux ternes semblaient fatigués; sa peau était sèche, son pouls irrégulier. Il était évident qu'elle n'avait pas fermé l'œil de la nuit, et que son esprit n'était pas encore tranquillisé. Elle répondit aussi brièvement que possible aux questions purement médicales qu'il lui adressa, et d'elle-même, presque immédiatement, amena la conversation sur le compte de mistress Jazeph.

« Je suppose, dit-elle, s'adressant à M. Orridge, que vous savez ce qui est advenu. Je ne puis vous dire à quel point j'en suis peinée. Ma conduite à vos yeux, et sans doute aux yeux de cette pauvre malheureuse femme, doit sembler celle d'une personne très-capricieuse et très-dure. Je pleurerais volontiers, tant j'ai honte de la légèreté, de la poltronnerie que j'ai montrées. Il est déjà bien affreux de blesser qui que ce soit dans ses sentiments. Mais avoir affligé, comme nous l'avons fait, cette femme si malheureuse déjà, et si mal protégée; lui avoir arraché des larmes si amères.... lui avoir infligé une telle humiliation...

— Ma chère enfant, interrompit M. Frankland, vous déplorez les résultats, mais vous oubliez les causes. Rappelez-vous la terreur dans laquelle je vous ai trouvée; certainement elle avait sa raison d'être... Rappelez-vous aussi combien vous étiez convaincue que la garde n'avait plus sa tête à elle. Bien certainement votre opinion là-dessus ne s'est pas, en si peu de temps, modifiée.

— C'est justement là, mon ami, cette pensée qui m'a, toute cette nuit, tourmentée et rendue perplexe.... Je ne puis la changer. J'ai plus que jamais la certitude qu'il y a quelque chose de détraqué dans l'intelligence de cette femme ; et cependant, lorsque je songe à cette bonté qui l'a fait accourir ici pour me porter secours, à son désir si vif de m'être utile, je ne puis m'empêcher de rougir de mes soupçons.... je ne puis penser qu'avec remords à ce renvoi dont je suis cause.... Voyons, monsieur Orridge, dans la figure, dans l'attitude de mistress Jazeph, n'avez vous rien remarqué qui vous ait fait douter de son bon sens ?

— Rien, très-certainement, mistress Frankland..., et si j'eusse conçu un pareil doute, je ne l'aurais pas amenée ici. Vous ne m'eussiez pas étonné en m'apprenant qu'elle s'était trouvée mal, où qu'elle avait eu quelque accès, ou qu'enfin quelque léger accident, fort peu effrayant pour toute autre personne, l'avait mise hors d'elle-même ; mais je vous avoue que vous me surprenez fort en me parlant d'un dérangement quelconque dans ses facultés intellectuelles.

— Est-ce que je me serais trompée ?... s'écria Rosamond, qui tour à tour, de M. Orridge à son mari, promenait un regard méfiant et chagrin.... Lenny ! Lenny ! si je me suis trompée, en bonne vérité je ne me le pardonnerai jamais.

— Si vous nous disiez, chère amie, ce qui vous a donné à penser que cette femme est folle ? » insinua M. Frankland.

Rosamond hésita : « Certaines choses, dit-elle, qui ont dans la pensée de très-grandes proportions, deviennent, quand la parole veut les exprimer, si peu importantes.... Je désespère presque de vous faire comprendre les bonnes raisons que j'ai eues de prendre peur.... Et, d'un autre côté, en essayant de me justifier, je ne voudrais faire aucun tort à cette pauvre garde.

— Dites votre histoire à votre manière, et soyez sûre qu'elle sera bien dite, reprit M. Frankland.

— Et veuillez vous souvenir, continua M. Orridge, que je n'attache aucune importance à mon opinion sur le compte de mistress Jazeph. Je n'ai pas eu le temps d'asseoir sur elle un jugement en règle. Les occasions que vous avez eues de l'observer sont bien plus nombreuses que les miennes. »

Ainsi encouragée, Rosamond raconta purement et simplement tout ce qui s'était passé dans sa chambre la veille au soir, jusqu'au moment où, fermant les yeux, elle avait entendu la garde approcher du lit. Avant de répéter les paroles extraordinaires que mistress Jazeph avait murmurées à son oreille, elle s'arrêta et regarda son mari avec une sorte de sérieuse inquiétude.

« Pourquoi vous arrêter? demanda M. Frankland.

— Je me sens toute nerveuse et troublée, Lenny, rien qu'en pensant à ce que venait de me dire la garde, au moment même où je sonnai.

— Qu'avait-elle dit?... Est-ce quelque chose qui vous coûte à répéter?

— Non, tout au contraire.... Il me tarde de vous l'avoir redit, et de savoir ce qu'à votre avis cela signifie.... Ainsi que je vous le contais, Lenny, nous avions parlé de Porthgenna, et du projet que j'ai d'explorer les appartements du nord, aussitôt que nous y serons arrivés.... Elle m'avait fait beaucoup de questions au sujet du vieux manoir.... Et je dois dire que l'intérêt qu'elle y semblait prendre me semblait inconcevable chez une personne étrangère à notre famille....

— Ah, oui?...

— Lors donc qu'elle vint auprès du lit, elle s'agenouilla, ses lèvres touchant presque mon oreille, et, tout d'un coup, à voix très-basse : « Quand vous irez à Porthgenna, me dit-elle, n'entrez pas dans la chambre aux Myrtes! »

M. Frankland tressaillit.

« Y a-t-il à Porthgenna une chambre ainsi désignée? demanda-t-il avec une avide curiosité.

— Je ne l'ai jamais entendu dire, répondit Rosamond.

— En êtes-vous bien certaine?» demanda M. Orridge à son tour.

Jusqu'alors le docteur avait gardé à part lui le soupçon que mistress Frankland avait fort bien pu s'endormir immédiatement après son départ, et que le récit qu'elle faisait maintenant en toute sincérité, était celui des impressions laissées en elle par quelque cauchemar.

« Je suis parfaitement sûre de n'avoir jamais entendu mentionner une chambre de ce nom, répondit Rosamond. Je n'avais que cinq ans lorsque je quittai Porthgenna, et jusqu'alors ce nom n'avait jamais frappé mon oreille. Dans les années qui suivirent, mon père me parla souvent de notre ancienne maison; mais jamais il n'en désignait, j'en suis bien certaine, aucun des appartements par un nom particulier. J'en puis dire autant de votre père, Lenny, après qu'il eut acheté le domaine. Ne vous rappelez-vous pas, d'ailleurs, cette lettre du maître maçon envoyé pour examiner l'édifice, lettre où il se plaignait précisément de la difficulté où il s'était vu, ne pouvant retrouver la clef de chaque porte, faute d'étiquettes et

aussi faute de renseignements? car personne à Porthgenna
n'était en état de lui fournir ceux dont il aurait eu besoin....
Comment donc aurais-je entendu parler de la chambre aux
Myrtes? Qui m'aurait appris ce nom?... »

M. Orridge commençait à laisser voir quelque perplexité.
Après tout, il n'était plus si certain que mistress Frankland fût
la dupe d'un mauvais rêve.

« Depuis que ces mots ont été prononcés, continua Rosamond
à l'oreille de son mari, je ne pense plus à autre chose.... Ils ne
me sortent pas de l'esprit, quoi que je fasse pour les chasser....
Posez la main sur mon cœur, Lenny.... vous le sentirez battre
plus vite qu'à l'ordinaire, rien que pour vous les avoir répé-
tés.... N'est-ce pas que ce sont des mots étranges et saisis-
sants?... Quel sens leur donnez-vous, mon ami?

— Qui est la femme dont ils émanent?... Voilà la question
la plus essentielle à vider, dit M. Frankland.

— Mais pourquoi venir me dire, à moi, ces paroles? Voilà ce
que je voudrais savoir.... voilà ce qu'il faut que je sache; sans
quoi je ne retrouverai certainement pas ma tranquillité d'esprit.

— Calmez-vous, mistress Frankland, calmez-vous! dit M. Orridge. Pour l'amour de votre enfant, pour vous-même aussi,
essayez de vous rasseoir et d'envisager sans trop de trouble
cet incident mystérieux. Si mes efforts peuvent jeter quelque
lumière sur cette femme étrange et sa conduite plus étrange
encore, comptez que je ne les épargnerai pas. Je vais aujour-
d'hui chez sa maîtresse pour y visiter une enfant malade; soyez
certaine que je m'y prendrai de manière à provoquer les explications de mistress Jazeph. Sa maîtresse saura tout ce que
vous venez de me dire, à un mot près. Or, je puis vous le garantir, elle est justement de ces femmes franches et sans détour, qui tiennent à tout éclaircir, à ne rien tolérer d'équivoque. Nous saurons tout, et sur-le-champ. »

Les yeux fatigués de Rosamond reprirent leur éclat à cette
proposition du docteur.

« Le *baby* va bien, moi aussi; nous ne vous retiendrons pas
une minute, dit-elle. De plus, monsieur Orridge, soyez aussi
doux, aussi conciliant que possible vis-à-vis de cette pauvre
femme. Et dites-lui que je n'aurais jamais songé à la renvoyer
si, dans le moment, je n'eusse été effrayée au point de ne plus
tenir compte de rien.... Dites-lui combien, ce matin, je suis
peinée de ce que j'ai fait.... Dites-lui bien aussi...

— Chère amie, si mistress Jazeph est réellement **privée de** raison, à quoi voulez-vous que servent tant d'excuses? interrompit M. Frankland. Il serait plus à propos que M. Orridge voulût bien offrir à sa maîtresse et nos explications et nos excuses.

—Partez!... ne perdez pas de temps en causeries!... Je vous en supplie, partez vite! s'écria Rosamond, voyant que le docteur allait répondre à son mari.

—Ne craignez rien.... il n'y aura pas de temps perdu, répondit M. Orridge, la main sur le bouton de la porte. Mais ne l'oubliez pas, mistress Frankland, j'espère que votre ambassadeur, au retour de sa mission, vous trouvera, pour sa récompense, plus calme, plus maîtresse de vous-même que vous ne l'êtes ce matin. »

Sur cette recommandation indirecte, le docteur prit congé.

« Lorsque vous irez à Porthgenna, n'entrez point dans la chambre aux Myrtes! répéta M. Frankland d'un air pensif. Voilà, Rosamond, de fort bizarres paroles. Qui cette femme peut-elle être? Nous ne la connaissons ni l'un ni l'autre; un accident des plus fortuits nous met en rapport avec elle, et nous la trouvons en possession d'un secret concernant notre maison, secret dont nous ne soupçonnions pas l'existence au moment où il lui a plu de parler.

— Mais cet avertissement, Lenny?... cet avertissement si directement et si mystérieusement donné, non pas à vous, à *moi* seule !... Oh ! si seulement je pouvais m'endormir à l'instant même, pour ne me réveiller qu'au retour du docteur !...

— N'allez pas, chère amie, vous tenir pour très-certaine que, même alors, le mystère sera éclairci.... Cette femme peut fort bien refuser toute explication à tout le monde.

— Ne me parlez pas d'un désappointement pareil, mon Lenny.... Je serais capable de me lever pour aller l'interroger moi-même.

— Cela fût-il praticable, Rosamond, que vous pourriez fort bien vous heurter à une obstination inflexible, à un silence absolu. Elle peut avoir à redouter, après un aveu complet, telles conséquences que nous ne devinons pas, et, dans ce cas, je vous le répète, il est plus que probable qu'elle refusera toute explication ; ou, peut-être, encore plus probable qu'elle niera froidement les propos tenus par elle.

— En ce cas, Lenny, nous en ferons l'épreuve par nous-mêmes.

— Et comment cela, s'il vous plaît ?

— En continuant notre route vers Porthgenna, dès que je serai en état de me remettre en voyage. Une fois là, nous bouleverserons tout, sens dessus dessous, jusqu'à ce que nous ayons découvert s'il y a, oui ou non, dans le vieux manoir, une chambre qui ait jamais porté, depuis qu'il existe, le nom de chambre aux Myrtes.

— Et à supposer que pareille chambre existe? demanda M. Frankland, qui commençait à se sentir gagné par l'enthousiasme de sa femme.

— S'il en est ainsi, dit Rosamond, dont la voix s'élevait et dont le visage s'animait de sa vivacité habituelle, comment pouvez-vous me demander ce qui s'ensuivra?... Ne suis-je pas femme?... Ne m'est-il pas défendu de pénétrer dans la chambre aux Myrtes?... Ah! Lenny, Lenny, connaissez-vous si mal la moitié du genre humain à laquelle j'appartiens pour douter de ce que je ferais, la chambre en question venant à être découverte?... Eh! mon bien chéri, cela va de soi.... j'y entrerais à la minute même. »

CHAPITRE VI.

Autre surprise.

Si grand' hâte qu'il pût y mettre, une heure de l'après-midi avait sonné avant que ses devoirs de médecin permissent à M. Orridge de partir dans son tilbury pour remplir la promesse qu'il venait de faire. Il pressa si bien son cheval, cependant, qu'en vingt minutes, au lieu de la demi-heure habituelle, il fut arrivé chez mistress Norbury. Le valet de pied, qui avait entendu l'allure précipitée du tilbury, ouvrit la porte du vestibule au moment même où le cheval s'arrêtait devant le perron ; et il accueillit le docteur par un sourire où se peignait je ne sais quelle satisfaction narquoise.

« Eh bien! dit M. Orridge, entrant à grand bruit sous le vestibule.... vous avez dû être un peu surpris, hier soir, de voir revenir si tôt la femme de charge?

— Il est certain, monsieur, que nous fûmes surpris de la voir revenir hier au soir, répondit le valet ; mais nous l'avons été bien autrement ce matin, quand elle est repartie.

— Repartie?... Qu'entendez-vous par là?...

— Qu'elle s'en est allée, monsieur, et pas autre chose. Elle a planté là sa place, et cherche maintenant fortune où elle peut. »

Le valet, tout en répondant ainsi, souriait de plus belle ; et la femme de chambre qui, descendant l'escalier au même moment, avait entendu son camarade, ne put s'empêcher de sourire aussi. Bien évidemment, mistress Jazeph n'avait pas conquis les sympathies de la livrée.

L'ébahissement où il était plongé empêcha M. Orridge d'ajouter une seule parole. Le valet, qu'il ne questionnait plus, ouvrit la porte de la salle à manger, et le docteur y entra. Mistress Norbury, assise près de la croisée, dans la rigide attitude du devoir qui s'accomplit, surveillait d'un œil inflexible son enfant malade, aux prises avec une tasse de beef-tea [1].

« Avant que vous ouvriez la bouche, je sais déjà tout ce que vous allez dire! s'écria la dame aux paroles sincères. Mais, avant tout, examinez la petite, et parlons de ce qui la concerne. Nous aborderons ensuite d'autres sujets. »

L'enfant examinée, il fut constaté qu'elle se rétablissait à vue d'œil, et la bonne l'emporta pour aller la faire dormir un peu. Dès que la porte fut retombée derrière elle, mistress Norbury interpella le docteur, qu'elle arrêtait ainsi, pour la seconde fois, au moment où il allait prendre la parole.

« Il faut maintenant, monsieur Orridge, que je vous dise avant tout une chose. Je suis une femme éminemment équitable, et je n'ai nul sujet de me quereller avec vous. Vous êtes certainement cause que trois personnes m'ont traitée avec la plus rare insolence ; mais vous en êtes la cause innocente : partant, je ne vous blâme point.

— Vraiment je ne sais... commença M. Orridge... Je ne sais véritablement pas, je vous assure...

— Ce que je veux dire? interrompit mistress Norbury... Je vous l'aurai bientôt fait comprendre. N'est-ce pas à cause de vous que j'ai envoyé ma femme de charge soigner mistress Frankland?

— Oui, madame, répondit M. Orridge, qui ne pouvait se reser à reconnaître une vérité si palpable.

— Fort bien, poursuivit mistress Norbury. Pour l'y avoir

1. Bouillon très-léger.

envoyée, ainsi que je vous le disais tout à l'heure, je me vois en butte aux insolences de trois personnes. Mistress Frankland, par un impertinent caprice, prétend que ma femme de charge lui a fait peur. M. Frankland, se pliant à cette fantaisie avec une impertinence non moins notable, me renvoie ma femme de charge comme un shilling de mauvais aloi. E enfin, ce qui est le pire de tout, ma femme de charge elle-même, aussitôt qu'elle est de retour, m'insulte en face, m'insulte à ce point que je lui donne juste douze heures pour quitter ma maison.... Ne commencez pas encore votre plaidoyer !... Je sais ce que vous pouvez dire.... Je sais que vous n'êtes pour rien dans ce renvoi...; je ne vous en ai pas accusé, Tout le mal que vous avez fait, vous l'avez fait innocemment.... Je ne vous blâme pas, songez-y.... Quoi que vous puissiez faire, monsieur Orridge, songez que je ne vous blâme pas.

— Je ne songeais pas le moins du monde à me défendre, dit le docteur, car je ne vois aucune raison pour cela ; mais vous m'étonnez, madame, au delà de toute expression, quand vous me dites que mistress Jazeph s'est montrée incivile à votre égard.

— Incivile ! s'écria mistress Norbury. Que parlez-vous d'incivilité ? Ce n'est pas le mot dont il faut se servir : c'est impudence qu'il faut dire.... une impudence audacieuse, une effronterie sans pareille. Tout ce qu'on peut dire de charitable pour atténuer les torts de mistress Jazeph, c'est qu'elle a perdu la tête. Par moi même, je ne m'en étais pas aperçue. Mais les domestiques, paraît-il, se moquaient d'elle pour ses frayeurs d'enfant dans l'obscurité; oui, monsieur, il paraît que, s'ils refusaient d'allumer les lampes avant que le jour eût complétement disparu, la sotte courait dans sa chambre chercher une bougie. Jamais je ne m'étais préoccupée de ces niaiseries, comme vous pouvez bien le penser. Mais elles me sont revenues, hier soir, lorsque je l'ai vue me regarder en face avec arrogance, et me contredire tout net, dès les premières paroles que je lui adressai.

— C'est bien la dernière femme du monde que j'eusse crue apable de se conduire ainsi, répondit le docteur.

— A merveille. Maintenant, écoutez ce qui arriva hier, après qu'elle fut revenue, dit mistress Norbury. Au moment de son arrivée, nous montions nous coucher. Naturellement, je fus étonnée; naturellement, aussi, je la fis venir dans le salon pour qu'elle m'expliquât ce qui avait donné lieu à ce prompt retour.

Rien là dedans, ce me semble, que de très-simple et allant de soi. Je remarquai bien que ses yeux étaient gonflés et rouges, ses regards singulièrement égarés et bizarres. Je ne disais rien, cependant, et j'attendais ses explications. Tout ce qu'elle jugea convenable de m'apprendre fut qu'une parole d'elle, dite sans mauvaise intention, ayant effrayé mistress Frankland, le mari l'avait immédiatement renvoyée. De prime abord, et très-naturellement, je ne crus pas ce qu'elle me disait; mais elle persista, et à toutes mes questions répondit simplement qu'elle n'avait rien à ajouter. « Ainsi donc, lui dis-je alors, je dois croire qu'après m'être gênée pour me passer de vous, et lorsque vous vous êtes gênée vous-même pour entreprendre le métier de garde-malade, il faut que vous et moi recevions un affront, l'affront de vous voir renvoyer le jour même où vous entrez en fonctions, parce qu'il plaît à mistress Frankland de s'abandonner à je ne sais quel absurde caprice. — Je n'ai jamais accusé mistress Frankland d'un pareil caprice, me repartit aussitôt mistress Jazeph; » et la voilà qui me regarde en face avec une expression que jamais son regard n'avait eue depuis cinq ans que je la connais. « Que veut dire ceci? lui demandai-je à mon tour, en ripostant à son regard comme vous pouvez le penser; êtes-vous à ce point dégradée que vous acceptiez comme un bon procédé le traitement qu'on vous a fait subir? — Je suis assez juste, au moins, me répond mistress Jazeph, prompte comme l'éclair, et dirigeant toujours sur moi ce même regard, je suis assez juste pour ne point blâmer mistress Frankland. — Ah! vraiment, c'est là votre façon de penser? lui dis-je.... Eh bien! tout ce que j'ai à vous dire, en ce cas, c'est que je ressens l'insulte autrement que vous, et que je considère la conduite de mistress Frankland comme celle d'une femme malapprise, impertinente, fantasque, et dénuée de toute sensibilité.... » Ici, docteur, mistress Jazeph fit un pas vers moi.... je vous donne ma parole d'honneur qu'elle l'a fait.... et me répliqua fort distinctement, en autant de mots que j'en avais employé : « Mistress Frankland n'est ni malapprise, ni impertinente, ni fantasque, ni dénuée de toute sensibilité. — Prétendez-vous me donner un démenti, mistress Jazeph? lui demandai-je. — Je prétends, me répondit-elle, défendre mistress Frankland d'imputations qu'elle ne mérite pas.... » Telles furent ses paroles, monsieur Orridge.... Sur mon honneur, je n'y change pas un mot. »

La figure du docteur exprimait, à ce moment, la surprise la

plus complète. Mistress Norbury, jetant sur lui un regard de calme supériorité, reprit en ces termes :

« J'étais dans une colère noire.... Je n'hésite pas à le confes-er, monsieur Orridge.... Mais je me contenais de mon mieux.

Mistress Jazeph, lui dis-je, voilà un langage auquel je ne suis point habituée, et que, très-certainement, je ne m'attendais pas à trouver dans votre bouche. Pourquoi vous vous complaisez à défendre mistress Frankland de nous avoir traitées toutes deux avec mépris, et pourquoi vous prétendez m'empê-cher de ressentir ce mépris, c'est ce que je ne comprends guère et me soucie peu de comprendre. Mais, je vous le dirai sans autre détour, j'entends et prétends que mes gens me parlent avec respect, depuis la femme de charge jusqu'aux laveuses de vaisselle.... J'aurais déjà donné congé à tout autre domes-tique pour avoir tenu à mon égard une conduite semblable à la vôtre.... » Ici elle voulut m'interrompre, mais je ne le souffris pas.... « Non, lui dis-je, vous n'avez pas encore à prendre la parole : il faut d'abord m'écouter. Tout autre domestique, je vous le répète, aurait été renvoyé, à votre place, dès demain matin. Mais pour *vous*, je veux être plus que juste. Vous aurez tout ce qui est dû à cinq années de bon service chez moi.... Je vous accorde toute la nuit pour rentrer en possession de votre sang-froid, et réfléchir sur ce qui s'est passé entre nous. Je n'attends de vous que demain matin les excuses auxquelles j'ai droit.... » Vous voyez, monsieur Orridge, que j'étais déter-minée à être impartiale et pleine d'égards. En retour de tant de bonté, savez-vous ce que j'obtins ? « Je veux bien, madame, dit-elle, vous faire à la minute même toute sorte d'excuses pour vous avoir offensée; mais, demain comme ce soir, il ne faut pas vous attendre à me voir rester muette, si on accuse mistress Frankland d'avoir agi, à mon égard ou à l'égard de qui que ce soit, contrairement à la bonté, à la civilité, aux convenances.—Est-ce bien réfléchi, ce que vous me dites là, mistress Jazeph? demandai-je.—C'est très-sincère, madame, répondit-elle, et je suis fâchée de ne pouvoir parler autrement. — Ne vous en mettez pas en peine, dis-je alors.... car vous ne devez plus vous regarder comme de ma maison. Mon intendant aura ordre, dès demain matin, de vous payer vos gages du mois entier, au lieu de l'indemnité ordinaire, et je vous prierai de déloger ensuite le plus tôt que cela pourra se faire sans vous gêner.—Je partirai demain, madame, répondit-elle, mais sans déranger votre intendant. En tout respect et toute reconnaissance pour vos bontés passées, je vous demanderai la permission de ne pas toucher des gages que je n'ai pas gagnés.... » Là-dessus une belle révérence, et la voilà partie; Voilà mot pour mot, monsieur Orridge, ce qui s'est passé entre nous. Expliquez, si vous le pouvez, la conduite de cette femme. Pour moi, je la déclare absolument incompréhensible, à moins de supposer qu'elle avait perdu la cervelle quand elle est rentrée ici, hier au soir. »

Après ce qu'il venait d'entendre, le docteur commençait à penser que les soupçons de mistress Frankland sur le compte de la nouvelle garde n'étaient pas tout à fait aussi dénués de fondement qu'il avait pu le croire tout d'abord. Néanmoins il s'abstint sagement de compliquer les choses en exprimant tout haut ses idées à ce sujet, et, après avoir répondu à mistress Norbury par quelques vagues formules de politesse, il essaya de calmer son ressentiment contre M. et mistress Frankland, en l'assurant qu'il apportait les excuses du mari et de la femme pour tout ce que les circonstances avaient jeté d'irrégulier et d'irrespectueux, en apparence, dans leur conduite vis-à-vis d'elle. La dame offensée, cependant, n'accueillit point les avances propitiatoires. Debout, et avec un geste de main tout à fait majestueux:

« Je ne puis, monsieur Orridge, entendre de vous à ce sujet un mot de plus; je ne puis accepter aucune excuse indirectement présentée. Si M. Frankland prend la peine de venir ici, et si mistress Frankland a l'extrême condescendance de m'écrire, je consentirai peut-être à oublier ce qui s'est passé. En tout autre cas, je me permettrai de ne rien changer à mes opinions actuelles sur le compte de ce monsieur et de cette dame. N'ajoutez rien, je vous prie, et soyez assez bon pour m'excuser si je vous quitte: il faut que j'aille voir à la *nursery* comment va la petite. Je suis charmée que vous la trouviez en si bonne voie. Revenez, je vous prie, ou demain ou après-demain, si cela ne vous gêne pas trop.... Bonjour, docteur! »

A moitié diverti par l'originalité de sa cliente, à moitié blessé du ton un peu bref qu'elle avait cru pouvoir prendre vis-à-vis de lui, M. Orridge demeura pendant quelques minutes, seul dans la salle à manger, ne sachant trop ce qui lui restait à faire. Il se sentait maintenant presque aussi intéressé que mistress Frankland à percer le mystère qui entourait la conduite de mistress Jazeph; par-dessus tout, il ne lui convenait pas de revenir à la *Tête de Tigre*, simplement pour répéter ce que lui avait dit mistress Norbury, et sans pouvoir compléter son récit en informant M. et mistress Frankland de la route prise par la femme de charge, au sortir de la maison qu'elle venait de quitter. Après quelques méditations, il résolut de questionner le valet de pied, sous prétexte de savoir si son tilbury était à la porte. Cet homme, ayant répondu au coup de sonnette, assura que la voiture était prête, et M. Orridge, en traversant le vestibule, lui demanda négligemment s'il savait à quelle heure de la matinée mistress Jazeph avait quitté la maison.

« Vers dix heures, monsieur, répondit le domestique, quand le voiturier est passé ici, se rendant à la station pour le train de onze heures.

— Le voiturier.... Ah!... il aura pris ses bagages? dit M. Orridge.

— Il l'a pardieu bien prise elle-même, repartit l'homme avec une grimace railleuse.... Au moins une fois dans sa vie, il lui aura fallu voyager en cariole. »

En retournant à West-Winston, le docteur ne manqua pas de faire halte à la station du chemin de fer, afin de se procurer quelques détails dont il pût se faire honneur en arrivant à la *Tête de Tigre*. Justement, on n'attendait aucun train. Le chef de gare lisait son journal, et l'employé subalterne jardinait paisiblement sur le talus de la voie.

« Le train de onze heures du matin monte-t-il ou descend-il? demanda M. Orridge, s'adressant à cet homme.

— Train descendant.

— A-t-il pris beaucoup de monde? »

L'employé donna les noms de quelques habitants de West-Winston.

« N'y avait-il, en fait de voyageurs partant, que des gens de la ville? demanda le docteur.

— Si, monsieur, je crois qu'il y avait aussi une étrangère, une dame.

— Est-ce le chef de station qui a délivré les billets pour ce train?

— Oui, monsieur. »

M. Orridge se dirigea vers le chef de la station.

« Vous rappelez-vous avoir, ce matin, pour le train de onze heures, donné un billet à une dame voyageant seule? »

Le chef de station réfléchit : « J'ai délivré des billets, pour la descente ou la montée, à une demi-douzaine de dames, depuis ce matin, répondit-il enfin, sans trop de précision.

— Oui ; mais je ne parle que du train de onze heures, reprit M. Orridge. Tâchez de vous rappeler.

— Me rappeler ?... Attendez !... Je me rappelle, en effet.... Je sais qui vous voulez dire. Une dame qui paraissait un peu agitée.... elle m'a posé une question peu ordinaire à cette station.... Elle tenait son voile baissé, je m'en souviens, et elle est arrivée ici pour le train de onze heures.... C'est Crouch, le voiturier, qui a déposé sa malle dans le bureau.

— C'est bien elle. Pour où a-t-elle pris son billet ?

— Pour Exeter.

— Vous disiez qu'elle vous a questionné.

— Oui : elle m'a demandé quelles correspondances on trouvait à Exeter quand on voulait se rendre en Cornouailles.... Je lui ai dit que nous n'avions pas ici un tableau exact des heures de départ, et je l'ai renvoyée, pour avoir des renseignements, aux gens du Devonshire, quand elle serait en voie d'arriver. Elle m'a semblé bien timide, bien embarrassée pour une femme qui se résigne à voyager seule.... Est-ce qu'on l'a soupçonnée de quelque méfait, monsieur ?

— Oh ! pas le moins du monde, » dit M. Orridge, quittant le chef de gare et se hâtant de remonter en tilbury.

Lorsqu'il fit halte, quelques moments plus tard, devant l'hôtel de la *Tête de Tigre*, et sauta lestement à terre, en homme bien certain d'avoir fait tout ce qu'on devait attendre de lui, il ne lui en coûtait plus d'aborder mistress Frankland avec la fâcheuse nouvelle du départ de mistress Jazeph, maintenant qu'il pouvait y ajouter, à titre de renseignement supplémentaire, qu'elle était partie pour le Cornouailles.

LIVRE IV.

CHAPITRE PREMIER.

On complote contre le Secret.

Le lendemain du jour où M. Orridge avait vu mistress Norbury, la diligence *le Druide*, qui faisait le service d'Exeter à Truro (Cornouailles), arrivant à cette destination, déposa, vers la fin de la soirée, trois passagers d'intérieur devant la porte de ses bureaux. Deux d'entre eux étaient un gentleman et sa fille. Mistress Jazeph avait occupé la troisième place.

Le père et la fille, après avoir rassemblé leurs bagages, entrèrent dans l'hôtel ; les voyageurs d'impériale se dispersèrent d'un côté et d'autre, aussi promptement qu'ils le purent. Mistress Jazeph seule, immobile sur le trottoir, semblait hésiter sur ce qu'elle allait faire. Lorsque le cocher essaya bonnement de l'aider à prendre un parti quelconque, en lui demandant s'il ne pouvait lui être utile à rien, elle tressaillit et lui jeta un regard empreint de quelque soupçon ; puis, se ravisant, elle le remercia de son obligeance, et s'enquit, en terme assez confus et avec des hésitations assez marquées pour émerveiller ce brave homme, si elle pouvait laisser sa malle dans les bureaux de la diligence, ajoutant qu'après un court délai elle reviendrait l'y reprendre.

Autorisée à faire ce dépôt provisoire pour aussi longtemps qu'elle voudrait, elle traversa la rue, la principale rue de la ville, monta sur le trottoir opposé, et descendit jusqu'au premier tournant. Arrivée là, et avant de pénétrer dans la petite rue latérale où ce tournant conduisait, elle jeta un regard en arrière pour s'assurer, apparemment, que personne ne la suivait ou ne la guettait. Elle fit alors quelques pas, précipitamment, et s'arrêta de nouveau devant un petit magasin consacré à la vente de bibliothèques, bureaux, boîtes, cabinets, etc. Après avoir regardé les mots peints au-dessus de l'entrée :

BUSCHMANN, ÉBÉNISTE, etc.,

elle jeta un coup d'œil furtif à travers les vitres du magasin Un homme d'un certain âge, figure avenante et gaie, assis derrière le comptoir, y polissait un modillon en bois de rose, et de la tête, par un mouvement régulier, mais vif, semblait battre la mesure de quelque air chanté à demi-voix. Mistress Jazeph, qui ne vit personne autre dans la boutique, ouvrit la porte et entra.

A peine dans l'intérieur, elle constata que l'ouvrier battait la mesure, non de son propre chant, mais d'un air exécuté par une boîte à musique. Les notes, clairettes et vibrantes, partaient d'un petit salon à l'arrière du magasin, et l'air exécuté par la boîte était le charmant *Batti*, *Batti*, de Mozart.

« Monsieur Buschmann est-il chez lui? demanda mistress Jazeph.

—Oui, madame, répondit le joyeux travailleur, montrant avec un sourire la porte qui donnait accès dans le salon du fond. Sa musique répond pour lui. Toutes les fois que joue la boîte de M. Buschmann, on peut s'assurer que M. Buschmann n'est pas loin.... Souhaitez-vous le voir, madame ?

—N'a-t-il personne avec lui?

—Oh! non, il est seul.... Qui annoncerai-je ? »

Mistress Jazeph entr'ouvrit les lèvres pour répondre, puis hésita et ne dit rien. L'ouvrier, avec une perspicacité plus délicate qu'on n'aurait pu l'attendre d'un homme de sa classe, ne renouvela pas sa question, mais ouvrit la porte sans plus attendre, et fit entrer la visiteuse inconnue auprès de M. Buschmann.

Le salon de notre boutiquier était, en somme, une très-petite chambre à laquelle ses aménagements intérieurs donnaient l'étrangeté d'une pièce triangulaire; un papier vert clair décorait ses murailles; il y avait sur la cheminée, et sous verre, un magnifique poisson préparé; deux pipes d'écume de mer appendues ensemble au mur, en face; et une belle table ronde placée aussi exactement que possible au beau milieu du parquet. Sur la table, les ustensiles à thé, du pain, du beurre, un pot de marmelade, et une boîte à musique de forme antique et bizarre. A côté de la table se tenait assis un petit homme à cheveux blancs, à joues roses, à physionomie bénigne et simple, qui tressaillit, la porte s'ouvrant, comme s'il ressentait une assez vive confusion, et mit la main sur le ressort de la boîte à musique, afin que, l'air fini, elle cessât de jouer.

« Cette dame demande à vous parler, dit l'ouvrier à mine joyeuse. Madame, voici M. Buschmann!... ajouta-t-il un peu plus bas, voyant mistress Jazeph hésiter encore à l'entrée du salon.

— Voulez-vous bien prendre la peine de vous asseoir, madame? dit M. Buschmann lorsque son ouvrier, refermant la porte, fut retourné derrière le comptoir. Pardonnez-moi cette musique.... elle va s'arrêter avant peu. » Ces paroles furent dites avec un accent étranger, mais très-couramment.

Mistress Jazeph attachait sur lui, tandis qu'il parlait ainsi, un regard fixe et curieux; elle fit encore un ou deux pas avant de prendre à son tour la parole.

« Suis-je donc si changée, dit-elle enfin, si changée, si vieillie, oncle Joseph?

— *Gott im Himmel!*... c'est sa voix!... la voix de Sarah Leeson!... » s'écria le vieillard courant à sa visiteuse, comme un enfant eût pu le faire, pour lui prendre les deux mains et l'embrasser sur les deux joues avec une singulière vivacité.

Bien que sa nièce n'eût que la taille moyenne des personnes de son sexe, l'oncle Joseph était si petit qu'il eut à se dresser sur la pointe de ses pieds avant de pouvoir lui donner sa paternelle accolade.

« Penser que Sarah revient enfin!... disait-il, la forçant de prendre un fauteuil; après tant et tant d'années, penser qu'elle a voulu revoir son oncle Joseph!...

— Toujours Sarah, mais non plus Sarah Leeson, dit mistress Jazeph, serrant l'une contre l'autre ses mains grêles et tremblantes; et ses yeux baissés restaient fixés au parquet.

— Ah!... Mariée, donc? reprit gaiement M. Buschmann. Mariée, c'est clair. Parlons de votre mari, Sarah!

— Il est mort... mort et pardonné!... »

Ces trois derniers mots furent prononcés à voix basse, et personne qu'elle ne les put entendre.

« Ah! tant pis!... J'en suis peiné pour vous.... J'ai parlé un peu trop vite, n'est-ce pas, mon enfant? dit le vieillard. N'importe!... Non, non, ce n'est pas cela que je veux dire.... Je veux dire.... Parlons d'autre chose.... N'est-ce pas, Sarah,

que vous prendrez bien une tartine de marmelade?... une
marmelade de framboises, un vrai délice, qui fond dans la bouche.... Non?... Du thé, alors?... Oui, oui, elle prendra bien un
peu de thé.... Et nous ne parlerons de rien de fâcheux.... au
moins pas en ce moment.... Vous êtes bien pâlie, Sarah!...
Vous avez l'air plus vieux que votre âge.... Non, ce n'est pas
encore là ce que je voulais dire.... Je suis malavisé sans le
vouloir.... C'est à la voix que je vous ai reconnue, mon enfant; à cette voix dont votre oncle Max disait que, si vous eussiez appris le chant, elle aurait fait votre fortune.... Voilà sa
jolie boîte à musique; elle va toujours.... N'ayez donc pas l'air
si abattu !... Je vous en prie, n'ayez pas cet air !... Tenez, écoutez un peu la musique.... Vous vous rappelez bien la boîte?...
la boîte de l'oncle Max?... Mon Dieu! quel air avez-vous
donc?... Avez-vous oublié la boîte dont fit présent à mon frère
le divin Mozart, alors que Max était encore à l'école de musique à Vienne?... Écoutez, je l'ai fait recommencer.... C'est un
chant qu'on appelle *Batti*, *Batti*, tiré d'un opéra de Mozart.
Ah! c'est beau, mais beau !... Votre oncle Max disait que toute
la musique du monde était dans ce petit air-là.... Moi, je ne
me connais pas en musique, mais j'ai mon cœur et mes oreilles.... et tout me dit que Max ne se trompait pas. »

Tout en débitant ceci avec force gestes et une volubilité sans
pareille, M. Buschmann versait une tasse de thé, la sucrait
avec soin et, tapotant les épaules de sa nièce, la priait de la
boire tout aussitôt si elle voulait être bien aimable. Ses caressantes instances l'avaient rapproché d'elle, et il vit des larmes
dans ses yeux; il la vit, sans en faire semblant, chercher dans
sa poche un mouchoir pour les essuyer.

« Ne faites pas attention, dit-elle, voyant que le bon petit
vieillard s'attristait à la regarder, et n'allez pas me croire,
oncle Joseph, sans mémoire ou sans reconnaissance. Je me
souviens de la boîte.... Je me souviens de tout ce qui vous in-
téressait jadis, alors que j'étais et plus jeune, et aussi plus
heureuse que maintenant. La dernière fois que vous m'avez
vue ici, j'étais venue à vous dans le chagrin. C'est encore dans
le chagrin que je reviens aujourd'hui. Vous pouvez m'accuser
de négligence pour ne vous avoir pas écrit depuis tant d'années; mais ma vie a été bien triste, allez.... et j'ai pensé que
je n'avais pas le droit de jeter mon fardeau de peines sur
les épaules d'autrui. »

A ces derniers mots, l'oncle Joseph secoua la tête, et toucha l'arrêt de la boîte à musique. « Mozart, ajouta-t-il gravement, Mozart peut bien attendre que je vous aie dit certaines choses.... Prêtez l'oreille, Sarah, tout en buvant votre thé.... vous reconnaîtrez si je dis vrai ou non.... Quel langage vous ai-je tenu, moi, Joseph Buschmann, lorsque vous vîntes me trouver dans votre chagrin, il y a de cela quatorze.... quinze.... non, davantage.... seize ans, ma foi!... dans cette ville, et dans cette même maison? Je vous ai dit alors ce que je vous répète aujourd'hui : la peine de Sarah est ma peine, la joie de Sarah est ma joie, et si quelqu'un me demande pourquoi cela, j'ai trois bonnes raisons à lui donner. »

Il s'arrêta ici pour remuer encore le thé de sa nièce, et lui rappeler, en frappant quelques petits coups sur le bord de la tasse, que ce thé demandait à être bu.

« Trois raisons, reprit-il : d'abord vous êtes l'enfant de ma sœur.... sa chair et son sang.... un peu ma chair et mon sang, par conséquent. En second lieu, ma sœur, mon frère, enfin moi-même, nous devons tout, oui tout, à l'Anglais, votre bon père. Les amis qu'il avait se récriaient tous : « Ah! fi... Agathe Buschmann est pauvre; Agathe Buschmann est étrangère! » Mais votre père aimait Agathe Buschmann, et, nonobstant leurs : Fi! fi! il l'épousa bel et bien. Les voilà qui recommencent : « Agathe Buschmann a un frère musicien.... qui ne fait que rabâcher du Mozart, et qui, en attendant, ne sait pas mettre du sel dans sa soupe. » Fort bien, répond votre père. J'aime son rabâchage, moi; j'aime sa musique. Je lui trouverai des élèves, et, tant que j'aurai du sel dans ma cuisine, il pourra saler son potage, lui aussi. Pour la troisième fois, nouveaux : Fi! fi!... « Agathe Buschmann a un second frère, un petit cerveau fêlé qui ne sait qu'écouter le rabâchage de l'autre, et dire : Amen! Au moins, pour celui-là, porte close. Envoyez-le courir le monde!... Ne gardez pas avec vous ce cerveau fêlé! » Et votre père de dire : « Non, cerveau fêlé a dans les doigts tant d'esprit! Il sait tailler, sculpter, polir le bois. Aidons-le un peu au début. Plus tard, il se tirera d'affaire.... » Et tous, maintenant, ils sont partis!... Père, mère, oncle Max.... tous partis, excepté moi. Cerveau fêlé reste seul, seul à se rappeler, et à savoir gré.... Aussi prend-il pour son chagrin le chagrin de Sarah.... et la joie de Sarah pour sa propre joie. »

Il s'arrêta une fois encore, pour souffler un peu de poussière qui faisait tache sur le bois poli de la boîte à musique.

Sa nièce voulait parler ; mais son doigt, levé sur elle par un geste significatif, l'avertit qu'il n'avait pas achevé sa harangue.

« Non, lui dit-il.... j'ai encore à parler, moi.... et vous, vous vez votre thé à prendre. Ne faut-il pas que j'allègue ma troisième raison ? Ah !... vous détournez les yeux de moi.... Avant que j'ajoute un mot, vous la savez déjà, ma troisième raison. Quand je me marie à mon tour...., quand ma femme meurt, me laissant seul avec le petit Joseph.... et quand cet enfant tombe malade, qui vient alors à moi ?... si douce, si attentive, si soigneuse, m'apportant ses bons yeux brillants de jeunesse et ses mains si adroites, si légères, si actives.... Qui passe avec moi les nuits et les jours auprès du petit Joseph ? Qui de son bras fait un oreiller pour sa tête fatiguée ? Qui tient patiemment, à son oreille, cette même boîte.... oui, cette boîte qu'ont touchée les mains de Mozart ?... Qui la tient de plus en plus près, à mesure que les sens du petit malade s'émoussent de plus en plus ?... lorsqu'il pleure pour avoir cette musique, son amie d'enfance, qui l'endormait naguère en son berceau, et qu'il entend maintenant à grand'peine ? Qui s'agenouille auprès de l'oncle Joseph, quand son cœur est près d'éclater ?... Qui lui dit : « Calmez-vous ! chut ! pas de vain désespoir... » l'enfant est allé entendre la musique d'en haut. Là où il est, la maladie ne le ronge plus, le chagrin ne l'atteint plus !... » Qui fait tout cela, dites ?... Ah ! Sarah, vous ne pouvez avoir oublié tout cela. Vous ne pouvez avoir perdu de vue l'autrefois lointain. Quand le chagrin vous est amer, quand vous pliez sous le fardeau plus lourd, c'est cruauté envers l'oncle Joseph que de vous tenir à l'écart ; c'est bonté pour lui que de venir le trouver. »

Les souvenirs que le vieillard venait d'évoquer s'étaient doucement frayé leur voie dans le cœur attendri de Sarah. Elle ne put lui répondre : elle ne put que lui tendre la main. L'oncle Joseph, s'inclinant, baisa cette main avec une galanterie surannée et presque comique. Il reprit ensuite, auprès de la boîte à musique, son poste habituel.

« Allons, dit-il, promenant sur le petit instrument une main caressante, nous pouvons bien en rester là pour le moment. Boîte de Mozart, boîte de Max, boîte du petit Joseph, nous vous rendons la parole. »

Après avoir mis en mouvement le frêle mécanisme, il s'assit près de la table, et n'ouvrit plus la bouche avant que l'air chéri eût été joué d'un bout à l'autre, à deux reprises. Remarquant, alors, que sa nièce semblait un peu plus calme, il lui parla de nouveau.

« Vous avez donc des peines, Sarah ? lui dit-il tranquillement. Vous venez de me le dire, et votre physionomie me l'atteste. Est-ce que vous regrettez votre mari ?

— Je regrette de l'avoir jamais rencontré ! répondit-elle.... Je regrette de l'avoir épousé.... Maintenant qu'il n'est plus, je ne puis dire que je le regrette.... mais je lui pardonne.

— Vous lui pardonnez ?... De quel air dites-vous cela ? Racontez-moi....

— Oncle Joseph, je vous ai dit que mon mari est mort, et que je lui ai pardonné.

— Vous lui avez pardonné ?... C'est donc qu'il était dur et méchant pour vous.... Je devine, je devine, allez.... Ceci, Sarah, c'est la fin.... mais le commencement ?... Le commencement, n'est-ce pas, c'est que vous l'avez aimé ? »

Les joues de Sarah se couvrirent d'une rougeur ardente; elle détourna la tête de côté.

« Il est dur, il est humiliant de l'avouer, murmura-t-elle sans lever les yeux.... mais, mon oncle, vous m'arrachez la vérité.... Je n'avais pas d'amour à donner à mon mari.... ni à lui, ni à aucun autre homme.

— Et, néanmoins, vous l'avez épousé ?... Oh! attendez!... ce n'est pas à moi de vous blâmer,... ma tâche est de découvrir, non ce qui est mal, mais ce qui est bien.... Soyez tranquille, je me dirai à moi-même : « Elle l'a épousé dans un moment où elle était misérable et sans appui.... dans un moment où, au lieu de l'épouser, lui, elle aurait dû venir trouver l'oncle Joseph.... » Je me dirai cela, j'aurai pitié.... et je ne demanderai plus rien. »

Sarah fit encore un mouvement pour tendre sa main au vieillard ; puis, elle recula soudain sa chaise et changea d'attitude....

« Il est vrai que j'étais pauvre, dit-elle, parlant avec effort, et promenant autour d'elle un regard où se peignait une certaine confusion ; mais vous êtes si bon, si tendre que je ne puis accepter pour ma conduite l'excuse qu'a trouvée votre indulgence. Je ne l'ai pas épousé parce que j'étais pauvre.... mais bien parce que.... »

Elle s'arrêta soudain, ses mains s'étreignant avec force, et son fauteuil, plus que jamais, s'écarta de la table.

« Soit !... bien ! dit le vieillard qui comprit ces signes de honte.... Nous ne reparlerons jamais de tout ceci.

— Je n'avais pas l'excuse de la pauvreté !... je n'avais pas l'excuse de l'amour, reprit-elle avec un élan soudain d'amertume et de désespoir.... Je l'ai épousé, oncle Joseph, parce que je n'ai pas eu la force de dire : Non ! Sur chaque jour de ma vie aura pesé cette malédiction de la faiblesse et de la peur.... Je lui ai dit non une fois ; je lui ai dit non deux fois.... Oh ! mon oncle, que n'ai-je su, la troisième fois, lui dire encore non !... Mais il m'obsédait.... mais il m'effrayait.... Il m'ôtait peu à peu la faible dose de volonté que j'avais en moi.... Il me faisait parler comme il le voulait, aller où il le voulait.... Non, non, non, mon oncle, ne venez pas à moi !... Ne me dites rien.... Il n'est plus là.... Il est mort.... je suis délivrée.... j'ai pardonné. Oh ! si seulement je pouvais m'aller cacher quelque part !... Chaque regard semble me percer à jour.... chaque parole, renfermer une menace à mon adresse.... Jeune encore, mon cœur était comme harassé, et depuis longues, longues années, il ne connaît plus le repos.... Chut !... cet ouvrier dans la boutique.... je l'avais oublié.... il va nous entendre. Parlons plus bas ! Pourquoi donc ai-je tant parlé ?... J'ai eu tort. J'ai toujours tort. Tort quand je parle; tort quand je ne dis rien. Où que j'aille, quoi que je fasse, je ne suis jamais comme tout le monde.... On dirait que mon esprit n'a pas grandi, depuis ma toute première enfance. Écoutez !... l'homme de la boutique vient de remuer. M'aurait-il entendue ?... Oncle Joseph, pensez-vous qu'il ait pu m'entendre ? »

A peu près aussi effaré que sa nièce, l'oncle Joseph l'assura cependant que la porte était épaisse, que l'ouvrier était placé à quelque distance de cette porte, et qu'il lui était impossible, entendît-il même des voix dans le salon, de distinguer aucune des paroles prononcées.

« Vous en êtes bien sûr ? murmura-t-elle très-vite.... Oh, oui ! vous en êtes sûr.... sans cela vous ne me l'auriez pas dit, n'est-ce pas ?... Donc, nous pouvons continuer.... Mais ne parlons plus de ma vie de femme mariée.... Fini, oublié, ce temps-là !... Disons que j'ai eu, les ayant méritées, quelques années de chagrin et de souffrance.... Disons que j'ai eu ensuite des années de repos, pendant que j'étais au service de maîtres excellents, bien que mes camarades ne fussent pas, à beaucoup près, aussi bons. Disons ceci de l'existence que j'ai menée, et certainement nous en aurons assez dit. L'inquiétude où je suis maintenant, l'inquiétude qui m'amène auprès de vous, remonte bien au delà des années dont nous venons de parler.... elle remonte, oncle Joseph, dans le passé lointain, au jour où nous nous vîmes pour la dernière fois.

— Mais il y a seize ans de ceci! s'écria le vieillard, qui semblait douter que cela fût possible.... Votre peine actuelle remonterait à ce jadis si éloigné?

— A celui-là même.... Vous savez, cher oncle, où je me rendais alors; vous n'avez pas oublié ce qui m'advint quand....

— Quand vous arrivâtes ici secrètement.... quand vous me priâtes de vous cacher?... c'était la semaine même où venait de mourir votre maîtresse; votre maîtresse qui habitait là-bas, à l'ouest, le vieux manoir.... Vous aviez bien peur, alors.... vous étiez pâle.... pâle et alarmée comme je vous vois encore aujourd'hui....

— Vous, et tout le monde!... Je ne rencontre que gens acharnés à m'examiner, regards étonnés et curieux.... toujours on me croit en proie à des souffrances nerveuses.... toujours on s'apitoie sur ma débile santé.... »

Tout en se plaignant ainsi avec une soudaine amertume, elle porta à ses lèvres la tasse de thé posée à côté d'elle, la vida d'un seul trait, et la poussa de l'autre côté de la table pour qu'on la lui remplît de nouveau.

« J'ai eu bien soif en venant.... j'ai eu bien chaud, murmurait-elle.... Encore du thé, oncle Joseph!... encore une tasse de thé.

— Il est tout froid, dit le vieillard. Attendez que j'aie demandé de l'eau chaude.

— Non! s'écria-t-elle, l'arrêtant comme il allait se lever. Donnez-le moi froid.... je l'aime mieux ainsi.... Que personne n'entre ici!... je ne pourrais plus parler si quelqu'un entrait. »

Elle rapprocha sa chaise de celle de son oncle, et continua:

« Vous n'avez pas oublié combien j'étais alarmée, à cette époque si loin de nous?... Vous ne l'avez pas oublié, n'est-ce pas?

— Vous aviez grand'peur qu'on ne vous eût suivie.... voilà la peur que vous aviez, Sarah.... Je me fais vieux, mais ma mémoire reste jeune.... Vous aviez peur de votre maître, peur qu'il n'eût envoyé ses domestiques à votre poursuite.... Vous

vous étiez échappée.... vous n'aviez prévenu personne.... et vous parliez peu. Ah! mais, bien peu.... même à votre oncle Joseph.... même à moi.

— Je vous racontai cependant, dit Sarah, baissant la voix au point que le vieillard pouvait à peine distinguer ses paroles.... je vous racontai que ma maîtresse, sur son lit de mort, m'avait légué un Secret.... un Secret renfermé dans une lettre que je devais remettre à mon maître. Je vous racontai que j'avais caché cette lettre, ne pouvant me résoudre à la livrer.... et cela, parce que je préférais mille morts à la honte d'être interrogée sur ce qu'elle renferme.... Je vous racontai tout cela, je m'en souviens.... Ne vous racontai-je rien de plus?... Ne vous dis-je pas, alors, que ma maîtresse m'avait fait prêter, sur la Bible, un serment solennel?... Mon oncle, y a-t-il des flambeaux dans cette chambre?... Y a-t-il des flambeaux que nous puissions allumer sans déranger personne, sans appeler, sans faire entrer qui que ce soit?

— Il y a, dans mon armoire, des flambeaux et des allumettes, répondit l'oncle Joseph.... Mais regardez à la fenêtre, Sarah; le jour est à peine obscurci par le crépuscule.... Il ne fait pas encore nuit.

— Pas dehors, mais ici....

— Où donc?

— Dans ce coin.... Ayons de la lumière!... Je n'aime pas ces ténèbres qui s'entassent aux coins des chambres et montent silencieusement le long des murs. »

L'oncle Joseph regarda autour de la pièce, comme pour s'expliquer la cause de cette horreur si singulièrement manifestée; et il souriait, à part lui, en tirant de l'armoire deux flambeaux qu'il se hâta d'allumer: « Vous voilà comme les enfants, dit-il ensuite d'un ton badin, tandis qu'il baissait la persienne.... vous avez peur dans l'obscurité. »

Sarah ne parut point l'avoir écouté. Ses yeux étaient obstinément fixés sur le coin de la chambre qu'un moment auparavant elle lui montrait du doigt; quand il reprit sa place à côté d'elle, ce regard ne changea pas de direction, mais elle posa sa main sur le bras du vieillard, et lui dit tout à coup:

« Mon oncle!... croyez-vous que les morts puissent revenir ici-bas, suivre en tous lieux les vivants, et voir à chaque instant ce qu'ils font? »

Le vieillard tressaillit.

« Sarah, dit-il, pourquoi me parler ainsi ?... Pourquoi me poser une pareille question ?

— Y a-t-il des heures solitaires, continua-t-elle sans que son regard changeât de direction ; et sans qu'elle parût avoir entendu sa question, où quelquefois vous avez peur sans savoir pourquoi ?... une peur qui, dans un instant, vous envahit de la tête aux pieds ?... Dites, mon oncle, avez-vous jamais senti le froid se glisser tout autour de la racine de vos cheveux, et de là, peu à peu, descendre comme un reptile glacé le long de votre dos ?... J'ai senti cela, moi, et même au cœur de l'été. Je suis sortie, je m'en suis allée seule sur la vaste bruyère, en pleine chaleur, en plein éclat de midi, et il m'a semblé que des doigts glacés passaient sur moi.... des doigts glacés, moites, visqueux.... Or, il est dit dans le Nouveau Testament que les morts, autrefois, sortirent de leurs tombeaux et allèrent errer dans la cité sainte.... Les morts !... Depuis lors, se sont-ils toujours, toujours tenus cois au fond de leurs noirs abris ? »

La nature simple et bonne de l'oncle Joseph se refusait, ébahie, à ces sombres et hardies spéculations que les questions de sa nièce semblaient provoquer. Sans répondre un seul mot, il essaya de dégager le bras qu'elle tenait encore ; mais le seul résultat de l'effort qu'il fit ainsi, fut qu'elle l'étreignit plus fortement que jamais, et qu'elle se pencha en avant, sans quitter son fauteuil, afin de voir de plus près ce qui pouvait être caché dans le recoin ténébreux.

« Ma maîtresse se mourait, dit-elle, ma maîtresse avait un pied dans la tombe quand elle me fit prêter, sur la Bible, ce redoutable serment. Elle me fit jurer de ne pas détruire la lettre ; je ne l'ai pas détruite. Elle me fit jurer de ne pas l'emporter avec moi si je quittais la maison ; je ne l'ai pas emportée. A la troisième fois, elle m'aurait fait jurer de la donner à mon maître ; mais la mort la gagna de vitesse. La mort l'empêcha de jeter sur ma conscience le lien de ce troisième serment.... Pourtant, elle me menaçait, mon oncle, elle me menaçait, le front baigné des sueurs de l'agonie, elle me menaçait de revenir me trouver si j'éludais ses volontés.... et il est certain que je les ai éludées.... »

Ici elle s'arrêta, retira sa main posée sur le bras du vieillard, et, du côté de la chambre où ses yeux semblaient retenus par une irrésistible attraction, fit un geste étrange :

« Repose, repose, repose !... murmurait-elle, retenant son

haleine.... Est-ce que mon maître, à présent, vit encore?... Repose, jusqu'au jour où les noyés ressusciteront !... Tu lui diras le Secret quand la mer rendra les morts qu'elle garde.

— Sarah! Sarah !... vous êtes changée.... vous êtes malade.... vous m'effrayez ! » s'écria l'oncle Joseph, se dressant sur ses pieds par un brusque élan.

Elle se retourna lentement, et le contempla avec des yeux qui n'exprimaient plus aucune idée, des yeux qui semblaient, par delà et comme à travers lui, regarder quelque chose à l'aventure.

« *Gott im Himmel!*... Que voit-elle donc?... » Il regarda autour de lui au moment où cette exclamation lui échappait : « Sarah, qu'avez-vous?... Vous trouvez-vous mal?... Souffrez-vous?... Rêvez-vous les yeux ouverts?... »

Il la prit, à ces mots, par les deux bras, et la secoua doucement. Au moment même où elle sentit le contact de ses mains, elle tressaillit, et un tremblement violent s'empara d'elle. Avec la rapidité de l'éclair, ses yeux reprirent leur expression habituelle. Sans une seule parole, elle se rassit, et se mit à remuer le thé froid dans la tasse, à le remuer si fort qu'il débordait à chaque tour dans la soucoupe.

« Allons, dit l'oncle Joseph qui ne la quittait guère des yeux, la voilà qui redevient plus semblable à elle-même.

— Semblable à moi-même? répéta-t-elle comme un vague écho.

— Voyons, voyons !... disait le vieillard, essayant de la calmer.... Vous êtes malade.... Vous êtes ce que les Français appellent hors de votre assiette.... Nous avons ici de bons médecins.... Laissez venir demain, et nous vous procurerons le meilleur.

— Je n'ai nul besoin de médecins !... Qu'on ne me parle pas de médecins.... Je ne les puis souffrir.... Ils me dévisagent avec une curiosité !... Ils semblent fouiller en moi, comme pour en tirer quelque chose.... Pourquoi nous sommes-nous arrêtés?... J'avais tant de choses à dire.... Et il semble que nous nous soyons arrêtés justement alors qu'il fallait passer outre.... Je suis, mon pauvre oncle, dans la peine et dans la crainte.... Encore une fois.... et toujours à cause du Secret....

— Tenez ! en voilà bien assez, dit le vieillard importuné... N'en parlons plus, au moins ce soir !

— Et pourquoi pas?

— Parce que cela vous ferait encore mal,... Vous recommen-

ceriez à regarder dans les coins obscurs, et à rêver tout éveillée.... Vous êtes trop malade, Sarah !... oh ! oui, beaucoup
trop malade.

— Mais vous vous trompez.... Je ne suis point malade...,
Pourquoi s'obstine-t-on à vouloir me soutenir que je me porte
mal ?... Laissez-moi parler du Secret, mon oncle.... C'est pour
cela que je suis venue.... Je n'aurai de repos qu'après vous
avoir tout dit. »

En parlant, elle changeait de couleur, et ses manières attestaient une gêne secrète. Elle commençait, sans doute, à se rendre compte qu'il lui était échappé des paroles, des mouvements,
dont il eût été plus prudent de s'abstenir.

« Ne m'examinez pas de trop près, dit-elle avec sa douce
voix, ses façons caressantes et pleines de charme ; si mes paroles, mes manières, ont quelque chose de peu séant, n'y prenez pas autrement garde.... Je me perds quelquefois en distractions dont je n'ai pas conscience.... et je suppose que je
viens d'en avoir une.... Cela ne signifie rien, oncle Joseph....
absolument rien, je vous assure. »

Essayant ainsi de rassurer le vieillard, elle changea son fauteuil de place, de telle sorte qu'elle tournait maintenant le dos
à cette porte de la pièce sur laquelle, jusque-là, elle avait vue.

« A la bonne heure, j'aime mieux ceci, dit l'oncle Joseph ;
mais ne me parlez plus du passé, de peur de vous perdre encore.... Parlons de ce qui est.... Oh ! voyons, contentez là-
dessus mon caprice. Laissez là le vieux jadis, et tenez-vous-
en au présent. Je puis, tout aussi bien que vous, remonter à
il y a seize ans.... En doutez-vous ?... Eh bien ! laissez-moi
vous dire ce qui arriva lors de notre dernière rencontre....
En trois mots j'aurai fait mes preuves. Vous abandonnez votre
place et le vieux manoir ; vous vous réfugiez ici ; vous y de-
meurez cachée pendant que votre maître et ses domestiques
vous donnent la chasse. Vous partez dès que la route vous est
ouverte, pour aller gagner votre vie aussi loin que possible
du pays de Cornouailles ; je vous prie et supplie de faire halte
ici, de demeurer près de moi ; mais vous redoutiez votre maître,
et vous voilà repartie. Eh bien ! n'est-ce pas toute l'histoire de
vos peines, à l'époque où, pour la dernière fois, vous vîntes
ici ?... N'en parlons plus, et dites-moi ce qui cause vos tour-
ments actuels.

— Mes peines d'alors et mes peines présentes, oncle Joseph,
n'ont qu'une seule et même cause : le Secret...

— Eh quoi?.. y revenons-nous ?

— Il y faut revenir.

— Pourquoi?

— Parce que ce Secret est révélé dans une lettre....

— Eh bien! après?

— Et que cette lettre est en passe d'être découverte.... Oui, mon oncle, découverte!... Seize ans entiers elle est restée cachée.... Et maintenant, après si longtemps, arrive, comme un retour providentiel, la terrible chance de la voir reparaître au grand jour. De tous les êtres vivants, celui qui, le dernier, devrait y jeter les yeux, est précisément celui qui semble appelé à la découvrir....

— Un instant!... en êtes-vous bien certaine, Sarah?... Comment pouvez-vous le savoir ?

— Je le tiens d'elle-même.... Le hasard nous a réunies, et....

— Nous?... Qui, nous?... qui entendez-vous désigner ainsi ?

— Nous, c'est-à-dire.... Vous vous rappelez, mon oncle, que j'avais pour maître, à Porthgenna-Tower, le capitaine Treverton?...

— J'avais oublié ce nom; mais n'importe!... continuez.

— Lorsque je quittai ma place, miss Treverton était une petite fille d'environ cinq ans.... Maintenant, elle est mariée.... et si belle, si spirituelle! une si jeune, si charmante, si radieuse physionomie!... Et elle a un enfant aussi beau qu'elle.... Oh! mon oncle, si vous la voyiez!... Je donnerais tout pour que vous la pussiez voir!... »

Ici l'oncle Joseph se baisa le bout des doigts, et ensuite haussa les épaules. Par le premier de ces gestes, il exprimait son hommage à la beauté dont on lui parlait; par le second, sa résignation forcée au malheur de ne pas être à même de la contempler.

« A la bonne heure, dit-il avec cette philosophie pratique dont il semblait imbu.... à la bonne heure!... Laissons là cette personne si accomplie, et passons à autre chose.

— Maintenant, elle s'appelle Frankland, dit Sarah.... nom bien plus sonore que celui de Treverton.... Son mari l'adore.... Je suis sûre qu'il l'adore.... Pour peu qu'il ait un cœur, comment ne la pas adorer?

— Doucement, doucement! s'écria l'oncle Joseph, qui semblait de plus en plus perplexe.... Tant mieux et tant mieux s'il est épris d'elle.... Mais dans quel labyrinthe me promenez-

vous donc?... Pourquoi m'entretenir de ce mari et de cette
femme?... Parole d'honneur! Sarah, vos explications n'expli-
quent rien.... elles ne servent qu'à ramollir le cerveau.

— Mon oncle, il faut que je parle d'elle et de M. Frankland.
Porthgenna-Tower appartient maintenant à ce dernier.... Et
ils sont sur le point d'aller s'y établir.

— Ah, bon!... nous revoilà sur le droit chemin, en fin de
compte.

— Ils vont aller vivre dans la maison même où est caché le
Secret; ils vont faire remettre à neuf cette portion même de
l'édifice où la lettre est cachée.... Elle veut.... elle me l'a dit
elle-même.... explorer les vieux appartements.... Elle veut y
fouiller pour amuser sa curiosité.... Des ouvriers les nettoieront
de fond en comble.... et, durant ses heures de loisir, elle sera
là, surveillant leurs travaux.

— Mais du Secret, elle ne soupçonne rien?

— Dieu veuille qu'elle n'ait jamais un pareil soupçon!

— Et dans la maison, il y a beaucoup de chambres?... Et
la lettre qui renferme le Secret est cachée dans une de ces
chambres si nombreuses?... Pourquoi supposer qu'elle tom-
bera justement sur celle-ci?

— Pourquoi?... Parce que je dis toujours ce qu'il faudrait
taire.... parce que je m'effraye et me perds au moment où un
peu de sang-froid me sauverait. La lettre est cachée dans une
pièce appelée la chambre aux Myrtes; et j'ai été assez sotte,
assez faible, assez insensée pour l'avertir qu'elle ne devait pas
y entrer.

— Ah! Sarah!... Sarah!... Voilà un pas de clerc.

— Je ne saurais dire à quelle obsession j'étais en proie.
Lorsque je l'ai entendue se promettre innocemment le plaisir
de fouiller ces antiques appartements, et lorsque j'ai songé à
ce qu'elle y pouvait trouver, il m'a semblé que ma raison
m'abandonnait.... Il est vrai que la nuit se faisait justement
alors.... L'obscurité redoutée s'amoncelait dans les angles et
montait après les murs. Je voulais allumer les bougies, et
n'osais m'y décider, de peur qu'elle ne lût la vérité sur mon
visage.... et quand je les eus allumées, ce fut bien pis.... Oh! je
ne sais ni comment ni pourquoi j'agis ainsi... J'aurais dû me
couper la langue avec les dents plutôt que de prononcer ces
paroles, et je les prononçai, cependant.... Il y a des gens qui
ont toujours à propos une bonne pensée.... Il y a des gens
qui, de deux démarches, ne manquent jamais la meilleure....

Il y a des gens qui, sous le faix d'une grande responsabilité, marchent sans plier.... sans plier comme j'ai plié.... Mon bon oncle, pour l'amour de ces temps où nous vécûmes heureux, aidez votre pauvre nièce.... aidez-la d'un bon conseil.

— Je vous aiderai, Sarah.... Je consacrerai ma vie à vous aider.... N'ayez pas l'air si découragé, mon enfant.... Ne me regardez pas avec ces regards éplorés !... Voyons, je vais, à l'instant même, vous donner conseil.... Mais dites-moi sur quoi.... En quoi voulez-vous être conseillée ?

— Ne vous l'ai-je point dit ?

— Non. Vous ne m'en avez pas encore soufflé mot.

— Je vais donc maintenant m'expliquer.... »

Elle s'arrêta, jeta un regard méfiant du côté de la porte ouvrant sur le magasin, prêta quelque temps l'oreille, et reprit ensuite :

« Je ne suis pas encore au bout de mon voyage, oncle Joseph.... Je suis ici sur le chemin de Porthgenna-Tower.... sur le chemin de la chambre aux Myrtes.... sur le chemin, pas à pas parcouru, de l'endroit où la lettre est cachée.... Je n'ose pas la détruire.... je n'ose pas l'enlever.... Mais, n'importe à quel risque je m'expose, il faut que je la retire de la chambre aux Myrtes. »

L'oncle Joseph ne dit rien, mais il branla la tête avec un certain abattement.

« Il le faut, répéta-t-elle.... Avant que mistress Frankland arrive à Porthgenna, il faut que la lettre soit retirée de la chambre aux Myrtes. Il y a, dans le vieux manoir, plus d'un endroit où je puis la cacher de nouveau.... des endroits auxquels elle ne songera jamais.... des endroits où elle ne mettra jamais le pied.... Qu'une fois j'aie pu retirer la lettre de cette chambre où je suis sûre qu'on ira la déterrer, et je sais bien où la mettre, désormais à l'abri de toute recherche. »

L'oncle Joseph réfléchit, branla de nouveau la tête, puis dit :

« Un mot, Sarah !... Mistress Frankland sait-elle quelle est la chambre aux Myrtes ?

— Lorsque je cachai la lettre, je fis de mon mieux pour effacer toute trace de ce nom.... J'espère et je crois qu'elle ne sait pas à quelle pièce il fut donné jadis.... Mais elle peut le découvrir.... Rappelez-vous ces mots que j'ai eu la folie de prononcer.... Ils la mettront sur la trace de la chambre aux Myrtes.... Ils la lui feront chercher.... Certainement ils auront ce résultat.

— Et supposant qu'elle la trouve.... qu'elle lise la lettre ?...

— Cela fera le malheur de plus d'un innocent.... et cela *me* fera mourir.... Ne vous écartez pas ainsi de moi, cher oncle!... Je ne parle pas ici d'une mort infamante.... Non.... A personne je n'ai fait autant de tort qu'à moi.... Le pire trépas que j'aie à craindre est celui qui rend la liberté à un esprit lassé par l'oppression.... qui guérit de sa blessure un cœur brisé.

— C'est assez.... assez comme cela, dit le vieillard. Je ne vous demande, Sarah, aucun secret qui ne soit complétement vôtre.... Vous m'avez conduit en face de ténèbres.... dans des ténèbres profondes où j'erre au hasard.... Aussi j'en détourne les yeux, pour ne plus regarder que vous.... Et dans ce regard, chère enfant, aucun soupçon.... de la pitié, seulement, et des regrets.... Oui, je regrette que jamais vous ayez approché de Porthgenna; je regrette que vous ayez à y retourner.

— Je n'ai pas, mon oncle, d'autre alternative. En supposant même que chaque pas fait sur la route du vieux manoir me conduisît en même temps au supplice, encore faudrait-il avancer.... Sachant ce que je sais, impossible de faire halte, impossible de dormir tranquille, impossible même de respirer librement, jusqu'à ce que j'aie retiré cette lettre de la chambre aux Myrtes. Comment y parvenir?... Oh! mon bon oncle, comment y parvenir sans être soupçonnée, découverte par quelqu'un?... Voilà ce que je voudrais savoir, fût-ce au prix de ma vie.... Vous êtes homme.... plus âgé, plus prudent que moi.... Pas un être vivant ne vous a jusqu'ici imploré en vain. Venez à *mon* aide, maintenant.... Vous, l'unique ami que j'aie au monde, aidez-moi d'une parole qui me guide. »

L'oncle Joseph se leva de son fauteuil, croisa les bras résolûment, et regarda sa nièce bien en face.

« Vous voulez y aller? dit-il; quoi qu'il arrive, vous voulez y aller? Pour la dernière fois, dites-le, Sarah. Est-ce décidément oui ou non?

— Oui! Pour la dernière fois je réponds : oui!...

— Bien.... Et comptez-vous partir bientôt?

— Il faut que je parte demain.... Je n'ai pas un jour à perdre.... Les heures mêmes, autant que j'en peux juger, doivent être comptées pour beaucoup.

— Vous m'assurez, chère enfant, que l'enfouissement du Secret ne produit que du bien, et que de sa découverte il résulterait des malheurs?

— Fût-ce ma dernière parole en ce monde, encore une fois je dirais : oui!

— Vous m'assurez encore que vous avez tout simplement à
retirer la lettre de la chambre aux Myrtes et à la déposer ailleurs?

— Pas autre chose.

— Et c'est votre propriété dont vous disposez ainsi? Personne n'a sur elle plus de droits que vous?

— Personne.... maintenant que mon maître n'est plus.

—Bien.... Vous m'avez complétement décidé.... Voilà qui est
fini.... Asseyez-vous là, Sarah.... Étonnez-vous tant qu'il vous
plaira, mais ne sonnez mot. » Parlant ainsi, l'oncle Joseph
alla d'un pas leste vers la porte ouvrant sur le magasin ; il
l'ouvrit, et appela l'homme placé au comptoir. « Samuel, mon
ami, lui dit-il, je partirai demain pour une tournée dans le
pays avec ma nièce, cette dame ici présente. Vous garderez
la boutique, et recevrez les commandes, avec votre exactitude et votre soin ordinaires, jusqu'à ce que je sois de retour....
Si quelqu'un venait demander après M. Buschmann, vous
répondrez qu'il est parti pour une petite tournée dans le pays,
et qu'il sera de retour sous peu de temps.... Voilà tout....
Maintenant, Samuel, mon bon ami, fermez le magasin et allez
souper !... Je vous souhaite bon appétit, bonne chère et bon
sommeil. »

Avant que Samuel eût remercié son maître, la porte était
refermée. Avant que Sarah pût articuler une parole, la main
de son oncle était posée sur ses lèvres , et le mouchoir dudit
oncle essuyait les pleurs qu'elle laissait couler en abondance.

« Plus de bavardages !... plus de pleurnicheries ! dit le
vieillard. Je ne suis qu'un Allemand, mais j'ai dans ma seule
peau tout l'entêtement de six Anglais réunis en bloc. Vous
couchez ici cette nuit. Demain nous reparlerons de la chose.
Vous me demandez de vous aider d'un bon avis. Je vous aiderai
de tout moi-même, ne sachant pas d'avis qui vaille autant....
Ne m'en demandez pas plus jusqu'à ce que j'aie décroché
ma pipe de ce mur où vous la voyez, et que je lui aie demandé
de m'aider à réfléchir. Ce soir, je fume et je réfléchis. Demain,
il sera temps de parler et d'agir.... Quant à vous, montez
là-haut dans votre lit.... Emportez la boîte à musique de l'oncle Max, et faites-vous chanter *la Berceuse* de Mozart avant de
vous endormir.... Oui, mon enfant, oui.... Mozart est un grand
consolateur.... Il console mieux que les larmes.... Pourquoi
tant pleurer?... Y a-t-il de quoi verser tant de pleurs ni de
quoi tant me remercier?... Est-ce donc un si grand miracle

que je ne veuille pas voir l'enfant de ma sœur aller, toute
seule, courir les aventures dans les ténèbres ?... Je vous l'ai
dit, le chagrin de Sarah est mon chagrin, la joie de Sarah est
ma joie.... Et maintenant, s'il n'y a pas autre parti à prendre.... s'il faut réellement s'y décider, je dirai aussi : Les
dangers que Sarah peut courir demain sont tout de même les
dangers de l'oncle Joseph. »

CHAPITRE II.

Hors du manoir.

La matinée suivante n'apporta aucun changement dans les
projets élaborés ce soir-là par l'oncle Joseph. Au sein de l'espèce de chaos qu'avaient produit dans son intelligence les récits
et les plans de sa nièce, une idée simple avait fini par se dégager : c'est que Sarah était opiniâtrément résolue à se placer, sinon dans un péril positif, au moins dans une situation fort chan-
ceuse. Une fois convaincu de ceci, tous ses instincts affectueux
se réveillèrent à la fois, son besoin de dévouement se fit jour,
et de là sa ferme détermination de ne pas laisser partir Sarah
toute seule. Il s'y réfugia comme dans le meilleur abri contre
toutes les anxiétés, les perplexités, le vague malaise, les
craintes enfin, où l'avaient jeté la physionomie de sa nièce, le
langage tenu par elle, et sa conduite mystérieuse. Appuyé sur
la seule force qu'il y eût en lui, la force d'une générosité
prête à tous les sacrifices, lorsque sa nièce et lui, le matin, se
revirent, et lorsqu'il l'entendit se blâmer du dévouement
qu'elle acceptait, des hasards sérieux auxquels elle souffrait
qu'il s'exposât en son honneur, il refusa, tout aussi obstinément
que la veille, de prêter l'oreille à ses discours. Inutile, disait-il,
d'ajouter un seul mot à ce qui avait été convenu. Renonçait-
elle à partir pour Porthgenna ? En ce cas, elle n'avait qu'à le
dire ; sinon, ce serait user inutilement sa poitrine que de causer davantage, car il était parfaitement sourd à tout ce qu'elle
pourrait inventer en fait de remontrances. S'étant ainsi expliqué fort catégoriquement, l'oncle Joseph tint la question
pour vidée, et voulut rendre à la conversation une tournure

plus gaie, plus pratique aussi, en demandant à sa nièce
comment elle avait passé la nuit.

« J'étais trop inquiète pour dormir, répondit-elle.... Je ne
puis, comme tant d'autres, lutter contre mes appréhensions
et mes terreurs. Elles m'ont tenue toute la nuit aussi éveillée,
aussi fortement préoccupée que s'il eût fait jour.

— Préoccupée de quoi ? demanda l'oncle Joseph.... De la lettre cachée ?... du manoir de Porthgenna ?... de la chambre aux
Myrtes ?...

— Des moyens de pénétrer dans la chambre aux Myrtes,
répondit-elle ; plus je veux mûrir ce projet et prévoir d'avance
ce qu'il y a de mieux à faire, plus il me semble que je suis à
bout de ressources et d'invention. Croiriez-vous, mon oncle,
que j'ai passé toute la nuit dernière à chercher un prétexte
pour obtenir d'être admise à franchir le seuil de Porthgenna-
Tower, et que néanmoins, si j'étais, à ce moment même, sur
ce seuil qui m'effraye, je ne saurais que dire au domestique
en face duquel je me trouverais ?... Comment persuader à ces
gens de nous laisser entrer ?... Comment, alors même que nous
serions entrés, me dérober à leur surveillance.... Pouvez-vous
me donner quelque idée à ce sujet ?... Si vous le pouvez, cher
oncle, vous le ferez, j'en suis bien certaine.... Eh bien, venez
à mon aide en ceci, et je réponds de tout le reste.... Si les clefs
sont encore où on les gardait de mon temps, je n'ai besoin
que d'être libre pendant dix minutes.... Dix minutes.... dix
petites minutes pour libérer la fin de ma vie de ces angoisses
qui en ont flétri le commencement.... pour m'aider à vieillir
dans le calme et la résignation.... si toutefois c'est la volonté
de Dieu que rien n'abrége pour moi le cours ordinaire de
l'existence.... Oh ! qu'ils sont heureux, les gens à qui ne manque jamais le courage dont ils ont besoin, qui sont toujours
alertes et prompts, pleins de sang-froid et d'inventions !...
Vous êtes, mon oncle, bien autrement préparé à tout que ne
l'est votre propre nièce.... Vous m'avez promis, hier soir, de
réfléchir aux conseils que vous auriez à me donner.... Vos réflexions, à quoi ont-elles abouti ?... Si seulement vous me l'ap-
preniez, de quelle inquiétude ne me tireriez-vous pas ! »

L'oncle Joseph exprima son consentement par un geste de
tête, prit une physionomie des plus énormément graves, et
posa lentement l'index sur un côté de son nez.

« Que vous promis-je hier soir ? dit-il. N'était-ce pas de
décrocher ma pipe, et de lui demander son aide pour mieux

réfléchir?... A merveille.... J'ai donc fumé trois pipes, et il m'est venu trois idées. Ma première idée fut : « Attendons! » Ma seconde idée fut aussi qu'il fallait attendre. Ma troisième idée, bien définitivement, est qu'il ne faut rien précipiter. Vous avez dit, Sarah, que je vous tranquilliserais en vous faisant connaître le résultat de mes réflexions.... Eh bien, vous l'avez.... Voilà le résultat.... Vous êtes tranquillisée?... Tout va bien.

— Attendre? répéta Sarah, dont l'air complétement abasourdi n'annonçait pas précisément un calme parfait.... Je crains bien, cher oncle, de n'avoir pas compris. Attendre, quoi?.., attendre, jusques à quand?

— Attendre, bien sûr, que nous soyons arrivés au vieux manoir.... Attendre que nous ayons la porte en face de nous.... Il sera temps, alors, de songer à nous la faire ouvrir, dit l'oncle Joseph avec l'accent de la plus profonde conviction.:. Vous comprenez, maintenant?

— Oui.... c'est-à-dire je comprends un peu mieux qu'auparavant.... mais il reste encore une difficulté.... Je vais vous dire, mon oncle, plus que je n'ai jamais projeté de dire à personne.... Je vous dirai donc que la lettre est sous clef....

— Sous clef dans une chambre?...

— Pire que cela..., sous clef dans un meuble à l'intérieur de la chambre.... La clef qui ouvre la porte de cette chambre. même si je l'avais.... cette clef n'est pas tout ce qu'il me faut.... Il y a une autre clef... une toute petite clef.... »

Ici elle s'arrêta avec un regard tout effaré.

« Une petite clef que vous avez perdue? demanda l'oncle Joseph.

— Non; je l'ai jetée dans le puits du village, le matin où je m'échappai de Porthgenna.... Oh! si seulement je l'avais conservée!... Si j'avais pu penser que je pourrais un jour en avoir besoin....

— A ceci, pour le moment, je ne vois pas grand remède.... Dites-moi, Sarah : de quelle espèce est ce meuble dans lequel la lettre est renfermée?

— J'ai peur que les murailles mêmes ne m'entendent.

— Quelle plaisanterie!... Voyons.... dites-le-moi tout bas.

Sarah jeta autour d'elle un regard méfiant, et, se penchant à l'oreille du vieillard, y laissa tomber quelques mots. Il l'écoutait avec une avide attention, et se prit à rire quand elle eut fini.

« Bah! s'écria-t-il. Si c'est là tout, ayez bon courage.....

Comme vous le dites, vous autres coquins d'Anglais, c'est aussi facile que de mentir.... Vous pourrez, mon enfant, forcer vous-même cette serrure.

— La forcer, moi ?... Et comment ? »

L'oncle Joseph alla vers la banquette fermée de la fenêtre, faite à la vieille mode, pour servir de caisse en même temps que de siége. Il leva le couvercle, chercha parmi les instruments jetés pêle-mêle dans ce réceptacle, et en tira un ciseau.

« Regardez, disait-il, se servant de la banquette même pour montrer comment il fallait user de l'outil.... Vous l'introduisez ainsi.... Cric!... Vous le soulevez ensuite.... Crac ! C'est l'affaire de quelques secondes.... Cric, crac.... et le verrou est hors de la gâche.... Prenez vous-même ce ciseau; enveloppez-le dans ce morceau de gros papier, et fourrez-le dans votre poche.... Qu'attendez-vous donc ?... Voulez-vous que je vous montre encore une fois la chose, ou vous sentez-vous en état de vous tirer d'affaire ?

— Je voudrais encore une leçon, cher oncle.... Mais pas maintenant, pas avant que nous soyons arrivés au but de notre voyage.

— Fort bien.... Alors je puis achever ma malle, et aller m'enquérir d'une voiture.... D'abord, et avant tout, Mozart va mettre sa grande redingote pour voyager avec nous. » Il prit à ces mots la boîte à musique, qu'il plaça soigneusement dans une enveloppe de cuir, laquelle, au moyen d'une sorte de bretelle, tenait sur une de ses épaules.... « Maintenant, voici ma pipe.... le tabac pour l'alimenter.... et les allumettes pour y mettre le feu.... En dernier, mon vieux havresac allemand, que j'ai garni hier au soir.... Regardez un peu.... Chemise, bonnet de nuit, peigne, mouchoir de poche, col noir.... Supposez que je suis empereur.... que me faut-il de plus, je vous prie ?... A merveille.... J'ai donc Mozart.... j'ai la pipe.... j'ai le havresac.... j'ai.... Ah! doucement !... N'oublions pas la vieille bourse de cuir.... Tenez, la voilà !... Écoutez.... *ting, ting, ting !*... Il y a des sonnettes, là dedans.... Ah! Cuir, mon ami, vous serez un peu moins lourd, je vous en préviens, quand nous rentrerons au logis.... Ainsi donc, nous sommes au grand complet.... en tenue de marche, de la tête aux pieds. Sarah, mon enfant, je vous dis adieu pour une demi-heure.... Vous allez tâcher de vous distraire par ici, tandis que j'irai à la recherche d'une voiture. »

Quand l'oncle Joseph revint, il rapporta à sa nièce la bonne nouvelle que dans une heure une diligence devait passer par Truro, laquelle les déposerait à une station d'où ils n'auraient que cinq à six milles à faire pour se rendre au bureau de la poste de Porthgenna. Le seul moyen d'y arriver directement eût été d'attendre une diligence de nuit, chargée du service des dépêches, laquelle traversait Truro à deux heures du matin, heure des plus incommodes. Étant d'avis que voyager à l'heure où l'on dort est transformer un plaisir en fatigue, l'oncle Joseph proposa de prendre la diligence de jour, sauf à louer ensuite n'importe quel moyen de transport, pour sa nièce et lui, jusqu'au bureau de poste. Par cet arrangement, outre qu'ils s'assuraient un voyage plus commode, ils perdraient le moins de temps possible à Truro, avant de se mettre en route vers Porthgenna.

Ce plan fut adopté. Lorsque la diligence fit halte pour changer de chevaux, l'oncle Joseph et sa nièce se trouvaient déjà au relais pour prendre leurs places. L'intérieur était vide, à une exception près. En deux heures ils furent transportés à la station la plus voisine de l'endroit où ils se rendaient. Là, ils louèrent une chaise de poste, et arrivèrent entre une et deux heures de l'après-midi à la poste de Porthgenna.

Renvoyant leur voiture dès qu'ils furent arrivés à l'auberge, par un surcroît de précautions qu'avait suggéré Sarah, ils se mirent en route, à travers la lande marécageuse, pour se rendre au vieux manoir. Au sortir de la ville, ils rencontrèrent le facteur, qui rentrait de sa tournée du matin dans les districts environnants. Ce jour-là, son sac avait été bien plus lourd, et sa promenade bien plus longue qu'à l'ordinaire. Parmi les lettres *extra* qui lui avaient valu cet excédant de besogne, il en était une adressée à la femme de charge de Porthgenna-Tower, qu'il avait remise de fort bonne heure, en commençant sa ronde.

Pendant toute la durée du voyage, l'oncle Joseph n'avait pas fait une seule allusion à l'objet en vue duquel ce voyage s'accomplissait. Avec la simplicité de l'enfant, il avait aussi de l'enfant la souple et facile disposition. Les anxiétés et les prévisions sinistres qui troublaient l'esprit de sa nièce, et l'attristaient, et la rendaient muette, ne jetaient aucune ombre sur la sérénité radieuse du bon vieillard. N'eût-il, en réalité, voyagé que pour son agrément, il n'aurait pas joui plus complétement des petits incidents et des spectacles variés que

la route lui offrait. Il prenait au passage le bonheur que
chaque minute lui pouvait donner, avec autant d'empressement et de reconnaissance que s'il n'y eût eu dans l'avenir ni
incertitudes, ni difficultés, ni dangers embusqués au bout du
voyage. Il n'était pas depuis une demi-heure en voiture, que
déjà il racontait à la personne qui se trouvait en tiers avec
eux (une vieille dame, d'aspect sévère, qui le regardait avec
un étonnement inexprimable), toute l'histoire de la boîte à
musique, récit intéressant qu'il acheva en faisant jouer ladite
boîte, nonobstant tout le bruit que les roues se purent permettre. La diligence une fois quittée, il se montra tout aussi
sociable avec le postillon qui les menait, vantant la supériorité de la bière allemande sur le cidre du Cornouailles, et faisant toute sorte de remarques joyeuses, dont il goûtait plei-
nement la saveur grotesque, sur tout ce qu'ils rencontraient le
long de la route. Ce fut seulement lorsque Sarah et lui se trouvèrent hors de la petite ville, et tout seuls sur la vaste lande
qui l'entourait, ce fut seulement alors que ses façons d'agir
changèrent, et qu'il redevint silencieux. Après avoir marché
quelque temps sans rien dire, donnant le bras à sa nièce, il
s'arrêta tout à coup, jeta sur elle un regard sérieux et bon, et
posa sa main sur celle de Sarah.

« Il me reste encore une question à vous faire, lui dit-il : le
voyage me l'avait fait sortir de la tête, mais elle n'a cessé
d'être au fond de mon cœur. Quand nous aurons quitté ce
manoir de Porthgenna, et une fois de retour chez nous, vous
ne me quitterez pas, n'est-il pas vrai? Vous resterez avec
l'oncle Joseph? Est-ce que vous dépendez encore de quelqu'un? Est-ce que vous n'êtes pas encore libre et maîtresse
de vos actions?

— J'étais encore en condition il y a quelques jours, répondit-elle; mais à présent je suis libre.... J'ai perdu ma place.

— Ah! vous avez perdu votre place?... Et pourquoi?

— Parce que je n'ai pu supporter d'entendre blâmer une
personne innocente.... Parce que.... »

Elle se retint; mais le peu de paroles qu'elle venait de prononcer avaient été dites avec une rougeur soudaine, et sur
un ton si décidé, si emphatique, que le vieillard, ouvrant de
grands yeux, contempla sa nièce avec un étonnement très-vi-
sible.

« Eh! là, là!... s'écria-t-il.... Mais quoi donc?... Est-ce que
vous avez eu quelque dispute?

« —Chut!... répondit Sarah.... Et, pour le présent, ne me faites pas d'autres questions, ajouta-t-elle avec une insistance particulière... Je suis trop inquiète, trop effrayée pour y répondre.... Voici, mon oncle, la lande de Porthgenna. Voici la route que je suivis, il y a seize ans, en m'échappant pour me rendre auprès de vous. Avançons, avançons, je vous en prie!... Je ne puis penser, en ce moment, qu'à l'habitation dont nous sommes si proches, et au danger que nous allons affronter. »

Ils marchèrent dès lors plus rapidement, et en silence. Une demi-heure de cette allure un peu forcée les amena sur le point le plus élevé du grand marécage, et développa sous leurs yeux, dans ses vastes proportions, toute la perspective occidentale.

Au-dessous d'eux se dressait, solitaire et sombre, la massive structure de Porthgenna-Tower, autour de laquelle on voyait déjà se glisser les premiers rayons du soleil couchant, éclairant les fenêtres de l'ouest. Là aussi se déroulait gracieusement, en méandres d'une blancheur éblouissante, le sentier serpentant sur les landes brunes. Là, plus bas encore, était la vieille église isolée, ayant à son flanc, comme un nid, le paisible cimetière. Et au-dessous, dans l'extrême pente, les chaumes dispersés des cabanes de pêcheurs. Enfin, par delà tout ceci, l'immuable splendeur de la mer, avec ses antiques lignes de bouillonnante écume, avec son antique marge de grèves jaunes, aux contours sinueux. Seize longues années, années si fécondes en chagrins, si fécondes en souffrances, si fécondes en changements de tout ordre, marqués par le battement des cœurs vivants, avaient passé sur la sépulcrale tranquillité de Porthgenna, et en avaient aussi peu changé l'aspect que si elles eussent été contenues dans le bref espace d'un seul jour.

Les moments où est à son apogée l'agitation de l'esprit qui habite en nous sont presque toujours ceux où ses manifestations extérieures sont le moins faciles à constater. Nos pensées ont un essor que nous ne pouvons suivre; nos sentiments résident en des profondeurs qui nous sont inaccessibles. Combien est-il rare que des mots puissent nous servir, alors que nous sommes le plus en peine d'être servis par eux! Combien est-il fréquent de sentir nos larmes se sécher dans nos yeux, quand nous éprouverions le plus vif soulagement à les sentir s'épancher! Connaissez-vous en ce monde une émotion vraiment forte qui ait jamais trouvé son expression complète? En face du vieillard et de sa nièce, quel

tiers indifférent aurait pu deviner, en les voyant côte à côte,
immobiles au milieu de la lande, que l'un regardait le paysag
avec la curiosité toute simple d'un homme qui le voyait pour
la première fois, tandis que l'autre le contemplait à travers
les ressouvenirs d'une moitié d'existence? Tous deux avaient
les yeux secs; tous deux se taisaient; tous deux regardaient
devant eux avec la même attention. Même entre eux, il n'y
avait, à ce moment, aucune sympathie réelle, aucun intelligible appel de la pensée de l'un à celle de l'autre. La tranquille
admiration que ce tableau avait éveillée dans l'âme du vieillard
ne fut pas plus exprimée, quand ils se remirent en marche, et
recommencèrent à se parler, en termes plus concis et plus terre
à terre, que ne furent sincères les formules d'assentiment par
lesquelles sa nièce répondit au peu qu'il disait. Combien de
moments pareils, en cette vie éphémère, où les ressources tant
vantées de la parole humaine nous faisant défaut, le vocabulaire ne nous offre que des couleurs effacées, et où la page à
remplir demeure vide, faute de mots!

Descendant lentement la pente insensible des landes, l'oncle
et la nièce se rapprochaient toujours davantage de Porthgenna-
Tower, Ils n'étaient plus qu'à un quart d'heure environ du vieux
manoir, lorsque Sarah fit halte en un endroit où un second sentier venait couper le chemin que jusqu'alors ils avaient suivi.
A leur gauche, ce nouveau sentier s'en allait à perte de vue dans
la vaste étendue des bruyères; à leur droite, il menait directement vers l'église.

« Pourquoi maintenant nous arrêter? demanda l'oncle Joseph, regardant d'abord d'un côté, puis de l'autre.

— Vous ennuierait-il de m'attendre ici quelques instants,
mon cher oncle?.... Je ne puis rencontrer le chemin de l'é-
glise.... » Et ici, elle s'arrêta, trouvant quelque embarras à
s'expliquer... « Sans désirer.... ne sachant guère ce qui nous
attend lorsque nous serons arrivés là-bas.... sans désirer qu'il
me soit permis de voir.... de m'assurer.... » Elle s'arrêta de nouveau, et tourna la tête vers l'église, de manière à ne pas laisser le moindre doute sur l'envie qu'elle éprouvait d'aller dans
cette direction. Ces larmes, que la vue de Porthgenna ne lui
avait pas tout d'abord arrachées, commençaient maintenant à
lui monter aux yeux.

La délicatesse naturelle de l'oncle Joseph l'avertit qu'il valait mieux ne solliciter d'elle, en ce moment, aucune explication. « Allez où vous voudrez, voir ce que vous voudrez, dit-il,

lui passant affectueusement la main sur l'épaule.... Je resterai
ici, fort à mon aise, tête à tête avec ma pipe.... Mozart, d'ailleurs, sortira de sa cage, et chantera sa petite chanson dans
ce bon air frais....» Tout en parlant, il détachait de son épaule
le petit sac de cuir, en tirait la boîte à musique, et l'organisait
de manière à lui faire jouer le second des deux airs qu'elle
enfermait : le menuet de *Don Giovanni*. Au moment où Sarah
s'éloignait, elle le laissa cherchant, non pas où il pourrait
s'asseoir, mais où il trouverait un coin de rocher assez plane
et assez lisse pour y placer sa petite boîte. Lorsqu'il l'eut trouvé,
il alluma sa pipe, et s'assit à terre pour jouir, en véritable
épicurien, de son tabac et de sa musique.

« Ah! ah! s'écriait-il, regardant de tous côtés le sauvage
aspect des lieux qui l'environnaient, et aussi tranquille du
reste que s'il eût été à Truro, dans son petit salon.... Ah! ah!
mon ami Mozart, voilà une grande salle de concert...., Vous
êtes à votre aise pour chanter...., Ouf! quel vent!...., Il y en a
vraiment assez pour emporter jusqu'en pleine mer vos jolis
airs de danse, et les faire goûter de messieurs les matelots,
tandis qu'ils s'en vont là-bas, secoués par leurs navires. »

Cependant Sarah se dirigeait rapidement vers l'église, et
pénétrait dans l'enclos du petit cimetière. Ce même endroit où
elle avait porté ses pas, le soir de la mort de sa maîtresse, elle
s'y rendait encore seize ans après. Ici, du moins, le temps avait
laissé des traces de son passage, et ces traces étaient des tombeaux. Combien de petits coins de terre, vides quand elle les
avait vus pour la dernière fois, maintenant s'étaient remplis
et portaient leur pierre tumulaire! Cette fosse solitaire qu'elle
était venue voir, et qui, à cette lointaine époque, se reconnaissait de loin, séparée des autres, elle avait maintenant, à droite
et à gauche, des compagnes et des voisines. A grand'peine
Sarah l'aurait-elle pu distinguer parmi elles, si cette tombe
n'eût été plus maltraitée, plus brunie, plus rongée que ses
cadettes, par les souffles de la bise marine et les larmes de
l'orage. La petite butte avait conservé sa forme; mais le gazon
plus épais et plus haut, balayé comme il l'était par le vent
semblait adresser à la visiteuse un mélancolique salut de bien-
venue. Agenouillée près de la pierre, elle essaya de déchiffrer
l'inscription. La couche de peinture noire, qui faisait jadis
mieux discerner les caractères en relief, avait été graduellement enlevée. Pour d'autres yeux que les siens, le nom du
mort eût été bien difficile à retrouver. Elle poussa un profond

soupir tout en suivant du doigt, l'une après l'autre, chaque lettre de l'épitaphe :

A LA MÉMOIRE
DE
HUGH POLWHEAL
AGÉ DE 26 ANS,
MORT
DE LA CHUTE D'UN ROCHER
DANS
LES MINES DE PORTHGENNA,
LE 17 DÉCEMBRE 1823.

Sa main demeura sur les caractères funèbres, après qu'elle les eut ainsi épelés jusqu'à la dernière ligne ; puis, penchée en avant, Sarah posa ses lèvres sur la pierre froide.

« Cela vaut mieux ainsi, dit-elle, se relevant et jetant sur l'inscription mortuaire un dernier regard.... Oui, mieux vaut que tu t'effaces. Moins d'yeux étrangers te verront ; moins de pas suivront mes pas de ce côté.... Et lui n'en dormira que plus tranquille son sommeil éternel. »

Elle essuya quelques larmes venues au bord de ses yeux, cueillit quelques brins de gazon parmi les herbes qui recouvraient la fosse, et ensuite quitta le cimetière. Une fois de l'autre côté de la haie qui formait l'enclos, elle s'arrêta un instant, et, du corsage de sa robe, tira le petit volume des *Hymnes* de Wesley, qu'elle avait emporté avec elle le jour où elle avait furtivement quitté Porthgenna. Les restes flétris des brins d'herbe qu'elle avait cueillis sur la même tombe, il y avait seize ans de cela, se retrouvaient encore parmi les feuillets de ce livre si précieusement gardé. Elle y ajouta ceux qu'elle venait de prendre, replaça le volume dans le corsage de sa robe, et se hâta de traverser la lande pour aller rejoindre le vieillard qui l'attendait.

Elle le trouva empaquetant de nouveau la boîte à musique dans son enveloppe de cuir. « Bon vent ! dit-il, offrant la paume de sa main à la brise fraîche qui balayait les bruyères.... Très-bon vent, si vous l'envisagez simplement pour ce qu'il est.... Mauvais diable de vent par rapport à Mozart !... Il vous emporte un air comme il ferait du chapeau sur ma tête.... Vous revenez, mon enfant, fort à propos, justement quand ma pipe est finie, justement lorsque Mozart est prêt à se remettre en

route. Ah!... Sarah !... nous avons encore les yeux rouges...
Qu'avez-vous donc rencontré qui vous ait fait pleurer?....
Bon, bon!... je comprends. Moins je vous ferai de questions,
pour le quart d'heure, et meilleur gré vous m'en saurez....
C'est bien.... n'en parlons plus.... Ah! si fait, pourtant, j'ai
encore une dernière question à vous poser.... Pourquoi faisons-
nous halte en cet endroit?... Pourquoi ne pas continuer notre
route ?

— Vous avez raison, cher oncle.... Avançons sans plus tarder! Je perdrai le peu de courage qui me reste, si nous de-
meurons plus longtemps à regarder le vieux château. »

Sans un seul instant de retard, ils descendirent le sentier.
Arrivés où il finissait, ils se trouvèrent en face du mur qui
fermait à l'est l'enceinte de Porthgenna-Tower. La principale entrée du manoir, entrée qui avait bien rarement servi
dans ces dernières années, ouvrait sur la façade occidentale,
et on y avait accès par une route en terrasse qui dominait la
mer. On se servait, en général, d'une porte plus petite, ouvrant
sur le côté sud du bâtiment, et qui, traversant les offices, conduisait au grand vestibule et à l'escalier du pavillon occidental. La vieille expérience qu'elle avait de ce séjour conduisit
machinalement Sarah vers cette partie du manoir. Elle précé-
dait, elle guidait son compagnon, et ils parvinrent ainsi à
l'angle sud du mur oriental; là elle s'arrêta, et regarda autour
d'elle. Depuis qu'ils avaient rencontré le facteur, et durant
toute la traversée des bruyères désertes, ils n'avaient pas
aperçu une seule créature vivante. Et maintenant, bien qu'arrivés sous les murailles mêmes de Porthgenna, ni homme, ni
femme, ni enfant, non pas même un animal domestique, ne
se montrait encore.

« Quelle solitude! dit Sarah, regardant autour d'elle avec
méfiance. Bien plus complète que jamais je ne l'avais vue!...
— Si c'est pour me dire ce que je vois à merveille que vous
m'arrêtez ici! remarqua l'oncle Joseph, dont la joyeuseté
invétérée eût tenu bon contre l'influence du Sahara lui-même
— Non, non, répliqua-t-elle avec une vivacité inquiète
mais la cloche qu'il faut faire sonner est si près maintenant...
Nous en sommes à deux pas, ce coin une fois tourné.... Je voudrais bien savoir ce que nous allons dire au domestique, une
fois en face de lui.... Vous m'avez assuré qu'il serait temps d'y
songer quand nous serions arrivés devant la porte.... Eh bien,
mon oncle, nous y voici, ou bien près.... Que ferons-nous?

—La première chose à faire, dit l'oncle Joseph avec un mou
vement d'épaules bien marqué, c'est sûrement.... de sonner.

—Oui; mais quand on viendra ouvrir.... que dirons-
nous?

— Ce que nous dirons? répéta l'oncle Joseph, fronçant les
sourcils d'un air presque féroce, tant les pensées lui venaient
péniblement, et, de l'index, il se toquait le front juste au-dessous de son chapeau; ce que nous dirons?... Attendez, attendez.... attendez.... attendez!... Ah!... j'y suis.... Je sais....
Vivez en paix, chère Sarah.... A partir du moment où la porte
sera ouverte, c'est moi qui me charge de répondre au domestique.

—Ah! combien me voilà rassurée!... Que lui direz-vous?

—Ce que je lui dirai?... Tout bonnement ceci : « Comment
allez-vous?... Nous sommes venus voir le château. »

Après avoir ainsi démasqué la batterie à l'aide de laquelle
il comptait forcer l'entrée de Porthgenna-Tower, le candide
vieillard étendit les deux bras, recula de quelques pas, et regarda sa nièce d'un air qui voulait dire : « N'est-ce pas bien
trouvé? » Sa physionomie, d'ailleurs, était celle d'un homme
qui vient de résoudre, par une simple opération de l'esprit,
un problème des plus ardus.

Sarah le regardait, elle aussi, profondément étonnée. La conviction absolue dont sa figure portait l'empreinte ébranlait
tout ce qui lui restait, à elle, de doutes et d'inquiétude. Le plus
misérable de tous les misérables prétextes qu'elle avait tour à
tour inventés, discutés et rejetés, pendant la nuit précédente,
à cette fin d'être admise dans le manoir, était d'une profondeur machiavélique, comparé à l'expédient puéril dont le bon
oncle Joseph venait de suggérer l'emploi. Et pourtant il était
là, devant elle, parfaitement sûr, en apparence, d'être tombé
sur une espèce de talisman destiné à renverser tous les obstacles. Ne sachant trop que dire, et n'ayant pas en ses doutes
eux-mêmes assez de confiance pour oser exprimer ouvertement
soit une opinion, soit une autre, elle se réfugia dans le seul
asile qu'elle vît ouvert à ses irrésolutions : elle voulut gagner
du temps.

« Vous êtes bon, bien bon, mon cher oncle, de vouloir bien
vous charger de cette difficile réponse qu'il faut faire au domestique, dit-elle; et le découragement caché de son cœur se
trahissait, malgré tous ses soins, dans sa voix affaiblie, dans
ces regards attristés et perplexes. Vous plairait-il, néanmoins,

d'attendre encore un peu avant de sonner à cette porte ? Nous nous promènerons, d'ici à quelques minutes, le long de ce mur, où il n'est pas probable que personne nous aperçoive.... Il me faut le temps de me préparer à l'épreuve que je vais traverser.... Puis, dans le cas où le domestique ferait des difficultés pour nous admettre.... je parle de ces difficultés impossibles à prévoir d'avance.... ne serait-il pas à propos de préparer quelque chose à lui dire?... Peut-être qu'en y songeant bien.... »

—Inutile, inutile ! interrompit l'oncle Joseph. Je n'ai que deux mots à dire au domestique, et.... cric, crac !... vous verrez que nous entrerons...,. Maintenant, je me promènerai avec vous tant que vous voudrez.... De ce que j'ai trouvé mon affaire en une minute, ce n'est pas une raison pour qu'en une minute aussi vous ayez trouvé la vôtre.... Non, certes, ce n'est pas une raison. »

Ces mots dits avec un air protecteur et un sourire de satisfaction intérieure qui, dans des circonstances moins critiques, eussent été d'un comique achevé, le vieillard offrit le bras à sa nièce, et la ramena sur le terrain vague où projetait son ombre la muraille orientale de Porthgenna-Tower.

Pendant que Sarah, toujours hésitant, attendait ainsi à l'extérieur des murs, il arrivait, curieuse coïncidence ! qu'une autre personne, investie de l'autorité domestique la plus étendue, attendait aussi à l'intérieur, plongée dans des hésitations analogues. Cette personne n'était autre que la femme de charge de Porthgenna-Tower ; et la cause de sa perplexité n'était rien moins que la lettre à elle remise, le matin même de ce jour mémorable, par le facteur de la poste.

Cette lettre, venant de mistress Frankland, avait été écrite à l'issue d'une longue conférence entre elle, son mari et M. Orridge, après que ce dernier eut apporté, sur le compte de mistress Jazeph, les derniers renseignements qu'il eût pu se procurer.

La femme de charge avait relu deux ou trois fois, d'un bout à l'autre, ce précieux document, et chaque lecture la laissait plus intriguée, plus stupéfaite. Elle attendait maintenant le retour de l'intendant, M. Munder, appelé au dehors par quelques travaux à surveiller, et voulait avoir son avis sur la singulière communication qu'elle recevait de leur commune maîtresse.

Sarah et son oncle se promenaient encore de long en large à l'extérieur du mur de l'est, lorsque M. Munder entra chez la femme de charge. C'était un de ces hommes graves, grands, gros, à mine bénévole, qui, avec une tête en cône, une voix caverneuse, des gestes lents, une démarche lourde, parviennent, par un procédé tout passif, assez difficilement compris, à conquérir une grande réputation de sagesse, sans s'être donné le mal de dire ou de faire quoi que ce soit qui la puisse justifier. Aux environs de Porthgenna, on ne parlait de « monsieur l'intendant » que comme d'un personnage remarquablement judicieux et intelligent; et la femme de charge, bien que très-perspicace en d'autres matières, partageait, sur ce point particulier, l'illusion générale.

« Bonjour, mistress Pentreath! dit M. Munder. Y a-t-il du nouveau, ce matin? »

Quel poids, quelle importance né donnèrent pas à ces deux phrases si insignifiantes la voix creuse de l'intendant, et la lenteur méthodique de son débit!

« Assez de nouveau pour vous surprendre, monsieur Munder, répliqua la femme de charge. J'ai reçu ce matin, de mistress Frankland, une lettre dont je puis dire qu'en fait d'énigmes, je n'ai jamais rencontré la pareille. J'ai ordre de vous la communiquer, et je vous ai attendu toute la matinée pour savoir ce que vous en pensez. Veuillez vous asseoir et m'accorder toute votre attention; cette lettre en a besoin, c'est moi qui vous le garantis. »

M. Munder s'assit, et devint aussitôt l'image même de l'attention, non pas de cette attention vulgaire qui peut, en quelques minutes, s'épuiser ou se lasser, mais de cette autre attention, pour ainsi dire magistrale, qui ne connaît pas de fatigue, et domine l'ennui comme le temps. La femme de charge, sans perdre ces précieuses minutes, les minutes de M. Munder, lesquelles, par rang d'importance, venaient immédiatement après celles du premier ministre, ouvrit la lettre de sa maîtresse, et, résistant à l'envie assez naturelle de risquer encore à ce sujet quelques mots de préface, elle livra aux méditations de l'intendant le premier paragraphe, ainsi conçu:

Mistress Pentreath,

Vous devez être fatiguée de ces lettres, où je vous annonce pour tel ou tel jour mon arrivée et celle de mon mari. Je pense donc qu'il vaut mieux, vous écrivant encore à ce sujet, ne pas prendre un troisième rendez-vous; aussi vous dirai-je simplement que nous partirons de West-Winston pour Porthgenna aussitôt que le docteur m'aura permis le voyage.

« Jusque-là, remarqua mistress Pentreath, posant la lettre sur ses genoux, et la lissant et relisant avec un geste qui dénotait une certaine irritation, jusque-là rien de très-essentiel. La lettre me semble (bien entre nous, ceci) assez pauvrement écrite.... Cette manière-là ressemble trop à la conversation familière pour approcher de ce que je crois être le style d'une grande dame; mais ceci est affaire d'opinion.... Je ne dirai pas, et je serai la dernière personne à dire que le début de la lettre de mistress Frankland n'est pas, en somme, parfaitement clair.... C'est le milieu et la fin qui me donnent le désir de vous consulter, monsieur Munder.

— Fort bien, » dit M. Munder. Rien que deux mots, comme on voit; mais que de bon sens dans ces deux mots! La femme de charge s'éclaircit la voix avec un effort remarquablement bruyant, et continua sa lecture :

Mon principal objet en vous écrivant aujourd'hui est de vous engager, de la part de M. Frankland, vous et M. Munder, à tâcher de savoir (sans le moindre éclat) si une certaine personne, qui maintenant voyage en Cornouailles, et à laquelle nous prenons un assez grand intérêt, aurait déjà été vue dans le voisinage de Porthgenna. La personne en question nous est connue sous le nom de mistress Jazeph. C'est une femme d'un certain âge, de manières tranquilles et distinguées, très-nerveuse en apparence, et d'une santé délicate. Elle s'habille, autant que nous avons pu en juger, avec un soin extrême, et ne porte jamais que des vêtements de couleur foncée. Ses yeux ont une expression singulière de timidité; sa voix est remarquablement douce et contenue. Ses manières sont souvent empreintes d'une notable hésitation. J'insiste sur tous ces détails, qui doivent vous aider à la reconnaître dans le cas où elle ne voyagerait pas sous le nom qu'elle portait ici.

Par des raisons qu'il est superflu d'énumérer, nous regardons comme probable, mon mari et moi, que mistress Jazeph, à une époque quelconque de sa vie, a dû avoir des rapports avec les habitants de Porthgenna-Tower ou des environs. Qu'il en soit ou non ainsi, du moins est-il parfaitement certain qu'elle connaît à fond l'intérieur de cette habitation, et qu'elle y a un intérêt quelconque, jusqu'à présent incompréhensible pour nous. De tous ces faits, rapprochant la certitude où nous sommes qu'elle voyage maintenant en Cornouailles, nous devons regarder comme possible que vous, ou M. Munder, ou toute autre personne dépendant de nous, vous rencontriez la personne en question : et nous avons le plus vif désir, si par hasard elle demandait à visiter le manoir, non-seulement qu'on le lui montre avec tous les égards, toute la civilité possibles, mais aussi que vous puissiez rendre compte de tout ce qu'elle aura dit ou fait, depuis le moment de son entrée jusqu'à celui de son départ. Qu'on ne la perde pas de vue une seule minute, et, s'il est possible, procurez-vous une personne de confiance qui la suive pas à pas, sans qu'elle sans doute, et s'assure où elle ira au sortir de chez nous. Il est d'une très-sérieuse importance que ces instructions, s étranges qu'elles puissent vous sembler, soient suivies rigoureusemen° et à la lettre.

J'ai tout juste le temps et la place nécessaires pour ajouter que nous ne savons rien qui puisse faire tort à la personne en question. Aussi désirons-nous très-particulièrement que, si vous entrez en rapport avec elle, tout soit conduit avec assez de discrétion pour qu'elle ne puisse soupçonner ni que vous avez reçu des ordres à son sujet, ni que vous ayez un intérêt particulier à surveiller ses actions. Vous voudrez bien communiquer cette lettre à l'intendant, et je vous laisse libre de répéter à toute autre personne de confiance, si cela devient nécessaire, les instructions qu'elle renferme. Bien à vous,

ROSAMOND FRANKLAND.

P. S. J'ai quitté ma chambre, et le *babu* continue à venir merveilleusement bien.

« Voilà !... dit la femme de charge.... Maintenant, j'aimerais à savoir qui pourrait faire façon d'une pareille épître.... En avez-vous vu qui lui ressemblât ? et cependant, monsieur Munder, vous ne manquez pas d'expérience. Donc, voici sur nos épaules une lourde responsabilité, sans un pauvre mot d'explication. Je me suis cassé la tête, toute la matinée, à deviner quelle espèce d'intérêt ils pouvaient prendre à cette femme mystérieuse, et plus j'y pense, moins la chose s'éclaircit. Quel est votre avis, monsieur Munder ? Il y a quelque chose à faire sur-le-champ.... Voyez-vous, en particulier, quelque ligne de conduite qui vous semble devoir être adoptée ? »

M. Munder toussa quelque peu, croisa sa jambe droite sur sa jambe gauche, inclina légèrement la tête d'un côté, indice critique; puis sa toux le reprit, et il regarda la femme de charge. Si la figure qu'elle avait en face d'elle, en ce moment, eût appartenu à tout autre être qu'à M. Munder, mistress Pentreath n'y eût su trouver que l'expression de l'abasourdissement le plus complet et le plus irrémédiable. Mais il fallait, puisque c'était celle de l'intendant, n'y chercher respectueusement que des motifs de confiance.

« Je croirais assez.... commença M. Munder.

— Moi aussi, » se hâta de dire la femme de charge.

Comme ils en étaient à ce point de leurs éclaircissements réciproques, la servante arriva, qui venait mettre le couvert pour le dîner de mistress Pentreath.

« Bon !... pas à présent !... pas à présent, Betsey ! dit avec impatience la femme de charge.... Ne mettez le couvert que quand je vous sonnerai.... M. Munder et moi nous avons à parler d'un sujet très-important.... Il ne faut pas, en ce moment-ci, nous déranger. »

Ce mot venait à peine d'être prononcé, qu'un bien autre incident vint interrompre la conversation. On entendit sonner la cloche du portail. C'était un bruit inusité à Porthgenna-Tower. Les personnes, en bien petit nombre, que les affaires de la maison y appelaient, entraient toujours par une petite porte de côté, fermée seulement au loquet, tant qu'il faisait jour.

« Qui donc pourrait-ce bien être ? » s'écria mistress Pentreath, courant à une fenêtre d'où on avait vue oblique sur le perron du portail.

Le premier objet que rencontrèrent ses regards fut une dame arrêtée à la dernière marche ; une dame habillée avec un soin extrême, et dont le costume était de couleurs foncées.

« Juste ciel ! monsieur Munder, s'écria la femme de charge, revenant en hâte vers la table, et prenant brusquement la lettre, qu'elle y avait déposée. Il y a une dame étrangère qui attend à la porte.... une dame, ou tout au moins une femme.... et vêtue avec soin.... et de couleurs modestes.... Vous me toucheriez du bout du doigt que je tomberais, monsieur Munder, tant je suis émue !... Attendez, Betsey.... ne bougez pas !...

— J'allais à la porte, madame.... j'allais répondre, répondit Betsey, fort étonnée.

— Ne bougez, Betsey !... répéta mistress Pentreath, qui faisait un grand effort sur elle-même pour recouvrer son calme habituel.... J'ai certaines raisons, en cette occasion spéciale, pour quitter mon emploi et descendre au vôtre.... Faites-moi place, petite sotte, avec vos airs effarés !... Je vais moi-même répondre au coup de sonnette. »

CHAPITRE III.

Dans le manoir.

Si mistress Pentreath avait été étonnée en voyant par la fenêtre la dame dont il a été parlé, sa surprise redoubla au moment où elle ouvrit la porte et se trouva face à face avec un gentleman qui semblait tombé du ciel. En effet, au lieu de redescendre près de sa nièce, au bas des degrés, l'oncle Joseph était resté à côté de l'appareil à sonnerie, et n'avait pu être aperçu par mistress Pentreath. Ce fut donc, pour l'imagination échauffée de la digne femme de charge, une véritable apparition que la rencontre imprévue de ce petit vieillard à figure rose, souriant, saluant, et ôtant son chapeau avec le geste arrondi de la plus exquise politesse, par un mouvement dont la grâce onduleuse et la dextérité surprenante avaient quelque chose de fantastique.

« Comment vous portez-vous ? Nous sommes venus voir la maison, » dit l'oncle Joseph, usant de ses infaillibles stratagèmes, aussitôt la porte ouverte, afin d'obtenir la permission de franchir le seuil.

Mistress Pentreath demeura muette de surprise. Qui pouvait être ce monsieur inconnu, si étrangement familier, avec son accent exotique et son salut bizarre ? Que prétendait-il en lui parlant ainsi sur le ton de l'amitié la plus intime ? Dans la lettre de mistress Frankland, d'un bout à l'autre, il n'était pas fait mention de ce personnage inexplicable.

« Comment vous portez-vous ? Nous sommes venus voir la maison, recommença l'oncle Joseph, essayant pour la seconde fois l'irrrésistible ascendant de son entrée en matière.

— Vous vous répétez, monsieur, » lui fit remarquer mistress Pentreath, assez bien remise maintenant pour mettre sa langue au service des méfiances éveillées en elle. Puis, regardant par-dessus l'épaule du vieillard, vers le degré où sa nièce était restée debout : « Cette dame, ajouta-t-elle, cette dame veut-elle aussi visiter la maison ? »

La réponse affirmative de Sarah, doucement articulée, si brève d'ailleurs qu'elle fût, convainquit la femme de charge qu'elle avait bien réellement sous les yeux la personne décrite dans la lettre de mistress Frankland. Outre le costume, soigné dans ses détails et de couleurs peu voyantes, la voix s'y trouvait, douce et modérée, et aussi le timide regard, lorsque Sarah, pour un moment, eut levé les yeux. Donc, si troublée, si agitée qu'elle fût d'ailleurs, mistress Pentreath ne pouvait douter ni de l'identité de l'étrangère, ni des procédés qu'il fallait avoir à son égard. Quant à l'autre visiteur, par exemple, ce vieil étranger incompréhensible la jetait dans des perplexités sans issue. Valait-il mieux, s'en tenant à la lettre des instructions de mistress Frankland, le prier d'attendre dehors que sa compagne eût visité l'habitation? ou serait-il plus à propos, prenant la chose sous sa propre responsabilité, de l'admettre, lui aussi, en même temps que la dame inconnue? C'était là un grand problème à résoudre, et par conséquent il fallait recourir, de toute nécessité, à la sagacité supérieure de M. Munder.

« Veuillez entrer un moment, et attendre ici que j'aie parlé à l'intendant, dit mistress Pentreath, affectant de ne pas prendre garde au vieillard trop familier et s'adressant tout droit, pardessus sa tête, à la dame restée au bas du perron.

— Mille remercîments, répliqua l'oncle Joseph, toujours souriant et saluant, à l'épreuve de la rebuffade.... Que vous avais-je dit? » murmura-t-il dans l'oreille de sa nièce, avec l'accent du triomphe, comme elle passait devant lui pour entrer.

La première intention de mistress Pentreath avait été de descendre incontinent et de conférer avec M. Munder; mais s'étant remémoré en temps utile ce passage de la lettre de mistress Frankland où il lui était enjoint de ne pas perdre de vue un seul moment la dame à la mise modeste, ce souvenir la cloua sur place. Elle se rappela d'autant mieux cette injonction spéciale, qu'elle eut à remarquer un changement assez curieux dans les manières de la dame elle-même, qui, tout à coup rassurée, semblait maintenant fort impatiente de se mettre à l'avant-garde pour pénétrer à l'intérieur de l'habitation, le seuil une fois franchi.

« Betsey! cria mistress Pentreath, appelant prudemment sa domestique, après s'être écartée à quelques pas des deux visiteurs. Betsey!... demandez à M. Munder de vouloir bien venir par ici. »

M. Munder parut bientôt, marchant d'un pas résolu, et don-

nant à sa physionomie assombrie une singulière expression de
dignité hautaine. Habitué à ce qu'on le traitât avec déférence,
il n'avait pas trouvé bon que la femme de charge l'eût quitté
avec aussi peu de cérémonie, dès qu'elle avait entendu sonner,
sans lui laisser le temps d'exprimer son opinion sur la lettre
de mistress Frankland. En conséquence, lorsque mistress Pentreath, de plus en plus agitée, l'attira hors de portée de la
voix, et lui apprit tout bas que la dame à laquelle s'intéres-
saient si fort les propriétaires de Porthgenna-Tower était, à ce
moment-là même, en face de lui, il reçut cette surprenante
communication avec une indifférence bien faite pour irriter.
Et ce fut bien pis lorsque, sans quitter des yeux les deux
étrangers, elle vint à exposer le difficile dilemme qui la préoccupait. Avec quelque respect qu'elle en appelât à la sagesse
supérieure de M. Munder pour en obtenir un bon conseil,
il continua impitoyablement à froncer le sourcil d'une façon
tout à fait décourageante, quand elle s'aventura, par voie de
conclusion, à lui dire ce qu'elle avait imaginé pour sauvegarder sa responsabilité; savoir, qu'elle comptait prier le vieillard d'attendre à l'extérieur, tandis que, conformément aux
instructions de mistress Frankland, on montrerait le manoir à
sa compagne. M. Munder, ceci expliqué, la contredit avec une
sorte d'impatience.

« Voilà votre opinion, n'est-ce pas, madame ? s'écria l'irri-
table personnage. Eh bien.... ce n'est pas la mienne. »

La femme de charge ouvrit de grands yeux. « Peut-être
pensez-vous, suggéra-t-elle en toute révérence, que très-probablement le vieux gentleman étranger insisterait alors pour
être admis dans la maison en même temps que la dame.

— Précisément, telle est mon idée, » répondit M. Munder.

Or M. Munder n'avait songé à rien de semblable. Sa seule
idée, en ce moment, était de bien établir sa suprématie en
adoptant résolûment un avis contraire à celui de mistress
Pentreath, et aux arrangements qu'elle avait cru pouvoir
prendre avant de l'avoir consulté.

« Vous prendriez alors la responsabilité de les admettre
tous deux, par cette seule raison qu'ils se sont présentés ensemble ? demanda la femme de charge.

— Précisément, je la prendrais, répliqua l'intendant avec
cette merveilleuse promptitude dans le conseil qui distingue
tous les hommes vraiment supérieurs.

— A merveille monsieur Munder. Je suis toujours charmée

d'avoir votre opinion pour me guider. Et je m'y rangerai encore aujourd'hui, dit mistress Pentreath; mais comme il y aura deux personnes à surveiller, car, à aucun prix, je ne voudrais perdre l'étranger de vue, j'en suis réduite à vous prier de prendre avec moi la peine de les conduire. Je suis si agitée, si nerveuse, que je ne me crois pas en possession de toutes mes facultés; jamais, songez-y, je ne me trouvai à pareille fête, entourée de mystères que je ne puis comprendre; bref, si je ne pouvais compter sur votre assistance, je ne répondrais pas de ne point commettre quelque grave erreur.... Or je serais très-fâchée qu'une telle erreur fût commise, non-seulement pour ce qui me concerne, mais aussi.... »

La femme de charge n'en dit pas plus, mais elle regardait M. Munder de manière à ce qu'il ne pût s'y méprendre.

« Achevez, madame, dit M. Munder avec un phlegme cruel.

— Non-seulement pour ce qui me concerne, reprit mistress Pentreath un peu piquée, mais aussi pour votre compte. Car, ceci est bien certain, la lettre de mistress Frankland place sur vos épaules, tout autant que sur les miennes, la responsabilité de cette affaire si délicate. »

M. Munder recula de quelques pas, rougit, ouvrit la bouche pour exprimer son indignation, hésita un moment, et la referma. Il était pris à son propre piége. Il ne pouvait abdiquer, après l'avoir pris le moment auparavant, le rôle de directeur; et il ne pouvait nier que la lettre de mistress Frankland ne fît mention de lui nommément, et à plus d'une reprise. Une seule voie lui restait pour sortir honorablement de cette position difficile, et, dès que M. Munder eut repris assez de calme pour y entrer, il le fit sans la moindre confusion.

« Je suis vraiment surpris, mistress Pentreath, continua-t-il avec une dignité suprême, que vous m'ayez cru capable, un seul instant, de vous laisser le soin de montrer la maison à ces étrangers, dans des circonstances aussi bizarres que celles où nous sommes placés tous les deux. Non, madame; je puis avoir d'autres défauts; mais je n'ai jamais hésité à prendre ma juste part de responsabilité. Vous n'aviez pas besoin de me remettre en mémoire la lettre de mistress Frankland; et.... non, pas d'excuses, je vous prie.... je suis prêt, madame....,. absolument prêt à monter avec vous, partout où vous irez.

— En ce cas, monsieur Munder, le plus tôt sera le mieux.... car voici déjà cet audacieux vieillard qui bavarde avec Betsey comme s'il la connaissait depuis le berceau ! »

Rien de plus vrai. L'oncle Joseph exerçait la fascination de ses familiarités sur la bonne en question (laquelle, au lieu de retourner dans la cuisine, était restée à contempler les nouveaux venus), justement comme il l'avait exercée, dans la diligence, sur la dame âgée placée à côté de lui, et, plus tard, sur le postillon de la chaise qui les avait amenés à Porthgenna. Tandis que la femme de charge et l'intendant tenaient à part leur conférence secrète, il avait mis en gaieté la jeune Betsey, qui retenait à grand'peine ses rires près d'éclater, par les étranges questions qu'il lui faisait, et sur l'intérieur de la vieille maison, et sur les fonctions qu'elle avait à y remplir. Sa petite enquête les avait conduits du côté sud, par lequel Sarah et lui étaient entrés, au côté ouest, qu'ils allaient bientôt explorer, et, de là, au côté nord, terrain prohibé où personne ne mettait jamais le pied. Lorsque mistress Pentreath s'avança, escortée de l'intendant, elle surprit un fragment de l'interrogatoire que l'étranger faisait subir à la domestique.

« Mais voyons donc un peu, chère Betzi, disait l'oncle Joseph, pourquoi personne ne va-t-il jamais dans ces vieux appartements moisis ?

— Parce qu'un fantôme les habite, répondit Betsey, riant tout haut, comme si une enfilade de chambres hautes et une série de facéties excellentes étaient deux choses parfaitement identiques.

— Voulez-vous bien vous taire, et retourner en bas ? » s'écria mistress Pentreath, indignée. Puis s'adressant à Sarah, mais l'œil toujours fixé sur l'oncle Joseph : « Les ignorants du voisinage, continua-t-elle, racontent d'absurdes histoires sur certains vieux appartements situés dans une partie de la maison qu'on a laissée tomber en ruine, et qui n'a pas été habitée depuis tantôt un demi-siècle; d'absurdes histoires où il est question d'un fantôme : et ma domestique est assez sotte pour y croire.

— Vraiment non, répliqua Betsey, qui, tout en protestant, opérait sa retraite vers les régions souterraines.... Je ne crois pas le moins du monde au fantôme.... du moins pendant la journée. »

Après cette clause restrictive, énoncée à voix basse, Betsey, bien à regret, disparut de la scène.

Mistress Pentreath observa, non sans étonnement, que la mystérieuse dame à la mise tout unie était devenue très-pâle dès qu'on avait parlé du fantôme, et ne s'était pas permis la moindre remarque. Pendant qu'elle se demandait encore ce qu'on pouvait conclure de là, M. Munder, portant en avant sa majestueuse personne, s'adressait, non pas à l'oncle Joseph, ni même à Sarah, mais, en apparence du moins, à l'espace vide qui les séparait.

« Si vous voulez visiter la maison, disait-il, vous aurez la bonté de me suivre. »

A ces mots, M. Munder enfilait solennellement le corridor qui aboutissait au pied des escaliers de l'Ouest, avec cette piaffe lente à laquelle tout Anglais sérieux s'abandonne quand il sort, le dimanche, pour prendre un peu d'exercice. La femme de charge, avec la complaisance habituelle à son sexe, réglant son pas sur celui de l'intendant, exécutait à ses côtés une espèce de *polonaise* dominicale, comme si elle fût sortie avec lui pour avaler un peu d'air, entre le service du matin et celui du soir.

« Aussi vrai que je suis un pêcheur vivant, cette visite dans la maison ressemble, trait pour trait, à un cortége funèbre, » dit tout bas l'oncle Joseph à sa nièce. Il prit son bras, à ces mots, et s'aperçut alors qu'elle tremblait violemment. Qu'y a-t-il? lui demanda-t-il *sotto voce*.

— Mon oncle, il n'est pas naturel que ces gens-ci se soient trouvés si disposés à nous montrer le manoir, lui fut-il répondu sur le même ton.... Que se disaient-ils tout à l'heure, de manière à n'être pas entendus de nous? Pourquoi cette femme ne me quitte-t-elle jamais du regard? »

Avant que le vieillard eût pu répondre, la femme de charge tournée vers eux, les pria, du ton le plus sévère, de se mettre en marche. Une minute ne s'était pas écoulée qu'ils se trouvaient de nouveau réunis au pied de l'escalier ouest.

« Ah! ah! s'écria l'oncle Joseph, aussi à son aise et aussi bavard que jamais, nonobstant la présence imposante de M. Munder en personne.... Belle grande *cassine*, ma foi !... et un fameux perchoir !...

— Nous ne sommes point habitués, monsieur, à entendre parler en ces termes soit du manoir, soit des escaliers qu'il renferme, dit M. Munder, bien décidé à étouffer dans son germe la familiarité de l'étranger. Le *Guide du Cornouailles occidental*, que vous auriez tout aussi bien fait de consulter avant de vous rendre ici, décrit Porthgenna-Tower sous le titre de *mansion* [1]; et c'est l'adjectif *spacieux* qu'il emploie en par-

---

1. *Mansion*, maison noble; le nom de *château* (*castle*) était réservé aux demeures fortifiées.

lant de l'escalier ouest.... Je regrette, monsieur, que vous
n'ayez pas jugé à propos de parcourir le *Guide du Cornouailles occidental.*

— Et pourquoi? répliqua l'impassible Allemand.... Qu'a-
vais-je affaire d'un livre, vous ayant pour me guider? Ah!
cher monsieur, vous ne vous rendez pas justice.... Un vrai
guide en chair et en os, comme vous, qui marche et parle si
bien, vaut mieux pour moi que tous les bouquins imprimés
de ce bas monde.... Oh! mais non.... non!... ce n'est pas la
peine de discuter ceci.... Je ne veux pas vous écouter si vous
persistez à vous déprécier de cette façon.... » L'oncle Joseph,
ce disant, exécuta une de ses révérences fantastiques, lança
un long sourire à la figure de l'intendant, et secoua la tête, à
plusieurs reprises, par manière de reproche amical.

M. Munder se sentit paralysé. Il n'aurait pu être traité de
plus haut, avec une familiarité plus aisée et plus insouciante,
quand bien même cet obscur vieillard étranger eût été un duc
et pair d'Angleterre. Il avait souvent entendu parler d'une au-
dace à tout braver, et il la voyait tout à coup se produire, in-
carnée en un petit individu grisonnant, dont le nez ne s'élevait
pas à cinq pieds du sol!

Tandis que l'intendant, gonflé de rancunes, accumulait en
lui des ressentiments trop énormes pour trouver une issue, la
femme de charge, suivie de Sarah, montait lentement l'escalier. L'oncle Joseph, les voyant parvenues à une certaine hauteur, se hâta de rallier sa nièce, et M. Munder, après une halte
de quelques instants, nécessaire pour rendre le calme à son
esprit ému, suivit enfin le téméraire étranger, dont il voulait
surveiller de près la conduite, bien décidé, si l'occasion s'en
présentait, à châtier par d'amères et poignantes paroles l'insolence qu'il venait de manifester.

Le cortége ainsi formé sur l'escalier, l'intendant ne se trouva
pas, néanmoins, tout à fait à l'arrière-garde. A la queue de
la colonne, l'ornant et la complétant par sa présence, se tenait Betsey, la domestique, qui, s'échappant de la cuisine,
avait voulu suivre les visiteurs étrangers dans cette promenade intérieure, et cela d'aussi près qu'elle le pourrait sans
attirer l'attention de mistress Pentreath. Betsey n'était pas
étrangère à cette curiosité, à cet amour du changement, qui
est l'apanage de l'humaine nature. Jamais, dans le passé, visite pareille à celle des deux inconnus n'avait, à sa connaissance, diversifié la monotone existence des habitants de Porth-

genna. Aussi était-elle bien décidée à ne pas demeurer seule
dans sa cuisine, alors qu'elle avait chance d'attraper au vol
quelque lambeau de conversation, ou d'entrevoir quelques-uns
des incidents qui pouvaient se produire entre les personnes
réunies dans le haut de la maison.

Cependant la femme de charge, suivie de tout son monde,
était parvenue au palier du premier étage, à droite et à gauche
duquel étaient situés les principaux appartements du pavillon
ouest. Stimulés par les craintes et par les soupçons, les yeux
de Sarah eurent bientôt découvert les réparations qui venaient
d'être faites aux marches et aux rampes du second étage.

« Vous avez eu des ouvriers dans la maison? demanda-t-elle
vivement à mistress Pentreath.

— Vous voulez dire sur les escaliers, repartit aussitôt celle-
ci.... Oui, on a travaillé par ici.

— Et nulle part ailleurs?

— Non.... Mais il y a d'autres endroits où, par malheur, il
y a de l'ouvrage à faire.... Même ici, et c'est la meilleure partie du bâtiment, la moitié des chambres du haut sont à peine
habitables. Elles n'étaient déjà rien moins que bien pourvues,
même quand vivait feu mistress Treverton.... et depuis
qu'elle est morte.... »

La femme de charge s'arrêta court, fort surprise, et avec une
grimace de mécontentement. En effet, la dame aux modestes
vêtements, au lieu de justifier la réputation de courtoisie que
lui faisait la lettre de mistress Frankland, venait de tourner
brusquement le dos à son interlocutrice, avant que celle-ci
eût achevé sa phrase. Déterminée à ne pas se laisser impo-
ser silence d'une façon aussi peu pertinente, elle reprit dans
les mêmes termes :

« Et, depuis que mistress Treverton est morte.... »

Pour la seconde fois elle fut interrompue. L'étrangère se
retournant tout à coup, très-pâle, les yeux animés par une
curiosité inexplicable, la regarda bien en face, et lui posa, de
but en blanc, une question parfaitement inopportune :

« Parlons de cette histoire de revenant.... Dit-on que le fantôme soit celui d'un homme, ou d'une femme?

— Je parlais de feu mistress Treverton, répliqua la femme
de charge avec l'accent du reproche le plus sévère.... nullement de ce conte de spectre qu'on a fait sur les appartements
du nord. Vous ne vous y seriez pas trompée, si vous m'avie_
fait l'honneur de prêter quelque attention à mes paroles.

— Je vous demande mille fois pardon.... je vous fais mille excuses pour cette inattention apparente.... Je venais justement de songer.... C'est-à-dire, je désirais savoir....

— Si vous vous préoccupez à ce point d'une absurde chronique, reprit mistress Pentreath, adoucie par l'évidente sincérité des excuses qui lui étaient ainsi offertes, je vous dirai que le fantôme en question est, effectivement, celui d'une femme.»

Le visage de l'étrangère blêmit encore, et de nouveau elle se retourna vers la fenêtre du palier.

« Qu'il fait chaud! dit-elle, exposant son visage à l'air extérieur.

— Chaud?... par un vent du nord-est? » s'écria mistress Pentreath, tout à fait abasourdie.

A ce moment s'avançait l'oncle Joseph, demandant poliment si on procéderait bientôt à la visite des appartements. Depuis quelques minutes il s'évertuait à questionner M. Munder sur toute espèce de sujets ; et n'en recevant que les réponses les plus laconiques, les plus disgracieuses, il avait fini par ne plus adresser la parole au farouche intendant.

Mistress Pentreath se préparait à conduire ses visiteurs dans la salle à manger, la bibliothèque et le salon. Les trois pièces communiquaient l'une avec l'autre, et chacune d'elles avait une seconde porte ouvrant sur un long corridor, dont l'entrée était à main droite du palier du premier étage. Avant de montrer le chemin, la femme de charge posa légèrement sa main sur l'épaule de Sarah, pour lui faire comprendre qu'il était temps de se remettre en marche.

« Quant à l'histoire du revenant, recommença mistress Pentreath tout en ouvrant la porte de la salle à manger, si vous voulez qu'on vous la raconte d'un bout à l'autre, il faudra la demander aux ignorants qui veulent bien y croire.... S'il s'agit d'un vieux spectre ou d'un nouveau.... et à quelles fins il est censé se promener chez nous, voilà ce qu'en vérité je ne puis dire. » Malgré l'indifférence qu'affectait la femme de charge à l'endroit des superstitions populaires, elle en avait assez entendu, de cette histoire funèbre, pour en être parfois très-émue, mais sans en vouloir convenir. Soit à l'intérieur, soit au dehors du manoir, on n'aurait guère trouvé, en fin de compte, une personne moins disposée à s'aventurer seule dans les appartements du nord que ne l'était l'incrédule mistress Pentreath.

Pendant que la femme de charge relevait les persiennes de

la salle à manger, et pendant que M. Munder ouvrait la porte
de communication entre cette pièce et la bibliothèque, l'oncle
Joseph s'était glissé à côté de sa nièce, pour lui adresser quelques paroles d'encouragement, à sa façon, c'est-à-dire aussi
originales que tendres.

« Allons, un peu de cœur ! lui disait-il tout bas.... Ne perdez pas la tête, Sarah !... et à la première occasion, sautez
dessus sans balancer.

— Ah ! mes pensées, mes pensées !... répondait-elle sur le
même ton. Cette maison les ameute toutes contre moi....
Pourquoi, pourquoi ai-je voulu y rentrer ?

— Vous feriez bien de regarder la vue qu'on a de cette fenêtre, dit mistress Pentreath, qui venait de relever la persienne.... Elle fait l'admiration générale. »

Tandis qu'au premier étage de la maison les choses en
étaient là, Betsey, qui jusqu'alors, partie du vestibule, montait marche à marche, et le plus doucement possible, écoutant
de toutes ses oreilles chaque fois qu'elle s'arrêtait, lorsqu'elle
vint à constater qu'aucun bruit de voix n'arrivait plus à ses
oreilles, avisa qu'il serait peut-être à propos de revenir dans
sa cuisine, afin de surveiller le dîner de la femme de charge,
qu'elle avait laissé devant le feu. Elle descendit en conséquence
jusqu'à l'étage inférieur, se demandant quelle partie de la
maison les étrangers auraient envie de voir ensuite, et fati-
guant sa petite cervelle à chercher un motif plausible pour les
accompagner où ils iraient.

Après que la vue de la fenêtre de la salle à manger eut été
dûment contemplée, on pénétra dans la bibliothèque. Une fois
là, mistress Pentreath, ayant quelque loisir pour regarder
autour d'elle, et profitant de ce loisir pour étudier la conduite
de l'intendant, acquit aussitôt la désobligeante conviction
qu'elle n'avait pas à compter sur M. Munder pour l'aider à
surveiller les démarches des deux inconnus, ce qui était, après
tout, le plus important de leur commune mission. L'aisance
irrespectueuse de l'oncle Joseph ayant exaspéré chez M. Munder la disposition naturelle qu'il avait à revendiquer, en toute
occasion, le respect qu'il pensait lui être dû, l'intendant n'a-
vait plus qu'une seule ambition : c'était de se dépouiller, autant que faire se pouvait, du caractère subalterne que lui avait
infligé l'insolent étranger, en affectant de le regarder comme
son guide. Il flânait en conséquence par la chambre, d'un air
ennuyé, en simple visiteur qui se prélasse, tantôt s'accoudant

aux croisées, tantôt feuilletant les livres posés sur les tables, essayant quelques grimaces devant les glaces des cheminées, bref, regardant partout, sauf du côté où il aurait dû regarder La femme de charge, impatientée par cette affectation d'indifférence, l'avertit d'un ton assez aigre qu'il eût à ne pas perdre l'étranger de vue, attendu qu'elle avait assez affaire, de son côté, pour surveiller la dame au simple costume.

« Fort bien, fort bien, répondit M. Munder avec une insouciance boudeuse.... Et maintenant, madame, où irons-nous après avoir visité le salon?... Reviendrons-nous sur nos pas, par la bibliothèque, dans la salle à manger?... ou bien sortirons-nous dans le corridor, sans autre formalité?... Soyez assez bonne pour régler ceci.... puisque vous réglez ici toute chose.

— Nous prendrons certainement le corridor, répondit mistress Pentreath, pour leur montrer les trois chambres qui sont encore derrière celle-ci. »

M. Munder, toujours flânant, passa de la bibliothèque dans le salon par la porte commune à ces deux pièces, tira le verrou de celle qui ouvrait du salon dans le corridor, et ensuite, au grand mécontentement de la femme de charge, s'alla planter devant la glace de la cheminée, comme, naguère encore il se pavanait devant celle de la pièce qu'on venait de quitter.

« Voici le salon ouest, dit mistress Pentreath, se rapprochant des visiteurs.... La cheminée, sculptée en pierre, ajouta-t-elle dans le malicieux dessein de les ramener vers l'intendant, est à coup sûr ce qu'il y a de plus remarquable dans cet appartement. »

Forcé, par cette manœuvre habile, de quitter la place où il se mirait, M. Munder, obstiné en sa flânerie provoquante, s'alla planter à la fenêtre, et regarda le paysage. Sarah, toujours pâle, toujours silencieuse, mais avec une certaine détermination bien étrangère à sa nature, et dont on eût dit que l'empreinte se gravait dans les plis inscrits autour de ses lèvres, Sarah s'était arrêtée, pensive, devant le marbre de cheminée que la femme de charge venait de désigner plus spécialement à son attention. L'oncle Joseph, regardant de tous côtés, à bâtons rompus, selon sa coutume, aperçut, dans le coin de la pièce le plus éloigné de la porte ouvrant sur le corridor, une belle table à cabinet, en bois d'érable, d'un modèle tout particulier. Son enthousiasme d'ébéniste s'éveillant à la vue de ce chef-d'œuvre, il traversa précipitamment le salon pour aller admirer de plus près un si rare travail. Et que vit-il

alors sur l'espèce de corniche que formait la table, naturellement, beaucoup plus large que le cabinet superposé?... Qu'y
vit-il, sinon une magnifique boîte à musique, trois fois grosse
comme la sienne?...

« Oh!... oh!... oh!... s'écria l'oncle Joseph, exécutant une
gamme ascendante qui ne prit fin qu'aux dernières limites de
sa voix de poitrine, et qui exprimait une surprise démesurée.
Ouvrez-la!... Faites-la jouer!... que je sache ce qu'elle joue!... »
Les mots manquant ici à son impatiente curiosité, il se
mit à tambouriner des deux mains sur le couvercle de la boîte,
avec une espèce de frénétique enthousiasme.

« Monsieur Munder! s'écria la femme de charge, qui, indignée, courut d'un bout du salon à l'autre.,... Où avez-vous les
yeux? Pourquoi lui permettre...? Il va faire sauter la serrure
de la boîte à musique!... Laissez-moi, monsieur!... Comment
osez-vous mettre la main sur moi?

— Oh! faites-la jouer! faites la jouer! répéta l'oncle Joseph
qui, effectivement, avait saisi le bras de mistress Pentreath,
mais le lâcha sans attendre une seconde sommation.... Voyez
par ici!... Ce que j'ai là, pendu, c'est aussi une boîte à musique.... Faites jouer la vôtre.... Joue-t-elle du Mozart, elle
aussi?... Elle est trois fois aussi grosse qu'aucune de celles
que j'aie jamais vues.... Vous voyez cette petite-là?... Elle n'a
l'air de rien à côté de la vôtre.... mais elle a été donnée à mon
propre frère par le roi de tous les compositeurs passés, présents et futurs.... par le divin Mozart en personne.... Faites
aller votre grosse machine.... et je vous ferai entendre, ensuite, ce petit joujou d'enfant.... Ah! chère et bonne dame,
pour l'amour de moi!

— Monsieur! s'écria la femme de charge, que cette adjuration malencontreuse fit rougir d'une vertueuse colère.

— Que signifie, monsieur, un pareil langage adressé à une
femme respectable? demanda M. Munder, accouru à la res-
cousse.... Croyez-vous qu'on ait affaire ici de vos musiques
étrangères, de votre morale étrangère, et de ces profanes allures, également étrangères?... Oui, monsieur, j'ai dit *profanes*.
Tout homme qui, vis-à-vis d'un de ses pareils, musicien ou
autre, se sert du mot *divin*, commet une véritable profana-
tion.... Et qui donc êtes-vous, pour vous porter à ces auda-
cieuses extrémités?... Seriez-vous athée, par hasard?... »

Avant que l'oncle Joseph eût pu répondre à cette question
par une profession de foi dans les règles, et avant que M. Mun-

!er eût pu donner essor à quelque supplément de prosopopée, ils furent tous deux réduits au silence, pour un moment au moins, par un cri d'alarme échappé à la femme de charge :

« Où est-elle? » s'était écriée mistress Pentreath, debout au milieu du salon, et promenant de tous côtés un regard effaré.

La dame à la mise modeste avait tout à coup disparu.

Elle n'était ni dans la bibliothèque, ni dans la salle à manger, ni dans le corridor extérieur.... Après l'avoir en vain cherchée dans ces trois endroits, la femme de charge revint à M. Munder, le visage décomposé par l'effroi, et demeura debout devant lui dans l'attitude du plus complet découragement, ne sachant absolument ni que dire ni que faire. A peine commença-t-elle à se ravoir un peu, que, se tournant vers l'oncle Joseph :

« Où est-elle?... j'entends savoir ce qu'elle est devenue! Méchant et rusé vieillard! être sans vergogne!... où est cette femme? s'écria mistress Pentreath, qui n'avait plus ni couleurs aux joues ni merci dans le regard.

— J'imagine, repartit l'oncle Joseph, qu'elle s'est mise à visiter la maison toute seule.... Nous la retrouverons en continuant notre tournée. » Si simple qu'il fût, le vieillard était, en somme, assez avisé pour s'apercevoir qu'il venait justement de rendre à sa nièce le service dont elle avait besoin. Mettez à sa place l'homme le plus artificieux de ce bas monde, il n'eût rien pu imaginer de mieux pour appeler sur lui la surveillance de mistress Pentreath, et y soustraire Sarah, que le moyen employé par lui en toute innocence de cœur, et lorsqu'il était à mille lieues de l'objet en vue duquel sa nièce et lui étaient entrés dans le manoir. « A la bonne heure, se disait-il maintenant en lui-même; tandis que ces deux êtres colériques me gourmandaient à propos de rien, Sarah s'est glissée vers la chambre où se trouve sa fameuse lettre.... Très-bien!... je n'ai plus qu'à attendre son retour, et à me laisser gourmander aussi longtemps qu'on le voudra.

— Que faire, monsieur Munder? que faire au monde? demandait la femme de charge.... Nous ne pouvons cependant pas perdre ces précieuses minutes à nous regarder le blanc des yeux!... Il faut retrouver cette femme!... Attendez!... elle a fait quelques questions à propos des escaliers.... Au moment où nous arrivions sur le palier, elle a regardé du côté du second étage.... Monsieur Munder, attendez ici et ne perdez pas de vue un seul instant cet étranger!... Attendez, pendant que je

cours voir là-haut, dans le corridor du second !... Toutes les
portes des chambres sont fermées à clef.... Si elle y est montée, je la défie bien de s'y cacher. »

A ces mots, la femme de charge sortit en courant du salon,
et, à perte d'haleine, monta l'escalier qui menait à l'étage supérieur.

Pendant que mistress Pentreath la cherchait ainsi dans le
pavillon de l'ouest, Sarah, de sa course la plus légère, s'était
élancée dans les corridors solitaires qui menaient aux appartements du nord.

Poussée par ce que sa situation avait de désespéré à prendre un parti décisif, à peine avait-elle vu mistress Pentreath
lui tourner le dos pour un instant, qu'elle s'était jetée du
salon dans le couloir. Là, sans s'arrêter à réfléchir, sans
prendre le temps de se calmer, elle descendit en courant
l'escalier du premier étage, et se dirigea vers la chambre de la
femme de charge par le chemin le plus court. Qu'elle y eût
trouvé quelqu'un, ou qu'elle eût rencontré quelqu'un en route,
elle n'avait pas la moindre excuse prête. Elle n'avait non plus
aucun plan arrêté pour le cas où elle n'y trouverait pas, suspendues au même clou, les clefs des appartements du nord,
qu'elle allait y chercher en toute confiance. Son intelligence
était perdue en un trouble complet; ses tempes battaient
comme si son cerveau brûlant et dilaté eût été sur le point de
les rompre en éclatant. Un seul désir, désir sauvage, aveugle,
obstiné, celui d'arriver, n'importe comment, à la chambre
aux Myrtes, la chassait en avant, force irrésistible, et donnait à ses pieds tremblants une légèreté inconnue, à ses
mains frémissantes une force surnaturelle, de même qu'il
donnait un courage miraculeux à son âme timide.

Elle se précipita dans la chambre de la femme de charge,
sans même prendre la précaution vulgaire d'écouter à la porte
si quelqu'un s'y trouvait en ce moment.... Et personne n'y
était. Un seul regard, lancé vers la muraille, lui montra, au
même clou dont elle se souvenait si bien, les mêmes clefs,
suspendues comme elles l'étaient seize ans plus tôt. Un moment lui suffit pour les saisir, et, l'instant d'après, elle parcourait de plus belle les passages déserts qui conduisaient aux
appartements du nord, se démêlant dans leurs tours et détours
comme si elle y fût passée la veille encore. Jamais elle ne
s'arrêtait pour regarder ou écouter derrière elle; et ses pas
ne se ralentirent que lorsque, parvenue au sommet de l'esca-

lier du fond, elle eut la main sur le bouton de la porte fermée qui donnait accès dans le vestibule du pavillon nord.

En examinant le paquet de clefs pour choisir la première qui lui fût nécessaire, elle découvrit, ce que son extrême hâte ne lui avait pas permis de constater plus tôt, les étiquettes numérotées que l'entrepreneur, envoyé à Porthgenna par M. Frankland pour y dresser le devis des réparations indispensables, avait méthodiquement attachées à chaque clef. Dès qu'elle les eut vues, ses mains si empressées suspendirent tout à coup leur travail fiévreux, et elle frissonna de la tête aux pieds, comme si une enveloppe de glace fût tombée sur elle.

Moins violemment agitée, la découverte de ces nouvelles étiquettes, et les soupçons que cette découverte lui suggérait assez naturellement, l'auraient, selon toute probabilité, arrêtée court. Mais le trouble de son intelligence était trop complet, maintenant, pour lui laisser la faculté de combiner les plus simples pensées. Elle eut vaguement conscience d'une terreur nouvelle, d'une crainte plus poignante qui doubla et tripla l'impatience téméraire en vertu de laquelle tant de risques avaient déjà été courus, et, désespérément, elle se remit à fouiller le paquet de clefs. L'une d'elles n'avait pas d'étiquette; elle était plus grosse que les autres : c'était celle de la porte de communication devant laquelle Sarah était maintenant arrêtée. Elle la tourna dans la serrure rouillée avec une force qui lui eût absolument fait défaut en toute autre circonstance. D'un seul effort elle ouvrit la porte, qui se dégagea brusquement des montants auxquels elle adhérait. Haletante, essoufflée, Sarah, sans s'arrêter une seconde pour repousser la porte derrière elle, traversa d'un élan le vestibule abandonné. Les insectes rampants, les reptiles domestiques qui en avaient pris possession, s'écartant silencieusement, regagnaient de chaque côté les murailles, comme un peuple de larves fantastiques. Elle ne prit pas garde à eux, et ses pieds n'évitaient pas leur contact immonde. Elle courait toujours, et à travers le vestibule, et sur l'escalier qui s'ouvrait au fond de cette vaste pièce; puis, parvenue au palier ouvert où cet escalier menait, elle s'arrêta brusquement, en face de la première porte.

La première porte de cette longue série de chambres ouvrant sur ce palier, la porte en face de la dernière marche de ce dernier escalier...., elle s'arrêta et la contempla. Ce n'était pas la porte qu'elle venait ouvrir. Cependant elle ne pouvait s'en arracher. Tracé à la craie sur le panneau était le chiffre 1, et, jetant les yeux sur le paquet de clefs qu'elle avait en main, elle vit, sur une des étiquettes, le chiffre 1 correspondant.

Elle essaya de penser, d'arriver à quelqu'une des conclusions auxquelles pouvaient aboutir les soupçons qui assiégeaient en foule son imagination excitée. Vain effort. Son intelligence l'avait quittée. Le sens de la vue et le sens de l'ouïe, doués en elle, pour le moment, d'une acuité douloureuse et incompréhensible, étaient les seules facultés qui pussent lui être de quelque usage. Elle posa sa main sur ses yeux, attendit ainsi un moment, et avança ensuite lentement, regardant à chaque porte.

Le numéro 2, le numéro 3, le numéro 4, tracés de même, à la craie, sur les panneaux, répondaient aux mêmes numéros écrits à l'encre sur les étiquettes. Le numéro 4 était celui de la chambre du milieu, le premier étage se composant de huit pièces à la suite l'une de l'autre. Arrivée là, elle s'arrêta de nouveau, tremblant de la tête aux pieds.... C'était la porte de la chambre aux Myrtes.

Le numérotage à la craie s'arrêtait-il là? Elle regarda, suivant de l'œil, dans toute sa longueur, l'enfilade entière. Non; les quatre portes restant étaient régulièrement numérotées de cinq à huit.

Elle revint à la porte de la chambre aux Myrtes, chercha la clef dont l'étiquette portait le numéro quatre, hésita...., et jeta par-dessus son épaule un regard méfiant, dans la direction du vestibule désert.

Les toiles des antiques portraits de famille, qu'elle avait vus pendre hors de leurs bordures, jadis, quand elle était venue cacher la lettre, étaient depuis lors, pour la plupart, pourries et tombées. Leurs grands lambeaux noirâtres jonchaient çà et là le dallage du vestibule. Sur les hauts plafonds voûtés, l'humidité avait inscrit, comme la carte de quelque monde chimérique, des continents, des mers et des îles. Des toiles d'araignée, chargées de poussière, pendaient en festons gris des corniches brisées par endroits. Les taches de boue restées sur les dalles semblaient comme autant de reflets grossiers des moisissures du plafond. Le large escalier qui du vestibule menait aux chambres du premier étage, déjeté en masse, fléchissait tout d'un côté; la rampe qui continuait sur les deux faces extérieures du palier, crevée par endroits, étalait ses baies périlleuses. La lumière du jour n'arrivait là que souillée; l'air du ciel y était comme étouffé; les bruits de la terre semblaient n'y avoir plus d'échos.

Plus d'échos? le silence était-il donc si complet? ou bien, au contraire, dans ce silence même, n'y avait-il pas, pour en augmenter l'horreur et, on l'eût dit, uniquement pour en faire mieux sonder la profondeur mystérieuse, quelque faible appel au sens de l'ouïe?

Sarah écoutait, le visage encore tourné du côté du vestibule.... Elle écoutait, et, derrière elle, entendit un léger bruit. Le bruit s'était-il produit en dehors de la porte à laquelle elle avait cessé de faire face.... ou bien derrière cette porte?... dans la chambre aux Myrtes?

Oui, c'était bien *là!*... Au moment où cette conviction se fit en elle, Sarah perdit toute faculté de sentir. Elle oublia ce numérotage des portes qui lui avait tant donné à penser; elle cessa de calculer le cours du temps, de songer qu'elle pouvait être découverte; et, ses facultés convergeant sur un seul point, elle devint littéralement, selon l'expression vulgaire, « toute oreilles. »

Ce bruit faible, intermittent, était celui d'une chose qui glisse, et qui glisse furtivement. Il revenait par intervalles, s'éloignant et se rapprochant tour à tour, tantôt à une extrémité de la chambre aux Myrtes, tantôt à l'autre. Par moments, et soudain, très-distinct; par moments s'éteignant en gradations insensibles, dont les dernières se pouvaient à peine apprécier. Tantôt il semblait balayer le sol par bonds saccadés; tantôt il glissait, l'effleurant à peine, et comme rasant l'extrême limite de ce qui est le silence absolu.

Les pieds pour ainsi dire pris dans le sol, Sarah, lentement, tourna la tête, pouce par pouce, vers la porte de la chambre aux Myrtes. Un moment auparavant, alors qu'elle n'avait pas encore perçu le faible bruit qui en venait par instants, sa respiration était courte, pénible, pressée. Maintenant on eût pu la croire morte, tant sa poitrine était immobile et son haleine muette. Sur son visage se fit le même changement inexprimable qu'on avait pu y remarquer, à Truro, dans le salon de l'oncle Joseph, à l'heure où l'obscurité était venue l'y surprendre. Le même regard inquiet, interrogateur, qu'elle fixait alors sur les recoins ténébreux de cette petite pièce, se retrouvait maintenant dans ses yeux, tandis qu'ils se tournaient peu à peu vers la porte.

« Eh bien ! maîtresse ?... murmura-t-elle, suis-je arrivée trop tard ? m'avez-vous devancée ici ? »

Le bruit frémissant et furtif demeura un moment suspendu ; puis il recommença, pour s'éteindre ensuite et aller mourir à l'autre bout de la chambre.

Les yeux de Sarah, désormais rivés à cette chambre mystérieuse, s'ouvrirent par un pénible effort ; démesurément agrandis, ils semblaient vouloir percer la porte elle-même ; ils semblaient attendre que le chêne épais se changeât en cristal transparent, et trahît ce qui se passait derrière lui.

« Sur ce parquet que nul pied ne foule, comme il passe, comme il repasse légèrement ! murmura-t-elle encore.... Maîtresse, ce vêtement, que je vous ai fait de mes mains, est-il vraiment aussi peu bruyant que cela ? »

Le bruit, de nouveau, cessa ; puis d'un seul élan, mais léger et à peine sensible, il arriva dans le voisinage immédiat de la porte.

Si, à ce moment, Sarah eût été capable de se mouvoir ; si elle eût pu jeter un coup d'œil dans l'interstice inférieur qui existait entre la porte et le parquet, lorsque le bruit se raprocha ainsi d'elle, elle aurait pu voir à quelle cause insignifiante il était dû. Elle aurait vu cette cause se révéler sous la porte, partie à l'intérieur, partie à l'extérieur de la chambre, sous la forme d'un simple lambeau de papier, d'un rouge flétri, détaché des murs de la chambre aux Myrtes. Le temps et l'humidité avaient peu à peu décollé les tentures, sur tout le pourtour de l'appartement. L'entrepreneur, lors de sa visite, en avait, sans façon, déchiré çà et là deux ou trois mètres, en morceaux petits ou grands, selon qu'elles cédaient sous sa main, et, laissés par lui sur le parquet nu, ces morceaux étaient devenus les jouets du vent, lorsqu'en ses caprices il pénétrait dans la pièce abandonnée à travers les carreaux brisés.... Si donc Sarah eût pu bouger ! si elle eût regardé à terre, seulement une seconde, une petite seconde !... Mais elle ne bougeait, elle ne regardait plus. Le paroxysme de l'horreur superstitieuse qui s'était emparée d'elle tenait immobiles chacun de ses membres et chacun de ses traits. Elle ne tressaillit pas, elle ne poussa pas le moindre cri quand le bruit frissonnant se rapprocha ainsi. Le seul symptôme extérieur auquel on eût pu reconnaître que son approche la terrifiait profondément, fut l'action de sa main droite, dans laquelle les clefs étaient restées. Au moment où le vent poussait le lambeau de papier

tout contre la porte, les doigts de Sarah perdirent tout pouvoir de contraction, et devinrent aussi énervés, aussi complétement inertes que si elle se fût évanouie. Le lourd paquet de
clefs se déroba tout à coup à cette main dont l'étreinte s'é-
tait relâchée, tomba à côté d'elle sur le parquet, roula, par une
des ouvertures que laissait béantes la rupture des rampes, sur
les dalles du vestibule inférieur, avec un bruit qui réveilla les
échos endormis.... et les échos gémirent comme si, êtres sen-
sibles, il se tordaient dans les angoisses causées par ce bruit.

La retentissante chute des clefs, répercutée sous ces voûtes
muettes, rendit instantanément à Sarah la conscience de ce qui
se passait, et des périls que chaque minute lui faisait courir....
Elle tressaillit, recula en chancelant, et porta les mains à sa
tête par un mouvement insensé; puis, après être demeurée
ainsi quelques instants, elle s'élança vers le sommet de l'escalier, comptant descendre dans le vestibule pour y reprendre
les clefs.

Elle n'avait pas fait trois pas, lorsqu'un cri aigu, un cri de
femme, partit de la porte de communication ouverte à l'autre
bout du vestibule. Ce cri se répéta par deux fois à des distances de plus en plus éloignées, et fut suivi d'un tumulte
confus où l'on distinguait des voix et des pas qui se rapprochaient rapidement.

Sarah, chancelante et désespérée, fit encore quelques pas,
et arriva jusqu'à la première des portes ouvrant sur le palier.
Ici la nature épuisée lui refusa tout secours. Ses genoux
fléchirent sous elle.... Au même moment, cessant de respirer,
de voir et d'entendre, elle tomba sans connaissance sur le
parquet, au sommet de l'escalier.

CHAPITRE IV.

M. Munder, juge suprême.

Le murmure des voix et le bruit des pas précipités se rapprochaient de plus en plus; puis ils cessèrent ensemble. Après
un intervalle de silence, un bruyant appel retentit: « Sarah !...
Sarah !... où êtes-vous ? » Et, l'instant d'après, l'oncle Joseph

parut sur le seuil de la porte qui donnait accès dans le vestibule nord, jetant autour de lui des regards inquiets.

Tout d'abord, il n'aperçut pas le corps étendu sur le palier supérieur ; mais, au second regard jeté dans cette direction, le vêtement de couleur foncée, et le bras qui pendait au bord de la première marche, frappèrent tout à coup ses yeux. Il les reconnut et, poussant une clameur effrayée, il traversa le vestibule en courant, et gravit rapidement les degrés. Juste au moment où il s'agenouillait près de Sarah et soulevait sa tête à laquelle il donnait son bras pour appui, l'intendant, la femme de charge et la domestique, se groupèrent sur le seuil qu'il venait de quitter.

« De l'eau !... criait le vieillard, qui, de sa main restée libre, leur faisait des signes insensés.... Elle est ici !... elle est tombée.... elle est évanouie !... De l'eau !... de l'eau ! »

M. Munder regarda mistress Pentreath.... Mistress Pentreath regarda Betsey.... Betsey regarda par terre. Tous trois demeuraient immobiles, tous trois semblaient également hors d'état de faire un pas dans le vestibule. Si l'interprétation de la physionomie humaine n'est pas une science absolument illusoire, on pouvait lire sur leurs visages, en caractères fort nets, la cause de cette merveilleuse unanimité. En d'autres termes, donc, tous trois avaient également peur du fantôme.

« De l'eau, vous dis-je !... de l'eau ! répétait l'oncle Joseph, qui avait fini par les menacer du poing. Elle est évanouie !... Sur trois que vous êtes là-bas, ne se trouvera-t-il pas un bon cœur ?... De l'eau, de l'eau, de l'eau !... Je vais être réduit à me trouver mal, moi aussi, avant que vous m'ayez entendu !

— J'apporterai de l'eau, madame, dit enfin Betsey, pourvu que vous ou M. Munder vouliez vous charger de la monter en haut de l'escalier. »

Elle courut à la cuisine, et revint avec un verre d'eau qu'elle offrit, avec une petite révérence, d'abord à la femme de charge, puis à l'intendant.

« Je vous trouve osée de me donner une commission, dit mistress Pentreath, reculant un peu.

— En effet, c'est beaucoup se permettre, ajouta M. Munder qui suivit mistress Pentreath dans son mouvement de retraite.

— De l'eau ! » criait le vieillard pour la troisième fois. En même temps il traînait sa nièce, à reculons, à quelques pas de l'endroit où il l'avait trouvée, de manière à pouvoir lui appuyer le dos contre la muraille.... « De l'eau ! ou je vous jette, à coups de pied, ce vieux donjon sur les oreilles ! criait-il, frappant du pied dans sa rage impatiente.

— Pardon, monsieur !... Êtes-vous bien sûr que c'est la dame de tout à l'heure qui est là-haut ? demanda Betsey, qui, toute tremblante, avait fait quelques pas en avant, son verre d'eau à la main.

— Si j'en suis sûr ? s'écria l'oncle Joseph qui descendait à sa rencontre.... Quelle sotte question est celle-ci ?... Et qui voulez-vous donc que ce soit ?

— Eh ! mais.... le fantôme, dit Betsey qui marchait de plus en plus lentement.... le fantôme des appartements du nord. »

L'oncle Joseph la rejoignit à quelques mètres du pied de l'escalier, prit de ses mains le verre d'eau avec un geste méprisant, et se hâta de retourner vers sa nièce. Au moment où Betsey, battant en retraite, vint à se retourner, le paquet de clefs tombé sur les dalles du vestibule arrêta son regard troublé. Après quelque hésitation, elle rassembla le courage nécessaire pour les ramasser, et les emporta hors du vestibule en aussi grande hâte que le lui permit son agilité naturelle.

Cependant l'oncle Joseph humectait d'eau les lèvres et le front de sa nièce. Après un moment, elle sembla reprendre la faculté de respirer ; quelques faibles soupirs soulevèrent sa poitrine ; il y eut un léger mouvement dans les muscles de son visage, et ses yeux s'entr'ouvrirent, mais à peine. Ils restaient fixés sur le vieillard, et n'exprimaient encore qu'un vague effroi, sans aucun symptôme de connaissance. Il lui fit avaler quelques gorgées d'eau, lui adressa quelques douces paroles, et la ramena ainsi, peu à peu, au sentiment de l'existence. Les premiers mots qu'elle dit furent : « Ne me quittez pas ! » Le premier mouvement qu'elle essaya, dès qu'elle put bouger, fut de se serrer contre lui.

« N'ayez pas peur, mon enfant, lui disait-il d'une voix caressante.... Je reste près de vous.... Dites-moi donc, Sarah !... Pourquoi vous êtes-vous trouvée mal ?... Quelle a été la cause de votre effroi ?...

— Oh ! ne m'interrogez pas !... pour l'amour de Dieu, pas de questions !

— Soit !... soit.... je ne dirai plus rien, en ce cas.... Encore une gorgée.... une petite gorgée....

— Aidez-moi, cher oncle.... Voyons si je puis, avec votre aide, me tenir debout.

— Pas encore.... Pas tout à fait encore.... Un moment de patience.

—Aidez-moi!... oh!... aidez-moi!... Il faut que je me dérobe à la vue de ces portes!... Que je puisse seulement descendre au bas de cet escalier, et vous verrez que j'irai bien mieux.

— Allons donc.... mais doucement, dit l'oncle Joseph, l'aidant à se mettre debout. Attendez un peu.... Essayez vos pieds par terre!... Appuyez-vous sur moi.... Appuyez, appuyez ferme!... Je ne suis qu'un homme et ne pèse pas gros, mais je suis solide comme un rocher.... Êtes-vous entrée dans la chambre? ajouta-t-il tout bas.... Avez-vous la lettre? »

Il n'obtint pour réponse qu'un soupir amer, et Sarah, par un mouvement de désespoir accablé, laissa aller sa tête sur son épaule.

« Oh! Sarah!... Sarah!... s'écria le vieillard.... Vous avez eu tout ce temps devant vous, et vous n'avez pu pénétrer dans cette chambre? »

Elle releva la tête aussi soudainement qu'elle l'avait baissée, frissonna légèrement, et faiblement voulut l'attirer du côté des degrés. « Je ne reverrai plus jamais la chambre aux Myrtes.... Jamais, jamais, jamais plus! disait-elle.... Allons-nous-en!... Je puis marcher.... me revoilà forte.... Oncle Joseph, si vraiment vous avez quelque affection pour moi, tirez-moi de cette maison!... Où vous voudrez, pourvu que nous revoyions la lumière du jour et que nous nous retrouvions en plein air.... Où vous voudrez, pourvu que Porthgenna-Tower ne soit plus devant nos yeux. »

Les sourcils relevés par la surprise que lui causait cette adjuration, mais s'abstenant sagement de toute autre question, l'oncle Joseph aidait sa nièce à descendre l'escalier. Elle était encore si faible, qu'arrivée au bas, elle dut s'arrêter pour reprendre son assiette. Ce qu'ayant vu, et sentant d'ailleurs, tandis qu'il l'aidait à traverser le vestibule, qu'elle pesait à chaque pas un peu plus sur le bras qu'il lui avait offert, le vieillard, parvenu à portée de voix, se hâta de demander à mistress Pentreath si elle n'aurait pas quelques gouttes d'un cordial quelconque qu'il pût administrer à sa nièce. La réponse affirmative de mistress Pentreath, bien qu'elle n'eût rien de très-gracieux, fut accompagnée d'une promptitude d'action qui attestait combien lui était agréable un prétexte quelconque qui lui permît de retourner dans la partie habitée du vieux manoir. Tout en balbutiant quelques mots sur la nécessité de montrer l'endroit où elle gardait ses remèdes, elle reprit les corridors par lesquels elle était venue, et se dirigea du côté de sa chambre. L'oncle Joseph, sans prêter l'oreille à Sarah, qui tout bas lui demandait de l'emmener sans délai, suivait mistress Pentreath.

M. Munder, branlant la tête, et avec une physionomie solennellement déconcertée, les laissa passer pour fermer derrière eux la porte de communication. Ceci fait, et quand il eut remis les clefs à Betsey qu'il chargea de les rapporter à leur place accoutumée, lui, à son tour, quitta le théâtre de tant d'émotions, d'un pas qui n'avait rien de très-digne, et se rapprochait singulièrement du petit galop. Une fois un peu loin du pavillon nord, cependant, il reprit merveilleusement son sang-froid. Son pas se ralentit tout à coup, ses esprits en désordre se ralličrent, et quelques réflexions parurent le réconcilier parfaitement avec son rôle; car, lorsqu'il entra dans la chambre de la femme de charge, il avait repris sa physionomie, et ses gestes empreints de cette majesté qui se complaît en elle-même. Comme le plus grand nombre des hommes doués d'une épaisse stupidité, il éprouvait un vrai plaisir à s'écouter parler, et il entrevoyait une occasion, exceptionnellement favorable, de se procurer cette satisfaction, dans les événements qui venaient d'agiter la maison. Parmi les orateurs de profession, ceux-là seuls ne sont jamais pris à court par les circonstances, chez qui la faculté de parler n'est pas jointe à la dangereuse habitude de comprendre ce qu'ils disent. M. Munder appartenait à cette classe heureuse, et y occupait une place distinguée; il avait donc résolu, dans sa rancune, de développer ses talents à l'encontre des deux étrangers, sous prétexte de leur demander une explication de leur conduite, avant de permettre qu'ils sortissent de la maison.

Arrivé dans la chambre, il trouva l'oncle Joseph assis à un bout avec sa nièce, et occupé à verser quelques gouttes de sel volatil dans un verre d'eau. A l'autre bout se tenait la femme de charge, une caisse à remèdes ouverte devant elle sur une table. Ce fut de ce côté que M. Munder se dirigea lentement, et son aspect ne promettait rien de bon. Il approcha un fauteuil de la table. Dans ce fauteuil il s'assit, avec une lenteur excessive, et un soin tout particulier d'arranger les basques de son habit; de ce moment, on put voir en lui, à tous égards, le modèle même, ou le portrait si l'on veut, d'un lord haut justicier en habit de ville.

Mistress Pentreath, devinant, à ces préparatifs, qu'il allait se passer quelque chose d'extraordinaire, s'assit elle-même un peu en arrière de l'intendant. Betsey raccrocha les clefs à leur clou, et allait se retirer modestement dans la cuisine où était sa résidence habituelle, lorsque M. Munder l'arrêta sur place.

« Halte ! s'il vous plaît, dit le majestueux intendant. Je vais avoir tout présentement, jeune fille, à vous demander d'établir un point de fait. »

La douce Betsey attendit près de la porte, terrifiée à l'idée que sans doute elle avait méfait en quelque chose, et que l'intendant, armé de quelque pouvoir légal d'origine inconnue, allait immédiatement l'interroger, la juger et punir son crime.

« A présent, monsieur, dit M. Munder, s'adressant à l'oncle Joseph, comme eût pu le faire le président de la chambre des Communes, si vous en avez fini avec ces sels.... et si la personne à côté de vous est assez remise pour pouvoir suivre le débat, j'ai quelques mots à dire à chacun de vous. »

Sur cet exorde effrayant, Sarah voulut se lever de sa chaise ; mais son oncle, la prenant par la main, la força de rester en place.

« Attendez, et reposez-vous, lui dit-il. Je prendrai toutes leurs gronderies à mon compte, et c'est ma langue qui se chargera des réponses. Dès que vous serez en état de vous remettre en marche, c'est moi qui vous le promets, soit que le gros homme nous ait dit ses « quelques mots, » soit qu'il ne les ait pas encore achevés, nous lèverons tranquillement le siége, et nous sortirons d'ici par le plus court chemin.

— Jusqu'au moment présent, dit alors M. Munder, je me suis abstenu d'exprimer une opinion. Mais le temps est venu.... mistress Pentreath, pardonnez-moi... où étant investi, comme je le suis, d'un emploi de confiance dans cette maison, responsable de ce qui s'y passe, et en devant compte à qui de droit, sentant de plus, comme je le sens, que les choses ne peuvent, ne doivent pas en rester au point où elles sont, il est de mon devoir de vous dire que votre conduite me paraît fort extraordinaire. »

Cette conclusion, si péniblement amenée, était à l'adresse directe de Sarah, et après la lui avoir fait subir, M. Munder se rejeta en arrière, plein de paroles, vide d'idées, se préparant commodément à une nouvelle tentative oratoire.

« Mon seul désir, reprit-il avec l'accent adouci d'une impartialité plaintive, est d'agir loyalement envers chacun.... Je ne

veux troubler personne, émouvoir personne, ni même terri-
fier personne.... Je ne veux qu'exposer des faits remarquables
par leur étrangeté.... Je prétends dévoiler ou, si vous l'aimez
mieux, et pour me servir d'une expression mieux adaptée à la
commune des intelligences, exposer, c'est mon unique but,
une série d'événements. Et, quand ceci sera fait, je voudrais, à
vous, madame, à vous, monsieur, à tous deux par conséquent,
et avec calme, impartialité, politesse, simplicité, douceur, avec
douceur, c'est-à-dire sans amertume, demander si vous ne
vous regardez pas comme obligés à quelques explications. »

M. Munder s'arrêta, laissant à cet irrésistible appel le temps
de se frayer un chemin vers le cœur des personnes auxquelles
il était adressé. La femme de charge profita du silence qui
s'était fait pour tousser, comme tousse une pieuse congrégation
avant le début du sermon, sans doute d'après ce principe qu'il
faut se débarrasser de toute infirmité physique lorsqu'on veut
donner à l'âme la pleine puissance d'un exercice intellectuel.
Betsey, se réglant sur sa maîtresse, toussa, elle aussi, mais
faiblement, et non sans quelque appréhension. L'oncle Joseph
demeurait, lui, parfaitement à son aise, imperturbable dans
sa sérénité, tenant toujours la main de sa nièce, et, de temps
en temps, serrant cette main, lorsque l'éloquence de l'intendant devenait particulièrement émouvante et solennelle. Sarah
ne bougeait, et constamment tenait les yeux baissés. Sa physionomie n'avait cessé d'exprimer la même contrainte effarou-
chée, depuis le moment où elle était entrée dans la chambre
de la femme de charge.

« Passons maintenant en revue les faits, les circonstances,
les événements, continua M. Munder, les épaules bien appuyées
au dossier de son fauteuil, et se rassasiant en paix du son de
sa propre voix.... Vous, madame, et vous, monsieur, vous
sonnez à la porte de ce manoir. (Ici un regard péremptoire à
l'oncle Joseph, comme pour lui dire : « Même à présent, même
sur le siége du juge, il m'est impossible d'accorder que le lieu
où nous sommes soit une simple maison. ») On vous laisse
entrer, disons mieux, on vous reçoit. Vous, monsieur, vous
affirmez que vous venez visiter le manoir (*voir la maison*, disiez-vous, erreur légère qu'explique votre qualité d'étranger);
vous, madame, vous adhérez à cette explication, vous vous
mettez de moitié dans cette requête.... Que s'ensuit-il?... Elle
est accueillie. On vous introduit, on vous promène dans le
manoir. Il n'est guère dans nos habitudes d'y introduire

ainsi des étrangers : mais, pour certaines raisons exceptionnelles.... »

Ici Sarah tressaillit : « Quélles raisons? » demanda-t-elle
aussitôt avec un prompt coup d'œil.

L'oncle Joseph sentait la main de sa nièce se refroidir et
trembler dans la sienne :

« Chut!... chut!... dit-il; laissez-moi le soin de parler. »

Au même instant, mistress Pentreath tirait furtivement
M. Munder par le pan de son habit, et le rappelait à la pru-
dence :

« La lettre de mistress Frankland, lui dit-elle à l'oreille, nous
recommande spécialement de ne pas laisser soupçonner que
nous agissons par ordre.

— Vous figureriez-vous par hasard, mistress Pentreath, que
j'oublie ce que je dois me rappeler? répliqua M. Munder qui,
néanmoins, avait bel et bien oublié cette partie de ses instructions.... Et pensez-vous que j'allais me compromettre? (ce
qu'il était sur le point de faire, tout précisément.) Soyez assez
bonne pour me laisser mener cette affaire.... Quelles raisons?
disiez-vous, madame, ajouta-t-il tout haut en s'adressant à
Sarah.... Ne vous mettez pas en peine de raisons.... Nous n'en
sommes pas encore là.... Nous en sommes aux faits, aux circonstances, aux événements.... Veuillez vous rappeler ceci,
écouter ce que je vous disais, et ne plus m'interrompre....
J'observais.... je remarquais, pour mieux dire, que vous,
monsieur, et vous, madame, aviez été admis à visiter le manoir. Vous fûtes conduits, et même guidés, il faut bien le dire,
jusqu'à l'escalier de l'Ouest.... le grand escalier, monsieur, un
escalier spacieux.... Vous fûtes introduits en toute politesse,
j'ajouterai en toute courtoisie, dans la salle à manger, la
bibliothèque et le salon.... C'est dans ce salon que vous, monsieur, vous vous laissez aller à un langage outrageant.... que
je pourrais même qualifier de brutal. C'est dans ce salon que
vous, madame, vous disparaissez tout à coup, vous dérobant à
la vue.... Une pareille conduite, si en dehors de tout précé-
dent, si peu usitée, je pourrais dire si extraordinaire, nous
rend, mistress Pentreath et moi.... »

Ici M. Munder s'arrêta court, pour la première fois en peine
de trouver le mot qui lui manquait.

« Tout surpris, suggéra mistress Pentreath après un long
silence.

— Non, madame, répliqua M. Munder, d'un ton sévère...

Vous exprimez là un tout autre sentiment. Nous n'avons pas
été tout surpris.... Nous avons été.... fort étonnés.... Ensuite
qu'advient-il?... Quel incident ultérieur vient compliquer la
situation ?... Qu'entendîtes-vous et qu'entendis-je, monsieur
au premier étage? (Ici un regard sérieux à l'oncle Joseph.
Et qu'entendîtes-vous, mistress Pentreath, pendant que vous
cherchiez au second étage la personne soudainement disparue.... disparue et dès lors absente? quoi? »

Directement interpellée, la femme de charge répondit laco-
niquement :

« Un cri.

— Eh! non.... non.... non, dit M. Munder qui, tout impatienté, frappait la table à petits coups redoublés.... une clameur.... une clameur déchirante.... Et quel était le sens, la
portée, l'origine et le but d'une pareille clameur?... Jeune fille !
(Ici M. Munder se tourna brusquement du côté de Betsey.)
Nous venons de retracer ces événements extraordinaires, singuliers et même bizarres, jusqu'au moment où vous vous y
trouvez impliquée.... Veuillez avancer, et nous dire, en présence des parties intéressées, comment vous en vîntes à pousser, à émettre ce que mistress Pentreath appelle un cri, et ce
que je qualifie, moi, de clameur déchirante.... Une simple
constatation suffira, ma chère enfant.... La constatation la plus
sommaire, je vous en prie. Et, jeune fille, un mot encore:
parlez net. Vous me comprenez, sans doute?... parlez net! »

Couverte de confusion par la solennité de cet appel public,
Betsey, au début de sa « constatation » suivit sans le savoir
les beaux exemples oratoires de M. Munder en personne,
c'est-à-dire qu'elle noya la plus petite infusion d'idées dans la
plus abondante dilution de mots. Débrouillée du lacis compliqué d'où elle la tirait à grand peine, cette « constatation »
offrait à peu près les résultats que voici :

Betsey, en premier lieu, eut à relater qu'elle venait d'enlever le couvercle d'une casserole sur le fourneau de la cuisine,
lorsqu'elle avait entendu, près de la chambre de la femme de
charge, un bruit de pas précipités (le témoin se servit ici de
cette expression peu recherchée « une personne qui trotti-
nait »).... En second lieu Betsey, quittant sa cuisine pour savoir d'où ce bruit pouvait provenir, avait entendu s'éloigner
ce bruit de pas, de plus en plus rapide, dans le corridor qui
menait au nord de la maison, et, prise de curiosité, elle avait
suivi ce bruit, mais d'un peu loin. En troisième lieu, parvenue

à un brusque détour du corridor, Betsey s'était arrêtée court, désespérant de rattraper la personne qu'elle entendait courir devant elle, et obéissant ainsi à un sentiment de crainte (que le témoin caractérisa par ce mot : « chair de poule ») causé par l'idée de s'aventurer toute seule, même en plein jour, dans la partie hantée de l'habitation. En quatrième lieu, tandis qu'elle hésitait ainsi à tourner le coude du corridor, Betsey avait entendu « aller » la serrure d'une porte, et, stimulée de nouveau par la curiosité, avait fait quelques pas encore, après lesquels elle s'était arrêtée encore pour débattre avec elle-même une question obscure et terrible : celle de savoir si c'est une habitude chez les fantômes en général, lorsqu'ils vont d'un endroit à un autre, d'ouvrir toute porte fermée qui vient à se trouver sur leur route, ou bien, au contraire, s'ils se dispensent de cette ennuyeuse formalité en passant tout bonnement à travers. En cinquième lieu, après une longue délibération et plusieurs tentatives, non suivies d'effet, pour se remettre en marche, ou pour revenir sur ses pas, Betsey trancha la question ci-dessus en se disant que, de temps immémorial, les esprits passaient à travers les portes, sans avoir rien à démêler avec leurs serrures. En sixième lieu, fortifiée par cette conviction, Betsey marcha tout droit vers la porte, et hardiment, lorsqu'elle entendit un grand bruit, comme celui que produit la chute d'un corps pesant (le témoin employa cette pittoresque onomatopée : « un gros *patapouf* »). En septième lieu, ce bruit effraya Betsey au point de lui ôter toute présence d'esprit, lui fit monter le cœur aux lèvres, et lui coupa net la respiration. En huitième et dernier lieu, lorsqu'elle eut retrouvé assez d'haleine pour émettre un cri (un cri ou une clameur), Betsey cria ou clama de toute sa force, reprenant à toutes jambes le chemin de sa cuisine, ses cheveux se dressant « tout debout » sur sa tête, et sa chair plus que jamais « de poule » sur toute sa personne, depuis le sommet de ladite tête jusqu'à la plante de ses pieds.

« C'est bien cela.... c'est bien cela, » dit M. Munder, dès que le témoin eut achevé sa déclaration : comme si la vue d'une jeune femme, les cheveux tout debout, et la chair toute de poule, était, dans ses rapports avec le beau sexe, le résultat quotidien de ses expériences personnelles.... C'est bien cela.... Vous pouvez vous retirer, ma brave fille.... vous pouvez vous retirer.... Il n'y a pas là de quoi rire, continua-t-il d'un ton sévère, s'adressant à l'oncle Joseph, que le témoignage de Betsey avait singulièrement réjoui. Vous feriez mieux de vous reporter....

ou plutôt de vous transporter pàr la pensée à ce qui a suivi et
accompagné la clameur déchirante de cette jeune fille.... Que
fîmes-nous, tous tant que nous sommes?... Nous courûmes au
bruit.... nous nous transportâmes vers l'endroit d'où il partait.... Et qu'y vîmes-nous alors, monsieur, tous tant que nous
sommes?... Nous vous vîmes, madame, étendue et horizontalement gisante au sommet de la galerie à laquelle conduit le
premier perron des escaliers nord.... Et ces clefs que voici, pendues à ce clou, nous les vîmes, soustraites, enlevées, dérobées
même, pourrait-on dire, et enlevées de cette chambre où nous
sommes, nous les vîmes, dis-je, gisantes horizontalement, elles
aussi, sur le pavé du vestibule. Tels sont les faits, les événements, les circonstances qui viennent d'être établis ou con-
statés devant nous. Et qu'avez-vous à dire pour les expliquer?...
Oui, comment prétendez-vous les rendre intelligibles?... Je
m'adresse solennellement à tous les deux, solennellement et
sérieusement, je puis le dire, en mon nom et au nom de mistress Pentreath; au nom de nos maîtres et patrons, au nom de
la décence, au nom de notre surprise.... Comment expliquez-
vous tout ceci? »

Après cette péroraison irritée, M. Munder donna un grand
coup de poing sur la table, et attendit, l'œil bien ouvert, avec
l'expression d'une curiosité implacable, quelque chose qui ressemblât à une réponse, une explication, une défense, une apologie; bref ce qu'avaient à dire, pour se défendre, les deux
personnes citées à sa barre.

« Dites-lui quelque chose!... murmura la pauvre Sarah penchée à l'oreille du vieillard ... quelque chose qui le calme....
quelque chose qui le persuade de nous laisser aller.... Après
tout ce que j'ai souffert, ces gens-ci, bien certainement, vont
me rendre folle. »

Peu expert à trouver une défaite, et de plus ignorant totale-
ment ce qui était en réalité advenu à sa nièce pendant qu'elle
était seule dans le vestibule du nord, l'oncle Joseph, nonobstant sa bonne volonté de parer à toute circonstance, ne savait
en ce moment que dire ou que faire. Mais bien décidé, quoi qu'il
pût arriver, à sauver Sarah de toute souffrance inutile, et à
l'emmener le plus tôt possible hors du manoir, il se leva pour
parler, pour assumer sur lui toute responsabilité, et, se levant,
il dirigea un long regard fixe sur M. Munder, qui tout aussitôt se pencha en avant, portant une main à son oreille pour
mieux entendre. L'oncle Joseph répondit à cette marque par-

ticulière d'attention par une de ses fantastiques révérences, et
ensuite, il répliqua par six mots, pas davantage, mais six
mots irréfutables, à la longue harangue de l'intendant. Ces
six mots furent :

« Monsieur, je vous souhaite le bonjour.

— Comment, monsieur, osez-vous formuler un pareil sou-
hait? s'écria M. Munder, que la vivacité de son indignation fit
se dresser hors de son fauteuil.... Comment vous permettez-
vous de traiter à la légère, et même ironiquement, un sujet
sérieux, voire une question sérieuse?... Jolie politesse, en vérité!... Pensez-vous que je vous laisserai quitter cette résidence, sans avoir obtenu de vous.... de vous, ou de cette personne qui dans ce moment même vous parle à l'oreille d'une
façon si peu convenable.... une explication relative à la soustraction, à l'enlèvement, au rapt dolosif des clefs des appartements du nord?

— Ah!... c'est là ce que vous voulez savoir? dit l'oncle Joseph, que l'agitation toujours croissante de sa nièce poussait à
sauter sur la première excuse venue; eh bien!... voici.... je
vais tout vous expliquer. Pour être admis ici, cher et bon monsieur, que nous avions-vous dit, je vous prie?... Ceci, et pas
autre chose : « Nous venons voir la maison. » Or la maison a
un côté nord, tout comme elle a un côté ouest, n'est-il pas
vrai? Fort bien, vous ne pouvez me contester ceci.... Cela fait
donc deux côtés.... Et ma nièce et moi nous faisons aussi deux
personnes distinctes. D'où suit que, pour voir les deux côtés,
nous nous séparons en deux. Moi, je suis la moitié qui, sous
votre conduite, et avec la chère et bonne dame assise là derrière, visite la partie ouest. Ma nièce est la moitié qui, toute
seule, visite la partie nord. Et là, elle laisse tomber les clefs,
elle s'évanouit; pourquoi? parce que ce côté de la maison est
ce que vous appelez un peu ranci, un peu moisi.... On y sent
la tombe et l'araignée.... Voilà mon explication, et j'imagine
qu'elle est un peu complète.... Monsieur, je vous souhaite bien
le bonjour!...

— Si jamais j'ai rencontré gens comme vous, je veux bien
que le..., commença M. Munder qui, dans sa colère, allait
perdre et le sentiment de sa dignité, et le culte qu'il professait pour la rhétorique à grands mots. Il paraît, n'est-ce pas
monsieur l'étranger, que tout doit ici marcher comme il vous
plaît?... Il paraît que vous comptez sortir de chez nous quand
bon vous semblera, monsieur l'étranger? Nous verrons, mon-

sieur, si le juge de paix du district se trouve, là-dessus, de votre avis, ajouta-t-il, revenant peu à peu à sa phraséologie ambitieuse. Les objets mobiliers qui garnissent cette maison sont confiés à mes soins, et si je n'obtiens, au sujet de ces clefs soustraites et dérobées, une explication satisfaisante.... de ces clefs ici appendues, à ce clou, contre ce mur que vous voyez là.... monsieur, je me regarderai comme obligé de vous détenir ici, vous et la personne associée à vous, jusqu'à ce que j'aie pu me procurer un avis légal, une opinion de jurisconsulte, une décision de magistrat.... Vous entendez, monsieur? »

Les joues rosées de l'oncle Joseph prirent soudainement une teinte beaucoup plus vive, et sa physionomie placide eut une expression qui mit fort mal à son aise la femme de charge. La colère de M. Munder lui-même s'en attiédit notablement.

« Vous nous retiendriez ici? *vous*? dit le vieillard, parlant avec un grand calme, et regardant l'intendant avec une fixité décourageante.... C'est ce que nous allons voir. Je prends le bras de cette dame (courage, mon enfant, courage! il n'y a rien là qui doive vous faire trembler).... J'emmène cette dame avec moi.... J'ouvre cette porte que voilà! Je reste debout, en face de cette porte.... et je vous dis, à vous : Fermez cette porte, si vous l'osez! »

A ce défi M. Munder avança de quelques pas, mais il s'arrêta bientôt. Si le regard fixe de l'oncle Joseph eût un seul instant changé de direction, M. Munder aurait certainement fermé la porte.

« Je répète, reprit le vieillard : Fermez cette porte, si vous l'osez! Les us et coutumes de votre pays, monsieur, voilà ce qui m'a fait Anglais.... Vous pourrez avoir accès à l'oreille d'un magistrat; l'autre oreille ne me sera pas fermée. S'il est obligé de vous écouter, en tant que citoyen de ce pays, il est obligé, en cette même qualité, de m'écouter tout aussi attentivement.... Allons, décidez-vous, s'il vous plaît!... m'accusez-vous? me menacez-vous?... Fermez-vous cette porte?... »

Avant que M. Munder pût répondre à l'une ou à l'autre de ces trois questions si directes, la femme de charge le pria de venir se rasseoir et de conférer avec elle. Au moment où il reprenait sa place : « Rappelez-vous la lettre de mistress Frankland, » lui dit-elle, par manière d'avis.

Au même moment l'oncle Joseph, trouvant qu'il avait assez attendu, fit un pas vers la porte. Il fut alors arrêté par sa nièce qui, lui prenant brusquement le bras, lui dit à l'oreille :

« Voyez-les !... ils complotent encore quelque chose contre nous.

— Eh bien ! répondait M. Munder.... je me rappelle la lettre de mistress Frankland.... et après ?

— Chut.... pas si haut ! murmura mistress Pentreath.... A Dieu ne plaise que j'entre en contradiction avec vous.... je ne veux que vous poser une ou deux questions. Croyez-vous avoir contre ces gens-ci un grief qu'on puisse faire valoir devant un magistrat ? »

M. Munder parut embarrassé.... Cette fois, du moins, il hésitait à répondre.

« Ce que vous vous rappelez de la lettre de mistress Frankland, reprit la femme de charge, vous autorise-t-il à penser qu'elle aimerait à savoir livrée au public la connaissance de ce qui vient de se passer chez elle ? Elle nous dit de remarquer, *à part nous*, tout ce que fera cette femme, et de la suivre ou de la faire suivre, *sans qu'elle s'en doute*, lorsqu'elle quittera la maison. Je ne me hasarderai pas, monsieur Munder, à vous donner le moindre avis ; mais, en ce qui me touche, je me lave les mains de toute responsabilité, du moment où nous cesserons de suivre à la lettre, comme elle nous le recommande elle-même, les intructions de mistress Frankland. »

M. Munder hésitait. L'oncle Joseph, qui s'était arrêté une minute lorsque Sarah avait appelé son attention sur la causerie à voix basse qui s'échangeait à l'autre extrémité de la chambre, l'attirait maintenant du côté de la porte : « Betzi, ma chère, lit-il, s'adressant à la domestique avec un sang-froid et un calme imposants, nous ne connaissons guère les êtres.... Voulez-vous bien nous conduire dehors ? »

Betsey regarda la femme de charge, qui, par un simple geste, la renvoya au majordome. M. Munder était fortement tenté, ne fût-ce que par égard pour son importance, d'insister sur l'immédiate application des mesures violentes auxquelles il avait déclaré qu'il allait recourir. Mais, malgré qu'il en eût, les objections de mistress Pentreath le faisaient hésiter : non pas en tant qu'objections, par leur validité intrinsèque, mais tout simplement par ce qu'elles avaient de relatif à ses propres intérêts, qu'une décision prise mal à propos pouvait mettre en péril, en le brouillant avec ses maîtres.

« Betzi, ma chère, répéta l'oncle Joseph.... Est-ce que tout ce bavardage vous a fait mal aux oreilles ?... Seriez-vous devenue sourde, ma petite ?

— Attendez ! cria M. Munder avec impatience.... J'entends et je prétends que vous attendiez.

— Vous entendez et prétendez?... Allons, voyons ! de ce que vous êtes un malappris, il ne s'ensuit pas que je doive en être un autre.... Nous attendrons encore un instant ce que vous pouvez avoir à nous dire, cher monsieur. » Et tout en faisant cette concession à ses idées particulières sur les devoirs qu'impose la civilité, l'oncle Joseph se promenait tranquillement, de long en large, dans le corridor extérieur, toujours donnant le bras à sa nièce. « Sarah ! mon enfant, lui disait-il tout bas, j'ai fait peur à l'homme aux gros mots.... Tâchez de ne pas trembler si fort !... Nous serons bientôt en plein air, c'est moi qui vous le promets. »

Cependant M. Munder continuait à causer avec la femme de charge, toujours *sotto voce*, et, au milieu des perplexités qui l'occupaient, faisait d'incroyables efforts pour garder son quant à soi, ses airs de patronage, ses façons dominatrices. « Il y a beaucoup de vrai, madame, commença-t-il sur un ton bénin.... mais beaucoup, certainement, dans ce que vous dites.... Pourtant, vous parlez de la femme, et moi, c'est de l'homme que je parle.... Prétendez-vous que je doive le laisser aller, après ce qui vient de se passer, sans insister au moins pour avoir son nom et son adresse?

— Vous fiez-vous donc assez à cet étranger pour croire qu'il vous donnera, si vous les lui demandez, son vrai nom et sa véritable adresse? demanda mistress Pentreath. En toute soumission à votre excellent jugement, je vous avoue que je ne le pense pas. Mais, à supposer que vous le reteniez ici pour l'accuser devant le magistrat.... et je ne sais vraiment comment vous feriez, puisqu'il y a, je crois, deux heures de route, d'ici chez le juge de paix le plus voisin.... vous risquez encore d'offenser mistress Frankland en détenant ainsi, en accusant ainsi la femme qui est avec l'étranger. Or, je crois l'étranger capable de tout.... mais en somme, n'est-il pas vrai, c'est la femme qui a pris les clefs?

— Ma foi ! oui.... Oui, ma foi ! dit M. Munder, dont les yeux endormis s'ouvraient maintenant, pour la première fois, à cet aperçu plein de justesse.... Et précisément.... tenez, c'est assez particulier.... je pensais précisément à tout ceci au moment où vous alliez m'en parler, mistress Pentreath.... Oui, ma foi !... C'est bien cela....

— Je ne puis m'empêcher de penser, continua la femme de

charge, de plus en plus bas, que le meilleur plan, et le plus conforme à nos instructions, est de les laisser partir, comme s'il nous ennuyait de continuer à nous chamailler avec eux.... Et, en attendant, nous les ferons suivre jusqu'au premier endroit où ils iront. Le garçon jardinier Jacob est aujourd'hui à sarcler la grande allée des jardins de l'ouest.... Ces gens-ci ne l'ont certainement pas vu par ici, et ne le verront certainement pas si on les fait sortir par la porte du midi.... Jacob, vous le savez, est un garçon qui n'est pas manchot....Et, bien renseigné sur ce qu'il doit faire, je ne vois vraiment pas pourquoi....

— Voici, vraiment, une rencontre singulière, interrompit M. Munder avec une assurance imperturbable.... Au moment où je venais prendre place à cette table, l'idée de ce Jacob s'était déjà présentée à mon esprit.... La chaleur de la discussion, le travail de la parole me l'avaient, je ne sais comment, fait perdre de vue, et.... »

En ce moment, l'oncle Joseph, qui avait épuisé sa provision de patience et de courtoisie, mit de nouveau la tête à la porte de la chambre.

« J'aurai tout à l'heure un dernier mot à vous adresser, monsieur, lui dit M. Munder, avant qu'il eût pu prendre la parole.... Ne supposez pas que vos fanfaronnades et vos airs victorieux aient eu le moindre effet sur moi.... Avec des étrangers cela prend peut-être, monsieur.... Mais avec des Anglais, c'est autant de perdu, sachez-le bien ! »

L'oncle Joseph secoua les épaules, sourit, et rejoignit sa nièce dans le corridor. Pendant tout le temps que la femme de charge et le majordome avaient mis à conférer ensemble, Sarah s'était efforcée d'engager son oncle à profiter de ce qu'elle connaissait à merveille les localités, pour gagner, sans être aperçus, la porte ouvrant au midi. Le vieillard s'y refusait obstinément. « Je ne veux pas me glisser, comme un coupable, hors d'une maison où je n'ai fait aucun mal, disait-il avec assez de raison.... Rien ne me persuadera de me donner, ni à vous, le mauvais rôle.... Je ne suis pas un homme d'esprit, moi.... Mais, aussi longtemps que ma conscience me guidera, je ne ferai pas fausse route.... C'est de leur propre mouvement, Sarah, qu'ils nous ont laissé entrer ici.... C'est aussi de leur propre mouvement qu'ils nous laisseront sortir.

— Monsieur Munder !... monsieur Munder !... avait repris la femme de charge se hâtant d'intervenir pour arrêter un nouveau transport d'indignation, soulevé chez l'intendant par le

dédaigneux mouvement d'épaules que s'était permis l'oncle
Joseph.... Pendant que vous parlerez à cet audacieux... ne
dois-je pas me glisser au jardin pour donner à Jacob les instructions nécessaires? »

M. Munder ne répondit pas sur-le-champ; il s'efforçait de
trouver un chemin plus honorable pour sortir du dilemme où
il s'était lui-même enfermé; il échoua parfaitement dans ce
pénible travail, ravala d'un seul trait, en vrai héros, la colère
dont il se sentait animé, et répondit avec emphase ces deux
simples paroles : « Allez, madame ! »

— Que signifie ceci?... Qu'est-elle allée chercher par là? »
dit à son oncle la timide Sarah, parlant vite et bas, avec l'accent de la méfiance, tandis que la femme de charge passait
rapidement devant eux, se rendant aux jardins de l'ouest.

Avant que cette question eût pu recevoir sa réponse, elle
fut suivie d'une autre que posait M. Munder.

« A présent, monsieur, disait l'intendant, debout sur le seuil
de la porte, les mains sous les basques de son habit, et portant fort haut la tête.... à présent, monsieur, à présent, madame, vous allez entendre mon dernier mot : — dois-je ou
non compter sur une explication convenable, relativement à
cette soustraction, à ce rapt de clefs?

— Très-certainement, monsieur, vous aurez cette explication, répondit l'oncle Joseph.... C'est la même que j'eus l'honneur de vous offrir il y a bien peu d'instants; voulez-vous que
je vous la répète? C'est tout ce que nous avons à votre service, en fait d'explications.

— Ah! vraiment?... dit M. Munder.... Eh bien! en ce cas,
tout ce que j'ai à vous dire, à l'un comme à l'autre, c'est....
c'est de sortir d'ici, à l'instant même. A l'instant même!... »
ajouta-t-il du ton le plus grossièrement péremptoire qu'il sut
donner à sa voix. Car il avait le vague sentiment de l'absurde
position où il s'était mis, et, pour s'y dérober, il se réfugiait
dans l'insolence que l'autorité se permet si volontiers en pareil cas.... « Oui, monsieur, continua-t-il, de plus en plus irrité,
en voyant le calme avec lequel l'écoutait l'oncle Joseph.... Oui,
monsieur, vous pouvez à votre aise aller saluer, gratter du
pied, et bredouiller votre mauvais anglais partout où il vous
plaira.... J'ai assez perdu mon temps avec vous. Je me suis
raisonné; j'ai réfléchi, conféré avec moi-même. Je me suis demandé avec calme.... un Anglais est toujours calme.... à quoi
servirait de vous accorder quelque importance. Et j'en suis

arrivé à une conclusion, qui est.... Non, ce n'est pas cela que je voulais dire.... N'emportez pas d'ici l'idée que vos bravades, vos défis ridicules, ont eu le moindre effet sur moi (conduisez-le dehors, Betsey!).... Je vous regarde comme au-dessous.... oui, monsieur, bien au-dessous.... de ma considération (reconduisez-le donc!) et je vous vois, je vous envisage, je vous contemple.... entendez-vous bien?... avec le dernier mépris.

— Et moi, monsieur, repartit avec la plus exaspérante politesse l'impassible objet de cette poignante dérision, je vous dirai, en échange de vos injures, ce que je ne vous aurais jamais dit en échange de votre respect.... Grand merci!... Petit étranger que je suis, j'accepte votre mépris, à vous gros Anglais, comme le compliment le plus flatteur qu'un homme de votre acabit puisse offrir à un homme de mon espèce. » Ce que disant, l'oncle Joseph, une dernière fois, dessina une de ses révérences fantastiques, prit le bras de sa nièce, et suivit Betsey le long des corridors qui menaient à la porte du midi, laissant M. Munder composer à loisir une réplique appropriée aux circonstances.

Dix minutes après, la femme de charge, rentrant hors d'haleine, trouva dans sa chambre le malheureux intendant qui se promenait de long en large, arrivé à un état d'irritation tout à fait extraordinaire.

« Calmez-vous, je vous prie, monsieur Munder! lui dit-elle. Les voilà hors de chez nous, et Jacob les suit sur le sentier à travers la lande, de manière à ne pas les perdre de vue. »

CHAPITRE V.

Adieux joués par Mozart.

Après sa dernière repartie à l'adresse de M. Munder, l'oncle Joseph ne prononça plus une parole, sauf pour prendre très-cordialement congé de Betsey, jusqu'au moment où sa nièce et lui se retrouvèrent sous les murs est de Porthgenna-Tower. Il fit halte, arrivé là, jeta encore un regard sur l'édifice, et ses lèvres s'ouvrirent enfin.

« Ma pauvre enfant, disait-il, je suis désolé!... vraiment

désolé. Voilà, comme on dit en Angleterre, de la mauvaise besogne. »

Croyant qu'il faisait allusion à la scène qui venait d'avoir lieu dans la chambre de la femme de charge, Sarah lui demanda pardon de l'avoir exposé à une altercation avec un personnage aussi redouté que l'était M. Munder.

« Non.... vous vous trompez !... s'écria-t-il.... Je ne pensais nullement à ce gros homme et à ses gros mots.... Il m'avait impatienté, je ne le puis nier.... mais tout ceci est bien loin, maintenant.... Je l'ai repoussé de moi, lui et ses gros mots, comme j'écarte du pied ce caillou qui se trouve sur ma route. Ce n'est ni de vos Munder, ni de vos femmes de charge, ni de vos Betzi que je parle maintenant.... C'est de quelque chose qui vous touche, et moi aussi par conséquent, de beaucoup plus près.... En marchant, je vous dirai ce dont il s'agit, car je vois à votre physionomie, Sarah, que vous resterez inquiète et craintive aussi longtemps que nous serons dans le voisinage de cette maison-cachot.... Allons, donc; je suis prêt à marcher.... Voilà le sentier.... Retournons chercher par là le petit bagage que nous avons laissé à l'auberge, tout au bout de cette grande solitude livrée au vent.

— C'est cela, cher oncle, ne perdons pas notre temps. Marchons vite ! ne craignez pas de me fatiguer.... Je suis bien plus forte, à présent. »

Ils reprirent le même sentier par lequel, quelques heures auparavant, ils étaient arrivés à Porthgenna-Tower. Ils avaient à peine fait cent pas lorsque Jacob, l'aide-jardinier, sa houe sur l'épaule, sortit furtivement par quelque brèche du côté nord de l'enclos. Le soleil venait de se coucher; mais un beau restant de jour était épandu sur la vaste surface de la grande plaine dénudée, et Jacob, avant de les suivre, laissa le vieillard et sa nièce s'éloigner davantage des bâtiments. Les instructions de la femme de charge portaient, sans plus, qu'il eût à ne pas perdre de vue ces deux voyageurs. S'il les voyait s'arrêter pour regarder en arrière, il devait aussitôt faire halte, lui aussi, et donner çà et là deux ou trois coups de houe, comme s'il était occupé sur la lande. Stimulé par la promesse d'une belle pièce de six pence dans le cas où il exécuterait fidèlement les ordres reçus, Jacob les repassait dans sa mémoire, ne quittait pas de l'œil les deux étrangers, et se promettait bien de ne pas laisser échapper la prime entrevue.

« Maintenant, reprit l'oncle Joseph, tout en marchant, je vais vous dire ce qui me contrarie si fort... Je suis fâché que nous ayons fait ce voyage, couru nos petits dangers, empoché notre petite semonce, le tout.... pour rien. Le mot que vous m'avez dit à l'oreille, au moment où je vous faisais revenir à vous (et ceci eût été bien plus tôt fait, par parenthèse, si les stupides habitants de la maison-cachot eussent apporté l'eau plus vivement), ce mot n'était certes pas grand'chose. Mais il a suffi pour me prouver que notre voyage ici demeure sans résultat. Je puis m'en taire, je puis faire bonne mine à ce jeu, je puis me tenir discrètement pour satisfait de ce mystère dans lequel je marche les yeux bandés, et certes bien hermétiquement clos ; mais il n'en est pas moins avéré pour moi que la chose à laquelle vous attachiez, en partant, la plus grande importance, est aussi la chose que vous n'êtes point parvenue à obtenir. Je ne sais rien de plus, mais ceci, je le sais ; et je vous répète que nous avons fait là une mauvaise besogne.... Il n'y a pas à s'en dédire.... C'est bien cela, c'est bien ce qu'on entend par cette expression familière. »

Tandis qu'il achevait, à sa manière toujours un peu originale, cette profession de foi sympathique, la crainte, la méfiance, l'inquiétude, qui jusqu'alors avaient altéré la douceur naturelle des yeux de Sarah, firent place à une expression d'affectueuse mélancolie qui sembla leur rendre toute leur beauté.

« Ne vous affligez pas à cause de moi, cher oncle ! lui dit-elle, s'arrêtant, et, de la main, par un mouvement très-doux, enlevant quelques grains de poussière tombés sur le collet de son habit.... J'ai tant souffert, et souffert si longtemps, que les désappointements les plus pénibles me sont devenus légers.

— Je ne veux pas vous entendre parler ainsi ! s'écria l'oncle Joseph ; ce sont pour moi des coups insupportables, que de semblables discours tenus par vous. Vous ne devez plus connaître de désappointements.... non !... vous n'en aurez plus à subir, et c'est moi qui le dis, moi Buschmann, Joseph le Têtu, moi, Buschmann la Mule.

— Le jour où les désappointements auront cessé pour moi, ce jour-là, mon oncle, n'est pas loin de nous. Encore un peu de temps donné à l'attente, encore un peu de patience. Or j'ai appris à patienter et à espérer vainement. Craintes et revers, revers et craintes, telle a été ma vie depuis que je suis femme, et à cette vie je suis maintenant tout à fait accoutumée. Si vous êtes surpris, et vous devez l'être, de voir que je n'ai pas su rentrer en possession de la lettre pendant que je tenais les clefs de la chambre aux Myrtes, et alors que personne n'était là pour m'empêcher d'y pénétrer, rappelez-vous l'histoire de ma vie toute entière; elle vous servira d'éclaircissement. Craintes et revers, revers et craintes.... je ne vous en pourrais dire autre chose.... vous révéleront tout ce qu'il y a eu de vrai dans cette carrière troublée.... Avançons, mon oncle, avançons!»

La résignation empreinte dans sa voix et dans ses gestes, tandis qu'elle s'exprimait ainsi, était véritablement celle du désespoir. Elle lui donnait un aplomb, une assurance qui, aux yeux de l'oncle Joseph, la métamorphosaient à ne la pas reconnaître. Aussi la regardait-il, maintenant, avec une terreur à peine déguisée.

« Non, lui dit-il.... n'avançons pas davantage!... Revenons plutôt dans cette maison-cachot.... Essayons de quelque autre plan.... Trouvons un autre moyen d'arriver à cette lutine de lettre.... Je m'inquiète peu des Munder, des femmes de charge et des Betzi, moi!... Je ne m'inquiète que d'une chose, c'est de vous procurer ce dont vous avez envie, et de vous ramener chez nous, aussi tranquille que je le suis moi-même.... Allons, retournons!

— Il est trop tard, maintenant.

— Comment, trop tard!... Ah! maison du diable! vieille enfumée! horrible cachot, que je te hais! s'écria l'oncle Joseph, jetant un coup d'œil à l'horizon et montrant ses deux poings à Porthgenna-Tower.

— Trop tard, mon oncle, répéta Sarah.... Trop tard, parce que l'occasion est perdue.... Trop tard, parce que, se représentât-t-elle à moi, je n'oserais plus approcher de la chambre aux Myrtes. Mon dernier espoir était que je pourrais changer la cachette de cette lettre; et ce dernier espoir, je ne l'ai plus. Ma vie n'a donc plus qu'un objet.... A l'atteindre vous pouvez m'aider, mais je ne saurais vous dire comment, à moins que vous ne consentiez à me suivre immédiatement, à moins que vous ne me parliez plus de retourner à Porthgenna-Tower.»

L'oncle Joseph allait recommencer ses instances. Sarah l'arrêta au milieu d'une phrase commencée, en lui posant la main sur l'épaule, et en lui montrant, sur les bruyères en pente qu'ils avaient laissées derrière eux, un point qu'elle signalait à son attention.

« Regardez! disait-elle; il y a quelqu'un là-bas, sur le sentier. Est-ce un enfant ou un homme? »

L'oncle Joseph, regardant aux clartés du crépuscule, vit en effet, à peu de distance, une figure humaine. C'était celle d'un tout jeune garçon qui semblait occupé à creuser une rigole dans la lande.

« En marche! en marche!... et tout de suite, dit Sarah, plus insistante que jamais, avant que le vieillard eût pu répondre à sa question. Je ne pourrai vous dire ce que j'attends de vous, cher oncle, que lorsque nous serons à l'auberge, loin de tous les regards, à l'abri de toutes les indiscrétions. »

Ils avancèrent jusqu'au point le plus élevé du grand plateau. Là ils s'arrêtèrent, et regardèrent encore derrière eux. La route qui leur restait à faire courait sur la pente des collines, et l'endroit où ils se trouvaient était le dernier d'où ils pussent jeter sur Porthgenna-Tower un dernier coup d'œil.

« Le petit bonhomme n'est plus en vue, » dit l'oncle Joseph, regardant la plaine qu'il dominait.

Les yeux de Sarah, plus jeunes et meilleurs que ceux de son oncle, confirmèrent la vérité de ce qu'il venait de dire. Dans toutes les directions, aussi loin que pût porter le regard, la solitude était complète. Avant de se remettre en marche, elle s'écarta de quelques pas et contempla longuement la tour du vieux manoir, qui se profilait en noir sur le ciel encore vaguement lumineux, et derrière laquelle, comme un mur sombre, s'étendait la mer immobile. « Plus jamais!... se disait-elle tout bas.... Jamais, jamais, jamais plus! » De là ses yeux, errant au hasard, se portèrent sur l'église et sur le cimetière enclos dans son mur d'enceinte; on les découvrait à peine dans l'ombre qui s'épaississait à chaque minute. « Attends-moi quelque temps encore!... disait-elle, s'efforçant pour mieux voir, et pressant sa main contre sa poitrine, justement à l'endroit où était caché le petit livre de Cantiques.... Ma route touche à son terme.... Le jour n'est pas loin où je frapperai à la porte de ma demeure. »

Ses yeux étaient pleins de larmes et lui refusaient leur service. Elle rejoignit son oncle, et, suspendue à son bras, lui fit faire quelques pas sur le penchant du coteau; puis, tout à coup, elle s'arrêta, comme prise d'une méfiance soudaine, et remonta vers la cime qu'elle venait de quitter. « Je ne suis pas bien sûre, disait-elle, répondant au regard surpris de son compagnon.... je ne suis pas sûre que nous en ayons fini avec ce garçon qui travaillait sur la bruyère.... »

Au moment où elle prononçait ces paroles, de derrière un des blocs de granit éparpillés au hasard dans toutes les directions, la même figure sortit. C'était bien le petit jardinier, et, comme devant, il se remit à creuser, sans que cette action pût s'expliquer ou se comprendre, le sol aride que ses pieds foulaient.

« Eh bien! oui.... je vois.... je vois bien, disait l'oncle Joseph, à qui sa nièce montrait l'apparition par un mouvement assez marqué ... C'est le même garnement.... Et il creuse comme là-bas.... Après, s'il vous plaît ? »

Sarah n'essaya même pas de répondre.

« Avançons ! dit-elle précipitamment; arrivons à notre auberge, aussi vite que nous le pourrons. »

Ils virèrent de bord encore une fois, et descendirent le sentier ouvert devant eux. En moins d'une minute, ils avaient perdu de vue Porthgenna-Tower, la vieille église, et tout le paysage occidental. Et pourtant, bien qu'il n'y eût plus rien à voir derrière eux que la lande de plus en plus noire et vide, Sarah n'en fit pas moins halte, par intervalles, aussi longtemps que les ténèbres lui permirent de distinguer ce qui se passait derrière elle. Du reste, pas d'observations, aucune excuse pour les retards qu'elle occasionnait ainsi. Ce fut seulement en vue des réverbères de la petite ville, qu'elle cessa de regarder par-dessus son épaule, et qu'elle adressa la parole à son compagnon de route. Ce qu'elle lui dit alors équivalait à une simple recommandation de faire en sorte qu'ils eussent un salon à part où se retirer, dès qu'ils seraient arrivés là où ils devaient passer la nuit.

Leurs lits commandés à l'auberge, on leur servit à souper dans la plus belle pièce de la maison. Dès qu'on les eut laissés seuls, Sarah vint s'asseoir tout à côté du vieillard, et laissa tomber ces mots dans son oreille :

« Mon oncle.... on nous a suivis, pas à pas, de Porthgenna-Tower jusqu'ici.

— Bah!... vraiment?... Et qu'en savez-vous? demanda l'oncle Joseph.

— Chut!... Parlez plus bas!... Il y a peut-être quelqu'un qui écoute à la porte.... quelqu'un qui s'est glissé sous la fenêtre.... Vous avez remarqué ce jeune garçon qui piochait la lande?...

— Allons donc!... Comment, Sarah!... vous avez peur et vous voulez me faire peur d'un gamin pareil?

— Oh!... pas si haut.... pas si haut!... Un piège nous est tendu. Je m'en suis doutée, mon oncle, à peine étions-nous entrés à Porthgenna-Tower.... Maintenant, j'en suis parfaitement sûre.... Que pouvaient signifier toutes ces paroles échangées à voix basse entre la femme de charge et l'intendant, lorsque nous sommes arrivés dans le premier vestibule?... J'avais l'œil sur eux, et suis certaine qu'ils parlaient de nous.... Ils n'étaient, il s'en faut bien, ni assez surpris de nous voir. ni assez surpris de ce que nous avions à leur dire.... Ne vous moquez pas, cher oncle!... ceci est un danger réel, et non pas une vaine fantaisie de mon cerveau.... Les clefs.... rapprochez-vous de moi.... les clefs des chambres du nord, on y a mis de nouvelles étiquettes. Les portes y ont été toutes numérotées.... pensez donc!... Pensez à tous ces chuchotages quand nous sommes entrés, à tous ces chuchotages encore, plus tard, dans la chambre de la femme de charge.... quand vous vous êtes levé pour partir.... Vous avez dû remarquer combien la conduite de cet homme a changé, après que la femme de charge lui eut parlé.... Certainement, ceci vous a frappé comme moi.... Ils nous ont laissé entrer, ils nous ont laissé sortir trop facilement.... Oh! non, non, je ne me trompe pas.... Ils avaient, pour nous laisser entrer et sortir ainsi, quelque motif que nous ignorons.... A défaut d'autre indice, la présence de cet enfant qui nous suivait sur la lande ne le dit-elle pas assez haut?... Je l'ai vu s'attacher à nos pas, absolument comme je vous vois.... Ce n'est pas sans raison que je m'effraye, pour le coup.... Aussi sûr que nous sommes deux dans cette chambre, il existe un piège que nous tendent les habitants de Porthgenna-Tower.

— Un piège!... un piège!... Et comment?... Et pourquoi?... Et à quelle occasion? demanda l'oncle Joseph, exprimant son ébahissement par un geste qui consistait à se passer rapidement les deux mains devant les yeux.

— Ils veulent me faire parler.... ils veulent me suivre... ils veulent savoir où je vais.... ils veulent m'interroger, répondit-elle avec un tremblement nerveux.... Vous n'avez pas oublié, mon oncle, ce que je vous ai dit de quelques paroles insensées qui me sont échappées au chevet de mistress Frankland.... J'aurais dû me couper vingt fois la langue avant que de les lui laisser proférer.... Elles ont fait un mal horrible.... j'en suis certaine.... oui, déjà elles ont fait un horrible mal.... Je me suis rendue suspecte.... Si mistress Frankland réussit à

me retrouver, je serai certainement interrogée.... Et la voilà
sur mes traces.... On va s'informer de nous ici.... Il faut donc
absolument qu'on ignore où nous irons en quittant cette auberge.... Il ne faut pas que les gens d'ici puissent répondre
aux questions qu'on leur fera sur notre compte.... Oh! cher
oncle, à tout prix, et quelque parti que nous prenions, assu-
rons-nous de ceci!

— Fort bien, dit le vieillard, secouant la tête en homme
tout à fait content de lui.... Si ce n'est que cela, mon enfant,
tranquillisez-vous; je m'en charge. Quand vous serez couchée,
je manderai l'aubergiste, et je lui dirai : « Dès demain, monsieur, procurez-nous une petite voiture qui nous mette sur le
passage de la diligence pour Truro. »

— Non!... mille fois non! Ce n'est pas ici que nous devons
prendre une voiture.

— Mais si!... mille fois si!... Nous prendrons la voiture ici,
parce que je veux, avant toute chose, m'assurer de l'aubergiste.... Écoutez bien.... Je lui dirai : « Si, après notre départ,
vous voyez arriver des gens aux regards curieux, aux questions indiscrètes.... eh bien! monsieur, c'est moi qui vous en
prie, ne soufflez mot.... » Puis je clignerai de l'œil, je poserai
mon doigt comme vous voyez là, le long de mon nez, je lan-
cerai un petit éclat de rire significatif, et, cric, crac! voilà
l'aubergiste de notre bord.... l'affaire est bâclée.

— Il ne faut pas nous fier à l'aubergiste, mon oncle; il ne
faut nous fier à personne.... C'est à pied que, demain, nous
partirons d'ici.... et encore faudra-t-il bien regarder si personne ne nous suit.... Tenez!... voici justement une carte du
Cornouailles accrochée à ce mur.... Les moindres routes, les
chemins de traverse y sont marqués. Nous pouvons, d'avance,
arrêter la direction que nous prendrons.... Une nuit de repos
me rendra toute la force nécessaire, et nous n'avons pas de
bagage dont nous ne puissions nous charger.... Vous n'avez
que votre havre-sac : je n'ai que le petit sac de nuit que vous
m'avez prêté.... Nous pouvons faire à pied six, sept, et même
dix milles au besoin, avec les temps de repos.... Venez par
ici!... étudiez cette carte.... je vous en prie, étudiez-la! »

Tout en protestant contre l'abandon de son beau plan, qu'il
déclarait et croyait être, en effet, parfaitement adapté aux difficultés de la situation, l'oncle Joseph consentit à examiner la
carte, de concert avec sa nièce. On y voyait tracé, un peu au
delà de la petite ville où ils étaient en ce moment, un che-

min de traverse coupant à angle droit, dans la direction du
nord, la grande route qui mène à Truro, et menant à une autre
route, qui, d'après la grosseur du trait à elle consacré, devait
être une route à diligences. Celle-ci traversait une ville assez
importante pour que son nom fût imprimé en lettres capitales.
Heureuse de cette découverte, Sarah proposa de suivre à pied
le chemin de traverse (qui, sur la carte, ne semblait guère avoir
plus de cinq à six milles de long), et de ne monter en voiture
qu'une fois arrivés à la ville en question, chef-lieu probable
d'un district inconnu. En adoptant cette marche, ils devaient
rompre toute piste, à leur sortie de la petite ville qu'ils
allaient quitter, à moins cependant qu'ils ne fussent suivis à
pied, comme ils l'avaient déjà été sur la lande. Pour le cas où
se présenterait une difficulté de ce genre, Sarah ne voyait
qu'un remède praticable, qui était de s'attarder à dessein sur
la route jusqu'à la tombée de la nuit, et de s'en rapporter à
l'obscurité pour déjouer la vigilance de la personne chargée de
savoir où ils allaient.

L'oncle Joseph secoua les épaules, d'un air résigné, quand
sa nièce lui exposa pour quelles raisons elle désirait continuer
à pied leur voyage :

« Il faudra, disait-il, une fois ce parti pris, piétiner beaucoup dans la poussière.... beaucoup regarder derrière nous....
épier, surveiller de tous côtés.... faire mille tours et détours....
Ceci n'est pas, à beaucoup près, aussi facile, mon enfant, que,
nous étant assurés préalablement de l'aubergiste, de nous pré-
lasser à notre aise sur les coussins de la diligence.... Mais
puisque vous le voulez, ainsi soit-il !... Votre volonté, Sarah....
votre volonté.... je ne me permettrai pas d'y contredire jusqu'à ce que nous soyons de retour à Truro, et que nous nous
soyons remis des fatigues de notre voyage.

— *Votre* voyage, alors, sera fini, mais non *le mien*. »

Ce peu de mots suffit pour changer la physionomie du vieillard. Ses yeux se fixèrent sur sa nièce, avec l'expression du
reproche; ses joues rosées perdirent leur teinte joyeuse, ses
mains si mobiles retombèrent inertes à ses côtés.

« Sarah, dit-il d'une voix basse et calme, qui ne ressemblait
en rien à sa voix ordinaire.... Sarah, est-ce que vous aurez
bien le cœur de me quitter encore une fois ?

— Demandez-moi si j'aurai le courage de rester dans le
pays de Cornouailles.... Voilà, mon oncle, la question qu'il
faut me faire. Si je n'avais à consulter que mon cœur, oh !

que je serais heureuse de vivre sous votre toit, d'y rester, avec votre aveu, jusqu'au dernier jour de ma vie!... Mais tant de repos et de bonheur n'entre pas dans le lot qui m'est échu.... La crainte que j'ai d'être interrogée par mistress Frankland me chasse de Porthgenna, me chasse du Cornouailles, me chasse de votre foyer.... Celle de voir découvrir la lettre n'est peut-être pas aussi terrible pour moi que celle de subir un pareil interrogatoire.... J'ai déjà dit ce que je ne devais pas dire.... Si je me retrouve en présence de mistress Frankland, il n'est rien qu'elle ne puisse tirer de moi.... Oh! mon Dieu!... penser que cette bonne et charmante jeune femme, qui partout, autour d'elle, porte le bonheur, n'est pour moi qu'un sujet de crainte.... J'ai peur devant ses yeux chargés de pitié.... J'ai peur quand sa douce voix vibre à mon oreille.... J'ai peur quand sa douce main effleure la mienne.... Oui, mon oncle, quand mistress Frankland viendra visiter Porthgenna, les enfants eux-mêmes feront foule autour d'elle : toute créature, en ce pauvre village, se sentira attirée par l'éclat lumineux de sa beauté, de sa bonté, comme par l'éclat radieux du soleil lui-même.... Et moi!... moi seule parmi tant d'êtres vivants.... il faut que je l'évite comme si sa présence donnait la mort. Le jour où elle entrera dans le Cornouailles est précisément le jour où j'en dois sortir.... le jour où il faudra que, vous et moi, nous nous disions adieu. N'ajoutez rien à tant d'amertume en me demandant si j'aurai le cœur de vous quitter.... Pour l'amour de ma mère qui n'est plus, oncle Joseph, croyez à ma reconnaissance.... croyez que, si je vous quitte encore une fois, c'est moins que jamais à ma volonté que j'obéis. »

Elle se laissa tomber, parlant ainsi, sur un sofa placé près d'elle, posa sa tête, avec un long soupir découragé, sur l'un des coussins, et n'ajouta plus un mot.

Les pleurs s'amassaient sous les paupières de l'oncle Joseph, tandis qu'il s'asseyait auprès de sa nièce. Il lui prit la main, qu'il flattait et tapotait tour à tour, comme s'il eût eu un enfant à calmer :

« Je supporterai ceci de mon mieux, murmurait-il faiblement.... et je ne dirai plus rien.... Quand je serai resté seul, vous m'écrirez au moins quelquefois, n'est-il pas vrai?... Pour l'amour de la pauvre mère qui n'est plus, vous accorderez bien quelques heures à l'oncle Joseph?... »

Elle se retourna de son côté, et lui jeta les deux bras autour du cou, laissant éclater une énergie de passion qui contrastait merveilleusement avec la réserve ordinaire de son caractère.

« Je vous écrirai souvent, disait-elle.... je vous écrirai sans cesse, murmurait-elle, la tête appuyée sur la poitrine du vieillard.... Si jamais je suis ou dans l'inquiétude, ou en quelque péril, vous le saurez certainement.... »

A ces mots, elle s'arrêta toute troublée, confuse, comme effrayée d'elle-même, de sa liberté de paroles et de gestes. Ses bras s'ouvrirent, et, se détournant, elle cacha sa tête dans ses deux mains. Dans ce simple mouvement se révélait (et avec quelle saisissante éloquence !) le tyrannique empire de la retenue qu'elle s'était toujours imposée depuis qu'elle était femme.

L'oncle Joseph se leva de son canapé, et lentement se promena par la chambre, de long en large, çà et là, regardant sa nièce, mais sans lui adresser la moindre parole. Quelques minutes passées, le domestique vint mettre le couvert du souper. L'interruption arrivait à propos, puisque Sarah se trouvait ainsi forcée de reprendre quelque empire sur elle-même. Aussitôt après le souper, l'oncle et la nièce se quittèrent pour le reste de la nuit, sans échanger une seule parole relative à leur séparation ultérieure.

Lorsqu'ils se retrouvèrent ensemble, le lendemain matin, le vieillard n'avait pas encore retrouvé sa sérénité ordinaire. Il essayait bien de causer aussi gaiement que d'habitude ; mais dans sa voix, dans ses gestes, dans ses allures, il y avait un sérieux, une réserve étranges. Le cœur de Sarah souffrait à le voir aussi tristement préoccupé de leur séparation future. Elle voulut hasarder quelques mots de consolation et d'espoir ; mais il les repoussa par un de ces gestes de main qui lui étaient familiers, et qui caractérisaient l'originalité de ses façons exotiques. Puis il sortit pour aller régler le compte de l'aubergiste.

Peu après le déjeuner, à la grande surprise des gens de l'hôtel, nos deux voyageurs reprirent pédestrement leur voyage, l'oncle Joseph, havre-sac au dos, et sa nièce portant à la main son sac de nuit. Arrivés au tournant qui allait les conduire au chemin de traverse, tous deux s'arrêtèrent, tous deux regardèrent en arrière. Cette fois ils n'aperçurent rien qui pût leur causer la moindre inquiétude. Pas une créature humaine ne se montrait sur le grand chemin, qu'ils n'avaient pas quitté depuis leur départ de l'auberge.

« La route est libre, dit l'oncle Joseph, au moment où ils débouchaient sur le chemin de traverse.... Quoi qu'il en soit de nos aventures d'hier; à présent, au moins, personne ne nous suit.

— C'est-à-dire que nous ne voyons personne, répondit Sarah.... mais il n'est pas jusqu'aux bornes de ces bas côtés qui ne m'inspirent quelque méfiance.... Avant de nous estimer en sûreté, mon oncle, regardons souvent par-dessus notre épaule.... Plus j'y pense, et plus me fait peur le piége que nous ont tendu ces gens de Porthgenna-Tower.

— A *nous*, Sarah?... Pourquoi donc *me* tendraient-ils un piége?

— Parce qu'ils vous ont vu avec moi.... Vous aurez bien moins à redouter d'eux quand nous serons séparés.... Et voilà, mon oncle, une raison de plus pour supporter patiemment les angoisses de cette séparation.

— Est-ce que vous irez loin, bien loin, Sarah, quand vous m'aurez ainsi quitté?

— Je n'oserai m'arrêter que lorsque je me sentirai perdue dans ce ténébreux océan qu'on appelle Londres.... Épargnez-moi ce triste regard.... Je n'oublierai pas ce que j'ai promis; vous recevrez exactement de mes lettres.... J'ai des amis (non pas des amis tels que vous, mais des amis, cependant), chez lesquels je puis aller. A Londres seulement, je me sentirai protégée contre toute poursuite. Le danger est grand.... oh! oui, c'est un grand danger!... Par ce que j'ai vu à Porthgenna, je sais que mistress Frankland se propose déjà de me découvrir.... Et l'intérêt qu'elle peut prendre à cette espèce de chasse sera décuplé, j'en suis certaine, lorsqu'elle apprendra, elle l'apprendra positivement, ce qui s'est passé hier dans le vieux manoir.... Si par hasard on vous relançait jusqu'à Truro, prenez bien garde, ô mon oncle.... prenez bien garde à ce que vous ferez.... prenez bien garde aux réponses qu'ils essayeront de vous arracher.

— Ils ne m'arracheront aucune réponse, mon enfant.... Mais dites.... car je ne veux ignorer aucune des chances qui peuvent vous ramener près de moi.... si mistress Frankland venait à trouver la lettre.... que feriez-vous, dites? »

A cette question, la main de Sarah, qui jusqu'alors reposait, inerte, sur le bras de son oncle, car ils marchaient côte à côte, l'étreignit par un mouvement soudain : « Alors même que mistress Frankland entrerait dans la chambre aux Myrtes, dit-elle, s'arrêtant et regardant de tous côtés autour d'elle avec une sorte d'effroi, elle peut fort bien ne pas trouver la lettre....

cette lettre est pliée sous un si petit volume.... elle est dans une cachette peu susceptible d'être devinée.

— Mais enfin.... si elle la trouve?

— Si elle la trouve, il y aura plus de motifs que jamais pour mettre des milles et des milles entre elle et moi. »

Elle répondait ainsi, les deux mains sur son cœur, et le comprimant comme s'il eût été sur le point d'éclater. Une crispation presque insensible serpenta rapidement sur ses traits; ses yeux se fermèrent, tout son visage se couvrit d'une rougeur intense, et, immédiatement après, redevint d'une pâleur extrême. A plusieurs reprises, sur son front où perlait une sueur abondante, elle passa un mouchoir qu'elle venait de tirer de sa poche. Le vieillard qui, voyant sa nièce faire halte, s'était imaginé qu'elle avait aperçu quelqu'un derrière eux, et venait de regarder dans cette direction, se rendit compte de ce dernier mouvement, et lui demanda si elle avait trop chaud. Elle secoua la tête, et reprit son bras pour continuer à marcher; mais elle respirait péniblement, du moins à ce qu'il imagina. En conséquence il lui proposa de s'asseoir au bord du chemin pour se reposer un peu; mais elle répondit simplement : « Pas encore! » Ils marchèrent une demi-heure de plus; alors ils regardèrent de nouveau derrière eux, et de nouveau ne voyant personne, ils s'assirent sur un banc au bord de la route, pour reprendre quelques forces.

Après deux autres haltes, ils arrivèrent à l'extrémité du chemin de traverse. Sur la grande route où il les avait conduits, ils furent rejoints par un charretier qui s'en revenait à vide, et qui leur offrit de les prendre « à bord » jusqu'à la ville prochaine. Il acceptèrent avec reconnaissance, et, après une demi-heure de voyage, arrivés à destination, se firent descendre devant le principal hôtel. Informés là qu'il était trop tard pour prendre la diligence, ils louèrent une voiture qui les conduisit à Truro, où ils arrivèrent assez tard dans la soirée. Pendant tout ce voyage, depuis qu'ils avaient quitté le chef-lieu du district jusqu'au moment où, selon le désir manifesté par Sarah, on les descendit devant le bureau des diligences de Truro, ils n'avaient rien vu qui pût leur donner le moindre soupçon d'être suivis ou espionnés; pas une des personnes qu'ils avaient vues dans les endroits habités, ou de celles qu'ils avaient rencontrées sur les routes, n'avait semblé prendre à eux plus d'intérêt que n'en inspire toute espèce de voyageurs.

Il était cinq heures du soir quand ils entrèrent dans le bureau des diligences pour s'informer des moyens de se rendre du côté d'Exeter. On leur répondit qu'une voiture partirait à une heure de là, et qu'une autre traverserait Truro le lendemain dès huit heures du matin.

« Vous ne partirez certainement pas ce soir? dit l'oncle Joseph avec l'accent de la prière.... Vous attendrez bien jusqu'à demain pour vous reposer auprès de moi?

— Je ferai bien mieux de partir, cher oncle, pendant qu'il me reste un peu de courage. »

Telle fut la triste réponse de Sarah.

« Mais vous êtes si pâle, si fatiguée, si faible....

— Je ne serai jamais plus forte que je ne suis maintenant. Tenez, ne mettez pas mon cœur de moitié dans vos instances!... Il est déjà bien assez dur, sans cela, de vous quitter. »

L'oncle Joseph soupira et n'ouvrit plus la bouche. Sa nièce le suivit, de rue en rue, jusqu'à son modeste domicile. Le joyeux ouvrier, toujours derrière le comptoir, polissait un morceau de bois, absolument dans la même attitude où Sarah l'avait vu en arrivant à Truro, et lorsqu'elle jetait son premier regard dans le magasin de son oncle. Cet honnête travailleur avait de bonnes nouvelles : l'ouvrage allait bien, les commandes arrivaient; mais l'oncle Joseph écoutait d'un air distrait le compte rendu de son employé, et celui-ci le vit se diriger vers le petit salon du fond sans que le moindre reflet du sourire habituel eût déridé cette candide physionomie. « Pourquoi ai-je un magasin? Pourquoi toutes ces commandes? Tout cela m'empêche de partir avec vous, dit-il à Sarah quand ils se retrouvèrent seuls.... Ah! vraiment, de tout ce voyage, il n'y a eu de bon que le départ.... Asseyez-vous, mon enfant, et reposez-vous.... Il faut bien que je tâche de prendre mon parti, et je vais vous faire du thé. »

Lorsque le plateau fut sur la table, il quitta l'appartement, et y revint, après une courte absence, un panier à la main. Quand le porteur de la diligence vint chercher les bagages, il ne laissa pas comprendre le panier parmi les objets que cet homme enlevait; mais il le déposa entre ses jambes et l'y garda précieusement, tandis qu'il versait le thé dans la tasse de sa nièce.

La boîte à musique pendait encore, à côté de lui, dans son enveloppe de cuir. Dès que le thé fut versé, il déboucla la courroie, enleva la chemise, et posa la boîte sur la table, à portée de sa main. Ses regards hésitants erraient du côté de Sarah, tandis qu'il exécutait cette petite manœuvre. Il se pencha en avant, ses lèvres tremblant un peu, ses mains se jouant au hasard autour de l'enveloppe vide qui maintenant reposait sur ses genoux. Et enfin, d'une voix basse, inégale :

« Voulez-vous entendre un petit chant d'adieu de Mozart ? lui dit-il.... Il se passera bien du temps, ma pauvre Sarah, d'ici à ce qu'il puisse vous jouer quelque chose : un petit chant d'adieu, ma chérie, avant que vous partiez.... »

Sa main se glissa, furtivement, de l'enveloppe de cuir sur la table, et la boîte se remit à jouer le même air que Sarah, le jour de son arrivée du Somersetshire, avait entendu déjà ; le même que l'oncle Joseph écoutait, au moment où elle était entrée dans son petit salon. Mais que de douloureux échos réveillaient maintenant ces simples notes! quelles tristes ressouvenances du passé cette petite mélodie plaintive appelait et agglomérait dans le cœur de la pauvre femme!... Sarah ne put trouver le courage de lever les yeux sur le vieillard.... Ils lui auraient révélé qu'elle pensait aux jours où cette boîte, le trésor du brave homme, jouait le même air qu'ils écoutaient maintenant, au chevet de l'enfant agonisant qu'il était sur le point de perdre.

Le ressort d'arrêt n'étant pas poussé, la mélodie, une fois achevée, recommença immédiatement ; mais cette fois, après les premières mesures, les notes se succédèrent l'une à l'autre plus lentement ; l'air devint de moins en moins reconnaissable ; il n'y eut bientôt plus que trois notes en jeu, séparées par de longues pauses ; et enfin ces notes même se turent. La petite chaîne qui mettait en mouvement tout le mécanisme s'était déroulée d'un bout à l'autre ; le chant d'adieu de Mozart s'arrêta soudain comme une voix qui se brise.

Le vieillard tressaillit, regarda sa nièce d'un air sérieux, et jeta l'enveloppe sur la boîte, comme s'il voulait dérober celle-ci à sa vue. « La musique cessa ainsi, se murmurait-il à lui-même, et dans sa langue natale, lorsque mourut le petit Joseph.... Ne vous en allez pas! ajouta-t-il brusquement en anglais avant que Sarah eût eu, pour ainsi dire, le temps de s'étonner du singulier changement survenu dans sa voix et dans son attitude.... Ne vous en allez pas!... Réfléchissez bien!... restez avec moi.

— Je ne suis pas libre, mon oncle, de ne vous point quitter.... Vrai comme j'existe, je ne le suis pas.... Vous ne m'accusez pas d'ingratitude, j'espère?... A ce moment suprême, dites-moi, pour me consoler, qu'il en est ainsi.

Il serra silencieusement sa main, et l'embrassa sur les deux joues. « J'ai le cœur gros à votre sujet, Sarah, lui dit-il, la crainte m'est venue que, si vous quittez maintenant l'oncle Joseph, ce ne soit pas pour votre bien.

— Je ne suis pas libre, répéta-t-elle tristement.... Il faut vous quitter.

— En ce cas, il est grand temps de partir. »

L'incertitude et la crainte qui avaient assombri sa physionomie au moment où la musique s'était achevée à l'improviste, semblèrent y jeter une ombre encore plus épaisse, quand il eut prononcé ces paroles. Il prit le panier qu'il avait jusqu'alors si soigneusement conservé à ses pieds, et passa devant sa nièce, guide silencieux.

Ils arrivèrent tout juste à temps. Le cocher montait sur son siége, comme ils se présentaient à la porte du bureau. « Dieu vous garde, chère enfant, et vous réunisse bientôt à moi saine et sauve ! Prenez ce panier sur vos genoux : ce sont quelques petites provisions de voyage. » La voix lui manqua sur cette parole, et Sarah sentit qu'il posait les lèvres sur la main qu'elle lui avait tendue. L'instant d'après, la portière fut fermée, et, à travers ses larmes, elle l'entrevit vaguement parmi les oisifs groupés pour regarder partir la voiture.

A quelque distance de la ville, ses larmes taries lui permirent de regarder ce que renfermait le panier. C'était un pot de marmelade et une cuiller de corne, une petite boîte à ouvrage incrustée, prise parmi celles du magasin, un morceau de fromage qui semblait étranger, un gâteau français, et une petite somme d'argent roulée dans du papier, avec ces mots pour suscription : *Ne vous fâchez pas !* de la main de l'oncle Joseph. Sarah referma le panier, et tira son voile sur son visage. Elle n'avait pas, jusqu'à ce moment, ressenti toute l'amertume de la séparation. Oh ! qu'il lui semblait pénible de se sentir bannie de l'asile où voulait la retenir l'unique ami qu'elle se connût ici-bas !

Pendant que cette pensée la préoccupait, le vieillard fermait justement la porte de son salon désert; son regard se posait sur le plateau à thé, sur la tasse vidée par Sarah, et il se redisait en sa langue maternelle :

« Oui.... la musique s'est ainsi arrêtée lorsque mourut le petit Joseph ! »

LIVRE V.

CHAPITRE PREMIER.

Un vieil ami et un nouveau plan.

En affirmant positivement que le jeune ouvrier, occupé en apparence à travailler sur la lande, l'avait suivie ; elle et son oncle, jusque au chef-lieu du district, Sarah s'était rencontrée avec la vérité la plus vraie. Jacob, en effet, ne les avait perdus de vue qu'à leur entrée dans l'auberge, et, après avoir fait sentinelle devant la porte, assez longtemps pour s'assurer qu'ils ne continueraient pas leur voyage ce soir-là même, il était retourné à Porthgenna-Tower faire son rapport et réclamer la récompense promise.

Le même soir, la femme de charge et l'intendant se cotisèrent afin d'écrire, à frais communs, une lettre pour mistress Frankland ; ils lui rendaient compte de tout ce qui s'était passé depuis le moment où les visiteurs s'étaient présentés, jusqu'à celui où le garçon jardinier les avait laissés installés dans l'auberge. En cette composition s'étaient enguirlandées toutes les fleurs de rhétorique dont eût pu s'aviser M. Munder. Aussi était-elle, en tant que narration, d'une longueur démesurée, et, en tant que procès-verbal, d'une confusion désespérante.

Inutile de dire que, nonobstant toutes ses longueurs et ses absurdités, cette lettre fut lue avec le plus vif intérêt par mistress Frankland ; son mari et M. Orridge, qui tous deux en reçurent communication, furent aussi étonnés, aussi intrigués qu'elle l'était elle-même. Encore que, apprenant le départ de mistress Jazeph pour le pays de Cornouailles, ils eussent été amenés à regarder comme fort possible qu'elle se présentât à

Porthgenna, et bien que la lettre de Rosamond à sa femme de charge eût été précisément écrite en vue de cette probabilité, ni elle ni son mari, néanmoins, n'étaient préparés à voir se réaliser sitôt les soupçons qu'ils avaient conçus à ce sujet. Au surplus, l'étonnement que leur inspira, pris en bloc, le contenu de cette lettre, n'était rien, comparé à celui que leur causèrent, en particulier, les passages relatifs à l'oncle Joseph. Ce nouvel élément, qui venait compliquer le mystère de mistress Jazeph et de la chambre aux Myrtes en introduisant sur la scène un étranger inconnu, et en le rattachant étroitement aux incidents bizarres qui venaient de s'accomplir dans l'enceinte du vieux manoir, les dépistait tous très-complétement. La lettre fut lue et relue, et discutée de fort près, paragraphe après paragraphe. Le docteur l'annota soigneusement, pour tâcher d'extraire les faits précis qu'elle pouvait contenir, de la masse de mots insignifiants dans laquelle M. Munder les avait longuement et savamment noyés. Enfin, après avoir tant pris de peine pour la rendre intelligible, il fallut bien la reconnaître pour le plus mystérieux et le plus inextricable document qu'eût jamais tracé la plume d'un mortel.

Après que, de désespoir, la lettre eut été abandonnée, la première idée un peu pratique fut suggérée par Rosamond. Elle proposa de partir sur-le-champ pour Porthgenna, elle et son mari, avec le *baby*, cela va sans le dire, pour soumettre à une enquête minutieuse les incidents relatifs à mistress Jazeph et à l'étranger qui l'avait accompagnée ; on examinerait aussi les passages nord de l'habitation, pour savoir s'il n'y aurait pas moyen d'arriver à quelques conjectures un peu fondées sur l'emplacement de la chambre aux Myrtes, pendant que tous ces incidents, encore de fraîche date, étaient présents à la mémoire des témoins qu'on allait interroger. Le plan ainsi exposé rencontra, de la part de M. Orridge, des objections médicales : mistress Frankland s'était enrhumée, à sa première sortie, en s'exposant à l'air sans assez de précautions ; et le docteur lui refusa l'autorisation de voyager avant huit jours au moins, si tant est que huit jours dussent suffire à son rétablissement.

M. Frankland mit ensuite en avant ses propres idées. Il se déclarait parfaitement convaincu qu'on ne pénétrerait jamais le mystère de la chambre aux Myrtes, si on ne trouvait pas un moyen quelconque d'entrer en communication avec mistress Jazeph. D'autre chose, à son avis, il ne fallait pas se mettre en peine ; et, en attendant les démarches ultérieures qu'on pourrait faire dans ce but, il proposa d'envoyer le valet de chambre venu avec lui à West-Winston, homme de confiance qui le servait depuis plusieurs années, et dont il connaissait le zèle, l'activité, l'intelligence, de l'envoyer, disons-nous, à Porthgenna-Tower, afin d'y prendre immédiatement tous les renseignements nécessaires, et d'examiner aussi en détail les bâtiments du nord.

Cet avis fut suivi aussitôt qu'ouvert. En une heure de temps le valet de chambre fut expédié vers le Cornouailles, avec des instructions détaillées sur ce qu'il avait à y faire, et bien pourvu d'argent pour le cas où il lui deviendrait indispensable d'associer d'autres personnes aux recherches qui lui étaient ordonnées. Dans le temps voulu, un rapport qu'il avait dressé parvint à son maître ; ce rapport n'avait rien d'encourageant.

A partir du chef-lieu de district, toute trace de mistress Jazeph et de son compagnon avait complétement disparu. Des investigations, faites de tous côtés, n'avaient pas produit le moindre renseignement. On avait bien trouvé, sur différents points du pays, et dans des directions fort opposées, des personnes prêtes à déclarer qu'elles avaient vu les deux voyageurs dont on leur donnait le signalement, la dame aux vêtements bruns, et le vieillard étranger ; mais, interrogées sur la direction que paraissaient suivre ces deux individus, elles répondaient par des renseignements obscurs et contradictoires. Aucune peine n'avait été épargnée, on n'avait reculé devant aucune dépense ; mais, jusqu'à ce moment, on n'avait obtenu aucune indication de quelque valeur. Si la dame inconnue et l'étranger qui l'escortait avaient pris à l'est ou à l'ouest, au nord ou au midi, c'était plus que n'en savait, pour le présent, le domestique de mistress Frankland.

L'examen des appartements du nord ne donnait pas lieu à un compte-rendu plus satisfaisant. Ici encore, on n'avait rien pu découvrir d'essentiel. Le domestique avait compté jusqu'à vingt-deux pièces différentes dans le corps de logis inhabité : six au rez-de-chaussée ouvrant sur le jardin désert, huit au premier étage, et huit au second. Il avait scrupuleusement examiné toutes les portes, de la cave au grenier, et en était arrivé à conclure qu'aucune d'elles n'avait dû être ouverte. Des façons d'agir de la dame elle-même, il n'y avait rien à tirer. Si on devait s'en rapporter au témoignage de la cuisinière, elle avait laissé tomber le paquet de clefs dans le vestibule. D'a près l'affirmation de la femme de charge et de l'intendant. on l'avait trouvée étendue, sans connaissance, au sommet du premier degré. Dans cette position, la porte en face d'elle ne paraissait pas avoir été ouverte plus que n'importe laquelle des vingt et une autres. On ne pouvait décider si la porte dont elle voulait se procurer l'accès était une des huit du premier étage, ou bien si elle s'était trouvée mal en essayant de monter plus haut, dans quelque pièce située au second. On ne pouvait donc, de tout ce qui s'était passé, déduire que deux probabilités : d'abord il semblait constant que la dame en question avait été empêchée de parvenir jusqu'à la chambre aux Myrtes, et avait échoué, sous ce rapport, dans son entreprise ; en second lieu, il fallait bien penser, d'après l'endroit où elle avait été trouvée évanouie et celui où on avait constaté la chute du paquet de clefs, que la chambre aux Myrtes n'était pas au rez-de-chaussée, et comptait, dès lors, parmi les seize pièces des deux étages supérieurs. L'auteur du rapport, ceci dit, déclarait n'avoir plus rien à mentionner, si ce n'est que, pour le cas où on aurait de nouveaux ordres à lui envoyer, il s'était décidé à ne point quitter Porthgenna.

Que restait-il à faire ? Telle était la question qui s'offrait naturellement, après le récit de ces infructueuses recherches. Mais une réponse à cette question n'était pas la chose du monde la plus aisée à trouver. Mistress Frankland n'avait plus rien à proposer, non plus que M. Frankland, et le docteur restait muet. Plus ils tracassaient leur cerveau pour en extraire quelque idée nouvelle, mieux s'accusait le vide de cet organe infécond. Enfin, et en désespoir de cause, Rosamond proposa de recourir à une quatrième personne dont on pût se regarder comme tout à fait sûr, et pria son mari de lui permettre d'écrire, pour lui soumettre la difficulté qui les arrêtait, au ministre de Long-Beckley. Le docteur Chennery était leur plus ancien ami et conseiller. Il les avait connus, tous les deux, encore enfants. Il était au courant des annales de leur famille ; il prenait à leur destinée un intérêt paternel, et il possédait cette qualité si précieuse du « gros bon sens, » qui le leur désignait, en ce moment, comme le plus apte de tous à les tirer d'embarras ; son zèle, d'ailleurs, ne pouvait faire doute.

M. Frankland tomba immédiatement d'accord avec sa femme, et Rosamond ne tarda pas d'une minute à écrire au docteur Chennery, l'informant de tout ce qui s'était passé depuis le moment où mistress Jazeph lui avait été présentée, et lui demandant, pour elle et son mari, les conseils de sa vieille expérience. Le courrier suivant apporta une réponse qui prouvait à quel point la confiance de Rosamond était fondée. Non-seulement son vieil ami comprenait et partageait l'ardente curiosité que lui avaient inspirée le langage et la manière d'être de mistress Jazeph, mais encore il avait imaginé un plan qui, selon lui, devait conduire à préciser l'emplacement de la chambre aux Myrtes.

Avant d'expliquer en quoi consistait ce plan, le digne ministre se prononçait énergiquement contre toute démarche ayant pour objet de découvrir mistress Jazeph. D'après les circonstances qui lui étaient relatées, ce serait en pure perte qu'on se mettrait à sa poursuite. Tenant ce point pour bien établi, il s'attacherait donc uniquement à résoudre cette question, de beaucoup la plus essentielle : comment devaient s'y prendre M. et mistress Frankland, pour pénétrer, sans avoir recours à personne, le mystère de la chambre aux Myrtes.

Sur ce point, le docteur Chennery déclarait avoir une conviction bien affermie, et, par manière d'exorde, il prévenait Rosamond contre l'étonnement que cette conviction allait lui causer. Tenant pour incontestable que les jeunes gens ne pouvaient espérer découvrir la chambre en question, s'ils n'étaient aidés par quelqu'un mieux au fait qu'ils ne pouvaient l'être des localités à explorer, le ministre désignait, comme le seul individu en état de leur fournir les informations requises, un personnage dont on ne se serait guère avisé : le morose et misanthropique parent de Rosamond, Andrew Treverton.

A l'appui de cette surprenante désignation, le docteur Chennery donnait deux motifs. Andrew, tout d'abord, était le seul membre survivant de la dernière génération qui eût vécu à Porthgenna-Tower, dans le temps où les traditions relatives aux appartements du nord se perpétuaient encore dans la mémoire des habitants de cette résidence seigneuriale. Les gens qui maintenant l'occupaient étaient des étrangers, investis de leurs fonctions par M. Frankland le père ; et les serviteurs qui jadis avaient été aux gages du capitaine Treverton, étaient ou morts ou dispersés. Il n'existait donc qu'une seule personne dont les souvenirs pussent être utiles à M. et à mistress Frankland, et cette personne était, sans conteste, le frère de l'ancien propriétaire de Porthgenna-Tower.

De plus, même dans le cas où la mémoire d'Andrew Treverton ferait défaut à la curiosité de Rosamond, une chance

s'offrait encore; c'était qu'il fût en possession de quelque document, écrit ou imprimé, qui aidât à retrouver l'emplacement de
la chambre aux Myrtes. En vertu du testament de son père,
testament rédigé lorsque Andrew, encore tout jeune homme,
allait partir pour le collége, et qui n'avait été modifié ni à
l'époque de son départ d'Angleterre, ni, ultérieurement, à
aucune autre, il avait hérité d'une très-vieille collection de
livres, garnissant la bibliothèque de Porthgenna. Que si cette
partie de la succession paternelle était encore dans ses mains,
il était fort probable qu'on y trouverait quelque plan, quelque
description du manoir tel qu'il était jadis, et qu'un document
de ce genre fournirait les indications dont la nécessité venait
de se révéler. Raison nouvelle de croire que, s'il existait un
moyen quelconque d'arriver à savoir où était la chambre aux
Myrtes, Andrew Treverton, plus que personne, était à même
de se le procurer.

Ceci tenu pour certain, qu'il fallait inévitablement recourir
à ce vieux misanthrope bourru, une autre question naissait :
Comment entrer en communication avec lui ? Le ministre se
rendait parfaitement compte qu'après la conduite inexcusable
d'Andrew vis-à-vis le père et la mère de Rosamond, celle-ci
ne pouvait guère, sous aucun prétexte, s'adresser directement
à ce parent dénaturé. Mais on tournerait la difficulté en priant
le docteur Chennery de servir d'intermédiaire à ces rapports forcés. Si petite que fût la sympathie de ce digne ecclésiastique pour la personne d'Andrew Treverton, et bien qu'il
désapprouvât énergiquement les principes de ce vieillard in-
sociable, il voulait bien mettre de côté ses objections et ses
répugnances dans l'intérêt de ses jeunes amis; et il se déclarait tout prêt, si Rosamond et son mari approuvaient cette
démarche, à se rappeler par écrit au souvenir d'Andrew, et à
lui demander, sous prétexte de curiosité archéologique, des
renseignements sur le pavillon nord de Porthgenna-Tower :
naturellement il lui demanderait, à titre spécial, sous quel
nom particulier avait pu être désignée, autrefois, chaque pièce
de ce corps de logis.

Tout en proposant ses services, le docteur ne cherchait
pas à dissimuler qu'il croyait avoir peu de chances de recevoir une réponse de l'atrabilaire vieillard. Cependant, vu
qu'en l'état des choses une espérance hasardeuse valait mieux
que rien, il estimait qu'on devait risquer une tentative,
d'après le plan de campagne qu'il venait de tracer. Si M. et

mistress Frankland pouvaient imaginer un meilleur moyen d'ouvrir des communications avec Andrew Treverton, ou encore s'ils avaient découvert inopinément quelque méthode pour obtenir les renseignements qui leur manquaient, le docteur Chennery était tout disposé à subordonner ses idées aux leurs. En tout cas il devait les prier, en terminant, de se rappeler qu'il envisageait leurs intérêts comme les siens propres, et mettait à leur disposition tous les services qu'ils pourraient réclamer de lui.

Il ne fallut pas longtemps méditer sur cette amicale épître pour que Rosamond et son mari se sentissent convaincus qu'ils devaient, en toute reconnaissance, accepter l'offre du bon ministre. La démarche proposée offrait, on ne devait pas en douter, peu de chances de succès : mais, d'un autre côté, qu'attendre de favorable des investigations qu'ils pouvaient, d'eux-mêmes et sans aide, accomplir à Porthgenna? Au moins y avait-il place pour un vague espoir dans cette requête du docteur, laquelle peut-être produirait quelques résultats : mais qu'espérer, pour l'éclaircissement d'un mystère relatif à une seule pièce, de recherches faites au hasard, dans une ignorance absolue de l'objet à découvrir, à travers deux rangées de chambres dont le nombre s'élevait à seize? Influencée par ces considérations, Rosamond répondit au ministre, en le remerciant de ses bontés, pour le prier d'entrer en rapport avec Andrew Treverton, ainsi qu'il l'avait proposé lui-même, et cela dans le plus bref délai possible.

Le docteur Chennery se consacra, sans désemparer, à l'élaboration de son importante épître, prenant soin de n'invoquer, à l'appui de sa demande, que des raisons d'antiquaire; sa prétendue curiosité au sujet des dispositions intérieures de Porthgenna-Tower, il l'attribuait à ses anciennes relations avec la famille Treverton, et à l'intérêt que devait naturellement lui inspirer le vieux manoir auquel se rattachaient si étroitement et leur nom et la destinée de leur race. Après en avoir appelé aux souvenirs de jeunesse qu'Andrew pouvait avoir conservés, il faisait un pas de plus, et hasardait une allusion aux vieux livres de la bibliothèque, parmi lesquels il avait idée, ajoutait-il, qu'on pourrait trouver quelque plan, quelque inventaire ou état de lieux, à l'aide duquel se combleraient les lacunes qui existeraient dans les souvenirs de M. Treverton relatifs aux noms et à la disposition des appartements du pavillon nord. Avant de conclure, il prenait la liberté d'ajouter que le prêt de n'importe quel document pouvant éclairer la question ainsi posée, ou même la simple permission d'en faire faire extrait, serait un véritable service, dont il tiendrait le plus grand compte : et, dans un *post-scriptum*, il avait soin d'insinuer que, pour épargner à M. Treverton toute espèce de dérangement, on irait, le lendemain même du jour où la lettre lui aurait été remise, chercher la réponse qu'il pourrait y vouloir faire.

Après avoir ainsi complété sa missive, le ministre, augurant d'ailleurs assez mal de ce qui devait en résulter, l'adressa sous enveloppe à son homme d'affaires, à Londres; en le priant d'ailleurs de la faire parvenir par l'entremise d'une personne sûre, laquelle, dès le lendemain, irait prendre la réponse.

Trois jours après le départ de cette lettre, on n'avait encore aucune nouvelle du docteur Chennery. Rosamond obtint enfin de ses médecins l'autorisation de voyager. Prenant congé de M. Orridge, auquel on promit, à plusieurs reprises, de lui faire savoir où en seraient les recherches relatives à la chambre aux Myrtes, M. et mistress Frankland partirent de West-Winston, et, pour la troisième fois, se remirent en route vers Porthgenna-Tower.

CHAPITRE II.

Le commencement de la fin.

Lorsque le messager chargé de la lettre du docteur Chennéry parvint, non sans peine, à la porte du jardin, et, carillonnant à tour de bras, mit en émoi les hôtes du cottage de Bayswater, le personnel de la maison Andrew Treverton s'occupait à boulanger. Cet homme ayant sonné à trois reprises différentes, une voix rauque se fit entendre à lui de l'autre côté du mur; elle le sommait de laisser la cloche en repos.

« Qui êtes-vous, ajoutait-elle, et que diable avez-vous à faire ici?

— Une lettre pour M. Treverton, répondit le messager, qui s'écarta respectueusement de la porte, troublé par une si énergique adjuration.

— Envoyez-la par-dessus le mur, alors, et décampez ensuite ! » reprit la voix enrouée.

Le messager obéit à cette double injonction. C'était un homme d'un âge raisonnable, d'une humeur douce et modérée, et, le jour où la nature s'était occupée de mélanger son caractère, elle n'y avait pas introduit cet incommode ingrédient qu'on appelle susceptibilité.

L'homme à la voix rauque (autant vaut dire, plus simplement, M. Shrowl) ramassa la lettre, la soupesa dans sa main, la contempla quelque temps avec une méprisante curiosité, singulièrement expressive dans ses yeux de *bull-terrier;* puis il la fourra dans la poche de son gilet, et regagna nonchalamment le cottage, du côté de la porte ouvrant sur la cuisine.

Dans ce qui eût été la paneterie, très-probablement, si la maison eût été habitée par des gens civilisés, on avait dressé un moulin à bras; et, au moment où M. Shrowl y arrivait, M. Treverton était occupé à protester contre le joug des meuniers anglais, en broyant lui-même son blé. Dès que son serviteur se montra sur le seuil de la porte, il cessa impatiemment de tourner la poignée à l'aide de laquelle il mettait en jeu le mécanisme.

« Pourquoi venez-vous ici ?.... demanda-t-il. Quand la farine sera prête, je vous appellerai. Ne nous donnons pas, plus souvent qu'il n'est indispensable, le plaisir de nous regarder.... Je n'arrête jamais mes yeux sur vous, Shrowl, sans me demander si, dans toute la série des créatures vivantes, il y a quelque chose d'aussi laid que l'homme. Ce matin, sur la muraille du jardin, je voyais un chat, et, sous aucun rapport, vous ne sauriez soutenir une comparaison avec cet animal. Les yeux de ce chat étaient limpides, les vôtres sont ternes et comme boueux; le nez du chat était droit, le vôtre est crochu; ses moustaches étaient propres, les vôtres sont sales; l'enveloppe du chat lui seyait à merveille, la vôtre pend sur vous comme un sac. Je vous le répète, Shrowl, l'espèce à laquelle nous appartenons, vous et moi, est certainement la plus laide qu'il y ait sur toute la face de la création. Ne nous soyons donc pas désagréables l'un à l'autre par une contemplation réciproque.... Infime, extravagante boutade de la nature, hors d'ici !... hors d'ici, vous dis-je ! »

Shrowl écouta ce discours élogieux avec une sérénité bourrue. Le voyant achevé, sans se donner la peine d'y faire la moindre réponse, il tira la lettre de sa poche. Il était, en ce moment, trop certain de l'ascendant qu'il possédait sur son maître, pour attacher la moindre importance à ce que M. Treverton pouvait avoir à lui dire.

« Maintenant que vous avez bavardé tout à votre aise, si nous regardions un peu ceci, dit-il, laissant tomber la lettre négligemment sur une table de bois blanc à côté de laquelle était son maître. Il est un peu rare, n'est-il pas vrai, qu'on se dérange pour vous écrire ? De qui pensez-vous que ce poulet peut bien venir ? Votre nièce aurait-elle eu, par hasard, la fantaisie d'entrer en correspondance avec vous ? On a mis l'autre jour dans les feuilles qu'elle avait donné un héritier à son mari. Peut-être vous invite-t-elle au baptême. Voyons donc. Le fait est que, sans vous, la fête ne serait pas complète. Si votre souriant visage ne brillait pas au centre de la table, comment les convives s'égayeraient-ils ? Confiez-moi le moulin quelques instants, et allez bien vite acheter une timbale d'argent.... L'héritier attend sa timbale, comme de juste ; la nourrice attend sa demi-guinée ; et la maman attend.... votre fortune.... Quel plaisir de faire d'un seul coup tant d'heureux !.... Ah ! miséricorde ! quelles grimaces, devant une lettre pareille !.... Que sont donc devenus vos sentiments de famille ?....

— Si seulement je savais où découvrir un bâillon, je l'aurais bientôt fourré dans votre bouche infernale ! s'écria M. Treverton.... Comment osez-vous me parler de ma nièce ?... Vous savez bien que je la hais, en souvenir de sa mère. Que prétendez-vous avec vos perpétuelles allusions à ma fortune ?.... Plutôt que de la laisser à l'enfant de la comédienne, je vous la laisserais, à vous qui parlez.... Et plutôt que de vous la laisser, je la mettrais, jusqu'au dernier liard, à bord d'un bateau que j'irais couler au fond de la mer.... » Après cette explosion de colère, M. Treverton saisit la lettre du docteur Chennery, et en déchira l'enveloppe avec un mouvement d'humeur qui ne promettait aucun bon accueil à la requête du ministre.

Il lut cette lettre, les sourcils froncés, et le nuage qui dès le début obscurcissait sa physionomie, devenait de plus en plus sombre à mesure qu'il avançait dans sa lecture. Arrivé à la signature, son humeur changea tout à coup, et un rire sardonique lui échappa. « Votre dévoué serviteur, Robert Chennery, se répétait-il à lui-même.... Oui, *mon dévoué*, si je satisfais à votre caprice.... Et sinon, monsieur le curé ?... » Il s'arrêta, jeta un second coup d'œil sur la lettre, et ses sourcils se froncèrent de plus belle.... « Sous toutes ces phrases si bien alignées, il y a quelque mensonge en embuscade, murmura-t-il d'un air soupçonneux.... Je ne suis pas de ses ouailles.... La loi ne lui donne donc pas le privilége de *me* mystifier.... Que signifie l'essai qu'il se permet aujourd'hui? » Il s'arrêta dere-chef, réfléchit quelque temps, puis, tout à coup, regardant Shrowl :

« Avez-vous allumé le four? lui dit-il.

— Non, pas encore, » répondit Shrowl.

M. Treverton examina une troisième fois la lettre, hésita, et ensuite la déchira lentement en deux morceaux, qu'il jeta dé-daigneusement à son domestique.

« Allumez tout de suite! lui dit-il, et, si vous avez besoin de papier, en voici.... Un moment! ajouta-t-il, comme Shrowl venait de ramasser les deux fragments de la lettre déchirée.... Si quelqu'un vient ici demain pour avoir une réponse, dites-lui que je vous ai donné la lettre pour allumer le feu, et que c'est là tout ce que j'ai à répondre. » A ces mots, M. Treverton se rapprocha du moulin et reprit la manivelle, avec un sourire de satisfaction méchante épandu sur son farouche visage.

Shrowl se retira dans la cuisine, ferma soigneusement la porte, et, plaçant les fragments de la lettre à côté l'un de l'au-tre, sur le dressoir, se mit, avec une froide résolution, à es-sayer de la déchiffrer. Quand il l'eut parcourue à loisir et avec un soin extrême, depuis la suscription jusqu'à la signa-ture, il promena ses doigts, pendant quelque temps, dans sa barbe inculte, ce qui indiquait une réflexion concentrée; puis il plia la lettre avec le plus grand soin, et la remit dans sa poche.

« On y regardera encore, un peu plus tard, pensait-il en prenant pour allumer le feu un débris de vieux journal.... L'idée m'est venue tout à l'heure qu'il y a meilleur parti à tirer de cette lettre que de la jeter au feu. »

S'abstenant courageusement de la tirer de sa poche avant d'avoir accompli toutes les tâches qui lui étaient dévolues dans le ménage, Shrowl alluma le four, passa la matinée à faire et à cuire le pain, et ensuite, prit patiemment dans le jardin son tour de pioche. Quatre heures de l'après-midi venaient de sonner quand il se crut libre de songer à ses affaires privées, et de se retirer en quelque recoin solitaire, pour relire encore une fois l'intéressante épître.

Cette nouvelle étude consacrée à la requête du docte

Chennery ne fit que confirmer Shrowl dans son dessein de ne pas anéantir un si précieux document. Non sans beaucoup de persévérance et de peine, non sans de longs démêlés avec sa barbe, il parvint à se pénétrer des trois points qui, selon lui, faisaient toute l'importance de ce morceau de papier. Il s'assura, en premier lieu, que le signataire, nommé Robert Chennery, désirait vivement consulter un plan, ou une description imprimée du corps de logis nord d'une vieille habitation nommée Porthgenna-Tower, et située dans le pays de Cornouailles. Le second point éclairci pouvait se résumer de la sorte : ce Robert Chennery croyait que le plan ou la description dont il s'enquérait devait se rencontrer dans une collection de livres appartenant à M. Treverton. Enfin, une troisième certitude était que ce même Robert Chennery, quel qu'il pût être, estimerait un grand service qu'on lui prêtât le plan ou la description en question. En méditant ce dernier fait, au point de vue de ses intérêts particuliers, les seuls dont il se préoccupât volontiers, Shrowl en vint à conclure qu'il pourrait bien ne pas trop mal employer son temps, pécuniairement parlant, à chercher les moyens d'obliger M. Robert Chennery, en fouillant secrètement parmi les livres de son maître. « Si je manœuvre bien, c'est peut-être un billet de cinq guinées que j'attraperai, » pensait Shrowl en replaçant la lettre dans sa poche, et en grimpant, l'air tout pensif, l'escalier qui conduisait aux entrepôts de vieilleries situés à l'étage supérieur.

Ces pièces, au nombre de deux, étaient absolument démeublées; et là rare collection de livres qui avait autrefois orné la bibliothèque de Porthgenna-Tower y était jetée pêle-mêle sur les parquets, véritable litière. Des centaines et des centaines de volumes, couverts de poussière, y gisaient de tous côtés et dans toutes les positions, sortis au hasard des caisses d'emballage, comme sort le charbon des sacs qu'on vide sur le sol d'une cave. D'anciens livres qui eussent été, dans une cellule de savant, conservés comme de vrais trésors, se trouvaient dans ce chaos, négligemment fourvoyés parmi des ouvrages modernes dont une splendide reliure faisait tout le prix. Et, dans cet impénétrable fourré de volumes accumulés au hasard, Shrowl, encouragé par son ignorance même, pénétrait hardiment, sans autre lumière que la vague clarté de ces deux simples mots : Porthgenna-Tower. Se les étant bien mis dans la tête, il s'était promis de continuer ses recherches jusqu'à ce qu'il les eût rencontrés sur la première page d'un des volumes qui, par centaines, encombraient le sol à ses pieds. Pour le moment c'était là sa grande affaire, et il s'apprêtait, debout au milieu du plus vaste des deux greniers, à s'y consacrer corps et âme.

Il commença par se faire, à coups de pied, une sorte de petite clairière où il pût s'asseoir confortablement, à terre, bien entendu, et, une fois établi là, il se mit à examiner tous les volumes à portée de sa main. Éditions rares des classiques, surtout des anglais, drames du temps d'Élisabeth, voyages, sermons, facéties, livres d'histoire naturelle, livres de *sport*, volume dépareillé après volume dépareillé, lui passèrent ainsi par les mains, très-rapidement et d'une façon éminemment originale; mais aucun n'avait, dans son intitulé, les mots magiques : Porthgenna-Tower. Et, pendant les premières dix minutes qui s'écoulèrent après que Shrowl se fut assis sur le parquet, sa persévérante industrie n'obtint pas la moindre récompense.

Avant de transporter sur un autre point son exploration, et de s'attaquer à une autre montagne de gravats littéraires, il fit une pause, et se consulta pour savoir s'il ne pouvait adopter une méthode qui lui donnât moins de peine et mît plus d'ordre dans ses recherches à travers la masse énorme de bouquins qui lui restait encore à examiner. Le résultat de ses réflexions fut qu'il risquait moins de se perdre en prenant indifféremment les volumes dans toutes les parties de la pièce, et tout simplement par ordre de dimension, à commencer par les plus grands et les plus gros. Il les rangerait à mesure, comme les maçons rangent leurs moellons, et il arriverait ainsi, graduellement, des massifs *in-quarto* aux volumes de poche, bien sûr de n'en avoir omis aucun. Il fit donc, toujours à coups de pied, un vide le long du mur, et, foulant aux pieds les livres comme autant de mottes de terre, il allait de çà, de là, dans ce labour de nouvelle espèce, ramassant les volumes dont la grosseur et le format convenaient le mieux à son nouveau dessein.

Le premier fut un atlas : Shrowl tourna quelques cartes, en déplia quelques autres, réfléchit, secoua la tête, et transporta le volume dans l'espace vide qu'il venait de débarrasser, tout contre le mur.

Le livre le plus gros, après celui-ci, se trouva être une collection magnifiquement reliée de portraits de personnages célèbres. Shrowl salua ces illustres visages d'un affreux grognement désapprobateur, et le Vandale, sans s'en occuper autrement, alla les entasser à côté de l'atlas.

Le volume que sa grosseur classait au troisième rang était comme enfoui sous plusieurs autres. Relié en maroquin rouge, on entrevoyait pourtant ses dimensions plus qu'ordinaires. Dans une autre position, ou recouvert d'une moins voyante enveloppe, il eût sans doute échappé au regard. Shrowl le dégagea, non sans quelque difficulté, l'ouvrit avec une grimace méfiante, regarda le titre.... et tout à coup se frappa la cuisse avec une exclamation tant soit peu blasphématrice. Les deux mots qu'il cherchait, éclatant en énormes *capitales*, venaient de lui sauter aux yeux.

Il fit un pas vers la porte pour s'assurer que son maître ne rôdait pas dans la maison; mais il s'arrêta soudain, et revint à son poste. « Que m'importe, se disait Shrowl, qu'il me voie ou ne me voie pas? Si nous en venons à vider une bonne fois la question de savoir qui est ici le maître, et qui le serviteur, je sais bien en faveur de qui, désormais, elle sera décidée. » Calmé par cette réflexion, il se remit à examiner la première page du livre, dans l'intention bien arrêtée de l'étudier scrupuleusement, feuille à feuille, et d'un bout à l'autre. La première page était vide. La seconde portait, au sommet, une inscription à la main, dont l'encre avait singulièrement pâli. Voici ce qu'elle disait, et de quelles initiales elle était signée : *Rare; tiré à six exemplaires seulement.* J. A. T. Au-dessous, et juste au milieu de la page, se trouvait la dédicace imprimée.

« A JOHN ARTHUR TREVERTON, ESQ^{re}, *propriétaire du domaine de Porthgenna*, un des juges de paix de Sa Majesté, F. R. S., etc., etc., cet ouvrage est dédié, où on a essayé de décrire l'ancienne et vénérée demeure de ses ancêtres. »

Suivaient pas mal d'autres lignes remplies, à éclater, de tout ce que le vocabulaire contient d'expressions obséquieusement allongées; mais Shrowl, fort sagement, s'abstint de les lire, et en revint au titre même du livre.

Là se trouvaient, effectivement, les mots essentiels : « L'Histoire et les Antiquités de PORTHGENNA-TOWER, depuis le temps de son érection première jusqu'à l'époque actuelle; y compris des particularités intéressantes sur la Généalogie des Treverton; des recherches sur l'Origine de l'Architecture gothique, et quelques Pensées sur la théorie des fortifications, postérieurement à la Conquête normande; par le révérend Job Dark, D. D., recteur de Porthgenna; le tout orné de portraits, vues et plans, exécutés par les meilleurs artistes. Ouvrage non livré à la publicité; imprimé chez Spaldock et Grimes, Truro, 1734. »

Tel était l'intitulé. A la page suivante, une image gravée de Porthgenna-Tower, vue de l'ouest. Ensuite venaient un certain nombre de pages consacrées à l'origine de l'architecture gothique; puis, en bien plus grand nombre, celles que l'auteur avait cru devoir consacrer à la théorie des fortifications normandes. A celles-ci succédait une autre gravure : Porthgenna-Tower, vue de l'est. Puis d'autres chapitres réunis sous le titre commun de : *la Famille Treverton*, et, enfin, une troisième gravure : Porthgenna-Tower, vue du nord. Ici Shrowl s'arrêta un moment, regardant avec intérêt la page en regard de cette gravure. Un long texte y était annoncé sous ce titre : Érection du Manoir, et, après ce texte venaient, gravés, les portraits de famille de la galerie de Porthgenna. Plaçant là son pouce gauche en manière de signet, Shrowl, impatienté, courut à la fin du volume pour voir ce qu'il y trouverait. La dernière page contenait le plan des écuries; l'avant-dernière, un plan des jardins du nord; l'antépénultième, enfin, juste ce dont il était question dans la lettre de Robert Chennery, un plan des divisions intérieures du pavillon nord.

Le premier mouvement de Shrowl, quand il eut fait cette belle découverte, fut d'emporter bien vite le livre dans la plus sûre cachette qu'il pût inventer, et ceci par voie de préparation au marché secret qu'il se réservait de proposer au messager quand celui-ci viendrait, le lendemain, chercher sa réponse. Mais il lui suffit de quelques réflexions pour s'assurer qu'un pareil procédé avait une périlleuse analogie avec ceux que la loi réprouve et punit, en les qualifiant de vols; et qu'il pourrait se trouver en assez mauvaise passe, si la personne avec qui le marché devait être débattu poussait le scrupule jusqu'à lui poser quelques questions préalables sur l'espèce de droit en vertu duquel il prétendait disposer du livre dont il s'agissait. S'il renonçait à s'emparer du livre, la seule alternative qui lui restât était d'exécuter, de son mieux, une copie du plan, et d'en trafiquer ensuite, comme d'un objet que le plus sévère moraliste pouvait acheter sans se compromettre.

Décidé, après quelques réflexions, à subir l'ennui de copier le plan, plutôt qu'à courir le risque de dérober le livre, Shrowl descendit à la cuisine, prit, dans un des tiroirs du dressoir, une vieille plume émoussée, un flacon d'encre et une demi-feuille de sale papier à lettre, fort chiffonnée ; puis il remonta au grenier pour y copier le plan du mieux qu'il saurait. Ce plan n'avait rien de compliqué, et ne couvrait qu'une fort petite partie du feuillet ; mais à ses yeux novices, maintenant qu'il l'examinait pour la seconde fois, il apparaissait comme un inextricable labyrinthe, embarrassé de mille divisions désespérantes.

Les pièces étaient représentées par des séries de petits carrés, à l'intérieur desquels certaines désignations étaient imprimées fort nettement ; et la position des portes, des escaliers, des corridors, était indiquée par des lignes parallèles de longueurs et d'épaisseurs très-diverses. Après y avoir songé longtemps, avec force grimaces et farfouillements de barbe, Shrowl avisa que la meilleure manière de copier le plan serait de le recouvrir du papier à lettre, qui, mesurant à peine la moitié de la page, en comprendrait néanmoins toute la partie gravée. Puis il tracerait de son mieux, avec sa plume et son encre, les lignes qu'il verrait au travers. Il soufflait, hennissait, grommelait en se livrant à cette tâche, et sa figure fortement colorée accusait des peines extrêmes ; il l'accomplit, à la fin, sauf quelques lacunes dans le trait et quelques odieux pâtés, d'une manière qui lui faisait assez d'honneur. Puis, avant de pousser l'entreprise plus loin, il s'arrêta, et pour laisser à l'encre le temps de sécher, et aussi pour reprendre haleine, car il s'était essoufflé chemin faisant.

L'obstacle à surmonter, maintenant, consistait dans la nécessité de copier le nom des chambres, inscrit à l'intérieur des carrés qui représentaient chacune d'elles. Heureusement pour Shrowl, qui maniait la plume avec une insigne maladresse, aucun de ces noms n'était fort long. Et pourtant, il avait de la peine à les écrire en caractères assez fins pour les faire entrer dans leurs étroites cases. Un de ces noms, en particulier, celui de la chambre aux Myrtes, à raison des lettres qui composent ce dernier mot, mit à bout, quand il essaya de le reproduire, sa patience et ses doigts crispés. Et en somme, après y avoir pris toutes les peines du monde, il obtint un résultat tellement peu satisfaisant, si complétement illisible, qu'il se crut tenu d'écrire le mot en grosses lettres au sommet de la page, en le reliant au carré dont il était l'annexe par une ligne quelque peu ondoyante. Le même accident se reproduisit deux autres fois, et il y fut porté remède exactement par le même procédé. Relativement aux autres dé-

nominations, il réussit mieux, et, quand il eut complété son
œuvre de transcription en reproduisant le titre : *Plan du côté
nord*, sa copie, en somme, n'était pas absolument aussi mé-
prisable qu'on l'aurait pu craindre. Après s'être assuré, par
une comparaison détaillée avec l'original, qu'elle était exacte
en tous points, il la plia conjointement avec la lettre du docteur Chennery, et la mit dans sa poche, non sans pousser un
grossier soupir de soulagement, accompagné d'un sourire où
se trahissait une joie sauvage.

Le lendemain matin, la porte du jardin de Treverton s'offrit
aux yeux du public, sous un aspect jusque-là inconnu : elle était
hospitalièrement ouverte à deux battants, et l'un des deux
piliers était orné de la figure de Shrowl, qui s'y était adossé
confortablement, les jambes croisées, les mains dans les poches, la pipe aux lèvres, attendant le retour du messager qui,
la veille, avait apporté le message du docteur Chennery.

CHAPITRE III.

L'approche du précipice.

Partis de Londres pour Porthgenna, M. et mistress Frankland s'étaient arrêtés, le 9 mai, à la station de West-Winston.
Le 11 juin, ils quittaient cette petite ville et se remettaient en
route dans la direction du Cornouailles; le 13, après deux
couchées, ils arrivèrent, dans la soirée, à Porthgenna-Tower.

Il avait fait de l'orage, et il avait plu toute la matinée. Dans
l'après-midi le temps s'était calmé, et, lorsqu'ils arrivèrent en
vue du manoir, le vent était tombé; un épais brouillard blanc
dérobait la mer aux regards; de temps à autre de petites pluies
soudaines, précipitées sur le sol humide, semblaient le mettre
en ébullition. Sur l'esplanade ouest, pas même un oisif n'était
venu du village se mettre en observation, lorsque la voiture
contenant M. et mistress Frankland, le *baby* et les deux domestiques, passa au pied d'icelle, se rendant au manoir. Personne, sur le seuil de la porte ouverte, n'attendait les voyageurs, car on avait renoncé à toute espérance de les voir
arriver ce jour-là; et le tumulte incessant du ressac, la mer

irritée poussant ses grosses vagues contre les caps du rivage, avait étouffé complétement le bruit du carrosse roulant sur la route pratiquée à mi-côte. Le cocher fut obligé de quitter son siége pour aller sonner et se faire ouvrir. Il s'écoula plus d'une minute avant que la porte tournât sur ses gonds. Ainsi, tandis que la pluie battait le dessus de leur voiture avec une persistance monotone, tandis que l'humidité glacée de l'atmosphère pénétrait jusqu'à eux à travers tous les remparts destinés à les en garantir, tandis que dans l'épaisse obscurité des brumes les détonations du ressac résonnaient menaçantes, les jeunes époux attendirent qu'on les laissât pénétrer dans leur propre demeure, comme auraient pu attendre des étrangers survenus à l'improviste, et dans des circonstances qui eussent rendu leur présence inopportune.

Lorsque enfin on eut ouvert, le maître et la maîtresse du logis, qu'en toute autre occasion leurs serviteurs eussent accueilli avec les félicitations d'usage, reçurent en place les excuses qui leur étaient bien dues. M. Munder, mistress Pentreath, Betsey, et le domestique de M. Frankland, pêle-mêle dans le vestibule, tous un peu confus, demandaient à l'envi pardon de ne s'être pas trouvés à la porte, au moment où la voiture s'y était arrêtée. L'apparition du *baby* changea, sur les lèvres de la femme de charge et de la domestique, ces formules apologétiques en formules d'admiration : mais les hommes demeurèrent graves et tristes, s'excusant du mauvais temps, comme si le brouillard et la pluie eussent été de leur façon. Le motif de leur persistance à traiter ce pénible sujet finit par s'éclaircir, au moment où l'on conduisait M. et mistress Frankland vers l'escalier de l'ouest. La tempête du matin avait été fatale à trois des pêcheurs de Porthgenna, perdus à la mer avec leurs bateaux, et dont la mort avait jeté le deuil dans tout le village. Depuis que la nouvelle leur en était parvenue, de bonne heure dans l'après-midi, les domestiques du château n'avaient fait que parler de cette catastrophe, et M. Munder crut de son devoir d'expliquer, par la consternation où un si tragique accident avait plongé la petite communauté, l'absence des villageois sur le chemin suivi par leur châtelain. Dans de moins lamentables circonstances, l'esplanade ouest eût été couverte d'une foule idolâtre, et la voiture eût été saluée par de joyeuses acclamations.

« Lenny, j'aurais presque autant aimé que nous fussions arrivés ici quelques jours plus tard, murmura Rosamond, dont

le bras, par un soubresaut nerveux, pressa celui de son
époux.... Il est très-triste, très-décourageant, de rentrer dans
sa demeure natale par une pareille journée. L'histoire de ces
malheureux pêcheurs est un récit un peu sombre, cher amour,
pour saluer mon retour sous le toit qui m'a vue naître. Soyons
les premiers, dès demain matin, à faire passer quelque chose
là-bas.... Voyons ce qui se pourra faire, immédiatement, pour
ces pauvres femmes et ces enfants restés sans appui. Je ne
serai tranquille, après avoir entendu cette histoire, que lorsque nous aurons tout épuisé pour leur venir en aide.

— J'espère, madame, que vous trouverez les réparations
bien faites, dit la femme de charge, montrant l'escalier du
second étage.

— Les réparations? demanda Rosamond d'un air distrait.
Les réparations?... Je n'entends plus ce mot, désormais, sans
penser aux appartements du nord, et aux plans que nous avions
formés pour obtenir que mon pauvre père voulût bien les venir habiter. Mistress Pentreath, j'ai une foule de questions à
vous adresser, à vous et à M. Munder, sur toutes les choses
extraordinaires survenues ici quand la dame mystérieuse et
l'incompréhensible étranger sont venus visiter la maison....
Mais, d'abord, dites-moi.... Voici bien la façade ouest, je suppose?... Sommes-nous bien loin, ici, des appartements du
nord?... c'est-à-dire combien nous faudrait-il de temps pour
nous y rendre, si nous voulions y aller du lieu où nous sommes?

— Eh, madame!... tout au plus cinq minutes, répondit
mistress Pentreath.

— Tout au plus cinq minutes! répéta Rosamond à l'oreille
de son mari.... Entendez-vous, Lenny?... En cinq minutes
nous pourrions nous trouver dans la chambre aux Myrtes.

— Et pourtant, ajouta M. Frankland en souriant, dans
notre ignorance présente, nous en sommes justement aussi
loin que si nous étions encore à West-Winston.

— Je ne crois pas, Lenny. Peut-être n'est-ce qu'une illusion;
mais il me semble, maintenant que nous voici sur les lieux,
il me semble que nous avons en quelque sorte acculé le mystère dans sa dernière cachette. Nous voici dans la maison qui
renferme le Secret, et rien ne saurait me persuader que nous
ne sommes pas, maintenant, à moitié chemin de la découverte.... Mais ne restons pas sur ce palier glacé.... Par où
faut-il passer, à présent?

— Par ici, madame, dit M. Munder, saisissant la première

occasion qui s'offrait de se mettre en relief.... Il y a du feu dans le salon.... Voulez-vous me permettre, monsieur, de vous conduire dans l'appartement en question? ajouta-t-il, offrant officieusement sa main à M. Frankland.

—Certainement non,» répliqua Rosamond avec une certaine vivacité; car, avec sa vive faculté d'observation, elle avait remarqué que M. Munder manquait aux lois du savoir-vivre qui lui interdisaient de tenir ses regards curieux arrêtés sur son maître, alors qu'elle était présente, et, en conséquence, elle ne se sentait pas favorablement disposée pour lui. «En quelque lieu que soit l'appartement en question, ajouta-t-elle avec une railleuse emphase, c'est moi, si vous le voulez bien, qui prétends y conduire M. Frankland. Si vous désirez vous rendre utile, vous n'avez qu'à marcher devant nous pour ouvrir les portes.»

Un peu abattu, en apparence, mais, au fond, rempli d'une indignation dont il dissimulait les moindres symptômes, M. Munder prit l'avant-garde et marcha vers le salon. Le feu brillait dans la cheminée; les vieux meubles s'y montraient sous leur aspect le plus pittoresque. Le papier des tentures étalait des nuances moelleuses; les tapis, aux couleurs passées, étaient épais et doux au marcher. Rosamond conduisit son mari à un grand fauteuil confortable placé près du feu, et, pour la première fois, se sentit un peu chez elle.

« Ah! voici qui fait espérer quelque bien-être, dit-elle. Quand nous aurons tiré les rideaux entre nous et ce vilain brouillard, quand les flambeaux seront allumés, quand le thé sera sur la table, nous n'aurons plus à nous plaindre de quoi que ce soit au monde.... Vous devez jouir de ce bon air tiède; n'est-il pas vrai, Lenny?... Il y a un piano dans cette pièce, mon cher cœur. Je pourrai le soir, à Porthgenna, vous faire un peu de musique, comme à Londres.... Nourrice, asseyez-vous.... mettez-vous, et le *baby*, aussi à votre aise que possible.... Avant d'ôter mon chapeau je vais aller, avec mistress Penthreath, inspecter un peu les chambres à coucher.... Comment vous appelez-vous, vous, la fille aux joues roses?... Betsey, m'a-t-on dit?... Eh bien, Betsey, si vous allez en bas, préparez le thé.... Et nous ne vous en saurons pas plus mauvais gré, tout au contraire, si vous parvenez à y joindre un morceau de viande froide....» Distribuant ainsi ses ordres sur un ton de bon humeur, et ne remarquant pas l'air un peu contraint de son mari, qui ne goûtait guère ses façons si familières à l'égard d'une simple domestique, Rosamond quitta le salon avec mistress Pentreath.

Lorsqu'elle revint, sa figure et ses gestes, ses regards, son langage, étaient redevenus sérieux.

« J'espère, Lenny, avoir tout arrangé pour le mieux, dit-elle. D'après ce que m'apprend mistress Pentreath, la chambre la mieux aérée et la plus vaste est celle où mourut ma pauvre mère ; mais j'ai pensé qu'il valait mieux ne pas s'en servir. Je m'y sentais comme glacée, et, rien qu'à la voir, la tristesse s'emparait déjà de moi. Un peu plus avant, dans le corridor, se trouve une chambre qui était jadis ma *nursery*. Quand mistress Pentreath m'a conté, d'après la tradition, que je couchais là, je me suis presque figuré que je revoyais là jolie petite porte en arceau qui menait à la seconde chambre, la *nursery* de nuit, comme nous l'appelions autrefois. Il y a une troisième pièce, à main droite, qui communique avec la *nursery* de jour. J'ai pensé que, si vous n'y voyez aucune objection, nous pourrions nous établir très-confortablement dans ces trois chambres, où j'ai fait tout de suite dresser des lits et allumer du feu. Elles ne sont ni aussi vastes, ni aussi richement meublées que les chambres d'amis ; mais qu'est-ce que cela nous fait?... Maintenant, si vous voulez, on changera ces arrangements ; mais, pour ce premier début, la maison a une physionomie si déserte, si peu accueillante ! Et puis mon cœur se réchauffe dans cette ancienne chambrette à moi.... et il me semble que nous pourrions en essayer pour commencer ; est-ce votre avis? »

M. Frankland se trouva naturellement de l'avis de sa femme et, en général, il ne la contredisait guère dans les arrangements domestiques qu'elle s'entendait si bien à organiser. Pendant qu'il lui notifiait un assentiment dont elle n'avait jamais douté, le thé arriva, et sa seule vue aida Rosamond à retrouver cette gaieté qui l'abandonnait si rarement. Le repas terminé, elle s'employa à tout disposer pour que le *baby* fût établi, avec tous les soins imaginables, dans la chambre où il allait passer la nuit. C'était la pièce à main droite, communiquant avec la *nursery* de jour. Quand elle se fut acquittée de ce soin maternel, elle revint dans le salon trouver son mari, et leur entretien tourna bientôt (c'était assez leur ordinaire maintenant, lorsqu'ils se trouvaient tête à tête) sur ces deux sujets, si bien faits pour les intriguer · mistress Jazeph et la chambre aux Myrtes.

« Je voudrais qu'il ne fît pas nuit dit Rosamond. J'aimerais à commencer immédiatement mes investigations. Songez bien, Lenny, que vous serez de moitié dans toutes ces recherches. Je vous prêterai mes yeux, et vous me donnerez vos bons conseils. Jamais il ne faudra vous impatienter, jamais me dire que vous n'êtes bon à rien. Je compte sur vous pour m'empêcher de perdre courage, aussi bien que pour me suggérer de bonnes idées.... Comme je voudrais commencer dès à présent notre voyage d'explorations ! Mais au moins, en attendant, nous pouvons aborder l'enquête préalable, continua-t-elle, sonnant à plusieurs reprises ... Faisons monter ici la femme de charge, faisons monter l'intendant, et voyons si nous en pourrons tirer autre chose que ce qu'ils disaient dans leur lettre. »

Betsey répondit au coup de sonnette. Rosamond lui demanda de prévenir mistress Pentreath et M. Munder qu'ils étaient mandés au salon. Betsey, qui avait entendu mistress Frankland parler des questions qu'elle voulait adresser à la femme de charge et à l'intendant, devina dans quel but on les appelait ainsi, et sourit d'un air mystérieux.

« Est-ce que vous avez vu, *vous*, ce mystérieux étranger dont la conduite a été si extraordinaire ? lui demanda Rosamond, à qui ce sourire n'avait pas échappé. Oui, vous savez quelque chose, j'en suis certaine. Dites-nous ce que vous avez vu.... Nous voulons savoir tout ce qui est arrivé.... tout, jusqu'à la moindre bagatelle. »

Interpellée d'une façon si directe, Betsey, avec force circonconlocutions, et sans trop d'ordre, essaya de raconter, à son point de vue, quelles avaient été les façons d'agir de mistress Jazeph et de son exotique compagnon. Lorsqu'elle eut fini, Rosamond l'arrêta, sur le chemin de la porte, par cette question :

« Vous dites qu'on trouva la dame évanouie, étendue au sommet de l'escalier.... Avez-vous idée, Betsey, de ce qui avait pu causer cet évanouissement ? »

La domestique hésita.

« Voyons, voyons, reprit Rosamond, il est clair que vous savez là-dessus quelque chose.... Dites-nous ce qui en est.

— Je crains bien, madame, que vous ne vous mettiez en colère contre moi, dit Betsey, dont l'embarras se trahissait par les longues raies qu'elle traçait, du bout du doigt, sur la table à côté de laquelle elle était debout.

— Allons donc !... je ne me fâcherai que si vous ne parlez pas. Pourquoi pensez-vous que la dame s'est évanouie ? »

Betsey, de son doigt perplexe, traça une dernière ligne encore plus longue que les autres, ensuite essuya ce doigt le long de son tablier, et répondit enfin :

« Je crois, madame, qu'elle s'est trouvée mal parce qu'elle a vu.... le fantôme.

— Le fantôme ?... Il y a donc un fantôme ici ?... Lenny, voici un roman sur lequel nous ne comptions pas.... Quelle espèce de fantôme est celui-ci ?... Nous voulons toute l'histoire. »

Toute l'histoire, telle que Betsey la put raconter, n'était pas de nature à renseigner très-complétement ses auditeurs, ou à les tenir longtemps en suspens. Le fantôme était celui d'une dame, naguère mariée à un des propriétaires de Porthgenna-Tower, et qui, de manière ou d'autre, on ne savait comment, avait mystifié son époux. En conséquence, elle avait été condamnée à errer dans ces appartements du nord (sans doute le théâtre de son crime) aussi longtemps que les murailles du château se tiendraient debout. Elle avait de longs cheveux bouclés, brun clair, des dents très-blanches, une fossette à chaque joue, et elle était d'une beauté à faire frissonner. A toute créature mortelle qui avait le malheur de se trouver sur sa route, son approche était annoncée par un souffle glacé, et quiconque avait senti le froid de ce souffle infernal était bien certain de ne se réchauffer jamais. C'était là tout ce que Betsey savait du fantôme, et, selon elle, rien que d'y penser, il y avait de quoi vous glacer le visage à tout jamais.

Rosamond sourit d'abord ; mais ensuite, redevenue sérieuse : « Je voudrais, dit-elle, quelques détails de plus ; mais, comme il n'est pas probable que vous puissiez me les donner, nous interrogerons d'abord mistress Pentreath, et ensuite, pour finir, M. Munder. Envoyez-les-nous, Betsey, aussitôt que vous serez descendue. »

L'examen de la femme de charge et de l'intendant ne conduisit à aucun résultat. On ne put arracher ni à l'un ni à l'autre aucun renseignement de plus que ceux dont ils avaient déjà fait part dans leur lettre à mistress Frankland. La pensée dominante chez M. Munder était que l'étranger n'avait franchi le seuil de Porthgenna-Tower que pour réaliser un acte de haute trahison à l'égard de l'argenterie de famille. Mistress Pentreath partageait cette opinion, et y rattachait, Dieu sait comme, son impression personnelle, savoir, que la dame aux vêtements de couleur foncée était une malheureuse, échappée de quelque hôpital de fous. Quant à donner le moindre avis, quant à suggérer le moindre plan de conduite qui pût mener à l'éclaircissement du mystère, ni la femme de charge ni l'intendant ne paraissaient croire que pareille assistance fût de leur département. Ils fournissaient purement et simplement leur interprétation, toute pratique, de la conduite suspecte tenue par les deux étrangers ; et aucune puissance humaine n'aurait pu leur persuader de faire un pas de plus dans la voie des conjectures.

« O stupidité! Quelle provoquante, impénétrable, prétentieuse stupidité, que celle de ces deux personnages! s'écria Rosamond quand elle se retrouva seule avec son mari. Pas la moindre aide à espérer de l'un ou de l'autre, mon Lenny. Nous ne pouvons plus rien attendre que de l'examen auquel, demain, nous soumettrons le manoir ; et cette ressource pourrait bien nous manquer comme tout le reste.... A quoi pense le docteur Chennery?... Comment se fait-il qu'hier, en quittant West-Winston, nous n'avions pas encore entendu parler de ses démarches ?

— Patience, Rosamond, patience !... Nous verrons ce qu'apportera le courrier de demain.

— Oh ! ne me parlez pas de patience, cher ami !... Je n'ai jamais fait grandes provisions de cette vertu, et il y a bien dix jours, au moins, que j'ai tout épuisé.... Ah! que de semaines et de semaines employées à me demander sans cesse : « Mais pourquoi donc mistress Jazeph me défend-elle d'entrer dans la chambre aux Myrtes? Et que prétendait-elle faire elle-même dans cette chambre, le jour où elle a tenté d'y pénétrer?... Comment se fait-il qu'elle soit au courant de cette maison? de choses que je n'y soupçonne pas? de choses ignorées de mon père? de choses que personne autre.... »

— Rosamond! s'écria M. Frankland, changeant tout à coup de couleur et tressaillant sur son fauteuil.... je crois que je devine qui est mistress Jazeph !...

— Bon Dieu, Lenny, que voulez-vous dire?

— De ces derniers mots que vous avez prononcés, tandis que vous parliez encore, une idée s'est dégagée dans mon esprit. Vous rappelez-vous qu'à Saint-Swithin-sur-Mer, débattant ensemble les chances que nous pourrions avoir de décider votre père à venir vivre ici ; vous rappelez-vous, Rosamond, ce que vous m'avez dit de certains souvenirs pénibles qui pouvaient s'y opposer ?... ce que vous m'avez dit, notamment, de la disparition mystérieuse d'une domestique, le jour même de la mort de votre mère ? »

Rosamond pâlit à cette question.

« Comment n'avons-nous jamais pensé à cela ? dit-elle.

— Vous me racontiez, poursuivit M. Frankland, que cette femme de chambre avait laissé derrière elle une lettre bizarre, dans laquelle se trouvait l'aveu que votre mère l'avait chargée d'un Secret à révéler à votre père, un Secret qu'elle redoutait de divulguer, et sur lequel elle craignait d'être questionnée.... C'est bien ainsi, n'est-ce pas, qu'elle motivait sa disparition si étrange ?

— C'est parfaitement cela.

— Et votre père n'a jamais plus entendu parler d'elle ?

— Jamais.

— La conjecture est peut-être risquée, Rosamond ; mais je suis fortement impressionné par l'idée que, le jour où mistress Jazeph est entrée dans votre chambre, à West-Winston, vous vous êtes trouvée en face de cette femme de chambre, et qu'*elle* savait parfaitement à quoi s'en tenir là-dessus.

— Et le Secret, cher bon ami, le Secret qu'elle craignait de révéler à mon père ?

— Ce Secret se rattache, de manière ou d'autre, à la chambre aux Myrtes. »

Rosamond n'ajouta rien. Elle se leva de son fauteuil, et se mit à parcourir la chambre de long en large, avec une certaine agitation.

Léonard, qui entendait bruire sa robe de soie, l'appela vers lui, et, prenant sa main, commença par lui tâter le pouls, après quoi il passa ses doigts sur les joues de la jeune femme.

« J'aurais dû attendre à demain matin pour vous faire part de mon idée sur mistress Jazeph, dit-il.... Je vous ai agitée sans que cela fût le moins du monde nécessaire, et vous ai enlevé la chance d'une bonne nuit qui vous aurait reposée.

— Non.... vous vous trompez.... O Lenny ! combien cette conjecture formée par vous ajoute à l'intérêt, à l'intérêt poignant, palpitant, que nous avons à retrouver cette femme et à découvrir la chambre aux Myrtes !.... Croyez-vous....

— Pour ce soir, je ne crois plus rien, ma chérie.... et je vous prie de m'imiter en ceci.... Nous avons déjà plus qu'assez parlé de mistress Jazeph.... Changeons de sujet, et je causerai de tout ce qui vous plaira.

— Voilà qui est facile à dire, changer de sujet !... dit Rosamond avec une petite moue... Et elle se remit à se promener de long en large.

— Eh bien.... changeons de place.... Ce sera peut-être alors plus facile. Je sais bien que vous me trouvez, en ce moment, le plus obstiné, le plus impatientant des hommes.... Mais j'ai quelques bonnes raisons pour me montrer si têtu.... et vous le reconnaîtrez vous-même en vous réveillant, demain matin, ranimée par une nuit paisible... Voyons.... donnons congé à nos anxiétés.... Menez-moi dans quelque autre chambre, et voyons si, au simple toucher des meubles, je devine dans laquelle je me trouve. »

L'allusion à son infirmité, que renfermaient ces dernières paroles, eut pour effet immédiat d'attirer Rosamond auprès de lui.

« Vous avez toujours raison, lui dit-elle en lui passant les bras autour du cou et lui donnant un baiser.... oui, j'étais de mauvaise humeur, tout à l'heure, mon bon ami; mais voici le beau temps revenu.... Nous allons, comme vous dites, changer de lieu pour changer de sujet....»

Elle s'arrêta.... Ses yeux s'animèrent d'un éclat soudain.... Son teint devint plus vif.... et elle se souriait à elle-même, comme si quelque nouvelle imagination venait occuper son esprit mobile.

« Lenny, dit-elle, je vais vous conduire quelque part, où je vous ferai toucher un meuble à coup sûr très-remarquable, reprit-elle, le menant vers la porte, tandis qu'elle s'exprimait ainsi.... Nous verrons si vous me dites, là, tout de suite, à quoi il ressemble.... mais, pas d'impatience, au moins.... et promettez de ne toucher à rien que d'une main guidée par moi. »

Cependant, elle le conduisait à travers le corridor, ouvrait la porte de la chambre où elle avait couché le *baby*, faisait signe à la nourrice de se taire, et, guidant Léonard jusqu'auprès du berceau, elle dirigeait doucement sa main jusqu'à ce que le bout des doigts effleurât les joues de l'enfant.

« Eh bien, monsieur? s'écria-t-elle, le visage rayonnant de bonheur, quand elle eut vu le mouvement de surprise et de plaisir qui avait subitement changé l'expression calme et un peu triste de la physionomie de son mari.... Que dites-vous de ce meuble-là? Est-il fauteuil, table ou cuvette? ou bien, tout simplement, l'objet le plus précieux qu'il y ait dans tout l'univers?... Baisez-le, voyons, et répondez!... Est-ce un buste d'enfant, par quelque sculpteur? ou bien un chérubin vivant, cadeau de votre femme? » Elle se tourna, en riant, du côté de la nourrice : « Hannah, vous avez l'air si sérieux que vous devez être affamée. Vous a-t-on donné à souper?... » La femme se prit à sourire, disant qu'elle descendrait aussitôt qu'un des domestiques serait libre de la venir relever de garde. « Allez tout de suite, répliqua Rosamond.... je reste ici, et me charge de l'enfant.... Allez souper, et revenez d'ici à une demi-heure. »

Lorsque la nourrice fut partie, Rosamond plaça près du bureau une chaise destinée à Léonard, et s'assit elle-même à ses pieds, sur un tabouret. Son inconstante humeur parut subir, à ce moment, une nouvelle métamorphose. Sa figure devint pensive, son regard s'adoucit, tandis qu'il se portait tantôt sur son époux, tantôt sur le lit où, à côté de lui, dormait l'enfant. Après une ou deux minutes de silence, elle prit une des mains de Léonard, la posa sur son genou, et appuyant sa joue sur cette main chérie :

« Lenny, lui dit-elle avec une certaine mélancolie.... je ne suis pas bien sûre que personne, ici-bas, puisse goûter le bonheur dans toute sa perfection.

— Et qu'est-ce qui vous en fait douter, ma chérie?

— C'est que je devrais être parfaitement heureuse, et cependant....

— Cependant...?

— Cependant, si heureuse que je sois, il me semble que je ne dois jamais l'être absolument.... Je le serais à l'heure présente, sans une toute petite chose.... Vous devinez bien, sans doute, de quoi je veux parler.

— Peut-être : mais je voudrais l'entendre de votre bouche.

— Eh bien, depuis que cet enfant nous est né, mon ami, j'ai toujours eu au cœur une sorte de remords, surtout quand nous sommes à nous trois, comme maintenant ; un petit chagrin, que je ne puis chasser, et qui vous concerne.

— Qui me concerne?... Levez la tête, Rosamond, et rapprochez-vous de moi.... je sens quelque chose sur ma main, quelque chose qui me dit que vous pleurez. »

Elle se leva aussitôt, et posa sa joue tout contre celle de son mari.

« Mon bien cher, dit-elle, l'étreignant fortement de ses deux bras.... l'ami de mon cœur.... jamais vous n'avez vu notre enfant.

— Si, Rosamond, je le vois avec vos yeux.

— Oh ! Lenny.... je vous dis tout ce que je puis vous dire... je fais de mon mieux pour éclairer cette cruelle obscurité qui vous cache la charmante petite figure qui repose là, tout près de vous !... Mais pourrai-je vous peindre sa petite mine quand il commencera à comprendre ? Pourrai-je vous conter les mille jolies petites méprises qu'il commettra quand il voudra marcher ?... Dieu, certes, s'est montré généreux pour nous.... Mais le sentiment de votre affliction pèse sur moi bien plus écrasant que jamais, maintenant que je suis plus à vous, et plus que votre femme.... maintenant que je suis la mère de votre fils.

— Cette affliction, cependant, devrait vous être moins lourde, puisqu'il vous a été donné de me la rendre plus légère.

— En vérité ? Est-ce bien vrai ?... là, bien, bien vrai ? Quel noble emploi de ma vie, si elle peut servir à ceci ! Et quelle consolation de vous entendre dire, comme tout à l'heure, que vous voyez par mes yeux !... Ah ! ils vous serviront toujours, oui, toujours, et aussi fidèlement que s'ils étaient à vous. La moindre bagatelle dont la vue m'inspirera quelque intérêt, vous aussi, cher, vous l'aurez vue, ou autant vaudra, je vous jure. Avec tout autre mari, j'aurais peut-être eu mes petits secrets, bien innocents ; mais avec vous, me réserver même une pensée me paraîtrait une bassesse, une cruauté, un avantage tiré du tort que la Providence vous a fait.... Je vous aime tant, Lenny !... bien plus que le jour où je suis devenue votre femme.... Je n'aurais jamais cru ceci possible.... pourtant cela est.... Vous êtes, à mes yeux, et bien plus beau, et bien plus spirituel, et bien plus précieux pour moi, de toute façon.... Mais je vous redis sans cesse les mêmes choses, je rabâche, n'est-il pas vrai ?... N'êtes-vous pas ennuyé de les entendre toujours ?... Non ?... En êtes-vous bien sûr ?... bien, bien, bien sûr ?... »

Elle s'arrêta, un sourire sur les lèvres et des larmes plein les yeux. Juste à ce moment, l'enfant remua dans son berceau, et attira son attention.... Elle replaça autour de lui les draps qu'il avait dérangés, le couva silencieusement du regard, et puis se rassit sur le tabouret aux pieds de Léonard.

« Baby a le visage tout à fait tourné de votre côté, dit-elle. Voulez-vous savoir exactement quelle mine il fait, comment est son lit, et comment sa chambrette est meublée ? »

Sans attendre la réponse, elle se mit à décrire l'aspect de l'enfant et la manière dont il était posé, avec cette merveilleuse minutie qui caractérise les observations féminines. A mesure qu'elle parlait, l'élasticité de son heureux naturel lui permit de reprendre toute sa gaieté, qui revint rayonner sur son front brillant de jeunesse. Lorsque la nourrice reparut, Rosamond causait avec son animation ordinaire, et elle était parvenue, comme cela ne manquait guère, à égayer son mari.

Une fois qu'ils furent rentrés au salon, elle ouvrit le piano, et s'installa pour faire de la musique.

« Vous aurez votre concert, comme tous les soirs, Lenny, disait-elle. Sans cela je vous reparlerais du sujet prohibé : la chambre aux Myrtes. »

Elle joua quelques-uns des airs favoris de M. Frankland, avec un mélange de sentiment et de caprice qui semblait prêter aux mélodies que ses doigts faisaient jaillir le charme de sa propre nature. Après avoir exécuté tous les airs qui lui revenaient le plus facilement à la mémoire, elle termina par la Dernière Pensée de Weber[1]. C'était le morceau que Léonard aimait par-dessus tous les autres. Aussi le gardait-on pour couronnement et charme suprême de ces petits concerts domestiques.

Elle ralentit la mesure en arrivant aux dernières notes de cet air vraiment inspiré ; puis, quittant tout à coup le piano, elle traversa le salon à la hâte, et se rapprocha de la cheminée.

« Vraiment, depuis une ou deux minutes, il fait plus froid, dit-elle, s'agenouillant devant le foyer pour exposer de plus près ses mains et son visage au rayonnement de la chaleur.

— Bah ? dit Léonard ; je n'ai pas senti le moindre changement de température.

— Peut-être ai-je pris mal, dit Rosamond.... Ou, peut-être encore, ajouta-t-elle en riant d'un rire contraint, le souffle qui précède le spectre de la Dame du Nord est-il arrivé jusqu'à moi.... J'ai certainement senti passer sur moi comme une haleine glacée, Lenny, tandis que je jouais les dernières notes de Weber.

— Vous plaisantez, Rosamond?... Non?... alors.... vous vous êtes fatiguée outre mesure, agitée outre mesure,... Dites à votre femme de chambre de vous préparer un peu de vin trempé, que vous boirez chaud avec du sucre, et mettez-vous bien vite au lit. »

Rosamond, penchée vers le feu, s'en approcha davantage

1. Cette valse, par parenthèse n'est pas de Weber. (*Note du traducteur*.)

encore. « Il est heureux, disait-elle, que je ne sois pas superstitieuse.... sans cela, je me serais crue prédestinée à rencontrer le Spectre. »

CHAPITRE IV.

Arrêtés au bord.

La première nuit passée à Porthgenna ne fut troublée ni par le moindre bruit, ni par aucune autre espèce d'interruption. Ni fantôme, ni même rêve de fantôme, ne porta dommage au profond sommeil de Rosamond. Elle s'éveilla gaie et bien portante, comme à l'ordinaire, et, bien avant le déjeuner, elle se promenait déjà dans les jardins de l'ouest.

Le ciel était couvert de nuages, et le vent sautait capricieusement, de minute en minute, à tous les points du compas. Dans le cours de sa promenade, Rosamond, venant à rencontrer le jardinier, lui demanda ce qu'il augurait du temps. Cet homme lui répondit qu'il pourrait bien pleuvoir encore avant midi, mais que, sauf erreur, dans les vingt-quatre heures suivantes on aurait de la chaleur.

« Dites-moi, je vous prie, si jamais vous avez entendu parler d'une chambre sise dans le pavillon nord de notre vieille maison, et qui s'appellerait la chambre aux Myrtes, » lui demanda Rosamond. Elle s'était bien promis, à son lever, de ne perdre, pour la découverte du grand Secret, aucune des chances que pouvaient lui donner des questions assidues, faites à tort et à travers, dans tout le voisinage.

Le jardinier était venu lui fournir sa première expérience.

« Jamais je n'ai entendu rien de pareil, madame, répondit cet homme; mais le nom ne manque pas de vraisemblance, vu que les myrtes deviennent très-beaux dans ces parages.

— Existe-t-il des myrtes dans la partie des jardins située au nord? demanda Rosamond, frappée de cette pensée que peut-être elle découvrirait la chambre mystérieuse en la cherchant, non pas au dedans, mais à l'extérieur de l'édifice.... Je veux dire, comprenez-moi bien, tout près des murailles, au-dessous des fenêtres....

— Je n'ai vu sous les fenêtres, depuis que j'habite ici, que des mauvaises herbes et des tas d'ordures, » répondit le jardinier.

Juste à ce moment, on sonna le déjeuner. Rosamond rentra, bien résolue à explorer le jardin du nord et, si elle y trouvait quelques restes d'une plantation de myrtes, à bien remarquer la fenêtre au-dessus, pour faire ouvrir immédiatement la chambre à laquelle cette fenêtre donnerait du jour. Elle fit part à son mari de ce nouveau plan. Il la complimenta de l'invention, confessant, toutefois, qu'après ce que le jardinier avait dit touchant les mauvaises herbes et les tas d'ordures, il n'avait pas grande confiance dans les recherches faites à l'extérieur du bâtiment.

Aussitôt le déjeuner fini, Rosamond sonna pour mander le jardinier qui devait l'accompagner, et faire chercher les clefs des appartements du nord. Le coup de sonnette appela le valet de chambre de M. Frankland, lequel arriva porteur du courrier du matin, que le facteur venait justement de lui remettre. Rosamond parcourut rapidement l'adresse des lettres, et sauta sur l'une d'elles avec un petit cri de plaisir.

« Le timbre de Long-Beckley !... dit-elle en même temps à son mari.... Enfin, le ministre donne signe de vie !... »

Elle ouvrit la lettre, qu'elle dévora pour ainsi dire en un clin d'œil; puis la laissa tomber sur ses genoux, les joues en feu : « Lenny, s'écria-t-elle, il y a, dans ces nouvelles, de quoi perdre le bon sens.... La lettre du ministre, je vous assure, m'a littéralement coupé la respiration.

— Lisez-la-moi ! dit M. Frankland; je vous en prie, lisez-la-moi tout de suite ! »

Rosamond satisfit immédiatement à cette demande, d'une voix hésitante et mal assise. Le docteur Chennery annonçait, en commençant, que sa lettre à Andrew Treverton était demeurée sans réponse : mais il ajoutait, que, néanmoins, cette lettre avait produit des résultats tels qu'on n'aurait pu les prévoir. Pour mettre ses correspondants au courant de ces résultats, il les renvoyait à la copie, incluse, d'une communication qu'il avait reçue de son homme d'affaires à Londres, laquelle portait la formule sacramentelle : *Pour lui seul*. Cette communication renfermait le compte rendu fort détaillé d'une entrevue qui avait eu lieu entre le valet de M. Treverton et le messager chargé d'aller prendre la réponse à la lettre du docteur Chennery. Shrowl, paraissait-il, avait débuté par transmettre litté-

ralement à cet homme le disgracieux message de son maître ;
ensuite il avait exhibé la lettre du ministre, mise en lambeaux,
et la copie du plan dressé par lui, comme nous l'avons raconté,
enfin il s'était déclaré prêt à livrer cette copie en échange
d'un billet de banque de cinq livres sterling. Le messager avait
expliqué à son tour que l'achat du document n'entrait pas dans
ses instructions, et il avait conseillé au domestique de M. Treverton de s'adresser directement à l'agent du docteur Chennery. Après quelques hésitations, Shrowl s'y était décidé, sous
prétexte de quelque commission dont il s'était dit chargé ; il
avait vu l'agent, il avait été questionné sur les moyens par
lesquels il était devenu possesseur de la copie en question ; et
voyant qu'il n'obtiendrait pas le prix qu'il en demandait s'il
ne voulait répondre à cet interrogatoire, il avait fini par
rapporter toutes les circonstances dans lesquelles son travail
s'était exécuté. Une fois renseigné là-dessus, l'agent s'était
engagé à demander immédiatement les instructions du docteur
Chennery ; et il avait écrit en conséquence, prenant soin de
mentionner, en *post-scriptum*, qu'il avait vu le plan sur lequel
la copie avait été prise, et s'était assuré que ce plan indiquait
la position relative des portes, des escaliers, des chambres,
etc., avec la désignation de chaque localité.

Reprenant ensuite la parole pour son propre compte, le docteur Chennery laissait entièrement à M. et à mistress Frankland le soin de décider ce qui restait à faire. Il s'était déjà,
dans sa manière de voir, légèrement compromis en s'adressant
à Andrew Treverton en vertu de motifs supposés ; et il se devait de ne plus se hasarder dans l'affaire qui venait de prendre
ainsi un nouvel aspect, pas même en exprimant une opinion ou
en donnant un conseil. Il se regardait comme parfaitement
certain que ses jeunes amis, après qu'ils auraient mûrement
envisagé la chose sous toutes ses faces, en viendraient à choisir
le meilleur parti, et le plus sage. D'après cette conviction, il
avait enjoint à son homme d'affaires de ne plus faire un pas
jusqu'à ce qu'il eût reçu les ordres de M. Frankland, à qui
seul il appartenait, maintenant, de diriger sa marche.

« Diriger sa marche !... s'écria Rosamond, qui froissa la lettre
dans ses mains par un mouvement où se trahissait une extrême
agitation, dès qu'elle en eut lu la dernière ligne.... Ce sera
bientôt fait, ma foi.... Une minute suffira pour écrire, une seconde suffira pour lire ce que nous avons à lui envoyer en fait
de « direction. » A quoi pense le ministre, avec ses « choses

mûrement envisagées sous toutes leurs faces ?...» Il n'y a qu'un parti à prendre, ajouta-t-elle, en vraie femme, ne se préoccupant que du résultat à obtenir, sans tenir compte des moyens d'arriver.... Il n'y a qu'un parti à prendre : c'est de donner à cet homme l'argent qu'il demande, et d'avoir ici la copie du plan par le retour du courrier. »

M. Frankland, plus sérieux, hochait la tête. « Ceci, disait-il, est tout à fait impraticable. Donnez-vous, ma chère, le temps d'y réfléchir seulement une minute, et vous verrez que nous ne pouvons, d'aucune manière, trafiquer, avec un valet, des renseignements qu'il a subrepticement obtenus, en fouillant la bibliothèque de son maître.

— Oh! mon bon ami.... ne parlez pas ainsi! s'écria Rosamond suppliante, avec un regard qui exprimait la consternation où venait de la plonger ce nouvel aperçu.... Quel mal y a-t-il à faire gagner cinq guinées à ce pauvre diable ?... Il n'a fait que copier ce plan.... Il n'a rien volé.

— A mon sens, il a volé un renseignement, dit Léonard.

— Soit, reprit Rosamond avec une nouvelle insistance.... mais, au fond, quel préjudice en résulte-t-il pour son maître ?... A mon sens, à moi, ce maître mérite bien qu'on lui vole ce renseignement, pour ne l'avoir pas poliment envoyé au ministre, sur sa première requête.... Il nous faut ce plan.... Oh! Lenny, ne branlez pas ainsi la tête.... Il nous le faut, vous le savez bien. A quoi sert de se montrer si scrupuleux envers un misérable (je l'appelle ainsi, bien qu'il soit *mon* oncle) qui manque aux plus simples règles du savoir-vivre ?... Vous ne pouvez traiter avec lui (le ministre lui-même vous le dirait, s'il était ici) comme vous traiteriez avec des gens civilisés, ou simplement des gens de bon sens, ce qu'il n'est pas, au dire de tout le monde. A quoi lui sert le plan des appartements du nord ?... Et de plus, s'il en a quelque chose à faire, n'a-t-il pas l'original ?... On ne lui a pas volé son renseignement, puisqu'il n'a pas un instant cessé de l'avoir à sa disposition.... Voyons, cher, tout cela n'est-il pas strictement vrai ?

— Rosamond, Rosamond!... dit Léonard, que faisaient sourire ces sophismes féminins, d'une si limpide transparence.... vous raisonnez, savez-vous, en vrai jésuite.

— Peu m'importe en quoi je raisonne, mon bon ami, pourvu que je finisse par avoir le plan. »

M. Frankland hochait la tête de plus belle. Voyant que ses arguments n'opéraient pas, Rosamond, très-sagement, recou-

rut à l'arme que son sexe , de tout temps , a su rendre victo-
rieuse : la persuasion. Elle s'en servit si à propos et si bien ,
et trouva si merveilleusement le défaut de la cuirasse , qu'elle
obtint, en fin de compte, de son époux qui le lui concédait à
regret, une espèce de compromis , en vertu duquel il lui était
loisible d'acheter la copie du plan , mais à une condition :
c'était de renvoyer le plan à M. Treverton , aussitôt qu'il leur
aurait servi dans leur recherche ; on l'informerait, en même
temps, des moyens employés pour se le procurer ; et on s'excu-
serait de cet étrange procédé sur le manque de courtoisie dont
lui-même avait fait preuve en refusant un éclaircissement sans
importance, que tout autre, à sa place, se fût empressé de
procurer. Rosamond fit tous les efforts imaginables pour obtenir le retrait, ou du moins la modification de cette clause restrictive : mais l'orgueil susceptible de son époux ne souffrait
pas aisément le contact, même de cette main douce et légère.
« J'ai déjà, plus que je ne l'aurais dû, fait violence à mes convictions, disait-il, et certes je n'irai pas plus loin dans cette
voie.... Si nous devons nous abaisser à négocier avec ce domestique , ne lui laissons pas le droit de nous revendiquer
comme ses complices. Écrivez en mon nom, Rosamond, à
l'homme d'affaires du docteur Chennery, et dites-lui que nous
consentons à acquérir la copie du plan sous la condition que
j'ai dite ; condition qui devra naturellement, au préalable ,
être communiquée, dans les termes les plus nets, au domestique avec lequel nous sommes réduits à traiter.

— Et si ce domestique refuse de risquer la perte de sa place,
danger auquel cette condition l'expose bien évidemment ? dit
Rosamond qui se plaçait, comme à regret, devant son bureau.

— Ah ! ma chère, ne nous tourmentons pas en supposant
quoi que ce puisse être !... Attendons, sachons ce qui arrive,
et agissons selon les circonstances ! Quand vous serez prête à
écrire, dites-le-moi, et je vous dicterai, pour cette fois, la
lettre telle que je la comprends. Je veux bien faire savoir à
l'homme d'affaires de notre cher ministre que nous agissons ainsi, d'abord parce que M. Andrew Treverton n'est pas
de ces hommes vis-à-vis desquels on se conforme aux règles
établies entre gens du monde ; en second lieu, parce que le renseignement qui nous est proposé par son domestique , extrait
d'un livre imprimé , ne touche en aucune façon, directe ou
indirecte , aux affaires privées de M. Treverton. Maintenant,
Rosamond, que vos instances m'ont fait accepter ce compromis

avec ma conscience, au moins dois-je le justifier autant que possible, vis-à-vis des autres comme vis-à-vis de moi-même. »

Voyant qu'elle avait affaire à une résolution inébranlable, Rosamond eut le tact de ne plus insister. La lettre fut écrite exactement comme Léonard la dicta. Quand elle eut été placée dans le sac destiné à la poste, avec les réponses que demandaient les dépêches arrivées ce matin-là, M. Frankland rappela à sa femme l'intention qu'elle avait manifestée, en déjeunant de visiter les jardins du nord, et lui demanda de vouloir bien l'emmener avec elle. Il avouait franchement, maintenant qu'il connaissait le contenu de la lettre adressée au docteur Chennery, qu'il donnerait bien cinq fois la somme exigée par Shrowl en échange de sa copie du plan, pour pouvoir découvrir, sans l'assistance de personne, et avant le départ du sac aux lettres pour le bureau de poste, cette mystérieuse chambre aux Myrtes. Rien, disait-il, ne lui ferait autant de plaisir que de jeter au feu la lettre qu'il venait de dicter, et d'envoyer, au lieu de cette lettre, un refus pur et simple d'acheter le plan.

Ils allèrent dans les jardins du nord, et là, Rosamond put se convaincre, par le témoignage de ses propres yeux, qu'elle n'avait pas la moindre chance de découvrir, sous les fenêtres, le plus léger vestige d'un berceau de myrtes. Du jardin, ils rentrèrent dans la maison, et se firent ouvrir la porte qui donnait entrée dans le vestibule du nord.

On leur montra, sur les dalles, la place où les clefs avaient été retrouvées, et, sur le premier palier, celle où on avait découvert mistress Jazeph, une fois l'alarme donnée. D'après une suggestion de M. Frankland, on ouvrit la porte de la chambre qui était immédiatement en face. Elle offrait un désolant tableau d'obscurité sale et poudreuse. Quelques tableaux anciens étaient empilés contre un des murs ; quelques chaises disloquées s'entassaient au centre du parquet ; des porcelaines brisées gisaient sur la tablette de la cheminée ; et dans un coin, un petit meuble à tiroirs, fendillé de toutes parts, pourrissait peu à peu. Ces menues reliques de ce qui avait été jadis le mobilier et la décoration de cette pièce abandonnée furent examinées avec le plus grand soin ; mais on ne découvrit rien qui importât le moins du monde, rien qui pût contribuer à éclaircir en quoi que ce fût le mystère de la chambre aux Myrtes.

« Ferons-nous ouvrir quelque autre porte ? demanda Rosamond, quand ils furent sortis sur le palier.

— Il me semble que ce serait en pure perte, répondit son mari. Notre unique espérance de jamais savoir en quoi consiste le mystère de la chambre aux Myrtes, si réellement il est aussi bien caché qu'on doit le supposer, est de fouiller à fond cette chambre, et nulle autre. La fouille, pour être complète, doit comprendre, s'il en faut venir à ces extrémités, le démembrement des parquets et des lambris, peut-être même la démolition partielle des murs. Nous pouvons pratiquer ceci dans une pièce qui nous est clairement désignée; mais, à moins de jeter bas tout ce côté de la maison, il nous est impossible de soumettre à pareille épreuve chacune de ces seize chambres parmi lesquelles nous errons au hasard et sans guide. Il est déjà pas mal désespérant de chercher nous ne savons quoi : aussi faut-il d'abord tâcher de découvrir où sont les quatre murailles dans l'enceinte desquelles doit commencer et s'accomplir cette recherche qui, vraiment, ne promet guère.... Voyons un peu.... Le parquet de ce palier doit être couvert de poussière à une certaine épaisseur.... N'y est-il pas resté quelques traces, après la visite de mistress Jazeph, qui puissent nous conduire à la bonne porte? »

Cette conjecture ingénieuse fit aussitôt rechercher si, effectivement, il existait des empreintes de pas sur la poussière du palier; mais on n'en découvrit aucune. A quelque époque antérieure, on avait étendu des nattes sur ce plancher, et leur surface inégale, çà et là pourrie et rompue, n'avait pas laissé la poussière y former une couche régulière et unie. En certains endroits, où la natte trouée laissait voir les planches qu'elle recouvrait naguère, le domestique de M. Frankland croyait découvrir, sur la poussière, des empreintes qu'y aurait laissées, soit la pointe, soit le talon d'un soulier : mais ces indices, faibles et d'un aspect douteux, étaient séparés l'un de l'autre par des distances assez notables, et il était tout simplement impossible d'en rien conclure qui importât à la recherche commencée. Après plus d'une heure consacrée à l'examen du pavillon nord, Rosamond fut obligée d'avouer que les domestiques avaient eu raison, en lui ouvrant la porte du vestibule, quand ils lui prédisaient qu'on ne découvrirait rien.

« Il faut envoyer la lettre, Lenny, » dit-elle quand ils furent de retour dans la salle à manger.

En effet, aucun moyen d'échapper à cette triste nécessité.... « Faites donc partir notre courrier, répliqua son mari, et n'en parlons plus. »

La lettre fut expédiée le jour même. La position écartée de Porthgenna, et l'état du chemin de fer, qui alors n'était pas achevé dans toute sa longueur, empêchaient qu'on ne pût attendre raisonnablement une réponse avant deux jours écoulés. Comprenant bien qu'il vaudrait mieux, pour Rosamond, que ces journées d'attente fussent passées hors du manoir, M. Frankland proposa, pour tuer le temps, une petite excursion le long de la côte. Ils devaient y trouver quelques sites fameux dans le pays, qui sans doute intéresseraient Rosamond, et tout au moins l'obligeraient à se mettre en frais de description pour le compte de Léonard, réduit à les voir par les yeux d'autrui. Cette bonne idée fut mise à exécution sur-le-champ. Le jeune couple partit de Porthgenna, où il ne revint que le soir du second jour.

Le lendemain matin, au moment où Rosamond et Léonard entraient dans la salle où le déjeuner était servi, la lettre de l'homme d'affaires du ministre, cette lettre après laquelle on soupirait, se trouvait déjà sur la table. Shrowl s'était décidé à accepter la condition posée par M. Frankland; d'abord parce qu'il regardait comme fou l'homme assez mal avisé pour refuser un billet de cinq livres sterling, mis à sa disposition; secondement, parce qu'il croyait son maître trop entièrement tombé sous sa dépendance pour qu'une raison quelconque pût le décider à se priver de ses services; troisièmement enfin, parce qu'il se consolait d'avance de perdre une position qui, après tout, n'avait rien de fort attrayant à ses yeux. En conséquence, le marché n'avait pas pris à conclure plus de cinq minutes; et, portant témoignage du fait, la copie du plan était là, incluse dans la lettre de l'homme d'affaires.

Rosamond, de ses mains qui tremblaient, étendit sur la table le document révélateur; elle le considéra plusieurs minutes durant, avec une attention passionnée, et posant son doigt sur le petit carré qui marquait l'emplacement de la chambre aux Myrtes :

« La voilà !... s'écria-t-elle.... Oh ! Lenny, comme mon cœur bat !... Une, deux, trois, quatre !... C'est la quatrième porte à partir du palier du premier étage, qui est celle de la chambre aux Myrtes. »

Elle aurait immédiatement demandé les clefs des appartements du nord ; mais son mari insista pour qu'elle se calmât d'abord un peu, et prît à loisir quelques aliments. Quoi qu'il pût dire, du reste, le repas fut si promptement expédié qu'au bout de dix minutes, le bras de sa femme sous le sien, et guidé par elle, il montait plus rapidement que de coutume le grand escalier.

Les pronostics du jardinier, relativement au temps, s'étaient vérifiés. La chaleur était venue, chaleur lourde, brumeuse, chargée de vapeurs énervantes. Un brouillard blanc et mobile, étendu par couches minces sur tout le ciel, s'abaissait du côté de la mer jusqu'à l'extrême limite de l'horizon, et semblait émousser toutes les pointes anguleuses de la perspective, aussi loin qu'elle s'étendait vers les bruyères marécageuses. La lumière du soleil était pâle et comme tremblante. Des arbustes en fleurs posés sur le rebord des fenêtres ouvertes, les feuillages les plus hauts et les plus légers demeuraient immobiles. Les animaux domestiques, gagnant les recoins obscurs, allaient s'y coucher et dormir. Ces mille bruits qui se produisent au hasard dans une vaste habitation résonnaient plus éclatants, ou plus intenses, dans cette espèce de repos étouffant, alangui, sous lequel la chaleur tenait la terre. Dans la salle inférieure, résidence accoutumée des domestiques, le bruit qui d'ordinaire accompagne les travaux du matin était amorti. Rosamond, en passant pour aller prendre les clefs dans la chambre de la femme de charge, y jeta un regard; les femmes de service s'éventaient, les hommes avaient mis habit bas. Ils se plaignaient tous de ce chaud excessif, et s'accordaient à dire que jamais, au mois de juin, ils n'avaient vu ni entendu parler de journée pareille à celle-ci.

Rosamond prit les clefs, refusa l'offre de la femme de charge qui lui proposait de l'accompagner, et, guidant son mari le long des corridors, ouvrit la porte du vestibule nord.

« Quelle singulière fraîcheur il fait ici!... » dit-elle au moment où ils pénétraient dans cette pièce déserte.

Elle s'arrêta au pied de l'escalier, et, plus fort qu'auparavant, serra contre elle le bras de son mari.

« Qu'arrive-t-il donc? demanda Léonard.... Serait-ce que notre passage subit à cette humide fraîcheur vous incommode le moins du monde?

— Non.... non, répondit-elle en toute hâte.... Je suis trop agitée pour ressentir maintenant ou l'influence du chaud ou l'influence du froid, comme en d'autres circonstances.... Mais, Lenny, supposons que vous ne vous trompez pas dans votre conjecture sur mistress Jazeph....

— Oui.... Eh bien?

— Supposons aussi que nous découvrons le Secret de la

chambre aux Myrtes.... Ne pourrait-il pas arriver que ce secret, concernant mon père ou ma mère, fût quelque chose que
nous devrions ignorer toujours?.... C'est à quoi j'ai pensé
quand mistress Pentreath m'a proposé de venir avec nous....
et c'est pourquoi j'ai voulu n'avoir que vous avec moi.

— Il est tout aussi probable que le Secret porte sur quelque chose que nous pouvons savoir, répondit M. Frankland,
après un moment de réflexion.... En somme, d'ailleurs, l'idée
que j'ai pu avoir sur le compte de mistress Jazeph n'est
qu'une conjecture fort hasardée.... Cependant, Rosamond,
pour peu que vous sentiez en vous la moindre hésitation....

— Non.... Advienne que pourra, Lenny, nous ne pouvons
plus reculer désormais.... Rendez-moi votre main.... Nous
avons marché jusqu'ici ensemble à la recherche de ce mystère.... C'est ensemble que nous l'éclaircirons. »

Elle montait l'escalier tout en parlant, et le menait après
elle sur le palier ; elle étudia de nouveau le plan, et s'assura
que l'idée qu'elle s'était faite, d'après ce document, sur l'emplacement de la chambre aux Myrtes, n'avait rien que de
très-exact. Elle compta les portes jusqu'à la quatrième, prit
dans le paquet des clefs celle qui portait le n° 4, et l'intro-
duisit dans la serrure.

Avant de la tourner, elle s'arrêta, et de côté jeta un regard
vers son mari.

Debout près d'elle, il tenait dans la direction de la porte,
attentive et résignée, sa calme figure. Elle posa sur la clef sa
main droite, la tourna lentement dans la serrure, rapprocha
d'elle, de la main gauche, le bras de son mari, et encore une
fois s'arrêta.

« Je ne sais vraiment ce qui m'arrive, murmurait-elle d'une
voix affaiblie.... J'ai presque peur de pousser cette porte.

— Votre main est glacée, Rosamond !.... Attendons un peu !...
Refermez cette porte !... Ajournons à un autre moment.... »

Pendant qu'il prononçait ces paroles, il sentait, sur sa main,
les doigts de sa femme se contracter de plus en plus. Ensuite
il y eut un instant, un seul, dont le souvenir ne devait plus
le quitter, un instant où ils ne respiraient plus, un instant de
silence absolu.... Puis il entendit le bruit aigu et criard d'une
porte qui s'ouvre sur des gonds rouillés.... il sentit qu'on
l'entraînait en avant dans une atmosphère nouvelle, et comprit que Rosamond et lui se trouvaient maintenant dans la
chambre aux Myrtes.

CHAPITRE V.

La chambre aux Myrtes.

Une fenêtre large et carrée, avec de petits carreaux et un châssis noirâtre ; une lumière jaune et triste, perçant à grand'peine le voile impur que cinquante années avaient graduellement épaissi sur les vitres ; quelques rayons plus nets pénétrant en cette pénombre, à travers les fissures de trois carreaux brisés ; une poussière subtile, montant des parquets, tombant des plafonds, et planant, en cercles lentement roulés et déroulés, dans l'atmosphère que rien n'agite ; des murailles d'un rouge flétri, hautes et nues ; des fauteuils en désordre, des tables posées de travers ; une grande bibliothèque noire, dont une des portes, ouverte, est à moitié sortie de ses gonds ; une colonne tronquée, au pied de laquelle gisent les débris du buste dont elle était le piédestal ; un plafond marbré de grandes taches ; un parquet poudreux et blanc : tel était l'aspect de la chambre aux Myrtes, quand Rosamond y pénétra, pour la première fois de sa vie, tenant son mari par la main.

Le seuil franchi, elle avança lentement de quelques pas, puis fit halte soudainement, attendant, tous ses sens en éveil, toutes ses facultés à leur plus haut degré de tension, attendant, au sein de cette immobilité pleine de présages, au sein de cette solitude abandonnée, que cette chose vague, enfermée peut-être en ce lieu, ou parût se dressant devant elle, ou se fît entendre sans se laisser voir, ou vînt se manifester à elle, d'en haut, d'en bas, d'un côté, de l'autre, elle ne savait d'où. Elle attendit ainsi, respirant à peine, pendant une minute au plus, et rien ne parut, aucun bruit, aucune manifestation ne se fit. Le silence et la solitude avaient leur secret à garder, et ils le gardaient.

Elle détourna la tête vers son mari. Le visage de Léonard, ordinairement si calme, si recueilli, exprimait maintenant une sorte de malaise et d'anxiété. Celle de ses mains qu'il avait gardée libre était étendue et se mouvait de haut en bas dans le vide, cherchant vainement à se mettre en contact avec quelque chose qui pût l'aider à se faire une idée de ce qui

l'entourait. Cette physionomie et ce geste, dans le milieu nouveau où il se trouvait ainsi debout, l'appel triste et muet qu'il
faisait ainsi, sans bien s'en rendre compte, à la tendresse et
à l'appui de sa femme, rendirent à Rosamond son empire sur
elle-même, en rappelant son cœur au plus grand intérêt qu'elle
eût ici-bas, au devoir le plus sacré dont il reconnût la loi. Les
yeux de la jeune femme, tout à l'heure encore fixés avec tant
d'anxiété méfiante sur la scène de désolation, d'abandon et de
ruine qui venait de s'offrir à eux, se reportèrent sur le visage
de son mari, chargés de tendresse et brillant de l'éclat inimi-
table que leur communiquait l'amour, mêlé de pitié, dont elle
se sentait pénétrée. S'inclinant en avant, par un mouvement
prompt, elle saisit son bras étendu, qu'elle ramena doucement
contre lui.

« Non.... pas cela ! bien-aimé, lui dit-elle d'une voix caressante.... Vous savez que ce geste me déplaît.... Il semblerait
que je ne suis pas à côté de vous.... que je vous ai laissé seul
et sans aide.... Pourquoi recourir à vos mains, puisque vous
m'avez? M'avez-vous entendue ouvrir la porte, cher Lenny?...
Savez-vous que nous sommes dans la chambre aux Myrtes? »

— Et qu'avez-vous vu, Rosamond, une fois la porte ouverte?... Que voyez-vous, à ce moment même? »

Ces questions étaient faites à voix basse, et d'un ton précipité,
presque impérieux.

« Rien que poussière, saleté, désolation. La lande la plus
déserte de notre Cornouailles ne semble pas aussi abandonnée
que cette chambre : mais il n'y a rien qui nous puisse alarmer,
rien (sauf les chimères que l'imagination enfante), rien d'où
on ait à déduire l'existence d'un péril quelconque.

— Pourquoi donc avez-vous tant tardé à me parler, Rosamond?

— C'est qu'en entrant, cher ami, je me sentais envahir par
la peur.... non de ce que je voyais, mais de ce que j'aurais pu
voir, selon mes folles idées. J'étais assez enfant pour m'imaginer que quelque chose allait sortir des murs, poindre à travers le parquet.... Bref, je ne sais quelles sottes fantaisies....
Ces craintes se sont dissipées, Lenny ; mais il me reste une
sorte de méfiance, que cette chambre m'inspire encore.... Ne
sentez-vous rien de pareil?

— Oui, répondit-il avec un malaise évident.... il y a de
cela.... On dirait que l'ombre sans cesse étendue devant mes
yeux est plus épaisse en ce lieu que partout ailleurs. Où
sommes-nous, maintenant?

— Juste en dedans de la porte.

— Le plancher est-il assez solide pour s'y risquer ? »

Et, tout en faisant cette question, il essayait, du pied, le plancher suspect.

« Rien à craindre de ce côté, repartit Rosamond.... S'il était assez vermoulu pour offrir quelque risque, il ne supporterait pas le mobilier dont il est chargé.... Au surplus, faisons-en l'épreuve.... Traversez avec moi !... »

Elle le conduisit lentement, à ces mots, vers la fenêtre.

« Je me sens plus près de l'air, dit-il alors, penchant la tête vers celui des carreaux brisés qui était placé le plus bas. Qu'avons-nous en face, maintenant ? »

Elle le lui dit, décrivant avec minutie la dimension et l'aspect de la fenêtre. Il s'en détourna négligemment, comme si ce côté de la chambre n'avait pour lui aucun intérêt. Rosamond demeura un moment près de la croisée, cherchant à savoir si quelque souffle de l'air du dehors arrivait jusqu'à elle. Il y eut un moment de silence auquel son mari mit fin.

« Que faites-vous maintenant ? lui demanda-t-il avec inquiétude.

— Je regarde à travers un des carreaux brisés, et je cherche à respirer un peu, répliqua Rosamond. L'ombre projetée par les bâtiments est au-dessous de moi, posée sur les jardins déserts, mais il ne vient de là aucune bouffée d'air frais. Je vois les hautes herbes, droites, immobiles, et les fleurs sauvages dont les bouquets pesants s'entrelacent. Il y a un arbre tout près de moi, et ses feuilles semblent frappées d'une immobilité maladive. A gauche, dans le lointain, on entrevoit une échappée de blanche mer et de grèves blondes qu'on dirait tremblantes dans la chaude lueur de l'atmosphère embrasé. Pas un nuage, pas un coin d'azur dans le ciel. L'éclat rayonnant du soleil est noyé dans la vapeur brumeuse qui n'en laisse passer que les flammes rouges. Il y a dans le ciel comme des menaces, et on dirait que la terre les comprend.

— Mais la chambre?... la chambre?... dit Léonard qui l'attirait loin de la fenêtre.... Laissez là ce paysage ; dépeignez-moi cette chambre.... dites-moi bien exactement quel aspect elle offre.... Je ne me sentirai bien rassuré pour votre compte, Rosamond, que si vous me décrivez minutieusement chacun des objets qui nous entourent.

— Vous savez, cher ami, que vous pouvez compter sur moi pour vous tout dépeindre, et bien en détail.... Je cherche seulement par où je dois commencer ; et, pour mieux regarder à votre profit, je me demande ce qui a chance de vous intéresser le plus. Voici une vieille ottomane adossée au mur.... à ce même mur dans lequel s'ouvre la fenêtre. Je vais ôter mon tablier, et battre pour vous un de ces siéges poudreux.... Une fois assis, et bien à votre aise, vous m'écouterez, pour commencer, vous décrire l'aspect général de la pièce. Et, d'abord, je suppose qu'il faut vous donner une idée de ses dimensions.

— Oui.... c'est le vrai début.... Voyez si vous ne pouvez la comparer à aucune des pièces auxquelles mes yeux s'étaient rendus familiers.... quand j'avais des yeux. »

Rosamond parcourut la chambre du regard, dans tous les sens, d'une muraille à l'autre ; puis elle alla vers la cheminée, et, partie de là, traversa toute la pièce en comptant ses pas. Tandis qu'elle effleurait ainsi ce parquet poudreux avec une élégante précision, et prenait un plaisir d'enfant à contempler les bouffettes roses de ses pantoufles du matin ; tandis qu'elle relevait assez haut, crainte de souillure, la mousseline brillante et bruissante de sa robe, laissant ainsi apparaître, avec les broderies capricieuses de son jupon, les bas lustrés, satinés, qui habillaient comme d'une seconde peau ses petits pieds et leurs fines attaches, elle faisait avec tout ce qui l'entourait, avec cet intérieur décrépit, maussade, enfumé, désolé, abandonné, le plus charmant contraste que puissent offrir la jeunesse et la beauté en pleine fleur.

Arrivée au fond de la pièce, elle réfléchit un instant, puis dit, s'adressant à son mari :

« Vous rappelez-vous, Lenny, le salon bleu de Long-Beckley, celui de chez votre père ? Je crois que cette chambre-ci est aussi grande, sinon plus.

— Et les murs ? demanda Léonard posant les mains, en même temps qu'il parlait, sur la muraille placée derrière lui. Ils sont tendus en papier, n'est-ce pas ?

— Oui, en papier d'un rouge passé, sauf d'un côté, où le papier a été arraché par bandes et jeté à terre.... Il y a un lambris qui fait le tour des murailles. Il est fendu en maint endroit, et percé de trous dont l'orifice est comme déchiré ; ils semblent avoir été ouverts par des rats et des souris.

— Y a-t-il des tableaux sur ces murs ?

— Non. Je ne vois qu'un cadre vide au-dessus de la cheminée. Et en face, c'est-à-dire justement au-dessus de ma tête, à l'endroit où je suis, il y a une petite glace, fêlée au centre, avec des bras à bougies, brisés, des deux côtés du cadre. Plus haut, au même endroit, il y a aussi une tête et des bois de cerf.... Une partie du masque est tombée, et, d'une corne à l'autre les araignées ont tendu des toiles épaisses. Sur les autres murs je vois de gros clous auxquels sont appendues d'autres toiles d'araignées, chargées de poussière; mais nulle part le moindre tableau.... Je n'ai plus rien à vous dire des murailles.... Qu'allons-nous examiner à présent?... Ah !... le parquet.

— Il me semble, Rosamond, que mes pieds m'en ont appris assez long sur ce chapitre-là.

— Ils vous auront dit, cher ami, qu'il n'y a pas de tapis; mais je vous en dirai, moi, bien autre chose. De tous les côtés ce parquet descend en pente douce vers le milieu de la pièce. Il est couvert d'une couche épaisse de poussière, balayée, je suppose que c'est par le vent qui souffle à travers les vitres, en ondulations étranges, moirées comme le plumage de certains oiseaux, et qui cachent absolument, en certains endroits, le planchéiage inférieur. Une idée, Lenny : si ces planches étaient à examiner en détail.... oui, très-certainement, si demain nous n'avons rien trouvé, il faudra faire balayer avec soin. En attendant, n'est-ce pas, je continue à vous parler de la chambre? Vous savez déjà comment elle est grande, comment elle est éclairée, comment sont les murs, comment est le parquet. Avant d'en venir au mobilier, y a-t-il encore quelque chose qui nous doive occuper?... Eh! oui.... le plafond.... nous aurons ainsi l'enveloppe bien complète.... Il est si haut que je n'y vois pas grand'chose.... Il y a, d'un bout à l'autre, de grandes fentes et des taches.... le plâtre, en quelques endroits, s'est détaché par morceaux. Le mascaron central me paraît composé de petits choux et de grandes tablettes, le tout en plâtre. Deux fragments de chaîne, d'une chaîne qui, sans doute, supportait un lustre, pendent encore à l'anneau du milieu. La corniche est tellement enfumée, que je pourrais difficilement vous dire ce qu'elle représente. Elle est très-large, très-épaisse, et, en certains endroits, on croirait qu'elle a été peinte en couleurs; c'est tout ce que j'en saurais dire.... Et, maintenant, Lenny, cet ensemble de la chambre est-il bien entré dans votre imagination?

— Parfaitement, bonne chérie. J'en ai la perception aussi vive que de tout ce que vous prenez la peine de me décrire.

Ne vous occupez plus de moi, désormais ; ce serait perdre votre temps. Consacrons-nous à l'objet de notre visite ici. »

A ces derniers mots, le sourire qui s'était dessiné sur les traits de Rosamond, attentive à ce que lui disait son mari, disparut en un instant. Elle glissa tout contre lui, et, le bras sur son épaule, se penchant à son oreille :

« Lorsque nous avons fait ouvrir l'autre chambre, de l'autre côté du palier, nous commençâmes par examiner le mobilier. Nous pensions, vous en souvenez-vous ? que le mystère de la chambre aux Myrtes pouvait avoir trait, soit à des objets précieux qui auraient été volés, soit à des papiers cachés qui auraient dû être détruits, ou enfin à des traces, à des vestiges dénonçant un crime resté inconnu, qu'un fauteuil, une table, pouvait ainsi dénoncer... Ici, examinerons-nous le mobilier ?

— Est-ce qu'il est considérable ?

— Plus que celui de l'autre chambre, répondit-elle.

— Vous en aurez pour plus d'une matinée d'examen ?

— Non, je ne crois pas.

— Commencez donc par le mobilier, si vous n'avez pas de meilleur plan à me proposer... Je suis un pauvre conseiller, dans des circonstances comme celles-ci. Et, après tout, c'est sur vous que doit peser la responsabilité d'une décision. Vos yeux sont ceux qui voient, vos mains celles qui cherchent. Et si la raison secrète que pouvait avoir mistress Jazeph de vous dissuader d'entrer ici peut se découvrir en fouillant cette chambre, c'est *vous*, à coup sûr, qui aurez l'honneur de la découverte.

— Et vous y serez initié, Lenny, aussitôt qu'elle sera faite.... Je ne veux pas, bien-aimé, vous entendre parler comme si nous étions deux, ou que je vous fusse, en quoi que ce soit, supérieure. Voyons, maintenant... par où commencer ?... Par la grande bibliothèque en face de la fenêtre ?... ou par ce vieux bureau tout encrassé, placé dans cette espèce de retrait derrière la cheminée ?... Ce sont les deux plus gros meubles que je voie ici.

— Commencez par la bibliothèque, ma chérie, puisque c'est elle que vous avez signalée en premier. »

Rosamond fit quelques pas dans la direction indiquée, puis s'arrêta, et tout à coup jeta un regard de côté vers le bas de la chambre.

« Lenny, dit-elle, en vous parlant des murailles, j'avais omis un détail. Outre la porte par laquelle nous sommes entrés, il y en a deux autres. Toutes deux sont dans le mur à ma droite, maintenant que je tourne le dos à la fenêtre. Chacune est à la même distance de l'encoignure ; elles ont les mêmes dimensions et le même aspect. Savez-vous où elles peuvent mener, et ne pensez-vous pas qu'il les faudrait ouvrir?

— Certainement ; mais les clefs sont-elles après ? »

Rosamond, se rapprochant des portes, répondit affirmativement.

« Ouvrez-les donc ! dit Léonard…. Un moment !… pas toute seule. Emmenez-moi de ce côté…. L'idée de rester assis ici et de vous laisser toute seule à ouvrir ces portes ne me plaît en aucune manière. »

Rosamond revint sur ses pas jusqu'à l'endroit où elle l'avait laissé, puis elle le conduisit à celle des deux portes qui était la plus éloignée de la fenêtre.

« Qui sait ce que nous allons voir d'effrayant ? dit-elle, tremblant un peu, tandis qu'elle étendait la main vers la clef.

— Supposons d'abord, ce qui est infiniment plus probable, que cette porte mène tout bonnement dans la chambre à côté, » insinua doucement Léonard.

Rosamond poussa brusquement la porte qui s'ouvrit toute grande. Son mari avait deviné juste. Cette porte servait, tout simplement, à faire communiquer les deux pièces contiguës.

Ils passèrent à la seconde porte. « Celle-ci peut-elle avoir été ouverte dans le même but que l'autre ? se demandait Rosamond, tournant la clef par un mouvement très-lent, empreint d'une certaine méfiance.

Elle ouvrit cette porte comme l'autre, y passa un moment la tête, toute frémissante, et, reculant par un mouvement brusque, la referma violemment, avec une expression de dégoût réprimée à moitié.

« Ne craignez rien, Lenny ! disait-elle, l'emmenant un peu plus vite que de raison. La porte ne donne accès que sur une grande armoire, tout à fait vide ; mais rampant sur le mur, à l'intérieur, il y a une quantité d'horribles petits animaux presque noirs. Je les ai rendus à l'obscurité dans laquelle ils se cachent ; et, maintenant, je vais vous ramener à votre siége avant que nous procédions ensemble à l'inventaire de ce que renferme la bibliothèque. »

Le volet de la partie supérieure de ce meuble, à demi sorti de ses gonds, pendait tout grand ouvert, et laissait voir, au premier coup d'œil, que les rayons d'un des côtés étaient absolument vides. Le volet correspondant, lorsque Rosamond l'ouvrit, montra de l'autre côté le même aspect dépouillé. Sur chaque rayon, même accumulation de poussière, même encrassement sordide ; et, du haut en bas, pas vestige d'un livre, pas même un bout de papier égaré çà ou là, n'attirait le regard.

Le bas de la bibliothèque était divisé en trois compartiments. Une clef rouillée était restée à la porte de l'un des trois. Rosamond la fit jouer, non sans quelque peine, et put regarder à l'intérieur de ce petit buffet. Au fond était dispersé un jeu de cartes, jaunes et grasses. Parmi elles, un morceau de mousseline déchirée et tortillée, qui, lorsque Rosamond le déroula, se trouva être un reste de rabat ecclésiastique. Dans un coin, elle trouva un tire-bouchon cassé, puis le tourniquet d'une ligne à pêcher. Dans un autre, quelques débris de pipes, quelques vieilles fioles à médicaments, et un de ces recueils de chansons que vendent les colporteurs, corné à mainte et mainte page. C'était tout, dans ce compartiment. Quand Rosamond eut minutieusement décrit à son mari, une à une, toutes ces trouvailles, elle passa au second buffet. La porte, qu'elle essaya d'ouvrir sans clef, se trouva n'être pas fermée. Au dedans, il n'y avait que quelques morceaux d'ouate noircie, et les restes d'un écrin de perles.

La troisième porte était fermée ; mais, avec la clef de la première, on vint à bout de l'ouvrir. A l'intérieur, un seul et unique objet ; une petite boîte en bois tout entourée d'un long ruban de fil dont les deux bouts étaient réunis par un cachet. La curiosité déjà bien affaiblie de la belle Rosamond se ranima tout aussitôt à cette vue. Elle décrivit la boîte à son mari, et lui demanda s'il pensait qu'ils eussent le droit de rompre les scellés.

« Pouvez-vous distinguer quelque chose écrit sur cette boîte ? » lui demanda-t-il.

Rosamond, pour mieux voir, se rapprocha de la fenêtre, souffla la poussière qui recouvrait la boîte, et, sur une étiquette de parchemin clouée au couvercle, lut ces mots : PAPIERS ; JOHN ARTHUR TREVERTON, 1760.

« Je pense que vous pouvez prendre sur vous de rompre le cachet, dit Léonard. Si ces papiers eussent eu la moindre importance pour la famille, il n'est pas probable que votre père et les exécuteurs testamentaires les eussent oubliés ainsi au fond d'une vieille bibliothèque. »

Rosamond brisa la cire, et, avant d'ouvrir la boîte, jeta du côté de son mari un regard hésitant....

« Il me semble qu'à ceci nous perdons notre temps, dit-elle ensuite.... Comment une boîte qui est restée fermée depuis l'année mil sept cent soixante pourrait-elle nous aider à découvrir le secret de mistress Jazeph et de la chambre aux Myrtes?

— Savons-nous si elle n'a pas été ouverte depuis le temps que vous dites? demanda Léonard.... Les scellés ont pu être apposés sur cette petite caisse, postérieurement à cette époque, par la première personne venue.... Vous pouvez, du reste, en mieux juger que moi, car vous pouvez voir s'il y a rien d'écrit sur le ruban de fil, ou s'il y a, sur l'empreinte même, des signes particuliers qui puissent aider à se former une opinion.

— Le cachet est tout uni, sauf, au milieu, une fleur qui ressemble à un myosotis. N'importe qui, du reste, aurait pu ouvrir avant moi, ajouta-t-elle, levant, sans le moindre effort, la planchette supérieure.... La serrure ne saurait opposer aucun obstacle.... Le bois du couvercle est si complétement vermoulu qu'il n'a pu retenir la gâche; elle est restée engagée dans la serrure. »

Examen fait, la boîte se trouva remplie de papiers. Sur le dossier supérieur était écrite la suscription suivante : « Dépenses électorales : majorité de quatre votes. Payés à raison de 50 livres sterling chacun. J. A. Treverton. » Un autre paquet de papiers venait ensuite, sans aucune étiquette. Rosamond, tournant la première feuille, lut : « Ode pour l'anniversaire de sa naissance : Respectueux hommage au Mécène des temps modernes dans sa poétique retraite de Porthgenna. » Après cette production lyrique venaient, pêle-mêle, de vieilles factures, de vieux billets d'invitation, de vieilles ordonnances de médecin, et de vieilles feuilles détachées d'un registre de paris [1] ; le tout rattaché par un morceau de cette ficelle qu'on appelle *fouet*. En dernier lieu, et tout à fait au fond de la boîte, une mince feuille de papier, dont la partie exposée au regard était absolument blanche. Rosamond la prit, la retourna, et, sur le revers, aperçut quelques traits à l'encre, presque entièrement effacés, qui se croisaient en divers sens, marqués à certains

_____

1. *Betting books*, carnets où l'on inscrit les paris engagés à propos de chaque course de chevaux.

- endroits par des lettres de l'alphabet Elle avait naturellement fait connaître à son mari la teneur de chaque document séparé. Et lorsqu'elle lui eut décrit ce dernier, auquel elle ne comprenait pas grand chose, il lui expliqua que ces lignes et ces lettres étaient, sans nul doute, les éléments d'un problème de mathématiques.

« La bibliothèque ne nous apprend rien, dit Rosamond, replaçant lentement les papiers dans la petite cassette. Essayerons-nous, maintenant, de faire parler le bureau placé près de la cheminée ?

— Quelle mine a-t-il, Rosamond ?

— Chaque côté à deux rangs de tiroirs superposés. Le dessus, d'un modèle antique, est un plan incliné comme les pupitres d'école.

— S'ouvre-t-il de bas en haut ou horizontalement ?

Rosamond se rapprocha du meuble, l'examina soigneusement, et tâcha de soulever la partie supérieure.... « Il est fait pour s'ouvrir par en haut, répondit-elle ensuite, car je vois le trou de la serrure; mais il est fermé.... comme le sont aussi tous les tiroirs, ajouta-t-elle après les avoir successivement essayés.

— Il n'y a de clef à aucun? demanda Léonard.

— Pas l'ombre d'une. Mais le dessus joue si fort que je le crois très-susceptible d'être forcé, comme tout à l'heure j'ai forcé la petite cassette, par une paire de mains, seulement un peu plus fortes que celles dont je me puis enorgueillir.... Laissez-moi vous mener près de ce meuble, cher ami.... Il me résiste; mais peut-être vous cédera-t-il.

Elle mit tous ses soins à installer le mieux possible les mains de son mari sous le rebord en saillie que formait le dessus du bureau. Léonard employa toute sa force à le soulever; mais, cette fois, le bois étant encore sain, la serrure tint bon, et tous ses efforts n'aboutirent à rien.

« Enverrons-nous chercher un serrurier? demanda Rosamond, dont la physionomie exprimait le désappointement.

— Si le bureau a quelque valeur, il le faudra bien, répondit son mari. Sinon, un tourne-vis et un marteau, maniés par n'importe qui, nous feront raison et du couvercle et des tiroirs.

— En ce cas, Lenny, je regrette que nous n'ayons pas apporté avec nous ces deux outils; car le bureau n'a d'autre prix que celui des secrets qu'il peut dérober à notre curiosité.

Je ne serai contente, maintenant, que quand, vous et moi, nous saurons ce qu'il renferme. »

En disant ces mots, elle prit la main de son mari pour le ramener à son siége. En passant devant la cheminée, il monta sur la pierre du foyer, restée à nu, et sentant sous ses pieds une substance nouvelle, il étendit machinalement la main qu'il avait libre. Cette main rencontra une tablette de marbre, portant des figures en bas relief, laquelle formait le milieu de la cheminée. Il s'arrêta tout aussitôt, et demanda quel objet le hasard avait mis en contact avec ses doigts.

« Un morceau de sculpture, dit Rosamond.... Je ne l'avais pas encore remarqué.... Il n'est pas fort grand, et, pour mon goût particulier, n'a rien de très-agréable.... Autant que je puis le deviner, on a voulu y représenter.... »

Léonard ne lui permit pas d'achever.... « Laissez-moi essayer, dit-il avec un léger mouvement d'impatience, si je ne puis, moi aussi, faire ma petite découverte. Voyons si mes doigts me diront ce que représente cette sculpture. »

Il passa ses mains, tout à loisir, sur le bas-relief; ses mains dont Rosamond suivait, avec un silencieux intérêt, les plus légers mouvements.... puis il réfléchit un peu, et dit enfin :

« N'y a-t-il pas, dans le coin à droite, la figure d'un homme assis?... Et, n'y a-t-il pas, à gauche, des rochers et des arbres, assez lourdement traités ? »

Rosamond, le regardant avec tendresse, se prit à sourire : « Pauvre cher ami!... disait-elle. Votre homme assis est en réalité la copie réduite de cette antique et célèbre statue qui représente Niobé et son enfant. Vos rochers sont des nuages taillés dans le marbre, et vos arbres traités lourdement sont des flèches lancées par quelque Jupiter ou quelque Apollon, ou quelque autre dieu du paganisme, que, du reste, on ne voit pas. Ah! Lenny!... Lenny!... vous ne pouvez vous en rapporter à vos mains autant qu'à mes yeux. »

Un nuage de déplaisir passa sur le front du jeune homme, mais passa vite, et avait déjà disparu quand elle le reprit par la main pour le conduire à l'endroit où il était naguère assis. Il l'attira doucement contre lui, et posa un baiser sur sa joue :

« Vous avez raison, Rosamond, disait-il... Le seul véritable ami sur qui puisse compter le pauvre aveugle.... c'est sa femme. »

S'apercevant qu'il était un peu attristé, et comprenant,

grâce à cette vive intuition de la femme qui aime, qu'il se reportait par la pensée aux temps heureux où il jouissait encore du sens de la vue, Rosamond, dès qu'elle l'eut fait asseoir sur l'ottomane, revint brusquement à cet inépuisable sujet : la chambre aux Myrtes.

« Maintenant, cher, où regarderai-je? demanda-t-elle. Nous avons examiné la bibliothèque.... Pour fouiller le bureau, il faut attendre.... Quel autre meuble, ici, a des tiroirs ou des compartiments fermés?... » Dans sa perplexité, elle promenait son regard autour d'elle. Puis elle se dirigea vers le côté de la chambre sur lequel, en dernier lieu, son attention venait d'être appelée, le côté où s'ouvrait l'âtre. « Tout à l'heure, quand j'ai passé par ici avec vous, il m'a semblé que j'y remarquais quelque chose, » dit-elle en s'approchant d'une seconde niche en retrait, pratiquée derrière le manteau de la cheminée, et correspondant à celle où était placé le bureau dont l'examen venait d'être ajourné.

Elle habitua son regard à l'obscurité de ce recoin ténébreux, et là, dans un angle où se projetait l'ombre de la haute cheminée, finit par découvrir une petite table étroite, et comme rachitique, faite de l'acajou le plus commun ; le meuble, à coup sûr, était le plus misérable et le plus fragile de tous ceux qui figuraient en cette chambre, et, à coup sûr aussi, celui qui se faisait le moins remarquer. Elle le chassa du pied, dédaigneusement, vers la lumière. La malheureuse table craquait et gémissait, glissant et trébuchant sur ses pieds mal faits à l'ancienne mode.

« Lenny, j'ai déniché une autre table, dit Rosamond. Une méchante petite vieillerie, abandonnée dans un coin.... Je viens de la conduire au jour, et je vois qu'au fait elle a un tiroir.... » Ici elle s'arrêta, essayant d'ouvrir ce tiroir, qui fit résistance.... « Encore une serrure! s'écria-t-elle avec impatience.... Et jusqu'à cette misérable petite machine, qui se refuse à nos recherches! »

Elle poussa la table, disant ceci, par un brusque mouvement de main.... Le petit meuble, vacillant sur ses pieds fragiles, chancela, pencha, et finit par tomber sur le parquet ; par tomber avec le même bruit que s'il eût été deux fois plus gros ; par tomber avec un bruit qui remplit la chambre, et alla se reproduire parmi les échos du grand vestibule désert.

Rosamond se hâta de courir à son mari qui, dans un premier mouvement d'effroi, s'était levé tout à coup, et lui conta ce qui venait d'arriver.... « Mais quoi ? lui disait-il étonné, vous parliez d'une toute petite table ?... Elle a fait, en tombant, le bruit d'un des plus gros meubles que la chambre puisse renfermer.

— C'est que, sans doute, il y avait dans le tiroir quelque hose de pesant, » dit Rosamond, encore un peu agitée par l'émotion que cette chute si bruyante lui avait causée, et se rapprochant de la table. Après avoir attendu quelques instants, pour donner le temps de s'abattre à la poussière qui s'était soulevée et qui l'entourait encore de nuages épais, presque immobiles en l'air, elle se pencha, et se mit à étudier la table gisant à terre ; et par suite de la chute, fendue dans toute sa longueur, la serrure avait cédé sous le choc.

Rosamond remit la table sur pieds, ouvrit le tiroir, et, après un coup d'œil jeté sur ce qu'il contenait : « Je savais bien, dit-elle, je savais qu'il devait y avoir quelque chose de lourd dans ce tiroir. Il est rempli d'échantillons de minerai de cuivre, absolument comme ceux qu'on apportait à mon père de ses mines de Porthgenna. Attendez !... tout au fond, aussi loin que ma main puisse arriver, il me semble que je sens encore quelque chose. »

Elle dégagea, des morceaux de métal vierge sous lesquels il était comme enfoui, un petit cadre en bois noir et de forme circulaire, à peu près de la dimension d'un miroir à main. Il s'offrit à elle du côté de l'envers, ne laissant voir, dans le disque qu'il dessinait, qu'une de ces petites planchettes de bois mince à l'aide desquelles sont assujettis les dessins ou les gravures dans les bordures de petites proportions. Ce morceau de bois, fixé par une seule pointe, avait été déplacé, très-probablement, à la suite du choc subi, et, quand Rosamond ôta le cadre du tiroir qui le renfermait, elle remarqua, entre le bord de ce cadre et la planchette ainsi délogée, l'extrémité d'un fragment de papier, plié, replié, surplié, de manière à tenir le moins de place possible. Elle retira le papier, le posa, sans l'ouvrir, sur la table, remit la planchette et la fixa dans sa position normale, puis, seulement alors, retourna le cadre pour voir s'il entourait quelque peinture.

En effet, il y avait une peinture ; une peinture à l'huile, légèrement noircie, mais du reste fort peu altérée par l'effet du temps. Elle représentait une tête et un buste de femme.

A l'instant où les yeux de Rosamond tombèrent sur cette image, elle frissonna et se rapprocha vivement de son mari, tenant toujours le petit tableau.

« Eh bien, quelle trouvaille? demanda-t-il, l'entendant plus près de lui.

— Un portrait, » répondit-elle d'une voix faible, s'arrêtant pour y regarder plus à loisir.

L'oreille délicate de Léonard saisit une légère altération dans la voix de Rosamond. « C'est donc un portrait à faire peur?... lui demanda-t-il moitié en riant, moitié pour tout de bon.

— C'est un portrait dont la vue m'a toute saisie.... Un portrait qui m'a comme glacée, si chaud qu'il fasse aujourd'hui, repartit Rosamond.... Vous rappelez-vous la description que nous donnait la fille de service, le soir où nous sommes arrivés ici, du spectre errant dans les appartements du nord?

— Oui.... parfaitement.

— Eh! bien, Lenny, cette description et ce portrait s'accordent en tout point.... Voici les cheveux bouclés châtain clair.... Voici la fossette inscrite sur chaque joue.... Voici les dents si bien placées et si blanches.... Voici enfin toute cette beauté provoquante, malfaisante, cette beauté fatale que la pauvre domestique cherchait à décrire, et dont, effectivement, elle donnait une idée juste en disant qu'elle faisait frissonner. »

Léonard se prit à sourire.

« Vous avez, ma chère, des chaleurs d'imagination qui vous entraînent parfois un peu loin, lui dit-il avec calme.

— Imagination? répéta Rosamond se parlant à elle-même.... Est-ce imagination quand je vois cette figure?... imagination quand je ressens?... » Elle s'arrêta, frémit encore, et, retournant à la table, y posa le portrait, préalablement retourné. En ce moment, son regard tomba sur la feuille de papier qu'elle avait retirée du cadre.

« Peut-être, dit-elle, vais-je trouver là quelque explication relative à ce portrait.... » Et elle étendit la main pour s'en saisir.

Il était alors bien près de midi. La chaleur, plus que jamais, pesait sur l'atmosphère, et, au moment où elle prit le papier, l'immobilité de toute chose était plus absolue, plus intense que jamais.

Pli par pli elle l'ouvrit lentement, et vit, à l'intérieur, des caractères tracés à l'encre, que le temps avait, du noir primitif, ramenés à une nuance du jaune le plus pâle.... Elle l'étala soigneusement sur la table, l'unit, le lissa du plat de la main, le reprit ensuite, et regarda la première ligne.

Cette première ligne ne contenait que trois mots. Ces trois mots, à la vérité, lui apprirent que c'était là une lettre, non des explications touchant le portrait. Ces trois mots la firent tressaillir et changer de couleur aussitôt que son regard s'y fut arrêté.... Sans continuer de lire, elle tourna prestement le feuillet, et son œil courut à la signature [de ce singulier document.

L'écriture ne s'arrêtait qu'à la fin de la troisième page ; mais à peu près au bas de la seconde, il existait un intervalle, et dans ce blanc de quelques lignes, deux noms étaient inscrits.... Rosamond regarda celui qui était au-dessus de l'autre ; son frémissement recommença ; puis, à l'instant même, elle revint à la première page.

Ligne par ligne, mot par mot, elle lut cet écrit d'un bout à l'autre. Et, à mesure qu'elle lisait, le frais coloris de ses joues s'effaçait par degrés ; une pâleur également épandue venait en remplacer l'éclat. Arrivée à la fin de la troisième page, la main qui tenait la lettre s'affaissa le long du corps de la jeune femme, et par un mouvement à peine sensible, une lente inflexion du cou, elle tourna la tête vers Léonard. Elle demeura ainsi debout, sans pleurs dans les yeux, sans qu'un seul de ses traits bougeât, sans qu'une parole échappât à ses lèvres, sans qu'un geste quelconque vînt apporter un changement à son attitude. Elle resta ainsi debout, froissant la lettre fatale dans ses doigts glacés, le regard fixe, la bouche muette, et n'osant respirer, l'œil sur son mari, sur ce pauvre jeune aveugle.

Pour lui, de même qu'elle l'avait vu quelques instants avant, il était assis, les jambes croisées, les mains enlacées autour de son genou, et la tête tournée dans la direction où, pour la dernière fois, il avait entendu venir à lui la voix aimée. Mais, après quelques minutes d'attente, le silence extraordinaire qui régnait dans la chambre attira forcément son attention.... Il changea de posture, prêta l'oreille, tournant la tête de côté et d'autre avec un certain embarras, et enfin appela sa femme.

« Rosamond ! »

A ce bruit, les lèvres de la jeune femme perdirent leur immobilité, ses doigts se contractèrent sur le papier qu'ils avaient étreint, mais elle ne remua ni ne parla.

« Rosamond ! »

Ici nouveau mouvement de lèvres.... Sur cette pâleur inanimée passa comme une ombre d'expression. Rosamond fit un pas... hésita... regarda la lettre... et n'avança plus.

Étonné au dernier point que son second appel fût resté sans réponse, Léonard se leva. Jetant au hasard devant lui ses mains errantes, pauvres guides, après tout, il fit quelques pas dans la direction opposée au mur contre lequel il était adossé. Un fauteuil, trop bas pour que ses mains l'eussent rencontré, se trouvait sur son chemin, et, comme il avançait toujours, son genou vint s'y heurter assez violemment.

Un cri jaillit aussitôt des lèvres de Rosamond, comme si le sentiment de souffrance produit par ce choc avait été instantanément transmis de son mari à elle-même. En un moment inappréciable, elle fut à ses côtés. « Vous n'êtes pas blessé, Lenny? lui dit-elle à voix très-basse.

— Non... non!... » Et il voulut palper l'endroit qui avait porté contre le fauteuil; mais elle s'agenouilla vivement, et la main de la femme y devança celle du mari. En même temps, toujours à genoux, elle appuyait la tête contre lui, avec une sorte de timide hésitation tout à fait bizarre. La main de Léonard, que la sienne avait gagnée de vitesse, se posa justement alors sur l'épaule de Rosamond. Dès qu'il l'eut ainsi touchée, elle sentit des larmes monter à ses yeux, larmes qui lentement coulèrent ensuite le long de ses joues.

« Je croyais vraiment que vous m'aviez abandonné, lui dit-il. Le silence était devenu tel, que je vous supposais hors de la chambre.

— Eh bien, à présent, voulez-vous que je vous emmène? »

Tandis qu'elle lui adressait cette question, Rosamond semblait perdre peu à peu toutes ses forces. Sa tête fléchissait sur sa poitrine; et la lettre, échappée de ses mains inertes, tomba sur le parquet, à côté d'elle.

« Êtes-vous déjà fatiguée, Rosamond? On le dirait à votre voix.

— Je voudrais sortir d'ici, dit-elle, toujours du même ton contraint, gêné, sourd. Votre genou vous fait-il toujours mal, cher ami?... Pouvez-vous marcher, à présent?

— Certainement.... Rien au monde de moins important que mon genou.... Si vous êtes fatiguée, Rosamond, et je vois bien que vous l'êtes, bien que vous refusiez d'en convenir, quittons bien vite cette chambre. Le plus tôt sera le mieux. »

Elle ne parut pas avoir entendu ces dernières paroles. Elle promenait ses doigts fiévreux sur son cou et sa poitrine; deux taches d'un rouge ardent commençaient à se plaquer sur ses joues si pâles.... Elle tenait son regard fixé sur la lettre tombée à côté d'elle. Quand elle la voulut ramasser, ses mains errèrent longtemps autour de ce papier, qu'elles semblaient ne pouvoir saisir. Pendant quelques secondes, elle demeura à genoux sans pouvoir en détacher les yeux, et ne tourna pas la tête une seule fois du côté de son mari. Elle se leva, l'instant d'après, et alla vers le foyer. Parmi la poussière, les cendres et autres débris amoncelés contre la grille du fond, étaient éparpillés quelques menus fragments de papier déchiré. Ils attirèrent son regard, qui resta fixé sur eux. Elle regardait, regardait encore, se penchant de plus en plus, et, de plus en plus aussi, se rapprochant de la grille. Pendant un instant ses deux mains étendues tinrent la lettre suspendue au-dessus de ces débris condamnés; le moment d'après elle se reculait, avec un tremblement nerveux, et se tournait de manière à se trouver en face de son mari. En l'apercevant, elle laissa échapper une exclamation inarticulée, moitié sanglot, moitié soupir : « Oh! non !... non !... se disait-elle à voix basse et fervente, serrant ses mains l'une contre l'autre, tandis qu'elle le regardait avec des yeux chargés de tendresse et de mélancolie. Jamais, Lenny, jamais !... Et, quoi qu'il puisse en arriver....

— C'est à moi, Rosamond, que vous parliez?

— Oui, cher ami.... je disais.... »

Elle s'arrêta court, et ses doigts tremblants replièrent le papier exactement comme elle l'avait trouvé plié.

« Où êtes-vous? demanda-t-il. Votre voix s'est éloignée.... On vous dirait à l'autre bout de la chambre.... où êtes-vous donc?»

Elle courut à lui, confuse, tremblante, les yeux humides. Elle le prit par le bras, et sans un instant d'hésitation, sans que sa physionomie trahît la moindre incertitude, elle plaça hardiment dans la main de son mari le papier plié : « Gardez ceci, Lenny !... lui dit-elle, tout à coup redevenue fort pâle, mais sans rien perdre de sa fermeté.... Gardez ceci ! et vous me demanderez de vous en donner lecture quand nous serons sortis de la chambre aux Myrtes.

— Qu'est cela? lui demanda-t-il.

— C'est ce que j'ai trouvé en dernier lieu, cher ami, lui répondit-elle, jetant sur lui un regard sérieux, et soupirant comme une personne qui se sent affranchie d'une pénible oppression.

— Est-ce de quelque importance ? »

Au lieu de répondre, elle l'attira soudain sur son cœur, l'é-treignit avec cette ardeur de premier mouvement qui était en elle un don de nature, et couvrit son visage de chauds baisers.

« Doucement !... doucement ! dit Léonard en riant.... Vous me coupez la respiration. »

Elle recula, et, ses deux mains posées sur les épaules de son mari, resta comme en contemplation devant lui.

« Oh ! ami à moi, lui disait-elle avec une tendresse passionnée, je donnerais, en ce moment, tout ce que je possède au monde pour savoir au juste comment vous m'aimez.

— Ah !... Rosamond !... répondit-il, riant toujours, il me semble que c'est là ce que vous devez le mieux savoir, à présent.

— Je le saurai bientôt. »

Elle prononça ces dernières paroles sur un ton si bas et si calme, qu'à peine put-on les entendre. Interprétant comme un indice de fatigue ce nouveau changement de voix, Léonard lui tendit la main comme pour l'inviter à l'emmener. Elle prit silencieusement cette main chérie, et le conduisit à pas lents vers la porte.

CHAPITRE VI.

Le Secret révélé.

Pendant le trajet qu'ils firent pour revenir dans la partie habitée du vieux manoir, Rosamond n'ajouta pas un mot relatif au morceau de papier plié qu'elle avait placé dans les mains de son mari. Toute son attention, tandis qu'ils cheminaient, semblait absorbée par la surveillance minutieuse du sol que foulaient les pieds du jeune aveugle, et par les soins qu'elle prenait pour qu'il ne se heurtât à aucun obstacle. Attentive et soigneuse, elle l'avait été dès le premier jour de leur union, chaque fois qu'elle avait eu à le guider d'un endroit à un autre : maintenant l'inquiétude qu'elle manifestait, le soin qu'elle prenait pour éloigner jusqu'à la chance la moins probable du plus léger accident, avait quelque chose d'excessif et de presque absurde. S'apercevant, sur le palier ouvert, au sortir de la chambre aux Myrtes, qu'il était du côté où une chute, à la rigueur, se pouvait craindre, elle insista pour changer de place avec lui et le mettre contre la muraille. Pendant qu'ils descendaient les degrés, elle l'arrêta au milieu, pour s'informer de lui s'il ressentait encore la moindre souffrance au genou heurté contre le fauteuil. Sur la dernière marche, elle lui fit faire halte encore une fois, tandis qu'elle écartait les débris troués et déchirés d'une vieille natte, de peur que ses pieds ne se prissent à cette espèce de piége. En traversant le vestibule nord, elle le supplia de prendre son bras, et de s'appuyer sur elle autant que le demandait la roideur qu'elle supposait devoir exister encore dans l'articulation endolorie. Même sur le petit perron qui mettait l'entrée de ce vestibule en rapport avec les corridors conduisant à l'ouest de la maison, elle s'arrêta deux fois pour poser elle-même le pied de son mari sur la partie saine des marches, qu'elle lui disait être, en plus d'un endroit, usées de manière à lui faire courir quelque danger. Tant d'anxiété finit par exciter, chez celui qui en était l'objet, une gaieté reconnaissante, et il se prit à railler doucement Rosamond de la peur qu'elle avait de le voir trébucher, demandant en outre si, avec tant de haltes, ils arriveraient bien dans leurs appartements, à temps pour l'heure du *lunch*[1].... Mais elle n'avait pas, comme à l'ordinaire, sa repartie toute prête. Le rire de son mari n'éveillait plus d'échos en elle. Sa seule réponse fut qu'elle ne saurait veiller sur lui avec trop de soin ; et, à partir de ce moment, ils marchèrent sans échanger un mot, jusqu'à ce qu'ils fussent arrivés devant la chambre de la femme de charge.

Laissant son mari sur le seuil pour un instant, Rosamond y entra, et rendit les clefs à mistress Pentreath.

« Bon Dieu ! madame, s'écria la femme de charge.... La chaleur qu'il fait, et l'air enfermé de ces vieux appartements, semblent vous avoir bien fatiguée.... Voulez-vous que je vous fasse apporter un verre d'eau ?... Désirez-vous mon flacon de sels ? »

Rosamond refusa ces deux offres.

« Puis-je me permettre de vous demander, madame, si cette fois on a découvert quelque chose dans ces appartements du

---

1. Le *lunch* ou *luncheon* est, comme on le sait assez généralement, le *goûter* anglais.

nord? demanda mistress Pentreath, tout en accrochant le paquet de clefs.

— Quelques vieux papiers, et pas autre chose, répondit Rosamond, détournant la tête.

— Excusez encore, madame.... poursuivit la femme de arge. Mais, au cas où quelques familles du voisinage vienaient aujourd'hui vous visiter?...

— Nous sommes en affaires.... N'importe qui nous demandera, nous sommes, tous deux, occupés. »

Après cette réponse laconique, Rosamond quitta la femme de charge, et vint retrouver son mari.

Avec les mêmes soins excessifs, la même attention méticuleuse qu'elle avait mis à le guider jusqu'à la chambre de la femme de charge, elle lui fit monter l'escalier du pavillon ouest. La porte de la bibliothèque se trouvant ouverte par hasard, ils traversèrent cette pièce pour se rendre dans le salon, qui était, des deux, la plus large et celle où il faisait le plus frais. Ayant conduit Léonard jusques à un siége où elle l'installa, Rosamond revint prendre, sur une table de la bibliothèque, un plateau qu'elle y avait remarqué en passant, et sur lequel il y avait une carafe d'eau et un verre.

« Je pourrais, dans cette émotion, me trouver mal, » se disait-elle en le rapportant au salon.

Quand elle l'eut posé sur une table, au coin de la chambre, elle referma, sans bruit, d'abord la porte qui menait dans la bibliothèque, puis celle qui ouvrait sur le corridor. Léonard, qui l'entendait s'agiter autour de lui, lui recommanda de se tenir en repos sur le canapé. Elle lui passait doucement la main sur la joue, et cherchait une réponse qui pût le tranquilliser, lorsque, sans y penser, elle regarda sa figure, réfléchie par la grande glace au-dessous de laquelle son mari était assis. La pâleur de son front, l'expression de ses yeux hagards, arrêtèrent la parole sur ses lèvres. Elle s'élança vers la fenêtre pour y respirer quelques bouffées de cet air frais qui, de temps en temps, venait de la mer.

L'horizon était encore voilé par la vapeur de la terre échauffée. A une moindre distance, la surface incolore de l'eau, sur laquelle on eût cru voir une couche d'huile, se distinguait à peine, de temps en temps gonflée en une vague lourde qui lentement roulait vers le large, et s'allait perdre dans les blanches ténèbres de la brume aux flottantes limites. Dans le voisinage immédiat de la côte, le bruissement du ressac était amorti. Pas un bruit ne venait du rivage, sauf à de longs intervalles, quand un choc sourd, un rejaillissement lent et paisible, qu'on distinguait, sans plus, annonçait la chute d'un flot pygmée, parodie des grandes ondes, sur les sables altérés. Devant la maison, sur les terrasses, le bourdonnement monotone des insectes d'été disait seul que toute vie, tout mouvement, n'avaient pas cessé. Le long du rivage on ne voyait pas un seul être humain. Pas une voile ne se dessinait vaguement au sein de cette vapeur immense qui couvrait la mer : pas un souffle d'air n'agitait les vrilles légères des plantes grimpantes ; pas un ne venait ranimer les fleurs des balcons, fléchissant sur leurs tiges. Rosamond, après un moment de contemplation lasse et attristée, détourna les yeux du spectacle extérieur. Au moment où elle regardait dans l'appartement, son mari lui adressa la parole.

« Qu'y a-t-il donc de si précieux dans ce papier ? lui demanda-t-il, tirant la lettre de sa poche, et souriant tandis qu'il l'ouvrait. Sûrement ce n'est pas un simple écrit.... il doit y avoir autre chose : quelque poudre sans pareille, ou quelque *bank-note* d'une valeur fabuleuse, enfermée sous tous ces plis et replis. »

Le cœur de Rosamond sembla lui manquer lorsqu'elle vit Léonard, la lettre ouverte, passer et repasser son doigt sur les lignes tracées à l'intérieur, avec l'expression railleuse d'une anxiété factice, et une allusion joviale à la nécessité où il était de partager avec sa femme tous les trésors que l'on trouverait à Porthgenna.

« Tenez, Lenny !... j'aime mieux vous en donner lecture, dit-elle, se laissant tomber sur le siége le plus voisin, et reculant de ses tempes, par un geste plein de langueur, sa luxuriante chevelure.... Mais, pour quelques minutes encore, mettez de côté ce papier, et parlons de quelque autre chose.... n'importe laquelle.... qui ne nous rappelle pas la chambre aux Myrtes. Vous allez me trouver bien capricieuse, n'est-il pas vrai, me voyant tout à coup dégoûtée de ce sujet qui me tenait si fort au cœur tous ces derniers temps ?... Dites-moi, cher ami, ajouta-t-elle, se levant soudain, et passant derrière le fauteuil où il était assis.... mes fantaisies, mes caprices, mes défauts de tout genre ont-ils été en augmentant.... ou bien me suis-je un peu corrigée, depuis le jour où nous nous sommes voués l'un à l'autre ? »

Léonard posa négligemment la lettre sur une table qu'il sa-

vait à sa portée, et qui touchait au bras de son fauteuil....
Puis, fronçant le sourcil et menaçant sa femme du doigt :
« Oh! fi, Rosamond! lui dit-il avec un accent de reproche,
dont l'exagération même accusait l'intention de plaisanter....
est-il bien digne de vous de me tendre un piége, et de me
forcer ainsi à vous faire des compliments? »

Le ton léger qu'il persistait à garder semblait effrayer Rosamond. Elle se recula de lui, et s'assit à quelque distance.

« Je me souviens que je vous ai offensé,... continua-t-elle
vivement, et dans une extrême agitation.... offensé, c'est trop
dire.... ennuyé, contrarié.... par la façon familière dont je
traite les domestiques.... Si vous ne m'aviez pas si bien connue, peut-être vous seriez-vous imaginé, tout d'abord, que
c'étaient là des habitudes-prises de bonne heure, comme si
j'eusse été élevée parmi eux.... domestique moi-même.... Eh
bien, supposons que j'eusse été, en effet, à votre service....
une domestique appelée à vous soigner dans toutes vos maladies.... puis, une demoiselle de compagnie, devenue votre
guide, et votre guide préféré, affectueux, zélé, depuis que vous
êtes privé de la vue... Est-ce que, dans de pareilles circonstances, la différence de nos rangs vous eût très-péniblement
affecté ?... Auriez-vous.... »

Elle s'arrêta. Léonard ne souriait déjà plus, et il s'était légèrement détourné d'elle : « A quoi bon, Rosamond, supposer
l'impossible? » demandait-il, quelque peu impatient.

Elle se rapprocha de la table placée dans le coin du salon, se
versa un verre d'eau, de cette eau qu'elle était allée chercher
dans la bibliothèque, et le but avidement. Puis elle alla vers
la fenêtre, et cueillit quelques-unes des fleurs placées sur le
rebord. Elle en jeta une partie le moment d'après, mais garda
le reste dans sa main, et se mit à l'arranger en bouquet, as-
sortissant les couleurs avec un soin tout particulier, tandis
qu'elle s'abandonnait à ses pensées. Ceci fait, elle les plaça
devant son corsage, les regarda un instant, sans paraître
porter à cet examen aucune attention, les retira de l'endroit
où elle les avait fixées, et, revenue près de son mari, passa
le petit bouquet dans la boutonnière de son habit.

« Voilà de quoi vous donner l'aspect riant et heureux que
j'aime à vous voir toujours, » lui disait-elle, tout en s'asseyant
à ses pieds, dans son attitude favorite.

Et, tandis qu'elle restait là, les deux bras appuyés sur les
genoux de son mari, elle le contemplait tristement.

« A quoi pensez-vous donc, Rosamond ? lui demanda-t-il après un intervalle de silence.

— Je me demandais simplement, Lenny, s'il est au monde une autre femme qui pût vous aimer comme je vous aime. Je crains presque.... oui, cela me fait peur.... qu'il n'en existe d'autres auxquelles, comme à moi, vivre et mourir pour vous semblerait le sort le plus digne d'envie. Il y a quelque chose dans votre physionomie, dans votre voix, dans toutes vos façons d'être, sans compter l'intérêt puissant qu'inspire votre triste position, qui, je crois, vous gagnerait le cœur de bien des femmes. Si donc je venais à mourir....

— Si vous veniez à mourir ! » Il tressaillit, répétant ces mots après elle, et, penché en avant, posa sa main sur le front brûlant de la jeune femme. « Vos pensées, vos paroles, sont en vérité, bien étranges, ce matin.... Est-ce que vous seriez souffrante ? »

Elle se releva, toujours appuyée sur ses genoux, et le regarda de plus près, tandis qu'un rayon de joie venait éclairer sa figure, et qu'autour de ses lèvres errait comme une ombre de sourire.... « Je voudrais bien savoir, disait-elle, si vous vous inquiéterez toujours autant de ma petite personne.... et si vous m'aimerez toujours autant qu'à présent.... » murmura-t-elle, arrêtant la main qu'il retirait de son front, et la baisant au passage. Il s'était rejeté dans son fauteuil, et, plaisantant toujours, il lui conseilla de ne pas trop chercher à pressentir les choses futures. Cette parole, jetée au hasard, et si légèrement qu'elle fût dite, atteignit Rosamond en plein cœur.... « Il y a des moments, Lenny, lui dit-elle, où le bonheur du présent dépend de la confiance qu'on peut avoir dans l'avenir.... » Tout en parlant, elle regardait la lettre que son mari avait déposée près de lui, sur la table ; et, après un moment de lutte contre elle-même, elle la prit pour la lui lire. Dès le premier mot, la voix lui manqua. De nouveau, une pâleur mortelle se répandit sur son visage : elle rejeta la lettre où elle l'avait prise, et, se levant, s'en alla vers l'autre extrémité de la pièce.

« L'avenir ? demanda Léonard. De quel avenir, Rosamond, voulez-vous parler ?

— Peut-être bien de notre avenir à Porthgenna, dit-elle, mouillant de quelques gouttes d'eau ses lèvres sèches.... Resterons-nous ici aussi longtemps que nous l'avions pensé ?... Y serons-nous aussi heureux que nous l'avons été partout ail-

leurs ?... Vous me disiez, pendant le voyage, que je trouverais cette résidence ennuyeuse.... et que je serais obligée de
recourir à mille expédients extraordinaires pour m'y procurer
quelques distractions.... Selon vous, je devais d'abord m'a-
donner au jardinage.... et, plus tard, écrire un roman.... Un
roman l » Elle se rapprocha de son mari, et ne le perdit pas de
vue, pendant qu'elle continuait à lui parler.... « Eh bien, pourquoi donc pas ?... Maintenant, ce sont surtout les femmes qui
se livrent à ce genre de composition.... Qui m'empêche d'essayer ?... La première difficulté, je suppose, est de trouver un
sujet.... Or, j'en ai un.... » Elle fit quelques pas en avant,
arriva jusqu'à la table sur laquelle la lettre était posée, et, la
main sur ce papier, elle ne quittait pas des yeux la figure de
son mari.

« Et quel est votre sujet, Rosamond ? demanda-t-il.

— Le voici, répondit-elle. Je veux que tout l'intérêt du
récit se concentre sur deux jeunes gens, récemment mariés. Ils
s'aimeront l'un l'autre, et très-tendrement, comme nous nous
aimons, Lenny, et ils auront à peu près notre position sociale. Après quelque temps de la plus heureuse union, et lorsque la naissance d'un enfant sera venue resserrer encore les
liens étroits de leur mutuelle affection, une découverte terrible éclatera sur eux comme la foudre. Le mari avait choisi
pour femme une jeune fille portant un nom aussi ancien
que....

— Que le vôtre, par exemple ? suggéra Léonard.

— Que celui de la famille Treverton, continua-t-elle, après
une pause durant laquelle sa main agitée promenait çà et là,
sur la table, la lettre mystérieuse. Le mari sera bien né....
aussi bien né que vous l'êtes, Lenny.... et la terrible découverte sera celle-ci : la femme n'a aucun droit au nom qu'elle
portait quand il l'épousa.

— Eh bien, chère amour, je ne puis dire que votre idée me
semble bonne. Votre histoire tendra un piége au lecteur, intéressé sans raison à une femme qui, après tout, se trouve
n'être qu'une trompeuse....

— Oh, non l interrompit vivement Rosamond.... Cette femme
est loyale l... cette femme ne s'est jamais abaissée jusqu'au
mensonge. Cette femme, d'ailleurs pleine de défauts et fort
éloignée de toute perfection, a du moins cela pour elle qu'elle
a toujours parlé vrai, à tous risques et périls.... Écoutez-moi
jusqu'au bout, Lenny, avant d'asseoir votre jugement l... » Ici

des larmes brûlantes lui montèrent aux yeux; mais elle les essuya par un geste rapide, et continua d'une voix émue : « La jeune femme avait grandi et s'était mariée dans une ignorance absolue, notez ceci, dans une ignorance absolue de son véritable passé. La vérité, se révélant tout à coup, bouleversera tout son être.... Elle se trouvera frappée à l'improviste par un malheur auquel elle n'aura aucune part. Elle sera écrasée, pétrifiée.... Sa raison même fléchira devant ce désastre inattendu.... Il viendra fondre sur elle au moment où elle n'a plus d'autre appui qu'elle-même.... Elle pourra, si elle le veut, garder le secret de sa découverte.... la cacher à son mari.... sans encourir aucun péril.... Elle subira là une rude épreuve. Dans sa fragilité d'être mortel, la pauvre créature se sentira ébranlée par une tentation passagère, mais terrible. Elle en triomphera, cependant.... et, spontanément, de sa pleine et libre volonté, elle fera part à son mari de tout ce qu'elle aura ainsi appris.... Maintenant, Lenny, comment appelez-vous cette femme ? Est-ce une trompeuse ?...

— Non : une victime.

— Une victime, oui !... qui va d'elle-même au-devant du couteau.... et qui, sans doute, *doit* être sacrifiée ?

— Je n'ai point dit cela.

— Que feriez-vous d'elle, Lenny, si vous écriviez cette histoire ?... c'est-à-dire, comment comprendriez-vous la conduite que son mari doit tenir à son égard ?... C'est une question dans laquelle le caractère de l'homme joue un grand rôle.... Et une femme n'est pas compétente pour la décider.... Je suis embarrassée de cette fin d'histoire.... Quel dénoûment lui donneriez-vous ?... » En achevant, sa voix, atténuée par degrés, était arrivée à l'accent d'une tristesse suppliante. Elle se rapprocha tendrement de son mari, et plongea ses doigts caressants dans les cheveux qu'il aimait à lui livrer : « Oui, cher bien-aimé, dites-moi comment vous comprenez ce dénoûment, » reprit-elle, se penchant vers lui jusqu'à ce que ses lèvres effleurassent le front du jeune homme.

Il s'agita dans son fauteuil, comme obsédé par cette embarrassante question, et répondit, hésitant :

« Mais, Rosamond, je ne suis pas un romancier, moi.

— Enfin, Lenny, que feriez-vous à la place de ce mari ?

— Je serais fort en peine de le dire, répondit-il.... Je n'ai pas, ma chérie, votre fervente imagination.... Je n'ai pas cette faculté de me placer à volonté, d'un moment à l'autre, dans

une situation qui n'est pas la mienne, et de savoir comment,
en des circonstances imprévues, je me conduirais.

— Voyons, cependant ; supposez que votre femme est près
de vous.... aussi près que je le suis.... Elle vous a révélé le
secret fatal ; et la voilà debout devant vous..... debout comme
me voici.... attendant une bonne parole qui, tombée de vos
lèvres, fera le bonheur de toute sa vie.... Eh bien, Lenny, la
laisseriez-vous s'affaisser à vos pieds, le cœur brisé? Quelle
que soit sa naissance, vous sauriez qu'elle est bien cette même
créature dévouée qui, depuis le jour de votre hymen, vous a
chéri, vous a soigné, a mis tout son avenir en vos mains, et
qui, en échange, n'a rien demandé, si ce n'est, la tête appuyée
sur votre cœur, de vous entendre dire qu'elle vous est chère....
Vous sauriez qu'elle a puisé le courage de vous révéler le
mystère de sa naissance, dans sa loyauté, dans son amour;
qu'elle a préféré mourir abandonnée et méprisée, plutôt que
de vivre trompant son mari.... Sachant tout cela, vous ouvririez vos bras à la mère de votre enfant, à la femme que vous
avez aimée la première, et cela quand bien même elle serait,
par son origine, au rang de celles que le monde estime le
moins.... Oh! vous le feriez, Lenny!... Je sais, moi, que
vous le feriez!

— Rosamond!... comme vos mains tremblent!... Comme
votre voix est altérée!... Vous vous agitez à propos de cette
tristesse en l'air, création de votre cerveau, comme si vous
parliez d'événements réels.

— Oui! Lenny! vous l'attireriez sur votre cœur.... Vous lui
ouvririez vos bras, sans la moindre tentation indigne de vous.

— Chut! chut!.... J'espère que j'agirais ainsi...

— Vous espérez?... vous ne faites qu'espérer?... Ah! mon
ami, réfléchissez seulement un instant.... et dites-moi : Je
suis *sûr* que j'agirais ainsi....

— Vous le voulez, Rosamond?... Eh bien, soit.... je le dis. »

Elle se redressa, au moment où il prononçait ces paroles,
et prit la lettre sur la table.

« Vous ne m'avez pas demandé, Lenny, de vous lire la
lettre que j'ai trouvée dans la chambre aux Myrtes.... Eh bien!
c'est moi qui, maintenant, vous le propose.... »

Elle tremblait un peu, tandis qu'elle articulait ces paroles décisives; mais après tout elles furent nettement émises,
sans hésitation, sans embarras, comme si, désormais irrévo-
cablement engagée à faire l'importante révélation, elle se

décidait à courir tous les hasards, à en finir avec tous ses
doutes.

Son mari tourna la tête du côté d'où lui arrivait le son de
sa voix, et sur sa figure on pouvait voir un mélange de surprise et de perplexité.

« Vous passez d'un sujet à l'autre si soudainement, lui dit-
il, que vraiment j'ai peine à vous suivre.... Comment pouvez-
vous sauter ainsi, Rosamond, d'une discussion sur je ne sais
quel *imbroglio* romanesque, à cette affaire si simple et si
naturelle : la lecture d'une vieille lettre?...

— Peut-être, répondit-elle, ces deux choses se touchent-elles
de plus près qu'elles n'en ont l'air.

— Elles se touchent, dites-vous... Quel rapport peut-il
exister entre elles?... Je ne comprends pas.

— La lettre vous l'expliquera.

— Pourquoi la lettre? Pourquoi pas *vous?...* »

Elle lança sur le visage de son mari, à la dérobée, un regard
inquiet, et vit qu'à ce moment, pour la première fois, une
ombre prophétique, l'ombre de quelque pressentiment grave,
venait de se projeter dans sa pensée.

« Rosamond, s'écria-t-il, il y a là dessous quelque mystère !

— Entre nous, interrompit-elle vivement, pas de mystère
possible!... Il n'y en a jamais eu, bien-aimé.... Jamais il n'y
en aura. »

Elle se rapprocha de lui, à ces mots, comme pour aller
prendre, sur son genou, la place qu'elle aimait.... Mais elle
se retint, et recula jusqu'à la table. Les pleurs qui venaient
mouiller ses yeux la mettaient en garde contre les trahisons
du courage qu'elle s'était cru, et lui disaient qu'il fallait lire
cette lettre assez loin de lui pour ne pas sentir les battements
du cœur qu'elle allait troubler.

« Vous ai-je dit.... reprit-elle, après un instant de silence,
pendant lequel elle tâcha de se calmer.... vous ai-je dit où
j'ai trouvé le papier plié que je vous ai remis pendant que nous
étions encore dans la chambre aux Myrtes?

— Non, répondit-il, je ne crois pas.

— Je l'ai trouvé, reprit-elle, derrière le cadre de ce portrait : ce portrait de la femme-spectre, à la physionomie per-
verse.... Je l'ai ouvert immédiatement, et j'ai vu que c'était
une lettre. La suscription intérieure, la première ligne qui
suivait, et une des deux signatures apposées au bas, étaient
d'une écriture que je connais.

— L'écriture de qui ?

— L'écriture de feu mistress Treverton !

— De votre mère ?

— De feu mistress Treverton.

— Bon Dieu, Rosamond !... que signifie cette manière de parler d'elle ?

— Laissez-moi lire, et vous le saurez. J'aime mieux lire tout haut que d'avoir à m'expliquer. Vous avez vu par mes yeux la chambre aux Myrtes.... Vous avez vu par mes yeux tous les objets qu'a mis en lumière la recherche que nous y faisions ensemble. Vous verrez, toujours par mes yeux, ce que renferme cette lettre. C'est le Secret de la chambre aux Myrtes. »

Se penchant sur l'écriture ternie et comme effacée, elle lut ces mots :

« A mon mari.

« Nous sommes pour jamais séparés, Arthur, et je n'ai pas eu le courage de rendre nos adieux plus amers, en vous avouant que je vous ai trompé.... trompé d'une manière avilissante pour moi, cruelle pour vous.... Quelques moments à peine se sont écoulés depuis que vous étiez là, pleurant à mon chevet, et me parlant de *notre* enfant. Cher époux offensé, cette petite fille, tant aimée de vous, n'est pas à vous, elle n'est pas à moi.... C'est une enfant dont la naissance est illégitime, et que je vous ai fait croire mienne, que je vous ai donnée comme telle. Son père était un des mineurs de Porthgenna ; sa mère est ma suivante : Sarah Leeson. »

Rosamond s'arrêta, mais ne releva pas la tête. Elle entendit son mari poser la main sur la table. Elle l'entendit se lever. Elle l'entendit attirer l'air, dans ses poumons oppressés, par une pénible aspiration. Elle l'entendit, l'instant d'après, répéter à voix basse : « Illégitime ! » Ce mot lui arriva net, distinct, terrible. L'accent de cette exclamation involontaire lui donna le frisson ; mais elle ne bougea pas, car elle avait à lire encore.... et, tant que sa lecture n'était pas achevée, eût-il dû lui en coûter la vie, elle n'aurait pas levé les yeux.

Un moment après, elle continua, et lut les lignes suivantes :

« J'ai à répondre de plus d'un lourd péché. Celui-ci, cependant, vous me le pardonnerez, Arthur, car je l'ai commis par tendresse pour vous.-Cette tendresse m'avait révélé un secret que vous me vouliez cacher; cette tendresse m'avait fait comprendre que je n'aurais jamais votre cœur tout entier, si je ne vous donnais un enfant. Et vos lèvres, d'ailleurs, me l'ont confirmé. Vos premières paroles à votre retour, et quand cette enfant fut placée dans vos bras, les avez-vous oubliées? « Je ne vous ai jamais aimée comme aujourd'hui, Rosamond, » me disiez-vous.... Sans ces paroles, je n'aurais jamais pu garder un si coupable secret.

« Je ne puis guère ajouter à ceci, car la mort est bien près de moi. Comment cette fraude fut commise, et quels autres motifs m'y poussèrent, c'est à vous de le savoir en questionnant la mère de l'enfant; c'est elle qui écrit, sous ma dictée, ces lignes qu'elle est chargée de vous remettre quand je ne serai plus. Vous aurez pitié, je le sais, de la pauvre petite créature qui porte mon nom. Ayez aussi pitié de son infortunée mère; elle n'est coupable que d'une trop aveugle obéissance à mes ordres. Si quelque chose atténue l'amertume de mes remords, c'est de me souvenir que ma tromperie a sauvé d'une honte qu'elle ne méritait point la plus fidèle et la plus dévouée créature qui soit.... Ne maudissez pas ma mémoire, Arthur! J'ai trouvé des mots pour vous dire en quoi j'ai péché contre vous; je n'en trouverais pas pour vous dire combien je vous aimais. »

Rosamond avait tenu bon jusque-là, et elle était arrivée à la dernière ligne de la seconde page, lorsqu'elle s'arrêta de nouveau, essayant de lire la première des deux signatures : « Rosamond Treverton. » Elle articula faiblement les deux premières syllabes de ce nom de baptême si familier à son oreille, ce nom que son mari répétait à chaque heure du jour, et voulut prononcer la troisième; mais l'effort fut vain : la voix lui manqua. Tous les souvenirs sacrés du foyer domestique, que cette impitoyable lettre venait de profaner à jamais, semblèrent, arrachés à la fois, déchirer toutes les fibres de son cœur. Avec un faible cri, un gémissement plaintif, elle laissa retomber ses bras sur la table, et, y posant sa tête, cacha sa figure dans ses mains.

Elle n'entendit rien, n'eut conscience de rien, jusqu'au moment où elle sentit, sur son épaule, un léger frôlement.... le contact d'une main qui tremblait. Tous les battements intérieurs de son sang y répondirent : elle leva les yeux.

LE SECRET.

Son mari, à tâtons, s'était approché de la table. Des pleurs brillaient dans ses yeux vagues et sans regard. Quand elle se leva, les bras de Léonard s'ouvrirent et l'enveloppèrent d'une étreinte passionnée.

« Rosamond chérie disait-il, venez à moi!... je vous consolerai. »

LIVRE VI.

CHAPITRE PREMIER.

L'oncle Joseph.

Le jour et la nuit s'étaient écoulés, la nouvelle aurore avait lui, et le mari et la femme ne s'étaient pas encore sentis en état de parler du Secret avec calme, ni d'envisager avec résignation les devoirs, les sacrifices que leur imposait sa découverte.

La première question de Léonard eut trait à ces lignes de la lettre, écrites, à ce que lui avait dit Rosamond, d'une écriture qu'elle avait reconnue. Voyant qu'il était en peine de s'expliquer comment elle avait pu se former là-dessus une opinion aussi arrêtée, elle lui apprit qu'après la mort du capitaine Treverton, un assez grand nombre de lettres, qui avaient jadis été écrites par mistress Treverton à son mari, étaient tout naturellement venues en sa possession. Elles traitaient de leurs affaires domestiques, et elle les avait lues et relues assez souvent pour accoutumer ses yeux à l'écriture de mistress Treverton. Cette écriture était remarquablement grande, ferme, et ressemblait plutôt à celle d'un homme. Or, la suscription, la première ligne placée au-dessous, et enfin la première des deux signatures apposées au bas de la lettre trouvée dans la chambre aux Myrtes, offraient tous les caractères auxquels se reconnaissait cette écriture si particulière.

La question suivante eut pour objet l'ensemble même de la lettre. Le corps du document, la signature placée en seconde ligne (Sarah Leeson), et l'espèce de post-scriptum qui couvrait une partie de la troisième page, également signé de Sarah Leeson, montraient, par leur parfaite identité, que c'était là l'œuvre d'une seule et même personne. En instruisant son époux de ceci, Rosamond n'oublia pas de lui expliquer que, la veille, le courage et la force lui avaient manqué pour achever la lecture de la lettre fatale. Elle ajouta que le post-scriptum dont elle n'avait pas alors pu prendre connaissance était d'une importance réelle, en ce qu'il faisait connaître en quelles circonstances le Secret avait été celé. Elle lui demanda donc de vouloir bien l'écouter, tandis qu'elle lui en lirait, sans plus tarder, le contenu.

Assise à ses côtés, et se pressant tout contre lui, comme aux plus beaux jours de leur lune de miel, elle lui donna lecture de ces dernières lignes.... les mêmes que sa mère avait écrites, seize années auparavant, le matin où elle quittait Porthgenna-Tower :

« Si jamais ce papier venait à être découvert (et je prie Dieu, de tout mon cœur, qu'il ne le soit point), je veux bien établir que j'ai pris la résolution de le cacher, parce que je n'ose montrer ce qu'il renferme à mon maître, dont il porte l'adresse. En agissant ainsi que je le fais maintenant, bien que ma conduite ne soit certainement pas celle que me dictaient les derniers ordres de ma maîtresse, je ne viole pas l'engagement solennel que, sur son lit de mort, elle m'a forcée de prendre. Cet engagement m'oblige de ne pas anéantir sa lettre, et de ne la pas emporter avec moi, si je viens à quitter la maison. Je ne fais ni l'un ni l'autre. Mon but est de la cacher dans celui de tous les endroits où il y a le moins de chances que jamais elle soit découverte. Tout inconvénient, tout malheur qui pourra être la conséquence de cette fraude que je commets, retombera sur moi, et sur moi seule. Les autres, c'est ma conviction consciencieuse, devront au contraire leur bonheur à l'ignorance du terrible Secret que renferme cette lettre. »

« Il n'en faut pas douter maintenant, dit Léonard, quand sa femme eut achevé de lire, mistress Jazeph, Sarah Leeson, et la femme de chambre qui disparut jadis si soudainement de Porthgenna-Tower, ne sont qu'une seule et même personne.

— Pauvre créature!... dit Rosamond, soupirant profondément tandis qu'elle posait la lettre.... Nous savons à présent pourquoi elle me recommandait avec tant d'ardeur, tant d'inquiétude, de ne pas mettre le pied dans la chambre aux Myrtes. Qui peut dire tout ce qu'elle aura souffert, le jour où elle s'est approchée de mon chevet, sans se faire connaître à moi? Oh!... que ne donnerais-je pas pour ne l'avoir pas si légèrement traitée!... Il est affreux pour moi de penser que je lui ai parlé comme on parle à un subalterne dont on a droit d'attendre une obéissance absolue.... et plus affreux encore de m'apercevoir que, même à présent, il m'est impossible de penser à elle avec les sentiments qu'une enfant doit à sa mère.... Comment lui faire savoir que je connais le Secret?... Comment...? »

Ici elle s'arrêta, le cœur serré par le ressouvenir soudain de la flétrissure imposée à sa naissance : elle s'arrêta, comme effrayée, en songeant au beau nom que son mari lui avait donné, et à cette origine, dédaigneusement méconnue par la société qui se trouvait, en définitive, être la sienne.

« Pourquoi n'achevez-vous pas? lui demanda Léonard.

— J'avais peur.... commença-t-elle, et de nouveau la phrase resta inachevée.

— Vous aviez peur, dit-il, complétant lui-même la pensée qu'elle n'osait exprimer, que quelques mots de pitié accordés à cette infortunée ne fussent pénibles pour mon orgueil trop susceptible, en me rappelant votre naissance et tout ce qui s'y rattache?... Rosamond, je serais indigne de votre sincérité sans pareille vis-à-vis de moi, si, de mon côté, je n'avouais pas que cette découverte m'a effectivement blessé comme un orgueilleux seulement peut être blessé. Mon orgueil est en moi, de naissance et par éducation. Mon orgueil, au moment même où je vous parle, prend avantage de ces premiers instants où le sang-froid m'est rendu, pour me suggérer, à l'encontre de toute probabilité, que ce que vous m'avez lu tout à l'heure pourrait bien, après tout, n'être pas vrai.... Mais, si fortement que soit enraciné en moi ce sentiment héréditaire et développé par l'éducation, telle peine qu'il doive me coûter à dominer, à discipliner, à maîtriser, comme je dois, comme je veux le faire.... il y a dans mon cœur un sentiment plus fort encore.... »

Il chercha, disant ceci, la main de sa femme, et la prit dans les siennes; puis il ajouta :

« A partir de cette heure où vous avez consacré toute votre existence à un pauvre aveugle; à partir de cette heure qui vous a donné droit à toute sa reconnaissance, comme vous aviez droit à tout son amour, vous avez, Rosamond, pris dans

son cœur une place d'où rien ne vous chassera jamais, non
pas même un choc comme celui que nous venons de subir.
En si haute estime que j'aie toujours tenu la valeur d'un
rang élevé dans la hiérarchie sociale, j'ai appris, même avant
ce qui s'est passé hier, à savoir que ma femme, quelle que
puisse être son extraction, mérite une estime encore supérieure.

— Oh! Lenny.... Lenny!... je ne veux pas de vos louanges,
si vous y mêlez l'idée qu'en vous épousant j'ai fait un sacrifice
quelconque.... Jamais je n'aurais mérité tout ce que vous venez de dire de moi, si je n'avais eu pour mari ce « pauvre
aveugle » que vous dépréciez si injustement. A ma première
lecture de cette terrible lettre, j'ai douté un moment, ingrate,
indigne que j'étais, que votre affection pour moi fût à l'é-
preuve d'une pareille découverte. J'ai eu un moment d'horrible
tentation, où je me suis éloignée de vous, lorsque je devais,
au contraire, vous remettre immédiatement cette lettre....
C'est en vous voyant, l'oreille tendue à mes paroles, dans une
ignorance absolue de l'événement qui, près de vous, venait
de s'accomplir, que je suis revenue à moi, et que ma conscience m'a dicté ce que j'avais à faire.... C'est la vue de mon
« pauvre aveugle » qui m'a fait dompter la mauvaise inspiration
en vertu de laquelle j'allais, au moment même où elle venait de
tomber en mes mains, détruire cette lettre. Eussé-je été la plus
endurcie des femmes, aurais-je jamais pu vous tendre la main,
aurais-je pu approcher mes lèvres des vôtres, aurais-je pu, à
vos côtés, vous entendre sommeiller paisiblement, nuit après
nuit, avec ce sentiment que, pour servir mes intérêts égoïstes,
j'aurais abusé de l'infirmité qui vous met à ma merci?... avec
cette certitude que ma tromperie aurait réussi grâce à votre
confiance, elle-même due au coup dont le ciel vous a frappé?...
Non, non.... je ne puis me figurer que la femme la plus avi-
lie soit capable de descendre à de pareilles bassesses, et je
n'ai à revendiquer d'autre honneur que celui d'être restée
fidèle à ma mission. Hier, ami, dans la chambre aux Myrtes,
vous avez dit que le seul ami toujours fidèle sur lequel vous
ayez pu faire fonds, depuis que la vue vous a été retirée, c'é-
tait votre femme.... Maintenant le moment le plus dur est
passé, et c'est ma grande consolation, c'est ma suprême récompense que vous puissiez à bon droit répéter aujourd'hui
ce que vous disiez hier.

— Oui, Rosamond, il est passé, le plus dur moment; n'oublions pas, cependant, qu'il nous reste encore de pénibles épreuves à supporter.

— De pénibles épreuves?... Quelles épreuves, mon bon ami?

— Peut-être penserez-vous que je m'exagère le courage qu'il va falloir déployer en face d'un tel sacrifice.... Pour moi, cependant, ce sacrifice sera pénible.... Il me sera dur d'initier des étrangers au Secret que la journée d'hier nous a révélé. »

Rosamond, dans le plus grand étonnement, regarda son mari :

— Quelle nécessité de le révéler à personne? demanda-t-elle.

— Une fois assurés que cette lettre est un document authentique, répondit-il, nous ne pouvons faire autrement que d'admettre des personnes étrangères à la connaissance du Secret.... Vous n'avez pu oublier dans quelles circonstances votre père.... je veux dire le capitaine Treverton....

— Appelez-le mon père, dit Rosamond avec tristesse. Rappelez-vous comme il m'aimait.... comme je l'aimais moi-même.... et dites toujours « mon père. »

— Je crains bien, repartit Léonard, qu'il ne me faille désormais l'appeler « le capitaine Treverton. » Sans cela, comment vous expliquer clairement, et d'une manière précise, ce qu'il est indispensable que vous sachiez?... Le capitaine Treverton est décédé sans laisser de testament.... Son seul avoir consistait dans la somme qu'il avait retirée de ce domaine et de ce château, vendus à mon père.... Et vous en avez hérité comme sa plus proche parente.... »

Rosamond se rejeta vivement en arrière, et, dans le désarroi où la jetait ce nouvel aspect des choses, serra ses mains l'une contre l'autre :

« Ah! Lenny, dit-elle avec une grande simplicité d'accent, depuis cette lettre trouvée, j'ai tant pensé à vous que je ne me suis pas un instant rappelé ceci.

— Il ne faut pourtant pas l'oublier, ma chère enfant. Si vous n'êtes point la fille du capitaine Treverton, vous n'avez pas droit à un *farthing* de la fortune que vous possédez. Il faut immédiatement la restituer à la personne qui *est*, elle, la plus proche par le sang, ou, en d'autres termes, au frère du capitaine.

— A cet homme? s'écria Rosamond. A cet homme qui pour nous est resté un étranger? qui méprise jusqu'à notre nom? Faut-il donc que nous nous appauvrissions pour l'enrichir, lui?

— Il faut faire ce qui est honorable et juste, quelque sacrifice qu'il en coûte de nos intérêts et de nos penchants, repartit Léonard avec une fermeté calme. Je crois, Rosamond, que, d'après la loi, le consentement de votre mari est absolument requis pour que cette restitution puisse avoir lieu. Eh bien! si M. Andrew Treverton était le pire ennemi que je puisse avoir ici-bas.... si la restitution qu'il faut lui faire devait nous priver, vous et moi, de nos dernières ressources.... je la ferais, sans hésiter, et sans retenir un *farthing*.... Et ce que je ferais là, vous-même le feriez aussi, Rosamond. »

Tandis qu'il parlait, ses joues s'étaient animées. Un sang généreux y affluait. Rosamond le contemplait avec une admiration silencieuse. « Le pourrait-on vouloir moins orgueilleux, pensait-elle dans une effusion de tendresse, quand son orgueil lui dicte de si nobles paroles?

—Vous comprenez bien, maintenant, continua Léonard, que les devoirs nouveaux dont l'accomplissement nous incombe vont nous forcer à requérir l'aide et le conseil d'autrui, et qu'ils nous rendront impossible, dès lors, la stricte conservation du Secret par devers nous. Dussions-nous fouiller l'Angleterre tout entière, il faut que Sarah Leeson se retrouve. Notre conduite future dépend de ses réponses à nos questions, et du témoignage qu'elle pourra rendre à l'authenticité de cette lettre. Bien résolu d'avance à ne me retrancher derrière aucune équivoque légale, aucun ajournement de pure forme et quoique je ne demande, en fait de preuves, que celles qui sont concluantes pour la raison d'un honnête homme, sans exiger qu'elles aient tous les caractères de validité réclamés par les tribunaux, encore m'est-il impossible de marcher en avant sans prendre conseil. L'avocat qui a toujours mené les affaires du capitaine Treverton, et qui est maintenant à la tête des nôtres, se trouve naturellement désigné pour diriger cette espèce d'enquête, et c'est lui qui nous aidera, s'il y a lieu, à opérer la restitution.

—Comme vous parlez de tout ceci avec calme, avec fermeté, Lenny!... Est-ce que l'abandon de la fortune qui me revenait ne sera pas pour nous une perte énorme?...

—Il n'y faut songer que comme à un gain pour nos consciences, Rosamond, et conformer ensuite nos façons de vivre à notre aisance diminuée. Mais il n'est plus besoin de parler de tout ceci, jusqu'au moment où la nécessité d'une restitution nous sera complètement démontrée. Ce dont il faut, vous et moi, nous inquiéter immédiatement, c'est de découvrir Sarah

Leeson.... Que dis-je là ?... de découvrir votre mère. Il faut que j'apprenne à lui donner ce nom, si je veux avoir pour elle toute la pitié, toute l'indulgence que je lui dois. »

Rosamond se rapprocha de son mari par un mouvement d'oiseau qui fait son nid : « Vous ne dites pas un mot qui ne fasse du bien à mon cœur, cher et bon ami, murmura-t-elle, posant la tête sur son épaule.... Vous m'aiderez, quand le temps sera venu, à être pour ma pauvre mère tout ce qu'elle peut espérer de sa fille.... Oh ! qu'elle était donc pâle, épuisée, usée, quand, debout près de mon lit, elle nous regardait, moi et mon enfant !... Serons-nous bien longtemps avant de la découvrir ?... Que faut-il penser de son éloignement ?... Est-elle bien loin, bien loin de nous ?... Qui sait ? plus, peut-être, que jamais nous ne le croirions.... »

Avant que Léonard eût pu là suivre dans ces conjectures hypothétiques, l'entretien fut interrompu par un coup frappé à la porte, et Rosamond s'étonna de voir entrer la domestique. Betsey était rouge, hors d'elle-même, respirant à peine ; elle réussit cependant à rendre, d'une façon suffisamment intelligible, un message par lequel M. Munder, l'intendant, demandait à entretenir M. ou mistress Frankland, pour affaires importantes.

« Qu'est-ce donc ? que veut-il ? demanda Rosamond.

— Je crois, madame, qu'il voudrait savoir s'il doit ou non mander le constable, répondit Betsey.

— Mander le constable ! répéta Rosamond. Aurions-nous donc, en plein midi, les voleurs chez nous ?

— Peut-être pire que les voleurs, à ce que dit M. Munder, répondit Betsey. C'est encore l'étranger, madame.... Il est revenu.... Il a sonné à la porte, hardi comme un page.... Il a demandé s'il pouvait voir mistress Frankland.

— L'étranger !... s'écria Rosamond posant sa main avec vivacité sur le bras de son mari.

— Oui, madame.... celui de l'autre jour, qui venait avec la dame, soi-disant pour visiter le château.... »

Rosamond, toujours à la merci de ses premières impressions, se leva brusquement : « Descendons !... commençait-elle.

— Un instant !... objecta Léonard qui la prit aussitôt par la main. Vous n'avez nullement besoin de vous déranger.... Faites monter ici cet inconnu, continua-t-il, s'adressant à Betsey, et dites à M. Munder que désormais nous nous chargeons de toute cette affaire, sans qu'il ait à s'en mêler aucunement. »

Rosamond se rassit à côté de son mari.

« C'est un bizarre incident, disait-elle à voix basse et d'un ton préoccupé. Il y a quelque chose de plus qu'un hasard dans cette arrivée qui nous donne prise sur la vérité, alors que justement nous ne savions comment l'éclaircir. »

La porte, pour la seconde fois, s'ouvrit, et sur le seuil apparut, dans une attitude modeste, le petit vieillard aux joues roses et aux longs cheveux blancs. Une petite boîte de cuir, fixée par une courroie en sautoir, pendait sur sa hanche, et un tuyau de pipe se projetait au dehors d'une poche ouverte, à hauteur d'aisselle, sur le devant de sa redingote. Il fit un pas dans la chambre, s'arrêta, leva ses deux mains, qui pétrissaient son chapeau de feutre dans leur double étreinte, jusqu'à son cœur, et, avec une remarquable prestesse, exécuta successivement cinq fantastiques révérences, dont deux pour mistress Frankland, deux pour le mari d'icelle, et une derechef pour mistress Frankland, à titre d'hommage spécial et distinct pour une « personne du sexe. » Jamais Rosamond n'avait rencontré sur sa route pareille incarnation de l'innocence, de l'*inoffensivité* virile ; jamais elle n'eût reconnu, dans le personnage qui la lui offrait, « l'audacieux vagabond » de la femme de charge, et l'homme que M. Munder déclarait « pire qu'un voleur. »

« Madame, et vous, bon monsieur, dit le vieillard, qui, sur l'invitation de mistress Frankland, avait fait quelques pas en avant, je vous demande bien pardon si je m'annonce moi-même.... Mon nom est Joseph Buschmann.... J'habite la ville de Truro, où je fabrique commodes, cabinets, plateaux à thé, tous articles en bois vernis ou polis.... Je suis également, sauf votre respect, ce même petit étranger qui fut réprimandé par le grand majordome, lorsque je vins visiter le manoir. Tout ce que j'attends de votre bonté, c'est que vous veuilliez bien me permettre, tant pour mon propre compte que pour celui d'une autre personne qui m'est très-chère, de vous dire un simple petit mot dont je me suis chargé pour vous. Je ne vous prendrai tout au plus que quelques minutes, madame, et vous, bon monsieur ; après quoi je me remettrai en route, vous laissant mes meilleurs souhaits avec mes plus sincères remercîments.

—Veuillez, monsieur Buschmann, dit Léonard, veuillez vous bien convaincre que notre temps est à vous.... Nous n'avons aucune occupation qui doive vous faire abréger votre visite. Je vous préviendrai, de plus, afin d'éviter tout embarras de part et d'autre, que j'ai le malheur d'être aveugle.... Pour ce qui est de vous écouter, je le ferai, soyez-en certain, avec la plus scrupuleuse attention.... Rosamond, M. Busch mann a-t-il un siége? »

M. Buschmann était encore debout, fort près de la porte, et il exprimait sa sympathie, d'abord en saluant de plus belle mistress Frankland, puis en pétrissant une fois de plus, sur son cœur, son feutre plastique.

« Rapprochez-vous, je vous prie, et veuillez vous asseoir, dit Rosamond. Ne vous imaginez pas, d'ailleurs, que l'opinion telle quelle de notre intendant puisse avoir sur nous la moindre influence, ou que nous pensions avoir quelque droit à vos excuses pour rien de ce qui a pu se passer ici lors de votre première visite.... Nous avons intérêt, un très-grand intérêt, ajouta-t-elle avec cette franchise cordiale qui lui était ordinaire, à écouter ce que vous pouvez avoir à nous dire. Vous êtes, entre toutes, la personne du monde que, justement.... » Elle s'arrêta court, à ces mots, car le pied de son mari venait de frôler le sien, et elle interpréta ce geste, à bon droit, comme un avis de ne pas s'expliquer si franchement avec le visiteur, avant qu'il eût fait connaître l'objet de sa venue.

Fort satisfait, en apparence, et aussi quelque peu surpris quand il eut entendu les dernières paroles de Rosamond, l'oncle Joseph avança une chaise près de la table à côté de laquelle étaient assis M. et mistress Frankland, et pétrissant son chapeau, qu'il réduisit à son minimum de volume, il le glissa dans une de ses poches latérales; puis, de l'autre, il tira un petit paquet de lettres, les plaça sur ses genoux dès qu'il se fut assis, les lissa doucement des deux mains, et entrant aussitôt en matière :

« Madame, et vous, bon monsieur, commença-t-il, avant que je puisse tout à mon aise vous débiter mon petit message, il faut, avec votre congé, que je remonte à l'époque où je suis venu dans ce manoir en compagnie de ma nièce.

— Votre nièce?... s'écrièrent ensemble Léonard et Rosamond.

— Ma nièce Sarah, dit l'oncle Joseph.... la fille unique de ma sœur Agathe. C'est pour l'amour de Sarah, si vous voulez bien le permettre, que je suis ici présentement. Je n'ai plus qu'elle dans le monde qui soit de ma chair et de mon sang. Pour les autres, ils sont tous partis : ma femme, mon petit

Joseph, mon frère Max, ma sœur Agathe, et le mari qu'elle avait pris, ce brave et bon Anglais Leeson, ils sont partis.... tous partis !

— Leeson ? dit Rosamond, serrant la main de son mari, par-dessous la table, d'une manière significative.... Le nom de votre nièce serait-il donc Sarah Leeson ?»

L'oncle Joseph branla la tête et poussa un gros soupir.

« Un jour, dit-il, qui fut pour Sarah le jour le plus funeste de sa vie, elle a changé ce nom contre un autre. De l'homme qu'elle épousa, et qui maintenant est mort, madame, tout ce que je sais n'est pas grand'chose, et revient à ceci : son nom était Jazeph, et il la maltraitait, ce pourquoi je me permets de le considérer comme un franc misérable.... Oui, s'écria l'oncle Joseph avec le sentiment le plus voisin de la colère et de la rancune dont pût s'accommoder sa douce nature, et aussi avec l'idée qu'il allait employer un des plus énergiques superlatifs du vocabulaire.... Oui, s'il revenait à la vie en ce moment, je lui dirais en face, comme je vous le dis : « Anglais Jazeph, vous êtes un franc misérable. »

Rosamond, pour la seconde fois, serra la main de son mari. Si déjà, dans leur conviction à tous deux, mistress Jazeph et Sarah Leeson n'avaient pas été complétement identifiées, les derniers mots prononcés par le vieillard auraient amplement suffi pour les assurer que les deux noms avaient été portés par une seule et même personne.

« Je vais donc rétrograder, reprit l'oncle Joseph, à l'époque où je suis venu ici avec ma nièce Sarah. Et, en cette affaire, avec votre permission, il me faut dire la vérité. Sans cela, revenu à mon point de départ, j'y resterais jusqu'à la fin de mes jours sans faire un pas en avant. Monsieur, et vous, bonne dame, vous voudrez sans doute bien me pardonner, ainsi qu'à ma nièce, si je vous avoue que nous ne sommes point venus ici dans l'intention de visiter le manoir. Non, ce n'est point dans cette vue que nous carillonnâmes à la porte, que nous mîmes tant de gens en l'air, et fîmes perdre haleine au gros majordome, si zélé à nous semondre. Ce fut seulement pour faire une petite opération assez curieuse que nous arrivâmes ensemble dans ce logis.... C'est-à-dire, entendons-nous, c'était à cause d'un secret de Sarah, lequel est encore, pour moi, tout aussi noir que la plus noire nuit dont on ait ouï parler en ce bas monde. Et comme je ne savais rien de ce secret, sinon qu'il n'en pouvait résulter rien de mal pour qui que ce pût être; et comme

Sarah était bien décidée à venir; et comme je ne pouvais, en bonne conscience, la laisser partir seule; et aussi parce qu'elle m'avait dit qu'elle avait plus de droit que personne à reprendre la lettre pour la mieux cacher, d'autant qu'elle craignait, en la laissant plus longtemps dans cette chambre où elle l'avait mise, de la faire découvrir, voilà donc pourquoi je.... non, ce n'est pas cela.... il arriva donc que... *Ach Gott!* s'écria l'oncle Joseph, se frappant le front de désespoir, et se soulageant par cette invocation germanique.... Je me suis embourbé en plein dans mon propre bavardage.... et où il faut revenir, et comment je puis m'y retrouver, c'est, en vérité, aussi vrai que je suis un pécheur encore vivant, bien plus que je n'en sais.

— Si c'est pour nous que vous vous donnez tant de mal, ne vous tourmentez pas davantage, dit Rosamond, qui, dans son désir de rendre au vieillard un peu de calme et d'aplomb, oubliait toute précaution et toute réserve.... Ne répétez pas ces explications qui vous coûtent tant... Nous savons déjà....

— Nous supposerons, dit Léonard, qui intervint ici vivement pour empêcher sa femme de prononcer un mot de plus, nous supposerons que nous savons déjà tout ce que vous pouvez avoir à nous dire par rapport au secret de votre nièce, et par rapport aux motifs qui vous faisaient désirer de visiter le manoir.

— Vous supposerez cela? s'écria l'oncle Joseph, qui semblait allégé d'un grand poids..... Ah! je vous rends grâces, monsieur, et à vous aussi, bonne dame.... Je vous rends mille grâces de me désembourber ainsi de mon bavardage avec cette charitable supposition.... Je ne suis que confusion, sur ma parole, de la tête aux pieds. Mais je crois que maintenant je puis continuer, et que je ne me perdrai plus.... En avant, donc.... et disons ceci. Première supposition : moi et ma nièce Sarah, nous voici *dans* le manoir. Seconde supposition : moi et Sarah ma nièce, nous voici *hors* du manoir.... Très-bien; nous pouvons, à présent, faire un pas de plus. Revenu dans mon domicile, à Truro, je me mets à m'effrayer pour Sarah, d'abord à cause de son évanouissement sur vos escaliers, et d'une; puis à cause de sa mauvaise mine, qui me fait mal au cœur, et de deux. Je suis également peiné pour elle à cause de cette curieuse petite opération qu'elle venait faire ici, et dont elle n'a pas pu venir à bout. Tout cela me taquine; mais, d'un autre côté, j'ai une pensée qui me console:

c'est que Sarah va demeurer avec moi, en mon domicile, à Truro.... que je la rendrai heureuse.... que je la guérirai dès que nous serons établis ensemble pour le reste de nos jours.... Jugez alors, monsieur, du coup qui me tombe dessus, lorsque j'apprends qu'elle ne veut pas habiter où j'habite, avoir son chez soi là où j'ai le mien.... Jugez aussi, bonne dame, quelle doit être ma surprise, quand je lui demande ses raisons, d'apprendre qu'il lui faut quitter son oncle Joseph, parce qu'elle a peur que *vous* ne veniez à la découvrir, *vous !* »

Il s'arrêta ici, et, jetant un regard inquiet sur le visage de Rosamond, il le vit, après qu'il eut achevé cette phrase, s'attrister et se détourner de lui....

« N'est-ce pas pour ma nièce Sarah que vous êtes ainsi affligée, madame ?... et n'avez-vous pas pitié d'elle ? demanda-t-il avec un peu d'hésitation, et d'une voix qui tremblait.

— J'ai pitié d'elle, et de tout mon cœur, dit Rosamond, appuyant chaleureusement sur ces derniers mots.

— Et c'est de tout mon cœur aussi que je vous remercie de cette pitié, répliqua l'oncle Joseph. Ah ! madame, votre bonté m'encourage à continuer, et à vous dire que, le jour même de notre retour à Truro, nous nous séparâmes l'un de l'autre. Or quand elle m'est venue voir, cette fois, il y avait des années et des années, de longues années de solitude, bien longues, et beaucoup, que nous ne nous étions trouvés ensemble.... Je craignais qu'il ne dût encore s'en écouler beaucoup d'autres avant notre réunion future, et, jusqu'au dernier moment, j'essayai de la retenir auprès de moi.... Mais, pour la faire partir, la même crainte existait encore.... la crainte d'être découverte, d'être questionnée par vous. Aussi, des pleurs dans ses yeux (et dans les miens), le chagrin dans son âme (et dans la mienne), elle s'en alla se cacher dans l'immense abîme de cette grande ville de Londres, qui absorbe toutes gens et toutes choses, dès qu'on les y jette, et qui a, de même, absorbé ma nièce Sarah.... « Mon enfant, lui avais-je dit, vous écrirez quelquefois à l'oncle Joseph ?... » Et elle m'avait répondu : « J'écrirai souvent.... » Il y a trois semaines de ceci, et là, sur mes genoux, vous voyez quatre lettres que j'ai reçues d'elle.... Je vous demanderai la permission de les mettre ici sous vos yeux, parce qu'elles m'aideront à continuer ce que j'ai encore à vous dire, et aussi parce que je vois bien, madame, à votre physionomie, que vous compatissez de cœur aux souffrances de ma nièce Sarah. »

Il défit le paquet de lettres, les ouvrit, les baisa l'une après l'autre, et les rangea sur la table devant lui, les lissant du plat de la main, et prenant soin de les mettre en ligne bien droite. Un simple coup d'œil jeté sur celle qui ouvrait la petite série convainquit Rosamond que l'écriture de cette première épître était exactement la même que celle du corps de la lettre trouvée dans la chambre aux Myrtes.

« Il n'y a pas long à lire, dit l'oncle Joseph : mais si vous voulez bien tout d'abord les parcourir, madame, je pourrai vous dire ensuite les raisons que j'ai de vous les montrer. »

Le vieillard disait vrai. Il n'y avait pas « long à lire » dans les lettres en question, et, à mesure que les dates étaient plus récentes, les lettres étaient plus courtes. Toutes les quatre étaient écrites dans ce style convenu et correct des personnes qui, en prenant la plume, ont peur de pécher contre l'orthographe ou contre la syntaxe; toutes les quatre étaient également dénuées de renseignements particuliers sur la situation de celle qui les avait tracées; toutes les quatre renfermaient deux questions, toujours les mêmes, relatives à Rosamond. En premier lieu, mistress Frankland était-elle arrivée à Porthgenna-Tower? Et ensuite, si elle y était arrivée, qu'en avait entendu dire l'oncle Joseph? Enfin toutes les quatre donnaient les mêmes instructions quant à l'adresse où il fallait acheminer les réponses : « Je vous prie de m'écrire à *S. J.*, bureau de la poste, *Smith-Street, Londres.* » Puis venait, invariablement, l'apologie suivante : « Veuillez m'excuser de ne pas vous donner mon adresse, à cause des accidents possibles. Même à Londres, je dois craindre d'être suivie et découverte. J'envoie, chaque matin, chercher mes lettres, et suis, par conséquent, bien certaine d'avoir sans retard votre réponse. »

« Je vous disais, madame, reprit le vieillard, quand Rosamond, cessant de lire, eut relevé la tête, je vous disais que j'étais bien effrayé, bien triste, quand Sarah m'eut ainsi quitté. Maintenant vous allez comprendre pourquoi, devant ces quatre lettres qu'elle m'a écrites, je suis encore plus triste, encore plus effrayé.... Elles commencent par celle-ci, que vous voyez à main gauche. Et, à mesure que nous avançons vers ma droite, elles raccourcissent, raccourcissent, si bien que la dernière n'a pas plus de huit petites lignes.... Voyez encore, s'il vous plaît!... L'écriture de la première lettre, à main gauche, est une très-belle écriture   au moins très-belle pour

moi, parce que j'aime Sarah, et que j'écris moi-même comme
un vrai chat.... Mais, dans la seconde, l'écriture n'est déjà
plus si bonne ; elle tremblote un peu, elle crachote un peu....
elle se recroqueville un peu, surtout aux dernières lignes.
Dans la troisième, elle est encore pire.... plus tremblotante,
plus crachotante, plus recroquevillée.... Dans la quatrième, où
il y avait encore moins de peine à se donner, tous ces petits
défauts sont encore plus marqués que dans les trois autres
mises en bloc.... Moi, qui vois ceci, je sais qu'elle était
faible, fatiguée, épuisée en me quittant, et je me dis alors :
« Elle est malade, bien qu'elle n'en veuille rien dire.... Son
écriture la trahit. »

Rosamond, regardant les lettres de nouveau, suivit en
effet, ainsi que le vieillard les lui avait signalées, les altéra-
tions graduelles de l'écriture, ligne après ligne.

« Voilà donc ce que je me dis, reprit-il.... et j'attends.... je
réfléchis un peu.... et j'entends mon cœur qui, tout bas, me
conseille : « Allez à Londres, oncle Joseph !... et, tandis qu'il en
est encore temps, ramenez-la pour la soigner, la consoler, la
guérir, à côté de vous, chez vous !...» Après quoi, j'attends
encore, je réfléchis encore.... non pas à cause de mes affaires
qu'il me faudrait quitter un temps.... je les quitterais bien
pour toujours, plutôt que de laisser arriver mal à Sarah....
mais sur les moyens à prendre pour la décider à s'en revenir
avec moi.... Cette pensée me fait relire les lettres. Dans les
lettres je trouve toujours les mêmes questions sur mistress
Frankland. Je vois, plus clair que le jour, que jamais je ne
remmènerai ma nièce Sarah, si d'abord je ne puis la tranquilliser au sujet de mistress Frankland, dont elle semble redouter
les questions, comme si la mort était au fond de chacune
d'elles. Je vois cela.... Ma pipe m'en tombe des lèvres.... Je
me trouve, je ne sais comment, hors de mon fauteuil.... Mon
chapeau vient, de lui-même, se poser sur ma tête.... J'arrive en
cette maison où, déjà une fois, je me suis fort indiscrètement
introduit, et où, je le sais bien, je n'ai aucun droit de m'introduire encore. Une fois là, je tombe à vos pieds, vous demandant, par pitié pour ma nièce et par bonté pour moi, de ne
pas me refuser les moyens de faire revenir Sarah. Si seulement je puis lui dire : « J'ai vu mistress Frankland.... elle m'a,
de sa bouche même, assuré qu'elle ne vous adresserait aucune
de ces questions qui vous font si grand'peur....» Oui, si je puis
lui dire ceci, Sarah ne refusera pas de s'en revenir avec moi,

et je vous remercierai, toute ma vie durant, de m'avoir donné le bonheur ! »

La simple éloquence de ces paroles, l'innocente ferveur des gestes qui les accompagnaient, allèrent au cœur de Rosamond.... « Je ferai, je promettrai tout au monde, répondit-elle avec empressement, pour vous aider à la faire revenir. Si elle consent à ce que je la voie, je promets de ne pas dire un mot qui la puisse contrarier en quoi que ce soit.... Je promets de ne pas lui adresser une question.... non, pas une seule.... à laquelle il doive lui coûter de répondre. Oh ! quels encouragements pourrais-je lui faire passer ?... Que pourrais-je bien lui dire ?... » Ici elle s'interrompit un peu confuse, car, une fois encore, elle venait de sentir le pied de son mari se poser légèrement sur le sien.

« Eh ! n'en dites pas davantage.... n'en dites pas davantage ! s'écria l'oncle Joseph, liant son paquet de lettres, les yeux brillants d'un éclat plus qu'ordinaire.... Assez dit pour faire revenir Sarah.... Assez dit pour me rendre à jamais votre débiteur.... Oh ! je suis si heureux, si heureux !... Je ne tiens plus dans ma peau, tant j'ai de bonheur !.... »

Là-dessus, il lança en l'air son paquet de lettres, le rattrapa au vol, l'embrassa et le remit dans sa poche, le tout en un clin d'œil.

« Vous ne vous en allez pas ? dit Rosamond.... Bien certainement, vous ne partirez pas ainsi ?

— Je perds à m'en aller d'ici, très-certainement, dit l'oncle Joseph ; mais il faut s'y résigner, car j'y gagne de retrouver Sarah un peu plus tôt.... Pour cette seule raison, je vous demanderai la permission de prendre congé de vous, le cœur plein de reconnaissance, et de me remettre en route vers mo domicile.

— Quand vous proposez-vous de partir pour Londres, mo sieur Buschmann ? demanda Léonard.

— Demain dans la matinée, et de bonne heure, monsieur, repartit l'oncle Joseph.... Je finirai ce soir l'ouvrage que j'ai sur le chantier, et laisserai le surplus à Samuel (qui est un bien bon ami à moi, et aussi mon garçon de magasin) ; puis, par la première voiture, je m'en irai trouver Sarah.

— Puis-je vous demander l'adresse de votre nièce, à Londres, pour le cas où nous aurions à vous écrire ?

— Elle ne m'a donné aucune adresse, monsieur, si ce n'est celle du bureau de poste.... car, même éloignée comme elle l'est à Londres, la crainte qu'elle éprouvait au sortir d'ici la tient encore.... Mais voici l'endroit où j'aurai mon lit, continua le vieillard, tirant de sa poche une petite adresse de magasin.... C'est la maison d'un de mes pays.... un fameux fabricant de tartelettes, monsieur, et, de plus, un bien brave homme.

— Avez-vous songé à quelque moyen de vous procurer l'adresse de votre nièce? demanda Rosamond, tout en copiant la carte qui venait de lui être remise.

— Oh! certainement.... j'ai toujours un petit plan à mon service, dit l'oncle Joseph.... Je compte aller trouver le buraliste de la poste, et voici, sans plus, ce que je lui dirai : « Bonjour, monsieur. C'est moi qui écris les lettres à S. J. Elle est ma nièce, avec votre permission : et tout ce que j'ai à vous demander, c'est de me dire où elle demeure.... Voilà, je crois, quelque chose d'un peu inventé.... Ah! mais!...»

Et, là-dessus, les mains étalées par manière de point d'interrogation, il regardait mistress Frankland avec un sourire de satisfaction complaisante.

« Je crains bien, dit Rosamond, amusée à demi, à demi touchée de tant de naïveté, que l'on n'ait pas choisi les gens de la poste pour leur confier cette adresse. J'estime donc qu'il vaudrait mieux emporter avec vous une lettre adressée à S. J., la remettre le matin à l'heure où arrivent les courriers de province, attendre auprès de la porte du bureau, et suivre, après cela, la personne qui va tous les jours (votre nièce vous le dit) réclamer les lettres adressées à cette double initiale.

— Vous croyez que ceci vaut mieux? dit l'oncle Joseph, secrètement convaincu que, des deux idées, la sienne était, sans conteste, la plus ingénieuse.... Eh bien, soit. Le moindre mot sorti de vos lèvres est un ordre, madame, que je suis heureux d'exécuter. »

A ces mots, il tira de sa poche son petit feutre tout froissé, et il allait prendre congé, lorsque M. Frankland lui adressa de nouveau la parole.

« Si vous trouvez votre nièce bien portante et en état de voyager, ne la ramènerez-vous pas immédiatement à Truro? disait Léonard. Et, en tout cas, voudrez-vous nous informer de votre retour aussitôt qu'il aura eu lieu?

— Immédiatement, répondit l'oncle Joseph. A vos deux questions je réponds par un seul mot : immédiatement.

— Si une semaine venait à se passer, continua Léonard, sans que nous eussions entendu parler de vous, nous devrons en conclure, ou que quelque obstacle imprévu s'oppose à votre retour, ou que vos craintes sur le compte de votre nièce se sont malheureusement justifiées, et qu'elle est hors d'état de se mettre en route ?

— Oui, monsieur. Voilà qui sera convenu. Mais j'espère bien vous donner de nos nouvelles avant que la semaine soit écoulée.

— Oh ! je vous en prie, je vous en supplie, n'y manquez pas !... dit Rosamond.... Et mon message, vous ne l'avez pas oublié ?

— Je l'ai là, mot pour mot, dit l'oncle Joseph frappant sur son cœur.... » Il porta ensuite à ses lèvres la main que Rosamond lui tendait.... « Quand je reviendrai, reprit-il, je tâcherai de vous mieux remercier. Pour toutes vos bontés à mon égard, et à l'égard de ma nièce, Dieu veuille bien vous bénir et vous tenir en prospérité jusqu'au moment où nous nous retrouverons ! »

A ces mots il marcha vivement vers la porte, envoya, de la main qui tenait son vieux feutre, un salut des plus gais, et disparut aussitôt.

« Le brave et digne homme !... Le bon vieillard !... Quelle chaleur d'âme ! dit Rosamond quand la porte se fut refermée. J'aurais tant voulu lui tout dire, Lenny !... Pourquoi donc m'en avez-vous empêchée ?

— Chère enfant, c'est à cause de cette simplicité même et de cette franchise que vous goûtez si fort. Elles m'ont mis sur mes gardes. Au premier son de la voix de cet homme, je me suis senti pour lui tout autant de bon vouloir que vous. Mais plus je l'écoutais, plus je demeurais convaincu qu'il serait imprudent de lui confier tout, de peur qu'il ne laissât voir trop promptement à votre mère que son secret est désormais connu. La seule chance que nous ayons de gagner sa confiance et d'obtenir une entrevue avec elle, est, autant que je puisse prévoir, dans le tact que nous mettrons à ménager ses soupçons exagérés, ses terreurs névralgiques. Ce bon vieillard, avec les meilleures intentions du monde, pourrait fort bien mettre à bas tous nos projets. Il aura fait tout ce que nous pouvons espérer et tout ce que nous pouvons souhaiter, s'il réussit à la ramener à Truro.

— Mais s'il échoue?... s'il arrive quelque chose?... Si elle est malade?...

— Attendons la fin de la semaine, Rosamond.... Il sera temps alors de décider ce qui nous reste à faire. »

CHAPITRE II.

Attente ; espérance.

La semaine de répit s'écoula, et aucune nouvelle de l'oncle Joseph ne parvint à Porthgenna-Tower.

Le huitième jour, M. Frankland fit partir un messager pour Truro, lequel avait ordre de découvrir le magasin d'ébénisterie tenu par M. Buschmann, et de s'informer à la personne qui en avait charge, si elle avait des nouvelles de son maître. Le messager, revenu dans l'après-midi, annonça que M. Buschmann, depuis son départ, avait écrit à son garçon de magasin un seul petit billet, où il lui disait être arrivé à Londres à la tombée de la nuit ; là, il avait trouvé un accueil très-hospitalier chez son compatriote, le boulanger allemand ; il avait découvert l'adresse de sa nièce ; mais il n'avait pu la voir encore, à cause d'un obstacle qu'il comptait bien ne plus rencontrer à sa seconde visite. Depuis l'arrivée de cette épître, on n'avait plus reçu de lui aucune communication, et, par conséquent, on ignorait à quelle époque devait avoir lieu son retour.

Les renseignements ainsi obtenus n'étaient pas de nature à guérir l'espèce d'accablement d'esprit dont souffrait mistress Frankland, et qu'avaient produit en elle l'attente, les inquiétudes de toute la semaine écoulée. Son mari essaya de la ranimer un peu en lui faisant remarquer que le silence de l'oncle Joseph, ce silence de fâcheux augure, pouvait tenir tout aussi probablement à l'obstination des refus de sa mère, qu'à l'impossibilité de la ramener à Truro par suite de son état de maladie. Rappelant l'obstacle auquel faisait allusion la lettre du bon vieillard, et prenant en considération l'excessive susceptibilité, la timidité aveugle de la pauvre Sarah, il déclara fort possible que le message de mistress Frankland, au lieu

la rassurer, lui eût inspiré, au contraire, de nouvelles appréhensions, et eût par conséquent fortifié en elle la résolution
où on la savait déjà, de se prémunir contre toute communication avec Porthgenna-Tower. Rosamond écouta patiemment
cet exposé nouveau de la question qui la préoccupait, et reconnut que les hypothèses de son mari étaient parfaitement
raisonnables ; mais, tout en admettant qu'il pouvait être dans
le vrai, et elle, au contraire, se forger des craintes chimé-
riques, elle n'en demeurait pas moins dans le même état de
malaise moral dont il essayait de la tirer. La manière dont le
vieillard avait interprété, devant elle, l'altération graduelle de
l'écriture de mistress Jazeph, l'avait singulièrement frappée,
surtout quand elle s'était rappelé combien était pâle et fatigué le visage de sa mère, à l'époque où, sans la connaître
pour telle, elle l'avait vue à West-Winston. M. Frankland
s'épuisait donc vainement en raisonnements irréprochables ;
il ne pouvait ébranler chez sa femme cette conviction bien
arrêtée, que l'obstacle mentionné dans la lettre de l'oncle Joseph, et le silence gardé par lui depuis lors, devaient s'expliquer par la maladie de la nièce qu'il était allé chercher.

Outre ce sujet à débattre, le retour du messager de Truro four-
nissait encore une question à résoudre, bien autrement essentielle. Après avoir attendu vingt-quatre heures au delà du
terme assigné, quelle ligne de conduite devaient adopter M. et
mistress Frankland, alors que, ni de Londres, ni de Truro, ne
leur arrivait aucun des éléments nécessaires pour asseoir là-
dessus leur opinion ?

La première idée de Léonard fut d'écrire immédiatement à
l'oncle Joseph, à l'adresse qu'il avait laissée lors de sa dernière visite à Porthgenna-Tower. Quand ce projet fut soumis
à Rosamond, elle objecta que le délai de la réponse à attendre
pouvait faire perdre un temps précieux, alors que, selon toute
probabilité, il était de la dernière importance que pas une
journée ne fût ainsi gaspillée. Si c'était la maladie de mistress
Jazeph qui l'empêchait de se mettre en route, il fallait tout
aussitôt courir vers elle, cette maladie pouvant s'aggraver. Si
elle se méfiait simplement de leurs motifs, il était tout aussi
essentiel de nouer avec elle des rapports directs, avant qu'elle
eût trouvé quelque nouvel obstacle à élever, quelque cachette nouvelle, où l'oncle Joseph lui-même ne saurait comment la découvrir.

Bien que la vérité de ces conclusions lui parût irréfragable,

Léonard, cependant, hésitait à les admettre, parce qu'elles im-
pliquaient la nécessité d'un voyage à Londres. S'il s'y rendait
seul, son infirmité le mettait à la merci de ses domestiques
et de personnes étrangères, et cela lorsqu'il avait à conduire
des investigations de la nature la plus délicate et la plus secrète. Si Rosamond devait l'accompagner, il en résulterait toute
espèce de délais et d'inconvénients, inévitables puisqu'ils
emmèneraient leur enfant, et qu'il faudrait subir pendant
un long et fatigant voyage de plus de deux cent cinquante
milles.

Rosamond levait l'une et l'autre de ces difficultés avec sa décision, sa promptitude ordinaires. Elle commençait par écarter,
comme tout à fait inadmissible, la pensée que son mari pût
aller n'importe où, et pour quelque objet que ce fût, dans l'état
de dépendance où il se trouvait, sans être accompagné d'elle.
Et pour ne pas exposer l'enfant aux chances, aux fatigues d'une
longue route, elle proposait d'aller à Exeter, dans leur voiture, restant ainsi maîtres de l'heure du départ comme de la
durée du voyage; là, ils trouveraient aisément, en prenant
un wagon pour eux seuls, le moyen de s'assurer et toute la
place et tout le bien-être nécessaires pour le demeurant de la
traversée. Après avoir ainsi aplani les obstacles qui semblaient
s'opposer au départ, elle en revenait à la nécessité absolue de
s'y décider. Elle rappelait à Léonard le sérieux intérêt qu'ils
avaient tous deux à obtenir le témoignage de mistress Jazeph
sur l'authenticité de la lettre trouvée dans la chambre aux
Myrtes, et à éclaircir dans ses moindres détails la fraude à
l'aide de laquelle mistress Treverton paraissait avoir trompé son
mari. Elle faisait valoir ensuite le désir très-vif qu'elle ressentait de compenser, autant qu'il serait en son pouvoir, le
chagrin qu'à son insu elle avait infligé, lors de leur première
rencontre dans l'auberge de West-Winston, à la personne du
monde dont elle devait le mieux respecter et les erreurs et les
peines. Et après avoir ainsi énuméré tous les motifs qui devaient les porter, elle et son époux, à se mettre personnellement en rapport avec mistress Jazeph dans le plus bref délai
possible, elle concluait de plus belle que, dans la situation où
ils étaient maintenant placés, il n'y avait qu'un seul parti à
prendre : c'était d'aller à Londres immédiatement.

Après y avoir encore réfléchi, Léonard parut se convaincre
que, dans des circonstances aussi urgentes, il fallait renoncer
aux demi-mesures. Son opinion, au fond, était celle de sa

femme, et il résolut d'agir en ce sens tout aussitôt, sans plus d'hésitation ou de retard. Avant que la nuit fût venue, les domestiques de Porthgenna, fort ébahis, reçurent l'ordre de faire les malles et de commander, au bureau de poste voisin, des chevaux pour le lendemain matin, de très-bonne heure.

Nos voyageurs partis, le premier jour, aussitôt que la voiture fut prête, se reposèrent en route, au milieu de leur étape, et s'arrêtèrent à Liskeard pour y passer la nuit. Le second jour, ils arrivèrent à Exeter et y couchèrent. Le troisième ils débarquaient à Londres, par le chemin de fer, entre six et sept heures du soir.

Lorsqu'ils se furent confortablement installés, pour la nuit, dans l'hôtel où ils descendaient ordinairement, et lorsqu'une bonne heure de repos, de calme absolu, les eut un peu remis des fatigues de la route, Rosamond, sous la dictée de son mari, écrivit deux billets. Le premier, adressé à M. Buschmann, le prévenait simplement de leur arrivée, et du désir qu'ils avaient de le voir à leur hôtel, dès le lendemain, et d'aussi bonne heure que possible. I 'tait prévenu, de plus, qu'il devait différer jusqu'après leur entrevue de faire connaître à sa nièce leur arrivée à Londres.

Le second billet était adressé à l'avoué de la famille, M. Nixon, le même qui, l'année d'avant, à la requête de mistress Frankland, annonçait à Andrew Treverton la mort du capitaine Treverton, son frère. Rosamond le priait, maintenant, tant au nom de son mari qu'en son propre nom, de passer le lendemain matin à leur hôtel, afin de leur donner son avis sur une question de nature très-délicate, et assez importante pour que la nécessité de la résoudre leur eût fait faire inopinément le voyage de Londres. Ces deux missives furent portées à leurs adresses respectives, par un messager, le soir même où elles furent écrites.

Des deux visiteurs qu'elles appelaient, le premier qui fit son apparition, le lendemain, fut, comme de raison, l'avoué Nixon; vieillard avisé, beau parleur, parfaitement poli, qui avait connu le capitaine Treverton, et aussi le père du capitaine. Il arrivait, bien convaincu qu'on avait à le consulter sur quelques difficultés relatives au domaine de Porthgenna, difficultés que les jurisconsultes de l'endroit n'avaient sans doute pu résoudre, et de nature trop compliquée, trop confuse, pour qu'elles pussent être utilement traitées par correspondance. Quand on l'eut mis au courant de la question, dans tout ce qu'elle

avait de délis... et d'urgent, et lorsqu'on eut placé sous ses
yeux la lettr. ...vée dans la chambre aux Myrtes, M. Nixon,
pour la première fois de sa vie, de cette vie passée au milieu
de toute sorte d'affaires, de toute sorte de clients, M. Nixon,
disons-nous (et sans rien dire de trop) demeura comme paralysé
de surprise. Pendant quelques minutes, privé de ses facultés
les mieux exercées, il se trouva hors d'état d'articuler un
seul mot.

Cependant, lorsque M. Frankland, après avoir complété
l'exposé des découvertes faites, se déclara décidé à abandonner
les sommes payées en échange de Porthgenna-Tower, si l'authenticité de la lettre venait à lui être complétement démontrée, le vieil homme de loi retrouva tout aussitôt l'usage de
sa langue, et ce fut pour protester contre les intentions an-
noncées par son client, avec la chaleur sincère d'un homme
qui comprend les avantages de la richesse, et se rend compte
de ce que c'est que perdre ou gagner une fortune de quarante
mille livres sterling. Léonard prêta une oreille patiente aux
arguments légaux de M. Nixon, tendant à le détourner de regarder la lettre, en elle-même, comme un document valide, et
d'accepter le témoignage de mistress Jazeph comme pouvant,
d'accord avec cette lettre, établir régulièrement la généalogie
de mistress Frankland. L'avoué s'étendit longuement sur le
peu de probabilité qu'une fraude comme celle dont on accusait
mistress Treverton eût pu être commise sans autre complicité
que celle d'une femme de chambre. Il déclarait dès lors, au
nom de tout ce qu'on sait de la nature humaine, que des
autres personnes mises dans le Secret, il s'en serait nécessairement trouvé au moins une, si ce n'est plusieurs, qui, par
mauvais vouloir ou imprudence, l'auraient infailliblement révélé. Ceci étant, vingt-deux longues années ne se seraient
pas écoulées avant que la vérité ne parvînt à quelqu'une des
nombreuses personnes qui, soit à Londres, soit dans les comtés anglais de l'Ouest, connaissaient, ou personnellement,
ou de réputation, la famille Treverton.... De cette objection
passant à une autre, il admettait comme strictement possible
l'authenticité de la lettre, qui constituerait, dès lors, ce qu'on
appelle « un commencement de preuve; » mais alors se présentait cette hypothèse, cette probabilité, que mistress Treverton
avait fort bien pu l'écrire, ou la dicter, sous le coup d'une illusion mentale, dans une sorte de délire, pendant lequel sa suivante, n'osant la contrarier ouvertement, aurait écrit tout ce

que sa maîtresse aurait voulu, la même personne n'ayant pas osé d'ailleurs, après la mort de mistress Treverton, essayer de mettre à profit ce qu'elle savait être une imposture. Cette hypothèse expliquait non-seulement la lettre écrite, mais aussi la lettre cachée. M. Nixon faisait de plus remarquer, par rapport à mistress Jazeph, que n'importe quelle attestation donnée par elle, serait, au point de vue légal, dépourvue de toute valeur, par la difficulté, l'impossibilité, disait-il, d'identifier d'une manière satisfaisante l'enfant dont il était question dans la lettre, avec la personne à laquelle il avait l'honneur de s'adresser en ce moment comme à la femme de son jeune ami M. Frankland, personne en possession d'un état civil inattaquable, et qu'aucun document irrégulier ne lui pourrait jamais faire envisager comme n'étant pas la fille du capitaine Treverton, son vieil ami et client.

Après avoir suivi jusqu'au bout les savantes objections de l'homme de loi, Léonard admit sans peine tout ce qu'elles avaient d'ingénieux et de spécieux ; mais il fut obligé de constater, en même temps, qu'elles n'avaient modifié en rien ses impressions au sujet de la lettre, ni ses convictions relativement aux devoirs que la découverte de ce document pouvait lui donner à remplir. Avant de prendre un parti décisif, il attendrait, disait-il, le témoignage de mistress Jazeph ; mais si ce témoignage était de telle nature, et lui était fourni de telle façon qu'il cessât de croire aux droits de sa femme sur la fortune dont elle était détentrice, il restituerait immédiatement cette fortune à son légitime propriétaire, M. Andrew Treverton.

M. Nixon vit bien que tous les raisonnements, toutes les inductions dont il pourrait se servir, n'ébranleraient pas la résolution de M. Frankland, et qu'il ne fallait pas espérer, s'adressant séparément à Rosamond, qu'elle usât de son influence pour modifier, dans ce qu'elles avaient d'absolu, les déterminations de son mari ; bien convaincu de plus, d'après ce qu'il venait d'entendre, que M. Frankland, s'il rencontrait de nouvelles objections, ou bien se déciderait à chercher un représentant plus docile, ou pourrait commettre quelque erreur fâcheuse en procédant lui-même à la restitution projetée, l'avoué finit par consentir, non sans faire ses réserves, à servir d'intermédiaire, si besoin était, entre son client et Andrew Treverton. Il écouta avec une résignation polie le court exposé que lui fit Léonard des questions qu'il entendait adresser à mistress Jazeph ; et, quand vint son temps de parler, se livrant le moins possible à ses inspirations sarcastiques, il dit simplement qu'au *point de vue moral* ces questions étaient vraiment excellentes : les réponses, ajoutait-il, seraient sans doute remplies d'intérêt, au *point de vue romanesque.* « Cependant, continua l'avoué, comme déjà vous êtes père, monsieur Frankland, et comme il est fort possible (excusez cette allusion aux promesses de l'avenir) que vous le deveniez encore plus d'une fois ; comme vos enfants, devenus grands, pourront entendre parler de la fortune de leur mère, perdue pour eux, et désirer quelques explications touchant ce sacrifice héroïque ; il me semblerait à propos, non pas en vue d'un procès quelconque, mais dans un simple intérêt de famille, que vous obtinssiez de mistress Jazeph, outre sa déclaration verbale (contre l'admissibilité de laquelle je ne cesse pas de protester), un témoignage écrit, qu'à votre mort vous laisseriez derrière vous, et qui pourra servir à vous justifier aux yeux de vos enfants, si jamais pareille justification devenait nécessaire. »

Le conseil était trop évidemment bon pour être négligé. Sur la demande expresse de Léonard, M. Nixon, séance tenante, dressa une formule de déclaration, affirmant l'authenticité de la lettre adressée par feu mistress Treverton, sur son lit de mort, à son mari, depuis lors également décédé, et attestant la sincérité des assertions contenues en cette lettre, tant pour ce qui concernait la fraude employée à l'encontre du capitaine Treverton, que pour ce qui avait rapport à la véritable origine de l'enfant introduit, par suite de cette fraude, dans une famille étrangère. Prévenant M. Frankland qu'il aurait à faire confirmer, par la signature de deux témoins, celle que mistress Jazeph serait requise d'apposer au bas de ce document, M. Nixon tendit le papier à Rosamond pour qu'elle en donnât lecture à son mari. Puis, comme aucune objection n'était faite à la teneur de cet écrit, et comme sa présence désormais ne semblait plus devoir être utile, l'avoué se leva pour prendre congé. Léonard lui promit de lui écrire, et dès le jour même, s'il survenait quelque nouvel incident ; alors l'homme de loi se retira, protestant de nouveau contre l'irrégularité légale d'une pareille marche, et jurant, de plus, que jamais, dans le cours de son long exercice, il n'avait encore rencontré un client aussi obstiné.

Après son départ, il s'était écoulé plus d'une heure, et aucun nouveau visiteur n'avait paru. A ce moment, un bruit de pas

fort bien accueilli se fit entendre près de la porte, et l'oncle
Joseph entra dans l'appartement.

L'œil observateur de Rosamond, d'autant plus au guet
qu'elle avait passé par plus d'inquiétudes, découvrit, de
prime abord, un changement notable dans la physionomie et
l'attitude du bon vieillard. Sa figure portait l'empreinte des
soucis et de la fatigue. Sa démarche, tandis qu'il avançait vers
les deux époux, n'avait plus cette vivacité alerte qui la distinguait d'une façon si originale, quand, pour la première
fois, mistress Frankland, l'avait vu à Porthgenna-Tower. A ses
premières paroles de politesse il voulait ajouter quelques
excuses pour être venu si tard ; mais Rosamond lui coupa
la parole, dans son vif désir de lui poser la question qui, de
toutes, lui tenait le plus au cœur.

« Nous savons déjà, lui dit-elle, que vous avez découvert
son adresse ; mais c'est là tout ce que nous avons appris. Est-
elle comme vous redoutiez de la trouver ?... est-elle malade ? »

Le vieillard branla tristement la tête : « Que vous disais-je
en vous montrant ses lettres ? répondit-il. Elle est si mal,
bonne dame, que même cet excellent message dont vous m'a-
vez chargé pour elle, n'a pu lui faire aucun bien. »

Ces simples paroles jetèrent dans le cœur de Rosamond une
étrange terreur, qui, malgré tout l'effort de sa volonté, lui
imposa silence, alors qu'elle eût tout donné pour parler de
nouveau. L'oncle Joseph comprit le regard inquiet qu'elle
tenait arrêté sur lui, et le signe hâté par lequel elle lui montrait le fauteuil le plus voisin du sofa sur lequel les jeunes
époux étaient assis. Il y prit place, et leur dit alors tout ce
qu'il avait sur le cœur.

Suivant exactement le conseil donné par Rosamond, il avait,
raconta-t-il, dès le lendemain de son arrivée à Londres, porté
au bureau de poste une lettre adressée à S. J. Ainsi que cela
était prévu, une personne exprès dépêchée, une domestique,
était venue ; il l'avait vue sortir du bureau, la lettre en main.
Il l'avait suivie jusqu'à la porte d'une maison meublée, sise
dans le voisinage, et, après l'y avoir laissée entrer, il y avait
frappé lui-même, demandant mistress Jazeph. Une femme
âgée qui était venue répondre, et qui paraissait être la maîtresse du logis, avait déclaré qu'aucune de ses locataires ne
lui était connue sous ce nom. Il avait alors expliqué qu'il
souhaitait voir la personne à laquelle arrivaient des lettres

adressées à S. J., poste restante, au bureau voisin. Sur quoi,
la femme âgée, du ton le plus aigre, lui avait déclaré que dans
sa maison on n'avait affaire ni aux gens anonymes ni à leurs
amis ; ce disant, elle lui avait jeté la porte au nez. En conséquence, il était retourné chez son ami, le boulanger allemand,
pour lui demander conseil. Le conseil donné par ce brave
homme fut qu'il fallait revenir à la charge, demander la domestique chargée du service des locataires, lui donner le signalement de sa nièce, et, pour se faire mieux comprendre
d'elle, lui glisser dans la main, tout en parlant, une demi-
couronne. Il avait suivi de point en point toutes ces indications, et avait ainsi découvert que sa nièce, bien réellement
logée dans cette maison, y était malade, au lit, sous le nom
de « mistress James. » Quelques mots persuasifs (après le cadeau de la demi-couronne) avaient déterminé la domestique
à le conduire en haut et à transmettre son nom. Après quoi
tous les obstacles s'étaient trouvés aplanis, et il avait été introduit dans la chambre occupée par sa nièce.

Dès qu'il la vit, il fut frappé, ébranlé, au delà de toute expression, par la violente agitation nerveuse dont elle donnait
les signes, tandis qu'il approchait de son lit. Il ne perdit
cependant ni le courage ni l'espérance, jusqu'au moment où,
ayant transmis le message de mistress Frankland, il vit que
ce talisman n'opérait pas, comme il l'avait cru, un retour
soudain de calme et de sérénité. Au lieu d'apaiser la pauvre
malade, il parut, au contraire, la surexciter davantage et lui
causer de nouvelles alarmes. Après lui avoir adressé une mul-
titude de questions sur la physionomie de mistress Frankland,
sa façon d'être vis-à-vis de lui, les paroles que, bien exactement, elle avait dites (toutes questions auxquelles il avait pu
répondre d'une manière plus ou moins satisfaisante au gré de
celle qui les lui adressait), elle lui en fit deux qui l'avaient
mis à bout de réplique. La première fut : Mistress Frankland
vous a-t-elle dit quoi que ce soit du Secret? La seconde : Dans
les paroles de mistress Frankland s'en est-il, par hasard,
trouvé quelqu'une d'où vous ayez pu induire qu'elle ait découvert où est située la chambre aux Myrtes ?

Le médecin était survenu, ajouta le bon vieillard, tandis qu'il
se trouvait encore au chevet de sa nièce, alors que vainement
il essayait de lui faire accepter les bonnes assurances de mistress Frankland comme une réponse très-suffisante aux questions qui la préoccupaient encore, et sur lesquelles il n'avait

pu lui donner aucun éclaircissement plus direct et plus décisif. Après quelques demandes insignifiantes et après avoir
causé de choses et d'autres, le docteur l'avait pris à part, secrètement. Il l'avait informé que les symptômes du mal dont
sa nièce se plaignait, souffrance dans la région du cœur, difficulté de respiration, étaient d'une nature plus sérieuse que ne
pouvaient le conjecturer, de premier mouvement, les personnes
étrangères à la médecine. Il l'avait donc prié de ne plus transmettre à la malade aucun message quelconque, à moins que,
par avance, il ne fût tout à fait certain que ces communications devaient avoir pour effet de le débarrasser, tout à coup
et pour toujours, des anxiétés secrètes qui, maintenant, la mi-
naient ; anxiétés qui aggravaient jour par jour son état, il devait en être bien certain, et qui rendaient inutiles, ou à peu
près tels, tous les secours de l'art.

Alors, après avoir prolongé sa séance auprès de sa nièce et
avoir tenu conseil avec lui-même, l'oncle Joseph s'était décidé
à écrire, le soir même, sans en rien dire, une lettre à mistress
Frankland, dès qu'il serait rentré chez son ami. Cette lettre lui
avait pris plus de temps à composer que ne devaient le croire
des gens habitués à pareille besogne. Enfin, après bien des
ajournements causés par la nécessité de mettre au net force
brouillons, et force retards provenant de ce qu'il quittait
fréquemment sa tâche pour aller soigner sa nièce, il avait
complété un récit suffisamment intelligible de tout ce qui était
advenu depuis son arrivée à Londres. En conférant les dates,
il fut avéré que cette lettre avait dû se croiser sur les chemins
avec M. et mistress Frankland. Elle ne contenait, au reste, rien
de plus que ce qu'il venait de leur raconter de vive voix : sauf
que, pour montrer à quel point son éloignement rassurait peu
la pauvre malade, l'oncle Joseph reproduisait de point en point
les explications qu'il avait reçues d'elle, touchant le faux nom
qu'elle avait pris et touchant sa résidence chez des personnes
tout à fait étrangères, alors qu'elle avait à Londres des amis
qui l'eussent bien accueillie sous leur toit. Peut-être juge-
raient-ils qu'il avait très-inutilement allongé la lettre en re
nouvelant ces explications, qu'il avait déjà données en leur
parlant des motifs qui avaient déterminé Sarah, lors de sa
rentrée à Truro, à se séparer de lui.

Ces derniers mots mirent fin au triste et simple récit du
bon vieillard. Après un moment de répit, qui lui permit de
retrouver un peu d'empire sur elle-même et de raffermir sa

voix, Rosamond frappa doucement l'épaule de son mari pour attirer son attention sur elle, et lui dit ensuite tout bas :

« Je puis maintenant, n'est-il pas vrai, lui révéler tout ce que j'avais sur les lèvres à Porthgenna?

— Tout, répondit-il.... Si vous êtes sûre de vous-même ; Rosamond, c'est de vous, en effet, que ces révélations doivent venir. »

Après la première explosion de surprise, surprise bien naturelle à coup sûr, l'effet que parut produire sur l'oncle Joseph la révélation du Secret contrastait de la façon du monde la plus singulière avec celui qu'elle avait eu sur M. Nixon. Pas l'ombre d'un doute ne passa sur son front, pas un mot d'objection ne tomba de ses lèvres : la seule émotion excitée en lui fut un plaisir sans mélange, pur de toute amère pensée, de tout soupçon. Il bondit sur ses pieds avec toute sa vivacité naturelle ; ses yeux reprirent leur éclat accoutumé ; à un moment donné, il frappait des mains comme un enfant ; l'instant d'après, il sauta sur son chapeau et supplia Rosamond de permettre qu'il la conduisît tout de suite au chevet de sa mère. « Dites seulement à Sarah ce que vous venez de me dire! s'écria-t-il, traversant la chambre à grands pas pour aller ouvrir la porte, vous lui rendrez tout son courage, vous la tirerez de son lit, vous la guérirez avant qu'il soit nuit. »

Une simple remontrance de M. Frankland l'arrêta sur place, et le ramena silencieux, attentif, sur le fauteuil qu'il venait de quitter.

« Songez un peu, objectait Léonard, à ce que le docteur vous a dit. La surprise soudaine qui vous a rendu si heureux pourrait être fatale à votre nièce. Avant de prendre la responsabilité d'aborder avec elle un sujet qui, à coup sûr, l'agitera considérablement, quelques précautions que vous y mettiez, nous devrons d'abord, pour n'agir qu'à bon escient, mander le médecin et prendre son avis. »

Rosamond appuya chaleureusement la suggestion de son mari, et, avec l'impatience caractéristique que tout retard lui causait, proposa de se mettre sur-le-champ en quête de ce médecin. L'oncle Joseph déclara, un peu à contre cœur, semblait-il, en réponse aux questions de la jeune femme, qu'il connaissait la résidence du docteur, et qu'habituellement on le trouvait chez lui avant une heure de l'après-midi. Il était justement midi et demi : aussi Rosamond, à qui son mari en donna la permission, sonna-t-elle aussitôt pour envoyer cher-

cher un fiacre. Cet ordre donné, elle allait quitter la chambre
pour mettre un chapeau, quand le vieillard l'arrêta pour lui
demander, non sans une certaine hésitation, et comme confus
de ce qu'il allait dire, si on jugeait indispensable qu'il accom-
pagnât chez le docteur M. et mistress Frankland; ajoutant,
avant d'avoir la réponse à cette question, qu'il préférerait
beaucoup, s'ils n'y voyaient aucune objection, rester à l'hôtel
et y attendre les instructions qu'ils auraient à lui donner
après leur retour. Léonard fit immédiatement droit à cette requête, sans aucune question sur les motifs qui l'avaient dictée; mais Rosamond, dont la curiosité s'éveilla aussitôt, voulut
savoir pourquoi l'oncle Joseph préférait rester à l'hôtel.

« Je ne l'aime pas, cet homme, repartit le vieillard. Quand
il parle de Sarah, ses dires, sa physionomie, semblent indiquer qu'il n'espère pas la voir jamais se rétablir. » Après cette
courte réponse, il marcha vers la fenêtre avec une sorte de
gêne, comme heureux de n'en pas dire plus long.

La demeure du médecin était à quelque distance; mai
M. et mistress Frankland y arrivèrent avant une heure
et dès lors le trouvèrent encore chez lui. C'était un jeun
homme de physionomie grave et douce, de manières calmes
et contenues. Un contact journalier avec le chagrin et la
souffrance avait, peut-être prématurément, refroidi, attristé
son caractère. Se présentant tout simplement, elle et son mari,
comme des personnes qui portaient un vif intérêt à « mistress
James, » Rosamond laissa Léonard poser les questions relatives à la santé de cette mère qu'elle allait bientôt retrouver.

La réponse du docteur eut pour exorde quelques paroles
polies, mais de mauvais augure, et qui semblaient avoir pour
but de préparer ses auditeurs à de moins favorables prévisions qu'ils n'en avaient peut-être conçu en venant le trouver. Écartant avec soin tous les termes, toutes les déductions
techniques, il leur dit que sa cliente était, sans aucun doute,
sous le coup d'une affection du cœur vraiment grave. Quant
à la nature exacte du mal, il reconnaissait loyalement qu'il
pouvait exister des doutes, et que différents médecins ne
l'apprécieraient pas tous de la même manière. Pour lui, son
opinion personnelle, formée d'après les symptômes qu'il avait
suivis avec soin, était que la maladie avait son siége dans
l'artère qui transmet le sang, au sortir du cœur, dans tout
l'organisme. La malade ayant toujours répondu avec une répugnance marquée aux questions qu'il lui avait faites sur sa

vie passée, il pouvait tout au plus conjecturer que l'origine
de son mal remontait à une date assez éloignée ; selon toutes
probabilités, il avait dû être produit, d'abord, par quelque grand
ébranlement moral, suivi de longues anxiétés, tenaces, épui-
santes (dont, au reste, sa figure portait des traces palpables) ; il
avait ensuite été aggravé par les fatigues d'un voyage à
Londres, qu'elle reconnaissait avoir entrepris à une époque où
une grande lassitude nerveuse aurait dû l'empêcher de se
mettre en route. Envisageant ainsi la question, le docteur
obéissait à un devoir pénible, ajouta-t-il, en déclarant aux
amis de la malade que toute émotion violente mettrait, sans
aucun doute, sa vie en danger. D'un autre côté, si les anxiétés mentales, dont maintenant elle souffrait, pouvaient être
soulagées, s'il était possible de la transporter à la campagne,
parmi des gens qui s'appliqueraient à maintenir autour d'elle
un calme complet, en pourvoyant d'ailleurs à tous ses besoins
il n'était pas absolument défendu d'espérer que les progrès
du mal se trouveraient suspendus, et qu'elle pourrait vivre
quelques années encore.

Le cœur de Rosamond, contristé d'abord, s'épanouit devant
le tableau de cet avenir que lui faisaient entrevoir les dernières paroles du médecin. « Elle jouira de tout ce que vous
demandez pour elle, et de bien autre chose, s'il le fallait,
s'écria-t-elle avec impétuosité, avant que son mari eût pu
reprendre la parole.... Oh ! monsieur, s'il ne lui faut que du
repos parmi des cœurs dévoués à elle, si c'est là ce dont a
besoin cette pauvre nature épuisée, Dieu merci, nous pouvons
le lui assurer.

— Nous le pouvons certainement, dit Léonard, complétant
la pensée de sa femme, si le docteur autorise des explications
avec sa cliente ; des explications qui doivent lui ôter toute
inquiétude, mais qu'elle n'est pas le moins du monde préparée
à recevoir, il faut bien ajouter ceci.

— Puis-je savoir, dit le docteur, à qui est dévolue la responsabilité des explications qui peuvent ainsi lui être données ?

— Deux personnes sont à même de s'en charger, répondit
Léonard. L'une est le vieillard que vous avez déjà vu au chevet de votre malade ; l'autre est ma femme.

— En ce cas, reprit le docteur, regardant Rosamond, il n'y
a pas à douter que madame, des deux, ne soit le meilleur
intermédiaire.... » Il s'arrêta, réfléchit un instant, puis ajouta

« Puis-je cependant m'informer, avant de vous conseiller l'un ou l'autre choix, si cette dame est familièrement connue de la malade, et si elle est, avec mistress James, dans une intimité aussi grande que le bon vieillard dont vous venez de me parler ?

— Je dois, bien à regret, répondre négativement à cette double question, dit Léonard. Et peut-être faut-il ajouter, en même temps, que votre malade croit ma femme au fond du Cornouailles. Son apparition subite pourrait donc causer à mistress James une fort grande surprise; peut-être même croirait-elle avoir lieu de s'en alarmer.

— Dans ces circonstances, dit le docteur, le danger de confier une mission si délicate à ce bon vieillard, si étrangement naïf, me paraît être, de beaucoup, le moindre des deux; et cela, par cette raison bien simple qu'en le voyant, lui, elle n'éprouvera aucune surprise. Quelque maladresse qu'il mette à lui donner les nouvelles dont il s'agit, encore aura-t-il sur madame l'avantage de ne l'effaroucher point par sa seule présence. Si cette épreuve hasardeuse doit être risquée, et, d'après ce que vous m'avez dit, j'estime qu'elle doit l'être, vous n'avez, je pense, d'autre alternative que de vous confier au bon vieillard en question, après lui avoir donné les instructions les plus détaillées sur les précautions à prendre. »

Cette conclusion précise et définitive mettait naturellement fin à la consultation. Rosamond et son mari revinrent en toute hâte à l'hôtel, afin d'endoctriner convenablement l'oncle Joseph.

En approchant de la porte de leur salon, ils furent surpris d'entendre de la musique exécutée dans cette pièce. Ils y trouvèrent, une fois entrés, le vieillard accroupi à côté d'un tabouret, et l'oreille tout contre une méchante petite boîte à musique, placée sur une table à côté de lui. Elle jouait un air que Rosamond reconnut aussitôt : le *Batti, Batti*, de Mozart.

« Vous m'excuserez, j'espère, de m'être fait un peu de musique pour me tenir compagnie pendant que vous étiez dehors, dit l'oncle Joseph se relevant tout confus, et arrêtant aussitôt son instrument.... De tous mes amis, de tous mes compagnons, voilà, sauf votre respect, le plus ancien qui me soit resté. Le divin Mozart, le roi de tous les compositeurs qui aient vécu jamais, l'a donné à mon frère, de sa propre main, madame, lorsque Max, tout enfant, était à l'école de musique à Vienne. Depuis que ma nièce m'a laissé tout seul dans le Cornouailles, je n'avais pas encore trouvé le courage de me faire jouer quelque chose par Mozart, au moyen de cette petite boîte. A présent que vous m'avez tranquillisé sur le compte de Sarah, mes oreilles sont altérées de ce frêle *tinn, tinn*, qui, partout où je suis, a pour mon cœur la même sonorité amicale. Mais c'est assez comme cela, dit le vieillard, renfermant la boîte dans son enveloppe de cuir, laquelle pendait encore à son côté, et que Rosamond y avait déjà remarquée le jour où elle l'avait vu à Porthgenna pour la première fois.... Je remets mon gentil petit oiseau dans sa cage, et je vous demanderai, maintenant, si vous voulez bien me faire part de ce que le docteur vous a dit. »

Rosamond raconta, en substance, pour faire droit à cette requête, la conversation qui avait eu lieu entre son mari et le médecin. Puis, usant de mille stratagèmes oratoires, elle en vint à catéchiser le vieillard sur la façon dont il devait s'y prendre pour révéler à sa nièce la découverte du Secret. Elle lui dit que les circonstances qui avaient amené cette découverte devaient d'abord être présentées à Sarah, non pas comme s'étant réellement produites, mais comme ayant pu se rencontrer. Elle lui mit, pour ainsi dire, sur les lèvres, les paroles dont il avait à se servir, choisissant à dessein les plus simples, les plus claires, celles qui demandaient le moins à son intelligence ou à sa mémoire. Elle lui montra comment, au moyen d'une transition bien ménagée, il pourrait glisser du terrain des simples hypothèses sur celui des faits réalisés ; et elle tâcha de lui faire sentir l'importance qu'il y avait à ce que sa nièce ne perdît jamais de vue un seul instant que la découverte du Secret n'avait éveillé, dans le cœur d'aucune des personnes dont il pouvait affecter la destinée, et qui l'avaient poursuivi avec tant de zèle, un seul sentiment amer, une seule pensée de rancune.

L'oncle Joseph écouta jusqu'au bout, avec l'attention la plus soutenue, tout ce que Rosamond avait à lui dire. Puis il se leva de son siége, contempla longuement son visage, et y découvrit une expression d'inquiétude et de doute dont il se fit l'application tout de suite, en toute modestie et en toute perspicacité.

« Comment nous bien assurer, avant de partir, que je n'oublierai rien ? lui demanda-t-il d'un ton pénétré. Je n'ai pas grande invention, cela est vrai : mais il y a quelque chose en moi que je ne saurais oublier, et surtout quand l'intérêt de

Sarah est en jeu.... Prêtez-moi donc attention, s'il vous plaît, et voyons si je puis vous répéter bien exactement tout ce que vous m'avez dit. »

Debout devant Rosamond, et rappelant d'une manière à la fois étrange et touchante, par sa physionomie et son attitude, le temps déjà si lointain où, tout enfant, aux genoux de sa mère, il avait récité ses premières leçons, il répéta, d'un bout à l'autre, les instructions qui venaient de lui être données, avec une exactitude de mots et une assurance de mémoire qui, dans un homme de son âge, semblaient presque merveilleuses. « Eh bien, demanda-t-il simplement après être arrivé au bout, ai-je bien tout dans la tête ? puis-je partir maintenant, et aller porter mes bonnes nouvelles au chevet de Sarah ? »

Il fallut le retenir encore, cependant : car Rosamond et son mari avaient à se consulter sur les meilleurs moyens à prendre, et les moins périlleux, pour qu'après avoir révélé la découverte du Secret, on pût en venir à mentionner leur arrivée à Londres. Après quelque réflexion, Léonard demanda à sa femme de prendre le document rédigé, ce matin même, par leur avoué, et, sur le revers du papier, d'écrire, dans les termes qu'il allait lui dicter, quelques lignes où mistress Jazeph serait priée de vouloir bien, après qu'elle se serait assurée que ceci ne l'entraînait à rien affirmer qui ne fût exactement vrai, apposer sa signature au bas de cette pièce. Ceci fait, et le papier plié de manière que les lignes écrites par mistress Frankland fussent les premières qui devaient nécessairement arrêter le regard de la malade, Léonard le fit remettre au vieillard, et lui expliqua en ces termes comment il devait en user :

« Lorsque vous aurez informé votre nièce de tout ce qui a rapport au Secret, et après lui avoir laissé tout le temps de se remettre, si elle vous adresse quelques questions relativement à ma femme ou à moi (je suppose qu'il en sera ainsi), passez-lui ce papier, pour toute réponse, en la priant de le lire. Qu'elle veuille ou non le signer, il est certain qu'elle vous demandera comment il est arrivé entre vos mains. Répondez-lui que vous l'avez *reçu* de mistress Frankland, et n'oubliez pas qu'il faut vous servir de ce mot « reçu, » de manière à ce qu'elle puisse penser, au premier abord, qu'il vous est arrivé de Porthgenna par la poste. Si vous la trouvez toute disposée à signer la déclaration, et si, après l'avoir signée, elle n'est pas trop violemment émue, dites-lui alors, peu à peu, tout en ménageant les gradations, ainsi que vous l'aurez déjà fait pour lui révéler

la découverte du Secret, dites-lui que ma femme vous a *remis*
elle-même le papier, et qu'elle est à Londres....

— Attendant, soupirant après le moment de courir près
d'elle, ajouta Rosamond. Vous qui n'oubliez rien, vous n'ou-
blierez certainement pas ceci, j'en suis bien sûre. »

Ce petit compliment à l'adresse de sa bonne mémoire fit rougir de plaisir l'oncle Joseph, comme s'il fût redevenu écolier.
Après avoir promis qu'il se montrerait digne de la confiance
qu'on mettait en lui, et s'être engagé à revenir, avant la fin du
jour, calmer les inquiétudes de mistress Frankland, il prit
congé des jeunes époux, et partit, regardant comme assuré
d'avance le succès de son importante mission.

Rosamond, à la fenêtre, le suivit du regard, se démenant
parmi la foule qui encombrait la chaussée, jusqu'à ce qu'elle
l'eut complétement perdu de vue. Avec quelle légèreté s'éloignait
ce bon petit homme! Et que de gaieté dans ces rayons de
soleil qui tombaient en plein sur le joyeux tumulte de la rue!
La grand'ville tout entière semblait un lazzarone étalé sous
la chaleur, et s'en imprégnant avec une volupté paresseuse.
Le sang courait, plus vif que jamais, dans ses mille artères,
dont le pouls semblait plus élevé, les battements plus fréquents,
plus impétueux, et ses mille voix semblaient, fondues en un
murmure flatteur, ne parler que d'espérance.

CHAPITRE III.

L'histoire du passé.

L'après-midi s'écoula, et le soir vint, et on n'entendait plus
parler de l'oncle Joseph. Vers sept heures, Rosamond fut appelée par la nourrice pour venir voir l'enfant, qui ne s'endormait
pas et semblait agité. Après l'avoir calmé par ses caresses, la
jeune mère le rapporta dans le salon. Par un de ces bons
mouvements qui la faisaient sans cesse veiller au bien-être de
ses subordonnés, elle venait de permettre à la nourrice de descendre, pendant une heure, auprès des autres domestiques,
pour s'y reposer de ses soins assidus. « Je n'aime pas, Lenny, à
me sentir loin de vous pendant ces heures critiques, dit-elle

à son mari quand elle l'eut rejoint; aussi ai-je ramené l'enfant. Il n'est pas probable qu'il recommence à nous donner de l'embarras; et, dans ce moment de pénible attente, les soins à lui prodiguer sont un véritable soulagement pour moi. »

La pendule placée sur la cheminée sonna sept heures et demie. Les voitures, dans la rue, se succédaient de plus en plus rapidement, remplies de gens en grande toilette, dîneurs en ville, habitués de l'Opéra. Les marchands de journaux colportaient à grand bruit, proclamant leurs nouvelles, la seconde édition des feuilles du soir. Sur le seuil des magasins, les malheureux qui, toute la journée durant, avaient, derrière le comptoir, servi la pratique, venaient aspirer quelques bouffées d'air frais. Les ouvriers rentraient par bandes dans leurs logis, traînant le pied et la tête basse. Maint oisif, sorti après le dîner, allumait son cigare au coin de la rue, et, jetant un regard indécis à droite et à gauche, semblait ne savoir où porter ses pas capricieux. On était enfin à ce moment de transition où cesse pour les rues la vie de jour, tandis que la vie de nuit n'a pas encore commencé ; et justement aussi, pour Rosamond, l'heure était venue où, après avoir vainement essayé de tromper les ennuis de l'attente en regardant au dehors, elle se sentait de plus en plus envahie par l'inquiétude de ses pensées intimes, lorsqu'elle fut brusquement ramenée au sentiment des choses extérieures par le bruit que la porte du salon fit en s'ouvrant. Elle quitta immédiatement des yeux l'enfant endormi sur ses genoux, et vit que l'oncle Joseph était enfin revenu.

Le vieillard entra sans rien dire, tenant à la main, tout ouverte, la formule de déclaration que, selon le désir de M. Frankland, il avait emportée avec lui. Comme il se rapprochait de la fenêtre où elle était assise, Rosamond remarqua que sa figure avait, en quelque sorte, étrangement vieilli pendant le petit nombre d'heures écoulées depuis son départ. Il vint près d'elle, et, toujours sans souffler mot, posa le doigt au bas du papier qu'il tenait ouvert devant les yeux de la jeune femme, de façon que celle-ci pût lire sans se lever de son fauteuil.

Ce silence obstiné, aussi bien que le changement de ses traits, frappa Rosamond d'une crainte soudaine qui la fit hésiter avant de lui adresser la parole.

« Lui avez-vous tout dit? » demanda-t-elle enfin, après un moment. Cette question fut faite à voix basse. Rosamond n'avait pas seulement regardé le papier.

« En voici la preuve, dit-il, montrant la déclaration. Voyez !... le nom s'y trouve, à l'endroit laissé en blanc.... Et il est tracé de sa main. »

Rosamond regarda le papier ; la signature s'y trouvait en effet : « S. Jazeph, » et au-dessous, d'une main évidemment affaiblie, on avait écrit, par manière de parenthèse, cette explication : « Autrefois, Sarah Leeson. »

« Pourquoi donc ne parlez-vous pas ? s'écria Rosamond, dont les craintes augmentaient de minute en minute. Pourquoi ne pas nous dire comment elle a supporté cette épreuve ?

—Ah ! ne me le demandez pas !... Ne me le demandez pas ! reprit-il, se reculant pour éviter le contact de la main qu'elle étendait vers lui par un mouvement passionné. Je n'ai rien oublié.... Les paroles que vous m'avez suggérées, je les ai dites.... Ma langue, pour arriver à la vérité, faisait le grand tour ; mais ma physionomie a pris le plus court, et elle est arrivée la première.... Par bonté pour moi, je vous le demande en grâce, ne m'interrogez pas là-dessus.... Contentez-vous, s'il vous plaît, de savoir qu'elle est mieux.... plus tranquille maintenant.... et moins malheureuse. Le mal est passé, il ne reviendra plus.... Le bien, au contraire, est tout entier à venir.... Si je vous dis ce que j'ai vu.... si je vous répète ses paroles.... si je vous raconte tout ce qui est arrivé quand la vérité lui a été connue, l'effroi va me reprendre au cœur, et toutes les larmes, tous les sanglots que j'ai retenus, essayeront encore de se faire jour, et m'étoufferont.... Il me faut toute ma tête.... Il faut que mes yeux restent secs.... Sans cela, comment parviendrais-je à vous raconter tout ce que j'ai promis à Sarah, sur mon âme et sur la sienne, de vous faire savoir ce soir même, avant de m'endormir ?... » Il s'arrêta, tira de sa poche un petit mouchoir de cotonnade où, sur un fond bleu foncé, un dessin blanc étalait ses complications éblouissantes, et sécha les larmes qui, tandis qu'il parlait ainsi, lui étaient montées dans les yeux. « Ma vie jusqu'à présent avait été si heureuse, reprit-il, regardant Rosamond, mais avec l'accent d'un reproche qu'il s'adressait à lui-même ; si heureuse, que mon courage, quand viennent les heures de trouble, ne m'est pas facile à retrouver.... Et pourtant je suis Allemand.... Tous mes compatriotes sont philosophes.... D'où vient donc que, seul, j'ai la tête faible.... et le cœur aussi.... comme ce joli petit marmot qui dort là sur vos genoux ?

—Restons-en là !... Ne nous dites rien de plus avant d'avoir recouvré un peu de sang-froid, dit Rosamond. Maintenant que nous la savons plus tranquille et en meilleur état, nos plus grandes inquiétudes sont calmées.... Je ne vous ferai plus de questions.... c'est-à-dire, ajouta-t-elle après une pause, je ne vous en ferai plus qu'une seule. »

Elle s'arrêta, et ses regards se tournèrent du côté de Léonard, comme pour l'interroger. Jusque-là silencieux, il avait écouté avec le plus vif intérêt; maintenant, il intervint avec sa douceur habituelle, et pria sa femme d'attendre quelques instants avant de rien dire de plus.

« La réponse sera si facile !... reprit Rosamond, insistant. Je veux simplement savoir si on lui a transmis mon message.... si elle sait que j'attends, que j'attends avec impatience le moment de la voir.... si elle veut permettre que j'aille vers elle.

—Oui, oui, dit le vieillard faisant à Rosamond un signe de tête affirmatif, et sa figure exprimait une sorte de soulagement. La question est simple, en effet.... plus simple même que vous ne pensez, car elle me met à même de commencer immédiatement ce que j'ai mission de vous dire. »

Jusqu'alors il s'était démené par la chambre comme une âme en peine, tantôt s'asseyant, et se relevant la minute d'après. A ce moment, il avança un fauteuil où il alla s'installer à égale distance de Rosamond, assise avec son enfant près de la fenêtre, et de son mari, qui occupait le sofa placé au fond de la pièce. Dans cette position, qui lui permettait de s'adresser alternativement, sans la moindre difficulté, tantôt à l'un, tantôt à l'autre de ses auditeurs, il eut bientôt retrouvé le calme qu'il lui fallait pour suffire aux préoccupations de son récit.

« Lorsque le plus difficile fut fait, dit-il, s'adressant à Rosamond.... quand elle put écouter, quand moi-même je fus en état de parler.... ma première consolation fut le message dont vous m'aviez chargé pour elle. Alors elle me regarda bien en face, les yeux agrandis par l'inquiétude et la crainte : « Son mari était-il présent? me dit-elle. Avait-il l'air en colère?... bien en colère?... Est-ce qu'il ne fit rien paraître, vraiment, quand vous reçûtes d'elle ce message pour moi?—Non, lui dis-je, absolument rien. Aucune colère, aucun chagrin ne parut sur son visage. Rien de semblable, rien de ce que vous craignez.

—Et, reprit-elle, il n'en est résulté entre eux aucun mauvais sentiment? De toute l'affection, de tout le bonheur qui les unis-

sent si étroitement l'un à l'autre, ce nouvel état de choses n'a
rien effacé?... » Et moi de répondre : « Non ; pas de mauvais
sentiment, rien d'effacé.... Tenez, si vous le voulez , je vais
aller chercher la bonne petite dame ; elle viendra elle-même vous
rassurer, de sa propre bouche, sur le compte de son bon mari.... »
Tandis que je parle ainsi, il passe sur sa figure une expression....
qu'est-ce que je dis, une expression?... une lumière, comme un
rayon de soleil. Le temps de compter : une, deux! ce rayon dure ;
trois ! il est parti. Le visage est redevenu sombre.... il se détourne de moi et se cache sous l'oreiller, et je vois la main
pendante à côté du lit, qui commence à froisser le drap. « Eh
bien ! c'est dit, n'est-ce pas ? je m'en vais chercher la bonne petite
dame ? » Ainsi parlé-je, mais elle : « Non , non, pas encore. Je
ne dois pas la revoir, je n'ose pas la revoir jusqu'à ce qu'elle
sache.... » Et la voilà qui s'arrête encore, voilà la main qui se
remet à froisser le drap.... Alors, doucement, bien doucement :
« Qu'elle sache quoi? » lui demandé-je. Et elle me répond : « Ce
que moi, sa mère, je ne puis lui dire en face sans mourir de
honte. — Alors , mon enfant, lui dis-je, pourquoi cet aveu,
pourquoi ? Ne vaut-il pas mieux se taire?... » Mais elle, avec
un mouvement de tête comme ceci, et joignant les mains sur
la couverture, comme cela : « Il faut que cet aveu se fasse,
dit-elle; il faut que de mon cœur sorte ce qui le ronge depuis
si longtemps.... Sans cela, comment goûter le bonheur que
j'aurai à la revoir, ma conscience une fois satisfaite?... » Puis
elle s'arrête, lève en haut les deux mains, comme ceci, et se
met à crier tout haut : « Oh! la bonté céleste, la miséricorde de Dieu ne saurait-elle m'inspirer un moyen de le faire
savoir à mon enfant sans avoir à le lui dire moi-même?... » Et
alors moi : « Chut! lui dis-je ; ce moyen, je vais vous le donner. Racontez à l'oncle Joseph, qui est pour vous comme un
père.... racontez à l'oncle Joseph, dont l'enfant est mort dans
vos bras; dont votre main, jadis, à l'heure des chagrins, essuya les larmes.... racontez à *moi*, mon enfant, et c'est moi
qui courrai le risque, c'est moi qui supporterai la honte (s'il
y a honte) de répéter ce récit. Moi, pour qui rien ne parle
que ma chevelure blanchie, moi qui n'ai rien, pour me venir
en aide, que mon cœur dénué de mauvaises intentions.... j'irai
trouver cette bonne et loyale dame, et déposer à ses pieds ,
fardeau précieux, la douleur de sa mère. Eh bien, au plus profond de mon âme je trouve cette assurance qu'elle ne se dé-
tournera pas de moi ! »

Il s'arrêta, jetant un regard du côté de Rosamond. La tête de la jeune femme était inclinée au-dessus de son enfant. Ses pleurs coulaient lentement, un par un, sur le blanc tissu qui recouvrait cet être chéri. Après s'être recueillie, elle tendit la main au vieillard, et répondit à son regard fixé sur elle par un regard assuré, où se peignait la plus vive reconnaissance.

« Oh ! continuez, continuez !... lui dit-elle ; et laissez-moi vous prouver que vous n'avez pas mal placé votre généreuse confiance.

— Je le savais déjà, tout aussi bien que je le sais à présent, dit l'oncle Joseph. Et Sarah, quand elle m'eut entendu, n'en douta pas plus que moi. Elle cessa de parler quelques instants.... Elle pleura quelques instants aussi.... puis elle se souleva de son oreiller et m'embrassa, ici, sur cette joue, car j'étais assis à son chevet.... Et ensuite, regardant au fond, tout au fond de ce long passé enfoui au dedans d'elle-même, très-paisiblement, très-lentement, les yeux arrêtés sur mes yeux, sa main posée dans la mienne, elle me dit les paroles que j'ai à vous redire, à vous qui siégez aujourd'hui comme son juge, en attendant que demain vous soyez à ses pieds comme sa fille.

— Moi, son juge !... dit Rosamond. Oh ! jamais !... Je ne puis, je ne dois pas accepter cette parole.

— Cette parole est d'elle et non de moi, répondit gravement le vieillard. Avant de m'en prescrire d'autres, attendez !... attendez que tout vous soit connu. »

Il rapprocha son siége de celui de Rosamond, suspendit son discours durant une ou deux minutes, afin de mieux classer ses souvenirs et de donner à chacun sa place ; ensuite il reprit :

« Je commencerai, naturellement, par où a commencé Sarah, ce qui revient à dire que je vais descendre le cours des années écoulées, jusqu'au moment où ma nièce entra dans sa première condition. Vous savez que ce capitaine de marine, cet intrépide et excellent homme, Treverton, avait pris pour femme ce qu'on appelle, je crois, une actrice, une dame de théâtre ; une grande et forte femme, et très-belle, animée, courageuse, volontaire comme on ne l'est pas souvent : une de ces femmes qui peuvent dire : « Je ferai ceci, je ferai cela, » et qui ensuite, malgré tous les obstacles, toutes les résistances, en viennent à réaliser ce qu'elles ont dit. A cette

dame, ainsi faite, échoit pour son service particulier ma nièce
Sarah, jeune fille alors, et jolie, et bonne, et douce, et d'une
timidité!...Parmi plusieurs autres qui sollicitent la place, et qui
sont plus fortes, plus vives, plus hardies, mistress Treverton,
de préférence, choisit Sarah. Voilà qui est étrange. Ce qui ne
l'est pas moins, c'est que Sarah, de son côté, débarrassée une
fois de ses premières terreurs, de ses inquiétudes, de sa timidité souffrante, se met à aimer de tout son cœur cette grande
et belle maîtresse si pleine de vie, de courage, de volonté, et
d'une trempe si rare. Étrange phénomène! mais aussi vrai
qu'étrange, puisque c'est de Sarah que je le tiens, de Sarah,
la vérité même.

—Parfaitement vrai, sans aucun doute, dit Léonard. En ce
monde, la plupart des attachements un peu forts sont fondés
sur des divergences de caractère.

—Aussi, reprit le vieillard, la vie qu'on allait mener à Porthgenna débuta sous d'heureux auspices. L'affection de mistress
Treverton pour son mari débordait de son cœur sur tout ce
qui l'entourait, et sur Sarah, naturellement, plus encore que
sur les autres gens de sa maison. Elle ne voulait avoir d'autre
lectrice que Sarah; Sarah seule travaillait à son gré : pour
l'habiller le matin et dans la journée, pour la déshabiller le
soir, il lui fallait Sarah, toujours Sarah. Quand elles étaient
seules, tête à tête, pendant les longues journées pluvieuses,
leur familiarité était celle de deux sœurs.... Et ce qui amusait
le mieux cette maîtresse impérieuse, le jeu favori de ses heures oisives, c'étaient les étonnements de la jeune villageoise,
qui jamais n'avait mis le pied dans un théâtre, quand mistress Treverton, vêtue de costumes éclatants, les joues cou-
vertes de fard, déclamait et gesticulait devant elle, comme elle
faisait jadis sur la scène, avant d'être mariée. Plus elle éton-
nait, plus elle effrayait sa suivante au moyen de ces masca-
rades capricieuses, plus le divertissement lui semblait bon.
Pendant une année entière, le vieux manoir les vit mener cette
existence facile et heureuse : heureuse pour les serviteurs,
plus heureuse encore pour les maîtres, et à laquelle il ne manquait rien, rien absolument qu'une petite bénédiction, toujours espérée, toujours ajournée; la même que voici, sauf
votre respect, en longue robe blanche, étalée sur vos genoux,
avec sa petite mine délicate et grassouillette, et ses mignons
petits bras. »

Ici, un temps d'arrêt, qui lui permit de compléter l'allusion par un geste de tête et un sourire caressant, adressés à l'enfant endormi dans le giron de sa mère. Il reprit ensuite :

« La seconde année commence, et, peu à peu, Sarah voit sa maîtresse changer. Le bon capitaine adore les enfants.... il est sans cesse à réunir autour de lui les petits garçons et les petites filles de ses voisins et amis. Il joue avec eux, les couvre de baisers, leur fait mille cadeaux.... et devient le meilleur ami de tous ces petits êtres. La maîtresse du manoir, qui devrait être, à ce compte, leur meilleure amie, regarde tout cela et ne dit rien.... Elle regarde, tantôt très-rouge et tantôt très-pâle.... Elle va dans sa chambre, où Sarah travaille pour elle ; elle se promène à grands pas ; elle ne trouve rien de bien fait.... Puis, un beau jour, elle laisse échapper le secret de sa mauvaise humeur : « Pourquoi donc n'ai-je pas, moi aussi, un enfant que mon mari puisse aimer? Pourquoi faut-il que sans cesse il fasse jouer et caresse les enfants d'autres femmes ? Elles prennent ce qui m'appartient.... elles détournent son affection sur ce qui ne vient pas de moi. Je hais ces enfants, et je hais leurs mères !...» C'est la colère qui la fait parler ainsi ; mais la colère ne ment pas, ou ne ment que fort peu : aussi ne la voit-on se lier intimement avec aucune de ces mères. Les dames qu'elle reçoit avec plaisir sont celles qui n'ont pas d'enfants, ou dont les enfants sont tout à fait grands.... Vous trouvez, n'est-ce pas, qu'elle avait tort? »

Au moment où il faisait cette question à Rosamond, elle jouait avec la petite main de son enfant, laquelle reposait dans les siennes :

« Je pense, répondit-elle, que mistress Treverton était vraiment fort à plaindre. »

Et, là-dessus, elle porta doucement à ses lèvres la petite main de l'enfant assoupi.

« Eh bien, moi aussi, dit l'oncle Joseph.... Fort à plaindre, vous avez trouvé le mot.... Et bien plus à plaindre encore, quelques mois après, quand aucun enfant ne fut encore venu, quand aucun ne se fut même annoncé, et quand le bon capitaine, un beau jour, vint à dire : « Je me rouille ici.... La paresse me vieillit.... il faut que je reprenne la mer. Je vais demander un commandement.... » Il le demanda, en effet; on lui donna aussitôt un bâtiment, et le voilà parti pour ses croisières.... après avoir bien caressé, bien embrassé sa femme au moment des adieux, c'est vrai.... mais le voilà parti. Et quand il est parti, madame va trouver en haut la pauvre Sarah, qui lui taillait justement une belle robe neuve : elle la lui prend des mains, la jette à terre, y jette aussi tous ses joyaux étalés sur sa table, et frappe du pied, et pleure, n'en pouvant plus de chagrin et d'irritation. « Pour avoir un enfant, disait-elle, je donnerais toutes ces belles parures, et j'irais en haillons le reste de mes jours.... Je perds l'amour de mon mari; jamais il ne m'eût quittée si je lui avais donné un enfant.... » Puis elle se regarde au miroir, et, parlant entre ses dents : « Oui, une belle femme, une belle taille, certainement!... Eh bien! je me changerais pour la plus laide bossue qu'il y ait ici-bas, pourvu seulement que je fusse certaine de devenir mère.... « Là-dessus, elle raconte à Sarah les indignes propos que le frère du capitaine avait tenus sur son compte à l'époque de son mariage, parce qu'elle était au théâtre, et elle ajoute : « Faute à moi d'avoir un enfant, c'est ce misérable, que je voudrais tuer de mes mains, c'est ce monstre qui héritera de toute la fortune du capitaine.... » Puis elle pleure encore : « Ah! je le vois bien, je le vois bien.... Il va bientôt ne plus m'aimer.... Je le vois bien, j'en suis sûre!... » Rien de ce que Sarah peut lui dire ne lui ôte cette triste pensée. Et les mois passent; et le capitaine revient, et toujours la même pensée secrète va augmentant, augmentant toujours dans le cœur de la dame; si bien, cette peine augmentant toujours, que la troisième année du mariage est venue, sans amener aucune espérance. Et le capitaine s'ennuie encore de rester sur « le plancher aux vaches; » il repart pour de nouvelles croisières, qui, cette fois, seront longues, car il va loin, bien loin, à l'autre bout du monde. »

Ici, une fois encore, l'oncle Joseph s'arrêta, hésitant quelque peu, paraissait-il, sur la suite qu'il fallait donner à cette première partie du récit. Bientôt les doutes de son esprit semblèrent résolus, mais sa physionomie s'attrista, et l'accent de sa voix était devenu plus grave quand il reprit, s'adressant toujours à Rosamond :

« Il nous faut maintenant, si vous le voulez bien, perdre un peu de vue mistress Treverton, et revenir à ma nièce Sarah. Nous parlerons en même temps d'un ouvrier mineur, portant le nom gallois de Polwheal. C'était un jeune homme, bon travailleur, gagnant beaucoup, très-estimé. Il vivait, avec sa mère, dans le petit village auprès du vieux manoir : et, voyant Sarah de temps à autre, il l'avait prise en gré, comme elle, lui. Ils en vinrent donc à échanger promesse de mariage, ce qui se fit justement à l'époque où le capitaine, revenu de sa première croisière, commençait à songer qu'il était grand temps de se rembarquer. Ni lui ni sa femme n'avaient rien à objecter contre la promesse de mariage, puisque le mineur Polwheal gagnait gros et jouissait d'une bonne réputation. La dame disait seulement qu'elle regretterait beaucoup Sarah, mais beaucoup.... Et Sarah répondait qu'il n'y avait rien de pressé à leur séparation.... Les semaines passaient ainsi, et le capitaine finit par s'embarquer pour son grand voyage. Vers le même temps, madame s'aperçoit que Sarah s'inquiète, se tourmente, n'est plus la même.... et que le mineur Polwheal, deçà, delà, toujours en cachette, rôde autour de la maison. « Oui-da! se dit-elle, ferais-je, par hasard, attendre, plus que de raison, ces bons jeunes gens?... J'aime trop Sarah pour que cela dure plus longtemps.... » Aussi les fait-elle comparaître, un soir; elle leur dit quelques bonnes paroles, et charge le mineur Polwheal de faire publier les bans dès le lendemain matin. Or, cette nuit-là même, c'était le tour du jeune homme d'aller travailler à la mine. Le cœur joyeux et léger, il plonge dans ce grand trou noir; et, quand il en sort pour reparaître au grand jour, ce n'était plus qu'un cadavre.... Un cadavre, dont un quartier de roc, tombant à l'improviste, avait chassé la vie fervente et jeune. La triste nouvelle se répand à droite, elle se répand à gauche.... Sans préparation, sans ménagements, elle arrive, tout d'un coup, à ma pauvre nièce. La veille au soir, quand elle avait dit adieu à son amoureux, c'était une jeune et jolie fille. Six semaines après, quand elle se releva du lit où l'avait couchée ce fatal événement, ce coup de massue, toute sa jeunesse était partie, ses cheveux avaient blanchi; et, dans ses yeux, était ce regard effaré qui depuis n'en est jamais sorti. »

Ces simples paroles retraçaient la mort du jeune mineur, et tout ce qui avait suivi, avec une précision, une vérité effrayantes. Rosamond frémit et regarda son mari.

« Oh! Lenny, murmurait-elle, ce fut une rude épreuve pour moi que de vous savoir aveugle.... mais auprès de celle-ci, qu'est-ce donc?

—Ayez pitié d'elle!... reprit le vieillard.... Ayez pitié d'elle pour tout ce qu'elle souffrit alors. Ayez pitié d'elle pour ce qui vint après, et qui fut pire encore. Cinq, six, sept semaines s'écoulent après la mort du jeune mineur. Sarah ne souffre plus autant des souffrances du corps. En son cœur elle souffre bien davantage. Sa maîtresse, affectueuse et bonne pour elle comme une sœur eût pu l'être, découvre peu à peu, sur son visage, autre chose que l'expression de la souffrance, de la terreur, des regrets : quelque chose que les yeux discernent, que la parole ne saurait rendre. Elle regarde et réfléchit, regarde encore et réfléchit de nouveau, jusqu'à ce qu'un soupçon lui vienne qui la fait trembler, qui la pousse à courir dans la chambre de Sarah, et à plonger du regard tout au fond de ce cœur tremblant. « Il y a autre chose en vous que le souvenir du mort, lui dit-elle.... » Et avant que Sarah ait pu se détourner, elle l'a saisie par les deux bras, elle la tient face à face, elle la couve d'un regard curieux et sévère.... « Le mineur, continue-t-elle.... Je me méfie du mineur.... Sarah! vous avez toujours eu en moi une amie plutôt qu'une maîtresse.... C'est à titre d'amie que je vous demande, à présent, de me dire toute la vérité.... » La question reste suspendue, aucune réponse n'arrive. Sarah se débat seulement pour s'échapper ; mais sa maîtresse la tient plus étroitement que jamais, et continue, disant : « Je sais qu'il y a eu promesse de mariage entre vous et Polwheal.... Je sais que, si jamais on a pu compter sur la bonne foi de quelqu'un, c'est bien sur la sienne.... Je sais qu'en partant d'ici, le soir, il a dû aller demander à l'église que vos bans fussent publiés.... Gardez votre secret, Sarah, pour tout le reste du monde!... Ne le gardez pas pour *moi !* Dites-moi, dites-moi sur l'heure, ici même, toute la vérité!... Parmi toutes les créatures que ce monde a vues se perdre, faut-il donc aussi?... » Avant que la phrase ne soit achevée, Sarah tombe à genoux, et demande en pleurant qu'on la laisse s'aller cacher et mourir. Elle veut fuir.... On n'entendra jamais parler d'elle.... Elle n'a pas d'autre réponse à faire.... C'était bien assez pour révéler, alors, toute la vérité.... Et c'est bien assez, encore aujourd'hui. »

Un soupir chargé d'amertume sortit ici de la poitrine du vieillard, et il cessa un moment de parler. Aucune voix ne troubla le silence recueilli qui suivit ses dernières paroles ; le seul bruit appréciable, dans ce silence presque absolu, était le souffle léger de l'enfant, qui sommeillait dans les bras de sa mère.

« Ce fut, reprit le vieillard, l'unique réponse, et, pendant un certain laps de temps, celle qui l'avait reçue ne dit pas un seul mot.... Mais elle regarde Sarah de plus en plus fixement, et plus elle la regarde ainsi, plus elle devient pâle, jusqu'au moment où, se dressant tout soudain, le rouge remonte à ses joues, prompt comme l'éclair. « Non, dit-elle à voix bien basse et regardant vers la porte , votre amie d'autrefois, Sarah, reste votre amie.... Ne quittez pas cette maison; prenez garde à ne rien trahir; agissez d'après mes ordres, et fiez-vous à moi pour le reste.... » Puis elle tourne sur ses talons et se met à marcher par la chambre, de plus en plus vite, jusqu'à s'essouffler. Puis elle donne un coup de sonnette, et appelle ses gens à voix haute : « Les chevaux.... Je veux sortir!...» Puis elle se tourne du côté de Sarah : « Mon amazone! Allons donc, poule mouillée, un peu de courage!... Sur ma vie et mon honneur, je vous tirerai de là.... Mon amazone, vous dis-je!... J'ai soif d'un bon galop en plein air !... » Et elle part, la fièvre dans les veines, et elle galope, elle galope, jusqu'à mettre le cheval en nage, et si bien que le groom qui court après elle, se demande si, décidément, elle a perdu la tête. Au retour, nonobstant cette course effrénée, elle n'est point lasse. Toute la soirée, elle la passe à marcher par la chambre, et à jouer sur le piano, pêle-mêle, les airs les plus brillants. Au lit, elle ne peut reposer. Deux ou trois fois, dans la nuit, elle effraye Sarah, dont elle vient savoir des nouvelles, et à qui elle répète sans cesse les mêmes paroles : « Gardez votre secret ; agissez d'après mes ordres ; fiez-vous à moi pour le reste!... » Le lendemain matin elle reste au lit, dort tard, se lève très-pâle, très-calme, et dit à Sarah : « De vous à moi, pas un mot d'allusion à ce qui est arrivé hier ; pas un mot jusqu'au jour où vous aurez à redouter le regard arrêté sur vous. Alors j'aurai à vous parler encore; jusque-là, soyons ce que nous étions avant que je ne vous eusse questionnée, avant que vous ne m'eussiez révélé la vérité!... »

Le vieillard, ici, rompant le fil du récit, expliqua que, sur un point de date, sa mémoire le laissait un peu embarrassé : date dont la correction importait à l'exposé, qui allait suivre, d'une nouvelle série de faits nécessaires à relater.

« Ah! ma foi! dit-il, secouant la tête après qu'il eut vainement poursuivi le souvenir qui lui échappait, pour le coup me voilà pris en flagrant délit d'oubli.... Je ne sais si ce fut ou deux mois , ou trois mois après que la dame eut ainsi parlé à Sarah.... mais enfin, au bout de ce temps, quel qu'il ait été, un beau jour elle demanda sa voiture, et s'en alla seule à Truro. Le soir, elle revint avec deux grands paniers plats. Sur l'un est une carte, et sur cette carte les deux lettres S. L. : sur l'autre est une carte, et sur cette carte les deux lettres R. T. Les paniers sont montés dans la chambre

de madame, qui mande Sarah, et lui dit : « Ouvrez le panier
sur lequel il y a S. L.; ce sont vos initiales, et ce que contient ce panier est à vous.... » Dedans, il y a d'abord un carton, lequel renferme un beau chapeau de dentelles noires;
ensuite un beau châle de couleur brune; puis une belle étoffe
de soie noire, assez pour une robe.... puis du linge, des
étoffes pour vêtements de dessous, le tout de première qualité.
« Arrangez-vous une toilette avec tout cela, dit la maîtresse.
Nos deux tailles sont si différentes que vous aurez moins de
peine à vous faire du neuf qu'à rajuster pour vous des effets
à moi.... » Sarah, fort étonnée de tout ceci, demande : « A quoi
bon ?... » La maîtresse répond : « Pas de questions ! Rappelez-
vous ce que je vous ai dit. Gardez votre secret. Fiez-vous à
moi pour le reste !... » Là-dessus elle sort, laissant Sarah travailler. Que fait-elle ensuite ? Elle envoie chercher le médecin,
qui lui demande ce qu'elle a.... Elle se sent mal à l'aise, ré-
pond-elle.... Sa santé n'est plus ce qu'elle était.... C'est l'air
humide et tiède du Cornouailles qui, pense-t-elle, l'affaiblit
ainsi. Les jours se passent. Le docteur vient et revient, et,
quoi qu'il puisse dire, il n'obtient jamais que ces deux réponses. Tout ce temps-là, Sarah travaille. Quand elle a fini :
« A l'autre panier, maintenant ! dit la maîtresse. Il y a dessus
une R. et un T. Ce sont mes initiales, à moi. Ce qui est dedans m'appartient.... » Dedans, il y a d'abord un carton, et, dans
ce carton, un chapeau de paille noir très-commun.... puis un
gros châle de couleur brune; une robe en pièce d'une étoffe
noire à bas prix; du linge, des tissus pour vêtements de dessous, de cette qualité qu'on appelle *bonne seconde*. « Arran-
gez pour moi toute cette pacotille, dit la maîtresse. Et pas
de questions ! Vous m'avez toujours obéi..... continuez à
m'obéir, ou vous êtes une femme perdue !... » La pacotille une
fois fabriquée, elle essaye ces vêtements si nouveaux pour
elle, se regarde devant la glace, et riant d'un rire qui fait mal
à entendre : « Ne voilà-t-il pas une bonne grosse fille de service, bien fraîche et l'air honnête ?... dit-elle. Mais quoi ! j'ai
souvent joué de ces rôles, en mon bon temps de théâtre.... »
Puis elle ôte ce travestissement, et enjoint à Sarah de le
mettre dans une malle; on met, dans une autre le costume de
dame fait à la taille de ma nièce : « Le docteur, dit-elle, m'a
ordonné de changer d'air. Le Cornouailles est un pays trop
humide.... l'air y est trop doux. Je vais chercher un climat
plus vif, plus sec, et qui me retrempe.... » Voilà ce qu'elle dit,

emplissant la chambre de son rire sardonique. Sarah, cependant, qui commence à faire les paquets, prend sur la table quelques menus objets de joaillerie, et, entre autres, une broche sur laquelle est peint le portrait du capitaine.... Sa maîtresse le voit.... elle pâlit.... elle se met à trembler de tout son corps, elle saisit la broche et l'enferme dans un écrin, très à la hâte, comme si la vue de ce portrait lui avait fait peur. « Nous n'emportons pas ceci, dit-elle, et, tournant sur ses talons, elle quitte la chambre.... Ne deviniez-vous pas maintenant quel projet mistress Treverton s'était mis en tête? »

Il adressa d'abord cette question à Rosamond, et ensuite la répéta, tourné vers Léonard. Tous deux répondirent affirmativement, et le prièrent de continuer.

« Ah!... vous devinez? reprit-il. Eh bien! vous êtes plus pénétrants que Sarah ne l'était, car d'abord elle ne comprit rien à toutes ces manœuvres.... Sa peine d'une part, et de l'autre les étrangetés de sa maîtresse, avaient sans doute un peu troublé son intelligence. Après tout, elle était habituée à faire, sans réflexion, tout ce que lui commandait madame; et toutes deux partirent ensemble de Porthgenna. Pas un mot échangé entre elles jusqu'à la fin de la première journée de voyage, alors qu'elles se sont arrêtées dans une auberge, où elles sont parfaitement inconnues, entourées de visages étrangers. La maîtresse, alors, se décide à parler : « Demain, Sarah, vous mettrez le beau linge et la belle robe. Gardez cependant le chapeau commun et le gros châle jusqu'à ce que nous soyons remontées en voiture. Je mettrai, moi, le gros linge et la robe commune, mais je garderai le beau châle et le chapeau élégant. Les gens de l'auberge, ainsi, quand nous passerons parmi eux, en allant jusqu'à la voiture, ne s'apercevront d'aucune métamorphose. Une fois en route, rien de plus simple que d'échanger nos châles et nos chapeaux. Et le tour est fait. Vous êtes la dame mariée, mistress Treverton, et je deviens, moi, votre femme de chambre, Sarah Leeson.... » A ces mots une lueur se fait dans la pensée de Sarah; elle est saisie de terreur et se met à trembler; mais tout ce qu'elle trouve à dire se réduit à ceci : « Oh! madame, pour l'amour du ciel, que prétendez-vous faire? — Je prétends, répond la maîtresse, je prétends vous sauver, vous, ma fidèle compagne, du déshonneur et de la ruine; je prétends empêcher que la fortune entière du capitaine ne passe entre les mains de ce misérable qui n'a pas craint de me calomnier; et enfin, et surtout, je prétends empêcher mon mari de me quitter encore, en me faisant aimer de lui plus que jamais il ne m'a aimée. Faut-il vous en dire davantage, à vous, pauvre fille effrayée, malheureuse, sans autre protection que la mienne?... Ou bien cela suffit-il?... » Pour toute réponse, Sarah n'a que ses pleurs et un « Non ! » faiblement prononcé. « Voyons ! dit la maîtresse, qui la saisit alors par le bras et la regarde bien en face avec des yeux terribles. Que vaut-il mieux pour vous? ou de rentrer dans le monde, abandonnée, flétrie, perdue, ou d'échapper à la honte, et de m'avoir à jamais pour votre amie? Faible, indécise créature, cœur d'enfant, vous ne savez pas choisir?... Eh bien ! moi, je choisirai pour vous. Ma volonté se fera. Demain et le jour d'après, nous irons, toujours en remontant vers le Nord, vers ce pays où mon imbécile de médecin prétend que je trouverai l'air qui doit me retremper ; vers le Nord, où personne ne me connaît et n'a jamais entendu mon nom. Moi, la suivante, je répandrai le bruit que vous, ma maîtresse, êtes dans un état de santé fort précaire. Aucun étranger ne sera admis près de vous, si ce n'est, le moment venu de les appeler, le médecin et la garde. Où je les prendrai, je l'ignore encore ; mais ce que je sais, c'est que l'un et l'autre serviront notre projet sans avoir le moindre soupçon de ce dont il s'agit ; et ce que je sais encore, c'est qu'une fois revenues dans le Cornouailles, notre secret, resté entre nous deux, n'aura été confié à personne autre ; et que, jusqu'à la fin du monde, ce sera un secret comme ceux que garde la tombe... » Voilà, dans le silence de la nuit, sous un toit étranger, le langage qu'elle tient, avec toute l'énergie du vouloir qui est en elle, à une femme effrayée, affligée entre toutes, et, de plus, pénétrée de honte, dépourvue d'appuis. Est-il besoin de dire comment ce conflit se termina ? Cette nuit-là même, Sarah plia l'épaule sous le fardeau qui, depuis lors, est allé s'appesantissant d'année en année.

— Combien de jours dura leur voyage vers le Nord ? demanda Rosamond avec empressement. Où s'arrêtèrent-elles ? En Angleterre ? en Écosse ?

— En Angleterre, répondit l'oncle Joseph. Mais le nom de la ville échappe à ma langue d'étranger.... C'était une petite ville au bord de la mer, de cette grande mer qui sépare mon pays du vôtre.... là, elles firent halte, elles attendirent là que le temps fût venu d'envoyer chercher le médecin et la garde. Et ce qu'avait prédit mistress Treverton fut réalisé de point en point. Le docteur, la garde, les gens de la maison étaient tous des étrangers ; et maintenant encore, s'ils ne sont pas morts, ils croient que Sarah était la femme du capitaine, et que mistress Treverton était la femme de chambre de Sarah. Seulement au retour, et bien loin de l'endroit où était né l'enfant qu'elles ramenaient, elles changèrent de costumes, et reprirent leurs positions respectives. La première personne de Porthgenna que la maîtresse invita à venir voir l'enfant, aussitôt après être réinstallée, fut le bon et naïf médecin de l'endroit : « Quand vous m'engagiez à changer d'air, lui dit-elle en riant, vous doutiez-vous de ce qui en était ? » Et le docteur de rire, lui aussi, tout en répondant : « Certes, je m'en doutais.... mais je me suis bien gardé de dire, à cette époque, ce que je pensais de votre état.... On a si peur de se tromper au début d'une grossesse !... Et ce bon air sec où vous vous êtes retrempée, il a été bon pour vous, n'est-il pas vrai? Bon pour vous, et bon pour l'enfant ?...» Puis le docteur rit de plus belle, et la maîtresse avec lui, tandis que Sarah, debout à côté d'eux pendant cet entretien, sent son cœur sur le point d'éclater, tant elle a horreur du mensonge, tant cette fraude la rend honteuse d'elle-même. Quand le docteur est parti, elle tombe à genoux, priant Dieu de toute son âme pour qu'il fasse naître chez sa maîtresse un remords salutaire, et que celle-ci la renvoie de Porthgenna, elle et son enfant, dans quelque pays lointain où ils se feront oublier..... Mais la maîtresse, usant toujours de son tyrannique ascendant, n'a plus que ces quatre mots sur les lèvres : « Il est trop tard !...» Cinq semaines après, le capitaine revient, et cet « il est trop tard » devient une vérité qu'aucun repentir ne saurait désormais changer. Cette main rusée, qui a conduit la fraude à son origine, la complète maintenant, et la mène à fin. Si bien que le capitaine, pour l'amour de sa femme et de sa fille, ne retourne plus à la mer. Et le mensonge subsiste encore au moment où celle qui l'a voulu, combiné, rendu plausible et durable, étendue sur son lit de mort, en rejette le fardeau sur les épaules de Sarah, chargée par elle du terrible aveu.... de Sarah, qui, dominée par son impérieuse volonté, a vécu dans la maison, cinq longues années, étrangère à l'enfant de ses entrailles....

— Cinq ans ! murmura Rosamond, soulevant doucement le *baby* dans ses bras jusqu'à ce que leurs joues fussent appuyées l'une contre l'autre... Quelle pitié !... Cinq longues années étrangère au sang venu d'elle, au cœur né de son cœur !

— Et les années qui ont suivi depuis lors, reprit le vieillard, ces années d'isolement, ces années passées parmi des étrangers, loin de l'enfant qui grandissait.... sans une personne, pas même moi, dans le sein de qui elle pût épancher le récit de ses peines ! « Mieux valait, lui disais-je naguère, lorsque, ne pouvant plus parler, elle eut replacé sur l'oreiller sa tête détournée de moi, mieux valait mille fois, mon enfant, révéler ce Secret fatal.... — Eh quoi! me répondait-elle, le révéler au maître qui s'était confié à moi? le révéler, plus tard, à l'enfant dont la naissance même était une honte pour moi? Fallait-il donc que, des lèvres de sa mère même, elle apprît la faute maternelle? Vous verrez, oncle Joseph, vous verrez ce qu'elle éprouvera quand vous la lui ferez connaître, *vous* ! Songez à la vie qu'elle a menée, à la haute position qu'elle a eue dans le monde. Comment pourra-t-elle me pardonner? Comment, désormais, pourra-t-elle m'accorder un seul regard de tendresse?...

— Vous ne l'avez pas quittée ainsi? s'écria Rosamond avant de lui laisser dire un mot de plus.... Oh ! non, vous ne l'avez pas quittée, bien certainement, sous le coup de cette pensée pénible?»

L'oncle Joseph baissa la tête.

« Eh ! quelles paroles de moi pouvaient y changer quelque chose? demanda-t-il d'un ton attristé.

— Lenny, vous entendez?.... Il faut que je vous laisse.... vous et l'enfant.... Il faut que j'aille vers elle.... sans cela, ces derniers mots qu'elle a dits me briseraient le cœur.... »

Tandis qu'elle parlait ainsi, des larmes jaillissaient de ses yeux, et, l'enfant dans ses bras, elle s'était déjà levée de son siége.

« Non.... pas ce soir, dit l'oncle Joseph.... Elle me l'a bien recommandé en partant. « Ce soir, disait-elle, je suis hors d'état de rien supporter.... Donnez-moi jusqu'à demain pour retrouver quelques forces. »

— Alors retournez-y vous-même! s'écria Rosamond.... Pour l'amour de Dieu, partez sans retard!... faites en sorte qu'elle n'ait pas de moi cette fausse idée... Dites-lui comment j'ai prêté l'oreille à votre récit, mon enfant tout le temps endormi sur mon sein.... Dites-lui.... oh! non, non.... les paroles sont trop froides pour exprimer de tels sentiments.... Approchez!... approchez, oncle Joseph (désormais je ne vous appellerai plus autrement).... Approchez par ici!... Embrassez mon enfant!...

embrassez *son* petit-fils.... embrassez-le sur cette joue ; c'est celle qui reposait sur mon cœur..,. Et maintenant, cher et bon oncle, retournez bien vite, retournez à son chevet,... sans lui dire autre chose que ceci : « *Elle* m'a donné ce baiser à *vous* porter ! »

CHAPITRE IV.

La fin du jour.

La nuit, prolongée par toutes les agitations qui empêchèrent nos gens de dormir, finit cependant par laisser arriver l'aurore; et cette aurore apparut, radieuse comme l'espérance, car elle promettait de mettre fin aux anxiétés de Rosamond.

Le premier événement de la matinée fut l'arrivée de M. Nixon, invité à déjeuner, dès la veille, par ordre exprès de Léonard. Avant la fin de cette nouvelle entrevue, l'avoué était convenu avec M. et mistress Frankland de toutes les mesures préliminaires qu'il fallait prendre pour opérer la restitution du prix d'achat de Porthgenna-Tower, et il avait dépêché à Bayswater un messager chargé d'annoncer qu'il comptait, dans l'après-midi, rendre visite à Andrew Treverton, pour traiter avec lui de quelques affaires importantes relatives à la fortune personnelle laissée par feu son frère.

Vers midi, l'oncle Joseph vint prendre Rosamond à son hôtel, pour la conduire dans la maison où elle devait trouver sa mère malade.

Ce fut avec une exaltation manifeste qu'il décrivit, à peine entré, la merveilleuse amélioration survenue dans l'état de sa nièce depuis qu'il lui avait transmis, la veille au soir, le message affectueux dont il s'était chargé pour elle. Il déclara qu'immédiatement après il lui avait trouvé l'air d'une personne rassérénée, fortifiée, rajeunie; que ce message lui avait procuré le sommeil le plus long, le plus paisible et le plus doux qu'elle eût goûté depuis bien des années; et enfin, symptôme décisif de la victoire obtenue, que la bonne influence de ce message béni avait été constatée, il n'y avait pas plus d'une heure, par le médecin lui-même. Rosamond écouta tout ceci avec grande reconnaissance; mais elle semblait, en proie à quelque préoccupation morale, n'y prêter qu'une demi-attention. Quand elle eut dit adieu à son mari et se trouva dans la rue, seule avec l'oncle Joseph, la pensée de cette entrevue, qui allait la mettre en face de sa mère, avait quelque chose qui la domptait, pour ainsi dire, nonobstant la résistance qu'elle essayait d'opposer à cette étrange sensation. Si, se rencontrant à l'improviste, et se reconnaissant par hasard, elle n'avait pas eu le temps de songer à ce qui se passerait entre elles, cette rencontre n'eût été, après tout, que le résultat naturel de la découverte du Secret. Mais, en l'état des choses, l'attente, l'inquiétude, les tristes récits du passé qui avaient rempli sa dernière journée, toutes ces circonstances avaient exercé sur le caractère de Rosamond, caractère tout d'élan, de subites impulsions, une sorte d'influence accablante. Dans son cœur, pas un mouvement qui ne fût de tendresse et de pitié sincères pour la mère qui lui était rendue ; et néanmoins elle éprouvait maintenant une sorte d'embarras vague qui peu à peu, à mesure qu'elle et son vieux guide arrivaient plus près du terme de leur petite course, était devenu une gêne bien positive, un malaise réel. Au moment de s'arrêter devant la porte où ils allaient frapper, elle eut le chagrin de se surprendre cherchant d'avance de quels mots il faudrait se servir tout d'abord, quelle contenance il faudrait garder, quels gestes se permettre, tout comme si elle allait se présenter à une personne absolument étrangère dont elle désirerait s'assurer la bonne opinion, et dont le bon accueil pourrait, à la rigueur, faire question.

La première personne qu'ils rencontrèrent, une fois la porte ouverte, fut le médecin. Sortant d'une petite chambre inoccupée au fond du vestibule, il s'avança vers eux, et sollicita quelques minutes d'entretien avec mistress Frankland. L'oncle Joseph, laissant Rosamond avec le médecin, monta l'escalier pour aller annoncer à sa nièce la visite qu'elle allait recevoir. Il le monta gaiement, et, avec une activité qu'eût pu lui envier un homme chargé de moitié moins d'années :

« Est-ce qu'elle va plus mal ? Est-ce que ma visite peut lui faire courir quelques dangers ? demanda Rosamond, que le docteur conduisait dans la petite pièce inoccupée.

— Tout au contraire, répondit-il. Elle est beaucoup mieux ce matin, et l'amélioration de son état, je le constate, est principalement due à l'influence calmante d'un message qu'elle a reçu de vous, hier au soir. C'est justement cette découverte qui m'a donné le désir de m'entretenir avec vous au sujet d'un symptôme tout à fait spécial à sa situation intellectuelle, lequel m'a singulièrement surpris et alarmé lorsque je le découvris pour la première fois, et qui n'a cessé, depuis lors, de me causer une certaine perplexité. Pour ne pas vous retenir ici trop longtemps, et pour me servir des expressions les plus claires, notre malade est victime d'une hallucination mentale fort extraordinaire dans son genre, et qui, autant que j'ai eu occasion de l'observer, se manifeste généralement à la chute du jour, lorsque la lumière peu à peu s'efface. En ces moments-là, ses yeux expriment l'idée qu'une certaine personne est entrée soudainement, dans la pièce qu'elle occupe. Ses regards, ses paroles s'adressent à ce personnage invisible, comme les nôtres, à vous ou à moi, s'adresseraient à quelqu'un debout devant nous et nous écoutant. Son oncle, ce bon vieillard, me dit qu'il a remarqué ceci pour la première fois lorsque, il y a peu de temps, elle vint le trouver, dans le Cornouailles, à ce que je crois me rappeler. Elle lui parlait de quelques affaires assez secrètes, lorsque, le soir venant, elle s'arrêta tout à coup, l'étonna par une question à brûle-pourpoint sur cette ancienne superstition qui fait regarder comme possible la réapparition des morts, et puis, l'œil fixé sur un recoin de la pièce, plus obscur que les autres, se mit à apostropher ces ténèbres, exactement dans les mêmes termes que je lui ai entendu employer là-haut. Si elle se figure être poursuivie par une apparition, ou si elle croit voir entrer chez elle une personne vivante, c'est ce que j'ignore ; et rien de ce que m'a dit son vieil oncle ne m'a mis à même d'éclaircir ce point.... Pourriez-vous me fournir, à ce sujet, quelques lumières ?

— C'est pour la première fois que j'entends parler de ceci, répondit Rosamond, regardant le docteur avec une surprise, un effroi manifestes.

— Peut-être, reprit-il, la trouverez-vous plus communicative, plus disposée à s'expliquer là-dessus, que moi-même je ne l'ai trouvée. Si vous pouvez, aujourd'hui ou demain, combiner les choses de manière à vous trouver près de son lit quand arrivera le crépuscule, et si vous ne craignez pas que ce spectacle ait pour vous des inconvénients, je voudrais que vous pussiez la voir et l'entendre, pendant qu'elle est sous l'empire de cette illusion bizarre. J'ai vainement essayé, quant à moi, soit de détourner son attention, le moment venu, soit d'obtenir qu'elle me parlât, après l'accès, de ce qui le déter-

mine, ou des émotions qu'il lui fait éprouver. Dans l'état de
santé où elle est, j'attache un grand prix à débarrasser sa
pensée de tout ce qui l'obscurcit ou l'oppresse, mais surtout
à dissiper une hallucination aussi grave que celle dont je viens
de vous faire connaître la nature. Si vous parvenez à combattre
cette chimère, vous lui rendrez le plus signalé service, et se-
conderez singulièrement les efforts que je fais pour la ramener
à la santé. Vous sentez-vous disposée à riquer l'expérience? »

Rosamond promit, sans hésiter, de se consacrer tout entière
à cette mission, ou à toute autre qui aurait pour objet le rétablissement de la chère malade. Le docteur, après l'avoir remerciée, la reconduisit dans le vestibule. L'oncle Joseph descendait l'escalier à ce moment-là même.

« Elle est préparée.... et désire ardemment vous voir, murmura-t-il à l'oreille de Rosamond.

— Je suppose que je n'ai pas à vous rappeler de nouveau
combien il est important de la maintenir dans le calme le
plus complet, dit le docteur qui prenait congé. Je n'exagère
rien, je vous assure, en disant que sa vie dépend de ce soin. »

Rosamond le salua en silence, et en silence suivit le vieillard qui, sur l'escalier, lui montrait le chemin.

Au second étage, devant la porte d'une chambre du fond,
l'oncle Joseph fit halte.

« Elle est là !... dit-il à voix basse et avec émotion.... Je
vous laisse entrer seule.... Il est mieux que, dans ce premier moment, vous soyez tête à tête.... Je m'en vais, dans la
rue, humer un peu de ce bon soleil, et penser à vous deux....
Je reviendrai bientôt.... Entrez!... que la bénédiction et la
miséricorde de Dieu soient avec vous !... »

Il porta à ses lèvres la main de la jeune femme, puis redescendit d'un pas léger et muet.

Rosamond resta seule devant la porte. Au moment d'étendre
la main pour y frapper, un tremblement passager la parcourut de
la tête aux pieds. La même douce voix que jadis elle avait entendue dans sa chambre de malade, à West-Winston, répondit à son
discret appel. Ces accents, en arrivant à son oreille, évoquèrent
en ses souvenirs l'image de l'enfant qu'elle venait de quitter,
et le battement fiévreux de ses veines se calma tout aussitôt.
Elle ouvrit la porte et entra.

Ni l'aspect intérieur de la chambre, ni l'échappée de vue qu'on
apercevait de la fenêtre, ni la décoration de la pièce, ni les
meubles qui lui donnaient sa physionomie, rien enfin de ce

qui s'offrait à ses yeux et, dans d'autres circonstances, aurait arrêté sa pensée observatrice, ne fît sur elle la moindre impression. Du moment où la porte fut ouverte, elle ne vit rien que les oreillers du lit, la tête qui reposait sur ces oreillers, et la figure tournée vers elle. Quand elle franchit le seuil, cette figure changea, les paupières s'abaissèrent, et les joues pâles s'animèrent tout à coup d'une brûlante rougeur.

Sa mère avait-elle donc honte de la regarder?

Ce seul doute qui lui vint chassa loin d'elle, en un instant, toute méfiance d'elle-même, tout l'embarras, toute l'hésitation quant aux paroles à trouver, quant à la conduite à tenir, qui jusqu'alors avaient comme enchaîné ses généreux instincts. Elle courut vers le lit, souleva dans ses bras le pauvre corps amaigri et affaissé, et posa sur sa jeune et tiède poitrine la pauvre tête prématurément vieillie.

« Il était grand temps, ma mère, dit-elle, que je vinsse à mon tour vous soigner. »

Comme ces paroles débordaient de son cœur, elle le sentit se gonfler; ses yeux aussi débordèrent; elle ne pouvait plus parler.

« Ne pleurez point! murmura timidement la voix faible et harmonieuse; je n'ai pas le droit de vous attirer ici pour vous causer d'aussi pénibles émotions.... Ne pleurez pas, ne pleurez pas!...

— Et vous, ne parlez pas ainsi!... Chut! ma mère, taisez-vous!... Je ne ferai que pleurer si je vous entends me tenir un pareil langage, dit Rosamond.... Oublions que nous avons été séparées; appelez-moi par mon petit nom; parlez-moi comme je parlerai plus tard à mon enfant, si Dieu m'accorde la grâce de le voir grandir.... Dites : « Rosamond, » et surtout, demandez-moi de vous servir en quelque chose. »

Parlant ainsi, elle arrachait, dans son élan passionné, les rubans de son chapeau, et, le jetant sur le siége le plus proche:

« Tenez!... voici, sur la table, votre limonade.... Dites-moi : « Rosamond, donnez-moi ce verre, » Dites ces mots simplement, ma mère.... Dites-les, comme sachant d'avance que je dois y obéir. »

La malade répéta les mots que sa fille lui dictait, mais elle les répéta sans assurance.... elle les répéta, comme étonnée, avec un sourire triste.... et en prononçant le nom de Rosamond avec une lenteur particulière.... prolongeant ainsi le bonheur qu'elle éprouvait à le sentir passer sur ses lèvres.

« Votre message m'a rendue si heureuse.... votre message et le baiser que vous m'avez envoyé, ce baiser que votre fils avait reçu pour moi.... dit-elle ensuite, quand Rosamond, après lui avoir donné sa limonade, se fut assise à son chevet, où elle ne bougeait plus.... Votre pardon m'arrivait si gracieux et si tendre.... C'est lui qui m'a donné le courage de vous parler comme je vous parle maintenant.... Peut-être aussi mon mal m'a-t-il changée.... Le fait est que je ne me sens ni effrayée ni gênée en face de vous, comme je devais l'être, me semblait-il, après le Secret par vous découvert, quand nous nous rencontrerions pour la première fois.... Je serai bientôt, j'espère, en état de voir votre enfant.... Ressemble-t-il à ce que vous étiez quand vous aviez son âge?... S'il vous ressemble, il doit être remarquablement.... remarquablement.... »

Elle n'acheva pas. « Penser à ceci, je le puis encore, ajouta-t-elle après un instant.... mais je ferai mieux de n'en point parler.... ou bien je vais me mettre à pleurer, et j'ai besoin d'en finir avec le chagrin. »

Pendant qu'elle prononçait ces paroles, pendant que ses yeux restaient fixés, avec une attention concentrée, sur le visage de sa fille, l'instinct invétéré de l'ordre se manifestait encore dans le mouvement mécanique de ses mains amoindries et sans force. Rosamond, le moment d'avant, venait de jeter sur le lit ses gants dont elle s'était débarrassée; déjà sa mère les avait recueillis avec soin, et, tout en parlant, elle les lissait, elle les roulait ensemble, probablement sans le savoir.

« Répétez : *Ma mère!* dit-elle, quand Rosamond, reprenant ses gants, l'eut remerciée de les avoir si bien arrangés.... Jamais je ne m'étais entendu donner par vous ce doux nom.... jamais.... non, jamais.... pas une seule fois depuis le jour où vous êtes née. »

Rosamond retint les larmes qui, de nouveau, lui montaient aux yeux, et redit le mot caressant que l'on réclamait ainsi d'elle.

« Je n'ai pas besoin d'autre bonheur que d'être ici, de vous voir là, et de vous entendre parler ainsi.... Dites-moi, chère enfant, y a-t-il dans le monde entier une femme qui soit aussi belle que vous, et en même temps aussi bonne? »

Elle s'arrêta là-dessus, essayant de sourire.

« Je ne sais plus regarder, maintenant, ces jolies lèvres roses, continua-t-elle, sans songer à tous les baisers qu'elles me doivent.

— Pourquoi m'avez-vous laissée m'arriérer si longtemps ?
dit Rosamond, prenant la main de sa mère, comme d'habitude
elle prenait celle de son enfant, et la posant de même sur
son cou. Que n'avez-vous parlé la première fois que nous nous
sommes vues, quand vous accouriez me soigner ? Ah ! que j'ai
souvent regretté ceci en y songeant !... Ah ! ma mère !...
n'est-ce pas que, dans mon ignorance, je vous ai fait de la
peine ?... En vous rappelant ce qui s'était passé alors, n'avez-
vous pas bien pleuré, dites-moi ?

— Vous, me faire de la peine ?... Toute ma peine, Rosamond, je ne l'ai due qu'à moi-même.... nullement à vous....
Chère et bonne enfant, avez-vous donc oublié ce que vous
disiez ? « Ne soyez pas dur pour elle ! » Au moment où on
me chassait, et bien justement, pour la peur que je vous avais
faite, vous disiez à votre mari : « Ne soyez pas dur pour
elle ! » Six petits mots, et pas davantage.... Mais, depuis lors,
combien m'a été douce la pensée que vous les aviez prononcés !... Et quand j'arrangeai vos cheveux, Rosamond, si vous
saviez quelle envie j'avais de vous embrasser !... Et comme
j'ai eu de la peine à m'empêcher d'éclater en pleurs lorsque je
vous entendis, derrière les rideaux, souhaiter : « Bonne nuit » à
votre enfant !... mon cœur m'étouffait.... Revenue auprès de ma
maîtresse, je vous défendis.... Je ne voulais pas qu'on se permît un mot contre vous.... J'aurais fait face à cent maîtresses,
alors, et je leur aurais rompu en visière.... Oh ! non, non,
non.... jamais vous ne m'avez fait de la peine, vous ! Ma pire
douleur remonte à bien des années avant notre rencontre à
West-Winston.... Ce fut lorsque je quittai Porthgenna... Cette
nuit affreuse où je me glissai jusqu'à votre *nursery*, et où je
vous vis entourer de vos deux petits bras blancs le cou de
mon maître.... La poupée, que vous aviez mise au lit avec
vous, était dans une de vos mains, et votre tête tout contre la
poitrine du capitaine.... Tenez, justement comme la mienne
sur votre sein !... Oh ! Rosamond, qu'elle y est bien !... et quel
bonheur !... J'entendis la fin de ce qu'il vous disait.... Vous
ne devez plus vous le rappeler ; vous étiez trop jeune....
« Chut ! Rosette, chère enfant, disait-il, ne pleurez plus sur
votre pauvre maman !... Pensez à votre pauvre papa !... Il a
tant besoin que vous le consoliez !... » Voilà, chère fille aimée, voilà ce qui fut cruel.... voilà le moment le plus amer de
ma vie.... Moi, votre mère, réduite à vous guetter furtivement,
comme un espion.... et à l'entendre vous dire, à vous, l'en-

fant que je n'osais avouer : « Pensez à votre pauvre papa !... »
Vous savez, ma Rosamond, à *qui* je pensais au moment où il
parlait ainsi. Mais comment lui révéler le Secret ? Comment
lui remettre la lettre fatale, alors que, le matin même, la mort
lui avait pris sa femme, et quand vous lui restiez, sa seule
consolation. Vérités formidables qui retombaient sur mon
cœur, tandis qu'il parlait, comme le rocher écrasant sous lequel est resté ce père que vous n'avez jamais vu.

— Ne parlons pas de tout ceci maintenant, dit Rosamond.
Ne revenons plus sur le passé !... J'en sais tout ce qu'il est nécessaire que j'en sache, tout ce que je désire en savoir. Parlons
de notre avenir, ma mère, et des temps plus heureux qui nous
sont réservés. Parlons, tenez, de mon cher mari. Si je trouvais
des mots pour le louer comme il doit être loué, pour le bénir
comme il doit être béni, ce sont ceux-là que j'emploierais, ma
mère, et dont vous voudriez vous servir après moi. Laissez-moi vous raconter ce qui se passa entre nous quand je
lui donnai lecture de la lettre trouvée dans la chambre aux
Myrtes.... Oh ! oui, laissez-moi vous conter ceci ! »

Mise sur ses gardes par les dernières injonctions du docteur, lesquelles lui revenaient à la mémoire, et prise d'un
tremblement secret, car, sous sa main, elle sentait battre le
cœur de sa mère, à coups irréguliers, puissants, pénibles,
et, sur le visage de sa mère, elle voyait succéder rapidement, tantôt à l'extrême pâleur un rouge ardent, tantôt à ce
dernier une teinte livide, elle venait de se promettre qu'elle
ne laisserait plus, dans leur entretien, place aux souvenirs
des peines passées, des années sans joie ni espérance. Après
avoir longuement raconté à sa mère tous les détails de la visite qui avait conduit à la découverte du Secret, et de l'explication qui avait suivi, elle la fit passer de là, sans transition,
aux projets d'avenir formés par les jeunes époux, pour le temps
où elle pourrait supporter les voyages; au bonheur de retourner ensemble dans le Cornouailles, à la petite fête qu'on
organiserait en passant à Truro, dans la maison de l'oncle Joseph; au voyage qu'on ferait un peu plus tard jusqu'à Porthgenna.... à moins, cependant, qu'on ne choisît un endroit où
de nouveaux paysages, de nouvelles figures, aideraient à
oublier tout ce qu'il fallait, autant que possible, mettre au
rang des souvenirs perdus.

Rosamond parlait encore de tous ces sujets, sa mère l'écoutait encore, de plus en plus intéressée à chaque parole nou-

velle, quand revint l'oncle Joseph. Il rapportait un panier de fleurs et un panier de fruits, qu'il déposa triomphalement au pied du lit de sa nièce.

« Je suis allé me chauffer un peu à ce bon soleil, chère enfant, lui dit-il, et j'ai laissé tout le temps nécessaire à votre figure pour qu'elle redevînt heureuse. C'est ainsi que je la voulais voir, à mon retour, et que je veux la voir, désormais, jusqu'à la fin de ma vie.... Ah, Sarah!... vous ne le nierez pas.... C'est moi qui vous ai trouvé le vrai médecin, ajouta-t-il gaiement, désignant Rosamond du regard.... Elle vous a déjà remise en bonne voie.... Donnez-lui un peu plus de temps, et ce docteur-là vous tirera de votre lit, les deux joues aussi roses, le cœur aussi léger, la langue aussi alerte que mes joues, mon cœur et ma langue.... Regardez-moi un peu ces belles fleurs et ces bons fruits que je vous ai achetés.... Voilà de quoi réjouir vos yeux et votre nez aussi.... puis, ce qui vaut mieux, votre bouche.... C'est aujourd'hui fête en notre logis, et il faut qu'il brille, brille, brille.... ah! mais.... comme s'il était doré.... Puis votre dîner qui va venir.... Je l'ai vu sur le plateau.... un amour de poulet, gras comme un chérubin.... Et puis vous ferez un bon petit somme, que bercera la *Berceuse* de notre ami Mozart.... et sur lequel je veillerai.... jusqu'au moment où il faudra descendre chercher le thé de ma petite nièce, laquelle aura rouvert ses beaux yeux.... Ah! mon enfant, la belle chose que d'être enfin arrivés à ce jour de fête!... »

Les deux mains pleines de fleurs, et jetant à Rosamond un regard brillant, il se détourna du lit pour décorer la chambre à sa guise. Quant à sa nièce, sauf quand elle l'avait remercié de ses présents, elle n'avait pas cessé, tout le temps qu'il parlait, de contempler le visage de sa fille; elle ne s'en rassasiait point. Et, lorsque le bon vieillard eut fini de bavarder, les premières paroles qu'elle prononça furent pour Rosamond toute seule.

« Pendant que je jouis ici de mon enfant, lui dit-elle, je vous garde impitoyablement loin du *vôtre*. Et je devrais pourtant être la dernière à vous tenir ainsi séparés trop longtemps. Retournez donc, ma chère, près de votre mari, près de votre fils. Laissez-moi, au milieu de mes douces pensées, rêver au bonheur qui m'attend désormais.

— Pour l'amour de votre mère, faites ce qu'elle vous dit là, reprit l'oncle Joseph, avant que Rosamond eût pu répondre.... Le docteur assure qu'il lui faut du repos le jour, comme du repos la nuit. Et comment obtiendrai-je qu'elle ferme les yeux, si vous êtes là pour les lui tenir ouverts à *vous* regarder? La tentation serait trop irrésistible. »

Rosamond comprit la justesse de ce conseil, et consentit à retourner à l'hôtel pour quelques heures, sous condition expresse que, dans la soirée, elle viendrait reprendre sa place au chevet maternel. Cet arrangement convenu, elle attendit encore assez longtemps que l'on eût apporté le repas dont avait parlé l'oncle Joseph, afin d'aider le bon vieillard à obtenir de la malade qu'elle voulût bien y faire honneur. Lorsque le plateau eut été enlevé, et quand elle eut confortablement disposé les oreillers du lit, Rosamond, enfin, put se décider à prendre congé.

Les bras de sa mère semblaient ne pouvoir se détacher de son cou.... La joue de sa mère restait sur la sienne :

« Allez, ma chérie.... partez maintenant!... Partez tout de suite, ou bien, devenue égoïste, je ne pourrai plus me séparer de vous, ne fût-ce que pour quelques heures, murmura la douce voix, plus harmonieuse que jamais.... Ma Rosamond, à moi!... je ne trouve pas de mots pour vous bénir.... Je n'en trouve point qui puissent exprimer, même faiblement, la reconnaissance que je vous dois.... Le bonheur a été long à me venir.... mais comme il m'arrive en abondance ! »

Avant de franchir le seuil de la porte, Rosamond s'arrêta et jeta derrière elle un long regard. Table, cheminée, et jusqu'aux petites gravures accrochées au mur, resplendissaient de fleurs brillantes. La petite boîte à musique commençait les premières notes de la mélodie de Mozart. Déjà l'oncle Joseph avait repris auprès du lit son poste habituel, et le panier de fruits était sur ses genoux; la figure pâle et fatiguée à laquelle l'oreiller servait de cadre était doucement éclairée par un sourire de paix; le bien-être et le repos, heureusement amalgamés, composaient, si l'on peut s'exprimer ainsi, la physionomie de cette chambre de malade : et le tableau qu'elle offrait en ce moment aidait l'imagination de Rosamond à s'égarer paisiblement dans les prévisions d'un temps plus heureux.

Trois heures s'écoulèrent. La longue journée d'été allait achever son cours dans les splendeurs de l'occident, et le soleil, à son déclin, semblait, de ses derniers rayonnements, se faire une gloire dernière, lorsque Rosamond revint au chevet de Sarah Leeson.

Elle entra dans la chambre, à petit bruit. L'unique fenêtre qui l'éclairât donnait au couchant et du côté de la fenêtre était placé, près du lit, le fauteuil que l'oncle Joseph occupait au moment où elle était partie ; elle y retrouvait assis, à son retour, le gardien fidèle. Au moment où elle ouvrit la porte, elle posa un doigt sur ses lèvres en regardant du côté du lit. Sa main dans la main du vieillard, la pauvre malade était endormie.

Rosamond, en s'approchant sur la pointe des pieds, put constater que les yeux de l'oncle Joseph étaient ternes et fatigués. La gêne de la position qu'il occupait et qui lui rendait impossible le moindre mouvement, sous peine d'éveiller sa nièce, semblait commencer à le fatiguer. Rosamond, ôtant son chapeau et son châle, lui fit signe de se lever pour qu'elle pût prendre sa place.

« Si ! si ! murmura-t-elle, voyant qu'il branlait la tête en signe de refus, laissez-moi prendre ma faction pendant que vous irez dehors goûter un peu la fraîcheur du soir.... N'ayez pas peur de la réveiller !... Sa main ne serre pas la vôtre.... Elle y est simplement posée.... Je vais subtilement glisser la mienne à la place.... Vous verrez qu'elle ne s'en apercevra pas. »

Tout en parlant, elle glissait sa main sous celle de sa mère L'oncle Joseph sourit, se leva de son fauteuil, et lui céda le poste qu'elle ambitionnait.

« Il faut toujours faire ce que vous voulez, disait-il. Ce n'est pas un vieux bonhomme comme moi qui pourrait vous tenir tête.

— Y a-t-il longtemps qu'elle est endormie ? demanda Rosamond.

— Depuis près de deux heures, répondit l'oncle Joseph.... Mais ce n'était pas le bon sommeil que je lui voudrais.... C lui-ci était agité par des rêves. Elle parlait.... elle remuai sans cesse.... Il n'y a guère que dix petites minutes qu'elle est tranquille comme vous la voyez.

— Vous laissez arriver trop de lumière, dit tout bas Rosamond tournant la tête du côté de la fenêtre, par laquelle pénétrait à flots la chaude et brillante lumière du ciel enflammé.

— Non !... non !... répliqua-t-il en toute hâte.... qu'elle dorme ou veille, il lui faut toujours de la lumière : si je sors pour quelques moments, ainsi que vous le voulez, et si le

crépuscule arrive avant que je ne sois rentré, allumez les deux
flambeaux qui sont là sur la cheminée.... Je tâcherai d'être ici
auparavant.... Mais si le temps me manque, et s'il lui arrive
de se réveiller, de tenir un langage étrange, et de vous quitter
des yeux pour regarder là-bas dans ce recoin de la chambre,
rappelez-vous que les allumettes et les flambeaux sont ensemble sur la cheminée, et que plus tôt vous allumerez après
la tombée de la nuit, mieux cela vaudra. »

A ces mots il se glissa vers la porte, sur la pointe des
pieds, et sortit de la chambre.

Ses dernières recommandations rappelèrent à Rosamond ce
qui s'était passé, le matin même, entre elle et le docteur. Elle
jeta de nouveau vers la fenêtre un regard inquiet.

Le soleil s'abaissait justement derrière la cime des toits
lointains. La chute du jour approchait.

Au moment où Rosamond reporta les yeux vers le lit, un
frisson glacé passa sur elle. Un léger tremblement s'ensuivit,
causé d'abord par cette sensation nerveuse, puis par le ressouvenir de cet autre frisson qui l'avait saisie dans la solitude de la chambre aux Myrtes.

Obéissant, peut-être, aux mystérieuses sympathies du toucher, la main de sa mère s'agita dans la sienne, et un trouble
passager se manifesta sur la mélancolique immobilité de ce
visage épuisé : ombre flottante d'un rêve.... Les lèvres pâles
s'entr'ouvrirent, s'écartèrent, se refermèrent en frémissant, se
rouvrirent encore une fois.... La respiration allait et venait
péniblement, et de plus en plus pressée.... La tête se mouvait
sur l'oreiller, comme mal à l'aise.... Les paupières s'entr'ouvrirent à demi : de faibles gémissements, sourds, inarticulés,
se pressaient sur ses lèvres ; ils devinrent, peu après, des paroles indistinctes qui se précisèrent ensuite et finirent par
être intelligibles. Elle prononçait ces mots :

« Jurez que vous ne détruirez pas ce papier !... Jurez que
vous ne l'emporterez pas avec vous, si vous venez à quitter
la maison. »

Ce qui suivit fut prononcé si vite, et à voix si basse, que
l'oreille de Rosamond n'y put rien saisir. Un court silence
vint ensuite. Puis la voix du rêve se fit entendre encore
tout à coup, et parla plus haut.

« Où donc ?... où ? disait cette voix ; dans la bibliothèque? dans le tiroir de la table?... Arrêtez !... arrêtez !... dans
le portrait du fantôme?... »

Ces derniers mots jetèrent comme un flot de glace sur le cœur de Rosamond. Elle recula soudainement, avec un mouvement d'alarme...., se maîtrisa, l'instant d'après, et s'inclina de nouveau vers l'oreiller. Mais il était trop tard : sa main, au moment où elle reculait, avait fait un mouvement brusque et saccadé.... Sarah tressaillit, poussa un faible cri, et se réveilla les yeux agrandis par la terreur, une sueur abondante ruisselant sur son front.

« Mère! s'écria Rosamond, la soulevant sur l'oreiller.... Me voici revenue. Ne me reconnaissez-vous point?

— Mère? répéta Sarah d'une voix attristée et avec l'accent de l'interrogation.... Mère? »

Ce mot magique lui ayant été redit une seconde fois, le plaisir et la surprise rayonnèrent sur le visage de la malade, qui jeta ses deux bras autour du cou de sa fille :

« Oh! ma Rosamond, dit-elle. Si j'avais pris la douce habitude de voir en face de moi, au moment de mon réveil, votre chère figure, je vous aurais bien plus tôt reconnue.... en dépit de mon rêve.... M'avez-vous réveillée, mon enfant, ou bien me suis-je réveillée de moi-même?

— Je crains bien d'avoir à m'en accuser, mère.

— Ne parlez pas de « crainte, » mon enfant. Je me réveillerais avec joie du sommeil le plus doux que jamais femme ait goûté, pour voir votre charmante figure, et vous entendre me dire : « Maman. » D'ailleurs vous m'avez délivrée de la terreur où me tenait un de mes affreux rêves.... Oh! Rosamond, je suis convaincue que je vivrais heureuse de votre affection, si je pouvais seulement chasser de ma pensée les souvenirs de Porthgenna-Tower.... oublier à jamais cette chambre où ma maîtresse est morte.... et celle où j'avais caché la lettre....

— Essayez tout de suite, si vous m'en croyez.... Parlons d'autres endroits où j'ai vécu.... et où vous n'avez jamais passé...., ou bien, chère mère, voulez-vous que je vous lise quelque chose?... Avez-vous ici quelque livre qui vous plaise? »

Elle regardait, en même temps, par-dessus le lit, sur la table qui était dans la ruelle; sur cette table il n'y avait que quelques fioles de pharmacie, quelques-unes des fleurs de l'oncle Joseph dans un verre d'eau, et une petite boîte à ouvrage de forme oblongue. Elle regarda ensuite sur la commode placée derrière elle; il n'y avait pas non plus le moindre volume sur ce meuble. Avant de se retourner du côté du lit, elle jeta un coup d'œil du côté de la fenêtre. Le soleil avait complétement disparu derrière les maisons; le jour, décidément, touchait à sa fin.

« Oublier !... Ah ! oui !... si je pouvais oublier ! dit alors sa mère, qui soupira longuement et, de la main, frappait à petits coups le couvre-pied du lit.

— Êtes-vous assez bien, chère maman, pour vous distraire à quelque ouvrage? demanda Rosamond en lui montrant la petite boîte oblongue. » Elle essayait ainsi de ramener l'entretien sur des sujets sans péril, ceux qui alimentent les conversations de chaque jour. « Quel ouvrage faites-vous en ce moment?... Peut-on voir ? »

La figure de la malade perdit sa physionomie souffrante et comme affaissée. Un sourire vint de nouveau l'éclairer. « Je n'ai pas ici d'ouvrage commencé, dit-elle. Tous les trésors que j'avais au monde, avant le jour où vous êtes venue me voir, sont enfermés dans cette petite boîte. Ouvrez-la, ma chère, et regardez-y ! »

Rosamond, pour obéir à cet ordre, posa la boîte sur le lit de manière à ce que sa mère, sans se déranger, pût voir ce qu'elle allait faire. Le premier objet que lui fit découvrir cette espèce d'inventaire fut un petit volume, dont la reliure était très-fatiguée. C'était un vieil exemplaire des Hymnes de Wesley. Quelques brins de gazon desséchés étaient conservés entre ses pages. Sur l'un des feuillets blancs il y avait l'inscription suivante : « Ce livre appartient à Sarah Leeson. Donné par Hugh Polwheal. »

« Regardez bien ceci, lui dit sa mère,... Il ne faut plus l'oublier,... Quand le temps sera venu où je devrai vous quitter, Rosamond, vous placerez, de vos chères mains, ce petit volume sur mon cœur immobile..,. Entre ses pages, vous mettrez quelques cheveux de vous, et vous me ferez enterrer dans cette fosse du cimetière de Porthgenna, où il m'aura si longtemps, si longtemps attendue. Les autres objets que la boîte renferme vous appartiennent, Rosamond, Ce sont de petits souvenirs, furtivement enlevés çà et là, et qui me rappelaient mon enfant, alors que j'étais seule dans le monde pour moi devenu désert...,. Peut-être, dans bien des années, quand vos beaux cheveux bruns commenceront à devenir de la couleur des miens, en parlant à vos enfants de leur grand'mère, vous aimerez à leur montrer ces bagatelles qui lui ont été si précieuses, Et ne craignez pas de leur dire combien elle erra,

combien elle a souffert.... Car, en fin de compte, ces petites
reliques parleront pour elle.... La moindre d'entre elles leur
dira combien vous avez été aimée de votre mère. »

Elle retira de la boîte, à ces mots, une feuille de papier
blanc, proprement pliée, qui était placée sous le livre d'hymnes; elle l'ouvrit, et montra à sa fille quelques feuilles d'ébénier des Alpes qui s'y trouvaient enveloppées. « Je les ai prises sur votre lit, Rosamond, le jour où je vins, inconnue, vous
soigner à West-Winston.... Lorsque j'eus appris le nom de la
dame retenue à cette auberge, la tentation de tout risquer
pour vous voir, vous et mon petit-fils, se trouva plus forte
que moi.... Je voulus prendre aussi dans la malle un de vos
rubans.... un ruban qui, certainement, avait entouré votre cou.
Mais le docteur, à ce moment, vint à se rapprocher de moi et
me fit peur. »

Elle replia le papier, le mit de côté sur la table, et de la
boîte sortit une petite gravure, détachée des illustrations d'un
carnet de poche. Cette image représentait une petite fille, en
chapeau de paille à larges bords, assise au bord de l'eau et
tressant une guirlande de marguerites. Comme dessin, ceci
n'avait aucun mérite; comme gravure, pas même celui d'être
bien imprimé. Au-dessous, quelques mots crayonnés en caractères microscopiques : « Rosamond, la dernière fois où je l'ai
vue. »

« Certes, vous étiez autrement jolie que cela, reprit Sarah;
mais encore y avait-il là dedans quelque chose qui m'aidait à
me rappeler l'enfant adorée, telle que je l'avais vue à l'époque
où je dus me séparer d'elle. »

La petite gravure alla rejoindre les feuilles d'ébénier; Sarah
prit alors, dans la boîte, une feuille évidemment détachée de
quelque cahier, et pliée en deux. Il en tomba une mince ban-
delette de papier couverte de fins caractères imprimés. Ce fut
ce que la malade examina d'abord : « L'annonce de votre mariage, Rosamond, dit-elle.... Je m'amusais, quand j'étais toute
seule, à lire et relire cet article de journal.... et à essayer de
me représenter comment vous étiez, et quelle toilette vous
aviez ce jour-là.... Si j'avais pu savoir d'avance à quelle église
devait avoir lieu la cérémonie, je m'y serais certainement
aventurée pour vous voir, vous et votre mari.... mais cela ne
me fut pas accordé.... et peut-être dois-je en remercier le ciel,
car, après cette joie ainsi dérobée, mes peines ne m'en auraient
semblé, dans la suite, que plus difficiles à supporter.... Je n'ai

pas eu d'autres reliques venant de vous, Rosamond, que ce feuillet de votre premier cahier d'écriture.... Vo!re bonne, à Porthgenna, s'était servie du reste, qu'elle déchirait au fur et à mesure pour allumer son feu. Un jour qu'elle n'avait pas l'œil sur moi, je pus m'emparer de ce dernier feuillet. Voyez!... vous n'en étiez pas encore à former vos lettres.... rien que des barres et des liaisons.... hélas! que de fois je suis demeu-rée en contemplation devant ce méchant morceau de papier, et essayais de me figurer que je voyais votre petite main d'en-fant voyager là-dessus, serrant, entre ses doigts aux bouts roses, la plume rebelle!... Je crois en vérité, chère adorée, que j'ai pleuré sur ce bout de papier, à lui seul, plus que sur tous mes autres gages de souvenir mis ensemble. »

Rosamond regarda du côté de la fenêtre, pour dissimuler les larmes qu'elle ne pouvait plus longtemps retenir.

Tandis qu'elle les essuyait à la dérobée, elle vit le ciel qui s'obscurcissait, et comprit que le crépuscule allait bientôt naître.... Qu'elles étaient pâles et atténuées, les clartés du couchant!... Combien arrivait vite la chute du jour!

Quand elle se retourna du côté du lit, sa mère contemplait encore le feuillet qu'elle lui avait montré en dernier lieu.

« Cette bonne, qui allumait le feu avec vos cahiers d'écri-ture, continua-t-elle, se montra pour moi une véritable amie, en ces temps lointains où j'habitais Porthgenna. Elle permet-tait quelquefois que je vous misse au lit, Rosamond, et jamais ne me taquinait, jamais ne m'importunait de questions comme les autres gens.... Sa bonté pour moi pouvait lui faire perdre sa place.... Ma maîtresse avait toujours peur que je ne vinsse à trahir mon secret et le sien, si je hantais trop fréquemment la *nursery;* elle avait donné des ordres pour qu'on m'empêchât d'y aller, attendu, disait-elle, que ce n'était point là ma place. Aucune autre femme de la maison n'était sous le coup d'une pareille consigne. Aucune autre ne trouvait autant de difficultés à vous embrasser, à jouer avec vous, qu'on en éle-vait pour *moi!...* Mais cette bonne, dont je vous parlais (Dieu l'aura bénie et protégée pour ceci), resta pourtant mon amie et ma complice.... Bien souvent, alors que ma maîtresse m croyait dans ma chambre; clouée à mon ouvrage, je vo ai placée dans votre berceau, en vous souhaitant : « Bon nuit. » Vous disiez bien que vous me préfériez votre bonne mais jamais, cependant, vous ne vous fâchiez tout à contre moi.... Jamais vous ne me refusiez, quand je demandais un baiser, de poser sur les miennes vos lèvres rieuses.... »

Rosamond inclina doucement sa tête, qui se trouva ainsi posée sur l'oreiller, à côté de celle de sa mère.... « Voyons, chère maman, lui disait-elle d'une voix insinuante, pensez moins au passé !... Occupez-vous plutôt de l'avenir.... Songez au temps où mon fils vous rendra tous ces lointains souvenirs dépouillés de leur amertume.... au temps où vous lui enseignerez à poser ses lèvres sur les vôtres, comme jadis j'y posais les miennes.

— J'essayerai, Rosamond.... mais songez donc que, pendant maintes et maintes années, mes seules pensées d'avenir ont été qu'un jour nous nous retrouverions au ciel.... Si mes péchés me sont remis, comment nous y retrouverons-nous?... Y serez-vous pour moi la petite fille d'autrefois?... celle que je cessai de voir quand elle eut cinq ans?... Je ne serais pas étonnée que la bonté de Dieu voulût me tenir compte de notre longue séparation ici-bas.... Je ne serais pas étonnée que vous m'apparussiez, dans le monde où l'on est heureux, sous votre figure d'enfant, et que vous fussiez pour moi ce que vous auriez été pour moi sur la terre.... un beau petit ange à porter dans mes bras.... Si nous prions encore dans le ciel, ne serai-je pas chargée de vous apprendre vos prières.... pour me consoler de ne pas vous les avoir apprises ici?... »

Elle cessa de parler, sourit tristement, et, les yeux clos, s'abandonna aux rêves qui flottaient encore dans son intelligence à peine rassise. Pensant que peut-être, si rien ne la dérangeait, elle pourrait bien se rendormir, Rosamond ne bougeait plus et n'ouvrait plus la bouche. Ses yeux, fixés sur ce visage paisible, y constatèrent bientôt la décroissance lente et graduelle des clartés du jour.... Assurée qu'elle ne se trompait point, elle regarda de nouveau vers la fenêtre.

Les nuages de l'occident avaient perdu tous leurs reflets lumineux. La chute du jour était arrivée.

Au premier mouvement qu'elle fit dans son fauteuil, Rosamond sentit se poser sur son épaule la main de sa mère. En se retournant du côté du lit, elle vit fixés sur elle, et grands ouverts, les yeux de la malade.... Elle les vit, et crut y distinguer une expression nouvelle, celle qui semble indiquer une absence momentanée des facultés pensantes.

« Que parlé-je du ciel?... dit tout à coup la malade, murmurant comme entre ses dents, et fort bas, la face tournée du côté où l'obscurité se faisait.... Qui me dit que j'irai jamais?... Et pourtant, Rosamond, je n'ai pas violé le serment fait à ma maîtresse.... Vous pourriez, au besoin, rendre témoignage que je n'ai pas anéanti la lettre, et que je ne l'ai pas emportée avec moi, venant à quitter la maison.... J'ai voulu , c'est vrai, la tirer de la chambre aux Myrtes.... mais je ne voulais l'ôter de là que pour la cacher ailleurs.... Je n'ai jamais songé à l'enlever de la maison.... Je n'ai jamais voulu manquer à mon serment....

— Il va faire nuit, ma mère.... Permettez que je me lève pour allumer les flambeaux. »

La main de Sarah remonta doucement le long du cou de sa fille, et s'y attacha plus étroitement que jamais.

« Je n'ai jamais juré de lui remettre la lettre, disait-elle.... A la cacher, il n'y avait aucun crime.... Vous l'avez trouvée, Rosamond, derrière un portrait?... Un portrait qu'on disait être celui du fantôme de Porthgenna.... Personne n'en savait la date.... ni comment il était arrivé dans le manoir.... Ma maîtresse l'avait en horreur, parce que cette figure peinte avait avec la sienne une bizarre analogie.... Elle me dit un jour, peu après mon arrivée à Porthgenna, de le descendre du mur et de le détruire.... J'eus peur d'obéir.... Et c'est pour cela que, bien avant votre naissance, je le cachai dans la chambre aux Myrtes.... Vous avez dû trouver la lettre derrière ce tableau, Rosamond?... N'était-ce pas, cependant, une bonne cachette?... Personne encore n'avait découvert le portrait.... Comment penser que quelqu'un trouverait la lettre cachée derrière ?

— Permettez-moi d'allumer, chère mère.... Je suis sûre qu'un peu de lumière vous ferait plaisir.

— Non.... pas à présent!... Donnez aux ténèbres le temps de s'accumuler là-bas, dans ce coin de la chambre.... Soulevez moi tout contre vous, et laissez-moi vous parler tout bas. »

Le bras passé autour du cou de Rosamond se roidit encore tandis qu'elle aidait sa mère à se soulever sur le lit. Les clartés pâlies que la fenêtre laissait passer tombaient en plein sur le visage de la malade, et se réfléchissaient dans ses yeux égarés. « J'attends quelque chose qui vient, précisément à cette heure, avant qu'on n'allume les flambeaux, murmurait-elle bien bas, et d'une voix étouffée par la peur.... Là-bas!... »

Et elle montrait, dans le voisinage de la porte, le coin de l chambre le plus éloigné.

« Ma mère.... au nom de Dieu ! qu'avez-vous ?... Qu'est-il arrivé pour vous troubler ainsi ?

— Bien, bien.... dites ainsi : « Ma mère ! » Si elle vient, elle ne restera pas, après vous avoir entendue m'appeler : « Ma mère ! » et quand elle verra que, en fin de compte, malgré qu'elle en ait, nous nous sommes retrouvées et nous nous aimons.... Oh ! bonne, et tendre, et miséricordieuse enfant !... Si seulement vous pouviez me délivrer d'elle !... Combien d'années ne pourrais-je pas vivre encore !... Et que de bonheur à nous deux !...

— Ne parlez pas ainsi !... Ne me regardez pas ainsi !... Dites-moi tranquillement, chère et bien chère mère, tranquillement, sans vous troubler....

— Chut.... chut !... je dois tout vous dire.... Sur son lit de mort, elle m'a menacée, si je lui désobéissais.... Elle disait que, de l'autre monde, elle reviendrait me hanter.... Eh ! bien, Rosamond !... je lui ai désobéi.... Elle a tenu sa promesse.... oui, toujours, depuis ce moment, elle a tenu sa promesse.... Voyez !... voyez là-bas !... »

Son bras gauche, tandis qu'elle répondait ainsi, était passé au cou de Rosamond. Elle tenait son bras droit étendu vers le coin de la chambre, et lentement, lentement, agitait sa main dans le vide.

« Voyez !... disait-elle.... Voilà comme elle m'arrive toujours, alors que finit la journée.... avec ce grossier vêtement noir que mes mains firent pour elle.... avec ce même sourire qu'elle avait aux lèvres en me demandant si on la prendrait bien pour une domestique.... Maîtresse ! maîtresse !... reposez, enfin !... Le Secret, maintenant, n'est plus à nous. Reposez !... Mon enfant m'est rendue.... Reposez à jamais !... ne venez plus vous placer entre elle et moi !... »

Elle cessa de parler, rappelant avec effort dans sa poitrine le souffle qui lui manquait. Puis elle posa sa joue frémissante et fiévreuse contre la joue de sa fille.... « Encore, encore !... Appelez-moi : « Ma mère ! » lui disait-elle tout bas.... Prononcez ces mots à voix bien haute !... Ils la chasseront à jamais loin de moi !... »

Rosamond domina la terreur qui la faisait, en ce moment, trembler de la tête aux pieds, et articula les mots désirés.

Sa mère se pencha un peu en avant, toujours aspirant avec peine, et fouillant d'un regard avide l'ombre qui avait envahi paisiblement le fond de la chambre.

« *Partie!*... s'écria-t-elle tout à coup avec l'accent du triomphe. Oh ! Dieu de pitié ! Dieu bon !... Elle est enfin partie! »

L'instant d'après, elle était agenouillée sur son lit. Pendant un moment, remplis d'émotion, ses yeux rayonnèrent dans la pénombre crépusculaire, beaux d'une beauté surhumaine, tandis qu'elle les fixait, avec un dernier regard d'amour, sur le visage de sa fille. « Ange chéri, saint amour de mon cœur, murmurait-elle.... que de bonheur nous est réservé !... » Et, ces mots prononcés, elle enlaça ses deux bras autour du cou de Rosamond, qui sentit les lèvres de sa mère se poser pour la première fois sur ses lèvres.

Ce baiser se prolongea jusqu'au moment où la tête de Sarah, fléchissant peu à peu, retomba sur le sein de Rosamond.... Il se prolongea jusqu'à l'instant ou la miséricorde de Dieu acheva son œuvre.... et où le repos rentra pour jamais dans cette âme épuisée.

CHAPITRE V.

Quarante mille livres sterling.

Un des dictons populaires le plus généralement accrédités est certainement celui qui attribue au Temps le titre de Grand Consolateur. Et il n'en est peut-être pas qui exprime aussi imparfaitement la vérité. Le travail qui nous est imposé, la responsabilité qu'il faut encourir, les exemples que nous devons à autrui, voilà les grands consolateurs. Le Temps n'a que la vertu négative d'aider la douleur à s'user elle-même. Quel de nous (de ceux-là s'entend qui étudient les phénomènes moraux) n'a pas remarqué que le regret des morts s'effaçait le plus vite chez ceux qui ont le plus de devoirs à remplir envers les vivants? Quand l'ombre du malheur vient se poser sur notre toit, la question n'est pas de savoir combien il faudra de temps pour y ramener les rayons du soleil, mais quels travaux vont nous contraindre à marcher d'un pas plus ou moins rapide vers ce point de l'avenir où les rayons du soleil nous attendent. Le Temps, qui peut revendiquer bien d'autres victoires, n'a jamais, à lui seul, vaincu la douleur. Ce qui nous console le mieux du départ des morts, c'est l'impérieuse nécessité de pourvoir à l'existence de ceux qui leur survivent.

La vie que menait Rosamond, sous le coup de cette lourde affliction qui venait d'y porter tant de tristesse, était la meilleure démonstration de cette théorie. Après que, malgré la force native de son heureux caractère, elle eut fléchi sous le choc de cette mort si étrangement solennelle et entourée de tant de terreurs, qui était venue lui ravir sa mère à peine retrouvée, ce ne fut point la marche lente des jours qui l'aida peu à peu à se relever, mais bien la nécessité, qui n'accorde pas de délais ; la nécessité, qui la rappela tout aussitôt à ses devoirs envers ce mari qui venait de pleurer avec elle, envers cet enfant dont la vie à peine commencée était une partie de sa propre vie, envers ce vieillard dont le chagrin désespéré ne trouvait de secours que dans les sympathies du jeune ménage, et ne pouvait puiser de résignation que dans celle dont Rosamond lui donnait l'exemple.

Dès le début, c'était à elle qu'était échue la pénible responsabilité de lui venir en aide. Avant qu'eût sonné la première heure de nuit, dans cette soirée fatale, il lui avait fallu s'arracher à ce chevet près duquel elle priait, pour courir audevant de lui, l'arrêter au seuil de la porte, et, avant qu'il ne la franchît, le préparer à savoir qu'il allait entrer dans une chambre mortuaire. L'amener peu à peu, par d'insensibles gradations, à anticiper, à pressentir, à comprendre la terrible vérité ; au moment où elle lui apparut face à face, l'aider à soutenir le premier assaut de la douleur ; après l'inévitable ébranlement de cette bonne et faible nature, lui rendre, peu à peu, quelque ressort et quelque volonté : tels furent les soins impérieusement dictés au dévouement de Rosamond ; et ces soins empêchèrent son âme de s'abandonner aux accablantes inspirations d'une douleur qui se concentre en elle-même. Ce ne fut pas, ensuite, la moindre des épreuves auxquelles elle dut faire face, que de voir l'état de douloureuse inertie auquel avait réduit le pauvre vieillard une perte qu'il n'était pas en état de supporter.

Ses dehors étaient ceux d'un homme dont les facultés sont à jamais amorties par un choc soudain. Il restait assis, des heures entières, à côté de sa boîte à musique, la caressant parfois d'une main distraite, et se parlant tout bas tandis qu'il la regardait, mais sans jamais essayer de la faire jouer. C'était là l'unique vestige, l'unique symbole de toutes ces joies, de tous ces chagrins du foyer domestique, les seuls intérêts , les seules affections de sa vie passée. Lorsque Rosamond, pour la première fois, vint à ses côtés s'asseoir et lui prendre la main pour le consoler un peu, il promena ses yeux tristes de ce beau visage compatissant à la boîte de musique, et se répétait continuellement les mêmes mots, sans qu'ils parussent avoir pour lui un sens bien précis : « Tous partis, à présent!... Oui, tous.... Frère Max, sœur Agathe, et Sarah aussi, la nièce Sarah!... Il ne reste plus que la petite boîte et moi, tout seuls au monde.... Mozart ne peut plus chanter.... Il a chanté pour la dernière de tous.... »

Le second jour, il ne se fit en lui aucun changement appréciable. Le troisième, Rosamond, posant avec respect sur le sein de sa mère le petit volume d'Hymnes, entouré d'une tresse de ses cheveux, baisa pour la dernière fois ce visage triste et paisible. Le vieillard assistait à ces adieux muets ; et, quand ils furent terminés, il suivit Rosamond. A côté de la bière, et ensuite, quand elle l'eut ramené auprès de son mari, il demeura plongé dans le même apathique chagrin qui, dès le principe, l'avait, pour ainsi dire, écrasé. Mais quand ils commencèrent à parler de ces restes qu'il fallait, dès le lendemain, transférer au cimetière de Porthgenna, ils remarquèrent dans ses yeux ternes un éclat soudain, et s'aperçurent que son attention, jusqu'alors impossible à fixer, suivait maintenant chacune de leurs paroles. Au bout d'un instant, il se leva de son fauteuil, s'approcha de Rosamond, et la regarda au visage avec une sorte d'inquiétude. « Je crois, dit-il, que je m'en tirerais mieux, si vous me permettiez de partir avec elle. Nous devions, si elle eût vécu, revenir ensemble dans le Cornouailles.... Puisqu'elle est morte, ne voulez-vous pas que nous y retournions ensemble tout de même ? »

Rosamond essaya quelques douces remontrances, et voulut le convaincre qu'il valait mieux confier cette translation aux soins du valet de chambre de son mari, domestique digne de toute confiance , et, par sa position, mieux en état que personne de prendre ces soins minutieux, auxquels de proches parents sont hors d'état de vaquer, à raison de la douleur qui les préoccupe. Elle ajouta que son mari voulait rester à Londres, afin qu'elle pût prendre un jour de repos absolu, qui lui était indispensable , et qu'ils comptaient partir ensuite pour le Cornouailles, de manière à se trouver à Porthgenna le jour des obsèques ; elle le priait donc, en ce moment de crise pour tous, de ne pas séparer son chagrin des leurs, puisque désormais il existait pour eux trois des liens que la mort seule pouvait rompre, liens de sympathie mutuelle et de regrets partagés.

Il écouta silencieusement, et dans l'attitude de la soumission, les paroles de Rosamond. Mais, quand elle eut fini, il renouvela son humble requête. Pour le moment, il n'avait qu'une pensée : celle de retourner dans le Cornouailles avec tout ce qui restait de l'enfant de sa sœur. Léonard et Rosamond comprirent tous deux qu'il serait inutile de s'y opposer. Tous deux sentirent qu'il serait cruel de le garder auprès d'eux, et qu'il fallait le laisser partir. Ayant donc chargé secrètement le domestique de lui sauver tous les embarras, toutes les difficultés de la route, de se prêter avec complaisance à tous les désirs qu'il pourrait exprimer, de lui donner enfin toute espèce d'aide et de protection, sans le fatiguer d'assiduités importunes, ils laissèrent le vieillard obéir à l'unique impulsion qui le rattachait encore aux intérêts, aux événements de notre éphémère existence. « Bientôt, leur dit-il en prenant congé d'eux, bientôt je vous remercierai mieux de me laisser me soustraire à ce tapage de Londres, de me laisser partir en compagnie de tout ce qui me reste de ma nièce Sarah.... Je sécherai mes pleurs de mon mieux, et tâcherai d'avoir plus de courage lorsque nous nous retrouverons. »

Le jour suivant, restés en tête-à-tête, Rosamond et son mari cherchèrent à se distraire des tristesses du présent, en songeant aux problèmes que l'avenir leur donnait à résoudre. Quelle influence allait avoir sur leurs plans d'avenir le changement survenu dans l'état de leur fortune ? Ce sujet traité à fond, ils en vinrent à parler de leurs amis, et de l'obligation où ils étaient maintenant de communiquer aux plus anciens, aux plus intimes, les événements qui avaient suivi la découverte faite dans la chambre aux Myrtes. Le premier nom qui s'offrit à leur pensée, quand ils abordèrent cette question, fut naturellement celui du docteur Chennery; et Rosamond, qui redoutait pour sa tristesse une trop complète oisiveté, proposa d'écrire immédiatement au bon ministre, pour le mettre sommairement au courant de ce qui s'était passé depuis leurs derniers échanges de lettres, et aussi pour lui demander de ne pas différer au delà de cette année l'accomplissement d'une promesse remontant déjà loin, en vertu de laquelle il devait passer à Porthgenna-Tower, avec elle et son mari, ses vacances d'automne. Le cœur de Rosamond appelait de tous ses vœux le moment où elle reverrait son vieil ami. Et elle le connaissait trop bien pour n'être pas certaine qu'une simple allusion au chagrin qu'elle venait d'éprouver, à la rude épreuve qu'elle venait de subir, suffirait pour attirer le docteur auprès d'elle, sitôt qu'il aurait pu terminer les arrangements d'intérieur, préliminaires indispensables du voyage auquel on le conviait.

Tout en écrivant cette lettre, l'enchaînement des souvenirs les fit songer à un autre de leurs amis, plus récemment compté comme tel, mais qui avait aussi quelques droits à leur confidence, à raison du rôle qu'il avait joué dans les événements qui avaient amené la découverte du Secret. Cet ami n'était autre que M. Orridge, le médecin de West-Winston, dont l'intervention fortuite avait amené près du lit de Rosamond cette mère qu'elle venait de retrouver et de perdre. Elle lui écrivit aussitôt, conformément à la promesse qu'elle lui avait faite, en quittant West-Winston, de lui communiquer le résultat de leurs recherches, dirigées alors vers la chambre aux Myrtes, pour l'informer que la découverte de cette chambre avait conduit à la révélation de certains événements assez pénibles, et qui, maintenant comptaient parmi ceux d'un passé irrévocable. Il n'était pas nécessaire d'en dire plus long à un ami placé, vis-à-vis d'eux, dans un ordre de rapports qui ne commandait pas une confiance absolue.

Rosamond venait de tracer l'adresse de cette seconde lettre, et, distraite, couvrait de hachures le papier de son buvard, quand un bruit de voix irritées, éclatant tout à coup dans le corridor, vint la réveiller en sursaut. Elle n'avait, pour ainsi dire, pas eu le temps de se demander ce qui pouvait faire l'objet d'une pareille dispute, lorsque la porte s'ouvrit, violemment poussée, et devant elle apparut un homme de haute taille assez avancé en âge, pauvrement vêtu, d'une physionomie peu prévenante, bouleversée de plus par la colère, et porteur d'une barbe grise fort dépenaillée. Derrière lui, dans un état d'indignation mal contenue, se tenait le principal garçon de l'hôtel.

« Trois fois de suite, madame, j'ai dit à cet individu, commença ce zélé subalterne, que M. et mistress Frankland....

— N'étaient pas chez eux, interrompit le personnage mal vêtu, finissant la phrase du garçon d'hôtel.... Oui, vous m'avez dit cela. Je vous ai répondu que la parole n'avait été donnée à l'homme que pour déguiser la vérité !... que, dès lors, je ne me regardais pas comme tenu de vous croire.... Et, en effet, vous mentiez ! Voici M. et mistress Frankland qui ne me paraissent pas être à la promenade. Je viens pour affaires, et veux leur parler cinq minutes ; je m'assois donc, sans y être invité, et je me nomme Andrew Treverton. »

Là-dessus il s'installa tranquillement dans le fauteuil le plus proche. Tandis qu'il parlait, la colère avait fait monter le sang aux joues de Léonard; mais Rosamond intervint, avant que son mari eût pu prendre la parole.

« A quoi bon, cher ami, vous fâcher ainsi ? lui avait-elle dit à voix basse.... Avec un homme pareil, le sang-froid est ce qui vaut le mieux. » Elle fit alors un signe au garçon, qui se trouva libre de quitter l'appartement, et ensuite, se tournant du côté de M. Treverton : « Monsieur, lui dit-elle, vous entrez chez nous, de force, à un moment où de grands chagrins, survenus tout récemment, nous mettent hors d'état d'engager aucune espèce de discussion. Nous aurons pour votre âge les égards que vous refusez à notre douleur. Puisque vous désirez parler à mon mari, le voici tout prêt à se contenir, et, pour l'amour de moi, à vous écouter paisiblement.

— Soyez tranquille; pour l'amour de moi-même, je ne vous ennuierai pas longtemps, répliqua M. Treverton. Aucune langue de femme, jusqu'à présent, ne m'a trouvé disposé à lui servir longtemps d'affiloir, et je ne pense pas que je m'y prête jamais. Je suis donc venu vous dire trois choses : *Primo*, votre avocat m'a raconté ce que vous avez découvert dans la chambre aux Myrtes; *secundo*, votre argent m'a été remis ; *tertio*, j'entends le garder. Qu'en pensez-vous ?

— Je pense, monsieur, qu'il est fort inutile de rester plus longtemps ici, puisque votre seul objet, en y venant, était de nous apprendre ce que nous savions déjà, repartit Léonard.... Nous savions que l'argent en question était dans vos mains.... et nous ne doutions nullement que vous ne voulussiez le garder.

— Oui-da!... Est-ce bien sûr, ce que vous dites là?... reprit M. Treverton. Est-il bien sûr que vous n'avez conservé aucune arrière-pensée, aucune espérance? Ne vous flattez-vous pas que quelque petit accroc légal pourrait bien de ma poche faire rentrer dans la vôtre ce joli petit capital?... Je viens vous prémunir contre cette douce illusion.... Elle n'a pas la moindre chance de se réaliser jamais..... Pas la moindre, non plus, que ma générosité vous tienne compte de votre sacrifice héroï-

que. Je suis allé aux *Doctors' Commons*[1]. J'y ai pris une li-
cence d'administration ; j'ai eu main-mise légale sur le capital,
je l'ai placé chez mon banquier, et je ne sache pas que, depuis
le jour de ma naissance, j'aie cédé à ce qu'on appelle un bon
sentiment.... C'est ainsi que mon frère m'avait jugé, et, certes,
mieux que personne il devait me connaître. C'est pourquoi, je
vous le répète, pas un *farthing* de cette grosse fortune ne vous
reviendra jamais, ni à l'un ni à l'autre.

—Et je vous répète, moi, répliqua Léonard, que nous n'avons
aucune raison d'entendre à nouveau ce dont nous étions per-
suadés par avance. C'est un soulagement pour ma conscience
et pour celle de ma femme, que d'être dessaisis d'une fortune
à laquelle nous n'avons aucun droit. Et je parle en son nom
comme au mien, quand je vous dis qu'en attribuant un motif
intéressé à la restitution spontanée que nous avons faite de
cet argent, vous nous faites, à tous deux, une injure dont
vous devriez rougir.

— Et c'est là, réellement, votre manière de voir, pas vrai?
dit M. Treverton. C'est ainsi, n'est-ce pas, que vous me parlez,
vous qui avez perdu cet argent, à moi qui l'ai recouvré?...
Et vous, madame, donnez-vous votre approbation à votre
mari, quand il traite ainsi un parent riche qui pourrait faire
votre fortune à tous deux, si bon lui semblait? demanda-t-il,
s'adressant brusquement à Rosamond.

— Je la lui donne, et de tout mon cœur, répondit-elle. Je ne
pense pas m'être jamais trouvée d'accord avec lui mieux qu'en
ce moment.

—Ah! dit M. Treverton; en ce cas, vous n'attachez donc pas
plus d'importance qu'il n'en attache lui-même à la perte de ce
joli capital?

— Il vous l'a dit, repartit Rosamond; c'est un grand soulagement pour ma conscience comme pour la sienne d'y avoir
renoncé volontairement. »

M. Treverton plaça méthodiquement un gros bâton, qu'il portait avec lui, bien droit entre ses genoux, croisa ses deux
mains à l'extrémité supérieure de cette canne rustique ; sur
ses mains appuya son menton, et, dans cette attitude investi-
gatrice, regarda fixement Rosamond.

« J'aurais dû, se disait-il à lui-même, amener Shrowl avec

---

1. Cour de judicature ecclésiastique et civile où sont portées, en général,
les questions de transmission de propriété par voie héréditaire.

moi.... J'aurais voulu qu'il vît ceci.... J'en suis tout abasourdi, et, probablement, il le serait autant que moi.... Ces deux individus, continua-t-il, tandis que son regard perplexe allait de Rosamond à Léonard, puis de Léonard à Rosamond, sont, quant à l'apparence extérieure, des êtres humains. Ils marchent sur deux jambes, expriment couramment leurs idées au moyen de sons articulés, ont la moyenne ordinaire de traits, de poids, de hauteur, de volume.... et me semblent appartenir à l'espèce humaine, du genre civilisé le plus connu.... Et cependant, les voilà qui acceptent la perte d'une fortune de quarante mille livres sterling avec le même sang-froid que Crésus, roi de Lydie, en aurait eu venant à se trouver moins riche d'un demi-penny. »

Il cessa de parler, mit son chapeau, jeta sous son bras le gros bâton, et fit quelques pas vers Rosamond.

« Me voilà parti, dit-il. Voulez-vous m'accorder une poignée de main? »

Rosamond lui tourna le dos avec mépris.

M. Treverton fit une grimace qui exprimait la satisfaction la plus vive.

Léonard, cependant, assis près de la cheminée, et dont les joues s'animaient de plus en plus sous l'effort de l'indignation qu'il voulait contenir, cherchait de la main le cordon de sonnette, et venait justement de le saisir au moment où M. Treverton gagnait la porte.

« Ne sonnez point, Lenny !... lui dit Rosamond.... Il s'en va de bonne volonté. »

Treverton, une fois dans le corridor, jeta un dernier regard du côté de la chambre qu'il venait de quitter. Ce regard exprimait une curiosité mêlée d'embarras. C'était celui d'un naturaliste mis en face de deux animaux inconnus, dont il ne sait comment définir l'espèce.

« J'ai vu des choses passablement étranges, depuis que je suis au monde, se disait-il.... J'ai une petite expérience assez complète de notre semblant de planète et des créatures qui l'habitent; mais je n'ai jamais été étourdi par aucun phénomène humain comme je viens de l'être par ces deux personnages. »

Il referma la porte sans ajouter un mot de plus, et Rosamond l'entendit, dans le corridor, pousser encore, tout en s'en allant, des exclamations de surprise et de joie.

Dix minutes après, le garçon d'hôtel apportait à mistress

Frankland une lettre cachetée. Cette lettre, disait-il, avait été écrite, dans le café de l'hôtel, par le même individu qui s'était introduit sans permission chez M. et mistress Frankland. Après avoir chargé le garçon de la remettre sans délai, il était parti en toute hâte, brandissant son gros bâton avec une satisfaction évidente, et riant tout seul dans sa cravate.

Rosamond ouvrit la lettre.

Sur le premier feuillet, en travers, était un bon de quarante mille livres sterling à son ordre.

Sur le second feuillet, quelques lignes d'explication, que voici :

Prenez l'inclus. D'abord parce que vous et votre mari êtes les seuls, à ma connaissance, dont la richesse ne doive pas, très-probablement, faire des drôles. Secondement, parce que vous avez dit la vérité, quand, la disant, vous perdiez une fortune qu'il vous était aisé de conserver en gardant tout simplement le silence. Troisièmement, parce que vous n'êtes pas la fille et le gendre de la comédienne. Quatrièmement, parce que cette somme, bon gré, mal gré, deviendra vôtre, attendu que, si vous la refusez maintenant, je vous la laisserai à ma mort. Bien le bonjour. Ne venez pas me voir : ne m'écrivez pas de longs remercîments; ne m'invitez pas à vous aller voir à la campagne; ne vantez pas ma générosité; et, par-dessus toute chose, n'ayez plus le moindre rapport avec Shrowl.

ANDREW TREVERTON.

La première chose que fit Rosamond, quand elle et son mari furent un peu remis de leur première surprise, fut de désobéir à l'injonction de M. Treverton qui lui interdisait tout remercîment par écrit. Le messager chargé de porter son billet à Bayswater revint sans réponse. Il raconta qu'une grosse voix lui avait répondu de jeter la lettre par-dessus le mur du jardin et de s'en aller au plus vite, s'il ne voulait qu'on lui rompît les os.

M. Nixon, auquel Léonard fit part tout aussitôt de l'incident survenu, offrit d'aller le soir même à Bayswater, et de chercher à voir M. Treverton au nom de ses clients. Il trouva Timon de Londres plus accessible qu'il ne l'avait espéré. Le misanthrope, pour la première fois de sa vie, était d'assez bonne humeur. Ce changement extraordinaire s'était produit en 'ui à la suite du renvoi de Shrowl, qu'il venait de mettre à la porte, sous ce prétexte : qu'après avoir rendu à M. et à mistress Frankland leurs quarante mille livres sterling, son maître n'était plus digne de lui. « Je lui ai dit, racontait M. Treverton, que réjouissait le souvenir de la scène où son domestique et lui avaient échangé leurs adieux, je lui ai dit qu'après un pareil acte de faiblesse, je ne pouvais plus espérer son approbation, et que, dès lors, je me ferais scrupule de le retenir auprès de moi. Je l'ai prié, cependant, de juger ma conduite avec une certaine indulgence, puisqu'en somme le point de départ de toute l'aventure était le soin qu'il avait pris de copier le plan de Porthgenna-Tower, sans lequel M. et mistress Frankland n'auraient sans doute jamais découvert la chambre aux Myrtes. Je l'ai félicité d'avoir gagné cinq guinées, en devenant ainsi l'occasion d'une restitution de quarante mille. Et je l'ai finalement gratifié d'une humble révérence qui a failli le rendre fou. Shrowl et moi, nous avons eu ensemble de bonnes prises de bec; mais il était, d'ordinaire, au pair avec son maître. Aujourdhui, enfin, je l'ai mis à bas. »

M. Treverton ne demandait pas mieux que de s'étendre, autant que le voudrait M. Nixon, sur cette belle histoire du renvoi de Shrowl. En revanche, toutes les fois que l'avoué entamait la question relative à mistress Frankland, il trouvait un auditeur intraitable.... Il n'avait à recevoir aucun message..., il ne voulait prendre aucun engagement pour l'avenir. Tout ce qu'on put tirer de lui sur ses projets ultérieurs, c'est qu'il entendait se défaire de son cottage de Bayswater, et recommencer à voyager en différents pays pour étudier, sur un nouveau plan, la nature humaine; plan original qui consisterait à rechercher, dans chaque individu, le bien tout comme le mal qui se peut trouver en lui. Cette idée, disait-il, lui était venue du désir qu'il éprouvait de savoir au juste si M. et mistress Frankland étaient, oui ou non, des créatures exceptionnelles, des *monstres* de désintéressement. Jusqu'à nouvel ordre, il les tiendrait pour tels, et n'attendait de ses voyages aucun résultat fort concluant en faveur d'une théorie optimiste. M. Nixon travailla de son mieux à obtenir quelque message amical dont il pût accompagner la nouvelle du départ projeté; mais sa plaidoirie n'eut d'autre effet que de lui attirer ce discours d'adieu, accompagné d'un sourire narquois, et qui lui fut adressé à la porte même du jardin;

« Dites à ces deux merveilles vivantes (ainsi s'exprima Timon de Londres) que je puis, au moment où on ne s'y attendra pas, me dégoûter de mes voyages. Il est possible, en ce cas, que je revienne par ici les voir encore une fois, afin d'éprouver, avant de mourir, une sensation différente de celles que m'a toujours procurées notre misérable humanité. »

CHAPITRE VI.

L'aurore d'une vie nouvelle.

Quatre jours plus tard, Rosamond, Léonard et l'oncle Joseph, se retrouvèrent ensemble dans le cimetière de l'église de Porthgenna.

La terre où nous retournerons tous s'était refermée sur elle. Le dur pèlerinage de Sarah Leeson l'avait enfin conduite à l'éternel repos. La tombe du mineur, cette tombe sur laquelle, par deux fois, elle était venue cueillir quelques brins d'herbe, tristes gages de souvenir, cette tombe lui donnait, après la mort, le *chez soi* qu'elle n'avait jamais eu dans tout le cours de sa vie. Le tumulte du ressac lointain, quand il arrivait jusqu'à ce dernier asile, n'était déjà plus qu'un murmure apaisé, et le vent qui courait libre et joyeux sur la lande ouverte, arrêté par les arbres antiques qui protégeaient les tombeaux, passait plus lentement à travers la haie de myrtes qui les tenait enclos dans sa ceinture d'un vert lustré.

Depuis les dernières prières du service funèbre, quelques heures déjà s'étaient écoulées. De frais gazons étaient réentassés sur la fosse, à la tête de laquelle se dressait de nouveau la pierre ancienne, celle où était gravée l'épitaphe du mineur. Rosamond, à voix basse, lisait cette inscription pour son mari. Tandis qu'elle était occupée à ceci, l'oncle Joseph, s'écartant à quelques pas d'eux, s'était agenouillé au pied du tertre. Il aplanissait, il lissait d'une main caressante les gazons nouvellement posés, de même que jadis il lissait, il caressait les cheveux de Sarah, quand elle était encore jeune fille, de même que plus tard, quand il la voyait s'attrister, femme aux cheveux gris, au cœur malade, il lissait, il caressait ses mains délicates.

« Ajouterons-nous quelques mots à ces vieilles lettres usées? dit Rosamond quand elle eut terminé sa lecture. Il y a sur la pierre un espace vide. Le remplirons-nous, cher ami, en y faisant graver les initiales du nom de ma mère et la date de sa mort? Je sens en moi quelque chose qui me dit qu'il faut faire ceci, et rien de plus.

LE SECRET.

— Soit, Rosamond, répondit son mari. Cette inscription simple et brève me semble aussi ce qui convient le mieux. »

Tandis qu'il parlait, jetant un regard à l'autre extrémité de la fosse, elle l'avait un moment quitté pour se rapprocher du vieillard. « Prenez ma main, oncle Joseph, lui dit-elle, et rentrons ensemble à la maison. »

Il se leva, dès qu'elle eut prononcé ces mots, et jeta sur un regard où quelque anxiété se peignait.

La boîte à musique, dans son enveloppe de cuir mainten bien usée, était restée sur la fosse, près de l'endroit où il tait mis à genoux. Rosamond la releva, et l'attacha elle-m à la place que cette vieille amie occupait toujours quand l'on Joseph était ailleurs que chez lui. Tout en la remerciant de soin, il poussa un léger soupir : « Mozart ne peut plus chanter, disait-il.... Il a chanté, maintenant, pour la dernière de tous.

— Non.... pas encore la dernière, dit Rosamond. Ne parlez pas ainsi, oncle Joseph, puisque je suis encore de ce monde.... Bien certainement, pour l'amour de ma mère, Mozart ne me refusera pas ses chansons. »

Un faible sourire, le premier qu'elle eût vu sur son visage depuis le soir de leur grande douleur, vint errer au bord des lèvres du vieillard. « Voilà, dit-il, de quoi consoler un peu... Oui, cela console un peu l'oncle Joseph.

— Prenez ma main, reprit-elle avec douceur.... Rent..... ensemble, à présent. »

Il regardait tristement la fosse : « Je vous rejoindrai, dit-il; marchez en avant jusqu'à la porte. »

Rosamond, prenant le bras de son mari, le conduisit sur le sentier qui menait à la sortie du cimetière. Quand ils ne purent plus le voir, l'oncle Joseph s'agenouilla une fois encore au pied de la fosse; là, posant ses lèvres sur les gazons nouveaux :

« Adieu, mon enfant! » murmura-t-il, et, avant de se relever, il laissa un instant sa joue dans la fraîche épaisseur de l'herbe.

Rosamond l'attendait à la porte de l'enclos funéraire. Sa main droite reposait sur le bras de son mari; elle tendait sa main gauche à l'oncle Joseph.

« Comme la brise est fraîche ! dit Léonard ; et comme j'aime ce bruit de la mer !... Voici, certes, une belle journée d'été.

— La plus belle, la plus délicieuse de l'année, dit Rosamond. On ne voit sur le ciel que quelques nuages d'un blanc vif.. . Les seules ombres qui errent çà et là sur la lande, se posent à la cime des bruyères comme ferait un léger duvet. Le soleil verse à flots ses rayons d'or, et la mer lumineuse semble lui renvoyer, en échange, des rayons d'azur. O Lenny ! que ce jour diffère de cette chaude et accablante matinée où nous trouvâmes, dans la chambre aux Myrtes, la lettre fatale.... Jusqu'à la sombre tour de notre vieux manoir, là-bas, qui, dans les clartés dont elle est inondée, puise une beauté qu'on ne lui connaissait pas, et semble s'être parée pour nous accueillir au seuil d'une existence nouvelle.... Je la ferai radieuse, cette existence, et pour vous et pour l'oncle Joseph, si je le puis, du moins ; aussi radieuse que le jour qui nous éclaire tous les trois en cette heure bénie. Ou mes efforts seront vains, ou vous n'aurez jamais à regretter, cher et bon ami, d'avoir épousé une femme à qui manque un nom de famille.

— Jamais, Rosamond, je ne regretterai mon mariage, parce que jamais je n'oublierai la leçon que ma femme m'a donnée ?

— Laquelle donc, Lenny ?

— Une bien vieille leçon, chère amie.... mais que, chez nous, certaines gens ne sauraient trop réapprendre. Les véritables titres, Rosamond, sont ceux que ne saurait nous enlever aucun accident de la vie :—les titres d'honneur que confèrent l'amour et la sincérité. »

FIN.

TABLE DES MATIÈRES.

FIN DE LA TABLE.

Coulommiers. — Typographie de A. MOUSSIN.